Donné par M. de Caylus,
en Janv. 1765.

4282.

RESPONSE
AVX TROIS
DISCOVRS DV
IESVITE LOIS RICHEOME,

Sur le sujet des Miracles, des
Saincts, & des Images.

PAR B. DE LOQVE,
Dauphinois.

A LA ROCHELLE,
Par Hierosme Hautin.

─────────────

1600.

L'IMPRIMEVR AV LECTEVR,
SALVT.

IE NE doute nullement, que ce liure n'ait esté attendu trop long temps; & qu'il ne semble a plusieurs, qui iugeront par auenture trop auantageusement, que l'autheur estoit demeuré court: ne sachans que ceste response estoit preste, & entre mes mains, il n'y a gueres moins de deux ans: sur quoy ie prie d'estre excusé, la faute n'estant commise par ma negligence, mais par diuers destourbiers & empeschemens suruenus, lors que ie desirois le plus de m'en acquitter. Autres œuures estoyent sur la presse, que ie n'eusse peu intermettre : & ceux qui entendent comment vont les imprimeries, iugeront tousiours que mon excuse pour ce regard doit auoir lieu entre gens de raison. I'ay vn autre liure de ce mesme autheur, contre la replique de Iehan de Bordes, à son liure des abus de la Messe , que ie mettray aussi bien tost en lu miere, cependant vous iouyres du fruict de ce present labeur.

A MESSIEVRS,

Messieurs de l'Eglise Reformée de Bourdeaux.

ESSIEVRS, vous estes tesmoins, aucūs de vous, que le Syno-de des Eglises Refor-mées de cesteProuin-ce, m'a donné charge de respondre au trois discours du Ie-suite Richeome, sur le suiet des Mira-cles, des Sainctes, & des Images. Ie l'ay fait le mieux & le plus prompte-ment qu'il m'a esté possible, aux heu-res de mon loisir, sans discontinuer l'exercice ordinaire de ma vocation enmon Eglise. La Response faite, i'ay

eſtimé que ie vous la deuois dedier,
pour vous inciter à la lire de meilleur
courage: attendu que ledit Richeome
& pluſieurs autres Ieſuites ſes compagnons habitent & conuerſent en voſtre Cité. Et vous ſçauez quelles gens
ce ſont, & cōbien dangereux en tous
leurs deſſeins, teſmoins les trois Ar-
reſts du Parlement de Paris, donnez
en peu de temps contre eux. Non que
ie preſume que vous ayez beſoin de
mon ayde, pour reſiſter à leurs erreurs & fauſſes doctrines. Car voſtre
foy eſt ſi ferme, & ſi viue, & s'eſpand
ſi loin, quelle ſert de patron à tous
ceux qui en oyent parler. Mais c'eſt
pour ioindre mon affection auec la
voſtre, en la commune defenſe de la
verité, & pour vous rendre teſmoignage de l'amour que ie vous porte
en noſtre Seigneur, & du ſeruice que
ie vous ay voué.

CES Iefuites, Meffieurs & tref-
chers freres, reffemblent à l'animal
dont Pline fait mention, qu'il nomme _Pli.l.8.c.30_
Hyene, lequel contrefaifant la voix humaine, appelle les Bergers par leurs
nõs, & les fait fortir de leurs cabanes,
& puis les tue & defchire. Ainfi ces
bons Catholiques, contrefaifans la
voix du vray Berger, appellent les hõ-
mes le plus gracieufement qu'ils peuuent, pour les fouftraire & tirer de
Hierufalem, & les faire entrer en Sa-
marie, afin de les perdre du tout. Ils ne
ceffent (côme vous voyez) de mettre
toute pierre en œuure, pour en des-
baucher aucuns s'ils peuuent. Ils s'ef-
fayent par tous moyens de les ietter
aux refueries de leurs irrefolutions. Et
combien que leurs opinions errent &
flottent fur les ondes & vagues incertaines, fans auoir aucun port affeuré:
Tant y a qu'ils fardent fi accortement

leurs propos, & auec tant d'artifice,
qu'auec la faueur de quelques beaux
mots plaufibles, ils amufent & abufent
le monde. Tellement qu'il feroit bien
difficile que quelque peu de leur contagion n'entraft en la tefte d'aucuns,
s'ils n'y prenoyent garde de pres.

Ils donnent à l'Efcriture par leurs
préfomptiōs mille vifages, & font re-
cepte & mife de ceux qui leur plaifent
contre l'analogie de la Foy. Mais ils
n'y voyent que par efclair. Ils crient
que noftre doctrine n'eft pas pour tenir long temps, & qu'il faut qu'elle fe
rēde bien toft. A caufe dequoy en luy
donnant du nez & du menton, ils l'af-
faillent par tout furieufement. La pre-
fomptiō dont ils font enflez, les pouf-
fe là. Car qui ne prefume rien de foy,
n'étreprend riē par deffus fon deuoir.

Mais ils s'abufent. Car comme
ceux qui affiegent vne ville, & cuident

l'emporter par leurs forces, se trouuent frustrez de leur esperance, ignorans l'estat de la place, la resistance
que peuuent faire les assiegez, leurs
secrets, la force de leurs hommes, &
les bonnes prouisions & munitions
qu'ils ont pour se defendre. Ainsi en
est il des ennemis de l'Eglise, qui cuidans leur estre aisé d'abatre ses forte-
resses, & d'aneantir la Religion & la
doctrine, dont elle fait profession, y
trouuent plus de resistance, qu'ils ne
s'estoyent promis, à leur honte & confusion. Ia n'aduienne, que nous-nous
rendions iamais au mensonge. C'est le
rebours. Ceux qui sont de Dieu, doiuent quitter les armes & se rendre à la
Verité, tout aussi tost qu'ils en sont assiegez, ou qu'ils l'apperçoiuent, soit
qu'elle vienne des mains de leurs aduersaires, soit qu'elle naisse en eux
mesmes par quelque raduisement.

C'est vn principe hors de dispute, qu'estant question de la doctrine de nostre salut, il n'y a verité qu'en la parole de Dieu. Et pourtant quiconque a recours ailleurs, ne peut estre qu'en erreur & mensonge. C'est encore vne maxime nullement debatable, qu'il n'y a qu'vne seule Arche de salut, qui est l'Eglise Catholique & Vniuerselle, hors laquelle quiconque perfide va vagant, est submergé au profond des abysmes, & enueloppé de leurs flots. Car nul ne peut auoir Dieu pour pere, qui n'a ceste Eglise pour Mere. Nul ne peut auoir la vie, qui n'a Iesus Christ pour chef : Et nul n'a Iesus Christ pour Chef, qui n'est en son corps. Mais il se faut bien garder de prendre l'ombre pour le corps, & le mensonge pour la verité, c'est à dire, l'Eglise fausse pour la vraye.

Ceux dont nous parlons, bouffis

du titre de la focieté de Iefus, ont con
clu de fuborner les fens à ceux qui font
peu aduifez, d'ēnyurer leurs iugemēs,
& peu à peu leur defrober leurs ames.
Et bref, les faire deftourner de la lumie
re de verité, pour fe fouruoyer aux tenebres de menfonge, à leur ruine &
perdirion. Plufieurs en nos Gaules, &
nommément en noftre Climat , en
fcauroyent bien que dire, pour la perte de leurs enfans & parens. Mais c'eft
à nous de faire ferme en noftre ftation.
Nulle crainte humaine ne nous en
doit esbranler. Nul orage ne nous en
doit diftraire.

LE pilote dont Ciceron parle en
quelcune de fes epiftres, eftant mena-
cé des vents & de la tempefte, & fur
le point de faire n'aufrage, faifoit cefte exclamation genereufe. *O Neptune,*
aduienne ce qui pourra, ie periray tenant Epift. 2. ad
mon Gouuernail droit. Autant en dé- Quint. Frat

uons nous dire, mais plus religieuſement, quand nous ſommes preſſez des
efforts du monde, c'eſt que nous ne
laiſſerons pas de tenir noſtre gouuernail droit, c'eſt à dire, de ſuiure noſtre vocation. & faire noſtre deuoir au
ſeruice de Dieu, iuſques à la fin, moie-
nant ſa grace. Nous ſouffrons ſouuant
autant que faire ſe peut, pour la preuue de noſtre foy. Mais c'eſt Dieu qui
nous exerce en ceſte façon, ſelon ſon
bon plaiſir, viſitant icy nos pechez en
noſtre miſere, & laiſſant inſtruction à
nos enfans de le craindre.

Il y en a pluſieurs qui penſent & ·
diſent, qu'il n'y a point d'inconueniēt
de nager quelquefois entre deux eaux
& s'endorment ainſi en leur proſperité. Mais telles gens n'ont autre
Paradis que leurs delices, autre dele-
ctation que de ſe voir eſleüez, autre
eſperance, que de s'enrichir : Comme

auffi ils n'ont autre enfer, à leur aduis,
que les miferes & afflictions de cefte
vie, autre douleur que de fe voir abaif-
fez, autre crainte que de deuenir poures, fe defians de la prouidence de
Dieu. Et partant, ils fe tournent comme les girouettes au gré du vent, &
prenent diuerfes couleurs, comme le
Cameleon. Leur repos eft vn fom-
meil dangereux, ou pluftoft vne letar-
gie mortélle. Et ne font rien pour eux,
quand ils fe font accroire qu'ils font
bien-heureux, lors que Dieu les fup-
porte en leurs idolatries. Cefte opinion nee auec eux, & enclofe
en leurs cerueaux, leur fera cher ven-
due, s'ils ne fe raduifent. Leurs ex-
cufes & tergiuerfations fe trouueront vaines & inutiles. Car les yeux
de Dieu ne peuuent eftre esblouis de
telles fumees. Et ce n'eft point à nous
de mefurer fon iugement à noftre fens

& fantafie. Il nous a dōné fa Loy pour
eftre vne barriere entre fes enfans &
les eftrangers. Nous fcauons que tout
iroit en confus au monde, fi les terres
& poffeffions n'eftoyent limitees de
certaines bornes. Car autrement nul
ne fcauroit maintenir quelque chofe
eftre fienne . Non plus pourrions
nous eftre recogneus appartenir à
Dieu, & eftre fon heritage , fans les
bornes de fon fainct feruice. Ses commandemens fout ces bornes-là, par
lefquelles, fi nous les gardons , nous
fommes feparez dés infideles, & declarez eftre fon heritage .

On novs oppofe ordinairement
les Traditions & les Peres, pour nous
detraquer de ces bornes de la Loy
de Dieu. Mais comme fi l'eau loin de
la fontaine , fe trouue perdue, ou bien
alteree & corrompue, paffant par tant
d'endroits diuers, le remede eft de re-

culer arriere,& rebrouſſer vers ſa ſour
ce. Ainſi eſtant queſtion de la doctrine de ſalut, nous deuons recourir à la
vraye ſource d'icelle, c'eſt aſcauoir,
aux liures Canoniques de la ſaincte
Bible, ou l'eau de vie n'eſt nullement
meſlee ni alteree. Et pour puiſer ceſte
claire eau de l'Eſcriture, nul ne doit
ſuiure ſon ſens particulier, ſelon lequel S.Pierre dit, qu'elle ne doit point
eſtre interpretee. Car puis que l'Eſcriture eſt diuinement inſpiree, il eſt neceſſaire que l'interpretation d'icelle
ſoit de meſme nature, & tiree de la
meſme ſource.

LA façon d'enſeigner des Sophiſtes,
c'eſt qu'il ſe faut tenir à la foi du Curé,
& croire ce que ſaincte Mere Egliſe
croit en gros & implicitement. C'eſt
là leur refrain, auec quelques autres
mots de leur Cabale, ſans rien determiner reſolument. Preſque comme les

Pyrrhoniens, defquels la fcience ne confifte qu'en vne irrefolution & furfeance de iugement. Car les vns & les autres, ne logent rien en leur tefte qu'à credit, & fe feruent de leur raifon, pour enquerir, & difputer, mais non pas pour rien arrefter & conclurre de certain. Ie fçay bien que le iugement d'Homere n'a iamais efté fi tendu, qu'il n'ait fommeillé quelque fois. Ie fçay bien encore, que noftre parler a fes foibleffes & fes defauts, comme tout le refte. Mais fi eft-ce que le Iufte doit viure de fa foi propre, & que cefte foi fe doit exprimer par la confeffion.

Qvant à noftre Richeome, certes fes ailes feroyent tres-belles, mais elles font de cire, comme celles d'Icare: Et fa doctrine plaufible, mais c'en eft comme des pommes d'vn certain lac pres de Sodome, lefquelles ont tres-belle couleur, & font plaifantes

SVR L'EPISTRE LI-
MINAIRE AV ROY.

ICHEOME par ce-
ste Epistre, s'essaie de
s'insinuer aux bonnes
graces du Roy, & l'in-
duire de ne point
chasser du tout les Ie-
suites de son Royaume, comme ils le
le sont de l'Isle de France, & de tout le
ressort du Parlement de Paris, par
l'Arrest d'iceluy. Mais ie ne veux con-
tester ni debatre icy de ce qui concerne l'Estat, me persuadant que le Roy
est si prudent & tant aduisé, que quelque couleur qu'on employe pour luy
dõner du plat de la langue, il ne souf-

ē iiij

frira iamais en son Royaume les ene-
mis de sa personne, de sa couronne,&
de son peuple. Seulement ie touche-
ray trois ou quatre poincts, qui concernent la doctrine.

LE premier point est, Que le Iesuite dit; *Que luy & ses compagnons peuuët
par tout gaigner Paradis.*Contre cet erreur, i'argumente ainsi.

CE que Dieu donne gratuitement
à tous fideles en Iesus Christ, ne se
peut gaigner par iceux.

OR Dieu donne gratuitement à
tous fideles le Paradis celeste en Iesus
Christ. Tesmoins ces passages.Mat.20.
23. Luc 12. 32. Rom. 6. 23. 1. Iean 5.
11. Apoc. 2. 7.

Donques il ne se peut gaigner par
iceux.

LE second point est, qu'il dit; *Que
les Iesuites sont tellement irrepreĥësibles,
que les peuples lointains & tout l'vniuers*

ou ils font efpars, ne trouuent en eux rien
non feulement pour les conuaincre, mais
non pas mefme les accufer.   Refponfe.

S i tous hommes choppent en plufieurs chofes, & mefmement en parole, & fi le iufte chet fept fois le iour,
on peut trouuer en la fecte des Iefuites dequoy les accufer & conuaincre.

O r l'antecedent eft vray. Iaq. 3. 2.
Prou. 24. 16.

V r a y donc eft le confequent. Que
fi le Iefuite rapporte ce qu'il dit à ce
que S. Paul entend, parlant des Euef- *1.Tim. 3. 2.*
ques, qui doiuent eftre irreprehenfi-
bles, c'eft à dire, non coulpables d'aucun crime fcandaleux, ou puniffable
par le magiftrat: Ie m'en rapporte nõ
feulement à ce qu'on met en lumiere
tous les iours contre l'impieté, iniufti-
ce, & perfidie de ladite fecte, mais encore aux Arrefts du Parlement de Paris plufieurs fois reïterez: par lefquels

ils sont cõdamnez comme heretiques,
ennemis du Roy & de son estat, cor-
rupteurs de la ieunesse, & perturba-
teurs du repos public.

Le troisieme point est; *Qu'il confes-*
se que sa secte & religion est nouuelle, in-
stallee en ce siecle de fer, & multipliee en
cinquante & tant d'ans. Resp. Cela
est vrai. Car elle n'est point fille de
l'Antiquité Apostolique, ains a esté incognue aux Saincts Apostres & à leurs
successeurs Apostoliques. Le pere de
ceste vipere a esté vn soldat boiteux,
nommé Ignace Loyola : comme Richeome le confesse, fondateur de sa
Secte, en son Discours des Miracles.
chap. 26. sect. 6. Le parrain qui la mit
en veuë & en credit, fut Iean Pierre
Carraphe Napolitain, depuis nommé
Paul 4. de ce nom, lors que du consentement de tous les Cardinaux, il fut
esleu Pape, le 23. iour du mois de Mai,

SVR LA RESPONCE DV
Sieur de Loque à Richeome.

Le Perſean monarque appourit Crœſus Roy,

Et ſoudain l'enrichit, dont il mourut tres-riche.

Mais Richeomeeſtant mis, par Loque en deſarroy,

Mourra poure Richeome, & non point homme riche.

A. D. T.

RESPONSE
AV PREMIER
DISCOVRS QVI EST
des Miracles.
SVR LE CHAP. I.

E CHAPITRE premier
est diuisé en cinq sectiõs,
ausquelles nous respon-
drons sommairement.

1.   La premiere section
est, de l'occasion qui a
meu le Iesuite à faire ce
liure. C'est asçauoir, *Vn*
certain traitté des Ministres, contre les Miracles
faits en l'Eglise de nostre Dame d'Angilliers lès Sau
mur. Lequel traitté (ce dit-il) est demeuré sans res-
ponce iusques ici, pour deux raisons. La premiere est,
parce que c'est une œuure qu'on a desdaignee, & de
laquelle on ne doit faire aucun conte. La seconde, par-
ce que ce traitté, & tous les autres des Ministres, ne
sont que redites & nouuelles repetitions des argumens
iadis faits par eux, & plusieurs fois desfaits par les
Docteurs de l'Eglise Romaine, anciens & moder-
nes. Mais finalement qu'il y respond pour deux au-

A

tres raisons. L'vne, pource que nous pourfuiuons toufiours de multiplier fous la preffe nos difcours. L'autre, pour nous rebouscher la pointe de noftre importunité, & nous faire reuoir & reffentir les armes, dont nous & nos anceftres auons esté batus.

Refponce. Pour le fusdit traitté, ie ne l'ay point veu, & ne fçay s'il eft vray ou fuppofé. Celuy qui l'a bafti en pourra rendre raifon, fi bon luy femble.

Quant aux redites & repetitions que le Iefuite attribue en general aux Miniftres, il euft trop mieux fait, & plus equitablement, de les attribuer à foi mefme, & à tous fes compagnons. Car ce n'eft autre chofe de tous leurs efcrits, & de toutes leurs difputes, finon des beaux choux recuits, comme dit le Prouerbe. Et au refte, fi en nos liures, nous auons redit & repeté, difons & repetons encore plufieurs chofes, lefquelles nos Docteurs ont dites & produites deuant nous, nous y auons efté contraints & forcez, & le fommes encore, par les redites & repetitions des Docteurs contraires. Et appliquons ici ce que Socrates refpondit vne fois à vn grand Sophifte nommé Hippias Elean, qui lui auoit reproché cela mefme que le Iefuite nous reproche maintenant : ταῦτα, dit il, περὶ ταυτῶ : *Eadem de eifdem* : c'eft à dire, de mefmes chofes, ie di mefmes chofes.

Touchant l'affeurance que le Iefuite fe donne de bien rebouscher nos pointes, & nous faire reuoir & reffentir fes armes, il fe verra, Dieu aydant, fi fes effects fuiuront fes paroles, &

s'il luy fera autant aifé à faire qu'à dire.

2. La 2. fection contient le fuiet de ces trois Difcours, le 1. des Miracles : le 2. des Sainéts : le 3. des Images. Et quant à ce qu'il adioufte, que nous difons fur le premier, *Que les Mira-cles ont pris fin dés long temps en l'Eglife de Dieu, qu'il n'en eft plus befoin, que ceux qui fe font main-tenant en l'Eglife Romaine, font enchantemens & œuures de deception. Au fecond & troifieme, que c'eft Idolatrie de prier & honorer les Sainéts trefpaf-fez, & reuerer ou adorer les images.* Nous difons cela voirement, & attendons de voir comment, & par quelles raifons tirees de la parole de Dieu, le Iefuite nous arguera & conuaincra de faux.

3. En la 3. fection, il pretend monftrer pour-quoy Luther & Caluin appellent idolatres les Catholiques Romains. *Ce font la, dit-il, les plus hauts tertres, fur lefquels vos Capitaines Luther & Caluin, apres les Iuifs & vieux Samaritains, ont en noftre fiecle arboré les enfeignes de reuolte contre l'E-glife Catholique.*

Refp. Les hauts tertres fur lefquels Luther & Caluin ont pofé leurs Canons côtre l'Idolatrie de l'Eglife Romaine, ce font les bouleuars & rempars de la Parole de Dieu : contraires par confequent aux Iuifs, & aux Samaritains ido-latres, & de mefme aux Docteurs de la Papau-té, qui ont reietté & mefprifé fes tertres, & au lieu d'iceux ont grimpé aux terraffes fablon-neufes des Traditions humaines, pour y arbo-res les enfeignes de leur fauffe Eglife.

A ij

Quant à la reuolte qu'il impose à Luther &
à Caluin, ne lui desplaise, ni Luther ni Caluin
ne se sont iamais réuoltez de l'Eglise Catholique, ni nous pareillemenr. Nous tous voirement auons bien quitté l'Eglise Romaine, mais
non point l'Eglise Catholique. Nous auons
bien abandonné la peste qui estoit, & est encore
dedans la ville, mais non pas la ville. Nous
nous sommes bien retirez des Idoles qui e-
stoient, & sont encores dans le Temple, & sur
l'Autel, mais non point du Temple, ni de
l'autel.

Il adiouste parlant tousiours de Luther & de
Caluin, *Et par vn beau pretexte, quoy que faux,
de retirer les ames de l'idolatrie qu'ils appelloient Pa-
pistique, ont fait apostater mille & mille personnes trop faciles à se laisser tromper, les retirans de la
Loi & des Autels du vray Dieu, pour leur faire a-
dorer les Idoles neufues de l'heresie, & offrir sacrifice
à Baal paré d'habits & masqué de Religion reformee.*

Resp. Ie respons premierement, que le moyen
que ces Docteurs & leurs successeurs ont em-
ployé pour retirer les ames de l'idolatrie papale, n'est point autre que la pure Parole de
Dieu, parquoy ce n'est point vn pretexte vain
ni faux. Secondement, en ce qu'il dit que Luther & Caluin ont fait apostater beaucoup de
personnes de la Loy de Dieu ; le Iesuite nous
excusera. La doctrine de laquelle Luther & Cal
uin ont fait profession, les purge de ce crime,
lequel nous reiettōs à bon droict sur les Papes

& Docteurs de la Papauté, ausquels il conuient
proprement & sans aucune exception. Car
se sont eux, qui apostatez, ont fait apostater &
reuolter, non pas seulement mille & mille personnes, mais presque toute la Chrestienté, de
la Loy de Dieu, pour leur faire adorer les Idoles & les marmosetz erigez en leurs temples,
& offrir des sacrifices, des parfuns, des chan-
deles, & autres telles choses, à leurs Baalins
& patrons, parez & reuestus d'habits, & mas-
ques de vraie religion, quoy que fausse & dam-
nable.

4. C'est ici (dit-il en la 4. section) *où ce vieux*
serpent vous a trop finement seduits, se reuestant
d'vne plus belle figure que de serpent, pour mieux vous
tirer hors du Paradis de l'Eglise, se transfigurant en
Ange de lumiere.

Resp. Si cela est dit des Iesuites, & de tous les
autres qui suiuēt leurs abus, & si par l'Eglise on
entend la vraye & pure Eglise espouze de Iesus
Christ, il est vray: car c'est ce serpent caute-
leux, qui par ses piperies & ruses a fait sortir
de la vraye Eglise vne infinité de poures aines,
lesquelles ensorcelees de ses charmes, & em-
poisonnees de son venin mortel, languissent
croupissantes en la bouë de la Papauté. Mais
puis que ce Iesuite entend parler de l'Eglise Ro
maine, & qu'il luy attribuë vn Paradis, il veut
que nous croyons que leur Paradis n'est point
au Ciel, ains au milieu de leur Synagogue
Papale, au despart de laquelle, s'ils meurent sans repentance, il ne leur reste qu'à es-

A iij

prouuer le precipice des enfers.

5. De la charge que le Iesuite nous met à sus
en la section 5. touchant *les causes du desdain &
de la haine*, qu'il dit *que les Ministres portent à
l'Eglise Catholique*, Item ; *de la façon des Ministres escriuans & parlans*; Nous nous en deschar-
geons sur luy-mesme, & sur ses compagnons,
& en general sur tous les Docteurs du Pape,
ausquels tout cela compette realement & de
faict.

Et quant à la menace qu'il nous fait, *de tailler en pieces toutes nos vieilles & nouuelles bandes, &
toutes nos forces, sans moyen de retraite, afin que sa
victoire en soit plus honorable.* Nous verrons si ce
trait de Gendarme, ou de Carrabin foudroiant
donnera coup ou non.

SVR LE CHAP. II.

DEVANT que le Iesuite commence ses
discours, il parle en ce 2. chap. du mot de
Catholique, & de la diuisiõ d'icelui. Et dit en
la premiere section, 1. *Que nous faisons trois sortes de Catholiques. Les premiers, ce sont les Papistes,
qui croient à tout, inuoquent les Saincts, & adorent
les Images. Les seconds, ce sont ceux qui, bien qu'ils
soient en l'Eglise Romaine, n'adherent pas pourtant
à vne infinité de superstitions qui sont en icelle. Les
troisiemes, ce sont les Catholiques reformez, qui sont
de mesme humeur que les seconds.* Resp. Nous
admettons pour cette fois cette diuision, mais
laquelle nous esclaircirons ci apres. Oions ce

que le Iesuite y trouue à dire.

2. *Vostre diuision*, (dit-il en là 2. section) *est
bastie contre les loix de Logique, & de verites*. Et
comment ? *Les loix de Logique disent qu'vn tout
doit estre diuisé selon les parties qu'il a sous son tene-
ment, & non en celles d'vn autre genre & famille*.
Resp. Cela est vray. *Item que les parties ne doiuent estre de plus grande estendue, que le tout*.
Resp. Nous l'accordons. *Vous diuisez les Catholiques, en Catholiques & Huguenots, & iettez le
mot & la signification d'icelui au de là, de ses terres
& de sa nature*. Resp. Nous le nions. Il le
prouue par vne similitude. *Si quelqu'vn*, dit-il,
*vouloit assigner les especes d'oiseau, & qu'il dist ainsi,
entre les oiseaux, les vns ont bec & aisle, les autres
ont six pieds, aucuns n'ont ni bec ni aisle, il diuiseroit
mal. D'autant qu'il feroit oiseau ce qui ne l'est pas,
& mettroit entre les parties & especes d'oiseau, ce
qui n'est compris sous le mot d'oiseau, & l'estendroit
plus l'argement que ne porte son aisle : car il compren-
droit sous ce mot les escreuisses, les taupes, & autres
bestes, qui ont plus de deux pieds, sans aisles, & ne
sont point oiseaux : & partant le mot d'oiseau embras-
seroit des parties, qui ne sont de sa nature, ni de son
toïage*. Resp. Nous aduouons ceste similitude, combien qu'elle ne soit point du creu de
ce Iesuite. Car l'Euesque depositaire ou *Custo-
dinos* de Mets l'a mise en auant de mot à mot en
vne responce qu'il a faite aux Ministres de l'E-
glise Reformee dudit lieu, il y a plus de trente
ans. En quoi nostre Iesuite Richeome ne semõ-
stre point larron Lacedemonien, c'est à dire

A iiij

subtil. Mais voyons-en l'application.

*Vostre duuision, (dit-il) est taillee à ce patron.
Et comment? Car de trois sortes de Catholiques,
que vous-nous mettez ici, ceux des deux derniers
n'appartiennent en rien au nom & nature de Catholique. Et pourquoi? parce qu'ils ne croient point les
miracles, ni l'inuocation des Saincts, ni la veneration des Images, comme croient tous les Catholiques.*
Resp. Cette preuue est fautiue, & l'erreur d'icelle s'appelle en l'eschole, *petition de principe.*
Nous ne croions point les miracles, (i. les miracles faux & feints de la Papauté) ni l'inuocation des Saincts, ni la veneration des Images: cela est vrai. Donc nous ne sommes point
Catholiques, c'est à dire Chrestiens Orthodoxes (car nous prenons ici ce mot de Catholique en ce sens, comme nous le declarerós tantost :). Nous nions cette consequence. Il faut
prouuer premierement, que les Catholiques
doiuent croire ces choses. Et puis cóclurre que
ceux qui ne les croiét pas, ne sont point Catholiques. Mais la peine sera en l'Antecedent, où ie
m'asseure que Richeome suera sous son bónet
quarré, & dans ses deux robes. Plustost donc
contre les Papistes nous argumentons ainsi.

Ceux-là qui croient les faux miracles, l'inuocation des Saincts, & la veneration ou adoration des Images, ne sont point vrais Catholiques, ou Orthodoxes. Les Papistes croient les
faux miracles, l'inuocation des Saincts, & la
veneration ou adoration des Images.

Donc les Papistes ne sont point vrais Catholiques ou Orthodoxes.

3. *Le mot de Catholique (dit-il en la 3. section)
proprement pris ne comprend qu'vne sorte de gens, pour
le regard de la foi. Et comme la foi Catholique est vne, & l'Eglise Catholique vne, vniuerselle & generale, vne enuers tous, en tout temps, & en tout lieu,
aussi l'est l'homme Catholique.*

Resp. Nous consentons à cette section moïen-
nant quelque esclarcissement, & quelques ob-
seruations. Sçachons donc premierement, que
ce mot de Catholique attribué à l'Eglise, ne
se trouue point en la saincte Escriture, mais
bien au Symbole des Apostres. Et est vn
mot de generalité, qui signifie vniuersel. Partant l'Eglise est nommee Catholique, pource
qu'elle est espandue par tout le monde, n'estant
attachee à aucun lieu, ni à aucun peuple particulier. C'est pourquoi S. Augustin l'appelle
*Eglise, croissant parmi toutes les nations, iusqu'à la
fin, aiant communion auec tout le monde. Item, E-
glise croissant par toute la terre, Et, Eglise espandue
par tout le monde.* D'auantage, l'Eglise est vne, dit-
il, laquelle nos ancestres ont nommee Catholique, afin
que par le nom mesme ils declarassent qu'elle est par
tout. Car ce que les Grecs disent καθόλον, est selon le tout.
Optatus Mileuitain en ses disputes contre Par-
menien, en parle de mesme: *Ceste est, dit-il, l'Eglise Catholique qui est espandue par le monde vniuersel.*
Et encore se mocquant des Donatistes, lesquels
enfermoiet l'Eglise vniuerselle en vn petit coin
d'Afrique: *Que deuiendra donc (dit-il) la proprieté
du nom de Catholique: attendu que l'Eglise est appel-*

Aug. epist.
48. & 166.
lib. de vnit.
Eccl. cap. 11
13. & 16.
lib. Eod.
cap. 2.

Opt. lib. 2
cont. Parm.

lee Catholique, pource qu'elle est espandue par tout.

Mais d'autant, que la definition de l'Eglise, consideree en corps, conuiét aussi à toutes les Eglises particulieres, lesquelles retiénent le vrai fondement de la doctrine de salut; voila pourquoi vne chacune des Eglises particulieres Orthodoxes est nommee quelque fois Catholique, entant qu'elle est membre de la seule Catholique. C'est ainsi que S. Augustin en parle, faisant mention des Eglises Catholiques en nombre pluriel, en son liure de la doctrine Chrestienne. Et les Canons du Decret de Gratian de mesme, entre lesquels il y en a vn qui dit ainsi: *Toutes les Eglises Catholiques & Apostoliques establies par tout le monde, sont vne seule & mesme chambre nuptiale de Christ.*

Au demeurant, pour distinguer les vrais fideles, appartenans à l'Eglise Catholique, d'auec les sectaires, les anciens Docteurs les appellent Catholiques; comme qui diroit, membres de l'Eglise Catholique, retenans la vraie doctrine de la foi en Iesus Christ.

En ce sens donc, nous approuuons aucunement ce que dit le Iesuite en cette 3. section. Mais notons que quand les anciens Peres ont parlé de tels fideles, ils les ont appellez Catholiques Chrestiens, & non pas Catholiques Romains.

Entre autre nous disons qu'à prendre ce mot de Catholique en sa propre signification, l'Eglise Romaine ne peut estre appellee Catholique: car ce qui est particulier, & en vn seul lieu,

[marginal notes:] Aug. lib. 2. de doctr. Christ. Dist. 19 Can. in Canon: cis Dist. 21. C. Quamuis.

ne peut estre vniuersel, ni espandu par tous
lieux. Et ce qui est vniuersel , & espandu par
tous lieux; ne peut estre particulier, ni en vn
seul lieu. Mais l'Eglise Romaine est particulie-
te, & en vn certain lieu: c'est aiçauoir à Rome:
Et l'Eglise Catholique est vniuerselle, & espandue par tout le môde. Parquoi l'Eglise Romaine ne peut estre l'Eglise Catholique , & l'Eglise Catholique ne peut estre l'Eglise Romaine.

Ie dis plus, qu'à prendre le mot de Catholique pour Orthodoxe, combien que ce mot soit
attribué, comme nous auons veu , aux Eglises
particulieres, consentantes auec l'Eglise Catho
liques en la foi, & en la saine doctrine; neantmoins l'Eglise Romaine ne se peut nommer ni
Catholique ni Orthodoxe , parce qu'elle s'est
retiree de la vraie foi, & du vrai fondement de
la doctrine de salut.

4. Vrai est que le Iesuite pretend de conclurre le contraire, en la section 4. Où il fait vne
antithese entre ceux de l'Eglise Romaine ; &
nous de l'Eglise Reformee. Et dit; *Que ceux de
l'Eglise Romaine sont vns en la Foi , encores qu'ils
soient differens en autres qualitez ; & partant qu'ils
sont les vrais Catholiques : mais que nous de la Religion Reformee, lesquels il accouple auec les heretiques Arriens & Manicheens, & auec ceux qu'il
appelle Lutheriens, ne sommes pas (ce dit-il) vnis;
ains diuisez en nostre creance, non seulement les vns
des autres, mais encore de nous mesmes ; & partant,
que nous ne sommes pas vrais Catholiques.* C'est là
le sommaire de ladite section: car nous laissons

& paſſons tout le reſte qu'il y touche, n'eſtant
qu'vn vain babil contre nous, auquel il a voulu
pindariſer, & groſſir & enfler l'auantage de ſon
ſubiet, par le vent de ie ne ſçai qu'elle eloquence, & de la lie de ſes imaginations.

Il dit donc deux choſes. L'vne de ceux de l'E-
gliſe Romaine. L'autre de nous de l'Egliſe Reformée. Quant à ceux de l'Egliſe Romaine, il
nous les baille pour les vrais Catholiques, pour
ceſte raiſon qu'ils ſont (ce dit-il) bien vnis enſemble en la foi. Son dire à beſoin de caution:
car nous leur nions tout à plat, & l'Antecedent
& le conſequent. Nous confeſſons bien qu'ils
ſont voirement bien vnis en la theorique, & en
la pratique de leurs Idolatries & ſuperſtitions,
& à faire la guerre à Ieſus-Chriſt pour l'Antechriſt, comme Herodes & Pilate. Mais d'eſtre
vnis au fondement de la vraie doctrine, & de
la foi, nous le nions formellement, & leur faiſons ceſt argument contraire, pour prouuer
qu'ils ne ſont ni bien vnis, ni Catholiques.

Ceux qui ont delaiſſé la verité de Dieu, &
ſe ſont deſtournez de la vraie doctrine des Prophetes & des Apoſtres, ne ſont point vnis en la
vraie foi, & par conſequent ne ſont point vrais
Catholiques.

Ceux de l'Egliſe Romaine ont delaiſſé la verité de Dieu, & ſe ſont deſtournez de la vraie
doctrine des Prophetes & des Apoſtres.

Donc ceux de l'Egliſe Romaine ne ſont point
vnis en la vraie foi, & par conſequent ne ſont
point vrais Catholiques. l'Aſſomption ſe prou-

uera en l'examen des difcours fuiuans.

Ce qu'il dit de nous de l'Eglife Réformee, c'eft qu'attendu que nous fommes heretiques, diuifez en noftre creance les vns des autres,& de nous mefmes,comme les Arriens & les Manicheens, il s'enfuit que le nom de Catholique ne nous appartient point. Nous refpondons en premier lieu, que nous n'auons rien de commun auec les Arriens & les Manicheens, lefquels nous auons detefté, & abiuré leurs doctrines & opinions heretiques il y a long têps. En fecond lieu, que nous ne fommes nullemêt heretiques, comme il dit : car à quel titre ? Si nous fommes tels, nous auons befoin d'eftre corrigez,voire bien nous meritons qu'on nous coupe la gorge, & qu'on nous lapide . Mais il faut corriger les heretiques par les tefmoignages de l'Euangile & efcrits des Apoftres; ce dit S. Hilaire . Il faut couper la gorge à l'herefie par le glaiue aigu de l'Efcriture ; ce dit S. Hierofme. Il faut lapider les heretiques par tefmoignage des Efcritures;ce dit Athanafe.Que donc ce Iefuite & fes compagnons,& autres de leur cabale,nous monftrent en quoi nous fommes heretiques, & nous conuainquent eftre tels par la Parole deDieu.Heretiques font ceux là qui auec opiniaftreté errent en la foi,croians ce qu'il ne faut point croire, où ne croiãs point ce qu'il faut croire. Qu'ils nous monftrent dõc auquel de ces deux chefs nous errons. Ils auroient trop affaire : Nous receuons reueramment, tout ce qui eft contenu aux liures Cano-

Hil.l. 4. de Trin.
Hier.in Ierem. lib. 4.
Athan.côt. Ari. Or. 2.

niques du Vieil & Nouueau Teftament, &
faifons eftat que nous fommes entierement
perfuadez de noftre inftitution, profeffion &
difcipline, par ce qui nous eft là enfeigné. Nous
reiettons les Iuifs en leurs opinions, deteftons
les Turcs, condamnons toutes les herefies, que
les quatre premiers Conciles generaux, & les
autres fainéts Synodes conformes à la Parole
de Dieu, ont condamnees ; & aduouons les
trois Symboles receuz de l'Eglife : c'eft afçauoir celui des Apoftres, celui de Nicee, & celui d'Athanafe. Si donc nous fommes heretiques, les Prophetes & les Apoftres ont efté im-
pofteurs. Car fi on dit que nous croions ce que
nous ne deuons pas croire, puis que nous ne
croions que ce qu'ils ont efcrit, donc ils ont
trop efcrit. Et fi on dit que nous ne croions pas
ce que nous deuons croire, donc ils n'ont pas
affez efcrit. Mais l'vn & l'autre eft faux.

Touchant l'vnion que ce Iefuite nie eftre entre nous en la vraie foi & doctrine de falut, les
efcrits de nos Docteurs, & l'egale profeffion
que nous faifons de la pure verité de Dieu, nous
iuftifieront affez deuant tout le monde. Parquoi nous concluons ainfi.

Ceux qui ont abiuré toutes les herefies des
anciens heretiques, & les abus, idolatries &
fuperftitions de l'Eglife Romaine, & gardent
la vraie doctrine de falut, fans s'en deftourner
ni à dextre ni à feneftre, ceux-là font vnis enfemble en la vraie foi, & par confequent font
vrais Catholiques, c'eft à dire Orthodoxes &

bons Chreſtiens.

Ceux de l'Egliſe Reformée ſont tels.

Dont ils ſont vnis enſemble en la vraie foi, & par conſequent ſont vrais Catholiques, c'eſt à dire Orthodoxes & bons Chreſtiens.

SVR LE CHAP. III.

LE poinct deciſif du different qui doit eſtre demeſlé entre Richeome & nous, touchant les miracles, n'eſt point contenu en ce chapitre, ni en quelques autres ſuiuans, voila pourquoi nous les paſſerons ſans longue diſpute.

En ceſtui-ci le Ieſuite diuiſe les miracles en ceux qu'il appelle de Nature, & en ceux qu'il appelle de Dieu, nous n'entrerons point là deſſus en grand combat. Nous-nous contentérós ſeulement d'y noter & remarquer quelques articles, qui nous ſemblent les vns meriter quelque cenſure, & les autres faire pour noſtre cauſe, ne diſſimulant point cependant ce qui y doit eſtre aduoué.

1. *Le mot de miracle* (ce dit le Ieſuite en la ſection 1.) *eſt pris d'admiration, & prouient (comme dit vn Philoſophe) de l'inſpection de quelque effect manifeſte, duquel la cauſe eſt cachee.* Reſp. Cela eſt vrai, mais ne lui deſplaiſe, l'exemple qu'il en donne de l'Eclipſe de la Lune, n'eſt pas à propos. Car la cauſe n'en eſt point cachee, non plus que l'effect ; comme il dit lui-meſme, veu que l'ombre de la terre interpoſee produict telle obſcurité. *Mais,* (dit-il) *à celui qui ignore*

ceſte cauſe, l'effect lui eſt vn miracle. Ie replique,
que cet effet n'eſt donc point vn miracle vraiement, ains ſeulement par l'opinion qu'en a l'i-
gnorant. Autant en pourrons-nous dire de
pluſieurs miracles, que le Ieſuite recitera ci a-
pres auoir eſté faits en la Papauté, pour prouuer l'Idolatrie & le faux ſeruice diuin : c'eſt a-
ſçauoir que tels miracles ne ſont point vrais
miracles, ains miracles ſeulement par imagination & par opinion.

3. Il adiouſte en la 3. *Que tels effects ſont com-*
munément baptiſez *miracles de Nature, parce que*
Dieu les donne par l'entremiſe d'icelle, ouurant na-
turellement par cours arreſté & commun.

Reſp. Si par la Nature il entendoit ie ne ſçai
quelle deeſſe, que les Païens ont forgee, oppoſee
à Dieu, nous refuterions c'eſt erreur; Mais puis
que par ce mot, il n'entend autre choſe ſinon
l'ordre que Dieu a mis & eſtabli au monde, duquel il ſe ſert pour faire ſes œuures, quoi qu'en
icelles nous voions pluſieurs choſes qui ſurpaſ-
ſent la capacité & portee de nos entendemens;
nous aduouerons volontiers le nom de ſes miracles, & la raiſon d'icelui ; Mais il m'eſt aduis
que ce mot de *baptizer,* ne conuient point bien
à ces effects de Nature. Car à iceux le Bapteſme ne doit point eſtre appliqué, non plus
qu'aux Cloches, aux Temples, aux Chapel-
les, aux Autels, & aux autres choſes ſemblables, qui ſont ſans ame, ſans iugement & ſans
raiſon, & par conſequent incapables de ce Sa-
crement; Que ſi la choſe ne leur conuient pas,
non

non plus le nom. Parquoi i'aimerois mieux dire
que tels effects sont communément appellez
miracles de Nature : laissant ce mot de baptizer, & autres tels termes de mignardise aux
courtisans, s'ils en veulent abuser.

4. *Les autres, dit-il, sont appellez miracles simplement & sans queue, ou miracles de Dieu : d'autant qu'ils sont produits de sa main-mise, au dessus
des Loix de nature, dequoi aussi ils sont plus admirables.*

5. *Et là dessus en la section 5. il en donne la
definition, & en allegue 8. exemples. 1. La
mutation de la verge de Moyse en serpent. 2. Des
eaux d'Egypte en sang. 3. De l'eau des nopces en
vin. 4. L'arrest du Soleil du temps de Iosué. 5. La
conception du Fils de Dieu au ventre de la vierge,
sans accointance d'homme. 6. La nativité du mesme Fils de Dieu sans fraction & interest de la virginité de sa mere. 7. La guerison de l'aueugle né. 8.
La suscitation de Lazare. Toutes ces choses (dit-il)
estoient miracles : Car c'estoient œuures de merueille, manifestes aux sens, produites sans aucun seruice
des agens naturels, par la toute puissance du createur,
qui secretemēt operoit par vne pratique surnaturelle.*

Resp. Nous aduouons le nom des miracles
de Dieu, & la raison pourquoi ils sont ainsi
nommez. Et admettons aussi les 8. exemples
alleguez par le Iesuite, hors mis vne partie du
sixieme, c'est asçauoir la natiuité du Fils de
Dieu sans fraction, si le Iesuite entend par là la
sortie de Iesus Christ hors du ventre de la saincte Vierge sa mere, sans aucune ouuerture d'i-

B

celle. Car nous difons que cette iffue ou fortie,
n'a point efté vn miracle, comme l'a efté la conception. C'eft finemét que le Iefuite a fait glif-
fer cet article, pour prouuer la penetration pre
tendue des corps; de laquelle il parle en la fection. 6.　Tout ainfi que les Sophiftes mettent
en ce rang des miracles, l'iffue de Iefus Chrift
hors du fepulchre; fon entree en la chambre où
eftoient les Apoftres, les portes eftans fermees,
& la penetration des cieux en fon afcenfion.
Nous confeffons bien que Iefus Chrift eft forti
du ventre de la faincte Vierge fa mere, fans aucun intereft de fa virginité. Mais fans aucune
ouuerture, nous ne le pouuons fainement accor
der. Nous auós pour nous la Parole de Dieu, en

Luc 2. 23. ce mot, *Omne Mafculinum adaperiens vuluam*,
qui eft en S. Luc. Ioint que plufieurs anciens
Docteurs maintiennent noftre caufe : comme
Origene fur S. Luc. hom. 14. Tertullian au liure *de carne Chrifti.* S. Ambroife fur S. Luc auffi, qui dit en paroles claires, Que *Chriftus vuluam aperuit* ; voici fes mots en Latin : *Qui vul-*
Ambr. l. 2. *uam fanctificauit alienam, vt nafceretur Propheta,*
in Luc c. 7. *hic eft qui aperuit matris fue vuluam, vt immacu-*
latus exiret. S. Hierofme dit pareillement,
Hier. tom. 1. que Iefus Chrift fortit du ventre de fa mere;
ad Euflo. *Cruentus.*

Et quant à la virginité de Marie, nous auons
dit, que nous la croions. Mais la confequence
qu'on en tire, difant que fi en elle il y euft eu
quelque fraction ou ouuerture, en la fortie de
Iefus Chrift fon Fils, hors de fon ventre, fa vir-

ginité se fust perduë: cette conséquence est im-
pertinente & fausse. Car le fondement de la virginité de Marie, consiste seulement en ce qu'elle n'a iamais esté cognuë d'homme. Et partant
elle ne l'a point perdue pour auoir enfanté son
Fils à la façon des autres femmes. Ce qu'elle
eust fait, si elle eust esté cognuë de quelque hôme. Car vne fille ne pert point sa virginité pour
enfanter, ou lors qu'elle enfante. Elle l'a perdue auparauant: c'est asçauoir, en l'acte par lequel elle a estéc ognue d'vn hôme : Et mesmes
encore qu'elle ne conçoiue point, & n'enfante
point, elle ne laisse pas d'auoir perdu sa virginité, elle a esté cognuë de quelque homme.

Au demeurant, nous-nous voulons seruir
de la definition du mot de miracle, mise par le
Iesuite, & des exemples qu'il a produits, pour
infirmer le miracle qu'on pretend se faire en la
saincte Cene. *Miracle* (ce dit-il) *est pris d'admiration*. Il est certain. A cause dequoi S. Augustin a dit, que les choses ou œuures, qui n'esmeuuent point, & ne sont point dignes d'admiration, ains sont accoustumees ou ordinaires,
ne sont point des miracles. Aussi les exemples
susdits, tesmoignent que les effects des miracles, doivent estre euidens aux sens exterieurs,
& doiuent estre iugez par iceux. Car par quel
moien a esté cognuë & iugee la conuersion de
la verge de Moyse en Serpent, sinon par la veuë?
Et de l'eau en vin, és nopces de Cana, & des
autres tels & semblables miracles, sinon par la
mesme veuë, & par le goust, & par les autres

*Aug. de v-
til. cred. cap.
16.*

fens? Mais qui a-il de femblable au pain & au vin de la fainćte Cene, qu'on dit eftre conuertis & tranffubftantiez au corps & au fang de Iefus Chrift? Les yeux y voient-ils, les mains y touchent elles, la langue & le palais y gouftent ils autre chofe, finon du pain & du vin? Ces fens y peuuent-ils difcerner & iuger la conuerfion pretendue, comme a ux exemples fufdits? Nullement. Parquoi il n'y a point là de miracle. Comme auffi S. Aug uftin l'a declaré, quand il a dit, *Hæc honorem haberé poffunt, vt religiofa; ftu-* *porem autem habere, vt mira, non poffunt.* C'eft à dire, ces chofes peuuent bien auoir de l'honneur, comme religieufes : mais elles ne peuuent pas apporter eftonnement ou admiration, comme merueilleufes.

Aug. de *Trin. lib. 3.* *cap. 10.*

7. Nous paffons auffi la feɕtion 7. fi ce n'eft d'eux mots, defquels le Iefuite vfe au recit des definitions de miracle. *Qu'eſt-ce donc, (dit-il)* *que miracle? C'eſt vn eſſai extraordinaire de la puiſ-* *fance de Dieu, & vne faillie de diuinité.* Refpon. Nous reiettons ces mots, *d'eſſai* & de *faillie*, en cet endroit; *Eſſai*, c'eft quand vn homme s'efforce de faire quelque chofe, & en donne quelque commencement, pour voir & s'affeurer fi elle fera bien faite, & s'il pourra la pourfuiure & amener plus auant, en vn degré plus parfait. Or cela ne fe peut attribuer à Dieu, en fes œuures miraculeufes. Car pour les faire, & amener à perfeɕtion, il n'a pas befoin de s'y effaier. Quant au mot de *faillie*, c'eft volontiers ou vne boutade, qui a quelque monftre ou apparen-

ce ; ou bien vne sortie que les gens de guerre
assiegez, font contre leurs assiegeans. Et cela,
non plus que *l'essai*, ne peut estre attribué à
Dieu, en l'œuure de ses miracles. Parquoi le
Iesuite deuoit estre plus simple en son langage
sans vser de ces mots, recerchez par curiosité,
esquels il est trop abondant. Mais auec la faueur plausible d'iceux, il pretend ainsi amuser
& abuser le monde.

SVR LE CHAP. IIII.

IE n'ai rien à dire, sur ce chap. 4. que deux
mots; Le premier est, que l'ordre promis au
titre, n'est pas suiui aux deux sections d'icelui:
Car le titre de la section premiere porte; *Qu'il
y-a trois degrez de miracles*, c'est asçauoir, *grans,
mediocres, & moindres.* Le titre de la seconde section contient; *Que le fondement de tous miracles
est la creation du monde.* C'est ce que ces deux sections promettent de traicter distinctement.
Et neátmoins tout cela est deduit & traitté pesle mesle, & confusément: comme le lecteur le
peut iuger. Si c'est la faute de l'Autheur, ou de
l'imprimeur, entre eux en soit le debat.

L'autre mot, que i'ai à dire sur ce chapitre,
c'est touchant ce que le Iesuite attribue à Nature. Car voici ses paroles, ne se souuenant pas
de ce qu'il a dit, au chap. 3. parlant des miracles de Nature : c'est a dire, faits de Dieu, ouurant naturellement par cours arresté & commun. *Au second rang,* dit-il, *sont les œuures, qui*

se font en vn subiet, où la nature ne les peut faire,
bien qu'elle les face en vn autre : tels sont ressusciter
vn mort, & illuminer vn aueugle né : Car bien que la
nature donne veuë & vie aux animaux qu'elle pro-
duit, elle ne la peut pourtant donner à vn mort, ni à
vn aueugle né. Resp. Quelle est cette Nature?
y en a-il aucune (outre Dieu) à laquelle il
puisse estre attribué, de produire des animaux,
& de leur donner veuë & vie ; mais non pas de
les donner à vn aueugle né, & à vn mort? Qu'elle opposition nous fait ici ce Iesuite, entre Nature & Dieu? *Dieu & Nature n'ont rien fait en*
vain ; Ce dit vn Prouerbe. Voire, mais ce Prouerbe conuient aux Philosophes Paiens, ou
du tout Epicuriens, & Atheistes, & non point
aux Chrestiens. Car si on prend Nature, pour
quelque Creature, laquelle ait puissace de creer
& produire quelques animaux ; c'est la mettre
en la place de Dieu. Si on la prend pour la puissance & vertu diuine, laquelle se manifeste en
la creation ou production desdicts animaux,
& en la conseruation d'iceux, & en leur ordre;
il faudra prendre Nature non pas pour vne cho
se qui ait naissance d'ailleurs ; mais qui la donne : & à la prendre ainsi, Dieu & Nature, seront
tout vn : & par consequent, Dieu ne pourra e-
stre opposé à Nature. Si on la prend (ainsi que
font les mieux aduisez) pour vn moien creé ou
ordonné de Dieu, par lequel il fait ce qu'il lui
plaist ; c'est mal fait, d'adioindre ce moien là à
Dieu, comme pour ouurier auec lui : ou d'opposer l'vn à l'autre, en la production de quel-

que chofe , foit miraculeufe ou non. Le Iefuite aduifera à ce mot s'il lui plaift.

SVR LE CHAP. V.

L E Iefuite confume beaucoup de temps à
difputer de ce dont il n'y a nul differant
entre les Sophiftes de l'Eglife Romaine, & nous
touchant les œuures qu'il appelle naturelles. Il
lui en prend, comme à ceux qui fe noient, ou
qui font en danger de fe noier, lefquels empoignent tout ce qui fe prefente à eux ; & fut-ce v-
ne barre de fer tres-chaude, le danger du naufrage les y contraignant. Ainfi (dis-ie) en fait
ce Iefuite, & tous fes compagnons. Ils recueillent & amaffent toutes les aides, qu'ils penfent
leur pouuoir feruir, pour eftablir & affermir
leur fauffe doctrine, contraints de leur mauuaife caufe, & fe voians couuerts des eaux de la
verité qui les noie.

Il dit qu'il parle des chofes naturelles (lefquelles il appelle miracles,) pour deux raifons.
*La premiere, parce que l'intelligence de ces miracles
naturels, eft vtile à cognoiftre les fupernaturels. La
feconde, parce que l'explication de fi belles œuures de
Dieu, peut aider les ames deuotes à admirer & louer
le createur, & difpenfateur d'icelles, & a reueiller les
pareffeux, pour entrer en vne telle admiration &
louange. Et adioufte, qu'il paffera fur les principales
parties du monde, le plus legerement qu'il pourra, à fin
d'eftre de retour de bonne heure, à fon difcours principal.*

Refp. Son intention en cela eft à louer. Mais

en premier lieu, il abuse du mot de miracle.
Car si ce qui se fait ordinairement & naturellement, & n'esmeut point, n'est point miracle;
tout ce qu'il recite,& recitera ci apres de la con
duite du monde, du cours du Soleil, & de la
Lune, & de telles choses, n'est point miracle.
S. Augustin, & le decret mesme font pour nous,

contre lui en cet endroit. En second lieu, il promet, mais il n'effectue pas. Il dit *qu'il passera*
sur les principales parties du monde, le plus legerement
qu'il pourra. Et neantmoins il y emploie plus de
23. ou de 24. chapitres : disant au commencement du 28. *Qu'il est de retour de son grand voia-*
ge, apres auoir postillonné les routes du monde celeste
& elementaire, cerchant nouuelles des miracles natu-
rels. Nous l'attendrons donc en ce destroit-là,
& ne nous arresterons point beaucoup à ce sien
premier voiage; ains le passerons autant ou
plus legerement que lui : mais nous nous opposerons viuement à l'autre suiuant, ou il recerche tant qu'il peut les miracles surnaturels,
lui faisans voir l'obliquité de ses chemins, les
trauerses dangereuses de ses routes, & le precipice auquel il s'eslance. Cependant nous aduouons ce qu'il dit au reste de ce chapitre, ne
contenant rien contre la doctrine, de laquelle
nous faisons profession, & laquelle il pretend
combattre.

SVR LE CHAP. VI.

LE Chapitre VI. ne fait rien non plus contre noſtre doctrine. Il parle 1. *Des excellences du Soleil.* 2. *Dit que le Soleil eſt image de Dieu, Dieu eſtant appellé Soleil.* 3. *Que le Soleil tournant à l'entour de la terre fait tout temps.* 4. *Que la lumiere du Soleil eſt egalement diſtribuee par tout l'vniuers.* 5. *Du iour artificiel & naturel.* 6. *Que ſous les poles l'an eſt d'vn iour & d'vne nuict.* 7. *De la diuerſité des iours & des nuicts.* 8. *Que le Soleil tournoiant la terre, fait toute ſaiſon, en toute ſaiſon.* 9. *De la Lune.*

Reſp. Tous ces chefs dependent de la ſcience des Mathematiques, & nommément de l'Aſtrologie. Si le Ieſuite y eſt bien inſtruit, ou qu'il ait eſté lui-meſmes au Ciel, pour y meſurer & noter le cours d'icelui, & la grandeur du Soleil, de la Lune, & des autres Aſtres ; & roulé toute la terre, pour pouuoir aſſeurer (comme il a dit au chap. precedent) que la moindre Eſtoille, du firmament, de celles qui ſe monſtrent à nous, ſurmonte de beaucoup la grandeur de noſtre terre ; Et qu'il n'y a Eſtoile en cette eſcharpe celeſte, qui portee de l'Orient à l'Occident, ne face à chaſque quart d'heure, plus de ſix vingts mille lieues celeſtes, qui ſont ſans comparaiſon, plus longues que les noſtres Et (comme il dit en ce chapitre) que le Soleil eſt plus grand que la terre, cent ſoixante ſix fois, ie m'en rapporte à ce qui en eſt. Ce Ieſuite n'eſt pas le premier qui en a ainſi parlé, plu-

fieurs Mathematiciens & Astrologues en ont
discouru de mesme deuant lui. Mais c'est aux
Theologiens de se contenir dedans les bornes
de leur Theologie, & de laisser aux Mathematiciens & Astrologues leurs Mathematiques, &
leur Astrologie, qui sont sciences de leur gibier
& profession. De ce que le Iesuite nous en conte ici, i'en croirois plus volontiers Monsieur de
Balfour, tres-docte Philosophe, & tres-excellent Mathematicien, professeur en ces sciences
là, en l'Academie de Bourdeaux. Mais quoi
qu'il en soit, tout ce recit du Iesuite, ne sert de
rien à la matiere, qu'il a entrepris de prouuer:
c'est asçauoir; Que les miracles sont necessaires aux Ministres, pour faire foi de leur Vocation. Ci apres voirement il y donnera. Et
c'est en ce lieu-là que nous l'attendrons de pié
coi, sans nous esbranler.

Au demeurant, nous ferons ici vn argument
contre nostre Iesuite, pris d'vne reprehension
qu'il fait aux Paiens, & à quelques Iuifs, en la
1. section de ce chapitre, & nous seruirons de
sa maxime, où il dit ainsi; *Les Paiens accoustu-*
mez à s'arrester aux creatures, plustost que passer
outre, & contempler le Createur en icelles, adoroient
le Soleil, comme aussi quelques Juifs: mais ce fut le
vice des vns & des autres. Car ils auoient trop meil-
leur subiect de prendre coniecture & creance des per-
fections du facteur, voians vne si belle creature: &
l'adorer lui, & non l'ouurage de sa main. De là donc
i'argumente ainsi contre l'idolatrie papale.

Si les Paiens & quelques Iuifs, ont esté re-

prehenſibles, de ce qu'ils ont adoré le Soleil,
œuure de la main de Dieu, au lieu d'adorer
Dieu, par plus forte raiſon, ſont à reprendre
ceux de l'Egliſe Romaine, qui adorent les images, & les hoſties, ouurages de leurs mains, au
lieu d'adorer Dieu, qui ſeul doit eſtre adoré.

Mais l'Antecedent eſt vrai : ce dit le Ieſuite.

Vrai donc eſt le conſequent, par la regle du
plus petit au plus grand.

SVR LES CHAP. VII. & VIII.

CEST merueille (mais non pas miracle)
que ce Ieſuite inſiſte tant ſur vne choſe
qui ne ſert de rien au ſubiect, duquel il a promis de diſputer. Car qui lui conteſte ce qu'il
met ici en auant, *du premier Ciel mouuant, du tẽps*
ſelon ſon eſſence & proprieté, & de ſes parties? Item,
du Soleil marque des ans, & des iours, & de la Lu-
ne, marque des mois & des ſemaines? Et dequoi lui
ſert tout cela pour ſa matiere? Il s'eſlargiſt par
trop, au lieu de donner droict à ce qui touche
le nœud de ſa diſpute. C'eſt (di-ie) ſe ietter trop
hors des termes de la theologie. Et ce qu'il
fait, n'eſt autre choſe, ſinon apporter de la lumiere en plain midi. Mais en fin, de beaucoup
de paille, il recueillira peu de grain. Ie paſſe
donc le 7. & le 8. chapitres ſans reſponce, attendu que ce qu'il y traitte, ne nuiſt en aucune
ſorte à noſtre cauſe, & n'auance en rien la ſienne. Et lui reproche, ce qu'Alexandridas reprochoit à vn Orateur eſtranger, qui tenoit aux
Ephores de bons propos & bien couchez, mais

hors de leur lieu & fans neceffité, Orateur (dis-
il) *tu dis ce qu'il faut, là où il ne faut point.*

SVR LE CHAP. IX.

CE font *des premiers miracles naturels,* (ce dit
le Iefuite) *que Dieu a mis en cette famille corporelle celeste.*

Refp. Mais veu que les fufdits effects du Ciel,
du temps du Soleil & de la Lune, n'efmeüuent
point, & n'amenent aucun eftonnement ni aucune admiration, entant qu'ils font naturels,
ordinaires & accouftumez, ce ne font point
proprement miracles.

Aufquels (dit-il) *il nous faut ioindre quelques-
vns des fur-naturels de mefme ordre.* Refp.   L'ordre requeroit, à le prendre felon le but du Iefuite, qu'il traittaft amplement des miracles,
qu'il lui plaift appeler naturels; & puis des miracles qui font purement de Dieu & fur-naturels. Mais il les confound à fon plaifir. Et encore
quãd il aura deduit les vns & les autres à plain
fons, il n'aura rien exploité pour le gain de fa
caufe. Voions neantmoins cette adionction
des miracles fur-naturels, aux naturels de mefme ordre.

Il allegue au preallable deux raifons genera-
les, pourquoi Dieu fait des miracles, c'eft à dire, des œuures fans mife, ou dependance d'a-
gens naturels. *La premiere eft, pour mieux retenir les mortels en fa creance.* Refp. C'efte raifon
ou caufe finale, eft l'vne des principales: & partant admiffible finon qu'on vouluft eftre athee,

& fans religion. *La ſeconde raiſon eſt pour exciter les pareſſeux à ſa cognoiſſance, par quelque rareté, lors principalement qu'ils ſe ſeroient endormis en la conſideration des œuures de Dieu quotidiennes. Laquelle ſeconde raiſon, eſt doctement deduite par S. Auguſtin eſcriuant ſur S. Jean. Parce*, dit-il, *que Dieu eſt vne ſubſtance, qui ne ſe peut voir des yeux corporels, & que les miracles, par leſquels il gouuerne le monde, ſont ia aduenus contemptibles, à cauſe de l'accouſtumance, & que perſonne ne daigne contempler les œuures de Dieu admirables en chaſque grain de ſemence, ſelon ſon accouſtumee miſericorde, il s'eſt reſerué de faire quelques choſes, quand la ſaiſon le requerroit, par deſſus le cours commun de la nature : à fin que les hommes, qui meſpriſoient les quotidiennes, admiraſſent les nouuelles & non accouſtumees, non pour eſtre plus grandes, mais pour eſtre plus rares.*

Aug. tract. 24. in Ioan.

Reſp.   Cette raiſon eſt auſſi receuable : & n'auoit que faire le Ieſuite de la confirmer par le teſmoignage de S. Auguſtin, ſinon comme faiſant contre lui, en ce mot qu'il dit ; *Que Dieu s'eſt reſerué de faire des miracles, quand la ſaiſon le requerroit.* Car de là, nous argumentons ainſi.

Les miracles ſont requis, quand la ſaiſon le requiert.

Mais de noſtre temps, la verité eſtant aſſés manifeſtee, la ſaiſon ne requiert point que les miracles ſe facent.

Parquoi de noſtre temps, les miracles ne ſont point requis.   L'Aſſomption ſe prouuera ci apres euidemment.

Il recite apres deux miracles du Ciel, & quelques autres de la nature du temps.

Iof. 10.12. Miracle 1. *Vn miracle du Ciel fut* (dit-il) *quand Dieu à la voix de fon feruiteur Iofué, arrefta la courfe du Soleil & de la Lune , les Cieux & toute la nature s'eftonnerent de cet arreft. Le Soleil s'arrefta* (dit l'Efcriture) *auffi s'arrefta la Lune : le Soleil s'arrefta au milieu du Ciel, & ne s'auança point pour fe coucher ; par l'efpace d'vn iour entier. Tel iour n'a point efté deuant lui, ni apres.*

Refp. Nul ne contredit à ce miracle. Il eft efcrit en Iofué chap. 10. 12. Et Abacuc en fait mention chap. 3. 11. difant ; *Que le Soleil & la Lune, fe font arreftez en leur habitation.* Vrai eft qu'aucuns Docteurs ont debatu, fi en ce miracle tous les Cieux font demeurez immobiles, le Soleil & la Lune eftant arreftez : ou bien fi feulement le Soleil & la Lune fe font arreftez, fans aucun empefchement ou arreft du mouuement des autres Cieux. Denis Areopagite, efmeut bien cette queftion en l'Epiftre à Polycarpe, mais il n'en decide rien. Nous laiffons cette difpute à l'Efchole de la Philofophie & de la Sorbonne, nous contentans de croire fimplement & refolument le miracle, puis qu'il a efté fi apparant.

Miracle 2. *Mais,* (dit-il) *beaucoup plus fut admirable, l'Eclipfe du Soleil, du temps de la paffion du Sauueur, pour quatre raifons non ouies, lefquelles entreuindrent en icelles.* Et en la marge, il cotte ces quatre raifons, pour quatre miracles.

Premierement (dit-il) *la Lune vint trouuer le Soleil du cofté de l'Orient, au lieu que le Soleil la deuoit*

rencontrer tirant au couchant, comme il fait aux cõ-
ionctions naturelles. Secondement, la Lune alla ioindre le Soleil dans peu d'heures, lors qu'elle estoit en son
plain, & la plus esloignee d'icelui ; laquelle approche
elle ne pouuoit faire naturellement deuant quatorze
iours. Tiercement, elle se trouua ioignant le Soleil au
mi-iour, & au soir lui fut diametralement opposee:
auquel esloignement, elle deuoit aussi mettre quatorze
iours, comme elle fait apres les conionctions naturelles. Quartement, s'estant ioincte au Soleil du costé de
l'Orient, elle deuoit passer outre en l'Occident conti-
nuât son chemin. Et toutesfois elle rebroussa vers l'O-
rient, pour se remettre en son lieu par la mesme brisee,
reculant contre nature: comme contre nature elle s'e-
stoit auancee. Et partant, à bon droict, ce grand Mathematicien, Denis Areopagite ; & despuis grand
Sainct, estant alors en Egypte, & voiant des effects
si extraordinaires au Ciel, demeura raui destonnement. Voila (ce conclud le Iesuite) les miracles
faits au Ciel, contre le cours du Ciel.

Resp. Ie respon, que ces quatre miracles
sont plus imaginaires que vrais, en la deductiõ
desquels le Iesuite a mieux aimé se monstrer
subtil Mathematicien, que bon Theologien.
Il a posé & edifié son bastiment sur ce fondement, que l'Eclypse du Soleil se fait par l'inter-
position de la Lune, entre lui & nostre veuë,
quand le Soleil & la Lune sont conioints sous
la ligue Eccliptique, tous deux en la teste ou
en la queuë du Dragon. Car alors la Lune, qui
est vn corps opaque & non transparant, ne peut
pas estre entierement illuminee du Soleil, ains

feulement la moitié ou plus, (car le Soleil eft
eft plus grand que la Lune.) Et par ainfi elle
iette fon ombre vers nous, & empefche que la
clarté du Soleil ne nous illumine.

Sur cela donc le Iefuite a bafti fes quatre miracles ; le Soleil (à fon aduis) n'aiant peu eftre
obfcurci, finon par vne telle interpofition de
la Lune entre lui & la terre.

- Mais à ce conte, ledit Ecclipfe auroit efté
naturel, & non point furnaturel & miraculeux.
Ou bien ce qu'il y auroit eu de miracle, il auroit efté fait en la Lune, & non point au Soleil.
Car le Soleil ne fe feroit point obfcurci, finon
par l'interpofition de la Lune, entre lui & la terre, à la façon des Ecclipfes naturels. Il eft donc
plus vrai-femblable, que la Lune en cet Ecclipfe, ne s'eft aucunement approchee ni reculee
du Soleil ; ains que Dieu par fon commandement a retenu ainfi la clarté du Soleil, & a enuoié les tenebres fur le Climat, auquel s'eft fait
ledit Ecclipfe. Car auffi, fi alors la Lune euft
fait vne telle approche, & vn tel reculement du
Soleil; non feulement le Climat, & païs de Iudee l'auroient apperceu & veu; mais auffi tous
les autres Climats & regions de la terre. Ce
qui n'aproche point de la Verité. Car les Mathematiciens l'auroient remarqué & celebré
par leurs efcrits.

Que fi on preffe la lettre, σκότ☉ ἐγένετο ἐπ'
πᾶσαν τὼ γῶ Mat. 27. 45. ou, ἐφ' ὅλιν τὼ
γῶ. Marc 15. 33. c'eft à dire, *tenebra factæ*
funt in vniuerfam terram: Les tenebres ont efté
                                                    fnr

fur toute la terre. Noftre de Beze refpond, que
γλω, eft pris pour χώραν i. la terre pour la Region : comme en S. Luc 4. 25. où il eft dit, que
du temps d'Elie en Ifraël, le Ciel fut fermé trois
ans & fix mois, tellement que la famine fut
grande, ἐπὶ πᾶσαν τὴν γλω : *in omni terra, par tou-*
te la terre : C'eft à dire, par toute la region. L'E-
clipfe donc na point efté vniuerfel : ains particulier fur la terre de Hierufalem, & de toute
la Iudée.

Quant à ce que le Iefuite allegue de Denys
Areopagite, qui lors eftoit en Egypte, & duquel Sacrobofco a efcrit qu'il dit, *Aut Deus na-*
tura patitur, aut mundi machina diffoluetur : i. *Ou*
le Dieu de Nature patit, ou bien la machine du mon-
de fera diffoute. Cela ne merite non plus de foy,
que plufieurs autres fables qu'on attribue au
mefme autheur.

Ie dis encor, que fi cet Ecclipfe auoit efté
vniuerfel fur toute la terre, il auroit eu vne
autre caufe, que l'interpofition de la Lune entre le Soleil & noftre veue. Car (ce difent les
Mathematiciens & Aftronomes, Ptolemee,
Copernicus, Vitellio en fon Optique, & plufieurs autres,) par une telle interpofition, l'Ecclipfe du Soleil n'eft iamais general ou vniuerfel par toute la terre. La raifon eft, parce (difent-ils) que la clarté du Soleil ne fe pert iamais, ains feulement, fe cache par l'interpofition fufdite. Comme donc ainfi foit que la terre foit plus grande enuiron quarante fois, que
la Lune, & le Soleil cent foixante fix fois plus

C

grand que la terre, l'ombre de la Lune ne peut
point couurir toute la terre, & principalement
d'autant qu'elle est pyramidale, & s'estressit
& vient en pointe, tant plus qu'elle approche de
la terre. Et par ainsi la Lune cache bien le Soleil, mais non pas à toute la terre, ains seulement aux Climats sur lesquels le corps d'icelle
(opposé diametralement au Soleil) se rencontre lors directement.

Le Iesuite vient apres aux miracles sur la nature du temps; c'est ascauoir *de la duree de la vie*
des hommes; raccourcie, comme du temps de Noé,
au prix des aages precedens; ou prolongee, comme à
Ezechias, en la faueur duquel Dieu fit encore vn mi-
racle, faisant reculer le Soleil de dix degrez, & l'om-
bre du quadran, d'autant de lignes, en signe qu'il ac-
compliroit sa promesse. Resp. Nous accordons
tout cela: comme pareillement ce qu'il allegue
du Deuteronome ; *Que par quelque traitte de*
temps les habits des Hebrieux ne s'vserent point au
desert. A quoi il eust peu adiouster, comme ils
furent nourris extraordinairement, & autres
tels miracles, lesquels Moyse a mis en auant
pour tesmoignages de la gloire & puissance de
Dieu, clairement manifestee à ce peuple-là, à
fin d'induire leurs successeurs à s'assuiettir plus
volontairement à son Empire. Nous ne contre-
disons pas (dis-ie) à ces miracles. Mais à que
faire les allegue-il ? En quoi peuuent-ils aider
à sa cause ? Il se verra ci-apres.

Le miracle qu'il produit des sept dormans,
nous est suspect, & a besoin de plus soluable

Gen. 6. 3.
Isa. 38. 8.

Deut. 29. 5.

cautió. C'est merueille qu'il n'ait encore mis en
ligne de conte, pour vn autre miracle semblable
a cettui-ci, la fable d'Endimion, lequel les Poëtes feignent auoir esté vn fort beau ieune homme; & duquel la Lune estant amoureuse, l'en-
dormit d'vn sommeil perpetuel en vne montagne de Carie nommee Latmie, à fin de le pouuoir baiser mieux à son aise.

Il dit apres, *qu'Alexandre le grand changea vn*
iour : c'est ascauoir que du 30. de Iueillet, il en fit le
27. pour la raison qu'il allegue : mais que ce ne fut
point vn miracle. Et à quoi tend cela ? A rien du
tout, nõ plus que ce qu'il adiouste du Pape Gregoire XIII. lequel l'an 1582. fit nõmer le XI.
de Decembre, le XXI. & racourcit le mois de
10. iours. *De cette correction Gregorienne* (dit-il)
Messieurs les Ministres, faisans mal vostre profit,
au lieu d'en prendre de la Lumiere pour vous, vous
en auez tiré des tenebres contre nostre S. Pere, ou plus-
tost contre vous, comme aussi ont fait vos freres
d'Allemagne.

Resp. Nous pourrions à bon droict controoller ce changement. Car les villes & E-
glises d'Angleterre, d'Escosse, de Geneue, de
Suisse, d'Allemagne, & autres Septentriona-
les le reprouuent, par plusieurs raisons prises
mesme de l'Astrologie, & se tiennent à l'ancien Calendrier, & non pas au nouueau & pa-
pistique. Mais nous controllons nommément
l'autheur d'icelui. Car nous disons que ce n'e-
stoit point à l'Euesque de Rome d'vsurper vne
telle authorité, la rauissant aux Empereurs,

C ij

Rois, Princes & Potentats de la terre, ausquels
elle appartenoit, & non point à lui. Toutesfois
s'il entreprend le plus, pourquoi n'entrepren-
dra-il le moins? Or il entrepend, comme lieutenant de Dieu en terre, de dominer par tout,
& commander au Ciel, en terre & aux enfers,
aux Anges, aux hommes, & aux Diables; tesmoins ses actes & ses Bulles: pourquoi donc
ne dominera-il sur le temps, & ne commande-
ra qu'il soit changé à sa fantasie? Iele veux ainsi,
(dit il) ie le commande ainsi: que ma volonté suffise pour toute raison. Mais si faudra-il en
fin qu'il rende conte de toutes ses vsurpations
& entreprises à Dieu, qui seul est le Roi & le
Monarque de tout le monde.

Finalement, il nous menace de *l'Antechrist
françois de Monsieur de Raymond, conseiller en la
cour de Parlement de Bourdeaux: lequel corrigera,*
ce dit-il, *le calcul de nos plumes.* Quand nous
l'aurons veu & leu, nous saurons ce qui en sera:
& si besoin est, nous lui opposerons l'Antechrist
Latin de nostre du Ionc, & encore l'Antechrist
Latin & François de nostre Daneau: Et ce qu'à
escrit du Pape Romain, Sibrandus Lubertus. Et
verrons de quel costé on deura ranger & rele-
guer le Pape de Rome.

Svr les Chap. X. XI. XII.
XIII. XIIII. XV.

Ractent *fabrilia fabri*, ce dit vn Prouerbe
ancien: c'est à dire, qu'vn chacun se mesle de son art & de sa vocation. Pour autāt donc

que la profession de noftre Academie Chreftienne, n'eft point de la Philofophie naturelle,
ni de l'Aftrologie, ains de la Theologie; voila
pourquoi nous ne nous arrefterons point au
menu de ces V I. Chapitres, lefquels font emploiez par le Iefuite, en des chofes qui ne font
point de noftre vocation, & qui ne tombent
point en difpute entre luy & nous. Nous pafferons donc fans eftrif ce qu'il dit.

Au chap. X. Des merueilles du feu, de fon
agilité, actiuité, incorruption, vtilité, fertili-
té, violence, beauté: & des miracles fur naturels que Dieu a faits par icelui; quand fon a-
ction eftant fufpandue, il ne brufla point les *Dan. 3.*
trois Hebrieux: quand au contraire, il mon- *Genef. 19.*
2. Rois 1.
ftra fa force en la deftruction de Sodome, Go- *2. Rois 18.*
morrhe, & les autres villes pecherefses: quand *2. Rois 2.*
il dettora les gendarmes d'Achab, qui venoient
pour faifir Elie: quand il brufla la victime pre-
paree deffus l'Autel dudict Prophete: & quand
il fe mefla au chariot & aux cheuaux d'icelui,
qui l'enleuerent au Ciel.

Au chap. X I. Des trois regions de l'air, &
de leurs qualitez: De la generation & fufpenfion de la pluie en icelui; & telles chofes.

Au chap. X I I. De la defcente de la pluie par
mefure: de la pluie prodigieufe en forme de fang
de laict, de chair, de fer, de laine, de crapaux, *Plin. l. c. 56.*
de pierres, & autres telles efpeces, dont Pline *Gen. 19.*
& quelques autres Hiftoriographes font men- *Exo. 16.*
tion. Item de la pluye de feu & de fouffre con- *Iof. 10.*
tre Sodome & les autres villes: de Manne &

C iij

de Cailles, pour la nourriture des Hebrieux au
defert; de grefle & de cailloux, contre les A-
morrheens en faueur de Iofué.

Au chap. XIII. Du vent : de fa definition;
des diuerfes opinions de fa generation, fource,
& caufe. Item des tremblemens de terre, & ef-
motions de la mer, caufees par iceluí.

Au chap. XIIII. Du progrez admirable
des vents, en ce qu'ils fuyent le lieu de leur
naiffance, & n'ont force finon quand ils en font
dehors, & fouflent & tirent vers leurs contraires, & femblent cercher leur diffolution, contre le commun cours de la Nature : qu'ils fouf-
flent gizans çà & là du midi au Septentrion;
& puis retournent par leurs circuits: qu'ils font
violens, mutins, impetueux, & de merueilleufe
puiffance; tellement que bien qu'ils n'aient aucune folidité en eux, aucunes griffes, ni inftru-
mens de prife, neantmoins ils emportent les hômes & les cheuaux, arrachent les gros pins aux
forefts, bouleuerfent les grandes maifons aux
villes, fendent & creuent la terre : des pais entiers, & fe iouent de la mer comme d'vn balon.

Eccl. 1. 6.

Au chap. XV. des vtilitez des vents, & de
leur falubrité & commodité fur la terre & fur
les eaux.

NOus paffons (6 diſ-ie) fans querelle ces
VI. chapitres; & ne les conteftons
point, nous en remettans à Ariftote, & aux autres Naturaliftes, qui en leurs Meteores & au-

tres liures en ont traitté à regorger. Ce Iesuite
s'y plaist outre mesure, & y cerche à fleurir plus
en paroles qu'en doctrine. Il cuide se faire place au large par les merueilles de ces choses naturelles, admirables au sens humain, lesquelles il nous represente par des mots bouffis, &
comme triez à la volette. Mais il est à craindre
qu'il ne s'y perde, comme en vn labyrinthe fait
en voute & en arcades.

Il dit au commencement du chap. XIX. qu'il
se haste tant qu'il peut de parcourir ces miracles, pour
venir au combat, mais que la presse l'arreste. S'il eust
eu enuie de venir aux mains, il se fust hasté encore plus, & la presse de ces miracles naturels
ne l'eust point tant arresté. Il fait comme Faui-
nius maigre imitateur de Caton, lequel em-
ploioit ses harangues à se plaindre de la brief-
ueté du temps, qui luy estoit donné pour haran-
guer, & cependant insistant en cela, & continuant ses discours hors de son subiet, il depen-
doit le temps inutilement. Ce Iesuite (di-ie) en
fait tout de mesme. Il dit que pour venir au cō-
bat, il se veut haster & gaigner le temps. Mais
il n'est que trop long en ces exerces, & au discours de ces choses naturelles, comme il l'a e-
sté aux chapitres precedens, & le sera aux suiuans, ausquels il s'esloigne par trop de son
fondement des choses, & de son vray but.

Il nous conuie au mesme lieu, à faire (tandis qu'il extrauaguera) nos apprests d'armes,
pour ledit combat. Nous y sommes preparez
il y a long temps. Qu'il aduise seulement à soi.

Plusieurs font contenance d'y estre bien resolus : mais quand ce vient au ioindre, ils ne le
peuuent soustenir les yeux ouuerts. Qu'il aduise (di-ie) que son attellage soit bien equipé, &
que ses armes ne soient point semblables à celles qui sont dediees aux tournois, lesquelles
sont mal propres pour les vrais combats : pource qu'incontinant elles se faussent & descou-
urent leur mauuaise trempe.

Nous approuuons cependant & louons la
doctrine que le Iesuite recueille des susdites
merueilles, du feu, de l'air, de la pluye, du vent,
Disant que toutes ces choses ignorees de nous
pour la plus part, nous doiuent faire admirer
Dieu le createur & dispensateur d'icelles, &
nous humilier en la science de nostre ignorance, qui est la leçon des Philosophes bien appris.
Item, detester les Payens, lesquels errans és
tenebres de la nature errante, ont adoré le Ciel,
la Lune, le Soleil, le vent, & les autres creatures, au lieu du Createur. Et nous tenir & repu-
ter bien heureux d'auoir en la mer de ce monde, en la terre de ces tenebres, & au pelerina-
ge de cette orageuse vie, Iesus Christ le Pilote,
le Docteur, & le guide, qui regit les eaus & les
vents, & qui est le vrai Soleil, la voie, la verité
& la vie. Et en somme adorer Dieu, qui non
seulement des choses grandes, mais encore des
petites, sçait faire des diuines merueilles.

IL continue sa trame des choses naturelles.
Et parle en ce chapitre de la generation de
l'Esclair, du tonnerre, de la foudre, & de la
pierre ou quarreau de feu, qui est la balle d'i-
celle foudre. De tout cela il faut voir Aristote
en ses Meteores liu. 2. chap. 9. Titelman en
a aussi doctement & dextrement escrit en sa
Physique, & a peu pres nostre Iesuite l'a suiui.
A quoi nous ne repugnons point. Et aduouons
par mesme moien l'application qu'il en fait, disant : *Que par ces Esclairs & tonnerres naturels*
Dieu nous signifie souuent quel il sera tenant son grãd
iour & tonnant sur la race des mortels son arrest ge-
neral, en faueur des bons & condamnation des mes-
chans. Et bien-heureux celui qui y pense, & de bonne
heure fait prouision de grace diuine & de bonnes œu-
ures, pour estre en saison trouué au rolle des amis de
ce Seigneur, iuge aussi terrible alors, qu'il est main-
tenant pere misericordieux. 3 & 4. Quant aux effects de la foudre, nous
les admettons tout de mesme, comme en aiant
veu de nos yeux (peus'en faut) de semblables.
Si ce n'est de celui qu'il dit estre aduenu l'an
1589. aux Indes Occidentales, en vn Chrestien
de mauuaise vie, qui estant en vne chambre a-
uec vne garce, fut tué par la foudre sans lezion
exterieure. Nous ne trouuons rien voirement
d'absurde en ce coup celeste, vangeur d'vn ob-
stiné mocqueur. Mais ce qu'il adiouste que la

garce fut preseruee de ce coup, par la priere
qu'elle fit & repeta souuent à la vierge Marie,
lui disant, *Vierge Marie priez pour nous*, cela
nous semble supposé: veu que l'Idolatrie, ex-
tremément detestée de Dieu, ne peut estre cause d'aucun bien, ains au contraire de tout mal,
comme dit l'Escriture.

Les miracles sur la nature (ce dit le Iesuite)
Exo.5.6.& *respondans à ceux-ci, furent les Esclairs & tonnei-*
9. 10.
Exo.20.18. *res excitez en Egypte par Moyse. Item ceux de la
montagne de Sina, lors que Dieu donna la Loi.*

Resp. I'eusse estimé que ce Iesuite eust esté de
meilleur iugement qu'il n'est. Car il fait ici des
comparaisons par trop ineptes. Ces miracles
faits de Dieu, se seruant des esclairs & des ton-
neres, qu'il excita en Egypte & en la montagne de Sina, sont tres-veritables, & ceux qui
les recitent, sont des tesmoins maieurs de toute exception. Mais les effects susdits cottez par
le Iesuite, touchant Martia eschapée de la foudre, & son fruict tué : & de l'Indien tué aussi
par la foudre, & sa garce preseruee, ne sont
point des miracles, & encore ces effects sont
peut estre supposez & feints : au moins les tesmoins d'iceux peuuent estre suspects. Pourquoi est-ce donc que ce Iesuite fait de ces choses si differentes des miracles semblables ?

Nostre Seigneur (dit-il) *en faueur de l'Eglise a
fait plusieurs belles merueilles du Ciel.* Cela est vrai.
Mais l'exemple qu'il en allegue, *de la grãde pluie
que Dieu enuoia à la priere des soldats Chrestiens, en
la presence de l'Empereur Marc Aurele, pour don-*

ner a boire au Camp Romain desia reduit à la mort
à cause de l'extreme soif, & du bruit, tonnerre, esclairs, foudre & gresle, que le mesme Dieu enuoia
contre les ennemis Allemans & Tartares, dont ils furent tous desconfits, qui toutesfois tenoient desia de-
uoree la victoire par presomption. Cet exemple
(di-ie) de miracle, combien que Xiphilin &
d'autres dient estre vrai, neantmoins puis qu'il
est combatu par Dion, qui l'attribuë à la Magie, comme le Iesuite le confesse, il nous est
loisible de suspendre là dessus nostre iugement,
iusqu'à ce que nous en aions vn plus grand esclarcissement.

Dion in
Aurel. in
hist. rom.

SVR LE CHAP. XVII.

LE Iesuite au 17ᵉ chap. s'esmerueille des
merueilles de l'Arc au Ciel, & d'vne coquille de limace de mer, qu'il a veuë quelque
fois à Lion, estimee des marchans 400. escus.
Quoi pour cela?

L'Arc au Ciel est voirement tel que le Iesuite
dit. Car apres le rauage du deluge aduenu pour
la punition des pechez du peuple d'alors, Dieu
ordonna l'Arc au Ciel en signe d'accord & de
paix, & pour gage & asseurace de sa misericorde. Aucuns sont d'opinion que cet Arc n'estoit
point deuant le Deluge, & le recueillent de ce
que Moyse recite que Dieu dit, Ie mettrai mon
arc en la nuee, lequel sera pour signe de l'alliance entre moi & la terre. Mais ils se trompent. Car les paroles du Seigneur ne signifient pas, qu'il ait esté

Gen. 9. 13.

creé ou fait, alors, l'Arc n'eſtant point auparauant: ains qu'il l'ordonna & imprima en lui
cette marque, d'eſtre vn ſigne de grace aux hõ-
mes. Cet arc celeſte donc, combien qu'auparauant il apparuſt aux nuees condenſees & eſ-
peſſies, indice de la pluye à venir ; toutesfois il
n'auoit point encor eſté marqué & dedié pour
ſeruir à l'homme de ſacrement, ou de ſigne ſacré de l'alliance ſuſdite, iuſques au temps que
Dieu l'a ordonné pour cet effect à Noé.

Quant aux cauſes de la generation de cet
arc, pourquoy il ſe monſtre de diuerſes couleurs, pourquoi en forme d'arc; & pourquoi, on
voit les couleurs, & non la forme d'iceluy, ſes
differances d'auec les figures rondes, qui paroiſ-
ſent au tour du Soleil & de la Lune, & autres
telles choſes, voiez Pline liu. 2. chap. 59. Et Ari-
ſtote liu. 3. des Meteores, chap. 4. & 5.

Touchant la Coquille de limace de mer e-
ſtimee à Lion 400. eſcus, cela peut eſtre. Mais
qu'elle proportion y a-il entre l'Arc au Ciel &
vne telle coquille, pour eſtre accouplez enſemble en vne meſme merueille ?

SVR LE CHAP. XVIII.

LE Ieſuite deſcent maintenant de l'Element
de l'Air à l'Element de l'Eau : & diſcourt
en ce chap. en Philoſophe naturaliſte, de la
mer, & de beaucoup de choſes merueilleuſes,
qui ſont & ſe font en icelle. Mais en fin comme bon Theologien, il recognoiſt & confeſſe
en tout & par tout, la main & l'œuure de Dieu.

1. Il parle donc en 1. section *des causes du flus & reflus de l'Ocean*, lesquelles il dit estre incognues. Nous sommes en cela auec luy, quoy que plusieurs en disent leurs ratelees autremét cuidans en rendre raison. Lisez Plutarque au 3. liu. des opinions des Philosophes, chap. 17. où il recite plusieurs aduis des anciens sur lesdites causes. L'Escriture saincte nous esleue en cet endroit (comme en tous autres, où il s'agist de l'ordre merueilleux de nature) à Dieu le createur, lequel arreste & esbranle la mer & toutes les riuieres, côme & quand il lui plaist. Mais il ne faut point douter que Dieu n'ait ordóné ce flus & reflus pour plusieurs occasions, & nommément pour l'vsage de la nauigation, & aussi à fin que les eaux se purgent & se conseruent pures. Car la mer nourrit beaucoup de vapeurs mauuaises, & est vne sentine de matieres puantes, lesquelles sont escumees par ce flus & reflus.

2. Il adiouste là dessus, *qu'aucuns ont escrit qu'Aristote mourut de regret; & d'autres, qu'il se precipita dans la mer, ne pouuant trouuer la cause de l'Euripe*. Resp. L'Euripe est vn destroit de mer entre le port d'Aulide, & l'Isle Eubœe, ou de Negrepont: auquel destroit la mer flotte & reflotte par sept fois en 24. heures, si impetueusement qu'elle maistrise les vents. *Voi Mela au 2. liu. & Pline au 2. liu. chap. 97. Iustin Martyr en l'oraison ad Gentes, & Laurens Valle au Dialogue du libre arbitre*, disent ce que dessus d'Aristote. Tite Liuc au liu. 8. de la 3. Decade, tient

que ce septenaire reflus est incertain. Mais Vadian sur Mela allegue vn tesmoin oculaire, qui
reiette cette opinion.

D'auantage (dit le Iesuite) qui n'admirera que
mille & mille grosses riuieres, bastantes pour courir
l'vniuers, se fourrent & embouchent sans cesse dedans
le gosier de ce grand corps, & iamais ne regorge.

Les Naturalistes en rendent bien quelque
raison, comme du Bartas l'a representee, disant:

Et toutesfois tant d'eaux, qui courent dans Neree,
De Neree ne font croistre l'onde azuree.
Car outre que leurs flots tous assemblez en vn,
Sont moindres qu'vne goutte, au prix du grand Nep-
tuns

Phœbus comme i'ai dit, & la bande Æolide,
Baloiant tout le front de la campagnie humide,
En hument peu à peu tout autant que les airs,
En la terre abreuee, en versent dans les mers.

Mais tant y a qu'outre cela il est bien necessaire que tout homme admire cette merueille,
& qu'il recognoisse & cofesse que la mer & en
son tout & en ses bras & par celles, a ses limites, dans lesquelles elle est retenue, autant qu'il
plaist à Dieu. Car il luy a baillé le sablon és riuages, ou elle se baisse s'aprochant d'icelui, &
s'esleue en son milieu. Comme plusieurs hommes doctes, qui ont nauigé prouuent que sous
l'Equateur elle est beaucoup plus haute, qu'en
nul autre endroit : & disent encor qu'il semble
à ceux qui de la pleine mer surgissent en terre
& prennent port, qu'ils descendent d'vn lieu
haut en bas.

D'où vient aussi que ce grand corps soit composé & abbreuué ordinairement d'eaux douces, & soit tousiours salé? Et pourquoi salé, estans les riuieres & les autres eaux douces?

Combien que les Naturalistes attribuent au Soleil l'amertume de l'eau de la mer en sa superficie, non pas au fond : comme Pline liu. 2. ch. 110. Et apres lui, Millichius sur ce mesme ch. de Pline : Garcæus au chap. 36. de sa Meteorologie. Velcurio au 7. chap. du 3. liu. des commentaires sur la Philosophie naturelle d'Aristote : Si est-ce qu'en cela, comme en toutes les autres merueilles, les hommes doiuent recognoistre la main de Dieu, pour le magnifier & adorer, comme nous auons dit vn peu deuāt.

3. Et par consequent en ce que le Iesuite demande apres; D'où vient aussi qu'un si grand & si vaste corps, enserre dedans le sein mille milliaces de corps de poissons, & autres; & ne puisse garder vn corps mort, qu'aussi tost il ne le reiette? Qu'il s'enfle & se courrouce, tantost s'entrouuant en abysme iusques aux enfers, tantost roulant coup sur coup des rodomontades, & des montagnes d'ondes & vagues, qui menacent le Ciel, & n'ose outrepasser les barrieres de ses riuages?

A quoi lui-mesme respond tres-bien, alleguant Iob 38. 8. ce que Dieu dit a Iob, parlant de ceste merueille : Qui a enserré la mer entre les huis, laquelle en vidant sort comme de la matrice? Quand ie mettoy la nuee comme son vestement, & l'obscurité comme ses bandelettes? I'ai posé sur icelle mon ordonnance, & lui ai mis des barreaux & des huis, puis lui ai dit, tu

viendras iusques ici, & ne passeras point plus outre,
& sondras ici l'esleuation de tes ondes.

4. 5. 6. 7. 8. 9. Semblable iugement deuons
nous faire de toutes les autres merueilles que
le lesuite recite aux sections suiuantes 4. 5. 6. 7.
8. 9. des poissons de monstrueuse grandeur &
d'estrange forme : comme en figure d'arbres
& d'animaux de la terre, à cornes & sans cornes :
& qui plus est en figures d'hommes & de femmes, appellez *Tritons & Nereides.*

Quant aux poissons de monstrueuse grandeur, comme sont les Baleines, les Peymelars,
& quelques autres, & de leurs formes ou figures estranges : Oppian au 5. liu. de la pesche :
Ælian au 10. de la Nature des animaux : &
Rondelet au 16. liu. chap. 11. 12. 13. 14. 15.
en ont discouru bien au long. A quoi on consent volontiers.

Mais touchant les Tritons & les Nereides,
il y a moins de consentement. On accorde bien
qu'il y a des poissons, qui ont aucunement la
figure d'homme & la figure de femme. Et il me
souuient auoir oui dire a feu Monsieur le Duc
de Bouillon & à Madame la Duchesse sa femme, qu'ils auoient veu en Cour deux poissons
morts de telle figure, l'vn d'homme & l'autre
de femme, lesquels feu Monsieur l'Admiral de
Chastillon auoit enuoiez au Roi. Mais ce qu'on
conte que ces Tritons & Nereides iouent des
flutes, il n'y a point de vrai-semblance. Au rapport fabuleux des Poëtes *Triton* est vn Dieu
Marin fils de Neptune & de Thetis nymphe
mariniere,

mariniere, & difent qu'il fert à fon pere de iou-
eur de flutte. Lifez Ouide au 2. de fa Metamor- *Plil.9.6. 3.*
phofe . Voila pourquoi le Iefuite dit que Pline
recite, *que de Portugal furent enuoiez des Ambaf-*
fadeurs exprez à Tybere, pour lui faire fçauoir, qu'en
leur cofté on auoit defcouuert vn Triton, c'eft à di-
re, vn homme-poiffon, qui iouoit d'vne certaine
flutte.

Apollonius au 4. des Argonautes depeint le
Triton en forme d'homme iufqu'au nombril, le
bas comme d'vn Dauphin; deux pieds deuant,
comme d'vn cheual, & la queuë fourchuë. Sous
ces fictions, Simon Goulard Miniftre de l'E-
glife de Geneue, eftime qu'ont efté reprefentez
les monftres marins, & le bruit impetueux des
vagues de la mer. Nereide auffi eft vn mot feint:
Neree eftant appellé des Poëtes, & nommément d'Hefiode en fa Theogonie, vn des dieux
de la mer, fils de l'Ocean & de Thetis, lequel
Neree a eu de fa femme & fœur Doride grand
nombre de Nimphes, lefquelles portant le
nom de leur pere font appellees Nereides.
Voiez N. des contes, en fa Mythologie liu. 8,
chap. 6.

10   *A ces miracles Naturels de la mer (ce con-*
clut le Iefuite) refpondent ceux que le mefme Dieu
a fait côntre la Nature de cet element. I. *Quand* Exo. 14.
il fit paffer les Hebrieux à pié fec au milieu de la mer
rouge, leur faifant faire le chemin aux vents, def-
quels la nature eft d'exciter des vagues, & rendre la
mer furieufe, & non feulement non gayable, & com-
mandant. l'Eau, qui n'a aucune fermeté, & qui bou-

D

leuerse les choses fermes, de seruir de mur à la dextre
& à la senestre des passans. 2. Quand il excita la
Iou.2.2. tourmête, lors que Ionas fut ietté en la mer. 3. Quand
la Balene garda ce Prophete trois iours & trois nuits
Mat.12.4. en son ventre, comme dans vn sepulchre, & qu'elle le
& 16.4. vomit vif au bord; figure de la sepulture & resurre-
Tob.6.& 8. ction du Sauueur, comme lui-mesme l'à declaré. 4.
Mat.14.25. L'Efect du cœur rosti du poisson de Tobie chassant
Mat.8.26. les Diables. 5. Quand le Sauueur marcha à pié fer-
Gen.7. me sur les eaux, & appaisa la tempeste, commandant
au flots 6. Le miracle vniuersel de toutes les eaux
sur le Deluge, par lequel toute la terre fut faite vn
Ocean.

Resp. Nous receuons ces miracles auec cette
exception que celui de Tobie, n'ayant point de
tesmoignage sinon d'vn liure Apocryphe, ne
soit point mis à l'egal des autres.

SVR LE CHAP. XIX.

LE Iesuite entre à cette heure aux bains. Ie
ne sçay s'il en a besoin pour le corps. Mais
pour l'ame, l'Eau luy est tres-necessaire, c'est
asçauoir l'Eau de grace, pour lui seruir de ra-
fraischissement & d'antidote, à fin de resister
au feu de leur Purgatoire, quand elle y sera es-
prouuée, si la fable en est vraie.

1. Il parle donc en la section 1. Des merueilles
des bains en chaleur, voire telle qu'on y cuise des
œufs, & y plume de la volaille : comme i'ai veu, dit
il, en Rouergue au bourg nommé Caudes-Aignes.

Resp. André Bacius, Orthoman Docteur Medecin de Mompelier, & plusieurs autres ont
fait des liures excellens des Bains. Ausquels ils

rendêt raison de cette chaleur, disans que l'Eau des bains est eschauffée par le feu ardant dans le Bitum, ou dans le soulphre. Aussi a cette eau ordinairement le goust de quelque metal, ou mineral, à trauers duquel elle passe. Nostre Iesuite a dit aussi ci dessus au chap. X. sect. 3. *Que le feu se trouue dans les cauernes de la terre, & eschaufe les eaux, & fait les bains.* Il ne doit donc pas tant s'esmerüeiller de la chaleur des bains, veu qu'il y a quelques raisons naturelles d'icelle.

2.   *Apres;* il parle des merueilles des bains en guérisons. *Qui a donné (dit-il,) a plusieurs bains la vertu de chasser des maladies, qui font teste aux Medecins, & se mocquent des Medecines?* Resp. Ne luy desplaise; les maladies que les eaux des bains guerissent, ne font point teste aux Medecins, & ne se mocquent point des medecines. Car les Medecins ordonnent ces eaux là, selon que les maladies le requierent, comme ils ordonnent la Rheubarbe, le Sené, l'Agaric, & les autres medicamens: Et par conséquant ces eaux mesmes font des medecines.

Il fait mention là dessus des bains de *Bayes* & de *Gadara*, iadis de tres-grande excellence: & depuis changez en effects contraires, à cause des abus introduits en iceux par l'entremise des Diables, & de plusieurs Magiciens & Sorciers. Mais ce qu'il y mesle, *qu'vne Dame Chrestienne s'y estant allée baigner, se detrapa miraculeusement, par le signe de la Croix, des enchantemens & poursuites de ceux qui la pourchassoient.* Cela ne peut estre aduoué sans consentir à l'Idolatrie, combien que le Iesuite die qu'Epiphanius le

Epi. liu. 1.
Tom. 2. cont.
hæref.
recite. Car le figne de la croix, tel qu'on le pra-
tiqué en l'Eglife Romaine, ne doit ni ne peut
auoir lieu entre les Chreftiens. Nous auons
difputé ailleurs de cette matiere affez amplement.

3. 4. 5. Autant en difons-nous de ce qu'il raconte des bains de *Digne* en Prouence, pour le
regard de la vertu d'iceux, & de la qualité des
Serpens dont il fait mention, attribuant le tout
au merite de S. Gilles. *Vous Meffieurs les Miniftres* (dit-il) *fort fobres à croire, ne le croiez pas:
auffi ne veux ie vous preffer de voftre foi, m'eftant
affez que ces effects foient miracles de Nature, &
du genre de ceux-là, fur lefquels ie fai maintenant
cette faillie de plume.*

Refp. Non certes, Richeome, nous ne le
croions pas, ni ne le deuons croire, pour la raifon que vous dites, que nous fommes fort fobres à croire: laiffant la creance de telles idolatries à vous autres, qui eftes prodigues à croire ce qui ne doit point eftre creu. Nous fommes voirement fobres à croire: D'autant que
nous ne croions qu'en ce que Dieu nous com-
Rom. 10. 17.
mande de croire. Car la foi vient de la parole
de Dieu, ce dit S. Paul. Pourquoi donc croi-
rions-nous ce que Dieu nous defend de croire
par fa parole, qui eft l'idolatrie & le merite des
œuures? (vous croiez l'vn & l'autre: partant eft
voftre foi prodigue & en excez, & par confequant vicieufe.

Mais (dit-il en cette mefme fection) *fi ne*

pouuez vous nier, que Dieu par la priere des saincts
n'opere souuent tels miracles. Si faisons, nous le
pouuons nier, & le nions, estant question de
tels miracles superstitieux & supposez. *Par la*
priere de S. Paul (dit-il) Dieu osta le venin à tous
les serpens de Malthe: & par celle de S. Patrice, il
chassa toutes bestes venimeuses de l'Isle d'Hybernie:
si bien que la terre mesme transportée ailleurs, en tue
tant qu'elle en touche: Et ne peut-on assigner en l'u-
ne & l'autre de ses Isles aucune autre cause, pourquoi
deuant la venue de Iesus Christ, ces bestes estoient les
bien venues armees de leur venin; & apres la venue
de ces saincts; elles en aient esté desarmees en leur
propre terre, ou bannies perpetuellement.
Resp. Quant à la priere de S. Patrice, par la-
quelle(ce dit le Iesuite) Dieu chassa toutes bestes venimeuses de l'Isle d'Hybernie, & le reste
qu'il adiouste : cela est encore à prouuer.

Touchant au fait de S. Paul, & à l'Isle de
Malthe, nous nions en premier lieu que S. Paul
ait prié Dieu d'oster le venin à tous les serpens
de cette Isle-là. Cela ne se prouue point par la
parole de Dieu. S'il estoit vray, il seroit enregistré au 28, chap. des Actes des Apostres, où
l'Histoire de ce qui aduint à S. Paul en l'Isle de
Malthe, & plusieurs miracles qu'il y fit, sont
descrits par S. Luc. Mais d'aucune priere de lui
faite à Dieu pour oster le venin des serpens de
ce lieu-là, nulles nouuelles. En second lieu, ie
di que cette Isle de Malthe, (qui est de petite
estenduë, mais forte à cause des rochers qui y
sont d'vne hauteur espouuantable, & abondan-

D iij

te en herbes & fleurs fouëfues & odoriferantes,
plus que nul autre païs)n'est point auiourd'hui
fans ferpens venimeux. Ainfi l'auons-nous oui
dire à des Commandeurs & Cheualiers de cette Ifle-là, qui y ont efté, & veu ce que ie di. Mais
quand la chofe feroit telle, nous fcauons que
les prieres que les faincts font en leur vie, font
de grande efficace , & vallent beaucoup, tant
pour eux, que pour ceux pour qui ils prient:
Tefmoin la priere d'Elie dont S. Iacques fait
mention. Iacq. 5, 17.

2. Rois 2:21

6. Le Iefuite en la 6. fection met pour miracle *la fontaine de Ierico, qui eftant amere, fterile, &*
pernicieufe de tout point, iufques non feulement à a-
mortir les plantes, mais encore a faire auorter les en-
fans dans le ventre des meres, fut en fin par la priere
d'Elifee renduë douce & fertile à merueilles: & con-
tinua apres à couler naturellement. Telles font de no-
ftre temps les trois fontaines à Rome , qui coulent
comme les autres, qui neantmoins faillirent au com-
mencement par l'attouchement de la tefte de S. Paul,
qui reialit en trois lieux eftant feparee du corps, &
fit ces trois fontaines miraculeufes.

Refp. Ce qui eft dit des Eaux de Ierico, ameres & fteriles de leur naturel, & renduës douces & fertiles par la priere d'Elifee, nous l'accordons, parce que la parole de Dieu le tefmoigne. Mais des trois fontaines de Rome,
faillies au commencement par l'attouchement
de la tefte de S. Paul, qui reialit en trois lieux,
eftant feparee du corps , & fit ces trois fontaines miraculeufes: nous en attendons quel-

ques autres tesmoins.

7. *A ces miracles (s'adiouste le Iesuite) peu-* Nomb. 5. 17
uent estre parangonnez les surnaturels que Dieu fit.
1. Sur l'eau benite en l'ancienne Loi en plusieurs cho-
ses, & specialement pour cognoistre du crime ou de
l'innocence de la femme accusée d'adultere. Car si elle
estoit innocente, l'eau beue ne lui faisoit aucun mal:
& si elle estoit coulpable, la faisoit creuer. 2. Quand Exo. 15. 23
il osta l'amertume des eaux de Mara, & les rendit
douces, y faisant ietter du bois. 3. Quand il guerit 2. Rois 5.
Luc. 4. 27.
la Ladrerie de Naaman Syrien par les eaux du Ior-
dain, à la priere d'Elisée. 4. Quand il donna à la Iean 5. 1.
Piscine aux brebis en Hierusalem, de guerir de tou-
tes les maladies le premier que y pouuoit estre baigné,
apres que l'Ange auoit troublé l'eau.

Responce 1. L'Eau saincte de laquelle Moyse
parle, le Iesuite l'appelle *Benite*, pour authoriser l'eau charmee, qu'on appelle benite en l'E-
glise Romaine, de laquelle nous parlerons
plus auant en la section suiuante. Mais le mot
Hebrieu signifie *eau saincte; voire eaux sainctes,*
car il est pluriel מֵיִם קְשִׁים , *aquas san-*
ctas. S'il eust voulu dire eau benite, il eust mis
בְּרוּכִים , & non point קְשִׁים .

Or cette eau saincte, i. gardee en vn vaisseau,
& dediee pour l'effect recité; & pour d'autres
occasions, comme ainsi soit qu'elle eust deux
effects contraires, l'vn de iustifier la femme innocente, l'autre de condamner la coulpable;
le Seigneur nous a voulu faire entendre, qu'en
ce fait, sous vn Symbole ou signe exterieur, il
faisoit son œuure par sa puissance secrette, &

qu'il auoit en recommandation, & fous fa pro-
tection & fauue-garde le fainct Mariage. Nous
aduouons donc le miracle fait de la main de
Dieu, par le moien de cette eau fainctè.

2. Nous fommes auffi d'accord touchant le
miracle de l'eau amere de Mara, rendue douce
par le moyen de certain bois : Dieu donnant
là vn tefmoignage, non feulement de fa toute
puiffance, mais encore de fa tres-grande mifericorde enuers fon peuple ingrat. Il euft bien
peu l'abreuuer au commencement d'eaux douces : mais il a voulu qu'ils efprouuaffent les
eaux ameres, pour leur reprefenter l'amertume
laquelle eftoit cachee dedans leurs cœurs. Il
euft bien peu auffi changer la nature & qualité
des eaux par fon fimple commandement: mais
il a voulu fe feruir d'vn certain bois. De demander pourquoi, & de quelle efpece d'arbre eftoit
ce bois, cela nous eft caché, & fe feroit temps
perdu, & curiofité inutile, de nous enquerir
de ce que la faincte Efcriture a paffé fous filéce.

3. Tout de mefme difons-nous Amen, au recit que le Iefuite fait des autres deux miracles:
l'vn, de Naamâ chef de l'armee du Roy de Syrie, gueri de fa ladrerie, par le moyen des eaux
du Iordain, à la priere d'Elifee. L'autre de ceux
qui fe baignoient les premiers au lauoir des
moutons en Hierufalem, & gueriffoient. En
tous ces miracles nous confeffons que Dieu
s'eft monftré tres-admirable, & vn tres-fage
& inimitable ouurier, comme il fe monftre en-
çore tel en tout ce qu'il fait.

8. Reste ce que le Iesuite dit en la section 8.
De l'Eau du Baptesme, & de l'eau benite.

*Mais (dit-il) le plus grand miracle que iamais
Dieu fit aux eaux , c'est celui du baptesme. Tous
les autres ne touchoient que le corps , mais ici la
creature corporelle agit en la spirituelle. L'eau laue
& guerit l'ame de tous pechez , & de toute sorte
de souilleure spirituelle ; qui est vn effect le plus diuin
& le plus noble qui puisse estre , & surpassant le
pouuoir de toute la nature , d'autant que le Ciel surpasse la terre.*

Resp. Il y a ici deux erreurs manifestes. L'vn
en ce qu'il attribue à l'eau du Baptesme vn miracle. Car quel est ce miracle ? Si miracle est
vn effect duquel la cause est incognue, & lequel
se doit cognoistre & discerner par les sens exterieurs, comme le Iesuite l'a confessé ci-dessus,
quel miracle y a-il en l'eau du Baptesme? Qu'est
ce que les yeux, où les autres sens y voient, ou y
sentent que de l'Eau ? voirement l'ame y est in-
struite de la remission de ses pechez, & de sa regeneration spirituelle. Mais les sens exterieurs
n'y voyent, & n'y apperçoiuent aucun miracle.

L'autre erreur est, en ce qu'il dit ; *Que l'eau
laue & guerit l'ame de tous pechez , & de toute sorte
de souilleure spirituelle.* Si cela estoit vray, il faudroit donc accuser de faux l'Escriture , & des-
pouiller IesusChrist de son nom & de ses titres.
L'Ange a dit ; *Il sera appelé Iesus : car il sauuera
son peuple de leurs pechez.* S. Iean Baptiste a dit ;
*Voici l'Agneau de Dieu , qui oste le peché du mon-
de.* S. Iean l'Apostre a dit; *Le sang de Iesus Christ*

Mat. 1. 21.
Iean. 1. 29.
1. Iean 1 7.

nous nettoie de tout peché. Et mille autres paſſages ſemblables en la ſaincte Eſcriture. L'Eau
donc du Bapteſme ne laue point nos ames, &
ne les guerit point de leurs pechez & ſouilleu-
res, veu que cela eſt propre au ſang de Ieſus
Chriſt.

Si on allegue, que S. Paul dit aux Epheſiens:
que Ieſus Chriſt s'eſt liuré ſoi-meſme pour ſon Egli-
ſe: afin qu'il la ſanctifiaſt, la nettoiant par le laue-
ment d'eau, par la parole. Et à Tite, *que ſelon la mi-*
ſericorde de Dieu nous auons eſté ſauuez par le laue-
ment de regeneration, & renouuellement du S. Eſ-
prit. Et S. Pierre, *que le Bapteſme nous ſauue.* Ie
reſpon qu'en ces paſſages, ſuiuant la commune
maniere de parler de l'Eſcriture, eſtant queſtion des Sacremens, cela eſt attribué au ſigne,
qui conuient proprement a la choſe ſignifiee:
partant les Apoſtres n'ont voulu ſignifier autre
choſe, ſinon que nous receuons au Bapteſme
le gage & l'aſſeurance de ces graces: comme
Caluin l'a tresbien expoſé en ſon inſtit. 4. 15.
2. Si on demande donc que c'eſt que le Bapteſme nous confere. Ie di, que comme ainſi ſoit
que le S. Eſprit arrouſe nos conſciences du ſang
de Ieſus Chriſt, c'eſt à dire, nous aplique le
merite de la mort d'icelui; le Bapteſme eſt le
Sacrement qui nous aſſeure de cette grace, & la
ſeele en nous. Comme cela s'eſt verifié en Corneille par le Bapteſme qu'il receut, apres le don
du S. Eſprit. Et en Abraham par le ſemblable
effect de la Circonciſion, apres la iuſtification
par la foi. Parquoi le Bapteſme ne nous eſt

Epheſſ. 25.
Tit. 3. 4.
1. Pie. 3. 21

Act. 10. 48
Rom. 4. 11

point adminiſtré en vain, & le Signe ne contiét
pas vne ſignification nue, mais fait vraiement
ce pourquoi il a eſté ordonné. Car il ſeele en
nous la remiſſion de nos pechez, laquelle nous
auons par le ſang de Ieſus Chriſt : & noſtre regeneration, laquelle auſſi nous obtenons par
la mort & reſurrection du meſme Ieſus Chriſt,
comme dit S. Paul en l'Epiſtre aux Romains. *Rom.6.3.*

Le Ieſuite adiouſte ; *Apres l'Eau baptiſmale,*
nous auons par inſtitution Apostolique, l'vſage de
l'Eau benite tres-efficace en pluſieurs choſes, nom-
mément contre les malins eſprits, & contre les mala-
dies tant du corps que de l'ame.
Reſp. Il y-a auſſi en cette partie deux erreurs.
L'vn eſt, que le Ieſuite dit, *que nous auons par in-*
ſtitution Apoſtolique l'vſage de l'Eau benite. Sauf
ſon honneur, les Apoſtres n'ont iamais fait cette ordonnance. Auſſi n'a eu garde le Ieſuite
d'en cotter vn ſeul paſſage de leurs eſcrits. Son
compagnon *Bellarmin* luy eſt contraire en cela.
Car il dit *Nihil deeſſe ad aquam benedictam, niſi* *Bell.tom.2.*
diuinam inſtitutionem, quominus ſit Sacramentum. *pag. 12. B.*
de la premie
Et en l'Indice dudit liure en la lettre A. *Aqua be-* *re impreſſio.*
nedicta (dit-il) *non à Deo inſtituta eſt, ſed ab Ec-*
cleſia, & ideo non eſt Sacramentum. C'eſt à dire,
l'Eau benite n'eſt point de l'inſtitution diuine,
ou inſtituee de Dieu, ains de l'Egliſe : partant
elle n'eſt point Sacrement. Accordez ces deux
Ieſuites. Richeome dit, l'Eau benite eſt de l'inſtitution Apoſtolique. Bellarmin dit, l'Eau benite n'eſt point de l'inſtitution diuine. Si elle e-
ſtoit de l'inſtitution Apoſtolique, ne ſeroit el-

le pas de l'inſtitution diuine ? Accordez, di-ie,
les fluttes de ces deux compagnons de la ſocieté de Ieſus.

Richeome a encore le Decret de Gratian qui
lui contredit, Car il attribue cette ordonnance
de l'Eau benite à Alexandre premier, Pape 7. Il
eſt vray que ledit Decret le nóme Pape 5. Mais
il racle donc Lynus, & Cletus du rolle des Papes. Le Canon dudit Decret fait parler Alexandre ainſi ; pour l'inſtitution de l'Eau benite : *Aquam ſale conſperſam in populis benedicimus,*
vt ea cuncti aſperſi ſanctificentur & purificentur.
Quod omnibus ſacerdotibus faciendum eſſe manda-
mus. C'eſt à dire, nous beniſſons aux peuples
l'Eau meſlee auec du ſel, afin que tous en eſtans
arrouſez ſoyent ſanctifiez & purifiez. Ce que
nous commandons à tous les Preſtres de faire.

De conſ. diſt.
3. §. Aquā.

L'autre erreur eſt, en la vertu & efficace que le
Ieſuite attribue à cette eau benite : *qui eſt (ced it-*
il) tres efficace en pluſieurs choſes, & nommément con-
tre les malins eſprits, & contre les maladies tant du
corps que de l'ame. Nous ne refuterons point ces
abus par le menu. Auſſi le Ieſuite ne les nous a
propoſez qu'en gros. Qui voudra voir & ſçauoir ce qui eſt de cette Eau benite, de la façon
de la faire, de la vertu d'icelle, & des ſorcelle-
ries & blaſphemes execrables & enormes qu'il
y-a, liſe P. Viret en la partie de ſes diſputes
Chreſtiennes, qu'il appelle la Phyſique papale, au Dialogue intitulé de l'Eau benite.

SVR LE CHAP. XX.

LE Iesuite continue de se baigner dans ses eaux, en l'abysme desquelles il ne craint point se noyer.

1. En la section 1. de ce Chapitre il parle de deux fontaines, *l'vne au pais des Gamarantes en Lybie, l'autre en Afrique : toutes deux extrememement chaudes la nuict, & extrememement froides le iour.* Resp. Pline liure 2. chap. 103. & Ouide au 15. de ses Metamorphoses en font mention, & en nomment l'vne *Amon* ou *Hammon.* André Bacius Medecin Italien en son œuure *de thermis* l. 6. ch. 28. dit que ce que Pline, Solin, Vitruue, & autres ont escrit de ces fontaines, n'a aucun fondement en Nature, ains que ce sont fables & inuentions supersticieuses. Neantmoins *Iouinianus Pontanus,* docte Poëte Latin de nostre temps, en pretend rendre quelque raison en ses Meteores : disant, que la froide humidité de la nuict nourrit la chaleur, & par antiperistase la fait renforcer au dedans, d'ou elle s'efforce de sortir par son abondance, & par ainsi les flots de ces fontaines sont chauds. Mais le iour, les rayons du Soleil espuisent ce qu'il y-a de chaleur en la superficie, & ainsi l'eau demeure froide. Nous disons auec tout cela, qu'il y-a encore quelque autres causes de ces diuersitez, lesquelles sont reseruees à la cognoissance de Dieu, qui ouure d'vne façon admirable, à nous incognue. *En Esclauonie* (adiouste-il) *en y a vne qui bru-*

le les linges & draps qu'on y estend dessus,

Resp.   Pierre Messie en la 2. partie de ses Leçons, chap. 30. fait mention de cette fontaine, ou d'vne autre semblable : & dit qu'elle brusle non seulement les linges & draps, mais encore tout ce qu'on met dedans, comme si c'estoit feu. *A Vif,* qui est vne bourgade en D'auphiné prés de Grenoble, il y en a presque vne telle, qu'on appelle *fontaine ardente.* I'en laisse la recerche des causes aux Naturalistes.

2.   Il met puis apres deux autres fontaines, *esquelles mettant vn flambeau allumé, il s'esteint: & y estant plongé tout esteint, il s'allume, neantmoins l'eau est au reste fort froide.* Lucrece Poëte Latin liure 6. de son œuure *de rerum natura,* tasche d'en rendre quelque raison, parlant nommément de la fontaine *de Dodone, parce, (* dit-il *) qu'en l'eau il y a plusieurs semences de vapeurs : il est necessaire que du fons de la terre les corps du feu s'esleuent par toute la fontaine, & qu'ils expirent dehors, & sortent en l'air & au vent, non point toutesfois si vifs que la fontaine en puisse estre renduë chaude, &c.* Mais voiez *Mela* au 2. liure, & *Vadian* son expositeur, qui dit que *Solin* au chapitre douzieme ne pouuant rendre raison de tels effects, a appellé cette fontaine, *sacree & miraculeuse;* si elle est telle.

Il y a (dit-il *) vne autre fontaine en l'Isle d'Andros au temple de Bacchus, qui tous les ans le 5. de Ianuier a le goust de vin.* Resp. Pline liu. 2. ch. 103. recite voirement, du rapport de Mutian, cette merueille, merueille (di-ie) pour le regard du iour.

Mais Bacius en son œuure *de Thermis* liure 6.
chap. 20. se mocque de cela, comme d'vne superstition. Toutesfois Seneque en ses disputes touchant les causes naturelles, tasche d'en
rendre quelque raison : mais elle ne semble
point assez ferme. Quoi qu'il en soit, si cela
est vrai (ç'a dit Simon Goulard)Dieu a fait cette fontaine admirable, comme plusieurs autres œuures, tenant la cause d'icelles sous la
clef de sa sagesse, afin d'humilier les hommes,
& leur faire aduouer qu'vn seul d'eux ignore
plus, que tous les autres ensemble ne sçauent.
3. Deux autres fontaines se trouuent, *l'vne
appelee Cybires, en vne ville de Carie, & l'autre en
Arabie en la ville de Geraza, qui à tel iour que nostre Seigneur changea l'eau en vin, és nopces de Cana de Galilee, tournent leur eau en vin.* Ceci est
tesmoigné par Epiphanius ; ce dit le Iesuite:le-
quel dit encore, *que plusieurs tesmoignent que le
mesme aduient en beaucoup de lieux de l'Egypte au
fleuue du Nil : de maniere que le sixieme de Ianuier
chacun met de l'eau du Nil en reserue ; laquelle se
tourne en vin.*
Resp. Ie respon là dessus de deux choses l'vne:
ou que cela est supposé & feint, comme a dit
Bacius des fontaines precedentes : ou bien s'il
est vrai, que c'est vne œuure de Dieu, comme
nous auons dit ci-dessus. Car nous ne nions
point que Dieu ne puisse auoir fait, & ne puisse
encore faire quelques miracles, soit pour peu,
ou pour beaucoup de temps, és regions barbares, pour attirer les hommes à sa cognoissance.

Et il semble qu'Epiphane ait raporté à cela celui qu'il recite. Car (comme le Iesuite allegue ses paroles) il dit ainsi : *Parquoi en plusieurs endroits, iusques à present, se fait ce diuin miracle, qui pour lors se fit, pour conuaincre les mescreans.*

4.   *L'eau du fleuue Lyncestis, qui passe en Macedone, est vn peu aigrette, & enivre comme feroit le vin. Et autant en font certaines eaux qui sont en Paphlagonie, & en Italie en la terre de Labour.*

Resp. Pline liu.2. ch.103. parle de ses eaux estranges. Et *Vernerus* en son traitté *de admirandis Hungariæ aquis*, en cuide rendre la raison, disant qu'il y a des fontaines qui tirent telle efficace des mines de soulphre, qu'elles remplissent de fumees les cerueaux de ceux qui en boiuent, & les enivre. Il y-a grand nombre de fontaines en Allemagne & ailleurs, qui ont le goust aigret. Et ie puis dire en auoir gousté d'vne en Dauphiné, qui est entre la ville de Dié & la ville de Gap, de tel goust, & de couleur rougeastre comme le vin, & est appellee de ceux du païs, *fontaine vineuse.*

Il y a trois fontaines au mont Berosus en la petite Tartarie, vers la mer Maiour, qui font irremediablement mourir ceux qui en boiuent, & ce sans sentir aucune douleur. Resp. Le Iesuite n'allegue de cela aucun autheur, ni tesmoin. Et si ce qu'il dit est vrai, c'est merueille du peu de soin que ces peuples-là ont de leur santé, qu'ils ne facent tarir & perdre ces fontaines, qui sont si dommageables & à eux, & à tous les estrangers qui passent par là.

L'eau

L'eau du territoire de *Montefiascon* fait deuenir blanche la bouine qui en boit. Au contraire le fleuue *Melas*, qui passe en *Bœotie*, noircit les moutons qui s'en abreuuent. Et qui est admirable, le fleuue *Cefissus*, qui sort du mesme lieu que le fleuue *Melas*, les fait deuenir blancs. Resp. Du Bartas en sa 1. semaine troisieme iournee, en parle tout de mesme.

Le Cephis, la Cerone, & le Xante au flot doux,
Le troupeau qui le boit, fait blanc, noirastre, roux,
Tout ainsi que l'humeur d'vne Arabe fontaine,
Proche des rouges mers, rend rougeastre la laine.

Surquoy Simon Goulard discourt ainsi. Bacius (dit-il) en son œuure de *Thermis* liu. 1. c. 14. rend la raison des diuersitez de ces eaux, & les rapporte à leur meslinge auec la chaleur & l'air exterieur, & auec les mineraux à trauers desquels elles passent. Ledit Bacius adiouste au 27. chap. du 6. liure, que les animaux par le regard de l'eau qui leur semble telle, peuuent par la force de l'imagination, alterer & changer quelque chose en leur naturel. Tesmoin ce que Mo███ des troupeaux de Iacob & Laban au ███████enese.

En *Bœotie* pres le fleuue *Orcomenus*, y-a vne fontaine qui fait bonne memoire, vne autre qui la fait perdre. En *Cylicie* le ruisseau *Nus*, esguise l'esprit: & vne fontaine à l'Isle de *Cyos*, l'allourdit. En *Phrygie* coule vne fontaine qui fait rire quand elle est beuë, & vne autre qui fait pleurer, nommees de leurs effects: *Cleon pleurant*, & *Gelon riant*.

Resp. Si ces fontaines, & ruisseaux ont telles

E

vertus & proprietez, elles font tres-admirables, & dignes d'eftre inferees au catalogue des miracles. Mais fi ce font chofes feintes & fuppofees, le Diable a voulu ainfi fe iouer des hommes, & les tromper, pour les rendre fuperftitieux & idolâtres. Pline, Ariftote, Solin, Theophrafte, Ifidore, & quelques autres, en font voirement mention. Mais ce ne font point tefmoins oculaires. Et n'en faut qu'vn qui l'ait dit le premier, pour faire fuiure les autres à la route. Quant à moi, il faut d'autres autheurs, & moins reprochables, auant que i'y adioufte foi : comme pareillement au *Lac enragé*, duquel le Iefuite fait mention incontinent apres.

En Allemagne ès coftes de Frife, y-a vne fontaine, qui fait tomber les dents. Refp. Pierre Meffie dit, apres quelques autres, qu'en Perfe il en y-a vne autre ayant pareil effect. Cela peut proceder de la tres-grande froidure de l'eau. Et dit encore qu'en Arcadie, il y-a certaines fontaines, qui coulent & degouttent de quelques monts, dont l'eau eft fi froide, qu'il n'y-a aucun vaiffeau, foit d'or ou d'argét, ou d'autre metail, qui la püiffe endurer. Car à mefure qu'ils s'empliffnt, ils fe rompent en pieces : & ne fe peut tenir ladite eau en autres vaiffeaux, que ceux qui font faits de la corne d'vn pié de mule. Si cela eft vray ou non, ie m'en rapporteray à celui qui me pourra dire & affeurer l'auoir veu.

Pier. Meff. en fes diu. Lec. part. 2. c. 30.

5. *Ioignant la mer* (dit-il, en la fection 5.)

fouuant on trouue des eaux douces. Resp. Cela
n'est point estrange. Car la terre d'où sort
l'eau douce, n'est point salee comme la mer.

*En Macedone y-a deux ruisseaux, d'vn desquels
l'eau est fort bonne à boire, de l'autre l'eau est veni-
meuse.* Resp. Il n'y a rien là de nouueau ni
d'admirable. Car les deux eaux ne font pas
d'vn mesme ruisseau. Peut estre que le Iesuite
s'est ici failli, voulant dire ce que Vitruue recite, & que Pierre Messie allegue, *Qu'il y-a vn
fleuue nommé Chimere, duquel l'eau est fort douce,
& neanmoins se partissant en deux ruisseaux, l'v-
ne est douce, & l'autre amere.* Mais le mesme Pierre Messie en rend la raison, disant qu'il est a
presumer, que l'eau amere tire fon amertume
de la terre par ou elle passe; & partant (dit-il)
cela ne semble point esmerueillable.

Quant aux autres eaux que le Iesuite adiousté *de la Franche Conté, de Tartas, de Caudes
Aigues, & de Pougues les Neuers :* les vnes douces ou salees, les autres chaudes ou froides : il
n'y-a rien qui nous doiue faire esbahir d'a-
uantage.

6. En la derniere section il fait mention de
deux autres sortes d'eaux merueilleuses, dont
*les vnes apperrissent le bois qu'elles baignent. Les au-
tres se conuertissent elles mesmes en pierres.* Sur ces
merueilles, voyez Pline liu. 2. ch. 103. & A.
Bacius au 1. liu. *de Thermis* chap. 15. Pour les
premieres, sans doute la merueille est tres-grã-
de. Pour les secondes, la raison y est plus apparente. Et ie puis tesmoigner, pour l'auoir veu,

qu'à Clermont en Auuergne y a vn petit ruiſſeau coulant hors de la ville, lequel lors qu'il
ſenfle de la pluye, paſſant par vne certaine terre, eſcume fort, & cette eſcume ſe meſle auec
certain limon, & s'endurciſſant il s'en fait vn
petit pont, ſous lequel l'eau dudit ruiſſeau s'e-
ſtant abbaiſſee, paſſe comme par grande merueille, elle meſme s'eſtant baſtie ſon pont.

SVR LE CHAP. XXI.

IL nous faut confeſſer que les eaux ſont admirables en beaucoup de ſortes: mais nommément en leurs courſes & mouuemens. Le
Ieſuite en a traitté ci-deſſus amplement. Et en
fin il en fait vne concluſion en ce chapitre par
le recit de quelques merueilles qu'il en touche
encores.

1. *Premierement* il parle du Rhoſne, & dit
que c'eſt vne merueille, qu'il paſſe par le Lac de Ge-
neue tenant ſa courſe ſans ſe meſler. Reſp. Le
Rhoſne, qui vient du mont qu'on appelle S.
Godard, fait le lac, auec lequel il ſe meſle,
continuant ſon cours par icelui. Mais par ſon
fil il fend aucunement ledit Lac, & paſſe tout
outre. Et ne ſe nomme point Rhoſne, que lors
qu'il paſſe ſous le Pont de Geneue. Or qu'il ſe
meſle auec le Lac, il ſe prouue par deux raiſons. L'vne parce que ceux qui paſſent de l'vne
des riues dudit Lac à l'autre, ne trouuent guere plus de reſiſtance au milieu qu'aux bords, ſi
ce n'eſt vn peu ſur le fil. L'autre, parce que

l'eau eſt egalement vne par tout le Lac , & autant douce aux riues qu'au milieu.

En Amerique , (dit-il) *le fleuue Platus court plus de quarante lieues dans la mer , retenant ſon cours & ſes eaux-douces.* Reſp. Ceſte incrueille ſera aduouee de nous , quand le Ieſuite nous en aura produit des teſmoins.

Le fleuue Alpheus de la Moree va ſaillir à Syracuſe en Sicile , & fait la fontaine d'Arethuſe , trauerſant plus de 40. lieues de mer. Et que ce ſoit la meſme eau , on le cognoiſt en ce que ſi on iette quelque choſe dans le fleuue Alphee , elle reſſort en la fontaine d'Arethuſe. Reſp. Strabon lib. 6. contredit à cette merueille , comme le Ieſuite le confeſſe. Pomponius Mela liu. 7. chap. 7. l'approuue: mais il adiouſte qu'il faut croire que ce fleuue Alphee ne paſſe point dedans la mer , mais par quelque conduit des entrailles de la terre , & deſſous la mer. Et c'eſt meſme ce que dit Pline parlant de ces eaux , *Subeunt terras , rurſus que redduntur.* Plin. liu. 2. cap. 106.

Le fleuue Tygris en Meſopotamie aiant couru long eſpace de païs ſous terre , ſort & s'embouſche en la mer.
Reſp. Pierre Meſſie en allegue trois de ce mouuement. Ce Tygris en Armenie , qui eſt en Meſopotamie , Vadiane en Eſpagne , & Licus en Aſie.

2. De ce qu'il conte du fleuue *Jordain ,* qu'il fait deux lacs : l'vn de Tyberiade , doux & fertile : l'autre d'Aſphalte , ſalé & ſterile. La merueille n'eſt point trop grande. Car ces deux Lacs ſont

fort efloignez l'vn de l'autre. Le Lac de Tyberiade eftant prefque au milieu de la courfe dudit Iordain ; & le Lac d'Afphalte au bout & à
l'extremité d'icelui. En outre il faut noter que
la terre du Lac d'Afphalte eft caufe de la qualité d'icelui. Ce Lac donc eftant falé & fterile,
ne produifant aucun poiffon, ne aucune autre
chofe viuante, ce dit Pline liu. 5. chap. 16. ce
n'eft pas chofe eftrange, que l'eau du Iordain
qui y defcend, perde fa qualité & vertu.

A Come en Italie(dit le Iefuite)y-a vne fontaine
fort large,aupres du Lac, laquelle croift & defcroift
à toutes heures.En Sauoye à Hautecombe en y-a vne
*qui faillit & fe retire plufieurs fois en vne heure.*Ref.
Ces fontaines certes & leurs effects font de
grande merueille. Come auffi ce que du Bartas efcrit de la fontaine de Lers, qui eft à Bele-
ftat près de Mazeres en Foix, laquelle durant
quatre ou cinq mois,naift vingt & quatre fois,
& meurt vingt quatre fois chafque iour.

La fontaine (adioufte-il) qui couloit encor du
temps de Iofephe le Iuif, au Royaume d'Agrippe,
eft la plus admirable de toutes en fon mouuement :
Car elle tarit toute la femaine, & coule à grande a-
bondance d'eaux, & d'vn cours roide le iour du Sa-
bath ,ainfi que dit le mefme Iofephe.
Refp.   Ce que le Iefuite appelle ici fontaine,
Iofephe liu. 7. chap. 24. de la guerre des Iuifs
l'appelle ruiffeau : & dit que ce ruiffeau eft en
la Paleftine, & qu'il coule d'vn grand cours
fix iours la femaine , & le feptieme iour il de-
uient fec : partant il eft appellé *Riuiere fabbati-*

que, à raiſon du ſeptieme iour que les Iuifs appellent Sabbath ou iour du repos. Tout de
meſme en parle Pline liu. 31. chap. 2. Et de
meſme tous ceux qui ont eſcrit de ce ruiſſeau.
Voiez Pierre Meſſie Diuerſ. leç. liu. 2. chap.
30. Suiuant quoi du Bartas en ſa premiere ſemaine 3. iournee, a ainſi eſcrit.

Hé! pourroi-ie oublier, qu'vn Paleſtin ruiſſeau
Tarit religieux, chaſque Sabbat ſon eau,
Ne voulant que ſon flot trauaille en la iournee
Par les diuines Loix au repos deſtinee ?

Le Ieſuite donc s'eſt trompé, diſant que ce
ruiſſeau tarit ſix iours, & coule le ſeptieme:
au lieu de dire qu'il tarit le ſeptieme iour de
la ſemaine. & coule les autres ſix iours. Et
quand pour s'excuſer il accuſe Pline d'auoir
pris l'vn pour l'autre, luy-meſme eſt accuſable
de l'auoir fait.

Mais quoy qu'il en ſoit, ſi ce ruiſſeau a eſté,
ou eſt encore tel, la raiſon en eſt cachee és
principes, & tel effect ne ſe peut rapporter à
aucunes qualitez ou proprietez manifeſtes;
dont s'enſuit qu'il eſt admirable, & ſurpaſſant
les loix de nature.

3. Les trois effects merueilleux que le Ieſui- *Nem.ob. 2*
te adiouſte aux ſuſdits: c'eſt aſçauoir de l'eau *11.*
iſſue du roc au deſert frapé par la verge de *Moyſe*: *Ioſ. 3. 16.*
& le *Iordain* diuiſé pour donner vn gué au peuple *2. Rois 2.1.*
ſorti d'*Egypte*, pour paſſer en la terre promiſe:Item,
le meſme *Iordain* diuiſé auſſi par les *Prophetes Elyé*
& *Eliſee*, pour paſſer & repaſſer à pié ſec:Ces trois
miracles (di-ie) ſont authoriſez par la parole

de Dieu, & par ainfi dignes de Foy.

Mais les autres trois qu'il couche tout incontinant apres, ne font pas de telle creance.
Car le premier, qui eft *d'vne fontaine de feu trou-*
ué en Hierusalem du temps de Nehemie, eft apocryphe. Et eft bien certain que l'allegation en
eft fabuleufe. Car il n'eft fait aucune mention
de ce feu facré en Nehemie, ni en Efdras. Le fecond & le troifieme, qui font *des fontaines don-*
nees en faueur des Saincts en des lieux fecs & mal
fains: c'eft afçauoir *celle que noftre Seigneur en*
forme d'agneau monftra à S. Clement en Lycie: &
celle de l'Ifle Pathmos lors de l'exil de S. Iean l'E-
uangelifte: Tout cela eft feint & fuppofé.

4. Et tout de mefme le miracle *du tobeau* que
le Iefuite dit eftre *perpetuel au Cimetiere de S.*
Seurin à Bourdeaux: auquel l'eau croift & defcroift
fans faillir par certains interualles de temps. Ce
n'eft (di-ie) de cela qu'vne fiction auffi vaine
& friuole, que les trois precedentes. *Mais (ce*
dit le Iefuite) *le Roy François premier y a fait*
prendre garde, & obferuer curieufement, fi on ver-
foit quelque eau dans ledit tombeau, & iamais on
n'a fceu y furprendre perfonne. Ie refpon qu'il faudroit *premierement* fçauoir s'il eft vray que le
Roy François ait fait cela. *Secondement,* encore qu'on n'ait iamais fceu y furprendre perfonne, ce n'eft pas à dire qu'il n'y ait peu auoir, &
n'y ait encore de la fraude. Car les tuteurs de
l'idolatrie font affez fins & rufez, pour donner ordre qu'eux ou leurs fuppots ne foyent
furpris en tels abus. *Tiercement,* s'il eftoit vray

2. Macch. 1.
15.

que le Roy François euſt fait vne telle recerche de ce miracle, & qu'il l'euſt creu, ſçauoir
mon s'il m'auroit point commandé de l'enre-
giſtrer? Et ſçauoir mon ſi les Archeueſques
d'alors, & les chefs de la iuſtice & de la Police dudict Bourdeaux, n'auroyent point tâſché
de le rendre celebre & recommandable par
quelque arreſt public, & par quelque ſolem-
nité annuelle & inſcription authétique? *Quui-*
tement, ſi ce miracle eſtoit vray, & non point
ſuppoſé & feint, eſt-il vray-ſemblable que deuant ou apres l'obſeruation ſuſdite du Roy
François, quelque hiſtoriographe, Poëte ou
autre, n'en euſt fait quelque mention? Mais
perſonne n'en a rien eſcrit: non pas meſme Vi-
net l'expoſiteur du Poëte Bourdelois Auſone:
ni pareillement Ph. de Brach Poëte françois
auſſi Bourdelois, lequel en ſon Hymne de
Bourdeaux, a deſcrit trés-amplement les ſin-
gularitez de ladite ville toute entiere, le dedans & le dehors, la ſpiritualité & la temporʹa-
lité; nommant meſme & magnifiant les Temples de S. André & de S. Michel; ſans vn ſeul
mot de S. Seurin, ni du tombeau releué & crá-
ponné en ſon cimetiere: comme dit le Ieſuite.
Finalement, nous nous ſommes enquis & bien
informez de ceux de ladite ville, & d'aucuns
autres gens de bien & aimans la verité, de ce
qu'ils auoyent veu de ce tombeau: leſquels
nous ont aſſeurez n'auoir iamais apperceu ni
veu vn tel miracle, encore qu'aucuns d'eux
l'eſpace de deux ans entiers, ſe ſoyent em-

ploiez soigneusement, en diuers iours, diuerses semaines, diuers mois, & diuerses saisons,
pour voir ce qui en estoit, & si l'opinion pretenduë, auoit quelque fondement de verité.

Ces choses donc considerees il est aisé de
conclure que l'eau de ce tombeau tombe de
quelque aqueduc d'Idolatrie, & y est conduite
par le conduit des conducteurs de cet artifice?
Quoy que la tradition ait trahi iusques là aucuns simples; de leur faire accroire *que ce Ci-*
metiere ait esté beni (comme dit le Iesuite)
par Iesus Christ, veu visible en habit d'Archeues-
que auec sept Euesques, nommés en vn ancien tableau
de ladite Eglise, auquel est couché le tesmoignage de
de cette benediction. Mais non pas(ce deuoit adiouster le Iesuite) le tesmoignage du miracle
de l'eau de ce tombeau.

SVR LE CHAP. XXII.

Richeome pour discourir des miracles, est
monté d'vn plain saut de la terre au Ciel,
& puis petit à petit il est descendu du Ciel au
Feu, du Feu en l'Air, de l'Air en l'Eau, & finalement de l'Eau en la Terre : De laquelle il dit
& conte toutes les merueilles qu'il a peu recueillir, mesme des autheurs prophanes, pour
faire vn corps de toutes les parties des miracles de nature; afin de s'en seruir pour son entree aux miracles de Dieu. Mais comme iusques icy nous auons passé legerement ses merueilles precedentes: nous en ferons tout de

meſme en celles qui ſuiuent. Luy accordãs franchement & ſans aucune contention , ce qu'il traitte en Philoſophe & Geographe de l'eſtat de la terre : comme ne ſeruant de guere à noſtre principale diſpute.

1. 2. 3. 4. 5. A cela donc qu'il dit aux cinq premieres ſections de ce chapitre. *De l'aſſiette de la terre , du fondement d'icelle ſur ſon naturel poids, de la meru.eille que Dieu le Createur en propoſe à Job, de ſa maſſe enuironnee haut & bas , & de tous coſtez , d'eaux , d'arbes , & de tant de peuples antipodes, & oppoſez les vns aux autres , le Ciel eſtant touſiours deſſus , & la terre deſſous*. A cela (di-ie) nous ne contrediſons en rien.

6. Mais à ce qu'il adiouſte *des deux montagnes qui ſont aupres du fleuue Indus, voiſines d'aſſiette,* & *du tout eſloignees en qualité, & admirables en leur contrarieté* : c'eſt aſçauoir *que toutes deux en ont particulierement auec le fer, & l'vne l'attire, l'autre le repouſſe, de maniere que qui auroit des ſouliers à ſemelles armees de cloux , il ne pourroit bouger ſes pieds de l'vne, non plus que s'il eſtoit attaché, & en l'autre il n'y pourroit demeurer ferme.* I'ay là deſſus deux mots à dire. Premierement, en Pline (que le Ieſuite allegue) il ne ſe liſt pas que ces deux montagnes ſoyent *voiſines d'aſſiete.* Secondement ces deux montagnes ne ſont point nommees ni ſpecifiees par Pline, non plus que par le Ieſuite. Et toutesfois la circonſtance des noms ſert de beaucoup pour la verité d'vne hiſtoire . Tiercement, Pline contetant de choſes fabuleuſes en ſon hiſtoirę natu-

Plin. liu. 2. chap. 98.

relle, que cette partie en peut receuoir quelque deschet. Et qu'ainsi soit en cette mesme matiere de la description du païs des Indiens & des Scytes, qui est de tres-grande estenduë, & où est ce fleuue *Indus*, & plusieurs grandes & hautes montagnes, comme *Imaus*, *Milo*, *Caucase*, & autres, Pline conte qu'il y a des arbres si hauts, qu'on ne pourroit donner aux plus hautes branches auec vn trait d'arc. Qu'il y a tel figuier, que sous icelui on pourroit cacher vne compagnie d'hommes d'armes. Qu'il y a des hommes qui ont les plantes des pieds ce dessus dessous, & huict doigts en chasque pié. D'autres qui ont la peau couuerte de poil comme les chiens, & qui n'ont autre langage ni autre parole que l'abbaiemét d'iceux. D'autres qu'on appelle *Skiopodes*, qui ont les pieds si grans, que couchez en terre ils s'en couurent contre la plus grande ardeur du Soleil. D'autres qui ont les yeux aux espaules. D'autres nommez *Astomores*, qui n'ont point de bouche, & viuent seulement de l'odeur qu'ils tirét des narines, n'ayans aucunes viandes, ni aucuns breuuages, ains seulement quelques racines & fleurs dont ils tirent l'odeur. D'autres nommez *Pygmees*, qui sont de la hauteur d'vne coudee seulement, & qui armez & montez sur des beliers & des cheures, font la guerre aux gruës. Toutes ces choses sont recitees par Pline au liu. 7. chap. 2. de son histoire naturelle, & encores plusieurs autres, autant monstrueuses qu'incroiables. Aduisez donc si tout

Plin. liu. 7. chap. 2.

ce qu'il dit est texte d'Euangile, & s'il doit e-
stre receu & creu indifferemment.

*Au territoire d'Arda quelque blé qu'on y seme, il
n'y vient iamais.* Resp. Pline liu. 2. chap. 98.
l'appelle *Agrum Harpanum.*

*Au territoire des Veietiens est impossible d'ar-
racher de terre, ce qu'on y a fiché vne fois.* Resp.
Pline nomme trois lieux de cette qualité: L'vn
ad aras Nusias in veiente. L'autre, *Apud Tuscu-
lanum.* Et le troisieme, *in Silua Ciminia.*

7. *Il y a vne Isle aux Indes appellee Tilon, en laquelle les arbres ne perdent iamais leur fueille.*
Resp. Pline dit cela au liu. 12. chap. 11. &
en specifie plusieurs au liu. 16. chap. 21. 22. 23.
Comme des arbres non sauuages, l'Oliuier, le
Laurier, la Palme, le Myrthe, le Cypres, le
Pin, le Lierre, la Sabine ou Sauine, qu'il appelle *Rhododendron.* Et des sauuages, le Sapin,
le Larix, le Geneure, le Cedre, le Buix, l'Ilex,
qui est vne sorte de Chesne qu'on appelle *Teu-
se* en Prouence, le Liege, l'If, le Tamarix ou
Bruyere, l'Andrague en Grece. Et adiouste
pour vne raison, que les fueilles deliees, & lar-
ges, & molles, sont suiettes à ce flestrir & tomber, & non point les espesses, & estroittes, &
menuës.

*Cela aussi est admirable en la terre, que n'estant
qu'vne, elle produise de ses entrailles en vn mesme
endroit, & sans aucune semence plusieurs herbes toutes diuerses, comme l'on voit aux prairies & montagnes.* Resp. Ne luy desplaise, la terre est bien v-
ne en son lict & en son tout, mais nõ point vne

en chafcune de fes parties . D'auantage , il y
a toufiours quelque femence aux montagnes
& aux prez , laquelle tombe de l'herbe , ou
bien qui d'ailleurs y eft femee ou iettee par le
vent.

8. La derniere fection ne contient que la pure verité , & ne fait rien contre nous.

SVR LE CHAP. XXIII.

CE chapitre (ce dit le Iefuite) eft de quelques miracles qu'on a defcouuerts de
noftre temps , contre l'opinion de tous les anciens Philofophes.

1. La premiere fection difpute de la Zone
torride. Cette Zone eft vne partie de la terre
comprife entre les deux Tropiques , l'vn de
Cancer , l'autre de Capricorne : & eft diuifee
au beau milieu par l'Equateur ; & embraffee
obliquement par le Zodiaque. Par ainfi le Soleil eft toufiours en icelle , & iamais n'extrauague plus outre , ni vers Septentrion ni vers
Midy : mais incontinant qu'il eft paruenu à l'vn
des bouts d'icelle , c'eft à dire à l'vn des Tropiques , il s'en retourne en la region oppofite.

Or les anciens Geographes , Ptolemee , Strabon , Pline , Mela , & les autres , ont appellé
cette Zone *Torride* , c'eft à dire ardente ou qui
roftit , parce que ceux qui y habitent , & fingulierement fous l'Equateur ou bien près (comme les Mores , Nigrites , Troglodites , & autres) font comme roftis & ars de l'ardeur du

Soleil trop vehemente. Car ils ont toufiours
l'Efté (ce difent ils) & iamais l'Yuer. Et eft
leur region fi chaude, que le Soleil y brufle le
fang des hommes, tellement qu'ils font noirs
par tout le corps, & principalement la face &
les mains, qui font plus expofees à l'ardeur d'i-
celuy. Et combien que le Soleil au milieu de
noftre Efté & de noftre Yuer fe diuertiffe d'eux
d'enuiron 24. degrez, fi eft-ce qu'il eft encore
toufiours plus prochain d'eux, qu'il n'eft de
nous au plus haut de noftre Efté.

Voila que c'eft de cette Zone torride, &
pourquoy elle eft ainfi appellee. Mais le Iefuite dit, *que l'experience de noftre fiecle hardi*
nous apprend qu'elle eft toute autre que les anciens
n'ont penfé, lefquels l'ont dit eftre inhabitable à cau-
fe de fa chaleur exceffiue. Ie l'accorde. Car plufieurs qui ont voyagé de noftre temps & par
mer & par terre, affurent que fous l'Equateur
il y a vne grande temperature : & en alleguent
ces raifons (outre celle que le Iefuite amene
en la fection deuxieme) Que les iours y font
perpetuellement egaux aux nuicts, qu'il y-a
plufieurs forefts & plufieurs arbres, & par confequant beaucoup d'ombrages, plufieurs riuieres & fontaines, plufieurs montagnes dont
defcoulent des neges & des eaux en abondance, & autres telles chofes, qui moderent l'ardeur du Soleil.

Mais ce qu'il adioufte eft eftrange, *que d'au-*
cuns endroits de cette Zone roftie font exceffifs en
froid, d'autres ayans l'yuer & l'efté enfemble, d'au-

cuns, toutes les quatre saisons, & lors estre les plus
froids & plus abondans en pluyes, que le Soleil leur
iette plus droit ses rayons, & qu'il tient le midi. Et
de cela en la section 3. il en proue vne partie
par Pierre Maffeus, lequel au premier liure
de son histoire des Indes, dit *Que Vascus Gani-*
ma l'an 1497. *au commencement de Iuillet ayant*
leué l'ancre de Lisbonne, & ayant fait voile enuiron
onze mois aux mers incognues des Indes Orienta-
les, alla premier de nostre Europe surgir aux ports
de Calicut situé en la Zone torride, presque au milieu
de l'Affrique, sur la fin de May: auquel mois il
trouua l'yuer & l'Esté tout ensemble, ioignant la
grande montagne Gatis, de vingt lieues enuiron d'e-
stendue. Car au deça de cette montagne vers l'Occi-
dent, regnoyent le froid, les pluyes, les vents, & les
brumes: les arbres estoyent en l'equipage que les
nostres au mois de Decembre: la terre en plusieurs
endroicts couuerte de neige, & les eaux glacees: en
somme là estoit l'yuer. Au contraire au de là de la
montagne vers l'Orient, a mesme distance du Soleil
& en mesme mois, l'Esté & le chaud y tenoient les
grands iours auec l'appareil de toute leur suite. Cela
(di-ie) est estrange, & semble estre fort He-
teroclit. Toutes fois laissons à chacun le sien.
5. *Mais qui croira* (dit-il) *que l'Yuer, l'Esté,*
l'Automne, & le Printemps se trouuent là en main-
tes regions, tous ensemble en vn mesme temps? Si le
faut-il croire, car l'experience le tesmoigne. Il y a
des lieux en cette vaste & spatieuse region, esquels
on verra en la montagne l'yuer, en la plaine l'Esté, en
vne Coline le Printemps, en l'autre l'Automne, &
chaque

chaque saison en son lieu parée de ses propres atours :
l'Yuer de ses neiges, l'Esté de ses moissons, le Printemps de ses fleurs, l'Automne de ses fruicts.
Resp. Quant à moy, ie ne le croy point, &
encore ne le veux-ie point aller voir.

6. Ceci est encore plus admirable, c'est qu'en mesme pais y-a des figuiers, qui six mois de l'an portent
leurs figues en vne costé, & les autres six mois en l'autre : mesmes branches venans d'vne mesme racine,
& assises sur vn mesme tronc. Resp. Cela n'est
pas chose si admirable, que le Iesuite la fait.
Car en ce pais de Gascogne & ailleurs, il y-a
des figues d'Esté, & des figues d'Yuer : & de
mesmes des poires & des pommes. Il y-a aussi
des arbres qui ont deux ou trois antes en diuerses branches, & qui portent de deux ou
trois sortes de fruicts. I'ay veu au territoire de
cette ville de Castet Geloux vn poirier de cette nature, portant de six sortes de poires, en
vn lieu qu'on appelle S. Aman, appartenant au
Sieur de Buffon Aduocat du Roy au Siege de
ladite ville. Si donc on vouloit anter sur vn
tronc de figuier de deux sortes de figues, l'vne
sorte d'Esté, & l'autre d'Yver, seroit-ce miracle de le faire, & d'en venir à bout ?

Svr le Chap. XX.

Dire trop, & ne dire pas assés, ce sont deux
extremitez. Nous deuons sçauoir où aller : c'est nostre rendez-vous. Mais nous deuons sçauoir aussi par où nous deuons passer,

F

pour ne faire pas comme les mauuais cochers
ou charretiers, qui prennent les hornieres, les
sillons & les mottes, qui les font verser. Il semble que nostre Iesuite erre en la deuxieme extremité. Car combien qu'il se soit proposé vn
certain but, neantmoins il embaraße son discours de tant de matieres superflues, qu'outre
ce que pour la plus part nous ne les contestós
point, elles esgarent außi, ou au moins esloi-
gnient le principal.

En ce chapitre 24. il est tout à remonstrer,
que Dieu a fait les Loix, & les exceptions d'i-
celles: Ce qu'il prouue par les Elemens, les
animaux, les arbres & les herbes. A quoy nous
ne voulons faire aucune instance, sinon surce
qu'il dit de l'Element de l'eau: & encore non
point pour luy faire aucune censure, ains seulemét pour le poußer à en rechercher la verité,
& nous en dire ce qu'il en aura peu trouuer és
liures sacrez, plus qu'aux Geographes, & de
la Philosophie naturelle, où il a tant profité,
qu'en la monstre qu'il en fait en ce discours,
il semble qu'il ait voulu respandre toute la
quinte essence de son sçauoir.

Il dit donc, *que la Loy generale est que les eaux*
soient ioignant la terre ci-bas: l'exception est qu'il y
en ait là sus au Ciel, qui sont les pluyes. La Loi &
l'exceptió sont naturelles, & l'vne & l'autre de Dieu.
Resp. Si par les eaux qui sont là sus au Ciel,
le Iesuite entend les nuées ou vapeurs amas-
sees en la baße & moyenne region de l'Air,
comme il semble qu'il fait, les appellant pluyes

il a raison de dire que l'exception susdite est
naturelle. Car la pluye s'engendre naturellement, combien que Dieu en soit l'ouurier.
Mais que respondra-il au repliques au contraire, de ceux qui entendent par les eaux celestes, celles qu'ils disent estre au neufiéme Ciel,
où Dieu les tient suspendues & soustenues par
la mesme puissance, par laquelle il tient tout
l'vniuers suspendu & soustenu ? Si cela est, l'exception susdite ne sera point naturelle, ains
purement & seulemét diuine. Car Dieu a creé
les eaux du Ciel immediatemét, & sans se seruir du Soleil, ni d'aucune autre creature, tout
ainsi qu'il a creé les eaux qui sont ci bas en la
terre. Neantmoins ceux qui sont de cet aduis,
en produisent des raisons, & nommément que
Moyse dit ; *Que Dieu fit vne estendue)* laquelle *Gen. 1. 7.*
il appelle Ciel) *& diuisa les eaux qui estoyent sous*
cette estendue, d'auec celles qui estoyent sus icelle.
Et Dauid parle aussi *des eaux qui sont sur les* *Psc. 148. 4.*
Cieux. Resp. Le Iesuite, s'il luy plaist, nous
dira son opinion là dessus.

Quant aux autres meruceilles des Indes &
autres regions, touchant les animaux & les
arbres variables en grandeur, en figure, en
couleur, en saueur, & autres telles qualitez,
nous en laisserons faire la recerche plus exacte
aux inquisiteurs plus curieux, & nous en rap-
porterons à ceux qui s'en pourront dire tesmoins de veuë, ou autremens dignes d'estre
creus sans caution.

SVR LE CHAP. XXV.

1. REste d'appofer (ce dit le Iefuite) quelque
miracle aux fufdites merueilles naturelles, côme iufques ici auons fait. Et quels miracles ? Celuy du figuier deffeché, par la malediction que Iefus
Christ prononça fur iceluy, dont S. Matthieu &

Matth. 21.
19.
Marc. 11.
23.

S. Marc font mention. Refp. Nous approuuons ce miracle.

2. Mais oyons ce que le Iefuite adioufte. La
Ifid.pel.lib.
1. Ep. 51.
ad Theopom-
pum.

fingularité de ce miracle (dit-il) cache vn myftere
qu Ifidorus Pelufiota a laiffé par efcrit, comme tradition des anciens, difant que ce figuier eftoit l'arbre
defendu, duquel nos premiers progeniteurs prindrent
le fruit & les fueilles pour couurir la honte de leur
peché. Refp. Ce Iefuite fait plus que la parole de Dieu. Car la parole de Dieu ne fpecifie point l'Arbre du fruit duquel Adam & E-
ue mangerent, & le Iefuite le fpecifie, difant
que c'eftoit vn figuier. Et encore s'oppofe-il
aux anciens Peres, & aux Papes mefmes. Car
les anciens Peres qui ont parlé de ce fruit,
l'ont nommé *pomme*, & par tous leurs tableaux
& peintures l'ont reprefenté tel. Les Papes
auffi l'ont fpecifié tel, au moins il n'y ont point
contredit. En voici vn tefmoignage du Pape
Iules 3. nommé auparauant Iean Maria de
Monté, enuiron l'an 1550. l'hiftoire merite
d'eftre icy inferee.

Ce Pape ayant vn iour veu vn Paon à fon
difner, auquel on n'auoit point touché : gardé

moy (dit-il à l'Euefque d'Arimin fon Maiftre
d'hoftel) ce Paon pour le fouper, & me fay
dreffer la table au iardin : car ie veux auiour-
d'huy auoir compagnie. Comme donc en fou-
pât il euft veu d'autres Paons chauds feruis fur
la table, ne voyant point fon Paon froid, fe
courrouçant amerement, il defgorgea vn blafpheme execrable à l'encontre de Dieu. Alors
quelqu'vn des Cardinaux qui eftoyent affis à
table auec luy, luy dit : Que voftre fainéteté
ne fe coleré point tant pour fi peu de chofe. Et
ce Iules luy refpondit, fi Dieu fe voulut fi fort
courroucér pour vne *pomme*, qu'il iettà noftre
premier Pere Adam hors de Paradis, pourquoy ne fera-il licite à moi qui fuis fon vicai-
re, de me courroucer pour vn Paon, veu qu'vn
Paon eft beaucoup plus qu'vne *Pomme*,

Mais pour reuenir à noftre Iefuite, voici le
pis : il affeure que le figuier que Iefus Chrift
maudit, eftoit ceftui-là mefme, du fruiét duquel Adam & Eue mangerent au iardin d'E-
den. Et voici fes raifons, contre ceux qui
difent le contraire.

Premierement, que le Sauueur a voulu punir de
mort ce figuier creature infenfible, qui par occafion
auoit fourni la mort à l'homme creature raifonnable:
Comme on punit les beftes qui auront ferui au mef-
chant en quelque mefchef. Ie refpon, que les Loix
qui puniffent de mort les beftes brutes, & ordonnent de demolir les maifons, arracher les
arbres, & chofes femblables, à caufes des crimes de ceux qui en auroient abufé, regardent

F iij

à l'exemple : c'est à dire, que telles punitions
soient exemplaires. Et partant l'execution en
est faite en temps oportun ; Le dicton en est
dressé & prononcé, afin que nul n'en pretende
aucune excuse d'ignorance. Mais ce qui est aduenu à ce figuier, par la malediction que Iesus
Christ a prononcee sur iceluy, ne peut estre de
telle nature . Car l'execution en auroit esté
trop tardiue, c'est asçauoir enuiron quatre
mil ans apres le peché de l'homme ; au lieu
que l'homme a esté puni tout incontinant a-
pres son peché. Et en outre, il n'y a aucun arrest donné contre ce figuier, ni aucune sentence prononcee par la parole de Dieu, pour seruir d'exemple à la posterité en semblable cas.

　Secondement, il respond à ce qu'on luy pourroit obiecter, que ce figuier auroit donc duré
depuis le commencement du monde iusques
alors : *Il ne faut* (dit il) *s'estonner de cela : Car*
l'experience nous apprend que tels arbres sont quasi
d'immortelle duree. Resp. Pline luy est contraire . Car il dit que le figuier, le pescher, le
prunier, le pommier, le poirier, *cito occidunt,*
meurent bien tost. Et en adiouste la raison :
Parce (dit il) que *veloces sunt arbores,* i. que
ces arbres viennent & croissent bien tost.

　Et quant à ce qu'il allegue de Tacitus, qui
dit, *que le figuier qui auoit serui d'ombrage aux pe-*
tis enfans Romulus & Remus, qu'on pensoit estre
mort, estant le tronc deuenu aride, commença à re-
uerdir & surgeonner du temps de Neron, qui estoit
huit cent & quarante ans apres. Resp. Cet es-

Pli. liu. 17.
c. 13. Nat.
Hist.

Taci. liu. 13.
Annal.

pace de temps est bien court, au pris de deux
mille ans ou enuiron. Mais au reste, Pline ne
dit rien de cela : ains recite seulement, qu'à
Rome on reuere le figuier, pour vn memorial
de ce que sous cet arbre, la Louue fut trouuée
donnant la mammelle à Romulus & Remus.

Plin.lib.15.
ch. 18.

3. Tiercement, sur ce que les Anciens ont appellé ce fruict, pomme, il dit ; Il ne faut point s'esbahir de cela : Car ce nom est general, & conuient à
tout fruict, qui venant de l'arbre, est bon à manger :
ainsi disons-nous pomme de Grenade, de Pin, d'O-
range. Il dit donc, que les Anciens, par ce mot
de pomme (qu'ils disent qu'Adam mangea) ils
n'ont point entendu le fruict que nous appellons vulgairement pomme ; ains le fruict de
quelque autre arbre. Mais il destruit sa raison
quand il adiouste ; Ainsi que nous disons pomme
de Grenade, de Pin, d'Orange. Car le Iesuite
ne sçauroit monstrer que les Anciens, parlans
de ce fruict de transgression, & l'appellans
pomme, y aient adiousté aucun epithete, pour
en designer l'espece ou la differéce. Parquoi il
est certain, qu'ils n'ont entendu autre fruict
que celui du pommier, lequel nous appellons
simplement & sans addition, pomme.

4. Quartement, Il est vrai-semblable (dit il)
que ce figuier fust de quelque espece rare en beauté,
bonté, & grosseur de fruict, qui pour ce retint le
nom general de pomme, par priuilege : tout ainsi
qu'en France par honneur on appelle le frere du Roi,
Monsieur ; & aux escholes Aristote, le Philosophe, comme le plus grand entre les Messieurs ; &

le *sauant entre les sauans : de mesme cette figue fut*
appellee pomme, du nom cõmun, comme la plus belle
entre les põmes. Resp. Voila certes vne tres-belle cõparaison, pour mõstrer l'excellence de ce
figuier, & pour prouuer que c'est à bon droict
que les Anciens ont appellé cette figue, de laquelle Adam mangea, *pomme*. Tout ainsi
(dit-il) que plusieurs ont ce titre de *Monsieur*,
mais par excellence il est attribué au frere du
Roi ; & plusieurs portent ce nom de *Philosophe*,
mais il conuient par excellence à Aristote :
Tout de mesme plusieurs fruicts ont bien ce
nom commun de pomme ; mais par excellence il conuient, & est attribué à la figue. Est-ce
pas bien argumenté ? Sans point de faute, ce
Iesuite est d'vn esprit merueilleusement aigu
& profond, qui seul, entre tous les Docteurs
Anciens & modernes, se soit souuenu de cette
subtilité. Mais c'est merueille, que depuis
cette figue-là, de laquelle Adam & Eue mangerent, toutes les autres figues n'aient esté appellees pommes, entre les hommes ; & que
le fruict que nous appellons communement
pomme, ait seul gardé & retenu ce nom.

5.   Finalement, le Iesuite prouue que l'arbre
défendu à Adam, estoit vn figuier ; *Parce que*
Iudas se pendit en vn figuier, comme tesmoigne Iu-
uiencus. Comme s'il eust esté conuenable (adiouste
il) *que le traistre du Sauueur du genre humain*
mourust en l'un des arbres, où s'estoit tramee la tra-
hison du genre humain. Resp. Autant est hardi
le Iesuite en l'inuention de ce figuier, où il dit

Iuuen. lib.
4. Hist. E-
uang.

que Iudas se pendit, comme en l'inuention de
l'autre figuier, du fruict duquel il asseure qu'A-
dam mangea. Car l'Escriture ne nôme point
l'arbre auquel Iudas se pendit : & mesmes elle
ne dit pas que Iudas se pendit en vn arbre, voire encore elle n'exprime point clairement le
mot de prendre. En S. Matthieu il y a simplement ἀπήγξατο, *Strangulauit* (se) il s'estrangla.
Et aux Actes, καὶ πρηνὴς γενόμενος ἐλάκησε μέσος, &
præcipitatus crepuit medius; Et s'estant precipité,
s'est creué par le milieu. Vrai est qu'aucuns ont
tourné. καὶ πρηνὴς & *suspensus* : & s'estant pendu.
Mais quoi qu'il en soit, en ses passages qui parlent de la mort de Iudas, il n'est point fait mé-
tion d'aucun figuier, ni mesme d'aucun arbre.
Parquoi quand bien Iuuencus & Beda auroient nommé cet arbre pretendu, *figuier*, il
ne s'ensuit pas qu'on les deust croire.

Matt.27.5.
Act.1.18.

Svr le Chap. XXVI.

NOus ne prendrons pas beaucoup de peine sur ce chapitre, ni sur l'autre suiuant:
lesquels sont emploiez à nous representer vn
Miracle, que le Iesuite fait neutre, ne sçachant
proprement où le loger, si en la nature, ou en
quelque autre parroisse. C'est touchant la stupidité & nonchalance des hommes, qui n'apperçoiuent point les merueilles de Dieu en la
nature.

Nous-nous esmerueillons auec lui de ce
qu'il y-a si peu de personnes qui admirent les

merueilles du Ciel, du feu, de la pluye, du
Tonnerre, des marees, de la terre, des arbres,
des animaux, & autres semblables choses,
qu'on voit infinies tous les iours, & à toutes
heures. Le Iesuite est en doute à quoi rapporter cette stupidité.

*L'ignorāce est grande, ce dit-il. Voire & telle que
parmi les hommes, celui qui est le plus sçauant, doit
dire comme Socrates, ie ne sçai qu'vne chose, c'est que
ie ne sçai rien.* Resp. Cela est vrai. Car tout ce
que tous les hommes sçauent & cognoissent,
n'est rien à l'equipollant de ce qu'vn seul d'eux
ignore. *Mais toutesfois (ce dit-il) cette ignorance n'est point cause de la stupidité & negligence
susdite.* Parce que tant plus que les hommes
sont ignorans, tant plus doiuent-ils admirer
les merueilles qu'ils n'entendent point.

Non plus l'accoustumance, ou l'vsage ordinaire. Car combien que cela n'esmeuue
point tousiours, si est-ce que quelque fois il
esmeut.

Non plus encore la science. Car elle ameine les gens de vertu à contempler les merueilles de Dieu. Ce qu'il prouue par cinq Moines,
c'est asçauoir *S. Anthoine, S. Benoist, S. Bernard,
S. François, & S. Dominique.* Et (pour ne point
oublier sa Secte) par trois Iesuites, *Ignace de
Loyola,* le premier fondateur de leur ordre, *François Xauier, & Iean Maldonat.* Tous lesquels
rauis des excellences des œuures & creatures
de Dieu, ont emploié leurs aages, & leurs téps
à la meditation & contemplation d'icelles.

Resp. Ie voudroi dire, quant à moi, que cette stupidité des hommes procede de leur ignorance : mais auec quelque distinction. Car il y a des choses admirables en nature, que les ignorans admirent, & d'autres qu'ils n'admirent point, ains s'y monstrent stupides & nonchalans. Les mouuemens des Cieux, les esclairs, les tonnerres, les pluyes, les gresles, les tempestes, & telles choses, se font, sans doute, des merueilles de Dieu: Tant y a qu'elles ne rauissent point les ignorans en admiration. La raison ? Parce qu'elles leur sont ordinaires & accoustumées. Au côtraire, les Ecclypses du Soleil, les Commetes, les Lances de feu, & autres telles impressions qui se font en l'air, les tremblemens de terre, & choses semblables, les rauissent en admiration, parce qu'elles aduiennent plus rarement, & ne sont point si ordinaires que les precedentes.

Et quant aux sçauans, ils ont bien aucunemēt en admiration les vnes & les autres, entāt qu'ils y recognoissent la main de Dieu. Toutesfois elles ne leur sont point miracles; non seulement parce qu'elles sont ordinaires & communes ; mais encore parce qu'ils en sçauent & cognoissent les causes en la Nature.

Il y a bien, outre ces merueilles, d'autres merueilles plus secrettes en plusieurs choses qui se voient ordinairement. Comme en l'Aimant & en l'Ambre, dont l'vn attire le fer, & l'autre le festu: En l'Amethiste, qui empesche l'yuresse: Au Diamant, qui resiste aux venins, à la manie, & à la melancolie : Et telles autres choſes, leſquelles tous les hommes ont en grâde admiration. Mais c'eſt touſiours l'ignorance qui les rauit ainſi. Car la cauſe de ces effeéts leur eſt ſecrette, & les plus ſçauans meſmes n'en peuuent point auoir la cognoiſſance.

SVR LE CHAP. XXVII.

OR voions maintenant en ce Chapitre, qu'elle eſt encore la cauſe de l'ignorancé ſuſdite. C'eſt (dit le Ieſuite) *la peine du peché de nos premiers parens; aggrauee par la multiplication de pluſieurs nouuelles fautes, que nous auons commiſes, & commettons encores iournellement contre Dieu.* Cela eſt vrai : Et ce qu'il adiouſte auſſi; *Que la peine d'vn orgueilleux eſt de deuenir ignorant & aueugle par ſçience, comme l'exemple en eſt aux Iuifs. Et que l'humilité eſt le fondement de la vraie ſçience,* comme il le deduit au reſte de ſon Chapitre. Tout cela (di-ie) contient la verité. A quoi i'adiouſte encore cette concluſiõ; Que c'eſt donc à nous de nous humilier touſiours ſous la main puiſſante de noſtre bon Dieu & Pere; afin qu'il nous donne la cognoiſſance, non ſeulement des choſes naturelles, ſelon noſtre portee ; mais auſſi de ſa parole & de ſa volonté, laquelle nous ameine à l'amour & reuerence de ſa Maieſté. Car cette cognoiſſance eſt la mere de toute vertu : Comme ainſi ſoit qu'elle nous fait aller d'vn maniement reglé, & nous conduiſe auec toute iuſte meſu-

re & proportion. Comme au contraire il est
notoire, que tout vice est produit par l'ignorance, laquelle apporte auec elle vn aueuglement : qui est cause que le iugement ne voit
goute, & que la raison ne domine point en l'a-
me. Par ainsi nous deuons estimer cette cognoissance de la volonté & verité de Dieu, selon son prix & valeur, voire iusques à la mesure que Iesus Christ lui attribue, logeant en elle le Souuerain bien. Et quand Dieu nous l'offre par la contemplation de ses creatures & de
ses œuures, & encore plus ouuertement par
la predication de sa parole; nous la deuons receuoir les bras & les cœurs ouuerts, & aigui-
ser nostre goust & nostre appetit à en iouir tãt
plus, que moins elle est prisee & receuë du
monde. Mais nous nous deuons bien garder
d'en abuser, & d'alterer sa douceur par l'amertume de nostre fiel; comme font les Paiens,
les Iuifs, & les Idolatres : Car alors elle feroit
nostre procez deuant Dieu, & nous conuain-
croit & condamneroit au iugement d'icelui.

Svr le Chap. XXVIII.

NOus voici de retour d'vn grand voiage, ce
dit le Iesuite. C'est bien dit certes. Mais
en ce voiage il n'a rien trouué qui lui puisse
profiter. Il a esté au ciel, au feu, en l'air, en
l'eau, & par tout en la terre; & neantmoins il
n'y-a rien acquis qui puisse seruir pour establir
les superstitions & Idolatries de son Eglise

Romaine, ni pour ruiner l'estat du vrai seruice de la nostre reformée. Il pretend bien de faire l'vn & l'autre : mais il s'y morfondra. Plusieurs deuant lui ont voulu s'y essaier, quelque fois par la dispute de la doctrine simplement, quelque fois par l'adionction qu'ils y ont pretendu faire des miracles : mais ils n'en ont iamais r'apporté, pour toute recompense, que toute fletrisseure en la memoire de tout le monde. Que donc le Iesuite fortifie tant qu'il pourra, par la force de ses miracles, sa Religion & qu'il en face esleuer les orages, souffler les vents, & enfler les torrens, contre la nostre : la leur n'en sera iamais bien soustenüe, ni la nostre aucunement esbranlee. Et pourquoi ? D'autant que la leur n'est appuïee que sur le sable mouuant, & la nostre a son fondement sur la roche ferme.

Vous estes (ie croi) memoratifs, dit il, de la definition qu'auons donnee du miracle, pris en terme deschole. Nous auons dit, que c'estoit vne œuure faite dessus la loi de Nature, & vne action propre à Dieu, priuatiuement à tout autre. Car quand les Anges & hommes font des miracles, ils n'en sont point les auteurs, mais seulement les instrumens : C'est Dieu qui les fait à leur priere, ou autremẽt par eux. Resp. Nous sommes bien memoratifs de cette definition, & l'adiouons auec ses dependances.

Ie me souuiens aussi (adiouste-il) que vostre premiere proposition des miracles est, qu'ils ont pris fin dés long temps entre les Chrestiens. Resp. Nous

soufcriuons auffi à cette propofition, moiennant quelque éfclarciffement. Nous difons
donc, que les Miracles ont eü leur temps.
Quand il a efté queftion de planter vne doctrine eftimée par le peuple nouuelle, & non
encore receüe, comme la Loi fous le Vieil
Teftament, & l'Euangile fous le Nouueau, a
lors les miracles ont efté neceffaires. Partant
Moyfe en a fait, eftabliffant la Loi, & Elie e-
ftant queftion de juger entre Dieu & Baal:
Ainfi Iefus Chrift & fes Apoftres plantans
l'Euangile. Car nous fçauõs que fous le Vieil
Teftament, les Iuifs ont efté fort difficilles à
croire, & encore fous le nouueau Teftament:
& tout de mefme les Gentils. Tellement que
l'Euangile a efté fcandale aux vns, & folie aux
autres. Et a-on reproché à Iefus Chrift, qu'il   *1.Cor.1.23.*
prefchoit vne doctrine nouuelle: & le fembla-   *Marc.1.27.*
ble à S. Paul. Mais apres que la Loi & l'Euan-   *Act.17.19*
gile ont efté affez authorifez par vn tres-grãd
nombre de miracles, encore qu'il ait efté quê-
ftion de quelque reformation en l'Eglife, fi
eft-ce que les miracles n'ont plus efté requis,
ni fous le Vieil, ni fous le Nouueau Teftament.
Partant Iofias Roi, & Helcias Sacrificateur,
remettans fus le liure de la Loi, n'en ont point
fait: Ni Efdras, Scribe & Sacrificateur, relé-
uant le feruice de Dieu: Non plus apres les
Apoftres, les Docteurs de l'Eglife, qui ont
requis quelque reformation.

Et c'eft ce que S. Auguftin a enfeigné, quand   *Aug. de vi-*
il a dit; *Accepimus maiores noftros vifibilia mira-*   *ra Relig. ca.*
                                                  25. 1.Tom.

cula(non enim aliter poterant) sequutos esse per quos
id actum est, vt necessaria nõ essent posteris. i. Nous
auons entendu que nos deuanciers ont suiui
les miracles visibles(car ils ne pouuoient faire
autrement)par lesquels cela a esté fait, qu'ils
ne fussent plus necessaires à leurs posterieurs.

Et Isidore : *Ecce (inquit) signum non est fidelibus necessarium, qui iam crediderunt ; sed infide-
libus, vt conuertantur. Nam Paulus pro non cre-
dentibus infidelitate, patrẽ Publii de infirmitate fe-
brium virtutibus curat: infirmantem verò Timo-
theum fidelem, non oratione, sed medicinaliter tem-
perat : vt noueris miracula pro incredulis, non pro
fidelibus fieri.* i. voici, le signe n'est point necessaire aux fideles, qui desia ont creu ; ains
aux infideles, afin qu'ils se conuertissent. Car
Paul a bien gueri par miracles le pere du Pu-
blius, de l'infirmité, de ses fieures, à cause de
l'infidelité des mescreans: Mais il n'a point remedié à Timothee malade estant fidele, par
oraison, ains par la medecine : A fin que tu
sçaches que les miracles se font pour les incredules, & non pas pour les fideles.

*Isid. lib. 1
de summo bo
no cap. 27.*

Gabriel Biel. Lect. 3. sur le Canon de la
Messe, tient aussi ce langage : *Annexa fuit po-
testati praedicandi verbum Dei per Christum, po-
testas faciendi miracula, ad confirmationem fidei,
cùm dixit infirmos curate, mortuos suscitate, lepro-
sos mundate, daemones eiicite. Sed in hac potestate
modo Ecclesiastici regulariter non succedunt, cùm
fides iam sufficienter fundata, non indigeat miraculis confirmari, secundum Gregorium 27. Moral.*

C'est

c'eſt à dire, la puiſſance de preſcher la Parole de Dieu, a eſté conioincte par Ieſus Chriſt, à la puiſſance de faire miracles, pour la confirmation de la foi, quand il a dit; Gueriſſez les malades, reſſuſcitez les morts, nettoiez les ladres, iettez hors les diables. Mais les Eccleſiaſtiques ne ſuccedent pas maintenant en cette puiſſance regulierement, veu que la foi deſia ſuffiſamment fondee, n'a point beſoin d'eſtre confirmee par miracles, ſelon Gregoire en ſes Morales.

Suiuant donc ces conſiderations, & ces exemples, & ſentences, nous diſons que les miracles ne ſont plus auiourd'hui neceſſaires entre les Chreſtiens. Et par conſequant, puis qu'il eſt euident que nous n'enſeignons que la meſme doctrine, que Ieſus Chriſt & les Apoſtres ont enſeignee, & ne trauaillons qu'à la deſtruction de l'Antechriſt, & à l'aneantiſſement & abolition des doctrines humaines; nous ne ſommes point tenus de faire des miracles, & eſt ſans raiſon qu'on nous en demande. Paſſons outre.

1. Le Ieſuite dit en la 1. ſection de ce ch. *Que pour deux cauſes Caluin & ſes ſemblables diſet que les miracles ont pris fin.* Voions ſes deux cauſes.

La premiere eſt (dit-il,) *pour nous enclouer & rendre inutile la plus forte piece de defence que nous aions.* Reſp. Puis que par cette piece il entend les miracles, deſquels ils ſe glorifient, nous aduouons cette cauſe. Mais le poure homme, ſans y penſer, affoiblit fort leur religion; & en est vn foible defenseur; puis qu'il dit que les miracles en sont la plus forte piece de defense. La doctrine celeste est l'appui principal de toute vraie religion : Les miracles n'en peuuēt estre que les accessoires. Parquoi le Iesuite infere que leur religion n'est point vraie, ou bien il me la charrue deuant les bœufs, disant que les miracles sont la principale piece de defense de leur religion.

La seconde cause est, pour couurir la honte de vostre disette. Resp. Il vaut mieux auoir disette d'vne viande non necessaire, que de feindre d'en auoir de la bonne, & n'en auoir point; ou bien en auoir de faict, & qui ne serue que de poisson.

Quand on vous demande des miracles pour confirmer vostre opinion extraordinaire, & que vous n'en pouuez fournir, vous dites qu'il n'en y a plus : dont s'enfuit, selon vostre logique, que contre la verité nous disons en auoir, & que contre la raison on vous en demande. Resp. C'est tresbien exprimé la conclusion de nostre Logique.

Vous dites donc, que les miracles ont pris fin. Resp. Oui : auec l'esclarcissement susdit. C'est ascauoir, que les miracles ne sont point maintenant necessaires entre les Chrestiens.

Respondez moi? (dit le Iesuite) Mettans en auant contre nous cette proposition si difficile à croire, & si importante, ne la deuiez-vous pas flanquer de quelques bons tesmoignages de l'Escriture, pour la faire probable. Resp. A cette question ie respon trois choses. *Premierement,* que le Ie-

fuite fe refpond foi-mefme à fa confufion, en
ce qu'il adioufte ; *Vous* (dit-il) *qui dites qu'il*
ne faut rien affirmer fans la Parole de Dieu, qui
prefchez que tous les poincts de la Religion fe doiuent
decider par texte de la Bible ; où font les paffages,
auec lefquels vous auez decidé cettui-ci, & colligé
vne ceffation des œuures de Dieu les plus admira-
bles ? Il dit clairement & confeffe auec nous,
que rien ne fe doit affirmer pour article de foi,
ou qu'on doiue croire, qu'on ne le prouue par
la Parole de Dieu. Or il affirme que les Miracles font maintenant neceffaires entre les
Chreftiens, & nous le nions : C'eft donc à lui
de prouuer fon affirmatiue par la Parole de
Dieu,& non point à nous noftre negatiue.Car
celui qui nie,n'a pas befoin de prouuer ce qu'il
nie. *Secondement*, nous difons que ce que Dieu
ne commande point (eftant queftion d'vn article de foi) il ne veut point qu'il ait lieu. Or
Dieu ne commande point que les miracles
aient toufiours lieu en l'Eglife:Dont il ne veut
point qu'ils y aient toufiours lieu . *Tiercement,*
Dieu declare affez par fa Parole, qu'il ne veut
pas que les miracles aient toufiours lieu entre
les Chreftiens. Tefmoin l'hiftoire ou parabole qui eft en S. Luc du mauuais riche. Cettui- Luc 16.18.
ci requit d'Abraham qu'il fit vn miracle, c'eft
afçauoir qu'il reffufcitaft quelqu'vn d'entre les
morts,pour l'enuoier à fes frères en terre.Non
(ce lui refpondit Abraham) *ils ont Moyfe &*
les Prophetes, qui les oient . Que s'ils ne les oient
point,non plus feront-ils perfuadez quand aucun des

morts reſſuſcitera.

2.   En la 2. ſection il continue ſon propos :
Et apres il adiouſte, *Si vous dites que l'experience*
monſtre que les miracles ſont finis, ie vous oppoſerai
tantoſt l'experience de mille miracles, qui ſe font en-
cor auiourd'hui en la maiſon de Dieu. Reſp. Nous
ſerons bien aiſes de voir ces mille miracles :
& eſperons d'en bien viſiter le fons, pour ſçauoir s'ils ſont vrais ou faux, ou au moins de
quel prix & miſe ils peuuent eſtre.

    Maintenant ie vous veux prouuer par la ſain-
cte Eſcriture, qu'ils doiuent durer autant, que l'E-
gliſe durera en ce monde. Reſp. Hoc opus, hic
labor erit : i. Yci ſera le labeur & la ſueur.

3.   *Premierement noſtre Seigneur donnant à ſes*
Apoſtres & diſciples, & à toute la poſterité de l'E-
gliſe en eux repreſentee, la puiſſance de preſcher, il
leur donne quant & quant, & par indiuis, puiſſan-
ce de faire des miracles, ſans limitation de temps, ni
en l'vn ni en l'autre. Allez (leur dit-il) preſchez &
Mat. 28.19
Marc. 16
17.
dites, le Roiaume des cieux s'approche : gueriſſez
les malades, reſſuſcitez les morts, mondifiez les La-
dres, & chaſſez les Diables. Reſp. Cette promeſſe que Ieſus Chriſt a faite à ſes Apoſtres, a
eſté temporelle, & n'a point deu s'eſtendre en
tout teps. Sans toutefois que nous vueillions
dire, que Dieu ait eu, depuis les Apoſtres, la
main liee, qu'il n'ait peu faire des miracles,
toutes les fois qu'il lui a pleu, & n'en puiſſe encore faire à ſon plaiſir.

    Comme donc la puiſſance de preſcher fut donnee
pour iamais à toute l'Egliſe, en la perſonne des Apo-

ſtres & diſciples , qui alors la repreſentoient ; de
meſme fut donnee de faire miracles. Reſp. La puiſſance voyremét de preſcher la Parole de Dieu,
a bien eſté donnee aux Apoſtres,& à leurs ſucceſſeurs : mais quant à la puiſſance de faire
des miracles, elle n'a eſté donnee qu'aux A-
poſtres , & non point indifferamment à tous
leurs ſucceſſeurs, le temps ni l'occaſion ne le
requerant pas, comme nous l'auons prouué
ci-deſſus.

*Et comme la predication deuoit continuer, auſſi
les miracles.* Reſp. Nous le nions.

*Car vous ne ſçauriez monſtrer l'imitation aucu-
ne du temps en l'vn plus qu'en l'autre.* Reſp. Nous
l'auons monſtree par l'Eſcriture meſmes , &
par le teſmoignage des anciens Docteurs. La
neceſſité requiert que la Parole de Dieu ſoit
preſchee iuſques à la fin du monde. Matth. 28.
19. Epheſ. 4. 14. Mais la meſme neceſſité ne
requiert pas que les miracles ſe facent entre
les Chreſtiens : veu que la doctrine de verité
y eſt aſſez authoriſee, tant par la Maieſté de
Ieſus Chriſt & des Apoſtres, qui l'ont annoncee, que par les miracles qu'ils ont faits, pour
la ſeeler.

I'adiouſterai ici vn poinct, que le Ieſuite
n'a eu garde de toucher, pris du paſſage de S.
Marc qu'il a cotté. C'eſt au dernier verſet de
ſon Euangile. *Eux auſſi (dit-il) eſtans partis,* Mar. 16. 29
preſcherent par tout, le Seigneur ouurant auec eux,
& confermant la parole par les ſignes qui s'enſui-
uoient. Par ſes paroles il eſt ſignifié, qu'il faut

G iij

que la doctrine soit tousiours conioincte auec
les miracles. Voire en telle sorte, que la do
ctrine tienne le premier rang, & que les miracles la suiuent pour la confirmer, lors qu'il
en faut. Dont s'ensuit, que si la doctrine est
faulse (comme elle est en la Papauté) les miracles aussi sont faux. Mais nous parlerons
plus amplement de ceci en ce qui vient apres.

Il semble encore (ce dit le Iesuite) que nostre
Seigneur ait voulu plus authoriser ses Apostres aux
miracles, qu'en la predication, leur predisant qu'ils
en feroient de plus grans que lui-mesme n'auoit fait.
Aussi voions-nous, qu'à l'ombre de S. Pierre, & à
l'attouchement des linges & ceintures de S. Paul absent, les malades estoient gueris, & les Diables
chassez, ce qui ne fut oncques prattiqué en la personne de Iesus Christ. Resp. Cette promesse de Iesus Christ faite à ses Apostres, n'a point tendu
à les authoriser aux miracles, plus qu'en leur
predication : ains à les asseurer de son assistance perpetuelle & inuincible. Mais quoy que
s'en soit, cette promesse a esté faite aux Apostres seuls, & non point à leurs successeurs,
pour le regard des miracles. Et quant aux exé-
ples de ces plus grands miracles, de l'ombre de
S. Pierre, & des linges & ceintures de S. Paul,
aiant produit les effects susdits; ne desplaise au
Iesuite, il se trompe, & les Docteurs qu'il a
suiuis. Car ces miracles ne peuuent estre dits
plus grans, que ceux que Iesus Christ a faits
au garçon du Centenier. Matth. 8. 5. Et au
Lazare. Iean 11. 43. Le sens plus simple est;

Ieã. 14. 12

Act. 5. 15.
& 19. 12.

Que Iesus Christ feroit par ses Apostres plus grans miracles, c'est à dire, plus en nombre, en plus de lieux, & auec plus d'effect, qu'il n'auoit fait lui-mesme estant en terre. Car premierement, comme les Apostres estoient plusieurs, & dispersez en diuers lieux, ils ont peu faire plus de miracles, & en plus de lieux, que Iesus Christ seul, se contenant dedans les limites de Iudee, Secondement, il est certain que plus de gens ont esté conuertis à la foi, par le ministere des Apostres, que quãd Iesus Christ preschoit en terre. Et pour dire en vn mot, le miracle le plus excellent de tous, a esté le renouuellement & la reformation generale de tout le monde, faite par le ministere des Apostres.

Il argumente à la fin de la section troisieme, & en la quatriesme, de l'assistance que Iesus Christ a promise à son Eglise, aux miracles. Il a dit à ses Apostres; *Ie suis auec vous* *Mat.28.ze* *tousiours iusques à la consommation du mõde.* Quoi pour cela ? *C'est a dire, ie vous assisterai en mon* *Eglise iusques à la fin.* Cela est vrai. *Or* (dit-il) *pour rendre l'Eglise bien assistee, il a choisi les miracles au commencement & au progrez.* Resp. Quelle est cette maniere d'argumenter ? Si le Iesuite veut dresser vn Syllogisme de sa ratiocination, il sera tel.

Le moien que Iesus Christ a choisi pour assister tousiours à son Eglise, iusques à la fin du monde, doit tousiours auoir lieu en icelle.

Iesus Christ a choisi les miracles pour as-

G iiij

sister touſiours à ſon Egliſe, iuſques à la fin du
monde.

Donc les miracles doiuent touſiours auoir
lieu en l'Egliſe, iuſques à la fin du monde.

Nous nions l'Aſſomption,

*Mais ce peut-il faire qu'en cés derniers temps,
l'Antechriſt face ſes miracles pour le menſonge : &
Dieu croiſant ſes bras, ait ceſſé de faire lés ſiens pour
la verité.* Reſp. Que l'Antechriſt face ſes miracles pour ſon menſonge, il appert par tes
teſmoignages. Deut. 13. 1. Matt. 24. 24. 2.
Theſ. 2. 9. Mais que Dieu pour maintenir ſa
verité, doiue faire lés ſiens, il ne ſe lit point en
l'Eſcriture ſainéte. Et dire que Dieu croiſeroit
donc ſes bras, ce ſeroit blaſphemer. Car il a
d'autres moiens, & à nous (pour la plus part)
incognus, par leſquels (ſans miracles) il
maintient ſa verité.

4.   *Ce peut-il faire (ce demande encore le Ieſuite) que Dieu pour le gouuernement du monde v-
niuerſel, face continuer inſques à la fin du monde
les miracles de Nature, pour la vie corruptible
dés beſtes & des hommes bons & mauuais : & qu'il
ne vueille continuer les ſur-naturels en ſon Egliſe
pour la vie immortelle de ſes enfans.* Reſp. Et
pourquoi non? Il plaiſt à Dieu faire aller, trot-
ter & courir les choſes qu'il a creées, par vn ordre naturel & continuel, quoi que merueilleux. Mais pour la conduite de ſon Egliſe, e-
ſtant queſtion des miracles, s'il lui a pleu en
uſer quelque temps, & puis apres en quitter
l'vſage, qui eſt celui qui oſera le controoller?

Est-il lié aux miracles, que sans iceux il ne
puisse regir & gouuerner son Eglise, la defendre & lui assister, contre toutes les tentations
du Diable, & tous les assauts des tyrans, & de
tout le monde, & en somme contre toutes les
portes d'Enfer? Où trouuera le Iesuite en l'Escriture saincte, que Dieu n'ait autre moien,
que les miracles, pour faire ses œuures? Quãd
son Eglise est en danger, ou en quelque peine,
il la garde & desiure par vne infinité de secours
qu'il lui enuoie. Il la conduit par sa Parole; la
reprend & corrige, quand elle erre; la maintient en la pureté de la Foi & de son seruice,
par son S. Esprit; lui dõne patience, la console
par les promesses de la vie eternelle; & quoi
non, sans aucuns miracles?

Le Iesuite conclut son chapitre par vne promesse qu'il fait *de monstrer que Dieu par mira-*
cles surnaturels a continué de soustenir son Eglise
iusques à la venue de Iesus Christ.

SVR LE CHAP. XXIX.

IL commence ici d'effectuer sa promesse,
& dit.

1. *Que dés le commencement du monde Dieu a*
assisté son Eglise par miracles.

2. *Que Dieu a parlé à Moyse en vne flamme de*
feu, au milieu d'vn buisson.

3. *Que plusieurs miracles ont esté faits au desert*
d'Arabie.

4. *Et quand Moyse print la Loi de Dieu, &*

que le peuple entra en la terre promife.

Quoi pour cela ? Qu'eſt-ce que le Ieſuite veut inferer de ces miracles ? Il fait comme les Aduocats qui alleguent à force loix, leſquel-les ſont hors de diſpute. Il ſuit le trac des So-phiſtes, leſquels ſe tourmentent à prouuer ce qu'on ne leur querelle pas. Il voudroit bien trouuer dequoi appuier & eſtançonner la con-cluſion de ſa diſpute ; & partant il taſche de donner corps à ſon diſcours. Mais ſadite con-cluſion eſt ſi vaine & ſi foible, qu'il eſt impoſ-ſible de la bien aſſeoir. C'eſt donc pour neant qu'il implore l'aſſiſtance des vrais miracles faits de Dieu, deuant la Loi, & ſous la Loi, au complot de ſes miracles faux & ſuppoſez.

Et quels miracles penſe-il que nous nions? Ceux qu'il a mis ici en auant ? Nullement. Si ce n'eſt que nous faiſons vn peu de ſcrupule au premier, touchant ce qu'il dit du ſacri-fice d'Abel : *Que Dieu monſtra qu'il l'acce-ptoit par vn feu miraculeux ennoié du Ciel deſſus l'Autel, ou la victime bruſloit.* Ce feu eſt incer-tain : la parole de Dieu n'en fait point de men-tion. En Geneſe il eſt bien dit ; *Que Dieu re-garda à Abel & à ſon oblation, & non à Cain.* Et en l'Epiſtre aux Hebrieux. *Que Dieu rendoit teſ-moignage des dons d'Abel.* Mais par ce regard de Dieu, & par ce teſmoignage qu'il rendit d'auoir pour agreable le ſacrifice d'Abel, nous ne pouuons point entendre ce feu miraculeux. Le Ieſuite donc a eu recours aux deuinations, apres quelques Rabbins, leſquels ſe plaiſent

Gen. 4. 3.

Gen. 4. 3.

Heb. 11. 4.

en leurs inuentions. Mais (comme a dit
Caluin ſur ce paſſage de Geneſe) parce
que nous ne deuons point prendre tant de
licence de forger de nous-meſmes aucuns
miracles, ni d'en receuoir, s'ils n'ont teſmoignage des Eſcritures, laiſſons les fables des
Hebrieux.

Nous reſiſtons auſſi vn peu à ce qu'il dit au
commencement de la 2. ſeƈtion, *qu'eſtant
Moyſe au deſert, Dieu s'apparut à lui en vn buiſſon ardant, ſans ardre.* Ne deſplaiſe au Ieſuite:
Eſtre ardant, ſans ardre, c'eſt ardre & n'ardre
point; qui ſont deux contradiƈtoires:deſquel-
les ſi l'vne eſt vraie, l'autre neceſſairement eſt
fauſſe. Auſſi l'Eſcriture ne parle pas ainſi. Elle
ne dit pas que ce buiſſon eſtoit ardant ſans ardre. S'il eſtoit ardant,ſans doute il ardoit.Voi-
ci le texte, חסנה בער באש וחסנה איננו
אכל *Rubus ardebat igne, nec tamen rubus con-
ſumebatur*; ou bien (comme l'ancienne Verſion l'a tourné) *& non comburebatur*, i. Le buiſſon ardoit au feu, & le buiſſon toutesfois ne ſe
conſumoit point. Ce ſont deux verbes בער
& אכל Le premier ſignifie ardre , & le ſecond, manger & conſumer. Le Ieſuite donc
s'eſt meſconté, pour ſe monſtrer ingenieux en
la rencontre de ces deux verbes. Cela n'eſt
point bien ſeant à vn Theologien, de ſe deſtourner ainſi de ſa voie, pour courir apres vn
beau mot. C'eſt aux paroles à ſeruir & à ſuiure. Si le François exquis n'y peut aller, quo
l'ordinaire & le commun y arriue.Le Theolo-

gien (di-ie) doit aimer le langage simple &
naïf, tel sur le papier qu'à la bouche, esloigné
de toute affectation & artifice.

Au reste, quant aux miracles que le Iesuite
recite ici, nous auons dit, que nous ne les
nions point, ains les receuons auec admira-
ration & toute reuerence. Et disons que Dieu
les a faits, pour donner authorité à sa doctrine,
& à la verité de son seruice, & par consequant
au Ministere de ses seruiteurs. Et qu'ainsi soit,
oions-en vn mot de l'Escriture, & de quelques
Docteurs. Dieu a dit à Moyse; *Voici, ie vien à*
toi en l'obscurité de la nuee, à celle fin que le peuple
entende, pendant que ie parlerai auec toi, & aussi
qu'il croie à toi perpetuellement.

Auctor Cathenæ sur le susdit passage; *Sic ita-*
que Mosi & Prophetis loquutus est Dominus
(nimirum cum miraculis) quibus & credi vult sem-
per & obsequi. i. Partant le Seigneur a parlé ainsi à Moyse & aux Prophetes (asçauoir auec miracles) d'autant qu'il veut qu'on les croie &
qu'on leur obeisse. Et vn peu apres ; *Lex Dei*
Iudæis data est cum timore & portentis horrendis :
Christianis autem datur Euangelium cum consola-
tionibus, spe, & charitate. i. La Loi de Dieu a e-
sté donnee aux Iuifs auec crainte & signes es-
pouuantables ; mais l'Euangile est donné aux
Chrestiens, auec consolations, esperance &
charité.

Qu'elle est donc la Conclusion du Iesuite ?
Voiez donc (dit-il) *comme Dieu n'a iamais cessé de*
faire miracles, & d'assister ses enfans en la Loi

Exod. 19. 9.

de Nature, & de Moyse. Est-il donc vrai-semblable, qu'il nous quittera à la fin ? S'il a soustenu,
auctorisé, illustré iusques à la fin la synagogue, par
tant d'œuures merueilleuses ; laissera-il au milieu de
la meslee son Eglise, à laquelle il a donné son cher fils,
createur comme lui, & tout puissant comme lui, qui
a fait auec lui toutes les merueilles de la nature, &
celles de dessus la Nature, apres le monde fait ?
Resp. Non : Dieu ne quittera iamais son E-
glise, ni ne la laissera au milieu de la meslee,
c'est à dire en ses afflictions & persecutions.
Mais d'inferer de là, qu'il doiue tousiours faire des miracles pour la maintenir & garder,
ce seroit se tromper trop lourdement. Le Iesuite deuoit faire quelque syllogisme là dessus. Mais il n'a eu garde. Seulement il fait sa
conclusion ; Ie conclu donc (dit-il) que comme vostre proposition est sans Escriture, sans
authorité, & sans raison, qu'elle est aussi sans verité, & que les miracles continueront, & par consequant continuent encor : Ce que vous verriez (adiouste-il) si vous auiez les yeux desquels on les voit,
qui sont les yeux de la Foi. Resp. Qu'elle est
(di-ie)cette conclusion ? Qu'elle cette consequence, pour les miracles qu'il pretend estre
necessaires auiourd'hui entre les Chrestiens,
pour la garde & cōseruation de l'Eglise ? Dieu
merci nous auons des yeux, voire des yeux de
la Foi. Et s'il pense que nous ne voions goutte
en vne lumiere si claire de la verité de Dieu
contre ses abus, il est aueugle lui-mesme.

SVR LE CHAP. XXX.

IE vous ai prouué (dit-il) par l'Escriture, & par raisons tirees d'icelle, que les miracles ne finiront iamais. Resp. Cela n'a point esté encore fait, sauf l'honneur du Iesuite. Ie m'en rapporte au fidele lecteur.

Ie m'en vai vous monstrer que de fait ils continuent encor iusques auiourd'hui, comme de siecle en siecle ils ont continué. Resp. Nous y presterons l'oreille sans sommeiller.

2.   Premierement, vous ne pouuez nier que les Sacremens de l'Eglise Catholique ne soient miracles, estans iceux comme nous les croions, & comme la Foi commande les croire. Resp. Ne lui desplaise: nous pouuons nier que les Sacremens soiét miracles, & de faict nous le nions : Combien que nous ne laissons pas de les croire, non cōme les Iesuites,& les autres de l'Eglise Romaine les croient, mais comme la Foi nous commande de les croire.

Or la Foi dit, que le Sacrement visible, par la vertu diuine donne grace à celui qui le reçoit. Resp.   Si la Foi le disoit, elle l'auroit appris de la Parole de Dieu. Car la Foi ne vient que de cette Parole, & ne parle que selon l'instruction d'icelle. Mais la Parole de Dieu ne dit rien de cela; ains le contraire. Parquoi le Iesuite a renuersé l'ordre. Car ce n'est pas le Sacrement visible qui donne grace à celui qui le reçoit: mais c'est Dieu qui donne & offre cette grace par le Sacrement.

Pour exemple, l'Eau du Baptesme mouillant le corps, laue l'ame du peché. Resp. C'est vn blaspheme, qui rauit à Iesus Christ son merite. Et est faux, par mesme moien, ce que le Iesuite adiouste, *que cette lotion est vn effect miraculeux :* si (di-ie) cette lotion est rapportee à l'eau ; comme nous l'auons monstré sur le chap. 19: sect. 8.

3. *De mesme* (dit-il) *les autres Sacremens que nous croions, mais sur tout celui de l'autel.* Resp. Il croira tout autant de Sacremens qu'il lui plaira, lui & ses semblables : Nous n'en pouuons, ni n'en deuons croire que deux, c'est ascauoir le Baptesme & la S. Cene : pour les raisons que nos Docteurs ont si souuét alleguees, & nommément Caluin, Inst. 4. 19. 1. Et encore tout ainsi que nous auons nié que le Baptesme soit vn miracle; de mesme nions-nous que la S. Cene en soit vn autre ; comme nous l'auons deduit sur le chap. 3. sect. 5.

Tout y est merueilleux, dit-il. Et comment? 1. *vne substance y est changee en vne autre, par la parole proferee.* 2. *L'accident y est sans subiect.* 3. *La quantité sans lieu.* 4. *La qualité paroist en autre figure.* 5. *Vne parole se rapporte & opere en autant de suiets qu'il y a d'hosties & de pains.* 6. *Le Sacrement y est rompu, & le corps demeure entier.* 7. *Les accidens nourrissent sans substance.* 8. *Vn corps est en plusieurs lieux.* 9. *Ne se consume point estant mangé.* 10. *N'occupe point de lieu par sa quantité.* 11. *Est glorieux sans monstrer ſa gloire.* 12. *Et en ſomme merueilleux, en autant & deſſus tant de natures & de façons, qu'il y-a de Categories & d'ordres en toute la Nature, comme treſbien dednent nos Theologiens.*

Reſp.   Le Ieſuite reſpond ſur tout cela pour nous ; *Vous me direz, que vous ne croiez rien de tout ceci.* Reſp. Non certes. *Mais l'Egliſe de Dieu l'a touſiours creu.*

Reſp. Iamais la vraie Egliſe de Dieu ne la creu. *Perſonne ne l'a meſcreu, qui n'ait eſté heretique.* Reſp. Donc Tertulian, S. Cyprian, S. Auguſtin, S. Ambroiſe, & vn grand nombre d'autres de l'Egliſe ont eſté heretiques : Car ils ont condamné tous ces abus. Nous ne voulions pas inſerer ici leurs ſentences ſur toutes les choſes alleguées, ni ſur l'expoſition de ces paroles de verité : *Ceci eſt mon corps* ; deſquelles (ce dit le Ieſuite) s'enſuiuent toutes les merueilles ſuſdites. Nous ſerions trop prolixes. Ledit Ieſuite pourra voir (s'il lui plaiſt) ce qui en eſt, en noſtre 1. partie des Abus de la Meſſe. Abus 13. Et en vn autre tres-excellent liure qu'vn de nos freres a fait là deſſus, intitulé *Traitté Orthodoxe de l'Euchariſtie*, imprimé l'an 1595.

4. En la ſection 4. le Ieſuite en veut à la Cene des Huguenots : & dit *qu'elle n'a rien de merueilleux, & que la foi d'vn Paien ne puiſſe croire tout ce qu'elle a, y eſtant tout vulgaire & triuial, & tout reduit en vn morceau de pain, & rien plus.*

Reſp. Pour le regard des Signes, nous confeſſons voirement qu'en la Cene de Ieſus
Chriſt

Chrift, que nous celebrons, il n'y-a rien de
merueilleux, c'eft à dire de miraculeux. Car
le pain & le vin y demeurent en leur propre
fubftance, & ne s'y fait aucun miracle. Mais
que la foi d'vn Paien puiffe croire les myfteres
qui y font reprefentez, ni la foi mefmes de
ceux de l'Eglife Romaine; il s'en faut beaucoup. Car ces myfteres font, la remiffion de
nos pechez, l'vnion que nous auons auec Iefus Chrift, & la nourriture de nos ames en l'e-
fperance de la vie eternelle. Lefquelles chofes
nulle foi, que la iuftifiante, ne peut croire, à
laquelle la foi des Paiens, & celle des Papiftes font du tout contraires.

Tout y eft vulgaire & triuial, dit-il. S'il appelle vulgaire & triuial, la fimplicité de la forme
& de la matiere du Sacrement, felon l'ordonnance que Iefus Chrift en a faite, & que les A-
poftres & la primitiue Eglife l'ont prattiquee,
nous accordons fon dire. Car nous n'y pratti-
quons rien plus, ni rien moins: Et aimons
mieux nous tenir à vne telle fimplicité, que de
polluer, falfifier, & corrompre, voire bien
annuller du tout le S. Sacrement, comme on
fait en l'Eglife Romaine, non feulement par
mille ceremonies ridicules & fuperftitieufes,
qu'ils y ont adiouftees; mais encore par leur
fonge de tráffubftantiation, par le changemét
du vrai & legitime vfage, & par l'introduction
de leur facrifice propiciatoire de la Meffe.

Mais, dit-il, *tout y eft reduit en vn morceau
de pain, & rien plus:* Il m'excufera. Au moins

y auons nous aussi du vin, qui nous represente le sang de Iesus Christ, comme le pain son corps. Duquel deuxiesme signe ils priuent le peuple en leurs Cenes, & de l'vn & de l'autre, en leurs Messes ; se monstrans en cela faussaires, & mauuais dispensateurs des mysteres sacrez.

Au demeurant, auec le pain & le vin nous y auons pour certain les choses signifiees par iceux, c'est asçauoir le corps & le sang de Iesus Christ. Et bien, qu'au pain & au vin il n'y ait point de changement, quant à leur matiere & substance ; si est-ce qu'il en y a pour le regard de leur vsage. Car ils nous sont donnez, non point pour la nourriture du corps, ains pour nous representer la nourriture eternelle de nos ames, laquelle consiste au corps & au sang de Iesus Christ, receus de nous spirituellemét par la foi. Car entât que du costé de Dieu qui est veritable en ses promesses, les choses signifiees nous sont tousiours offertes & présentees à la verité, & sans aucune fraude: en cet egard les signes & les choses signifiees sont tousiours coniointes, & vont tousiours ensemble. C'est ce qu'entend S. Cyprian, quand il dit, *Que le Sacrement n'est iamais sans sa verité & vertu, & que la Maiesté ne s'absente point des saincts mysteres.* Et le Decret, *Qu'en la Cene sacree nous receuons tellemét la similitude de la chair & du sang de Iesus Christ, que la verité ne deffaut point au sacrement.* Comme donc (ce dit S. Augustin) *C'est vne seruile infirmité de suiure la let-*

Cip.de Cœna Dom. De consf.di. 2 Can. vt vt sub figura.

Aug.de do. crist.l. 3.c.9.

tre ; & prendre les signes pour les choses signifiees :
Ainsi c'est vn erreur leger, d'interpreter les signes
inutilement.

Le Iesuite conclud ; *Mais c'est assez pour
vous contraindre d'aduouer nostre dire de la dura-
tion des miracles en l'Eglise, que vous croiez que
l'Eau du Baptesme est miraculeuse.* Mais si nous
ne le croions point, où en sera le Iesuite? Tout
ce qu'il adiouste en ce chapitre, est superflu,
& ne fait du tout rien pour lui, ni contre nous.

SVR LE CHAP. XXXI.

LA maxime du Iesuite est ; Que les miracles sont tousiours necessaires en l'Eglise,
& y continuent. Pour c'est effect, il a prouué
(selon son aduis) au chap. precedent, que les
Secremens sont autant de miracles : A quoi
nous-nous sommes opposez, & l'auons debouté de sa pretention.

Il passe maintenant à d'autres preuues de
sadite maxime : Et distingue en premier lieu,
entre les miracles, & en fait de deux sortes.
Les vns, qui ont esté necessaires au commencement, & ne le sont plus : les autres qui ont
esté necessaires au commancement, & le sont
encores. *Ceux (dit-il) qui estoient seulement necessaires au commencement de l'Eglise, ont cessé ;
cessant la necessité : Les autres ont continué, & continuent encor en la mesme Eglise, bien que moins
frequens, la necessité en estant aussi moindre.*
Resp. Contre cette double necessité de mi-

H ij

racles, i'argumente ainsi ;

Toute distinction Theologique contraire à la saincte Escriture, est à reietter.

Cette distinction de double necessité de miracles, est contraire à la saincte Escriture.

Elle est donc à reietter. L'Assumption se prouue, d'autant que la saincte Escriture ne met autre necessité des miracles, qui ont deu estre faits en l'Eglise Chrestienne, sinon la confirmation de l'Euangile, qui deuoit estre presché par tout le monde. Marc 16. vers. 17. & 20. Laquelle confirmation estant faite, les miracles ont cessé. Et à cela se rapportent les sentences de S. Augustin, d'Isidore, & de Biel, que nous auons alleguees, sur le chap. 28. au comencement. Or suiuat sa distinction, il met au premier rang, *le don des langues*, lequel il dit *auoir du tout cessé, sauf qu'en substance il perseuere. Car* (dit-il) *combien que chascun en particulier ne parle pas maintenant en plusieurs langues, apres le Baptesme & reception du S. Esprit, comme alors ; si est-ce qu'en general l'Eglise parle en toutes langues,*

2. Apres il adiouste ; *Au commencement l'Eglise ramassee en peu de gens, parloit en toutes langues, maintenant dispersee par tout le monde, parle aussi en toutes langues : car par tout le monde y-a des Chrestiens de toutes langues. Et puis il conclud ; En egard donc à cette multitude en l'Eglise, nous pouuons dire, que le don & miracle des langues perseuere en certaine façon en icelle, non en chasque membre, mais au corps de tous les membres:*

Resp. A tout cela ie respons que le Iesuite attribue mal à propos le nom de miracle à la cognoissance que plusieurs membres de l'Eglise
ont auiourd'hui des langues. C'estoit bien miracle, de ce don là aux Apostres, & depuis à
quelques autres en la primitiue Eglise, veu
que soudainement & extraordinairement il
leur estoit conferé. Mais auiourd'hui Dieu ne
communique point ce don à personne en telle
façon, ains par les moiens naturels & ordinaires de l'estude, & de la diligence qu'on y emploie, accompagnez de sa benediction.

3. Il adiouste à ce miracle pretendu, vn autre miracle; *Qui est, que l'Eglise parle desia en*
vne langue par tout l'vniuers, comme elle faisoit de-
uant la confusion enuoiee aux massons de Babel. Cet-
te langue est la Latine, espandüe par toute la terre,
& par toute la terre, en cette langue, elle chante les
louanges de Dieu. En Allemaigne, en Pologne, en
Transsyluanie, aux Jndes, & aux quatre bouts du
monde, elle celebre l'office diuin. Resp. Ce n'est
non plus miracle, si plusieurs parlent vne mesme langue, soit Latine ou autre, que s'ils parlent diuerses langues; C'est à dire, les vns vne,
& les autres vne autre : ou mesme qu'vn seul
ait ce don là. Car soit que tous en parlent v-
ne mesme, ou bien que les vns en parlent vne,
& les autres en vne autre ; il faut que les vns &
les autres aient appris ces langues, ou en
quelques Escholes, ou par la frequenta-
tion des païs & des villes, où ces langues sont
visitees. Et par ainsi ce n'est point vn miracle.

Il dit que la langue de l'Eglise, c'est la Latine: Tellemét *qu'en quelque part que le Chreſtien aille du Ponent au Leuant, & du Sud au Nort, s'il entéd le Latin, il entend louer Dieu au langage de ſa mere.*

4. Et là deſſus en la derniere ſection, il s'a-dreſſe à nous, & nous reproche deux choſes. L'vne, *que nous n'auons pas ceſte vnité de la langue Latine chez nous*; L'autre, *que nous n'auons non plus la generalité des Langues.* Et prouüe, ce lui ſemble, l'vn & l'autre. *Car* (dit il pour le premier cas) *encores qu'en vos Eſcholes vous parliez communément Latin; vous n'auez point toutesfois de langue en voſtre Egliſe, pour faire vn lien de communion entre vous. Chaſque Egliſe tient la ſienne à part. L'Alleman, L'Anglois, le Geneuois, L'Eſcoſſois chante & prie en public, auſſi bien qu'en priué en ſon ramage: ſi bien que ſi vn eſtranger entreuient ignorant du langage du païs, il n'entend note de ce qu'on dit, pour bien qu'il ait eſtudié.*

Reſp. Premierement ie nie que le Latin ſoit plus le langage de l'Egliſe, que l'Hebrieu, le Grec, le François, l'Alleman, ou quelque autre langage, ſelon les regions ou prouinces auſquelles les fideles ſe trouuent. Car toute langue doit confeſſer Ieſus Chriſt, & glorifier Dieu, ce dit S. Paul Phil. 2. 11. Partant entre les Iuifs le langage du ſeruice de leur Egliſe eſt, ou doit eſtre Hebrieu; En Grece, Grec; En France, François; en Angleterre, Anglois; & ainſi conſequemment. Si le Latin eſt auiourd'hui plus familier, & plus vſité par tout, rien n'importe. C'eſt ſeulement entre les gens

de lettres qui l'ont appris. Ce n'est pas le langage ordinaire de toutes les nations du monde. Le simple populaire n'y entend rien.

Secondement, nous confessons qu'en nos
Eglises nous ne parlons en autre langage, qu'en
l'ordinaire du pais, ou au moins qu'en langage bien entendu du peuple. Et disons que par
toutes les Eglises on le doit faire ainsi. Car autrement le peuple ne peut respōdre *Amen*, aux
prieres qu'on y fait, s'il ne les entend, cōme
dit S. Paul. Et voila pourquoi le Pape Innocēt
III. commanda de son temps, que quand en
quelques ville seroient meslés des hommes de
diuerses langues, l'Euesque pourueust d'hommes idoines, pour leur celebrer les offices diuins, & administrer les Sacremens en diuerses
langues. Il y a aussi enuiron 600. ans, que le
Pape d'alors permit à ceux de Morauie, de celebrer leurs diuins offices en langue Sclauoni-
que. Comme aussi auiourd'hui les Rhutenois,
les Armeniens, les Egyptiens, les Ethiopiens,
& plusieurs autres peuples, font leurs seruices
diuins en leurs langues ordinaires. Mais nous
auōs traitté cette matiere assez amplement en
nostre seconde partie de la Messe, en l'Abus 33.

Il nous reste seulement à dire vn mot sur le
passage de S. Paul, que nous auōs allegué. Car
aucuns d'entre les Sophistes respondent que
S. Paul parle là des exhortations, & non point
des Prieres & Cantiques, & qu'ainsi l'ont entendu Basile, Theodoret, & Sedulius. Mais cela
ne se peut soustenir. Car ces mots, προσεύξωμαι,

1. Cor. 14.
In Decreta.
C. Quoniam
inplerisq;tit
de off. Iudi.
ordin.

H iiij

& ψάλλω, & εὐχαριϛεῖς, defquels S. Paul vfe, ne fi-
gnifiét pas *prefcher*, ains *prier, chanter, & rendre
graces*. Partát Chryfoſtome, Theophylacte, S.
Ambroife, & Haimo, expofent ce paſſage des
prieres.

D'autres difént que ceci fe doit bien entendre des prieres, mais qu'il ne requiert pas que
tout le peuple les entende, ains feulement
quelcun, lequel au nom de tout le peuple re-
fponde, *Amen*. Et que ce fens eſt fignifié par
ces paroles ; *Qui fupplet locum idiotæ, quomodo
refpondebit Amen? i. Celui qui tient le lieu du commun, comment refpondra-il Amen ?* En cette façon l'ont entendu Haimo, Primafius, Lom-
bardus, Thomas. Mais ie refpon, que cela ne
fe peut non plus fouſtenir. Car fes paroles de
l'Apoſtre, ὁ ἀναπληρῶν τὸν τόπον τῦ ἰδιώτυ, ne fi-
gnifient pas, *qui gerit vices idiotæ*, i. qui tient le
lieu du commun ; ains qui eſt aſſis entre les
idiots, qui occupe & tient lieu entre le peuple, qui eſt des idiots. Et ainſi l'expofent Chryfoſtome & Theophylacte. Car les Grecs, pour
fignifier au nom, ou au lieu, ou en la place de
de quelcun, ne mettent pas ce nom, τόπος, mais
cet aduerbe ἀντὶ. D'auantage, par ce mot *idiot*,
l'Apoſtre entend fans difficulté, celui qui eſt
du rang du peuple, & tout le peuple mefmes.

Iuſt. fub ſi-
nem 2.e. A-
pol. pro Chri
ſtianis. Car (car comme tefmoigne Iuſtin) du temps
des Apoſtres, tout le peuple auoit accouſtu-
mé aux diuins offices de refpondre Amen,
quand le Preſtre finiſſoit la priere ou l'action

Hie. in præf. de graces. Et S. Hierofme a auſſi efcrit,

qu'és Eglises de Rome on oioit à la fin des a- *lib.2. Ep.ad Gal.*
ctions, comme vn celeste tonnerre du peuple
reboantem Amen, resonnant Amen.

Ie reuien à nostre Iesuite. En ce qu'il dit; *Que nous n'auons point de langue* (puis que nous n'auons pas la Latine cōmune en toutes nos Eglises) *pour faire vn lien de communion entre nous.* Il se trompe : Car le lien de nostre communion ne consiste pas au langage ; ains en l'vnité de la doctrine, de la foi, de l'esperance, & choses semblables. Que si la vraie commūnion de Religion despendoit de l'vsage d'vn mesme langage par tout, sans estre entendu, qui auroit plus failli que les āciens Peres? Car d'où est venu le Latin en l'Eglise, sinon de ce que lesdits Peres ont tourné le langage Hebrieu & Grec en Latin? Et pourquoi les ont ils tournez, sinō pour ce qu'ils n'estoiēt point entēdus par tout, & afin que la doctrine de salut fust cognue,& parconsequēt le peuple bien vni en la profession d'icelle? Mais ce que nous auōs aussi allegué n'agueres du Pape Innocent III. fait formellement contre nostre Iesuite: Et qui plus est, la sentence de S. Paul aux Corinthiens. 1.Cor. 14.

Et quant à ce qu'il adiouste; *Que si vn estranger entreuient en nos Eglises ignorant de nostre langage, il n'entend note de ce que nous disons, pour bien qu'il ait estudié.* Quelle instruction aura plus l'estranger n'entendant point le Latin, s'il entreuient au seruice de l'Eglise Romaine? Le Iesuite en cuidant nous condamner ne se

condamne il point foi mefme ? Car il y a bien
plus d'efeignes d'abus en eux, qu'en nous, fans
cõparaifon; veu qu'au moins tous nos peuples
entendent noftre langage, chacun en fon païs,
mais leurs peuples n'entêdent point le leur, voi
re eux mefmes qui prient & qui chantent en
leur Latin, ne s'entendêt pas pour la plus-part.

L'autre cas que le Iefuite nous reproche?
c'eft la difette de la generalité des langues.
Vous n'auez non plus (dit-il) *la generalité des*
langues, que l'vnité. D'autant que voftre Eglife
n'eft pas compofee, comme la Catholique, de toutes
les nations du monde, ains feulement ramaffee d'vne
poignee de gens bornez des confins de l'Europe. Au
moien dequoi vous n'auez, ni vne langue commune,
ni toutes les langues, comme auffi vous n'eftes, ni v-
nis en voftre foi, ni Catholiques en voftre doctrine.
Refp.   Quant à l'vnité de la langue, qui eft la
Latine, au fens que le Iefuite la prend, nous
auons dit que c'eft vn abus condamné par S.
Paul, de parler en l'Eglife en langage non
commun. Car le feruice de Dieu qui fe fait
és affemblees Chreftiennes, doit tendre-là,
que chacun y profite en commun, pour glorifier Dieu: à quoi directement repugne l'vfage
d'vne langue incognue à ceux qui oient. 1.

Touchant la generalité des langues; graces
à Dieu, nos Docteurs en ont affez pour leur
prouifion, & plufieurs autres encore, qui ne
font ni Docteurs, ni Pafteurs. Et voila pourquoi aux difputes qu'ils ont quelquefois a-
uec les Docteurs de la Papauté, ils requierent

inſtamment d'auoir deuant eux les liures de la
S. Eſcriture, en Hebrieu, en Grec, en Latin,
& encores au langage commun de la nation
d'où ils ſont, & où ſe fait la diſpute.

Et pour les peuples deſquels ſont compoſees nos Egliſes ; ne deſplaiſe au Ieſuite, nous
en auons de toutes ſortes, & de toutes langues,
entre les Chreſtiens. Que ſi noſdites Egliſes
ne ſont point compoſees de toutes les nations
du monde, c'eſt à dire de toutes les nations
barbares, auſſi bien que des nations Chreſtiē-
nes, cela vient du iuſte iugement de Dieu ſur
telles nations : leſquelles autrefois ont eſté
conuiees & appellees à la foi, par la predication des Apoſtres ; & depuis ſe ſont reuoltees
& rendues indignes de telles graces. Mais l'E-
gliſe Romaine n'eſt non plus compoſee de telles nations barbares, que les noſtres, quoi que
le Ieſuite en die. Et d'auantage, s'il eſt ainſi
que quelques nations eſtrangeres aient receu
la foi de l'Egliſe Romaine ; nous y auons quelque part, pour le regard des eſleus, auec leſquels nous ſommes conioints & vnis, nonobſtant les nuees des idolatries & ſuperſtitions,
deſquelles les Ieſuites, & leurs ſemblables, les
ont couuerts. Car nous eſperõs que Dieu leur
fera la grace, s'il lui plaiſt, de les rappeler à la
vraie Egliſe ; & de cognoiſtre les abus, & la
tyrannie du Pape, & de ſon Egliſe Romaine,
comme par ſa miſericorde il a fait cette grace
à nous tous de l'Egliſe Reformee.

Touchant ce qu'il nous met à ſus, ſur la fin,

Que nous ne sommes ni vnis en nostre foi, ni Catho-
liques en nostre doctrine. Ie respons, que d'estre
vnis en nostre foi, nous le sommes Dieu merci. Et si le Iesuite ne le sent, & ne le voit; c'est
d'autant qu'il est tout contraint & amoncelé
en son Academie, & a la veuë racourcie à la
longueur de ses classes. D'estre catholiques en
nostre doctrine, c'est à dire Orthodoxes, ou
faisant profession d'vne mesme doctrine, qui
est la doctrine des Prophetes & des Apostres;
nous le sommes aussi, par la mesme faueur de
Dieu. Mais non point Catholiques en la doctrine du Pape, laquelle nous auons abiuree,
& abiurons de tout nostre cœur: d'autãt qu'elle est du tout contraire à la susdite doctrine
des Prophetes & des Apostres.

SVR LE CHAP. XXXII.

IL vient maintenant aux miracles, qui ont
esté necessaires au commencement, & le
font encore,

1. *Les autres miracles* (dit-il) *nous les auons en la*
mesme forme, que l'Eglise primitive les auoit. Resp.
Nous lui nions cette premiere sentence.

Entre les plus grands, est chasser les Diables des
corps humains. Resp. Nous lui accordons cette seconde: & n'auoit que faire, pour la prouuer, d'exagerer la force du Diable, par dessus
toute puissance naturelle.

A l'Eglise est donnee la puissance miraculeuse
d'operer tels effects. Resp. Cette puissance à bien

esté donnee aux Apostres, & à quelques autres, en la primitiue Eglise. Mais tel don ne se
fait plus. Non que nous nions que Dieu ne le
puisse donner à aucuns de ses seruiteurs, quand
il lui plaira, pour faire son œuure en l'edifica-
tion & bastiment de son Eglise, parmi les mescreans & infideles. Mais on ne peut encores
s'asseurer qu'il le face, se contentant pour cet
effect, que sesdits seruiteurs soient de bonne
vie, & qu'ils preschent la vraie doctrine de l'E-
uangile, & la seellent par la pure administration des saincts Sacremens.

Souuenez-vous que par cette puissance Iesus
Christ se fit premierement paroistre Dieu? Que par Act. 10.38
icelle il authorisa la premiere mission de ses Apostres
& disciples: Et que par icelle il donna lustre & poids Marc. 1.17.
à la verité de sa Parole, en la naissance de son Re-
gne. Resp. Nous-nous en souuenons, & nous
en souuiendra tousiours, Dieu aidant.
2. Comme aussi de ce que le Iesuite dit encore; *Que chasser les Diables a esté l'vne des premie-*
res preuues de la diuinité de Iesus Christ. Ce que
voians les Iuifs & s'esmerueillans, disoient de
lui; *Qu'est-ceci, & quelle nouuelle doctrine? Il*
commande par authorité, mesmes aux esprits im-
mondes, & lui obeissent. Nous-nous souuenons
(di-ie) encore de tout cela. Mais nous prions
le Iesuite de se souuenir aussi de cette interro-
gation des Iuifs, accompagnee destonnement,
qu'il a notee; *Qu'est-ceci, & quelle nouuelle do-*
ctrine? Car par là il est notoirement designé,
que les miracles ont eu leurs cours en la pri-

mitiue Eglife, afin de confirmer la doctrine
de l'Euangile, laquelle les Iuifs, & les autres
incredules eftimoient eftre nouuelle: comme
nous l'auons plus amplement monftré fur le
chap. 28.

3.4. Ce qu'il adioufte aux fections 3. & 4. ne
nuit, ni ne profite en rien à cette difpute. Car
nous ne reuoquons point en doute, que Iefus
Chrift n'ait vaincu la legion reformidable des
Diables: que les Diables ne fe foient humiliez
par force à lui; que les oracles d'Apollon, &
des autres, n'aient pris fin à la venue d'icelui, &
par le commandement qu'il a fait aux Diables de fe taire. Mais qu'a gaigné le Iefuite par
ce recit? Si faut-il qu'en fin, il face vne côclufion. Que s'il veut commencer en cette partie, ce fera ainfi; Iefus Chrift a fait des miracles, chaffant les Diables. Donc l'Eglife auiour
d'hui doit faire le mefme; Car Iefus Chrift
lui en a donné la puiffance. Nous accordons
l'Antecedent: mais nous nions le Confequent,
auec la raifon d'icelui. C'eft donc à ce confequent que le Iefuite doit s'arrefter, pour le
prouuer. Mais il le prouuera, lors qu'il fera
nuict en plain midi, ou iour en plaine minuict.

SVR LE CHAP. XXXIII.

1. LE commencement & la 1. fection de ce
chapitre contiennent, que Iefus Chrift a
donné la puiffance de chaffer les Diables à fes
Apoftres, les enuoiant prefcher, & auffi à leurs

successeurs. De laquelle proposition nous accordons librement la premiere partie, & nions la seconde : c'est à dire, nous accordons que Iesus Christ a donné cette puissance-là à ses Apostres : mais nous nions qu'il l'ait aussi donnee à leurs successeurs.

2. Le Iesuite prouue cette deuxieme partie, ou au moins il s'efforce de la prouuer, par quelques tesmoignages des Anciens, & par l'experience. Il allegue en premier lieu, S. Athanase, qui dit en la vie de S. Anthoine ; *Que ce* *S. Atha. en* *grand hermite fit vn beau miracle en la presence de* *la vie de S.* *quelques Philosophes Paiens : c'est assauoir, qu'aiant* *Anthoine.* *fait le signe de la croix sur le front de certains demoniaques, Au nom du Pere, & du Fils, & du S. Esprit ; il fit sortir les Diables, auec l'estonnement de tous ces sages mondains, desquels aucuns se conuertissoient, les autres s'en alloient comme ils estoient venus.* Resp. Le Iesuite a resvé, & aucuns autres deuant lui, pensans que S. Athanase ait composé & escrit la vie de S. Anthoine : C'est vn liure supposé sous le nom d'Athanase. Et de fait, il se peut prouuer par quelques histoires, qu'Athanase est mort quelques annees deuant ce S. Anthoine. Car ils estoient d'vn mesme temps, mais Anthoine a plus vescu, & est mort aagé de 105. ans. Parquoi le premier mort n'a peu escrire la vie du dernier mort. *Voiez l'estat de l'Eglise sous l'an* 366. & 368. D'auantage, en la Legende dorée de S. Anthoine, il est recommandé pour auoir la garde des pourceaux. Et *Soze. liu. 1.* Sozomene, qui a escrit amplement la vie d'i- *chap. 13.*

celui, dit, qu'il eſtoit ignorant des lettres, &
ne les eſtimoit pas beaucoup ; mais ſe conten-
toit d'vn pur entendemēt, duquel il s'eſtimoit
eſtre doué. Et en ce diſcours de la vie d'icelui,
il ne fait aucune mention de ce miracle. Parquoi il n'eſt point vrai-ſemblable, ni qu'Athanaſe ait dit cela de lui, ni que lui-meſme ait
fait ce miracle, qu'on lui attribue.

　Le Ieſuite allegue encore, que Iuſtin Martyr dit le meſme au Senat Romain, que S. Anthoine à ces Philoſophes, en ces termes ; *Ieſus*
Chriſt eſtant Dieu, s'eſt fait homme, par la volon-
té & conſeil de Dieu ſon Pere, pour le ſalut de ceux
qui croient en lui ; & pour exterminer les Diables, &
renuerſer leur puiſſance. Ce que vous pouuez cognoi-
ſtre par les choſes qui ſe font maintenant deuant vos
yeux. Car pluſieurs qui eſtoiēt poſſedez par les Dia-
bles, tant en voſtre ville, qu'aux autres lieux du mon-
de, aians en vain eu recours à vos magiciens & en-
chanteurs, ont à la fin eſté deliurez, & les Diables
chaſſez par nos gens, que l'on appelle Chreſtiens, à
l'inuocation de Ieſus Chriſt crucifié ſous Ponce Pi-
late. Reſp. Iuſtin a dit cela, ou de l'effect deſdōs
des Apoſtres, & des autres de la primitiue Egli
ſe : ou biē de ceux qui ſont venus apres eux, qui
pour confirmer la verité de l'Euangile, ont peu
faire quelques miracles entre les Paiens &
profanes Romains : comme nous auons dit ci
deſſus, que nous ne nions pas que ces effects
ne puiſſent arriuer entre les meſcreans, Dieu
les voulant par ce moien gaigner & attirer à
ſoi. Et ſi cela n'eſt, ie di encore, que comme du
temps

Iuſti. Apol.
1. Chr.

temps de Iuftin il y a-eu quelque commencement d'abus en la doctrine, auffi en y a-il eu
aux feaux d'icelle, & par confequant aux miracles. Qu'il y en ait eu en la doctrine de ce
temps-là., & auparauant, il eft notoire par
ce que S. Paul en efcrit aux Romains, aux Corinthiens, aux Galates, & aux autres Eglifes.
Et de mefme au Sacrement de la S. Cene, côme l'Apoftre encore le remonftre aux Corinthiens. Et Iuftin a parlé de l'addition de l'eau
auec le vin, en la celebration du S. Sacrement,
à laquelle addition il a confenti, contre l'ordonnance de Iefus Chrift, & la prattique des
Apoftres, & de la primitiue Eglife. Et cela appert par ce que lui-mefme en a efcrit en fon A-
pologie 2. Parquoi de ce temps-là il y pouuoit
bien auoir auffi de l'abus aux miracles.

3. Apres cela le Iefuite produit S. Cyprien, *Cypr. ad De-*
efcriuant à Demetrian, Arnobius parlant aux *met.*
Gentils, & Lactance difciple d'Arnobius; qui *Arnob. lib. 8. cont. gent.*
tous font mention que de leur temps *les Dia-* *Lact. lib. 2.*
bles eftoient tourmentez & fortoient des corps par *cap. 16.*
les adiurations & exorcifmes. Refp. Nous fça-
uons bien qu'entre les Iuifs il y-a eu des exorciftes, c'eft à dire des hommes qui auoient cet
office de coniurer & chaffer les Diables. Màis
puis que Moyfe diftribuant les Leuites par diuers ordres & offices, n'a fait aucune men-
tiô de ces Exorciftes, il eft certain que ç'a efté
vne inuention humaine. Le fondemêt en a e-
fté pris d'vne fable ancienne, dont Iofephe fait *Iofeph. An-*
mention: c'eft afçauoir; Que Salomon auoit *tiq. lib. 8. cap. 2.*

I

trouué par inspiration diuine l'art d'abiurer, &
d'exorciser les Diables; & de guerir toutes maladies. C'est ainsi que le Diable a voulu deceuoir les Iuifs, & deroger à la foi des miracles
des Prophetes, pour se l'attribuer, sinon en tout
pour le moins en partie. S. Luc aux Actes fait
mention d'aucuns tels Iuifs exorcistes, qu'il
appelle coureurs & vagabons, qui se trouuerent tres-mal d'vne telle profession.

Act. 19.13

Sous le Nouueau Testamét Dieu aiant donné aux Apostres, & à quelques autres le don
des miracles, il est aduenu apres quelque téps
en l'Eglise, commençant desia à se corrompre,
qu'on a appellé Exorcistes ceux qui imposoiét
les mains aux Energumenes, & possedez des
Diables. Et depuis encore, au progrez de la
corruption, on a fait vn certain ordre de ces
Exorcistes, comme nous verrons tantost.

Quant à leurs effects, Dieu a permis quelque fois, & permet encore à Satan, de besoi-
gner ainsi auec efficace d'abusion; tant pour
tenter & esprouuer les siens, comme il est escrit au Deuteronome, que pour punir les rebelles à sa parole, & qui aiment mieux le mensonge que la verité, cóme dit S. Paul aux Thes-
saloniciés. C'est donc en telle façon que se doiuent entendre les passages susdits de S. Cyprien, d'Arnobius, & de Lactance, lesquels
pendant quelque temps se sont laissez escouler ainsi en l'abus commun.

Deut. 14.1.

2. Thes. 2.

4.   Le Iesuite adiouste; *Que le nom, & les reliques des Saincts trespassez, ont esté quelque*

fois redoutables au Diable. Et comment ? Sainct *Athanaf. in*
Athanase recite en la vie de S. Anthoine, que les *vit.*
malins esprits trembloient, s'enfuioient des corps des *S. Anthon.*
hommes, qui auoient seulement inuoqué le nom d'An-
thoine. Resp. Nous auons monstré ci-deuant,
que c'est faussement qu'on attribue à Athanase, la description de la vie de ce S. Anthoine.

S. Augustin escrit que les Diables confessoient *Aug. liu. de*
dedans le corps des demoniaques, qu'ils estoient tour- *cur. pro mor.*
mentez par les Martyrs, & qu'ils leur crioient *ag. c.17.18.*
merci. Et S. Chrysostome & S. Cyrille tesmoignet, *Chrys. lib.*
que l'oracle de Daphnis ne put endurer le voisinage *Cyril lib. 6.*
du sepulchre de S. Babylas martyr, & qu'il en fut *in Iul.*
rendu muet. Resp. Il ne faut point douter que *Niceph. lib.*
le Diable, pour s'insinuer plus aisément au *1. cap.17.*
cœur des idolatres, & pour mieux les mainte- *Euf.l.1.c.1.*
nir en son seruice & sous ses loix, ne se iouë
ainsi quelque fois auec eux, faisant semblant
que leurs idolatries & superstitiõs lui sont tota
lement contraires, & qu'il ne les peut compa-
tir. Et partant en s'enfuiant de quelcun, il s'approche de plusieurs ; & quittant le corps pour
vn temps, il se saisit de l'ame, & en fin il pos-
sede à son aise l'vn & l'autre. Mais Dieu cependant ne laisse pas de faire son œuure, tant pour
le regard de ses Esleus, que pour le regard des
reprouuez, comme nous venons d'en alleguer
des passages de Moyse, & de S. Paul.

Il conclut, *qu'il y a mille autres passages sem-*
blables aux escrits des Peres : mais que ceux-ci pour-
ront suffire pour nous faire croire, que la puissance de
chasser les Diables a esté tousiours vne marque de la

vraie Eglise. Resp. Si tels miracles estoient
vne marque de la vraie Eglise ; puis qu'ils se
font quelque fois en la fausse Eglise, il s'ensui-
uroit que la fausse Eglise seroit quelque fois
la vraie Eglise ; & qu'il n'y auroit point de difference, pour ce regard, entre l'Eglise de l'Antechrist, & l'Eglise de Iesus Christ.

5. En la 5. section le Iesuite se sentant pressé
en sa conscience, vient au deuant d'vne obiection. Car on lui pourroit demander ; Puis
qu'en l'Eglise, qui est la maison de Dieu, rien
ne se doit faire que deuëment & par bon ordre
de qui est-ce qu'on doit prendre ce bon ordre ?
Est-ce pas du pere de famille, & maistre de la
maison ? Voila pourquoi estant question du
miracle par lequel les Diables sont chassez
hors des corps humains, il dit ; *Que l'institution des Exorcistes est par Iesus Christ, gardee
des Apostres, & continuee iusques à nous.* Et comment le prouue-il ? En la marge il cotte *Mat.*
10. *& Luc* 10. Resp. Voirement en S. Mat.
10. 1. Et en S. Luc 9. 1. mention est bien faite
de cette puissance, que Iesus Christ a donnee à
ses Apostres, de chasser les Diables : mais qu'il
les ait appellez pour cela Exorcistes, nulle
nouuelles, *Exorsiste* est vn mot Grec, qui vaut
autant qu'adiurateur : Et vient de ce verbe ἐξορ-
κίζω qui signifie adiurer, & confirmer vn iurement, comme Herodote & Thucydide en v-
sent en ce sens : ou bien, lier & astraindre par
religion quelcun, & l'espouuanter & estonner pour cet effect, comme on le prend en

lEglife. Mais en l'Eglife Romaine on le prend
pour chasser les Diables, ou defendre des Dia- *Diſt. 77. C.
Monachus.*
bles. *Exorcista* (ce dit la Glofe d'vn Canon)
dicitur defenſor, quia defendit corpus à dæmonibus.
Et en vn autre Canon *Quem effectum habet exor-* *De conſ.diſt.
A. Can. A n̄*
ciſmus ? Nunquid eiicit ſpiritum immundum? Or *te Baptiſm.*
cela eſt deſia faux, que Iefus Chriſt ait appellé Exorciſtes ceux a qui il a donné cette puiſſance de chaſſer les Diables. D'auantage, à qui
eſt-ce que Iefus Chriſt a donné cette puiſſance ? A-ce pas eſté à tous les Apoſtres en general, & (fi la confequence des Sophiſtes de l'E-
glife Romaine doit auoir lieu)à tous leurs ſuc-
cefſeurs ? Si cela eſt, pourquoi tous les Paſteurs de l'Eglife n'auront cette puiſſance en
general, & vn chafcun d'eux en particulier?Et
fi cela eſt encore,pourquoi en l'Eglife Romaine a-on fait vn rang des Exorciſtes, en l'eſtat
des quatre ordres mineurs ? Car d'entre les
Clers ,les vns ſont eſleus *Portiers* ou Huiſſiers,
pour auoir les clefs du Temple : les autres *Le-*
cteurs,pour lire la Bible : les autres *Exorciſtes*,
pour coniurer & chaſſer les Diables:Et les autres *Acolytes*, pour ſuiure l'Eueſque. Quel eſt
donc ce rang des Exorciſtes, & de quel ordre?
Ce n'eſt pas des Eueſques ou autres Preſtres,
qui ſe diſent ſucceſſeurs des Apoſtres: ains des
ieunes Clercs, qui ne ſont point encore pro-
meus en l'ordre de Preſtrife. Car (ſelon les
Canons) *Nul d'entre les Moines ou Laïcs, ne* *Diſt. 77. Cã.
His tempor.*
doit paruenir en l'eſtat de Preſtrife, ſinon par les
degrez de l'Eglife. Et quels ſont ces degrez?Le

1. (ce dit la Glose) c'est destre Clerc. 2. Por-
tier.3. Lecteur.4. Exorciste. 5. Acolyte. 6. Sous
Diacre. 7. Diacre. 8. Prestre 9. Euesque. Le
Iesuite donc dit-il (à vostre aduis) la verité,
affermant que Iesus Christ a institué cet ordre
des Exorcistes, en donnant puissance à ses A-
postres de chasser les Diables.

D'auantage, voions quelle est en la Papauté la ceremonie de l'ordination de ses Exorcistes. En signe de cette puissance qui leur est
donnee (ce dit le Catechisme de Trente)
quand l'Euesque les ordonne, il leur baille le
liure des exorcismes, vsant de telle forme de
paroles ; *Pren, & appren par cœur ce qui est con-*
tenu en ce liure, & aie puissance de mettre les mains
sur les Energumenes & possedez du Diable, soit
qu'ils soient baptisez, ou Cathecumenes, qui appren-
nent la Loi Euangelique.

Et quant aux coniurations, elles sont assez
notoires. *Exorciso te N. per Deum viuum, &c.*
Et puis l'oraison, *Deus misericordia, &c.* Et a-
pres l'execration, *Ergo maledicte diabole, &c.*
Puis autre Oraison : & derechef l'execration,
iusques à trois coniurations ; bruslans tous les
Sorts, & toutes les poudres malefiques, qui se
trouuent en la maison de celui qui est possedé
du Diable. Ils adioustent aussi les Confessions,
les Sacremés, les Estoles, & beaucoup d'autres
choses semblables. A vostre aduis (di-ie) Iesus
Christ a il ordonné ces ceremonies, enuoiant
prescher ses Apostres, & leur donnant puissance sur les esprits immondes. Passons outre.

Cate. impri-
mé à Bour-
deaux par
Millanges,
l'an 1578,
pag. 411.
In lib. de ce-
remoniis Ec
cl.

Rem. voiez
I. Bodin en
sa Demono-
manie. liu.
3. ch. 6.

Le Iesuite adiouste; *Que quand personne n'au-roit iamais parlé de ces miracles, l'experience de plusieurs demoniaques, qui ont esté coniurez de no-stre temps, nous sert d'vn grand flambeau, pour co-gnoistre la verité.* Voions les exemples de cette experience.

6. Là dessus il allegue l'histoire de la Demo-niaque de Laon. *Vous aurez leu, ou oui (dit-il) la rage qu'exerçoient ces tyrans spirituels sur cette pauurete, &c. & comme en fin par les terribles char-ges, qui leur furent donnees par l'Euesque & Pa-steur Catholique de Laon, ils furent contraints de vuider.*

Et encore vne autre histoire *d'vne Damoisel-le du village de Cantoinet en Rouergué, laquelle (dit-il) iusques à ce temps 1597. est possedee depuis quelque six ou sept mois des malins esprits, & de la-quelle plusieurs en ont esté chassez desia; bien qu'il y en ait encor qui font des opiniastres, selon que la pro-uidence de Dieu leur permet.*

Resp. En ce temps-là du bruit qu'on faisoit courir de cette demoniaque de Laon, i'estois à Sedan, en la maison de Monsieur le Duc de Bouillon, il y a enuiron 30. ans. Vn Synode de la Prouince de Chãpaigne & du païs Mes-sin, & des terres souueraines dudit Sedan & de Iamets, fut conuoqué à Anisi, terre apparte-nante à Monseigneur le Prince de Condé, non guere loin dudit Laon. Nous estions plus de vingt de compagnie, qui passames audit Laon & y en a de viuans beaucoup qui s'en peuuent souuenir, & entre autres le Sieur Carlier, Me-

I iiij

decin dudit Laon. Allans donc en ce Synode,
nous paſſames par là; nous-nous enquiſmes
ſoigneuſement du fait de cette fille; & à l'inſ-
ſtáce du Receueur de Vermandois, nous allaſ-
mes chez elle, la viſmes, parlaſmes à elle, l'inter
rogaſmes:& parce qu'on nous auoit dit, qu'elle parloit Hebrieu & Grec, nous l'attaquaſ-
mes en ces langues. En fin nous n'euſmes d'elle, ſinon ie ne ſçai quelles grimaces; & trou-
uaſmes que ce n'eſtoit qu'vne feinte; & vne
colluſion entre ladite fille & l'Eueſque de
Laon. Dont l'abus fut auſſi toſt deſcouuert, &
cogneu de tous ceux du pais, à l'intereſt de la
reputation dudit Eueſque, & en general de tou
te la Papauté. Et ainſi en fiſmes-nous des ri-
ſees audit Synode d'Aniſi, ſoixante ou plus que
nous eſtions de compagnie.

Que ſi noſtre Ieſuite s'eſt meſconté; aiant
pris vn ouir dire pour argent contant, en ce
faux miracle; il en peut faire tout de meſme
en celui qu'il conte de la Damoiſelle du village de Cantoinet en Rouergue.

Non que ie vueille nier, qu'il n'y ait eu, &
n'y ait encor, & n'y puiſſe auoir pluſieurs perſonnes poſſedees du Diable, par le iuſte iugement de Dieu; qui ont fait, ou font, ou puiſſent faire beaucoup de choſes eſtranges, &
parler meſme diuers langages, quoi qu'autrement ignorans. Car Bodin en ſa demonoma-
nie en fait mention de pluſieurs, & dit qu'en
Italie, & en Eſpagne il en y a grand nombre.
Allegue que Melanchthon a eſcrit, qu'il a veu

en Saxe vne femme demoniaque, qui ne sçauoit ni lire, ni escrire; & neantmoins elle parloit Grec & Latin; & predit la guerre cruelle de Saxe en ses mots; Ἐ̓σαι ἀνάγκη ἐπὶ τῆς γῆς, κ̀ ὁρμὴ ἐν τῷ λαῷ τούτῳ c'est à dire; *Qu'il y aura de terribles choses en ce pais, & rage en ce peuple.* Que Fernel au liure *de abditis rerum causis,* dit auoir veu aussi vn ieune garçon demoniaque, qui parloit Grec, encore qu'il ne sceust pas lire: Que Lazare Bonami, Professeur de Boulogne la grasse, interroga vne fille demoniaque pour sçauoir quel vers de Virgile estoit le meilleur, laquelle n'aiant iamais appris mot de Latin, respondit; *Discite iustitiam moniti, & non temnere diuos.*

Non, ie ne veux point nier tout cela. Mais ie conteste seulement sur les adiurations & exorcismes de l'Eglise Romaine; Et dis que ce qu'on en allegue, ce sont choses feintes, comme le miracle de la demoniaque de Laon: ou bien que ce sont des miracles faux; c'est à dire, qu'ils tendent à vne mauuaise fin, & que Dieu permet au Diable de les faire, pour les deux raisons que i'ai alleguees ci-dessus.

Voici le comble des abus de ces coniuratiõs & exorcismes, en ce que le Iesuite adiouste sur la fin de son chapitre: *Les Diables aussi tesmongnẽt (dit-il) par leurs hurlemens, fremissemens, & contenances effroiables, qu'ils grisonnent & figurent en ce miserable corps, qu'ils sentent la vertu de nos Reliques, Agnus-Dei, grains benits, eau beniste, du signe de la croix, & des autres ceremonies & armes spirituelles de l'Eglise, dont ils sont combatus.*

Ie respons premierement, que ces superstitions des Reliques, de l'Agnus Dei, des grains benits, de l'eau beniste, du signe de la Croix, & telles autres ceremonies, ne sont point de l'ordonnance de Dieu. Les Prophetes n'en ont iamais vsé, ni les Apostres. Apres le temps dés Apostres, on faisoit mener les demoniaques en l'assemblee, & tout le peuple prioit Dieu, comme dit Chrysostome, & auec lui Clemēt, qui en a dressé quelque Oraison ; & auec eux encore Theodore Lecteur. Semblablement S. Augustin & Sozomene ont escrit, que de leur temps on ne faisoit rien que prier Dieu pour chasser les dæmons, sans interroguer Satan, ni faire autres ceremonies.

Chrys. lib. de incomprehē-sibili Dei na-tiuitate.
Clem. lib. 8. cap. 32.
Theod. lect. lib. 2.
Aug. l. 22. de Ciuit.
Sozo. lib. 6. cap. 28.

Secondement, pour le regard des mines & contenances des Diables en telles coniuratiōs & de leur obeissance à icelles, nous en parlerons au chap. suiuant.

SVR LE CHAP. XXXIIII.

DE l'effort que les Diables faisoient à la Damoiselle de Rouergue, & du remede qu'on taschoit d'y apporter, le Iesuite prend occasion de s'addresser à vn Ministre, pour le blasmer en sa charge, & dit de lui ; *Qu'il fut prié d'vn Gentil-homme de ce pais-là, par vne lettre qu'il lui escriuit, de se transporter audit lieu de Rouergue, pour attaquer ces esprits aduersaires. Et que ledit Ministre s'excusa, alleguant trois raisons.* I.

Qu'il auoit receu commandement de sa mere, de fai-
re vn tour en Limosin pour la voir. 2. Qu'il ne
falloit point s'allarmer de ce que disoient les Diables,
qui parloient par cette femme, ni tenir conte de leurs
grimaces, comme estans peres de mensonge & de dis-
simulation, parlans contre la verité, & faignans d'e-
stre tourmentez, d'estre effraiez, d'estre contraints,
& faisans autres tours de piperie, pour authoriser le
mensonge, & deceuoir les fideles. 3. Que si les
ceremonies Papistiques auoient quelque puissance
sur eux, ils seroient sortis incontinant qu'ils en ont
esté sommez.

Resp. Le Iesuite ne nomme ni le Ministre,
ni le Gentilhomme. Ce qui semble estre suffisant pour nous faire penser que son propos
pourroit estre feint, & son histoire supposee:
Car les noms sont des circonstances bien necessaires pour faire foi à vne histoire. En outre,
le Iesuite declare que ce Ministre n'exerçoit
pas sa charge en Rouergue, ains ailleurs, hors
de cette Prouince-là: à cause de quoi il dit que
le Gentilhomme lui escriuit, le priant de se
transporter audit pais. C'est desia beaucoup
pour excuser ledit Ministre, de n'auoir effectué
ladite priere. Toutefois examinons les trois
raisons que le Iesuite allegue de son refus, &
ce que le Iesuite y trouue à dire.

Auant que d'entrer en cet examen, il brocar-
de le Ministre, & dit en somme, *qu'il a eu peur des*
Diables, & de leur escrime. Là dessus il allegue
des exemples de ceux qui se sont mal trouuez
de s'attaquer à ces malins esprits sans vocatió.

2. Le 1 exemple est, des sept fils de Sceua, Iuif, principal Sacrificateur, desquels S. Luc parle aux Actes des Apostres. Ie respons, que le tesmoignage de cet exemple est maieur de toute exception; Et partant tres-veritable: mais il ne preiudicie en rien au Ministre susdit.

3. Le 2. exemple est de Luther, auquel nous de daignons respondre, pour l'impertinence du tesmoin que le Iesuite en allegue, qui est Stafyle, disciple dudit Luther. Et en outre, ie dis, que le Diable n'est point plus faux, que cette histoire supposee est fausse.

Neantmoins le Iesuite dit, que *la souuenance de toutes ces choses, fit penser à sa consçience à ce bon Ministre : & lui donna hardiesse de s'excuser de semblable escrime, & faire le couard, reseruant sa charité à autres exercices moins dangereux.* Mais sur ces incidans, que le Iesuite met en auant contre Luther, & disant que voulant chasser le Diable, il fut battu de lui, n'aurions nous point quelques exemples plus veritables que cettui-ci, contre aucuns Prestres exorcistes de la Papauté? Bodin en sa dæmonomanie en allegue deux notables. L'vn qu'on lit en S. Gregoire, qui est, qu'vn Prestre voiant vne femme saisie du Diable, pour le coniurer print vne Estole, & la mit sur la femme; & soudain le Diable se saisit du Prestre, & quitta la femme. L'autre est celui que Nider recite, c'est asçauoir qu'il y auoit en Coloigne vn Moine Sorcier, qui auoit grande reputation de chasser les malins esprits. Vn iour le malin esprit lui

Bod. en sa dæmonomanie. liu. 3. cap. 6.
Greg. dial. 1

demanda où il iroit ; va, dit-il, en mon priué ;
Or difoit-il cela par moquerie, côme il eſtoit
facetieux. Le Diable n'y faillit pas : & la nuict
le batit tant, comme il alloit à ſon priué, qu'il
fut à vn doigt pres de la mort.

Voions maintenant ce que le Ieſuite trouue
à reprendre aux 3. raiſons du Miniſtre, qu'il
blaſme pour n'eſtre allé viſiter la demoniaque
de Rouergue, en eſtant prié.

La 1. eſt, *Qu'il auoit commandement de ſa me-*
re de l'aller voir en Limoſin. Cela eſt vn peu cru.
Mais il n'eſt pas vrai-ſemblable que le Miniſtre n'ait autrement qualifié ſon dire. *C'eſt fau-*
te de charité, ce dit le Ieſuite. Ne lui deſplaiſe :
le Miniſtre a peu dire, qu'il n'eſtoit pas de la
Prouince deRouergue ; Et qu'il en y auoit d'au
tres de plus pres, & de la Prouince meſme,
qui pouuoient faire ce dequoi on le prioit, a-
uec plus de ſeureté, & moins de peine.

La 2. raiſon eſt ; *Qu'il ne falloit pas prendre*
l'allarme pour les propos du Diable, lequel ne fait
que mentir : Et le reſte qui a eſté dit. A quoi le
Ieſuite replique deux choſes.

La premiere, *qu'en ce que le Miniſtre dit que*
les Diables colludent auec les exorciſtes, eſt en par-
tie l'eſcume de la vieille hereſie d'Arrius ; partie de
la nouuelle de Caluin. Les Arriens diſoient que
toutes ces prieres, crieries & confeſſions des demo-
niaques, eſtoient choſes feintes, & iceux faits à la
main. Caluin & vos Docteurs, pires que les Ar-
riens, diſent, que ce ſont les Diables meſmes, qui
feignent endurer ce qu'ils n'endurent pas, & collu-

deſti par ces feintes auec les exorciſtes. Reſp. Si
les Arriens n'auoient eu autre hereſie, que ce
que le Ieſuite dit ici d'eux, ils n'auroient nullement eſté heretiques : Caluin auſſi diſant ce
qu'il a dit, n'a non plus eſté heretique. Ains
pluſtoſt ie di, que le Ieſuite & ſes ſemblables
ſont hereticques, diſans ce qu'ils diſent. Et
qu'ainſi ſoit, ie m'en vai alleguer contre eux
des teſmoignages tres-clairs.

    Voici vne ſentence que Bodin a tiree de
Pylocrates, & inſeree en ſa dæmonomanie.
Mali dæmones faciunt ſponte, quod inuiti viden-
tur facere ; & ſimulant ſe coactos vi exorciſmorum;
quos fingunt in nomine Trinitatis, eoſq; tradunt ho-
minibus, donec eos crimine ſacrilegij, & pœna dam-
nationis inuoluant. C'eſt à dire ; Les mauuais
dæmons font de leur bon gré, ce qu'ils ſemblent qu'ils facent maugre eux : Et faignent
qu'ils ſont contraints par la force des exorciſmes, leſquels ils forgent au nom de la Trinité,
& les baillent aux hommes, iuſques à ce qu'ils
les aient enueloppez au crime de Sacrilege, &
en la peine de damnation.

    Voici vn article de la Sorbone, arreſté en
la determination de la faculté, l'an 1318. c'eſt
l'art. 17. *Quod per tales artes dæmones veraciter*
coniunguntur, & compelluntur, & non potius ita ſe co-
gi fingunt, ad ſeducendos homines : Error.1. C'eſt
vn erreur de penſer que par ces arts (c'eſt à dire, par ces exorciſmes, & autres telles ſuperſtitions) les Diables ſont veritablement contraints & chaſſez, & non point pluſtoſt qu'ils

Marginal notes:
Bod. liu. 3.
ch. 6.
Pylocr. lib.
2. cap. 14.

faignent d'eſtre ainſi contraints, pour ſeduire les hommes.

Voici encore vne autre article de la meſme Sorbone, de l'an 1398. lequel Bodin allegue en ſa dæmonomanie; *Hæretici ſunt, qui putant dæmones maleficiis cogi poſſe, qui ſe cogi fingunt.* i. Ceux-là ſont heretiques, qui croient que par charmes on puiſſe contraindre les demons, leſquels font beau ſemblant d'eſtre contraints. Le Ieſuite aduiſera à ces articles & paſſages quand il ſera de loiſir, & en ſes meditations.

Nous diſons donc, que ſoient ſorciers ou exorciſtes, qui par quelques paroles ou ceremonies ſuperſtitieuſes, coniureut les eſprits malins, & que ces eſprits obeiſſent, s'en allans & ſortans des corps auec hurlemens & fremiſſemens, ils faignent qu'ils ſont contraints de ce faire, pour attirer les ignorans à continuer en leurs idolatries.

Le Ieſuite fait ſuiure ſon diſcours ainſi; *Ces propos ſont les vieilles chanſons des Phariſiens, qui diſoient que noſtre Seigneur chaſſoit les Diables par Belzebut, qui eſtoit colluder auec eux, pour deceuoir les aſſiſtans. Et comme les Phariſiens blaſphemoient contre la perſonne de Ieſus Chriſt, auſſi fait Caluin, diſant ce qu'il dit, auec vos Docteurs, contre le corps de l'Egliſe.*

Reſp. Comme il y-a grande difference entre Ieſus Chriſt, & les exorciſtes de l'Egliſe Romaine: ainſi eſt elle bien grande entre les Phariſiens & nous. Car ce que Ieſus Chriſt faiſoit, chaſſant les Diables, il le faiſoit par ſa vertu

diuine : Et partant les Pharifiens le calom-
nioient à tort, & blafphemoient contre lui,
quand ils difoient qu'il chaffoit les Diables
par Belzebut. Mais ce que les exorciftes de
l'Eglife Romaine font, pretendans de chaffer
les Diables, ce n'eft que belles feintes; ou bien
s'il y a quelque effect, ils le font par l'entremife & affiftance du Diable, combien que
Dieu permette vn tel exploit par fon iufte iugement, pour l'efpreuue des fideles, & la punition des infideles, lefquels il fouffre que Satan deçoiue ainfi, pour les confirmer en leurs
idolatries. Et partant nous ne fommes ni blaf-
phemateurs, ni calomniateurs enuers tels exorciftes, difans ce que nous difons, non pas
contre le corps de l'Eglife, mais contre eux.

Ce que le Iefuite adioufte, eft vne digref-
fion fans propos, attribuant au Miniftre d'a-
uoir dit ; *Que le Diable ne dit iamais verité.* Et de
là il prend occafion de s'efcarmoucher contre
lui, fe figurant vn monftre pour le combatre.
Et y emploie toute la 4. fection.

Pour lui fatisfaire, il n'y a que deux mots,
lefquels lui-mefmes allegue. C'eft que le Diable ne dit iamais verité de fon naturel : mais il
l'a dit par accident, quand il y eft contraint:
Toutesfois il faut fçauoir quelle eft cette contrainte. Nous difons donc, que le Diable
dit verité, toutes les fois que Dieu le contraint
de ce faire, pour fa gloire, & pour l'approbation de fes feruiteurs : Et la tendent ces paffages, *Mat.* 29. *Act.* 16. 17, & autres femblables.

bles. Mais qu'ils disent tousiours verité, quand les Exorcistes de l'Eglise Romaine les adiurét de la dire; il s'en faut beaucoup. Quelque fois ils se taisent du tout : quelque fois ils respondent ambiguement, & quelques fois faux ; & mentent. Et si quelque fois ils respondent & disent verité, c'est alors que le Diable fait mieux ses besongnes, pour d'estourner les hommes du seruice de Dieu, & les lier & attacher au sien.

5. La 3. raison que le Iesuite dit, que le Ministre allegua au Gentilhomme de Rouergue, pour s'excuser, est ; *Que les Diables sortiroient incontinant ; si l'Eglise Catholique auoit quelque puissance sur eux.*

Resp. Le Iesuite au lieu qu'il a mis ci-deuant, *ceremonies Papistiques*, il met ici, *Eglise Catholique*. En quoi il a esté court de memoire. Le Ministre dõc n'a pas entédu parler de la puissance de l'Eglise Catholique, mais de celle que l'Eglise Romaine cuide auoir, par ces exorcismes & ceremonies Papistiques : & a voulu dire, v-sant de ces termes par Ironie, que ces ceremonies superstiticuses Papistiques, sont autant de sorceleries, sans aucun vrai effect, contraires à la prattique des Prophetes, & des Apostres, & des autres qui en la primitiue Eglise ont eu le don de chasser les Diables.

Il n'est pas question ici de s'enquerir, ou de sçauoir si ceux qui ont quelque puissance, la peuuent tousiours exercer, & sans aucun empeschement. Ains, si ceux qui se vantent d'a-

uoit quelque puiſſance, l'ont vraiement & de
faict. Ces Exorciſtes ſe perſuadent qu'ils ont
puiſſáce de chaſſer les Diables hors des corps,
par leurs exorciſmes & adiurations: le Miniſtre
a nié cette puiſſance, & nous la nions auſſi auec
lui : non ſeulement poür ce que les effects ne
l'enſuiuent point, mais encore pource qu'elle
eſt fauſſe & ſuppoſee.

Et ne ſert de rien d'alleguer, *Que les Apoſtres*
auoient bien receu de Ieſus Chriſt la puiſſance de
chaſſer les Diables, & neantmoins qu'il y a eu des
diables qui n'ont point voulu ſortir par leur adiura-
tion. Il eſt vrai que les Apoſtres auoient receu
ladite puiſſance : Et eſt vrai auſſi qu'ils n'ont
peu quelque fois l'exercer. Mais ç'a eſté par
leur propre faute, s'en eſtans priuez eux-meſmes par leur incredulité, comme Ieſus Chriſt
leur a reproché, Mat. 17. ☞. 20.

Quant aux Exorciſtes de l'Egliſe Romaine,
ils n'ont, ni la cauſe ni l'effect. C'eſt à dire, ils
n'ont ni la puiſſáce de chaſſer les Diables, n'en
aians point la commiſſion, ni l'effect qui doit
ſuiure ladite puiſſance, au lieu que les Apoſtres
ont eü l'vn & l'autre.

Le Ieſuite, comme bien reſolu, & ſautant de
ioie, ſe repreſentant le gain de ſa cauſe, pretend
nous brauer ainſi; *Si vous Chreſtiés reformez pen*
ſez auoir quelque puiſſance ſur eux, citez-nous vne
ſeule hiſtoire, qui teſmoigne que ceux de voſtre re-
ligion en aient chaſſé quelqu'vn, & l'aient fait par-
ler contre nous: ou ſi vous ne pouuez rien citer du paſ-
ſé, comme vous ne pouuez, commencez maintenant

*& allez coniurer cette dæmoniaque de Rouergue:
Garrotez ces esprits par la parole du Seigneur, paf-
fee par vostre bouche de Religion Reformee: mettez le frain aux dents de ces Diables, & vos doigts
dans la bouche de la patiente, comme font nos Prestres sans estre offensez: Faites desgorger ces cor-
beaux contre la Religion Catholique, en faueur de
la vostre; & alors nous sommes contans de croire,
que vous faites mieux.*

Résp. *Premierement*, nous ne citons point
d'histoire passee d'aucuns miracles que les nostres aient faits, pour prouuer nostre vocation,
ni nostre Eglise. Car nous ne voulons point
estre ni faux Notaires, ni faux tesmoins. *Secondement*, pour l'aduenir, nous contenans dedans les limites de nos vocations, nous ne tendons point à faire des miracles: Car les miracles (comme nous auons dit ci dessus) ont eu
leur temps pour confirmer la doctrine. Marc
16. 20. Act. 14. 3. *Tiercement*, nous disons a-
uec Iesus, que c'est à faire à la nation meschante & adultere, de demander des miracles. Mat.
12. 29. *Quartement*, quand bien nous en ferions, sçauoir-mon si le Iesuite dit vrai, *qu'a-
lors ils seroient contans de croire, que nous ferions
mieux qu'eux?* Non plus que les Pharisiens, qui
en demandoient à Iesus Christ. Quand il chassoit les Diables, ils disoient que c'estoit par
les Diables, Mat 9. 34. Quand il en faisoit en
terre, ils en demandoiet du Ciel. Et quand il en
faisoit au Ciel, la voix du Pere se faisant ouir, ils
disoient que c'estoit vn tonnerre. Iean. 12. 29.

K ij

6. En la section 6. Le Iesuite met en la marge, *Que chasser les Diables des corps, c'est vne marque de l'Eglise de Dieu*. Mais en son discours il ne dit pas vn mot de cela: seulement il allegue quelques paroles qu'il attribue à S. Anthoine, & à S. Iustin, ausquelles nous auons respondu ci-deuant. Et quant à cette marque de l'Eglise, nous l'auons aussi refutee au chapitre 33. sect. 4.

SVR LE CHAP. XXXV.

AVx miracles que les Exorcistes de l'Eglise Romaine font, coniurans & chassans les Diables, comme ils pensent, le Iesuite y en conioint plusieurs autres, dont il dit, *qu'ils en ont à foison, s'il auoit la commodité de les inserer ici.* Il en met donc en conte seulement aucuns.

1. Et premierement de S. François de Paula, fondateur de l'ordre des Minimes, qui nasquit l'an 7. de nostre siecle; ou (comme il a corrigé) qui vesquit iusques à l'an 7. de nostre siecle.

2. Item, d'Ignace de Loiola, fondateur de l'ordre des Iesuites: Et de François Xauier, l'vn des dix premiers Peres dudit ordre.

3. Apres, aucuns autres miracles faits aux Eglises de nostre Dame du Pui, de Monserrat, de Lorette, des Ardilliers lés Saumeur, & de Montdeuis.

4. & 5. Plus, d'vne chambre edifiee en la Pa-

leſtine, en la ville de Nazareth, où la Vierge
Marie naſquit, & où elle fut ſaluee par l'Ange
Gabriel; laquelle chambre de petite deuint
tres-grande, & plus magnifique que le Temple de Salomon: & laquelle l'an 1294. fut premierement tranſportee de ce lieu-là de Nazareth, en Eſclauonie : & puis d'Eſclauonie en
l'autre coſté de la Mer Adriatique en Italie:
Et de là encore au lieu voiſin, qui eſt Lorette,
où elle eſt à preſent.

6. Et pour monſtrer que ce cela n'eſt point
difficile à vn Ange, il met conſequemment vn
miracle, teſmoigné par vn liure Apocryphe,
a ſçauoir Dan. 14. d'vn Ange qui tranſporta le *Dan. 14.*
Prophete Habacuc de Iudee en Babylone, d'v-
ne façon admirable, le tenant par vn cheueu. *Greg. Nyſſ.*
Et encore vn autre miracle de S. Gregoire, *in vita S.*
Thaumaturgus, qui par ſes prieres fit ſauter des *Greg Thau-*
montaignes d'vn lieu en vn autre. *mat.*
7. Et en outre, vn troiſieme miracle teſmoigné *Plin. liu. 2.*
par Pline, d'vn grand verger peuplé d'Oliuiers *cap. 85.*
appartenant à Vectius Marcellus, Cheualier
Romain, au dernier an du regne de Neron, lequel verger fut tranſporté auec ſes arbres en
vne autre place.
8. Et là deſſus pour la tranſlation de ladite
chambre, il allegue encore l'experience, & ce
qu'on en lit (dit-il) en Blondus, en Læander
Albertus, hiſtoriographes; & en ce pieux Docteur & Poëte, Baptiſte Mantuan, & autres.
9. Au ſurplus, pour perſuader que cete chambre a eſté honoree de Ieſus Chriſt, il met en a-

Nolite fratres amare signa, quæ possunt cum reprobis haberi communia.

Sur la sect. 6. nous disons, que la Toutepuissance de Dieu n'est point emploiee à faire des miracles, pour rendre les hommes idolatres apres les creatures, tels que sont ceux qu'allegue Richeome. D'où nous inferons, qu'on ne les doit point attribuer à Dieu: d'autant que les miracles de Dieu tendent à la confirmation de sa verité, & non à la destruction d'icelle, & establissement des impietez, superstitions & idolatries, qu'il abomine.

Ce qu'il dit du transport d'Abacuc par vn Ange, est Apocryphe : Et ce qu'il adiouste qu'Abacuc fut transporté, l'Ange le tenant par vn cheueu, est contre l'escrit Apocryphe qu'il allegue.

Ce qu'il cite du 17. de S. Mathieu, doit estre rapporté, non a persuader aux hommes, que la vertu de Dieu soit tousiours appareillee à leur foi, pour faire en tout temps miracles: ains plustost à tenir l'Eglise de ce temps là asseuree, que pour l'auancement de la foi Chrestienne, il ne tiendroit à la vertu & toute-puissance de Dieu, que miracles ne se fissent au monde, voire des plus extraordinaires, & iusques au temps qu'il auroit aresté, pour la confirmation du S. Euangile.

En la sect. 7. à l'authorité de S. Luc 1. nous respondons, que l'Ange parlant à la Vierge, l'asseura que nulle parole ne seroit impossible à Dieu. D'où nous tirons cette consequence

necessaire; Qu'on ne doit iamais alleguer contre la Parole de Dieu, sa toute-puissance, &
& les vrais miracles, qui en sont des effects:
D'autant que la Parole de Dieu, & sa toute
puissance, & les vrais miracles qui en decou-
lent, faits quand il plaist à Dieu, & en leurs
temps, s'entretiennent ensemble harmonieu-
sement.

A l'authorité de S. Augustin nous disons,
qu'elle ne fait rien contre nous, qui sans recercher par vaine curiosité toutes les œuures
merueilleuses de Dieu, recognoissons auec
saincte deuotion & reuerence celles-là pour
siennes, qui tendent à la confirmation de sa
verité, auec laquelle s'accordent tousiours
ses miracles.

Quant à la sect. 8. & autres iusques à la fin
du chapitre, les impietez, erreurs, & blasphemes, que le Iesuite desgorge contre la doctrine des sainctes Escritures diuinemét inspirees,
seruent à nous asseurer, que sans faire aucun
miracle, nous le croions tel qu'il est, c'est asçauoir, miracleur de l'Antechrist, mettant en a-
uant des miracles de sa trampe, c'est à dire,
miracles de mensonge.

SVR LE CHAP. XXXVI.

LE Iesuite a pensé que les miracles precedens estoient foibles & languissans, & du
tout sans credit, s'il ne les secouroit & rechauf-
soit par d'autres plus pregnans, à son aduis,

pris les vns de pres, & les autres de loin. Mais
(comme nous auons dit) il s'abuse, cuidant
nous serrer la bride de si court, plus par ses
miracles, que par la raison. Il a dit ci-deuant
plusieurs fois, & le dit encore, que nous ne
croions point ses contes. Non certes : Car ses
miracles ne tendent qu'à seeller & confirmer
l'idolatrie, contre la nature des vrais miracles.
La Parole de Dieu est celle-là, à laquelle seule
(& non point aux opinions Papales, & Traditions humaines) nous deuons prester l'aureille, le cœur, & la bouche : L'aureille, pour
l'ouir ; le cœur, pour y croire à iustice ; Et la
bouche, pour en faire confession à salut. Toutefois espluchons ce chapitre.

1.　*Les Centuristes* (dit-il, c'est à dire les Docteurs Allemans qui ont fait l'histoire Ecclef.
en plusieurs Centuries & Tomes) *me pour-
roïet seruir de tesmoignage contre vous.* Et en quoi?
*Car aux X I. premieres Centuries, à tous les tre-
ziemes Chapitres, ils nous cottent les miracles qui se
font faits les onze cents ans premiers, en confirmation de plusieurs articles de nostre foi, comme de la
Confession sacramentale, des Reliques, des Jma-
ges, de l'Jnuocation des Saincts, & autres poincts
de doctrine, que l'Eglise Catholique tient contre vous.*
Voire : ils y cottent des miracles, mais ils ne
les approuuent pas ; ains les reiettent & refu-
tent, comme supposez, & non aduenus, ou
bien comme aians esté des illusions sorcieres.
Autant en disons-nous : Mais nous y adiousterons quelque chose ci-apres.

2. Or pour prouuer que les miracles ont continué en leur Eglise, non seulemét onze cens ans
mais seize cens, c'est à dire depuis Iesus Christ
iusques à nous, il cotte & denombre ce qu'il a
pensé faire pour sa cause, de siecle en siecle,
sans toutefois specifier aucun miracle, comme
nous verrons.

Il met donc pour le 1 siecle, les miracles *Siecle.* 1.
de Iesus Christ & de ses Apostres & disciples.
Desquels (dit il) *vous ne doutez point.* Non *nous*
Reste de cotter les quinze ensuinans. Voire, mais
il n'en cotte que quatorze. Car des miracles
du seizieme siecle, qui est le nostre, il n'en cotté point. En quoi sa memoire lui a vn peu man-
qué? Et n'a pas bien regardé à Bellarmin, duquel il a pris son denombrement, & l'a representé de mot à mot, comme il l'a trouué au
Tome 1 de ses disputes, page 1084. horsmis
qu'il a oublié les miracles du siecle seizieme,
que ledit Bell. a cottez. S'il dit qu'il les a cottez ci deuant, il y deuoit donc renuoier le Lecteur. & non pas promettre ce qu'il n'a pas tenu. Mais passons outre.

Pour le siecle 2. il met les miracles faits *Siecle* 2.
par plusieurs Chrestiens en l'armee de M. Antonin: sans specifier (comme i'ai dit) ni aucun
miracle, ni aucun qui en ait fait.

Pour le siecle 3. il met ceux de S. Gregoire *Siecle* 3.
surnommé Thaumaturgue.

Pour le 4. ceux de S. Nicolas, de S. Hila- *Siecle* 4.
rion, de S. Martin, & de S. Nicolas.

Pour le 5. Ceux des Reliques de S. Antoi- *Siecle* 5.

* ne, & autres que S . Auguftin recite au liu. 2.
de la Cité de Dieu.

Siecle 6.　Pour le 6. Ceux des Papes Iean & Agapet.

Siecle 7:　Pour le 7. Ceux de S. Auguftin, & du Roi
Ofuald, auec le bois de la croix.

Siecle 8.　Pour le 8. Ceux de Guthbert, & de S. Iean
en Angleterre.

Siecle 9.　Pour le 9. Ceux de Tharrafius , & autres
aduenus en France, nommément la Tranfla-
tion des Reliques de S. Sabaftien,

Siec.10.　Pour le 10. qui commença l'an 101. ceux
de S. Renouald ; de S. Venceflaus, Roi de Bo-
heme, de S. Vvaldric, & de S. Duftan.

Siec. 11.　Pour le 11. ceux de S. Edouard Roi & vierge, de S. Anfelme, & de S. Gregoire Pape 7.

Siec. 12.　Pour le 12. Ceux de *S.* Malachias, & de S.
Bernard.

Siec. 13.　Pour le 13. Ceux de S. Dominique, S François, S. Bonauenture , S. Pierre Martyr, S.
Thomas d'Aquin , & S. Celeftin , deuant &
apres qu'il fut Pape .

Siec. 14.　Pour le 14. ceux de S. Bernardin , de fain-
&te Catherine de Sienne , & de S. Nicolas To-
lentin.

Siec. 15.　Pour le 15. qui commença l'an 1401. Ceux
de S. Vincent, en fa vie, & apres fa mort, &
entre autres 38. morts reffufcitez par lui.

Voila le denombrement des faifeurs de miracles alleguez par noftre Iefuite. Et plus n'en
dit : Car pour noftre fiecle, qui commença
1501. il n'en cotte point. Si fait bien Bellarmin : Mais ce font ceux de S. François de Pau-

la ,& de François Xauier, Iesuites, desquels
Richeome a parlé ci-deuant au chapitre 35.
sect. 1. & 2.

Nous ne respondrons rien pour cette fois,
à ces miracleurs des siecles,depuis IesusChrist
& ses Apostres & Disciples,iusqu'à nous : Car
le Iesuite au chap.suiuant y respond pour nous
en partie, & nous y suppleérons le demeurant.
Seulement nous dirons ici quelque chose de
S. Gregoire Pape 7. qui auant son Pontificat
estoit nommé Hildebrant, & lequel le Iesuite
a logé au siecle vnzieme. Benno Cardinal qui
a escrit la vie de ce Gregoire, & qui estoit de
son temps, dit de lui , qu'il estoit heretique,ne-
cromantien , sedicieux, simoniaque, adultere, homicide, aiant fait mourir 7. ou 8. Papes, par le seruice de Gerard Brazut, afin que
par ce moien il peust lui-mesme estre fait Pape ; bref, l'vn des plus meschans, non seulement d'entre les Papes , mais d'entre les hommes. Ie vous laisse donc à penser quels saincts
& salutaires miracles ce sanctissimePape a peu
faire , estant si meschant & si detestable.

3. Le Iesuite adiouste; *Pour miracles communs
à tous, ou à plusieurs des siecles susdits, nous pouuons mettre de nostre France, la saincte Ampoule
de S. Madelaine : en laquelle tous les ans au iour
que le Sauueur endura, on voit par miracle bouillon-
ner le sang que cette Saincte auoit recueilli en terre.
On voit aussi au front du test de la mesme Saincte,
la petite portion de chair, que le Sauueur ressuscité
toucha de son doigt, toute entiere, comme estant*

rendue incorruptible par l'attouchement d'vne chair
glorieuse.

Resp. Ie pensois que le Iesuite faisant mention de la S. Ampoule, entédist parler de celle
qui est à Rheims en Champagne, laquelle on
dit, que comme S. Remi baptisoit Clouis cinquieme Roi de France, & premier Roi Chrestien, elle fut apportee du Ciel par vn colomb
blanc; & que de la chresme qui estoit dedans,
ledit Roi fut oinct, & dont aussi tous les autres Rois ses successeurs à leur sacre & couronnement successiuement sont sacrez. Mais il
laisse cette Ampoule fabuleuse, & parle d'vne
autre, qui est à S. Maximin en Prouence, où
ce qu'il dit, tant de l'Ampoule, que de la piece
de chair, est tenu des idiots pour vn oracle certain. Mais qu'en est-ce a en parler à la verité. On suppose à cette Madelene deux corps.
L'vn qui est à Vézelai, pres Ausserre: L'autre,
qui est de plus grand renom, à S. Maximin.
Voila desia vn trop grossier abus. Apres audit
S. Maximin on feint que la teste de cette Mag-
delaine est à part separee du corps, auec son
Noli me tangere, qui est vn lopin de cire (ainsi
a-il esté recognu par des fideles du pais) qu'on
pense estre la marque que Iesus Christ lui fit
par despit, estant marri de ce qu'elle le vouloit toucher, apres sa Resurrection. Voila derechef vn tres-lourd abus. Ceux donc qui ont
veu ce qui en est, & qui sont plus aduisez que
les susdits idiots, recognoissent que cette Ampoule, & cette piece de chair, sont choses au-

tant fabuleuſes, que ladite Ampoule de
Rheims.

4. Il conioint encore aux miracles ſuſdits, *le
don de guerir des eſcrouelles donné à nos Tres-Chre-
ſtiens Rois*; où ils diſent aux patiens l'vn apres
l'autre; *Dieu te gueriſſe, le Roi te touche.*
Reſp. Nous ſommes tres-humbles, tres-fi-
deles, & tres-obeiſſans ſubiets & ſeruiteurs de
nos Rois, & nomméent de celui qui regne à
preſent Henri I I I I. Roi de France & de Na-
uarre. Et tant s'en faut que nous deſirions, ou
pretendions de deroger en aucune ſorte à ſes
dignitez & prerogatiues; qu'au contraire
nous prions Dieu ordinairement en nos aſſem
blees, & en nos maiſons, pour l'augmenta-
tion d'icelles, & de toutes graces tant corporelles, que ſpirituelles : aſſeurez que ſa Maieſté n'eſt point en doute de noſtre bonne volonté & ſeruitude en cet endroit. Mais quant à
ce don de guerir des eſcrouelles par là prola-
tion des paroles ſuſdites, comme ainſi ſoit que
nous aiõs appris par les ſainctes Eſcritures, que
la Parole de Dieu & les prieres ne doiuẽt point
eſtre appliqueés à rien qui ſoit, ſinon, auec certitude de foi, & aſſeurée cognoiſſance des pro-
meſſes de Dieu, nous ne nous oſons aſſeurer
que leſdites paroles aient vne telle vertu. Et
au demeurant, pour la particulirité de ce don,
nous-nous en rapportons au Roi meſme, qui
ſçait ce qui en eſt, & en peut iuger en toute
bonne conſcience.

SVR LE CHAP. XXXVII.

LE Iesuite entre maintenant au chemin de
nos raisons, où Dieu aidant, nous le suiurons pas à pas, au moins ce qu'il dira d'im-
portant & de consequence. Car pour plusieurs
harangues qu'il fait, ou il est tout en paroles,
& à bien dire, nous le laisserons courir seul.
Vrai est que nous confessons qu'il a quelque
subiet d'enfler sa veine : Car à mesure qu'vn
propos a moins d'esprit, il lui faut plus de
corps.

1. *Pour toutes raisons (dit-il) vous opposez deux*
responces. La premiere est, que ces miracles, que
les anciens Peres mettent en leurs liures, n'aduein-
drent iamais. La seconde, que s'ils sont aduenus, ce
sont illusions diaboliques. Resp. Ce sont-là voirement deux de nous raisons. Voions commét
il les desmesle.

La premiere vous la donnez à bon marché, c'est
asçauoir par vne negatiue, ou par vn mot de quatre
lettres, qui est vn Nier. Resp. Cela est vrai.

Cette façon de respondre est familiere à tous infi-
deles, & gens, ou sans discours, ou sans religion,
qui nient tout ce qui va dessus la cime de leur teste,
ou ce qui repugne au goust de leur sens. Resp. La
profession des Philosophes Pyrrhoniens estoit
de branler & douter tousiours, & de ne s'asseu
rer ni resoudre iamais de rien. Ils disputoient
tousiours, & contredisoient à tout, & desiroient qu'on leur contredist, pour engendrer
leur dubitation & surceance de iugement, qui
estoit

eftoit leur fin. Graces à Dieu, nous ne fommes
point de cette humeur. Nier ou confeffer vn
poinct de doctrine, eft cômun autant aux bons
Theologiens, qu'aux mauuais. Nous confeffons que nous fommes fauuez par la feule grace de Dieu: Les Sophiftes le nient. Au contraire, ils confeffent que nous fommes fauuez par
nos œuures : Et nous le nions. Le tout donc
n'eft pas de nier ou côfeffer vn fait, ou vne chofe: mais il faut fçauoir fi ce qu'on nie, ou qu'on
confeffe, merite d'eftre nié ou confeffé.

2. Il oppofe à cette noftre premiere raifon
quelques-vnes des fiennes. *Premierement* (dit
il) *en cas de negation, quand il eft queftion du droit,*
pour renuoier fa partie, on oppofe la Loi, la raifon,
ou l'authorité contraire. Refp. Auffi oppofons
nous au Iefuite noftre partie, la Loi & l'authorité ; c'eft à dire, la Parole de Dieu, qui dit que
les miracles ne font point toufiours de faifon.
Mat. 12. 38. Luc 16. 30. Item, que quelques
fois ils fe font par des faux Prophetes: Et partant non fuffifans pour tefmoigner feuls de la
foi. Deut. 13. 1. Matth. 24. 24. 2. Theffal. 2. 9.
Nous lui oppofons pareillement la raifon, c'eft
afçauoir ; Que les vrais miracles ont efté ordonnez de Dieu, pour tefmoigner de la vraie
doctrine. Marc 16. 20. Act. 14. 3. Ce qui ne
fe voit point és miracles de la Papauté. Car ils
tefmoignent de la fauffe doctrine.

Quand il eft queftion du faict, c'eft à dire fi la
chofe a efté faite, comme il eft ici, & qu'il y a des
tefmoins affirmans: pour nier auec raifon, il faut

L

monſtrer quelque contradiction au teſmoignage, ou
reprocher la ſuffiſance des teſmoins. Reſp. Auſſi
le faiſons nous : Car nous alleguons des ſentences de S. Auguſtin, & d'aucuns autres contre les miracles, que les Sophiſtes diſent eſtre
neceſſaires. Et eux en alleguent d'autres contraires. Voiez ſur le chap. 28. au commencement. D'auantage, nous produiſons l'inſuffi-
ſance d'aucuns teſmoins, dont les vns ſont ſuppoſez, comme nous auons dit ci-deuant au
chap. 33. ſect. 2. qu'on attribue fauſſement à
S. Athanaſe d'auoir eſcrit la vie de S. Antoine, & recité pluſieurs miracles de lui. D'aucuns
autres, nous les diſons non receuables, comme
S. Gregoire, en ſes Dialogues, Pierre Cardinal de Cambrai, S. Antonin, & autres de pareille miſe. Et encore alleguons-nous l'inſuf-
fiſance d'aucuns miracleurs, comme entre autres, de S. Gregoire Pape 7. comme nous l'a-
uons deduite & prouuee au chapitre precedẽt,
ſect. 2. Et des Ieſuites, François de Paula, &
François Xauier, deſquels nous auons parlé
ci-deuant ; leſquels au rapport des Ieſuites,
ont fait de tres-beaux miracles, mais teſmoi-
gnez par eux ſeuls.

Dont reſulte, que ce que Richeome adiouſte, a beſoin de correction, quand il dit ; *Yci
vous ne faites ne l'vn ne l'autre* ; Et le reſte.

3. *En outre* (ce dit le Ieſuite) *cette façon de
nier eſt plaine d'audace & d'iniquité : & ſi elle com-
mãde vne fois entre les hommes, elle met à fonds
tout le commerce de la foi. Car s'il eſt loiſible de nier*

sans raison, les miracles iadis faits, toute la creance des liures anciens perira, &c. Resp. Il y-a vn bon remede pour euiter cet accessoire & ce danger, c'est qu'on examine les esprits, comme nous exhorte S. Iean; & sçauoir si ce qu'on nie, est de la nature des choses qui se doiuent nier, ou au contraire. *Iean. 4. 1*

Secondement (dit-il) *ou ceux qui ont laissé par escrit les histoires de ces miracles, estoient gens de bien, ou de mauuaise foi. S'ils estoient gens de bien; comment se peut-il faire, qu'ils aient couché par escrit, & exposé à la veue de tout le monde, des mensonges pour des miracles, & aux despens de leur conscience se soient mocquez de la creance de tant de Chrestiens.*

Resp. Nous auons desia allegué l'insuffisance d'aucuns, & la contradiction d'aucuns autres. Nous adiousterons ici quelques articles concernans l'authorité des Anciens, & la creace que nous deuons auoir en leurs escrits, sans mesdire d'eux, ni preiudicier aucunement à leur reputation. Nous disons donc, 1. Qu'en certains poincts de doctrine, les Docteurs anciens disent bien souuent choses fausses & contraires à la verité, ou au moins suspectes. Comme S. Augustin a confessé qu'en ses œuures il *Aug. ad Vincen. epi.* y a plusieurs choses, lesquelles peuuent estre *46. Dist. 9.* blasmees par iuste iugement, & sans aucune *Can. Nega-* temerité. *re.*

2. Qu'il est notoire qu'on a falsifié leurs escrits en plusieurs endroits. Comme Theodoret sur le 2. & 3. chap. de l'Epistre aux Colos-

fiens , niant qu'il faille adorer & inuoquer les
Anges, cite vn Canon du Cöcile de Laodice, &
dit qu'il a esté falsifié, y aiant en certains exemplaires *Angelos* pour *Angulos*. Et comme auſſi
on confeſſe auoir esté falsifié le paſſage qui est
au 2. liure de la doctrine Chrestienne de S.
Augustin, allegué par Gratien au Decret, *diſt.*
19. *Can. in Canonicis*,

2.   Qu'on a inſeré & adiouſté à leurs eſcrits,
des ſentences contre leur intention : Comme
Viues le monſtre ſur les liures de la cité de
Dieu en pluſieurs paſſages ; Et Denis, Eueſque de Corinthe , ſe plaint de ce que cela a e-
ſté fait en ſes epiſtres.

4.   Qu'on leur a ſuppoſé & attribué pluſieurs
œuures, leſquelles ils reietteroient auec deſ-
dain, s'ils eſtoient viuans: Comme les Canons attribuez aux Apoſtres : Les Epiſtres attribuees à Clement, ſucceſſeur (ce diſent-ils)
de S. Pierre : La vie de S. Antoine attribuee à
Athanaſe: Les liures du Bapteſme de S. Auguſtin , de Salomon , & autres tels , attribuez à
S. Ambroiſe : Les commentaires ſur les Epiſtres , attribuez à S. Hieroſme , leſquels ſont
de Pelage heretique , ce teſmoigne S. Auguſtin, *liu.* 3. *de peccat. mer. & remiſſ. cap.* 1. 5. &
12. Et ainſi l'a eſcrit Bellarmin en ſes diſputes,
tom. 1. pag. 181. Item, le liure *ad Oroſium*,
attribué à S. Augustin , lequel n'est point de
lui, ce dit le meſme Bellarmin, tom. 2. pag.
881. Le Decret fait mention auſſi de pluſieurs
liures attribuez fauſſement aux Docteurs an-

ciens, lesquels il declare deuoir estre tenus
pour Apocryphes, & nullement receuables.
Dist. 15. can. sancta Rom. Eccl.

5. Qu'il ne faut point reuoquer en doute que
en plusieurs Anciens il n'y ait eu des particularitez, qui les ont fait broncher en quelques articles & poincts de la Foi. Les vns pour y a-
uoir apporté vne sapience humaine: Les autres
leurs passions, & leurs preiugez; qui ordinairement aueuglent l'esprit, & empeschent la cognoissance de la verité: D'autres, pour n'auoir
voulu s'esloigner des opinions qui auoient la
vogue de leur temps, ou pour auoir esté infe-
ctez eux-mesmes de quelques erreurs.

6. Que ceux de l'Eglise Romaine mesmes
ont reietté quelquefois les opinions des An- *Aug. de con*
ciens. Comme quand S. Augustin expose ce *sensu Euag.*
que S. Luc traite du fruict de la vigne, & qu'il *liu.3.cap. 3.*
dit que cet Euangeliste n'a point narré l'histoi-
re en son ordre, mais que par anticipation il *Bell. tom.2.*
a recité ce que S. Matthieu & S. Marc ont cou- *pag.418.*
ché en son ordre: Bellarmin dit là dessus, que
S. Augustin n'a pas consideré diligemment ce
passage, & reiette l'aduis dicelui. Item, ils reiettent mesme quelque fois le Decret, comme de Sainctes, & son compagnon, en la dispute de Paris, l'an 1566. ont dit qu'il ne faut
point adiouster de foi aux fragmens de Gratien, sur ce que les Ministres allegoient contre eux quelque chose dudit Gratien. Bellarmin a dit aussi clairement, que Durand a erré, & refute quelques erreurs siens; tom. 2.

De Euch. liu. 3. chap. 13. Et autant de Rupert. chap. 15.

Voila plusieurs articles, qui doiuent serieusement estre poisez & considerez, és opinions & escrits des anciens Docteurs. Suiuant lesquels nous respondrons à ce que nostre Iesuite obiecte en forme de Dilemme ; *Que les Anciēs qui ont laissé par escrit les histoires de ces miracles, estoient gens de bien, ou de mauuaise foi, &c.* Nous ne voulons point noircir leur blancheur mais aussi nous ne voulons point les iustifier en l'opinion qu'ils ont eue de cet article, ie di pour le regard de ceux qui y ont consenti. Et concluons qu'on leur a imposé d'auoir dit, ce qu'ils n'ont point dit : ou bien, que s'ils l'ont dit, ils se sont laissez escouler en l'erreur commun.

Le Iesuite adiouste ; *Que si ces escriuains estoient menteurs, c'est merueille qu'aucun ne se soit trouué de leur siecle ; qui pouuant alors, mieux que vous ne faites maintenant, descouurir la faussecé, ne les ait conuaincus de faux.* Resp. Ce seroit merueille voirement. Mais il en y a eu plusieurs, qui zelateurs de la verité, ont censuré & repris les miracles feints & faux. Et qu'ainsi soit, ie veux alleguer & inserer ici quelques vnes de leurs sentéces ; & ne veux point faire comme le Iesuite, qui en la cottation & denombrement des miracles qu'il a assignez à chasque siecle, n'a pas mis en auant vne seule authorité des Anciens.

On se souuiendra des deux sentences que

ñous auons alleguees au commencement du chap. 28. L'vne de S. Auguftin, & l'autre d'I-fidore. En voici d'autres.

S. Auguftin dit ainfi en vn paffage; *l'Ante-chrift vfera de force en l'Empire, & de dol en fes miracles.*

Aug.in Pf. 9.

Lui mefme, (ou quoi qu'il en foit, l'au-theur du traité de l'Antechrift, qui eft entre les œuures de S.Auguftin;) *l'Antechrift, dit-il, s'efleue contre les fideles par trois moiens: c'eft afçauoir, par terreur, par dons, & par miracles.*

Tre.de An-tichr. tõ. 9.

Lui encore; *Qu'ils oftent ou ces fictions d'hommes menteurs, ou ces miracles des efprits abufeurs: Car ou ce qu'on en dit, n'eft pas vrai:ou s'il eft vrai, que quelques miracles aient efté faits parmi les heretiques, il nous y faut tant moins croire.*

Lib. de vni. Eccl.ca. 16.

S. Gregoire; *Quelques fois les heretiques font aufsi des fignes & miracles. Et plus bas; Maintenant l'Eglife fainEte ne tient conte des miracles des heretiques: Car elle cognoift que ce ne font pas des preuues & enfeignes de fainEteté.*

Greg li.20. Moral.ca.8. fol. 163.

Chryfoftome; *Ils iettent hors les Diables au nom de Chrift, aians l'efprit de l'ennemi; mais pluftoft ils ne les iettent pas hors, ains femblent les ietter, les Diables colludans auec eux. Et ainfi ils les iettent toufiours, & ne guerifsent iamais. Les Diables crient toufiours deuant eux, comme s'ils eftoient chaftiez: & iamais ne s'en vont, comme s'ils craignoient.*

Chryf.inc.7. Mat. verf. 22.

Anfelme, parlant des fignes & miracles de l'Antechtift: *Ces fignes & prodiges, dit-il, feront menfongers, i.faux: ou pource qu'il doit deceuoir*

Anfel.ix 2. Thef.cap. 2.

L iiij

les sens mortels par des phantosmes magiques; ou bien parce qu'encore qu'ils soient prodiges, neant-moins ils attirent au mensonge ceux qui y croient.

Theo. in Luc
9. vers. 2. *Theophylacte: La predication est confirmee par les miracles, & les miracles par la predication. Car souuät plusieurs ont fait des miracles de par les Dia-bles, mais leur predication n'estoit point saine : par-quoi aussi leurs miracles n'estoient point de Dieu.*

Qu'est-ce que le Iesuite repliquera à ces Docteurs ? Ne le voila pas (sauf correction) conuaincu de faux ? N'y a-il eu, à son aduis, aux siecles precedens aucun zelateur de la ve-rité, pour s'opposer aux faux miracles , & les censurer ? En voila tant . Encore y en pour-rions nous adioindre plusieurs autres: & nom-mément les Vaudois, qui ont esté l'an 1106. les Albigeois, l'an 1215. Vicleff. 1364. Iean Hus, & Ierosme de Prague, 1400. Et autres, qui ont esté deuant & apres.

Mais pour monter plus haut, n'auons-nous pas la Parole de Dieu, laquelle a predit les faux miracles,& nous en a donné des aduertis-semens clairs & euidens, afin de nous en gar-der. Le Seigneur nous a donné cettui-ci entre
Deut. 13. 1 les autres : *S'il se leue au milieu de toi vn Prophete ou songeur de songe, lequel te donne signe ou miracle: Et que le signe ou miracle qu'il t'a dit, aduienne, & qu'il te die, cheminons apres autres dieux (lesquels vous n'auez cognu) & seruons à iceux : Tu n'escou-teras pas les paroles de ce Prophete, ou de ce songeur de songe. Car le Seigneur vostre Dieu vous tente, pour sçauoir si vous l'aimez, de tout vostre cœur &*

de toute voſtre ame. Et Ieſus Chriſt ; *Si quelcun
vous dit , voici le Chriſt ici ou là, ne le croiez point:* Mat.24.23.
*Car faux Chriſts & faux Prophetes ſe leueront, &
feront grans ſignes & miracles, voire pour ſeduire
les eſleus, s'il eſtoit poſſible , voici ie le vous ai predit
&c.* Et S. Paul; *Duquel,* meſchant, *l'aduenement
eſt ſelon l'efficace de Satan, en toute puiſſance, & ſi-* 2.Theſ.2.9.
*gnes, & miracles de menſonge; Et en toute abuſion
d'iniquité , en ceux qui periſſent, &c.*

Ha! donc (pere Loys) vous-vous trompez,
diſant que nous n'auons nuls teſmoins contre
vos faux miracles. Voila la Parole de Dieu :
Voila des eſcrits des Anciens , qui ſont contre
vous : Et pouuons dire qu'aucun ſiecle depuis
la corruption ſuruenue en l'Egliſe,ne s'eſt paſſé tant ait eſté horrible la face de l'Antechriſt,
que touſiours Dieu n'ait ſuſcité des fideles,
pour confirmer la vraie doctrine, & s'oppoſer
à la fauſſe, & aux miracles feints & diaboliques.

4 Ie paſſe donc ſous cette reſponce , tout ce
que le Ieſuite adiouſte en cette ſection, & en
la quatrieme ſuiuante:

Hors mis que ſur ce qu'il dit, *Que nous ſommes impudens & imprudens, d'appeler menteurs,
ceux que nous appellons auſſi Saincts:* nous reſpondons, que nous nommons pluſieurs peres &
Docteurs anciens, *Saincts* ; non au regard de
leurs erreurs, ains des doctrines orthodoxes,
qu'ils ont ſainctement traittees, ſelon la reigle de la Parole de Dieu.

5 *La ſeconde reſponce eſt ; que s'il eſt vrai, que*

ces miracles soient aduenus, se sont œures diaboli-
ques. Resp. Nous disons voirement haut &
clair, que tous les miracles feints & supposez,
& tous ceux qui sont faits, ou se font pour establir l'idolatrie, & confirmer la fausse doctrine,
sont diaboliques ; comme nous venons de le
prouuer. Et partant si ceux qu'on attribue à
Martin, sont de telle estoffe, nous en pronon-
çons tout de mesme, faisans aussi peu de cas de
Sulpice, s'il les approuue, que de lui : ne sça-
chans bonnement qui est l'vn, non plus que
l'autre.

6 *Pour toute raison* (ce dit le Iesuite) *vous alle-*
guez, que ces miracles sont faits en confirmation de
l'Idolatrie, & contre la Foi ; c'est à dire, qu'ils sont
faits en confirmation de l'Eglise Catholique, & con-
tre vostre opinion, dequoi vous inferez qu'ils ne peu-
uent estre vrais miracles. Resp. Le Iesuite a bien
conceu nostre intention : Car il nous fait argumenter ainsi.

Tous miracles qui sont faits en confirmation de l'Idolatrie, & contre la Foi, sont faux,
& ne peuuent estre vrais.

Les miracles de la Papauté sont faits en
confirmation de l'idolatrie, & contre la Foi;

Donc les miracles de la Papauté sont faux,
& ne peuuent estre vrais.

C'est là voirement l'vn de nos Syllogismes.
Mais le Iesuite posant nostre Assomption, &
exposant ce mot, *en confirmation de l'Idolatrie,*
met vn *c'est à dire,* que nous desauouons : *En*
confirmation de l'idolatrie (dit il) *c'est à dire, qui*

font faits en confirmation de l'Eglife Catholique.
Non : il y-a bien difference entre ces deux termes. L'vn n'eft pas l'autre : L'Idolatrie n'eft
pas l'Eglife Catholique ; & l'Eglife Catholique n'eft pas l'Idolatrie. Nous croions l'Eglife Catholique, mais nous ne croions pas l'I-
dolatrie. Voions comment il refpond à noftre
dite Affomption.

Cette raifon monftre, dit-il, *que vous auez faute non feulement de droit, mais encor de prudence.
Et pourquoi ? Car pour raifon & fondement de
preuue, vous prenez vne chofe douteufe, & qui a
plus befoin d'eftre prouuee, &c.* Refp. Il nous impute ici d'auoir commis l'erreur qu'on appelle
en la Logique, *petition de principe*. Mais non :
S'il n'y va qu'à prouuer que leur doctrine eft
fauffe, & la noftre vraie, nous-nous promettons gain de caufe : Et par confequant le Iefuite verra que noftre Affomption n'eft point
fondee fur vne terre mouuante, ni fur le fable,
& moins fur vn ionc : comme font les opinions des Turcs, & des Paiens, & des Iefuites
mefmes. Cela fe verra, Dieu aidant, és Difcours des Saincts & des Images. Et fi le Iefuite veut donner plus auant, nous efperons
de lui monftrer, & à fes femblables, que leurs
doctrines font de la forge & trempe de Belzebub, & leurs fufees empefees, tres-aifees à def-
mefler par la Parole de Dieu : Venons-en aux
mains quand il lui plaira.

7. *Laiffez-nous donc faire vne côclufion de meilleure Loi, que nous fommes en poffeffion de la verité, &*

qui auons en nos archiues le Testament de Iesus Christ en bonne & deuë forme, & les vrais titres de la Foi, signez par les Apostres. Laissez-nous conclure par ce droit, la verité de nos miracles, & dire ainsi; Tous ces miracles ont esté faits pour la Religion Catholique: ce sont donc œuures de Dieu. Resp. Nous vous laissons bien faire vos conclusions: Mais nous nions l'Antecedent & le Consequent de vostre entymeme.

Et qui les appelle diaboliques, il blaspheme contre Iesus Christ, comme les Iuifs, qui voians les miracles qu'il faisoit en l'expulsion des diables, disoient qu'il chassoit les diables en vertu de Belzebub, &c.

Resp. Nous auons respondu à tout ceci, sur le chap. 34. sect. 3.

8 La derniere section semble estre vne exhortation à modestie, faite aux Ministres. Mais elle ne consiste qu'en des impostures representees par quelques antitheses : comme si nous mettions tous les Anciens en vn mesme rang, tant en ce qu'ils ont dit & tenu pour la verité, qu'en ce qu'ils ont dit & tenu au contraire. Ne desplaise au Iesuite, il est trop actif & bouillant, plain d'esmotion & d'alteration: Il ne peut auoir ni goust ni sentiment sans loisir: Son iugement a besoin de temps.

SVR LE CHAP. XXXVIII.

EN la premiere section de ce Chap. le Iesuite pretend monstrer que nous blasphemons contre Dieu, disans que les miracles de

la Papauté font diaboliques , & non point diuins, ou de Dieu. Et s'efforce de le prouuer par
la definition & nature de Miracle. Mais pource que fon propos eft meflé & fort brouillé , ie
le redigerai en forme , felon fon intention , en
cette forte;

Quiconque appelle les effects diuins , illufions du Diable , attribuant par ce moien au
diable, ce qui vient de Dieu, cettui-là blafpheme.

Les Miniftres appellent les effects diuins,
illufions du diable, attribuans par ce moien au
Diable, ce qui vient de Dieu.

Donc les Miniftres blafphement. Il prouue
fon Affomption.

Les miracles de l'Eglife Romaine font effects diuins.

Donc ceux qui les appellent illufions du
Diable, appellent ainfi les effects diuins.

Refponce. Nous nions l'Antecedent, lequel le Iefuite ne prouue point, ains ne fait
que tourner à l'entour du pot, & commet l'erreur, qu'il nous à reproché ci-deuant, qu'on
appelle, *petition de principe.*

1. En la feĉtion premiere, il fait vn autre argument, pour prouuer que le Diable ne peut
faire miracle.

Le miracle eft vne œuure furpaffant la Nature.

Le Diable ne peut faire œuure furpaffant
la Nature.

Dont le Diable ne peut faire miracle.

Il prouue l'Aſſomption, par deux argumés.

Le premier eſt tel . La nature eſt vne crea-ture.

Or le Diable ne peut rien faire au deſſus de la creature.

Donc le Diable ne peut rien faire au deſſus de la Nature.

Reſp. Ie diſtingue la Mineur. Le Diable ne peut rien faire au deſſus de la creature, ni par conſequant au deſſus de la Nature : c'eſt aſça-uoir de ſoi-meſme, & ſans auoir main-leuee & permiſſion de Dieu, comme le Ieſuite l'expri-me. Mais moiennant cette main-leuee & per-miſſion, il le peut.

Le 2. argument eſt; Le Diable ne fait rien qui ne ſe face naturellement.

Donc il ne fait rien au deſſus de la Nature. Pour preuue de l'Antecedent, il dit; *Le Dia-ble peut bien eſblouir les ſens, & faire paroiſtre qu'vn feſtu eſt vn ſommier, que la paille eſt de l'or, que le noir eſt verd : il peut par ſubtile & ſecrette applica-tion des creatures, figurer la ſemblance de quelque merueille, comme exhiber la forme d'vn Lion, d'vn Ours, d'vn Bouc, ou la prendre lui-meſme : Item, transferer ſubitement & ſecrettement vn corps d'vn lieu à vn autre : aſſembler viſtement les nuees, haſter la pluie, donner des eſclairs, eſmouuoir les vents, ti-rer le feu du Ciel, exciter le tonnerre, faire bouillon-ner l'Ocean, & donner ſemblables eſſais : Mais il ne fait pas miracles pourtant; parce qu'il ne fait rien qui naturellement ne ſe puiſſe faire.*

Reſp. Le Ieſuite a faute ici de ſens & de iu-

gement: Car attribuer au Diable, qui est vne
creature, d'assembler subitement les nuees,
haster la pluie, donner des esclairs, faire descendre le feu du Ciel, exciter le tonnerre, es-
mouuoir les vents, &c. & dire qu'en cela il ne
fait rien qui ne se puisse faire naturellement, est
ce pas parler contre toute verité ? Et qui est la
creature, qui puisse faire la moindre de ces cho
ses naturellement? Qui est le Diable, ou le sorcier, qui en puisse venir à chef, si Dieu ne lui
en donne la puissance ? Et si Dieu en donne la
puissance à quelque creature, soit corporelle
ou spirituelle, & qu'elle l'execute, qui pourra
dire que ce ne soit point vn miracle ? Le propos du Iesuite n'a point besoin de plus grande
refutation ; ains plustost que lui-mesme soit
relegué entre les Pyrrhoniens, & voire mis au
rang des plus lourds animaux.

*Et parlant (dit-il) ces effects du Diable, ce sont
œuures empruntees du cru de la Nature, bien qu'aux
yeux des mortels elles semblent plus hautes: ne plus ne
moins que les tours de passe-passe d'vn iongleur bien
affetté & habile, sont merueilleux voirement, mais
c'est à ceux-la qui ignorent le fond de la tromperie:
de telle qualité sont les merueilles du Diable.*

Resp. Ie ne croi pas que les autres Iesuites
accordent à cettui-ci, que ces œuures du Diable, & autres semblables, soient tours de passe-passe ; comme sont les ieux des iongleurs &
bateleurs. Iob les a esprouuees d'vn plus grãd
effect. Aussi Iesus Christ & S. Paul ne les appellent point ainsi : ains Signes, prodiges, &

miracles. Et de faict, a prendre le mot de miracle comme le prend le Iesuite, i'argumente
ainsi contre lui.

Toute œuure surnaturelle, ou qui se fait
outre le cours, & l'ordre commun de Nature,
c'est miracle.

Les œuures du Diable, quand il fait descendre la pluie ou le feu du Ciel, ce sont œuures
surnaturelles, ou qui se font outre le cours &
l'ordre commun de Nature ; Car nulle creature ne les peut faire naturellement.

Donc telles œuures du Diable, sont des
miracles.

2.   *Mais les miracles de Dieu ne sont pas faits
de ce billon, ni batus à ce coing. Car comme grand
maistre de l'vniuers, il les opere par dessus la Nature, & non seulement cela, mais encore sans agens
naturels : Ains quelques fois il vse de causes toutes
contraires, qui est faire doublement miracle*

Nomb.6.21
Iean.9. Resp. Cela est vrai. Et les exemples que le Iesuite en produit, du serpent d'airain, pour
guerir les Hebrieux mordus des serpens : & de
la boue, pour gairir l'aueugle-nai, y conuiennent tres-bien : Mais il se trompe, quand il adiouste que le Diable ne fait rien de semblable.
Non voiremeût de soi : Mais quand Dieu lui
en donne la puissance, il le peut faire, & le fait.
Liu.3.c.2. Tesmoin ce qu'en récite Bodin en sa Dæmonomanie, en ces termes : Il se trouua en An-
jou, vne vieille Italiene qui guerissoit des maladies, l'an 1573. Et surce que le Iuge lui defendit de plus se mesler de medeciner les maladies,

ladies, elle appella & releua son appel en la
Cour de Parlement, où M. Iean Bautru, Aduocat en Parlement, Sieur des Matrats, mon
collegue & citoien, plaida sa cause disertemēt
& doctement : Mais on monstroit que les
moiens par lesquels elle guerissoit, estoient
côtre Nature, comme de la ceruelle d'vn chat,
qui est vne poison ; de la teste d'vn corbeau, &
autres choses semblables : qui monstre bien
que ce n'est pas en vertu de quelques bonnes
huiles & vnguens salutaires, comme font plusieurs gens de bien, & charitables enuers les
pauures gens ; mais par moiens contre Nature, ou par charmes.

3. *Parquoi (dit-il) le Diable ne sçauroit ressusciter vn mort, donner la veue à vn aueugle, faire
marcher droit vn boiteux, guerir vne maladie incurable, ni faire autres semblables operations , que les
susdits Peres tesmoignent auoir esté faites par les
Saincts en nostre Eglise.*

Resp. Premierement ie dis, que chasser les
Diables, & faire descendre le feu & la pluie
du Ciel, ne sont pas moindres miracles, que
ressusciter vn mort, rendre la veuë à vn aueugle, faire marcher droit vn boiteux, & guerir
vne maladie incurable, ou qui ne se peut guerir par art humain . Que si le Diable peut faire les premiers, par la permission de Dieu, &
la puissance qu'il lui en donne, il peut bien faire les seconds.

Quant à faire descendre le feu ou la pluie
du ciel ; ie ne pense pas qu'il y ait creature(cō-

M

me i'ai dit) foit au ciel, ou en la terre, ou aux enfers, qui foit capable d'vn tel effect, fi ce n'eſt par la meſme permiſſion de Dieu.

Et quant à faire deſcendre le feu & la pluie du Ciel, le Ieſuite confeſſe ici que le Diable le peut. Qu'il puiſſe auſſi chaſſer les Diables par ſes ſuppoſts ſorciers & enchanteurs, nous en auons dit quelque choſe ci-deſſus,& Bodin le prouue par pluſieurs exemples en ſa dæmo-nomanie, où il fait mention nommément de l'enchanteur Apollonius Thyaneus, lequel chaſſoit les Diables, ou pluſtoſt,qui lui obeiſ-ſoiēt,pour lui donner credit de ſe deifier,comme il taſchoit, & trouua force diſciples, qui en faiſoient plus de cas,que de Ieſus Chriſt. En ſorte qu'Euſebe a eſté contraint d'eſcrire huit liures contre Philoſtrate, Euangeliſte du Sorcier Apollonius. Ledit Bodin cite encore Leon d'Affrique,qui dit que lesSorciers,qu'ils appellent *Muhazimim*, en faiſant quelques cercles & characteres au front du dæmonia-que,apres auoir interrogué le dæmon,lui commandant de ſortir, ſoudain il ſort. Mais quoi qu'il en ſoit, les Diables ne ſe chaſſent point les vns les autres à bon eſcient, ains par ſcintiſe & colluſion; pour la raiſon qu'en allegue noſtre Seigneur Ieſus Chriſt. Mat. 12. 26.

Quant à la puiſſance de reſſuſciter les morts, donnee de Dieu au Diable, ou à ſes ſeruiteurs Sorciers, ie n'en ai point veu, ni leu encore d'exemple. Et s'il en reſſuſcite, c'eſt par illuſion, comme il appert par le chap. 28.du pre-

Liu. 3.c.6.

mier liure de Samuel. Mais ie n'en ai non plus
veu ni leu, des exorciftes de l'Eglife Romaine,
quoi que les Iefuites en dient. Car ce ne font
de leurs contes, que belles fables : ou bien des
œuures du Diable en cet endroit, que belles
illufions, comme i'ai dit.

Au refte, touchant la guerifon d'aucuns a- *Suet. li. 10,*
cap. 7.
ueugles, & boiteux, & autres malades : Sue-
tone recite, que l'Empereur Vefpafien eftant
affis en fon Tribunal, reftitua la veuë à vn aueu
gle foudainement, crachant fur les yeux d'icelui, & raferma la iambe d'vn boiteux, en le touchant du pié : Ces deux lui aiant efté enuoiez
pour cet effet, par le Dieu Serapis.

Hypocrate au liure *de morbo facro*, a efcrit, *Voi Boud. l.*
3. cha. 2.
que de fon temps il y auoit des Sorciers, qui
faifoient profeffion de guerir du mal caduc,
qu'ils appelloient maladie facree, en difant
quelques prieres, & faifant quelques facrifices, & acqueroient la reputation d'eftre faincts
perfonnages.

Iodocus Darmundanus a efcrit auffi, qu'il *Iod. Dar. in*
Praxi crim.
y auoit vne Sorciere à Bruges en Flandres, qui *cap. 37.*
eftoit reputee faincte : Car elle gueriffoit vne
infinité de maladies abandonnees des Medecins ; mais premierement elle gaignoit ce
poinct, qu'il falloit fermement croire qu'elle
pouuoit guerir. Puis elle commandoit qu'on
ieufnaft, & qu'on dift certaines fois, *Pater no-*
fter, ou qu'on allaft en voiage à S. Iacques, ou
à S. Arnoul. En fin elle fut conuaincue de plufieurs forceleries, & punie comme elle me-

M ij

ritoit.

Partant ce que le Iesuite adiouste ; *Que ne pouuant la nature, ni l'art effectuer telles œuures, le Diable ne le peut non plus, ne pouuant rien au dessus de la nature & de l'art* : Cela nest point veritable, sauf l'honneur du Iesuite. Item à ce qu'il poursuit ; *Et aux choses ou l'art & la nature peuuent operer, il ne peut rien sans leur aide ; si bien qu'il n'est en sa puissance de guerir, voire d'vne maladie tant petite soit-elle, sans l'application de quelque ingrediant naturel, ou maniement secret des humeurs.* Les exemples precedens tesmoignent du contraire : Car la ceruelle d'vn chat, la teste d'vn corbeau, cracher sur les yeux aucugles, toucher du pié vn boiteux, dire quelques Oraisons, faire quelques sacrifices, aller à S. Iacques ou à S. Arnoul, ce ne sont point des ingredians naturels, de simples ou de drogues ordinaires, pour apporter remede aux maladies.

Lib. de spe-cialib. legib. En outre, Philon Hebrieu, parlant des Sorciers, dit que les maladies données par sortileges, ne se peuuent guerir par medecines naturelles. Ce que l'Inquisiteur *Spranger*, dit en cas pareil, auoir sçeu par les confessions de plusieurs Sorciers. Et *Barbe Doré* de Sanlis, qui fut bruslee par arrest de la Cour, l'an 1574. le confessa.

Que dira aussi le Iesuite à tant d'experiences, qui se monstrent d'aucuns, qui par quelques paroles seulement, ou par quelques characteres ou traits de plume, guerissent du mal

de dents ? Et d'autres, qui par les ceintures
d'aucuns qui ont le bras desnoué, ou la iambe
rompue, les guerissent sans les voir ni toucher;
ains seulement plians ou estendans leurs dites
ceintures, ou y faisans quelques autres cére-
monies? D'autres encore, qui pour lier les
hommes en leurs noüueaux mariages, noüent
seulement vne aiguillette, & la desnoüet pour
les deslier? Sont-ce là des applications d'ingredians naturels, ou des maniemens secrets des
humeurs du corps ?

4. Le Iesuite pour la fin de son chapitre, conclut que Dieu ne communique point au Diable l'operation des miracles : & dit ainsi; *Il
semble à voir par vostre escrit, que vous voulez dire, que Dieu communique au Diable l'operation des
miracles, comme il fait aux bons Anges, & aux
hommes. A quoi ie respons, que c'est faire grande
iniure à Dieu, de croire qu'il face part de tel honneur
& pouuoir, à ses capitaux ennemis, & qu'à leur requeste il donne des miracles, à la destruction de son
Eglise, & ruine des ames: Ce qu'il feroit, faisant ce
que vous voulez signifier.*

Resp. Ne desplaise au Iesuite : Quand Dieu
se sert du Diable, ce n'est pas pour l'honorer,
ni pour destruire son Eglise, ou ruiner les a-
mes. S'il s'en sert en quelques miracles, c'est
pour en emploier les effects, ou aux meschans
& reproüuez, ou bien aux fideles & esleus. Si
aux meschans & reprouuez; c'est pour les punir en son ire, soit qu'il leur enuoie ou des
maux, ou des biens. Car s'il leur enuoie des

maux, il eſt notoire qu'ils leurs ſont teſmoignages de ſa malediction. Si des biens , comme ſanté , & proſperité corporelle, par l'entremiſe du Diable, il ne faut point douter que
ce ne ſoit encore pour les punir, en les liurant
ainſi à Satan , pour ſe fier en lui , & lui demander ſecours, duquel ils l'obtiennent, Dieu le
voulant ainſi,pour eſtre de plus en plus confirmez en leurs idolatries & ſuperſtitions . Or
Dieu ſe ſeruant ainſi du Diable, c'eſt comme
d'vn bourreau ; parquoi ce n'eſt point pour
l'honorer.Car on ne dira pas qu'vn Iuge ſe ſerue d'vn bourreau pour l'honorer, ains pour
l'executiõ de ſa iuſtice. Ce n'eſt non plus pour
deſtruire ſon Egliſe , ains pour la purger & en
oſter l'iuroie : ni pour ruiner les ames de ſes
fideles, ains pour les edifier par tels & ſemblables exemples de ſes iugemens.

Si Dieu emploie les effects des miracles, ſe
ſeruant du Diable, aux fideles & eſleus, c'eſt
pour les eſprouuer,ſoit qu'il leur enuoie quelque affliction,ou quelque ſecours. Car en leur
enuoiant quelque affliction,c'eſt pour eſprouuer leur conſtance & fidelité , ſçauoir eſt s'ils
auront recours à lui, comme il leur a commã-
dé ; & pour eſprouuer auſſi leur patience, &
faire que leur exéple ſerue à leurs prochains.
S'il leur enuoie quelque ſecours, par le moien
du Diable ou de ſes ſorciers, comme ſanté a-
pres quelque maladie, & telles choſes ; c'eſt
pareillement pour les eſprouuer,ſçauoir-mon
s'ils rapporteront cet effect au Diable, auec

lequel ils ont mal fait d'auoir eu communica-
tion, l'appellans à leur aide. Et ainſi, en quelque façon que ce ſoit, que Dieu face ſon œuure, ce n'eſt point pour honorer le Diable: Car
c'eſt contre ſon intention & deſſain qu'il le fait
operer. Dieu tend touſiours au ſalut des ſiens:
& le Diable à leur damnation. Mais l'intention
de Dieu ſort ſon effeẛ, & non pas l'intention
du Diable. Parquoi le Diable en ſes exploits
eſt contraint & forcé de Dieu, & nullement
honoré? Ce n'eſt non plus pour deſtruire ſon
Egliſe, ni pour ruiner les ames de ſes fideles;
ains au contraire pour les edifier de plus en
plus; & les tenir en bon eſtat, comme i'ai dit,

En ſomme, il nous faut touſiours diſtinguer entre les vrais & les faux miracles: Car
quand Dieu a fait des miracles, par ſoi-meſme, ou par l'entremiſe de ſes Anges, ou de ſes
autres ſeruiteurs, Propheteś ou Apoſtres; ces
miracles-là ont eſté vrais, & des effeẛs certains confirmatifs de la vraie & ſalutaire do-
ẛrine. Mais quand il a permis & voulu, ou
qu'il permet & veut que le Diable & ſes ſuppoſts en aient fait, ou facent encore, combien
que quant à Dieu il ait tendu, ou tende à vne
bonne fin, telle que i'ai ditte; tant y-a que
pour le regard du Diable & de ſes ſuppoſts, les
miracles ſont faux & illuſoires, tendans à vne
mauuaiſe fin, qui eſt d'aneantir la vraie do-
ẛrine, & d'eſtablir & confirmer la fauſſe, au
preiudice de l'honneur de Dieu.

SVR LE CHAP. XXXIX.

*Vous dites qu'il n'est plus besoin de miracles,
estant la Foi ia publiee, pour laquelle publier
les miracles sont donnez, & n'estant les miracles
voie asseuree pour enseigner la verité; veu que le
Diable en a fait souuent parmi les Paiens, & que
l'Antechrist en fera pour mettre en regne ses erreurs
& mensonges.* Resp. Nous disons cela mesme:
& aduouons les deux raisons alleguees. Oions
ce que le Iesuite dit à l'encontre.

*Ces deux pilotis sont de bois pourri, & retirez
vous de bonne heure : car vostre fort s'en va boule-
uersé.*

Ces deux pilotis ne sont point de bois; tant
s'en faut qu'ils soient de bois pourri. Ce sont
les pilotis des miracles de la Papauté, qui sont
de telle matiere : Car ils consistent en ombres
& fumees.

2. *Vostre raison monstre, que vous estes à la lie de
vos argumens, & que vous ignorez la fin des miracles. Il n'est plus besoin de miracle, dites-vous, parce
que l'Euangile est publié. Pensez-vous donc que
les miracles soient seulement pour l'appareil & lustre
de l'Euangile presché, &c.*

Resp. Le sommaire du propos du Iesuite reuient à cela (comme il l'a mis en la marge)
Que tous les miracles ne sont point pour la Foi.
Pourquoi donc ? Pour monstrer que Dieu acce-
pte le seruice de ses fideles, pour tesmoigner sa prouidence paternelle enuers eux, pour monstrer sa iustice

contre les seditieux, sacrileges & blasphemateurs.

3. Et partant il adiouste en la section 3. *Que la fin generale des miracles est la gloire de Dieu: mais les particulieres fins sont plusieurs autres: Et quelles ? Les vnes, pour le gouuernement du monde ; les autres, pour la consolation des iustes ; les autres, pour la punition des meschans. Les vnes, pour declarer sa misericorde ; les autres, sa iustice ; les autres, son amour, & le soin particulier qu'il a des siens. Car* (dit-il) *comme l'eau n'est pas seulement pour arrouser les herbes, & les faire croistre ; mais pour boire, pour l'auer, pour faire du pain, pour cuire la viande, pour bastir, pour nettoier, & pour autres vsages : De mesme les miracles en leur façon, sont tousiours vtiles. Si ce n'est pour publier la foi, c'est pour quelque autre chose, tousiours pour la gloire de Dieu, en publiant quelque sienne perfection.*

Resp. Ce Iesuite est vn pauure homme: Il s'esgare comme vn aueugle sans baston. Mais ie m'en vai le redresser, en lui opposant vne sentence de Bellarmin son compagnon. C'et autre Iesuite apres auoir posé en ses grandes disputes ce fondement ; *Que là où il y-a vrai miracle, là il y-a vraie foi* ; adiouste, *Neque repugnat,*

Tom. 1. De notis Eccle. l.4.c.14.pa. 1081.

quòd vera miracula non semper fiunt ad confirmandam fidem, sed interdum ad illustrandam Sanctorum vitam. Nam cum miracula fiunt ad gloriam alicuius Sancti demonstrandam, illa miracula ostendunt eum hominem verè esse Sanctum. Cùm autem nemo sit verè sanctus, sine vera fide (quia iustus ex fide viuit, Heb. 10.) eadem miracula ostendunt & confirmant veram fidem. c'est à dire ; A cela

ne repugne point, que les vrais miracles ne ſe
font pas touſiours pour cõfirmer la Foi, mais
quelquefois pour illuſtrer la vie des Sainĉts.
Car quand les miracles ſe font pour mõſtrer
la gloire de quelque Sainĉt, ces miracles-là
monſtrent que cet hõme eſt vraiemẽt Sainĉt.
Or veu que nul n'eſt vraiement Sainĉt ſans la
vraie foi (car le iuſte vit de foi, Heb. 10.) ces
meſmes miracles monſtrent & confirment la
Foi. Par là donc il appert, que combien que
tous les vrais miracles ne ſemblent point tendre à la confirmation de la Foi; tant y-a qu'ils
y tendent à la verité, ſoit direĉtement, ou in-
direĉtement. Et le Ieſuite ne ſçauroit monſtrer qu'vn ſeul de ceux qu'il a nommez, ne ſe
rapporte à cette fin. Qu'il prenne celui qu'il
penſe auoir eſté fait ſur le ſacrifice d'Abel; celui de la Manne, pour nourrir le peuple au deſert; celui de l'ouuerture de la terre, pour en-
gloutir Coré & ſes compagnons; celui de la
mort ſoudaine d'Ananias & de Sapphira; Celui de l'aueuglement d'Elymas reſiſtant à S.
Paul; Et tous les autres qu'on pourroit mettre en conte: pas-vn ne ſe trouuera eſloigné
de cette fin. Car il ne faut point douter que
tous n'aient tendu, ou à planter la Foi en l'ame
d'aucuns qui ne croioient point encore, ou à
la confirmer à d'autres qui croioient deſia.

Quant à ce que le Ieſuite adiouſte; *Qu'il n'y*
a Sainĉt en leur Martyrologues, que Dieu n'ait ho-
noré en la vie & apres la mort, par miracles: Nous
reſpondons que le Pape en canonize pluſieurs

Exo. 16.14.
Geneſ. 4. 4
Nomb. 16. 1.
Aĉt. 5. 1.
Aĉt. 13. 8.

ici bas en terre, pour Sainɛts, deſquels les a-
mes ſont tourmentees en Enfer. De ce rang
peuuent les Ieſuites mettre leur frere *Clement*,
aſſaſineur & meurtrier du feu Roi, noſtre ſouuerain Sire: Lequel le Pape a canonizé pour
Sainɛt,& mis ſon parricide diabolique au rang
des miracles de ſon Antichriſtianiſme, voire
auec louange plaine d'horrible & deteſtable
blaſpheme, l'accomparant au miracle de la
Natiuité ſalutaire de noſtre Seigneur Ieſus
Chriſt.

Et ſur l'argument qu'il nous forge à ſa poſte,
en la page 189. nous reſpondons, que c'eſt le
propre des Ieſuites,de coudre & enfiler de tels
argumens.Mais ſelon les reigles de noſtre Logique,nous argumentons en cette façon;

Nulle doɛtrine diuinement inſpiree,& confirmee par ſuffiſans miracles, n'a beſoin de
nouueaux miracles pour en eſtre authoriſee.

La doɛtrine de l'Euangile eſt diuinement
inſpiree, & confirmee par ſuffiſans miracles.

Donc la doɛtrine de l'Euangile n'a point
beſoin de nouueaux miracles pour en eſtre authoriſee.

Cette concluſion eſt auſſi vallable, comme
ci apres cette propoſition; *Le pere de famille a
ſuffiſamment & pour touſiours arrouſé ſon iardin:*
on adiouſtoit; *Donc il n'a plus beſoin d'eau pour
l'en arrouſer.* S. Auguſtin, Iſidore, & Gabriel
Biel ont bien cogneu la fermeté de noſtre
ſyllogiſme, és ſentences que nous auons alleguees d'eux,ſur le chap. 28. au cõmencement.

SVR LE CHAP. XL.

1   LE Iesuite reuient pour deux pas au droit chemin; mais tout incontinant il retourne à son destour oblique. Il côfesse donc; *Que les miracles qui se font pour la propagation de la Foi, comme ils sont necessaires au commencemēt, aussi ils cessent pour ce regard, l'ors qu'elle est establie : au moien dequoi nous-nous en pouuons passer maintenant pour cette fin, si la diuine prouidence le veut ainsi, veu que Dieu merci la Foi est publiee & affermie de bonnes racines, aiant ietté ses rameaux, & produit ses fruicts par tout l'vniuers.* Resp. Voila vraiement vne maxime d'vne Foi Catholique & Orthodoxe, à laquelle nous auons tousiours souscrit, & y souscriuons encore.

Il adiouste; *Mais cela n'empesche pas, que Dieu n'en puisse faire pour autre fin, comme il est euident qu'il en fait, & comme nous l'auons prouué.* Resp. Nous laissons à part ce qu'il dit de sa preuue, laquelle a esté courte & manque. Nous accordons le reste : Car nous ne voulons point nier que Dieu ne puisse faire encore des miracles, par tout, en tout temps, & par tous les moiens desquels il lui plaira se seruir : & nommément entre les Paiens & infideles, pour les amener à la Foi de Iesus Christ son Fils.

Cette maxime (di-il) *nous aduertit de deux choses. La premiere est, que personne de vous ne doit maintenant demander miracles à l'Eglise Catholique* pour atteſtation de la Foi que nous tenons, preſchee par les Apoſtres, authoriſee par vne infinité de merueilles, & continuee de main en main iuſques à nous.

Reſp. Nous n'auons garde de demander des miracles à l'Egliſe Catholique: pour n'encourir la reproche que S. Paul a faite aux Iuifs, qui demandoient ſigne, & celle de Ieſus Chriſt aux Phariſiens, leur diſant; Que la nation meſchante & adultere demande Signe. Non plus en demandons-nous à l'Egliſe Romaine: Car ſa doctrine eſtant fauſſe, ſes miracles auſſi ne peuuent eſtre que faux.

1. Cor. 1. 22
Mat. 13. 39

2. La ſeconde eſt, que puis que ſelon voſtre doctrine, les miracles ſont neceſſaires pour planter vne nouuelle foi, nous vous en deuons demander, & que par neceſſité vous nous en deuez donner, pour nous perſuader voſtre foi, & nous verifier voſtre miſſion extraordinaire, & deſnuee de toute creance de l'Egliſe de Dieu. Car voſtre foi eſt toute nouuelle, toute ieune, & toute contraire à celle que nous auons des Apoſtres. Et comme elle eſt nouuelle, vous l'annoncez auſſi d'vne nouuelle façon, ſans mandemēt d'aucun ſuperieur ordinaire: diſans que vous eſtes enuoiez de Dieu immediatement, & par commiſſion extraordinaire; Qui ſont deux cas, auſquels ſont neceſſaires les miracles. Reſp. Premierement, nous ne diſons pas qu'aucune nouuelle foi doiue eſtre plantee en l'Egliſe: Car il n'y a qu'vne ſeule foi iuſtifiante, qui eſt celle des Prophetes & des Apoſtres, & fondee ſur leur doctrine. De maniere que comme celui qui ſe preſenteroit ou du Ciel, ou de la terre, pour

Gal. 1. 8.

annoncer vne doctrine nouuelle , & autre que
celle des Prophetes & des Apoſtres , deuroit
eſtre maudit : tout de meſme le deuroit eſtre
celui qui entreprendroit de planter vne nouuelle foi , & autre que celle deſdits Prophetes
& Apoſtres .

Secondement , voici l'argument du Ieſuite.
Pour confirmer vne doctrine nouuelle , & vne
vocation extraordinaire , les miracles ſont neceſſaires : La doctrine des Miniſtres eſt nouuelle , & leur vocation extraordinaire : Donc
pour les confirmer , les miracles ſont neceſſai-
res.Reſp. Sur la propoſition nous auons quelque choſe à dire. Elle a deux chefs : L'vn de la
doctrine nouuelle : l'autre , de la vocation extraordinaire. Pour la doctrine nouuelle , nous
accordons que les miracles ſont neceſſaires ,
afin de la confirmer , ſelon les exemples du
vieil & du Nouueau Teſtament.Mais non touſiours pour la vocation extraordinaire . Car
pluſieurs Prophetes ſuſcitez & appellez de
Dieu extraordinairement , n'ont point fait de
miracles : teſmoins Iſaie , Amos , Abdie , Na-
hum , Zacharie , & Iean Baptiſte meſmes:d'autant qu'ils n'ont point apporté vne doctrine
nouuelle.

Sur l'Aſſomption auſſi nous vſons de diſtinction. Quant à noſtre doctrine , nous nions
fort & ferme , qu'elle ſoit nouuelle , & contraire à celle des Apoſtres : Ains diſons , que c'eſt
celle-là meſmes. Et quant il en faudra venir
aux preuues auec le Ieſuite , nous eſperons de

le faire paroiftre, plus clairemènt que n'eft
clair le Soleil en plain midi. Mais voila, il appelle noftre doctrine nouuelle; d'autant qu'elle n'eft pas de fon vfage : Car il lui femble, &
à tous fes femblables, qu'on n'ait autre touche de la verité & de la raifon, que l'exemple
& l'idee des opinions & vfances de l'Eglife
Romaine.

Quant à la vocation qu'il appelle extraordinaire : nous y vfons pareillement de diftinction. Vne vocation eft dite ordinaire en deux
fortes, proprement & improprement. Et de
mefme vne vocation extraordinaire.

Vocation ordinaire proprement dite, c'eft
quand elle eft faite fuiuant l'ordre prefcrit par
les loix de la Parole de Dieu, prattique des A-
poftres & de la primitiue Eglife. Improprement dite, quand elle eft faite par quelque
couftume contre les loix fufdites. Cela pofé,
nous difons que noftre vocation eft ordinaire,
& celle des Preftres de l'Eglife Romaine auffi:
mais que la noftre eft vraie, faite felon l'ordre
fufdit; & la leur fauffe, faite felon la couftume,
contre ledit ordre.

La vocation extraordinaire proprement dite, eft quand elle fe fait fans l'ordre fufdit de la
parole de Dieu : Improprement, quand elle
eft faite fans la couftume & l'ordre de l'Eglife
Romaine. Suiuant cela, nous difons, que la
vocation des premiers Reformateurs de l'E-
glife de noftre Siecle, Luther, Zuingle, Oecolampade, & de ceux qui ont efté deuant eux,

Iean Hus, & Hierofme de Prague, a efté extraordinaire proprement ; c'eft à dire, faite
fans l'ordre des loix portees par la parole de
Dieu. Car alors tel ordre n'eftoit plus en vfage en l'Eglife Romaine ; la vocation des Pafteurs y eftant toute corrompue & abaftardie,
comme prefque toute la doctrine. Mais non
point extraordinaire improprement ; c'eft à
dire, fans la couftume & l'ordre de l'Eglife
Romaine : Car elle a efté felon ledit ordre, &
partant pour ce regard, ordinaire improprement. Nous parlerons de ce fubiect plus amplement ci-apres. Reuenons à la doctrine.
3. & 4. Le Iefuite apres auoir emploié beaucoup de paroles en vain, en la fection 3. & 4.
touchant les miracles de Iefus Chrift & des
Apoftres, confequemment fur la fin de ladite
fection 4. il argumente ainfi; *Si les Predicateurs
ordinaires ne peuuent s'ingerer à prefcher vne chofe
ordinaire, fans commiffion ordinaire, qui eft l'authorité du Superieur qui les enuoie : à combien plus
forte raifon, ceux qui viennent extraordinairement,
& difent qu'ils font ennoiez de Dieu immediatemēt
pour publier des chofes non ouies, doiuent eftre four-
nis de lettres de leur extraordinaire commiffion, qui
facent foi de la volonté de leur maiftre?* Refp. Nous
lui accordons fon argument, qui eft du plus
petit au plus grand ; mais nous nions qu'il face contre nous en rien : Car noftre vocation
eft ordinaire, comme nous auons dit, & non
point extraordinaire : Et ne publions aucune
doctrine nouuelle, ains l'ancienne des Prophetes

phetes & des Apoſtres. Et quant aux ſuſdits
Luther, Zuingle, & autres, ils ont auſſi eſté appellez ordinairement ſelon l'ordre & la couſtume de l'Egliſe Romaine ; & n'ont annoncé
aucune nouuelle doctrine, ou non ouie, non
plus que nous.

Le Ieſuite neantmoins pretend ici prouuer
que noſtre vocation n'eſt point ordinaire. *Car
dit-il, iuſques ici vous n'auez ſceu monſtrer aucun
ſuperieur ordinaire, qui vous ait enuoiez, comme
nos Preſtres, Eueſques & Paſteurs monſtrent leur
ſuperieur, le ſucceſſeur de S. Pierre.* Reſp. Son argument eſt tel ; Toute vocation ordinaire &
legitime en l'Egliſe, ſe forme de l'Enuoi de
l'ordinaire ſucceſſeur de S. Pierre, qui eſt le
Pape.

Or voſtre Vocation n'eſt point telle:

Donc elle n'eſt pas ordinaire, ni legitime.

Nous nions la Propoſition : Et diſons, que
noſtre vocation ne laiſſe pas d'eſtre ordinaire
& legitime, encore que nous ne la tenions
point d'aucun ſuperieur d'entre nous. Nous
ſommes tous eſgaux en nos charges, & nul de
nous n'eſt ſuperieur de ſes compagnons: Nous
recognoiſſons bien les dons de Dieu, plus a-
bondans en d'aucuns plus qu'en d'autres ; &
les en honorons ; ou pluſtoſt Dieu en iceux: Et
en nos aſſemblees Eccleſiaſtiques nous en e-
ſliſons bien aucuns pour y preſider, & conduï-
re les actions. Mais d'auoir autrement vn ſuperieur, ou des ſuperieurs pour commander
ſur noſtre police, & encore ſur nos conſcien-

N

ces:nous laiſſons cette Hierarchie tyrannique
aux Pontifes, Patriarches, Cardinaux, Archeueſques, Eueſques, Prieurs, Abbez, Curez,
Chanoines, Moines, & autres Preſtres de l'E-
gliſe Romaine: Et diſons, que Ieſus Chriſt
n'a point eſtabli aucune ſuperiorité entre ſes
Apoſtres, ni eſleué aucun d'eux ſur toute l'E-
gliſe. Il leur a dit, que le plus grand ſeroit côme le plus petit. Luc 22. 24. Sainĉt Pierre a recognu tous les autres égaux à ſoi. 1. Pier. 5. 1.
& 3. Il a meſmes eſté enuoié de ſes compagnons. Aĉt. 8. 14. Et a ſouffert d'eſtre repris
de S. Paul. Gal. 2. 11. Que ſi on veut enfon-
cer ceci plus auant, i'en ai diſcouru en mon
Traitté de l'Egliſe, chap. 7.

*Reſte donc (ce dit le Ieſuite) que vous ſoiez
enuoiez de Dieu, par voie extraordinaire : Et partant monſtrez-nous les lettres de voſtre commiſſion,
faites des miracles, faites que Dieu parle, & qu'il
teſmoigne que c'eſt lui qui vous a enuoiez.* Reſp.
Son argument eſt tel ;

Toute vocation extraordinaire & legitime
en l'Egliſe, ſe forme par miracles :

La voſtre n'eſt point telle :

Donc elle n'eſt point extraordinaire, ni legitime.

Nous nions la Propoſition : Et diſons que
nous auons deſia prouué, qu'à tous ceux qui
ont eſté enuoiez de Dieu extraordinairement,
neceſſité n'a point eſté impoſee de faire des
miracles. Mais nous auons dit encore, que
Luther, & les autres ont eu leur vocation or-

dinaire du Pape, & partant legitime, s'il y en
auoit alors de legitime en l'Eglise Papale. Et
adioustons, que cela estant, s'il faut disputer
d'eux, ce doit estre de leur doctrine, & non
point de leur commission & enuoi.

5. C'est là où nous veut attraper & prendre
le Iesuite ; c'est asçauoir sur la vocation que
nous disons que Luther a euë du Pape. Beze
(dit-il) *respond, que pour le moins, ceux qui sont*
sortis de nostre Eglise se refugians à la vostre, com-
me sont Luther, Bucer, Oecolampade, Zuingle,
Hus, Haller & autres supposts, et nos de mal-en-
contre qu'il met, ont eu lettres ordinaires de nos E-
uesques & Pasteurs, desquels ils ont pris l'ordre de
Prestrise, & authorité de Prescher. Resp. C'est
ce que nous venons de dire : horsmis ces noms
de mal-encontre, que le Iesuite donne aux
Docteurs de ce temps-là, lesquels Dieu a choi-
sis pour reformer son Eglise. Ils ont esté autrement baptisez : Et seroit à desirer que le Iesuite eust esté plus auant de la compagnie de
Iesus, c'est à dire plus modeste en ses saillies.
Toutefois qu'est-ce qu'il reprend au dire de
Beze ? *Cette responce (dit-il) monstre que ce bon*
docteur a grand' faute de pieces, pour fournir son
sac, & se demesler de la difficulté. Resp. Mais
bien qu'il n'en a que trop, pour vous confondre ; puis qu'il se sert de vostre propre baston,
pour vous batre.

Premierement, il confesse que sans commission il
ne faut s'ingerer à prescher. Resp. Beze ne confesse rien ici de nouueau, qu'il ne l'ait confes-

se cent fois auparauant en ses liures. Et à sa confession se rapportent ces passages, *Ier.* 14. 14. & 22. 21. *Mat.* 9. 38. & 28. 19. *Iean* 10. 1. *Rom.* 10. 15. *Eph.* 4. 12. & autres semblables, que nous laissons au Iesuite à mediter.

Secondement, que nos Prelats sont les ordinaires, de qui on la doit prendre; qui sont deux grans poincts aduoüez pour nous, & contre vous. Resp. Ne vous desplaise : ni Beze, ni nous, n'auons garde de vous passer cet article. Pour dire que Luther a eu sa vocation du Pape, il ne s'ensuit pas que nous inferions, qu'vne telle vocation soit legitime, & qu'elle doiue estre suiuie. C'est vn erreur de ce qui est dit selon quelque consideration, à ce qui est dit simplement. Les Sophistes disent, qu'il n'y a point de vocation legitime en l'Eglise, sinon de par le Pape : De sorte que quiconque pretend d'auoir droit de prescher & d'enseigner, doit auoir sa vocation par cette voie-là. Or nous disons, que s'il ne faut autre chose, la vocation de Luther a esté legitime : Car il l'a euë du Pape, comme tous les autres de son temps. Beze donc & nous, disons que nous parlons ainsi, pour nous accommoder à nos aduersaires, & pour les forcer en leurs barrieres, & les vaincre par leurs propres armes.

Troisiemement (dit-il) *Beze tire vne fusee qui monstre qu'il est vn Logicien sans loi, & vn Ministre sans foi.* Resp. Voions cette fusee, & le fil d'icelle : *Car si ceux qu'il nomme, doiuent estre estimez legitimes & ordinaires Docteurs, pour*

auoir receu l'impofition des mains de nos Euefques;
il faudra conclurre, que cent & cent apoftats, gens
fcelerats & infignes heretiques des vieux fiecles, qui
auoient receu l'impofition des mains des Euefques
Catholiques, doiuent eftre mis au rang des legitimes, & vrais Docteurs. Ne voila pas vne confequence digne de fon antecedent, & vne queue proportionnee au corps de fon veau?

Resp. Le Iefuite veut faire ici le plaifant: mais
fon efprit s'efgare. Il a dit ceci contre lui, &
nullement contre nous; & eft tres-mauuais
Aduocat de fa caufe. Car premierement nous
n'admettons pas pour legitimes & ordinaires
Docteurs en l'Eglife de Dieu, ceux qui n'ont
eu autre vocation, que celle de l'Eglife Romaine, par l'impofition des mains des Euefques d'icelle. Ce que nous auons dit de Luther
& des autres, ç'a efté felon la fuppofition du
Iefuite, pour le rembarrer à la façon que nous
auons dite. Secondement, il fait la guerre à foi
mefme, & fe donne vne rude attaque: Car il
dit ouuertement, que nul pour auoir receu
l'impofition des mains des Euefques de la Papauté, ne doit eftre eftimé legitime & ordinaire Docteur: autrement, il s'enfuiuroit que
cent & cent apoftats, gens fcelerats & infignes
heretiques des vieux fiecles, qui ont receu vne
telle impofition des mains, deuroient eftre
mis au rang des legitimes & vrais Docteurs.
Cela eft vrai: Car Neftorius a efté Euefque,
voire Patriarche de Conftantinople; & Samo-
fatenus, Euefque & Patriarche d'Antioche;

N iij

aians l'vn & l'autre, leur vocation des premiers
Euefques, continuee iufques à eux. Qu'eſt-ce
donc que le Ieſuite veut inferer là deſſus.
6. C'eſt (dit-il) que la commiſſion ordinaire ſe
donne en l'Egliſe Catholique, pour preſcher la doctrine ordinaire d'icelle Egliſe, ſelon l'intention de
celui qui la dōne; & qu'autrement, la commiſſion eſt
nulle. Reſp. C'eſt-ce que nous tenons, & diſons
formellement, entendans par celui qui donne
la commiſſion, Dieu : & par la doctrine ordinaire de l'Egliſe, la parole de Dieu. C'eſt auſſi
ce que les anciés Docteurs nous ont laiſſé par
eſcrit. Tertullien a dit, que la vocation des ſucceſſeurs des Apoſtres ſe doit mōſtrer, in conſan-
guinitate doctrinæ ; c'eſt à dire, en la conformité
de la doctrine. S. Auguſt. diſputant contre les
Manicheens; De voſtre coſté (dit-il) qu'eſt-ce que
vous alleguez ? s'il y reſiſtit vne promeſſe de verité,
laquelle certes ſi elle ſe monſtre ſi euidēment, qu'on
n'en puiſſe plus douter, i'accorae qu'elle doit eſtre
preferee à l'antiquité, ſucceſſion, & toutes autres
choſes. Mais voulons-nous ſçauoir en vn mot,
par le teſmoignage de S. Paul, que vaut vne
vocation ou ſucceſſion la plus ordinaire & ancienne qu'on puiſſe peſer, ſi la pureté de la doctrine defaut? Si nous meſmes (dit-il) ou vn Ange
du Ciel vous EuangeliƷe autrement que nous vous
auons euangeliƷé, qu'il ſoit maudit. Voila donc
comment le Ieſuite ſe coupe la gorge de ſon
propre couſteau.

7.   Au ſurplus (dit-il) vous ne pouues nier que voſtre
doctrine ne ſoit toute nouuelle, engeance de quatre

Tert. de pre-
cr. hæret.

Aug. epiſt.
fond. cap. 4.

Gal. 1. 8.

vingts ans, engeance de Luther, voſtre premier &
plus vieux laboureur. Reſp. La doctrine des
Prophetes & des Apoſtres n'eſt point vne doctrine nouuelle, engeance de quatre vingts
ans, & de Luther : Noſtre doctrine eſt la doctrine des Prophetes & des Apoſtres : Donc
elle n'eſt point vne doctrine nouuelle, engeance de quatre vingts ans, & de Luther.

*S'il a dit quelque choſe ancienne contre noſtre
Foi, contre nos Sacremens, contre le Purgatoire,
contre les bonnes œuures, contre les autres articles
de noſtre Religion, il l'a extraite des terriers d'Arrius, de Iouinian, de Marcion, de Manichée, de
Vigilance, & autres reſueurs des ſiecles anciens, &
a planté vne foreſt nouuelle des eſſars des vieilles erreurs.* Reſp. Luther n'a planté aucune foreſt
d'erreurs. Et ſi Arrius, Iouinian, Marcion,
Manichee, Vigilance, & autres, n'auoient eu
autres opinions, que celles de Luther, contre
la foi de l'Egliſe Romaine, & leurs Sacremens,
& le Purgatoire, & le merite des œuures, &
autres articles de la religion Papale, ils n'auroient point eſté heretiques.

*Au moien dequoi (adiouſte le Ieſuite) ſi vous
eſtes enuoiez de Dieu, comme vous dites, pour enſeigner telle doctrine, monſtrez-nous vos lettres de
creance extraordinaire, qui ſont les miracles, autrement nous auons droit, & l'Eſcriture nous le commande, de vous eſtimer faux Prophetes, larron-
neaux, voleurs, & loups ennemis, entrans au ber-
cail & en la bergerie de noſtre Seigneur, par dol,
par fraude, & par force.* Reſp. Tout beau, Pe-

re Loïs. Ces paroles aigres vous escorchent
le gosier : Donnez-nous en de plus douces; ou
sinon, tournez la fueille, & parlez ainsi de
vous, & de tous vos Docteurs & Prelats de la
Papauté, & vous direz vrai. Examinez les ele-
ctions de vos Papes, de vos Euesques, & autres officiers d'entre vous. Que pourrez-vous
dire d'eux, sinon ce que vous dites ici de nous?
C'est chose cognue que Syluestre 2. paruint
à estre Pape par le moië du diable. Syluestre 3.
par brigues : Boniface 8. & Iean 20. par force
& violence, & plusieurs autres aussi. Eugene
fut declaré schismatique au Concile de Basle:
& neantmoins il demeura au Papat : & de lui
sont venus par succession, les autres Papes jus-
ques à ce iourd'huÿ. Or est-il dit par les Canons, que les schismatiques n'ont aucun droit
en l'Eglise, & que ceux qui sont ordonnez par
eux, n'ont aucune vocation. Honorius tenoit
l'herefie d'Eutychés: Lyberius & Anastase ont
esté condamnez pour heretiques : Trois Papes en vn mesme temps ont regné par brigues
à Rome, enuiron l'an 1039. C'est asçauoir,
Benoist 9. Syluestre 3. & Gregoire 6. L'vn tenoit son siege au chasteau de Latran : L'autre
à S. Pierre : Et le troisieme à Saincte Marie.
Voiez R. Barns, & Nauclere, & l'estat de l'E-
glise sous l'an 1039. Ie ne veux point ici m'e-
stendre d'auantage, ni pareillement m'arrester à monstrer combien il y a eu d'Euesques,
d'Abbez, de Prieurs, de Curez, & d'autres
officiers des Papes, paruenus à leurs estats, les

*Can. Didici-
m. 24. q. 1.*

uns par force, les autres par argent, les autres
par brigues & menees, & les autres par la faueur & bon plaisir des Princes. Passons outre.

Ce que le Iesuite adiouste en cette section,
n'est qu'vne vaine repetition de ce qu'il a dit
tant de fois; c'est asçauoir que les Ministres,
qui apportent à l'Eglise vne nouuelle doctrine, la doiuent confirmer par miracles.

8. Mais il respond pour nous en la section 8.
Et s'efforce de refuter nostre response. *Vous*
respondez (dit-il) *Nous vous apportons les instru-*
mens de la Parole du Seigneur; nous vous preschons
la pure verité de l'Euangile. Resp. Voila bien
le sommaire de nostre responce. Voions sa
refutation, laquelle il fortifie de quatre raisons.

En sa 1. raison il nie, *que nostre doctrine soit*
fondee sur les Escritures. Resp. S'il en estoit le
iuge, nostre cause seroit bien tost perdue:
mais il est partie, & mesmes nous sommes lui
& nous, plus qu'appointez contraires. Car
non seulement, quant à nostre doctrine, nous
affirmons ce qu'il nie: mais encore quant à la
leur, s'il affirme qu'elle soit fondee sur les Escritures, nous le nions.

Apres il dit, *qu'encore que nostre doctrine fust*
fondee sur les Escritures, ce qu'elle n'est (dit-il) *ains*
sur les grotesques de nos Eglises, cela pourtant ne
suffiroit pas pour nous authoriser. Et prouue encore son dire par vne comparaison prise des A-
postres. *Les Apostres* (dit-il) *pouuoient à trop*

meilleur droict que vous, vser de cette allegation: Car ils preschoient vraiement la Parole de Dieu, preschans le Nouueau Testament, & le confirmans par les clauses du Vieil; par les figures, par les Pseaumes, & par les Prophetes : où vous ne preschez que vos fantasies, couuertes de l'escorce de la Parole de Dieu: Et toutefois Dieu estima les miracles estre necessaires, pour confirmer ce qu'ils disoient. Aurez-vous donc moins besoin de miracles? Serez-vous plus dignes de foi que les Apostres? vostre parole aura-elle plus de credit que la leur?

Resp. Voila tout plain de beau langage. Mais ce n'est que vent. Les Apostres ont eu des raisons, que nous n'auons pas, pour confirmer leur doctrine par miracle. 1. Ils preschoient Iesus Christ, tant pour sa personne, que pour ses offices : pour sa personne, comme estant vrai Dieu, & vrai homme : pour ses offices, comme estant nostre Roi, Sacrificateur, & Prophete, donné tel de Dieu à son Eglise : Et par consequant, comme estant le vrai Messie promis en la Loi. Lesquelles choses les Iuifs ne pouuoient croire. 2. Ils introduisoient les Gentils en la societé des Iuifs, & faisoient de l'vn & de l'autre peuple vne seule Eglise, la paroi qui en faisoit la diuision, estât rompue par Iesus Christ. A quoi & les Iuifs & les Gentils faisoient grande difficulté de consentir. 3. Ils monstroient la difference d'entre la Loi & l'Euangile, au principal chef de nostre salut, qui est la iustification. Car la Loi l'establissoit aux œuures: Et l'Euangile en la foi qui est en Iesus Christ. A raison dequoi S. Paul appeloit Iesus Christ, *la fin de la Loi en iustice à tout croiant.* Les Iuifs ne pouuoient aussi croire cet article. 4 Ils declaroient que les ceremonies de la Loi auoient pris fin, Iesus Christ en estant le corps & la verité. Et partant ils inferoient que le ministere de Moyse n'estoit plus necessaire. Laquelle doctrine ne sembloit pas moins nouuelle aux Iuifs, que les precedentes.

Rom. 10.4.

Ces choses donc considerees, il a esté necessaire (puis que Dieu la trouué bon ainsi) que les Apostres fissent des miracles, afin de confirmer leurs predications, & induire les Iuifs & les Gentils à croire en Iesus Christ.

Mais quant à nous, puis que nous ne preschons aucune nouuelle doctrine, ains celles-là mesmes que les Apostres ont preschee, c'est asçauoir vn seul Iesus Christ, & icelui mort pour nos pechez, & ressuscité pour nostre iustification, les miracles ne peuuent, ni ne doiuent estre requis de nous.

Et au contraire, comme ainsi soit que les Docteurs de l'Eglise Romaine ne preschent nullement ce que les Apostres ont presché, ains des doctrines toures nouuelles, comme l'adoration des Images, le Purgatoire, les Bulles & Indulgences du Pape, la priere pour les trespassez, l'inuocation des Saincts, le franc arbitre, les Pelerinages, la iustification par les œuures, & le corps de tout cela, qui est la belle Messe: nous aurions tout droit de requerir d'eux des miracles, & ils ne pourroient s'excuser de n'en donner point, s'il estoit en leur puissance d'en faire. Toutesfois (comme nous auons dit ci-dessus) il vaut mieux qu'ils n'en facent point. Car puis que les accessoires suiuent volontiers la nature de leur principal, & que ce principal, qui est la doctrine, est fausse, les accessoires, qui sont les miracles, ne pourroient qu'ils ne fussent faux.

9. Le Iesuite dit, pour sa deuxieme raison, *que l'Escriture ne suffit pas pour authoriser vne mission extraordinaire. Et pourquoi ? Car tous les heretiques se couurent, & se targent de la mesme Escriture: & l'alleguent comme le Diable l'allegua, lors qu'il tentoit le Sauueur.* Resp. Nous ne disons pas simplemét que la saincte Escriture suffise pour authoriser vne vocation extraordinaire : mais y adioustons, la saincte Escriture purement preschee & administree, auec ses Seaux, qui sont les saincts Sacremés. Le Diable s'est bien serui de la parole de Dieu escrite, mutilee & tronquee, tentant Iesus Christ. Mais cette parole & Escriture n'a pas esté rendue moins propre à renuerser ses desseins, & descouurir la fausseté de ses conclusions, estant bien appliquee par Iesus Christ. Les heretiques aussi se sont bien seruis iadis de l'Escriture, pour confirmer leurs heresies. Car estant en quelque façon commune, elle peut estre produite & alleguee par des vrais, & des faux Docteurs; ainsi que les Loix, par les bons & mauuais Aduocats; & les Aphorismes, & autres liures de

Medecine, par les Medecins rationels ; & par
les empiriques. Mais il ne faut pas s'arrester à
ce qui est allegué, ains poiser & examiner cô-
ment, & à quelle fin & propos il est allegué.
en ce faisant on cognoistra la difference qui
est entre les vrais seruiteurs de Dieu, & les heretiques.

Sa troisieme est ; *Que si la nouuelle doctrine
des autres a eu besoin de miracles, pour authoriser
sa nouueauté ; la vostre en-a plus de besoin qu'aucune. Car elle surpasse toutes les autres en nouueauté.
Elle est toute paradoxe, toute prodigieuse, toute contraire à l'antiquité ; toute vieille, & toute nouuelle
ensemble ; vieille, des vieilles heresies ; nouuelle, des
nouuelles qu'elle petasse sur les vieilles*. Resp. Si
cela estoit vrai, il nous faudroit passer con-
daimnation. Mais voions comment il prouue
nostre doctrine estre telle.

1. *Elle oste les Sacremens.* Resp. Oui bien les
faux Sacremens de la Papauté : mais non pas
les vrais Sacremens instituez par Iesus Christ,
qui sont le Baptesme & la saincte Cene.

2. *Elle enseuelit les ceremonies.* Resp. Oui, les
anciennes de la Loi, & les superstitieuses de
l'Eglise Romaine.

3. *Elle reiette les miracles.* Resp. Oui, les faux,
& illusoires, desquels les Iesuites pretendent
d'esblouir les yeux des simples, & de les seduire.

4. *Elle rauit à Dieu sa puissance, bonté, sagesse.*
Resp. Il m'excusera. Nous attribuons à Dieu
ces vertus, qui lui sont essentielles, plus sans

comparaiſon, que ne font les Ieſuites.

5. *Elle eſt toute compoſee de priuations, & de ne-gations.* Reſp. Nous ne nions & ne confeſ-ſons, en matiere de la foi, & de noſtre ſalut, ſinon ce que la parole de Dieu nous apprend de nier, & de confeſſer. Car iamais il ne faut confeſſer le faux, ni nier le vrai.

6. *Elle eſt compoſee de tenebres, de riens & de Zeros.* Reſp. La lumiere de la parole de Dieu, & tout le nombre entier commandé en icelle, pour ſon ſeruice, eſt de noſtre coſté. Les tene-bres plus que Cimmeriennes, & les riens, & Zeros du ſeruice de Dieu : c'eſt à dire, les tra-ditions & inuentions humaines, defendues & reiettees de lui par paroles expreſſes, ſont du coſté de l'Egliſe Romaine.

7. *Elle ne fait que naiſtre, & ne peut ſe porter ſur ſes pieds, pour ſortir hors des coins de l'Europe.* Reſ. Nous auons monſtré ſur le chap. 31. ſect. 4. combien loin, & au long, & au large, s'eſtend noſtre doctrine, contre la pretention du Ie-ſuite. Et pluſieurs fois, combien elle eſt an-cienne, contre ce qu'il dit, qu'elle ne fait que naiſtre. Quant à ce qu'il la fait ſi foible, qu'elle ne peut ſe porter ſur ſes pieds : à mon aduis il ne parle pas du fonds de ſon eſtomac. Car il la trouue plus forte, & plus robuſte qu'il ne voudroit.

10. Pour ſa 4. raiſon il dit, *que preſcher vne loi nouuelle, & dire qu'il n'eſt beſoin de miracles pour la confirmer, c'eſt ſuiure le ſtile de Mahumet.* Reſp. Il n'y-a qu'vn mot ; Si noſtre doctrine

n'eſt point nouuelle, ains l'ancienne des Prophetes & des Apoſtres: nous n'auons rien de
ſemblable à Mahumet, & la raiſon du Ieſuite
s'eſuanouit. Et à tant, tout homme de bon iugement voit ici comment le Ieſuite Richeome, eſt pauure homme, & ſe trouue court &
impuiſſant à maintenir ſes miracles.

SVR LE CHAP. XLI.

NOus auons veu en pluſieurs chapitres
que le Ieſuite eſt riche & abondant en
paroles, mais poure & diſeteux en raiſon, &
en ſens. Car il redit ſouuent vne meſme choſe,
n'y changeant rien, ſinon le fard du langage.
De ſorte que ſes Eleuations claſſiques, & ſes
pointes petrarchiques, ſont tout l'ornement
de ſes diſcours. Parquoy c'eſt en vain qu'il attend l'effect de ce qu'il ſe promet, par la licence de ſon opinion.

Il veut donc en ce Chapitre *renuerſer ce que*
nous diſons, que les miracles ne ſont pas voye aſſeu-
rée pour cognoiſtre la verité. Et dit que nous en
alleguons ceſte raiſon: *parce que le diable ſe*
transformant en Ange de lumiere, peut operer des
choſes merueilleuſes, comme il a fait, non ſeulement
parmi les Chreſtiens, mais encor parmi les payens,
pour tromper le monde. Reſp. Nous recognoiſſons ceſte raiſon pour l'vne des noſtres. Sa-
chons ce que le Ieſuite y reſpond.

Nous reſpondons (dit-il) *que ſi ceſt argument*
eſt bon maintenant, pour bannir les miracles de l'E-

glise, il estoit bon il y-a quinze cens ans. Car le diable estoit aussi diable, & aussi malin & puissant
alors, qu'il est maintenant. Il ne faloit donc point
que Iesus Christ fist des miracles, ni donnast puissance d'en faire, pour confirmer sa parole, de peur
que le diable n'eust lieu d'y entremettre ses illusions,
& abuser les humains. Et toutesfois il choisit ceste
voye pour establir sa Loy. Il l'a donc estimée vn
vray moyen pour conuaincre l'infidelité, & fendre
la presse des tenebres.

Replique. Nostre argument est tel. Si tous
les miracles estoyent vne voye asseurée, pour
cognoistre la verité de la doctrine, les miracles du diable, & de ses faux prophetes seroyēt
de cest vsage. Mais le consequent est faux.
Faux donc est l'Antecedent. Que le Consequent soit vray, il appert par les passages de
l'Escriture, que nous auons alleguez en leur
lieu, sur cette matiere: c'est asçauoir, Deut. 13.
1. Mat. 24. 25. 2. Thes. 2. 9.

La Consequence que le Iesuite fait dependre de cest argument, n'est pas necessaire. Car
il y-a difference entre les miracles de Iesus
Christ, & de ses Apostres; & les miracles du
diable, & de ses faux-prophetes. Ceux-là ont
tendu à confirmer la vraye doctrine, & par
consequant ont esté vrais, & necessaires en
leur temps. Ceux-ci tendent à confirmer la
fausse doctrine, & par consequant faux en tout
temps, & iamais necessaires ni admissibles.

Il taiche puis apres de prouuer, que les miracles sont asseurez tesmoignages de la verité. Et ce

té. Et ce par deux raisons.

La 1. est, d'autant que les miracles sont œuvres de Dieu, & non point du diable. Car le diable n'en sauroit faire. Resp. Nous auons prouué bien au long sur le chap. 38. que le diable peut & sçait faire des miracles, voire surnaturels, ou surpassans la nature, à mesure que Dieu luy en donne la puissance. Et quant à ce que le Iesuite dit, que les miracles sont œuures de Dieu: c'est à dire œuures faites propremét de Dieu, ou en son nom; pour rendre tesmoignage à la vraye doctrine, comme ont esté les miracles des vrais prophetes, de Iesus Christ, & des Apostres : nous confessons que ce sont des vrais miracles, desquels le diable ne se mesle point, & ne s'y emploie point : que ce sont vrais tesmoignages de Dieu, lettres patentes escrites du doigt de Dieu, euidente lumiere de la verité; miracles nullement douteux ni obscurs. Mais que ces miracles-là ont eu leur cours, & ne l'ont plus, comme nous auons prouué beaucoup de fois,

La 2. raison du Iesuitte pour prouuer que les miracles sont asseurez tesmoignages de la verité, est, *D'autant que S. Augustin a dit, qu'il estoit retenu en l'Eglise par les liens des miracles.* Et Richard de S. victor ose saintement protester: *Seigneur, si ce que nous croyons est erreur, nous sommes deceus par vous. Car les choses que nous croyons, ont esté confirmées par des signes & prodiges, qui ne peuuent estre faits que par vous.*

Resp. Quant à S. Augustin, le Iesuitte en

O

Au. de vtil cred. cc. 17 & L. cont Epi fund. c 4. Rich. lib 1. de Trni c. 2.

cotte vn paſſage que nous reuoquons en dou-te. Autrement il faudroit dire, qu'il ſe ſeroit merüeilleuſement oublié. Car il dit en ce meſ-me liure-là *De l'vtilité de croire, chap. 16. Qu'il ne faut point croire aux miracles des Donatiſtes: Et les appelle en ſe mocquant, mirabiliaires. Et non ſeulement* (dit-il) *il ne faut point croire aux mira-cles des Donatiſtes: mais auſſi aux miracles des Catholiques.* Et en adiouſte la raiſon: *Car* (dit-il) *l'Egliſe ne ſe monſtre point par les miracles, ains par les Eſcritures.* Bellarmin en ſes grandes diſpu-tes allegue tout ceci pour nous, & s'efforce de le refuter : mais il y demeure court.

Tom. 1. lib. 9. cap. 14. De notis Eccle. pag. 1186. & 118.7.

Touchant Richart de S. Victor, c'a eſté l'vn des derniers Docteurs de la papauté, au moins iouiſſant de ces beaux jours enuiron l'an 1175. auquel temps tout eſtoit preſque corrompu en l'Egliſe romaine. Et encore qui examinera bien la ſentence ſuſdite, que le Ieſuite luy at-tribue, trouuera qu'elle parle des miracles des Apoſtres, & non point de ceux que ledit Ie-ſuite met en prix.

7. En la 3. ſection, il ne dit autre choſe, ſinon *Que Dieu empeſche ou deſcouure la fauſeté des mi-racles de ſathan.* Dont il veut conclure, que les miracles faits par les ſaincts des ſiecles precedens, & du noſtre, ont eſté & ſont vrais miracles, puis que Dieu ne les a point empeſ-chez, ni deſcouuerts de fauſſeté. *Y a-il rien* (dit-il) *plus facile au diable que de ſortir d'vn corps qu'il poſſede? Et toutesfois Dieu ne luy permettoit point, par les exorciſmes des payens, comme nous*

auons veu ci deſſus que S. Anthoine & S. Iuſtin martyr leur reprochoyent. Et ne faut point douter que le diable n'euſt fait d'auſſi bon cœur, que de grãde facilité cet office, afin de donner credit aux erreurs des Gentils ſes deuots : mais Dieu l'arreſtoit & le gardoit d'vſer de tromperie en preiudice de la verité de l'Egliſe.

Reſp. Et que reſpondra le Ieſuite à l'empeſchement que Dieu a donné à pluſieurs Docteurs de la papauté, leſquels penſoyent faire des miracles en la gueriſon d'aucuns demoniaques ? Bodin recite en ſa Dæmonomanie d'vne femme du Meſnil pres Dammartin, nommée Madame Roſſe, qui eſtoit poſſedée d'vn malin eſprit, & qui eſtoit preſque ordinairement liée & attachee de luy, depuis l'aage de huit ans, que le Docteur Picard & pluſieurs autres l'exorciſerent en la ville de Paris, où elle fut menée, l'an 1552, & ne peurent rien faire. Il allegue encore que l'an 1554. il y auoit quatre vints filles & femmes demoniaques à Rome, qui fureut exorcizées par vn moine de S. Benoiſt, que le Cardinal Gondy Eueſque de Paris y auoit mené : lequel n'y fit rien, encore qu'il s'y employaſt ſix mois. Dieu donc a empeſché les faux miracles de la papauté, que ceux-ci pretendoient faire, au prejudice de la verité de l'Egliſe, auſſi bien qu'il a empeſché les faux miracles des Gentils & Payens.

Il adjouſte en la 4. ſection, que les miracles des payens ne ſont ſinon des feintes ou operations de ſathan : comme de la veſtale qui puiſoit de

l'eau en un crible. D'vn deuineur, qui coupa auec
vn rasoir vn caillou. De Claudia romaine, qui tira
auec sa ceinture à bord vne nauire tresgrande, que
plusieurs bœufs, ni aucune force humaine ne pouuoient faire deplacer. Mais (ce dit-il) ces deux
miracles de la vestale, & de Claudia, estoient faits
en faueur de leur pudicité, & non pour auctoriser
la creance du paganisme, & destruire la foy.

Resp. Et nous disons que les miracles de
la papauté ne sont pas moins feintes & operations de sathan : & qui pis est, faits & forgez
pour authoriser les Idoles, & confirmer la
fausse doctrine. Côme sont les miracles feints
& supposez du Crucifix de Muret, du Suaire
de Cahors & de Chamberi, des Images de
nostre Dame de Laurete, du Puy, de Monserrat, de Roquemadou, & d'ailleurs : du corps
de S. Claude, & de S. Iaques : du bras de S.
Anthoine : & de dix mille telles reliques superstitieuses & fausses.

5.   En la 5. section il dit, Que Iesus Christ tient
la bride si courte au diable & aux infideles, qu'ils
ont moins de puissance, qu'auparauant entre les paiens, pour faire aucuns miracles, ni mesmes vser
d'aucunes fraudes & tromperies, quand elles donnent contre la foy, qu'elles ne soyent descouuertes.
Les Iuifs n'en font point. Mahumet n'en fait point.

6.   Non plus (dit-il) les heretiques. Et iamais n'en
ont peu faire en faueur de leurs sectes, tant qu'il y
en a eu depuis les Apostres. Resp. Nous accordons cela, quant aux vrais miracles. Mais
quant aux faux, Apollonius en a fait, comme

Chap. 38.
sect. 3.

nous auons veu ci deuant, & plusieurs autres
faux docteurs & sorciers.

De là le Iesuite prend occasion de parler
contre aucuns, qui ont prétendu de faire des
miracles, ausquels Dieu s'est opposé par supplices extraordinaires. De ce rag il met Simon
Magus,& Manes vieux tronc des Manichéens.

Item il fait mention d'aucuns autres, aus- 7.
quels les miracles qu'ils ont prétendus faire,
ont succedé au rebours. *Gregoire de Tours escrit*
(dit-il) qu'vn certain miserable, faignant estre aueu
gle, & demädant secours à Cyrolas Arrien, qui l'auoit
aposté pour feindre en luy vn miracle, en confirma-
tion de sa secte, fut vrayement rendu aueugle. De
nostre siecle, il est vulgaire parmi les historiens,
qu'vn certain galand, appellé Matthieu, aposté vif,
pour estre resuscité comme mort, mourut tout à fait,
à la voix du ministre qui crioit Lazare veni foras.
Ce ministre estoit des frontieres de Poloigne, & le
miracle fut fait l'an 1558. que Felician Lindan,
& d'autres ont laissé par escrit. Le semblable racon-
tent-ils de Caluin, & au long Hierosme Bolsec en
la vie d'iceluy.

Resp. Nous respondons trois choses. La
premiere touchant Cyrolas Arrien, pour lequel nous ne voulons rien dire, n'estans point
aduocats de la cause des heretiques. La seconde touchant le Ministre polonois, ou des frontieres de Poloigne, que le Iesuite ne nomme
point, & Caluin ministre de Geneue. Et disons, que ce que le Iesuite leur impose est si
grossier, & si euidamment faux, que nous

perdrions le temps de les en vouloir iuſtifier
par vne longue apologie. Si le Ieſuitte eut
nommé le Miniſtre des frontieres de Poloigne, peut eſtre que nous le cognoiſtrions, au
moins ſeroit il cogneu de nos freres Allemãs,
& autres ſes compatriotes & voiſins, leſquels
pourroient plus aiſement que nous, conuaincre l'impoſture dudit Ieſuite : mais il a craint
la touche, & de propos deliberé ne l'a point
voulu deſigner par ſon nom. Quant à feu Caluin, ſa memoire à touſiours eſté de ſi bonne
odeur entre tous ceux qui l'ont cogneu, & ſes
eſcrits ſi recommendables enuers tous les
chreſtiens & gens de bien qui les ont leus, que
cent mille perſonnes conuaincront de faux le
Ieſuite, & Hieroſme Bolſec ſon autheur.

La troiſieſme choſe que nous reſpondons à
ces impoſtures & fauſſetez du Ieſuite eſt, que
ſi nous voulions vſer de recrimination, nous
pourrions produire aucuns preſtres & moines, & alleguer d'eux ſans mentir, ce qu'il dit
yci fauſſement du Miniſtre polonois & de
Caluin. Nous en auons touché quelque choſe
8. ſur le chap. 34. ſect. 3.

Ce ſera aſſés pour le preſent, & ſans nous
amuſer au demeurant qu'il adiouſte, de la fi-
neſſe qu'il met à ſus à Luther & à Caluin, pour
s'excuſer des miracles : Et à la corruption &
puanteur du corps dudit Luther eſtant mort.
Ceux qui ont deſcrit la vie & la mort dudit
Luther au vray, & qui ont fait en proſe & en
vers ſon *Man* s, gens d'honneur & nullement

suspects, n'ont eu garde de souiller ainsi leurs
plumes & leur papier de telles calomnies dif-
famatoires & sycophantines, comme fait ce
Iesuite. Mais quoy? Il en veut aux ombres.
Et s'estant desmasqué, il veut paroistre, & estre
recogneu pour tel qu'il est, c'est assauoir pour
fils & disciple de l'accusateur des enfans de
Dieu. Apoc. 12. 10.

Svr le Chap. XLII.

LEs faux miracles ne peuuent iamais estre
mesprisez ni descriez selon leur merite.
Neantmoins le Iesuite les prise & exalte de
tout son pouuoir, en leur donnant vn lustre de
verité par son eloquence trompeuse.

Il dit ici. *Que quand Dieu permet au diable* 1.
d'estaller ses fraudes en tenebres, & vendre le men-
songe aux aueugles & ignorans, il les fait en fin ve-
nir au soleil & en euidence, à la confusion de l'au-
theur, & instruction de son Eglise.

Resp. Il argumente ainsi:

Dieu a descouuert quelques fois par vrais
miracles, les fraudes, impostures & illusions
des faux miracleurs, voire quelque fois à l'in-
stant qu'ils faisoyent leurs faux miracles.

Donc il en vse ainsi, & de mesme façon tous
les iours.

Nous nions la conséquence. Disons neantmoins que Dieu descouure incessamment,
pour l'instruction de son Eglise, tous les faux
miracles qu'on met en auant, par ceste regle

O iiij

Theologique , qui est tousiours certaine &
inuariable , assauoir, Que tous les miracles
faits pour la destruction de sa verité,& confirmation du mensonge, sont miracles faux & illusoires. Et en outre nul n'ignore que Dieu
ne mette en euidence tous les jours plusieurs
faux miracles de la papauté, pretendus estre
faits par leurs idoles & reliques, & encore par
les feintes abjurations & exorcismes de leurs
prestres, la fraude en estant descouuerte exte-
rieurement & à la veuë de tout le monde , par
la vigilance & soigneuse recherche d'aucuns
bons personnages.

2. Là se rapporte ce que le Iesuite dit du Ministre qui lui auoit donné occasion de mettre la
main à ses discours : c'est assauoir *qu'il raconte*
que S. Martin descouurit l'estat du larron qu'on
honoroit pres de Tours en vne Chapelle , comme vn
corps sainct. Mais voici le bon : parce que le
Ministre raconte cela de S. Martin, ayant tiré
le tesmoignage de ce qu'il en dit, de S. Gregoire de Tours en la vie dudit S. Martin, le Iesuitte l'interrogue ainsi : *Si l'authorité de ce S.*
Gregoire vous a poussez à croire ce qu'il escrit de la
descouuerte de ce voleur : Pourquoy ne vous sert elle
pour vous faire estimer veritable ce qu'il raconte
d'vne infinité de miracles , faits pour confirmer la
foy que nous tenons , de la veneration des saincts , de
leurs images & reliques , de la Messe , du Purga-
toire, & autres choses , que vous ne croiez pas, qui
sont si clairement & si souuent verifiees par les mi-
racles recitez en ces autheurs-là?

Resp. Autre chofe eft defcouurir & def-
crier vne impofture, & autre la couurir & la
recommander pour vn vrai feruice de Dieu.
Autre chofe condamner l'idolatrie, & autre *Hieron.ad*
l'approuuer. S. Hierofme dit à Minerius: *No-* *Minerium.*
ftre refolution eft de lire les Anciens, efprouuer tou-
tes chofes, retenir ce qui eft bon, & ne nous efloigner
de la foy de l'Eglife. Et S. Auguftin des efcrits de S.
Cyprien: *Ie ne m'arrefte point* (dit-il) *à l'authorité* *Aug.contra*
de cefte epiftre. Car ie ne tien point les efcrits de Cy- *Crefco.Gra.*
prien come canoniques ains ie les examine par les ca- *lib.2.c.32.*
noniques: & ce qui accorde auec l'authorité des fain-
ctes Efcritures, ie le reçoi à la louäge d'iceluy: mais ce
qui n'y accorde point, ie le reiette, fauf fa bonne grace.
Suiuāt cela le Miniftre à pris & approuué ce q̃
Gregoire de Tours, & les autres ont bien dit
contre l'idolatrie, & a laiffé & reprouué ce
qu'ils ont mal dit en faueur d'icelle.

Le Iefuite reproche audit Miniftre, que les 3.
autres hiftoires qu'il a mifes en auant, pour la
defcouuerte des abus de l'Eglife papale, font
des contes, qui font contre lui. Refp. Ie n'ay
point veu le Traitté dudit miniftre, comme
i'ai dit au commencement: & ne fçay s'il eft
vray, ou fuppofé. Toutesfois fi le Iefuitte n'y
trouue autre chofe à reprēdre, que ce qu'il dit,
comme nous croyons qu'il perdroit fon tēps
& fa peine d'y entrer en plus grande cenfure,
nous l'aduouons en tout & par tout. Et ce que
le Iefuitte eftime faire pour lui, & contre ledit Miniftre, fe doit prendre de biais contraire, quand il dit: *Car puis qu'en fin ces fraudes*

ont esté descouuertes, s'est signe que le reste des miracles de l'Eglise catholique, où l'on n'a rien trouué
que dire, sont operations diuines. Il ne s'ensuit pas.
Car si aucuns suppos de la papauté ont descouuert quelques fraudes & miracles, ce n'est
pas à dire qu'ils les ayent descouuertes toutes.
D'entre plusieurs abus il se pourra faire que
quelqu'vn voulant contrefaire le bon chrestien, en condamnera les vns, & ne dira mot
des autres. Et d'inferer que ces abus, lesquels
il aura passez sous silence, soient articles legitimes, & vrayes parties du seruice de Dieu, il
n'y auroit point de raison.

4. Le Iesuite entreprend là dessus de nous instruire. Et son instruction à deux chefs. L'vn,
*Qu'il nous faut noter, que Dieu a donné à son Egli-
se la puissance de faire de vrais miracles.* L'autre,
*qu'il lui a laissé la clef de science & de discretion,
pour donner la sonde, & iuger des faux, qui pour ce
est appellée par S. Paul Colomne & soustien de la
verité. En signe dequoy il inspire les pasteurs à s'enquerir soigneusement de la verité, s'il y-a soupçon de
fraude, comme il fit à S. Martin en ce fait.*

Resp. Nous distinguons le premier chef. Et
disons, que Dieu a bien donné puissance à son
Eglise de faire des miracles en temps & lieu,
mais non pas tousiours. C'est assauoir pour le
regard du nouueau Testament, aux Apostres
en la primitiue Eglise: mais non pas aux pasteurs & Docteurs qui sont venus apres eux,
pour les raisons que nous auons alleguees ci
deuant.

Nous distinguons aussi le second chef. Et
confessons ce que dit le Iesuite, pourueu qu'il
soit entendu de l'Eglise Catholique, & non
pas de l'Eglise Romaine. Car aussi S. Paul di-
sant que *l'Eglise est colomne & appui de la verité,* 1.Tim.3.
entēd parler de celle-là, & non pas de ceste-ci. 15.

Et ce qu'il dit au surplus en la sect. 5. est 5.
veritable, estant entendu de la vraye Eglise,&
entant qu'elle juge des choses par la parole de
Dieu. *L'Eglise donc a tousiours esté la touche des*
miracles, & les a iugez iusques icy, & iugera de la
fausseté de ceux de l'Antechrist. Cela (di-ie) est
veritable. D'autant que la vraye Eglise iuge
par les Escritures ce qui concerne le seruice
de Dieu, & discerne ce qui est vray, d'entre ce
qui est faux. Et (comme dit le Iesuite) *elle ne*
peut estre deceue, estant reuestue du Soleil, & les
tenebres ne luy peuuent desrober la veue ni le iour.

Mais ce qu'il adjouste, *Que l'Eglise confirme*
les miracles, & les miracles l'Eglise, comme la cau-
*se l'effect, & l'effect la cause, en diuerses façons:*Cela a besoin de plus grande & plus claire exposition, & est suiet à la censure, tant des Theologiens, que des philosophes. Et les similitudes qu'il y applique, ne s'y rapportent pas per-
tinemment.

Premierement donc ie di que l'Eglise (entant mesme que par ce mot, l'Eglise vraye &
Catholique est entendue) n'est point la cause
des miracles, ni les miracles les effets de l'E-
glise. Si l'Eglise estoit la cause des miracles,
c'en seroit, ou la cause efficiente, ou la cause

Inſtrumentale. Elle n'en eſt pas la cauſe efficiente. Car c'eſt Dieu ſeul qui l'eſt. Non plus
la cauſe inſtrumentale. Car ce ſont ſeulement
quelques membres de l'Egliſe qui ſeruent à
Dieu d'inſtrumens par ceſt effect, & non point
l'Egliſe, c'eſt à dire tout le corps de l'Egliſe:
Comme ont eſté les Apoſtres & autres paſteurs & docteurs de l'Egliſe primitiue. Ce n'a
pas eſté l'Egliſe qui a gueri le boiteux, ni reſ-
ſuſcité Eutiche. C'a eſté S. Pierre qui a fait l'vn
de ces miracles, & S. Paul l'autre. Et ainſi des
autres miracles.

Act. 3. 6. &
20. 9.

Secondément, quant aux ſimilitudes, elles
ne ſe rapportent point bien, à mon aduis. La
premiere eſt du Soleil & du jour. *Par la venue
du Soleil*, ce dit le Ieſuite, *nous cognoiſſons la venue du iour, & par le iour, la venue du Soleil*. Reſp.
Ouy: parce que la cauſe eſt neceſſaire. Car la
venue du jour ne peut proceder d'autre cauſe,
que de la venue du Soleil. Mais ſi la cauſe n'eſt
point neceſſaire, ains ſeulement ſuffiſante, côme diſent les philoſophes, le Ieſuite n'en peut
pas recueillir ſon rapport. Le Soleil peut bien
amollir la cire, & en peut eſtrē vne cauſe ſuffiſante, mais non pas neceſſaire. Car la cire
ſe peut amollir par le feu, ou par quelque autre chaleur. Ainſi ie di, que poſé le cas que
l'Egliſe puiſſe faire des miracles, elle n'en peut
pas eſtre la cauſe neceſſaire, comme le Soleil
l'eſt du iour: ains ſeulement cauſe ſuffiſante.
Car il y a des miracles qui ſe font hors de l'E-
gliſe: comme nous auons veu que le diable &

Ariſt. 3. ca.
2. lib. Auſ-
cultator.

ses suppos en peuuent faire, & en font.

Autant impertinentes sont les autres similitudes, desquelles vse le Iesuite tousiours sur
ce mesme propos.

Et quant à la conclusion qu'il en tire, elle
est en partie vraye & en partie fausse. Vray est
ce qu'il dit : *L'Eglise donc (assauoir la romaine)*
donne credit aux miracles, & les miracles à l'Egli-
se, & se donnent la main l'vn à l'autre. Car comme l'Eglise romaine est fausse, aussi sont faux
les miracles d'icelle : & partant ils se donnent
credit, & se tendent la main l'vn à l'autre. Mais
faux est ce qu'il adiouste. *Et partant quand l'E-*
glise prononce quelque œuure estre miracle, il n'est
loisible d'en douter. Et quand vn miracle se fait en
faueur de nostre Eglise, il ne faut point douter, que
ce ne soit la vraye espouse de Iesus Christ. Ceste
partie, di-ie, est fausse. Car ce qu'vne fausse
Eglise prononce de ses faux miracles, lesquels
elle veut faire passer & receuoir pour vrais, il
est loisible d'en douter : voire il en faut necessairement douter, & les faut reietter. Aussi quãd
vn miracle faux se fait en faueur d'vne Eglise
fausse, il faut douter que ceste Eglise-là soit la
vraye Espouse de Iesus Christ. Voire il en faut
necessairement douter, ou plutost il faut croire que c'est vne Eglise espouse de l'Antechrist.

SVR LE CHAP. XLIII.

AVant que le Iesuite se retire du combat
des Miracles, il s'efforce de soustenir encore vne charge que nous lui faisons : qui est,
Que Iesus Christ a predit qu'és derniers temps plu- ^{Mat.24.24.}
^{2 Thes.2.6.}

fieurs faux propheres feront de grans fignes & miracles. Et S. Paul parlant de l'Antechrist, dit que
fon regne fera auec toute puiffance, & fignes, & miracles de menfonge : Et S. Iean, qu'il fera de grans
fignes, iufques à faire defcendre le feu du Ciel en terre deuant les hommes. Dont nous recueillons,
Que les vrais miracles ont ceffé, & que ceux qui fe
font en l'Eglife romaine, font illufions de Satan, &
faux miracles de l'Antechrist, impostures, &
œuures de tenebres.

Refp. Nous difons bien cela: Mais nous y
adiouftons quelque chofe: c'eft affauoir, Que
puis que les miracles font communs aux vrais
& aux faux prophetes: c'eft à dire, que les faux
prophetes peuuent faire des miracles, comme
les vrais prophetes, il s'enfuit qu'ils peuuent
tromper, & par confequent, que ce ne font
point vrayes marques de la vraye Eglife, ni de
la iufte & legitime vocation des pafteurs d'i-
celle. Voyons neantmoins ce que le Iefuite
obiecte contre ce qu'il dit, que nous difons.

2.   Premierement, il nous accufe d'eftre fauf-
faires, difant que nous citons l'efcriture de mauuaife foi. Car (dit-il) il y-a feulement fignes &
& prodiges : mais il n'y-a aucune mention de miracles. Or (adioufte-il) les fignes & prodiges font
d'vn rang infiniment plus bas que les miracles. Et
puis il en allegue des exemples : Tirer le feu du
Ciel, faire gronder le tonnerre, engendrer des fou-
daines maladies, faire parler vne befte, font fignes
& prodiges, que ce malin artifan, auec le fubtil maniement des fecrets de la nature, pourra faire fortir

en lumiere. *Mais la guerison d'vn membre pourri,
la suscitation d'vn mort, & semblables, sont signes,
prodiges & miracles ensemble, que le diable ne fera
iamais, n'en aiant aucun moule en ses boutiques &
forges.*

Resp. Ie ne sçay où c'est que le Iesuite, &
quelques autres Docteurs modernes, ont pesché ceste difference entre ces trois mots, *miracles, signes & prodiges*, qui sont en ceste matiere synonimes, auec encore ce mot de *vertus*.
Et ne trouue point que ce mot de miracles
nous soit representé en l'escriture, que par ces
trois mots grecs, σημεῖα, τέρατα δυνάμεις, c'est ᴴᵉᵇ.²·⁴·
à dire, *signes, prodiges, vertus*. Tellement que
signe, prodige, ou vertu, en cest endroit, n'est
autre chose que miracle. Car les miracles sont
appellez *Signes*, parce qu'il nous representent
vne autre chose que celle qui se voit, veu qu'ils
sont seaux de la vraye doctrine. *Prodiges*, parce
qu'ils nous monstrent quelque chose nouuelle & inusitee. *Vertus* ou *puissances*, parce que ce
sont des patrons & exemples de la vertu &
puissance tres-excellente & extraordinaire de
Dieu.

Parquoy le Iesuite s'abuse en ce qu'il dit,
*que les signes & prodiges sont d'vn rang infiniment
plus bas que les miracles: & que la guerison d'vn
membre pourri, & la suscitation d'vn mort, & semblables, ne sont point signes & prodiges simplement,
mais auec cela miracles.* Or que par le mot de
signes doiuent estre entendus (contre l'opinion
du Iesuite) les plus grans miracles mesmes, il

Mat.12.38. appert par ceste demonstration. En S. Matthieu il est dit que les Iuifs demanderent signe à Iesus Christ. Et qu'il leur respondit, *La nation meschante & adultere requiert vn signe, mais le signe ne luy sera donné, sinon le signe de Ionas le Prophete. Car comme Ionas fut au ventre de la Balene trois iours & trois nuicts, ainsi sera le fils de l'homme dedans la terre, trois iours & trois nuicts.* Le Iesuite & ses semblables sophistes, ne nieront pas que ce qui aduint à Ionas, demeurant sain & sauf dans le ventre de la Balene trois iours & trois nuicts, ne fut vn vray & tres grãd miracle. Toutesfois Iesus Christ l'appelle simplement *signe*.

Marc 16.17. D'auantage, Iesus Christ dit à ses Disciples les enuoyant prescher l'Euangile par tout le monde, *Et ces signes suiuront ceux qui auront creu par mon Nom: Ils ietteront hors les Diables: ils parleront nouueaux langages: ils chasseront les serpens. Et s'ils boiuent quelque chose mortelle, elle ne leur nuira nullement. Ils mettront les mains sur les malades, & seront gueris.* Et est adiousté par S. Marc. *Eux aussi estans partis, prescherent par tout, le Seigneur ouurant auec eux, & confermant la parole par les signes qui s'ensuiuoient.* Yci donc le mot de signe n'est pas mis en vn rang infiniment plus bas, que le mot de miracle, comme dit le Iesuite: ains est pris pour miracle: Et nul ne doute que ressusciter vn mort, ne soit vn vray miracle, & d'entre les plus grans, comme aussi le Iesuite le confesse. Cependant Iesus Christ ne l'appelle que Signe: Et ledit Iesuite

(se cont.

(se confondant soy-mesme, & se contredisant)
dit que ce n'est pas vn signe simplement, ains
vn miracle.

Au cha. ix. de S. Iean il est dit qu'apres que *Iean. 9. 16.*
Iesus Christ eut illuminé l'aueugle-né, les
Pharisiens dirent, *C'est homme n'est point de Dieu,*
car il ne garde point le Sabbath. Les autres disoient,
comment peut vn homme mal-viuant faire ces si-
gnes? Et y auoit dissention entre eux. Donc l'illu-
mination de l'aueugle-né est appellee simplement signe, contre la difference du Iesuite.

Au Decret il y a vn Canon, en la Glose
auquel ces mots sont contenus: *Non melius de-* *Caus. 1. 9. 1.*
bet alicui credi, quia signa & miracula facit, cùm *ca. Spiritus*
& bonis & malis sint communia. c'est à dire, On *sanctus.*
ne doit point mieux croire à quelqu'vn, pour-
ce qu'il fait des signes & miracles: veu qu'ils
sont communs aux bons & aux mauuais. Ceste sentence est euidemment contraire à ce
que dit le Iesuite, que le diable & les infideles
peuuent bien faire des signes & des prodiges,
mais non pas des miracles.

Qui plus est, Thomas d'Aquin destruit ce
que le Iesuite dit, que les signes & prodiges ne
s'estendent pas iusques à la guerison d'vn mé-
bre pourri, & à la suscitation d'vn mort, comme font les miracles. Car voici le langage de *Tho. Aquin*
Thomas, sur le chap. 2. de l'Ep. aux Hebrieux. *in cap. 2. ad*
Contestante Deo signis & portentis. Signis (dit il) *Heb.*
quoad minora miracula, vt sanatio claudi, vel fe-
bris. Act. 3. 1. & 28. 8. Portentis, quantùm ad
maiora, sicut suscitatio mortui. Act. 9. 40. Tha-
P

bita surge. Et vn peu apres: *Signa & portenta re-*
feruntur ad ea quæ excedunt virtutem naturalem:
vt signum dicatur quod est præter , & suprà natu-
ram , non tamen contra. Sed portentum est , quod
est contra naturam, vt partus virginis, suscitatio
mortui. c'est à dire, Dieu leur rendant tesmoignage par signes & prodiges. *par signes* (dit-il)
quant aux moindres miracles, comme la guerison du boiteux, ou de la ficure. Act. 3. 1. &
28. 8. *par prodiges,* quant aux plus grans, comme la suscitation d'vn mort. Act. 9. 40. *Thabi-*
tê, leue toy. Et vn peu apres. Les signes & prodiges se rapportent aux miracles, qui surpas-
sent la vertu naturelle : de sorte que Signe est
dit , ce qui est outre , & par dessus nature,
mais non point contre nature. Et prodige est,
ce qui est contre nature , comme l'enfante-
ment d'vne vierge, & la suscitation d'vn mort.
Ce sont là les paroles de Thomas d'Aquin, par
lesquelles il faut que le Iesuite demeure confus en la distinction & difference qu'il met entre ces mots, signes, prodiges & miracles : Et
en ce qu'il en fait dependre disant, que le Diable combien qu'il face des signes & prodiges,
neantmoins il ne fait point, ni ne fera iamais
des miracles, n'en ayant aucun moule en ses
boutiques & forges.

Secondement il dit, *Que la prediction con-*
tenue aux susdicts passages, ne touche en rien l'E-
glise catholique, ains l'Eglise des heretiques & de
l'Antechrist. Et la dessus il conclud, que nostre ar-
gument retalit contre nous-mesmes, qui ne sommes

Point de l'Eglise catholique.

Resp. Le Iesuite cuide cacher l'erreur de ses faux miracles sous le voile de l'ambiguité de quelques mots. Car en premier lieu par l'Eglise catholique il entend l'Eglise romaine, contre toute verité, comme nous l'auons mô-stré sur le 1. chap. En second lieu, il n'exprime point bien ce qu'il veut signifier, quand il dit, *que la prediction susdicte ne touche en rien l'Eglise catholique.* Car ou il veut dire que l'Eglise catholique ne sera iamais assaillie, ni agitée de faux miracles : ou bien que les faux miracles ne procederont iamais de l'Eglise Catholique. Si le premier, il se trompe. Car Iesus Christ a predit clairement en l'Euangile selon S. Matthieu, en combien grand danger seroit mise son Eglise par les faux pasteurs. S. Paul aussi aux Actes a predit que d'entre les fideles de l'Eglise sortiroient des faux prophetes, qu'il appelle loups. Et aux Thessaloniciens il denonce ouuertement, que l'Antechrist n'auroit autre part son siege, qu'en l'Eglise de Dieu. Ainsi donc ni l'Eglise catholique tandis qu'elle sera militante yci bas en terre, ni les Eglises particulieres, membres d'icelle, ne seront iamais qu'elles ne soyent assaillies & agitées de satan, par ses faux miracles & autres stratagemes.

Mat.24.24.

Act.20.29.

2.Thes.2.4.

Si le second, c'est assauoir que de l'Eglise catholique ne procederont iamais aucûs faux miracles. Ie distingue, Si par l'Eglise catholique, il entend l'Eglise vniuerselle, qui est la

compagnie des esleus de Dieu, membres de
Iesus Christ, hors laquelle il n'y a, ni ne peut
auoir salut : nous l'accordons. Car d'elle (qui
est la colomne & l'appui de la verité) iamais
ne pourroient proceder aucuns miracles faux.
Ie di encore, que ceste Eglise catholique a eu
ce don extraordinaire de faire de vrais miracles, du temps des Apostres, & de leurs premiers successeurs. Mais que de nostre temps,
elle n'a plus ce don. Si par l'Eglise catholique,
il entend l'Eglise romaine, nous lui nions sa
maxime. Car c'est d'elle que procedent les
faux miracles, comme nous auons veu ci deuant.

Quant à ce qu'il dit, *que nostre argument re-*
ialit contre nous mesmes, qui ne sommes point de
l'Eglise catholique. Nous luy prouuons premierement que nos Eglises reformees sont membres de l'Eglise catholique, par ce syllogisme:

Toutes les Eglises qui font profession de la
foi, & de la doctrine de l'Eglise catholique,
sont membres d'icelle.

Nos Eglises reformees font profession de
la foi, & de la doctrine de l'Eglise catholique.

Donc nos Eglises reformees sont membres
d'icelle.

Secondement, quant à nostre argument
qu'il dit reialir contre nous-mesmes, vn mot
seruira pour tous. Nostre argument est tel,
Que veu que les miracles sont communs aux
vrais & aux faux prophetes, & par consequent
qu'ils peuuent tromper, ils ne sont point vne

vraie marque de la vraie Eglise, ni de la iuste
& legitime vocatiõ des pasteurs d'icelle. Qu'y
a il en cet argument qui reialisse contre nous-
mesmes, c'est à dire contre nos Eglises reformees? Contre ce reialissement ie fay ce syllogisme.

L'Argument pris de la prediction susdicte,
est contre les Eglises qui font des faux miracles.

Nos Eglises reformees ne font point de
faux miracles. Car elles n'en font point du
tout.

Parquoy l argument pris de la prediction
susdicte, n'est point contre nos Eglises reformees.

Il nous impose puis apres, que nous faisons
des conclusions mal fagotees. *Au moyen dequoy (dit il) considerez, ie vous prie, la force de
vostre discours en ce lieu. L'Antechrist en son regne fera beaucoup de signes mensongers: Donc il n'y
a point de miracles en l'Eglise catholique: Donc il
ne faut point croire aux miracles qui se font en l'E-
glise catholique. Qui vit onques argumenter de telle
façon & fagotter de telle figure les fusces de Logique? &c.*

Resp. Ne desplaise au Iesuite, nous n'argumentons pas ainsi, & ne prenons pas plaisir à
tels Enthimemes, si mal liez & conioincts. La
cause pour laquelle nous disons que les miracles ont cessé en l'Eglise, n'est pas parce que
l'Antechrist & ses faux prophetes font des miracles. C'est en cela que le Iesuite se trompe.

Nous en alleguons vne autre cause : c'est assauoir, d'autant que la doctrine de la foi n'en a
plus besoin. Et de ce que l'Antechrist & ses
faux propheres font des miracles, nous en tirons vne autre consequence, que celle que le
Iesuite dit : c'est que les miracles ne sont pas
tousiours des vraies marques d'vne vraie Eglise, ni d'vne vraye vocation. Nous poserons,
Dieu aidant, quatre de nos arguemens à la fin
de ce chapitre, qui seront de meilleure figure
& forme que le Iesuite ne dit, touchât ce point.

Cependant lui-mesmes en fait vn aussi es-
uenté & deceptif, que pas vn de ceux qu'il a
mis en ieu. *Puis (dit il) que l'Eglise des meschans
deuoit auoir des miracles faux, il vous estoit facile
d'inferer, que celle de Iesus Christ en deuoit auoir
de vrais. Car des causes & sources opposees en nature, sortent les effets & ruisseaux contraires.*

Resp. C'est tres-mal appliqué la reigle des
contraires. Car l'opposition d'entre les vrais
miracles en l'Eglise de Iesus Christ, & les faux
en l'Eglise de l'Antechrist, ne se rapporte point
bien. L'Eglise de Iesus Christ, & l'Eglise de
l'Antechrist, sont bien contraires : Aussi sont
bien contraires les vrais & les faux miracles.
Mais en l'application de leurs contrarietez le
Iesuite se mesconte. Et pour le cognoistre
mieux, il nous faut representer la fin des miracles. Les vrais miracles tendent à la confirmation de la vraye doctrine : & les faux à la confirmation de la fausse : Or en l'Eglise de Iesus
Christ la vraye doctrine y est assez confirmee

par les vrais miracles que Iesus Christ & ses
Apostres y ont faits. Parquoi ils ni sont plus
necessaires. Au contraire, en l'Eglise de l'Antechrist la fausse doctrine n'i est point assez
confirmée par les faux miracles passez. Car au
lieu que la vraie doctrine est vne & seule, & a
laquelle on ne doit rien adiouster de nouueau:
La fausse est de diuerses sortes, & accompagnee toufiours de quelque nouueauté. Parquoi la doctrine fausse a besoin de ses miracles faux, en l'Eglise de l'Antechrist.

Il adiouste, *C'est faire vne iniure atroce à Iesus
Christ, d'oster de la couronne de son Espouse toute
belle, vne pierre si precieuse, que la verité & la puissance des miracles.* Resp. Nous auons à considerer l'Eglise Espouze de Iesus Christ en deux
sortes. L'vne, selon son essence, laquelle à esté,
est, & sera toufiours vne. L'autre, selon ses qualitez & circonstances exterieures, lesquelles
se changent pour certaines occasions. L'Eglise d'Israël & l'Eglise chrestienne, n'ont esté &
ne sont qu'vne mesme Eglise, laquelle n'a iamais changé en son essence, ains seulement en
ses qualités exterieures. Car les ceremonies &
sacrifices ont pris fin. Aussi l'Eglise primitiue
& celle de nostre temps, n'est qu'vne mesme
Eglise, quant à la substance de la doctrine, mais
pour le regard de l'estat exterieur, celle de nostre temps a changé. Car elle n'a plus les miracles & dons extraordinaires, desquels la predication des Apostres estoit accompagnee.
Mais pour cela, comme rien n'est deperi de la

beauté essentielle de l'Eglise primitiue, par l'a-
bolition des ceremonies & sacrifices, qui
estoient en vsage en l'Eglise d'Isrël : Aussi n'est
en rien diminuée la beauté de l'Eglise de nô-
stre temps, par la cessation des miracles, qui
estoyent en vsage en l'Eglise primitiue. Non
plus qu'vne Roine ou Dame, laquelle aiant
porté vn certain parement, en son commencement, ne perdra rien du lustre de sa beauté, si
elle le laisse quelque temps apres, & en prend
vn autre vsité en son aage.

Il est encor plus injurieux (dit le Iesuite) *de
faire la mesme espouze de Iesus Christ, semblable
à l'Eglise de l'Antechrist, putain la plus difforme,
la plus fardée, & la plus detestable, qui sortit onques de toutes ces sectes, contraire à Dieu en toute
sorte de deceptions. &c.*

Res. Ce n'est pas de l'Eglise de Iesus Christ,
que nous parlons ainsi. Ia n'aduiene que nous
l'appelions putain difforme, fardée, detestable, contraire à Dieu. C'est de l'Eglise romaine que nous parlons, quand nous disons quelque chose de cela. Car quant à l'autre, nous
en disons ce que le Iesuite en dit : c'est assauoir,
*qu'elle est belle, sincere, candide, colomne & appui
de la verité, detestant les mensonges, enchantemens,
& toutes autres impostures.* Mais nous ne disons
pas cela de l'Eglise romaine. Et le Iesuite ne le
peut dire non plus en verité. Car elle est toute
autre. Tant y a pourtant que nous n'aduouons
pas ce qu'il entrelasse, s'il entend parler de l'E-
glise de Iesus Christ : c'est assauoir, *Qu'elle ne*

poſſede rien à meilleur droit, que le droit des mira-
cles. Car (comme nous auons dit) les miracles ont eſté des dons extraordinaires, dont
elle a ioüi vn temps au commencement de ſon
aage, & deſquels maintenant elle ne iouit plus.

Elle a des loix tres-ſeueres (dit-il) contre tels
crimes : Elle pourſuit tels criminels par le glaiue ſpi-
rituel & materiel à outrance: par excommunicatiõs,
par banniſſemens, par le feu, par le fer, par la hart,
par toute ſorte de tormens.

Reſp. L'Egliſe de Ieſus Chriſt voirement
deteſte tels crimes, c'eſt aſſauoir les menſonges, enchantemens, & toutes autres impoſtures. Elle les a en abomination, & les pourſuit
& cenſure, & ceux qui en ſont coulpables, par
ſes loix ſpirituelles, c'eſt à dire, par la parole
de Dieu, & par la diſcipline tiree d'icelle. Mais
elle ne paſſe pas plus auant. Elle ſe contient
dedans ſes limites. Et n'a garde de pourſuiure
les delinquans, comme dit le Ieſuite, par le
glaiue materiel a outrance, par banniſſemens,
par le feu, par le fer, par la hart, & par toute autre ſorte de tourmés. Non, Elle n'eniambe pas
ainſi ſur l'office du Magiſtrat. C'eſt l'Egliſe romaine qui s'eſmancipe en cela. l'Egliſe de Ieſus Chriſt ſe contente d'vn glaiue, qui eſt le
ſpirituel, & n'a que faire du materiel pour ſon
vſage. l'Egliſe romaine à vſurpé l'vn & l'autre,
côtre la parole de Dieu. Luc. 22. 24. Rom. 13. 1.

Et ſi le glaiue materiel n'appartient point à
l'Egliſe, moins encor à vn membre d'icelle,
quelque grand qu'il ſoit. Teſmoin ce que S.

Bernar. lib. 2. de consid. Bernard en-a dit, parlant d'vn Pape : *Apostolis interdicitur dominatus. ergo tu, & tibi vsurpare aude ant dominans Apostolatum, aut apostolicus dominatum. Forma apostolica hæc est, interdicitur dominatio, indicitur ministratio.* C'est à dire : Toute seigneurie est interdite aux Apostres. Comment donc toy, oseras-tu vsurper le tiltre d'Apostre en seigneuriant; ou de seigneurie, estant assis au siege Apostolique ? la forme Apostolique est telle, que toute seigneurie leur est interdite, & leur est enioinct de ministrer & seruir.

Nicol. Ep. ad Michael. Le Pape Nicolas 1. tesmoigne aussi, que le Pontife ne doit point vsurper l'authorité & les droicts de l'Empereur, ni l'Empereur, l'authorité & les droicts du pontife : & que ces offices sont distinguez par Iesus Christ. Et ceste sentence est enregistree au Decret. Dist. 96. Can. Cum ad verum.

Et vous neantmoins (adiouste le Iesuite) *n'auez honte non seulement de luy rauir son droit & ses ornemens, mais encor la faire operatrice de faux miracles, & la diffamer comme quelque Circe enchanteresse & vile concubine de l'Antechrist.* Resp. Nous auons desia declaré, que nous n'attribuons rien de tout cela, ni de semblable, à l'Eglise de Iesus Christ. Quand nous parlons ainsi, c'est de l'Eglise romaine que nous entendons parler.

Finalement, *il conclud à pointe contraire contre nos assertions*, disant : *Que les miracles ont tousiours continué, continuent encor, & continueront en*

*l'Eglise : Qu'ils sont marques de la vraie Eglise, &
qu'on n'y peut estre trompé.*

Resp. Et nous à l'opposite confirmans nos
assertions, contre la conclusion du Iesuite, argumentons ainsi:

1. Si la doctrine de la foi & de nostre salut
n'a plus besoin d'estre confirmée par miracles,
les miracles ne sôt plus necessaires en l'Eglise.

Mais la doctrine de la foy & de nostre salut
n'a plus besoin d'estre côfirmee par miracles.
Car elle l'a esté assez par ceux que IesusChrist
& ses Apostres, & aucuns autres leurs premiers successeurs, ont faits.

Donc les miracles ne sont plus necessaires
en l'Eglise.

2. Ce qui est commun à la vraye & à la fausse Eglise, ne peut estre vne vraye marque &
difference pour discerner l'vne d'auec l'autre.

Les miracles sont communs à la vraie & à
la fausse Eglise. Car l'Antechrist & les faux
prophetes peuuent faire des miracles, & en
font, pour seduire les hommes.

Donc les Miracles ne peuuent estre vne
vraie marque, & difference pour discerner entre la vraye & la fausse Eglise.

3. Ce qui est commun aux vrais & aux faux
prophetes, ne peut estre vne vraie marque &
difference de la vocation des pasteurs de la
vraie Eglise.

Les miracles sont communs aux vrais &
aux faux prophetes, selon la prediction de
Iesus & des Apostres. Mat. 24. 24. 2. Thes. 2.

9. Apoc. 13. 13.

Donc les miracles ne peuuent estre vne vraye marque & difference de la vocation des pasteurs de la vraie Eglise.

4. Tous faux miracles doiuent estre reiettez de l'Eglise de Dieu.

Les miracles de la papauté sont faux miracles.

Donc les miracles de la papauté doiuent estre reiettez de l'Eglise de Dieu.

Preuue de l'Assomption.

Tous miracles qui ne sont qu'illusions, ou bien encore qu'ils soyent vrayement faits, neantmoins ne tendent qu'à vne mauuaise fin, sont faux miracles.

Les miracles de la papauté ne sont qu'illusions, ou bien encore qu'ils soyent vrayement faits, neantmoins ne tendent qu'à vne mauuaise fin : c'est assauoir à confirmer l'idolatrie, le purgatoire, l'inuocation des saincts, la priere pour les trespassez, le merite des œuures & telles fausses doctrines.

Donc les miracles de la papauté sont faux miracles.

Ce sont-là des syllogismes en bonne forme & figure que nous faisons sur ceste matiere : & non pas ces Enthimemes cornus & captieux que le Iesuite nous attribue, lesquels n'ont iamais esté ourdis par nous, & ne sont point des fusees & tirades de nostre Logique, comme il dit.

RESPONSE
AV II. DISCOVRS
QVI EST DES
SAINCTS.
⁎

SVR L'AVANT-PROPOS,

'AVANT-PROPOS de Richeome contient ces articles.

1. *Que le Diable à touſiours recherché l'honneur & la gloire, comme la vraie amorce de ſon orgueil.*

2. *Que ce deſir ambitieux lui a commencé au Ciel, où il a taſché d'auoir vn throne collateral à celui de Dieu.*

3. *Qu'aiant eſté debouté de là, & eſtant tombé du Ciel, il a pretendu de ſe faire honorer en terre : ce qu'il a obtenu long temps. Teſmoins les temples, les autels, les ſacrifices, les theatres, & les autres offices & ſeruices, deſquels il a eſté honoré preſque de tous les hommes, deuant la venue de Ieſus Chriſt.*

4. *Que ſe voiant fruſtré pour la ſeconde fois de*

ſon deſſein, ſa tyrannie eſtant deſcouuerte, & ſes honneurs reduits en confuſion par la victoire que Ieſus Chriſt a emportée ſur lui, il s'eſt efforcé d'obſcurcir l'honneur & la gloire de Dieu : ſuſcitant diuers heretiques, les vns contre le Pere, les autres contre le Fils, les autres contre le S. Eſprit, & les autres encore contre toute la Trinité enſemble.

5. Que ceſte guerre menee derectement contre Dieu, luy ayant mal ſuccedé, le parti eſtant trop fort, il s'eſt aduiſé à la fin d'en auoir aux ſaincts treſpaſſez, reueſtu en traiſtre, d'un habit d'Ange de lumiere, à fin que combatant les ſeruiteurs de front, il combatiſt le maiſtre aux aiſles. Et pour ceſt effect il s'eſt aidé & ſerui de pluſieurs heretiques, qui ont raui aux ſaincts (entant qu'en eux a eſté) l'honeur qui leur eſt deu. De ce rang (ce dit le Ieſuite) ont eſté iadis Euſtachius, Eunomius, Vigilantius, & leurs ſectateurs. Et quelques ſiecles apres Claude de Turin & Viclef: Et de noſtre temps Luther, Caluin, & ceux de Magdebourg.

C'eſt-là le ſommaire de ceſt Auant-propos. Auquel nous reſpondons pour le regard des quatre premiers articles, que nous les aduouons ſans aucune exception. Quant au cinquieſme, nous l'aduouons auſſi, moyennant que quelques noms ſoyent changez, c'eſt aſſauoir qu'au lieu de Viclef, Luther, Caluin & leurs ſemblables, ſoient mis ceux de l'Egliſe romaine. Car ce ſont eux, qui cuidans honorer les ſaincts, les deshonorent extrememēt, & qui plus eſt ils deshonorent Dieu par leur honneur pretendu. Quant à nous, c'eſt tout le rebours. Car nous honorons les Sainéts, & Dieu en eux, leur attribuans ce qui leur est deu, selon les escritures. Et si Eustachius, Eunomius, Vigilantius, se sont contenus dedans les limites de la parole de Dieu, en ce qu'ils ont attribué aux sainéts, comme nous-nous y contenons, en cela ils n'ont point esté heretiques. Or que ceux de l'Eglise romaine deshonorent Dieu en l'honneur qu'ils font aux sainéts, nous le prouuons ainsi;

Quiconque attribue aux Sainéts les droits qui n'appartiennent qu'à Dieu seul, cestuy-là deshonore Dieu.

Ceux de l'Eglise romaine attribuent aux sainéts les droits qui n'appartiennét qu'à Dieu seul: c'est assauoir l'adoration & l'inuocation.

Donc ceux de l'Eglise romaine deshonorent Dieu.

Qu'ils deshonorent les sainéts, au lieu de les honorer, nous le prouuós aussi en ceste façon:

Quiconque cuidant honorer les sainéts, se mocque d'eux, les deshonore.

Ceux de l'Eglise romaine cuidans honorer les sainéts, se mocquent d'eux.

Donc ceux de l'Eglise romaine cuidans honorer les sainéts, les deshonorent.

Preuue de l'Assomption.

Quiconque attribue aux sainéts les droits qui n'appartiennent qu'à Dieu seul, cestui-là se mocque des sainéts. Comme on diroit à bon droit que celuy qui attribueroit à vn suiet & inferieur, le droit de son seigneur & superieur, se mocqueroit dudit suiet & inferieur.

Ceux de l'Eglise romaine attribuent aux saincts les droits qui n'appartiennēt qu'à Dieu seul: c'est assauoir l'adoration & inuocation.

Donc ceux de l'Eglise romaine se mocquent des Saincts, cuidans les honorer.

Au contraire que nous de l'Eglise reformee honorions les saincts, tant s'en faut que nous les deshonorions, nous le prouuons par cest argument:

Quiconque honore les saincts, cōme Dieu par sa Parole commande de les honorer, cestui-là ne les deshonore point.

Ceux de l'Eglise reformee honorent les saincts, comme Dieu par sa parole commande de les honorer: C'est assauoir les croyans bien-heureux au ciel, & se les proposans pour patrons & exemplaires, tant de la doctrine, que de la bonne vie.

Donc ceux de l'Eglise reformee ne deshonorent point les saincts.

Au reste, ie ne puis passer sous silence l'heresie, en laquelle Richeome s'enueloppe. Car en la page 220. taxant l'erreur des Sabelliens, qui confondoient les personnes de l'Essence diuine, il s'enferre en l'erreur abominable des Tritheites, qui diuisoient, desioignoient, & separoient lesdites trois personnes, pour en faire trois diuers Dieux. En ce piege, di-ie, s'enlace nostre aduersaire, estimant qu'il y ait *disionction* du Pere, du Fils, & du S. Esprit, au lieu qu'il y a seulement distinction entre ces

trois

trois perſonnes. Or cet erreur du Ieſuite eſt condamné. 1. Iean. 5. 7. Et par tous les anciens Docteurs de l'Egliſe. Dont nous tirons ce ſyllogiſme:

Le vray, & vn, & ſeul Dieu eternel, ne peut receuoir diuiſion ou diſionction, l'vnité eternelle d'iceluy ne pouuant eſtre diuiſee, ou deſioincte.

Ces trois perſonnes, le Pere, le Fils, & le S. Eſprit, ſont le vray, & vn, & ſeul Dieu eternel.

Donc ces trois perſonnes, le Pere, le Fils, & le S. Eſprit, ne peuuent receuoir diuiſion ou diſionction.

SVR LE CHAP. I.

EN ce premier Chapitre Richeome veut iuſtifier ſon Egliſe romaine, de ce que nous l'appelons Idolatre. Noſtre argument eſt tel:

Tous ceux qui adorent les Idoles, & inuoquent les ſaincts treſpaſſez, ſont Idolatres.

L'Egliſe romaine adore les Idoles, & inuoque les ſaincts treſpaſſez.

Donc l'Egliſe romaine eſt idolatre.

Qu'eſt-ce que le Ieſuite reſpond à ceſt argument? Il nie noſtre Aſſomption, & s'efforce de prouuer ſa negation.

1. Premierement, parce (dit-il) que cent & cent mille nourriſſons de ceſte Egliſe, qui honore & inuoque les ſaincts, qui eſt l'Egliſe catholique, ont eſpandu & prodigé leurs vies aux tourmens, pour

Q

n'estre Idolatres, & pour confondre l'idolatrie. Tous
les iours, nous auons en nos martyrologes la liste de
ceux, qui ont esté emprisonnez, fouetez, pendus,
decapitez, gehennez, cisaillez, bruslez, tirassez,
pour n'auoir voulu faire honneur aux Idoles.

Resp. Ces exemples des Martirs ne font rien
pour la preuue pretendue du Iesuite : ains en
tout & par tout contre lui, & pour nous. Car
ces martyrs ont combatu l'Idolatrie de l'Eglise romaine, aussi bien que l'idolatrie des paiës,
iusques a la mort. Mais voila, le Iesuite (quoi
qu'il en soit) a honte de l'idolatrie de son Eglise. Et voudroit bien faire comme Philoxe-
nus, qui requeroit en vn bon cuisinier, qu'il
deguisast tellement la chair & le poisson, quils
ne semblassent ni chair ni poisson. Mais il se
trompe. L'idolatrie de quelque façon qu'on
l'appreste & qu'on la desguise, sera tousiours
idolatrie, reprouuée & condamnée de Dieu.
Il fasche cependant au Iesuite de rendre à la
parole de Dieu la souueraine maistrise de l'a-
me, & l'authorité de tenir en bride nostre foi,
& de regler le seruice qu'il requiert de nous.

2.   Secondement, *parlans contre nous* (dit-il)
comme vous parlez, & nous appelans idolatres, vous
symbolizez aux plus grans ennemis de Iesus Christ,
les Iuifs, les Samaritains, les Mahumetans.

Resp. Si les Iuifs, les Samaritains, & les
Mahumetans vous appelent idolatres, ils en
ont raison, veu que vous l'estes à la verité, adorans les saincts & leurs images, ou les inuoquans. Et deuez noter que vous leur donnez

ceste occasion de se scādalizer de vous, & de se reculer tant plus de Iesus Christ. Que si nous symbolizons à eux, vous appelans comme il vous appelent, nous auons la mesme raison qu'eux. Mais pourtant, vne telle symbolization n'est pas vn accord ou complot contre Iesus Christ & son Eglise.

En la troisieme & quatrieme section le Iesuite argumente ainsi. *Les prophetes, & entre autres Isaie & Zacharie, ont predit qu'en l'Eglise Catholique les idoles seroyent destruites & exterminées, & toute idolatrie ostee par l'aduenement du Messias. Cela a esté accompli, ou il ne la pas esté. S'il n'a pas esté accompli, donc les propheties n'ont esté que des mensonges & tromperies. S'il a esté accompli, donc en l'Eglise Catholique il n'y a point d'idoles ni d'idolatrie : & par consequent ce que l'Eglise catholique fait, innoquant les Saincts, & honorant les images (ce qu'elle fait par toute la terre) n'est point idolatrie.*

2. & 4.
Isa.2.18.
Zach.13.2

Resp. Son argument est tel.

L'Eglise Catholique n'est point idolatre. Car elle est sous le gouuernement du Messias, qui deuoit destruire & abolir l'idolatrie, selon les sainctes & veritables propheties d'Isaie & de Zacharie.

Or l'Eglise romaine, de laquelle les niembres inuoquent les saincts, & honorent religieusement les images par tout le monde, est l'Eglise Catholique, à laquelle se rapportent lesdites propheties.

Donc l'Eglise romaine n'est point idolatre.

Nous nions la Mineur. *Et* difons que le Iefuite cuide couurir fon idolatrie fous le voile
d'vn mot, duquel il abufe. Car il prend l'*Egli-*
fe catholique fauffement pour l'Eglife romaine. Nous confeffons que les propheties fufdi-
ctes s'entendent du Roiaume de Iefus-Chrift,
qui eft l'Eglife Catholique. Et difons par confequent qu'en icelle Eglife catholique il n'y
doit auoir aucunes idoles, ni aucune idolatrie,
parce que Dieu ne peut eftre bien & deüement
ferui de nous, finon que toutes idolatries &
corruptions contraires à la pureté de fon feruice, foyent oftees & du tout abolies. Mais de
la nous inferons, Que l'Eglife romaine n'eft
pas l'Eglife Catholique, ni mefmes vn membre d'icelle, finon pourri & corrompu, pour
autant qu'elle eft plaine d'idoles & d'idolatries, répugnantes au vray & pur feruice de
Dieu.

SVR LE CHAP. II.

1. PArce que nous difons auec les fainctes
Efcritures, qu'il ne faut adorer que
Dieu feul, les fophiftes de l'Eglife romaine là
deffus vfent de diftinction pour maintenir
leur adoration des faincts & des images. c'eft
affauoir, qu'il y a trois fortes d'adoration:
L'vne de Latrie, qui fignifie l'honneur, deuë
à Dieu feul. L'autre de Dulie, qui fignifie de
feruice, deuë à tous les faincts en commun. La
troifiefme d'Hyperdulie, qui fignifie de plus

que de seruice, deuë aux plus grands saincts, comme à la vierge Marie, aux Apostres, & autres que Dieu a plus honorez de biens spirituels, & presens celestes.

Or contre ceste distinction nous alleguons beaucoup de choses, & deux entre les autres. La premiere, que Latrie & Dulie sont attribuez indifferemment à Dieu. La deuxiesme, Que Dulie, que les Sophistes disent signifier le seruice attribuè aux saincts, est plus que Latrie, qu'ils disent estre deuë à Dieu. Ce sont ces deux raisons que le Iesuite entend de refuter en ce chapitre. Voyons donc comment il les attaque.

2. Contre la premiere il dit, *Entre les aucteurs profanes ces mots sont bien indifferens, & l'vn est mis pour l'autre, Latrie pour Dulie, & Dulie pour Latrie. Mais en la saincte Escriture, dont nous deuons sur tout faire cas en la dispute de religion, le mot Latrie est pris pour l'honneur deu à Dieu. Et plus bas, Et est rapportee plustost à Dieu qu'à la creature: & Dulie plustost à la creature qu'à Dieu.*

Resp. Le Iesuite veut qu'on croye qu'il a plus leu les escrits des autheurs profanes, que la parole de Dieu, veu qu'il dit que ces deux mots *Latrie & Dulie*, entre les autheurs profanes sont bien indifferens, & mis l'vn pour l'autre, mais non pas en la saincte Escriture. Et ie lui veux monstrer qu'ils sont synonimes & mis indifferamment l'vn pour l'autre en la saincte Escriture.

S. Paul aux Romains chap. 1. verſ. 1. s'appelle *Seruiteur de Ieſus Chriſt.* Là eſt le mot δοῦλος.

Il dit verſ. 9. *Dieu auquel ie ſers.* La eſt le be λατρεύω. comme Mat. 4. 10. *Tu adoreras le Seigneur ton Dieu, & à luy ſeul ſeruiras.* λατρεύσεις

Le meſme S. Paul Rom. 7. 6. *Afin que nous ſeruions en nouueauté d'eſprit.* Là eſt δουλεύειν.

Et cha. 12. 11. *Seruans au Seigneur.* δουλεύοντες.

Cha. 14. 18. *Qui en cela ſert a Chriſt.* δουλεύων.

Chap. 16. 18. *Ceux qui ſont tels ne ſeruent point au Seigneur Ieſus Chriſt,* οὐ δουλεύουσιν.

Eph. 6. 7. *Seruans comme au Seigneur, & non aux hommes.* δουλεύοντες.

Philip. 2. 22. *Il a ſerui auec moy en l'Euangile.* ἐδούλευσεν.

Col. 3. 24. *Car vous ſeruez au Seigneur Chriſt,* δουλεύετε.

Act. 20. 19. *Seruant au Seigneur.* δουλεύων.

Que le Ieſuite prenne s'il luy plait des lunettes, pour lire ces paſſages, & les conferer les vns auec les autres, & il trouuera qu'il s'eſt abuſé en deux choſes. L'vne, quand il a dit que ces mots de Latrie & de Dulie ne ſe prennent point l'vn pour l'autre en l'Eſcriture ſaincte, comme ils ſe prennent és autheurs profanes. Car nous voyons que ſi. L'autre qu'en la meſme ſaincte eſcriture *Latrie ſe rapporte pluſtoſt à Dieu qu'à la Creature, & Dulie pluſtoſt à la creature qu'à Dieu.* Et toutesfois nous auons cotté onze paſſages de l'Eſcriture, ſe rapportans au ſeruice de Dieu, auſquels il en y-a deux

seulement, où le mot de Latrie est mis, & neuf
le mot de Dulie.

Voici encore vn passage de l'Escriture saincte, auquel le mot de Latrie se prend pour
Dulie : *Vous ne ferez nulle œuure seruile.* Il y-a
par tout ἔργον λατρδὸν, en la Bible Grecque,
approuuee des Docteurs de l'Eglise romaine.

I'adiouste à cela, que S. Augustin en ses
liures de la Cité de Dieu, ne met point de difference entre Latrie & Dulie : & dit que Latrie
se prend tousiours en l'Escriture pour serui-
tude.

Vn mot encore. Le Iesuite dit, que le mot de
Dulie n'est iamais mis pour designer l'Idolatrie. Car on ne met point Idolodulie ni idolodule, ains Idolatrie & idolatre Ierespon qu'encore que ces mots Idolodulie & Idolodule ne
soiët guere en vsage, ains Idolatrie & Idolatre :
tãt y-a qu'en l'Escriture l'idolatrie est censuree
& reprise sous le mot de Dulie. Comme quand
S. Paul dit aux Galates, *Alors que vous ne cognois-*
siez point Dieu, vous seruiez à ceux qui de nature
ne sont point Dieux. Il y-a ἐδουλεύσατε.

Et en outre (côme nous auons dit en nostre
seconde partie des Abus de la Messe, traittans
de ceste mesme matiere) Dieu en sa Loy défen-
dant les idoles ou Images, dit לֹא־תָעָבְדֵם,
Non seruies eis: Tu ne les seruiras point. Côme
Dauid au Pse. 97. 7. : יֵבֹשׁוּ כָּל־עֹבְדֵי פֶסֶל,
Confundantur omnes qui seruiunt idolis:
Soyent confus tous ceux qui seruent aux
Idoles. Car le mot Hebrieu עֲבַד, signifie

Q iiij

Leuit. 23. 7.
& nom. 18.
26. & 29. 1

Aug. de Ci-
uit. Dei. lib.
5. ca. 15. lib.
6. c. 1. lib. 7.
c. 32. lib. 10.
cap. 1. & 4.

Gal. 4. 8.

proprement feruir. D'où vient ce nom עֶבֶד,
qui fignifie feruiteur.

3. Contre noftre feconde raifon, où nous
difons, Que feruice emporte plus qu'honneur,
veu que nous en honorons plufieurs, que nous
ne voudrions point feruir : Le Iefuite replique
que c'eft vn mefconte de noftre chambre des contes.
Car (dit-il) *honneur poife beaucoup plus que ferui-*
ce, entre les creatures raifonnables. Et comment le
prouue-il ? Il allegue trois raifons.

La premiere eft, *Le feruice proprement regar-*
de l'vtilité, & l'honneur vife à l'honnefteté. L'vn à
la commodité du corps : L'autre à l'ornement de
l'ame.

Réfp. Il fe mefconte luy-mefme en cefte
premiere raifon, comme il fera aux fuiuantes.
Car ce qu'il attribue à l'honneur, qui eft l'ho-
nefteté & l'ornement de l'ame, eft conioinct
au feruice. Veu que nul ne peut feruir fans vfer
d'honnefteté : qui eft proprement l'ornement
de l'ame. Et auec cefte honnefteté & cet ornement de l'ame, celuy qui fert, a encor l'v-
tilité & la commodité du corps. Mais ces
deux chofes qu'il attribue au feruice, ne
font point conioinctes à l'honneur. Car nous
en honorons plufieurs, defquels nous ne tirons ni vtilité, ni commodité du corps.

La deuxiefme raifon du Iefuite eft, *Que le*
feruice fe peut faire à l'inferieur, mais l'honneur for-
mellement n'eft deuqu'au fuperieur. Refp. Cefte
raifon eft contre l'experience. Mais il eft plaifant aux exemples qu'il en donne.

Un palefrénier (dit-il) estrillant son cheual, &
luy donnant l'auoine, luy fait seruice: mais il ne l'ho-
nore pas. Le Chirurgien pense vn poure blessé , & le
sert, qui toutes-fois ne l'honore non plus. l'honneur
donc est vne chose plus grande que le seruice.

Resp. Ces deux exemples ne font rien
pour le Iesuite. Car pour le premier à proprement parler, le palefrenier ne fait point
seruice à son cheual, en l'estrillant & luy donnant l'auoine : ains à son maistre, à qui est le
cheual. Et encore mesme que le cheual soit au
palefrenier, quand il le pense, ce n'est point
pour le seruir, ains pour en tirer seruice. Au
demeurant, il honore aucunement son cheual,
de tant qu'il le nourrit, le parc, le rend plus
poli & plus beau, & le cheual mesme s'en sent
plus leger, plus fier & plus vif.

Pour le second exemple, le chirurgien ne
pense iamais vn blessé, tant poure soit il, qu'il
ne l'honore en quelque façon : à tout le moins
en se presentant à lui & le saluant, & puis en
luy donnant bon courage, & finalement en
prenant congé, & luy disant Adieu.

Au reste, il nous conuient monter plus haut,
c'est assauoir à la parole de Dieu. Comme
donc selon ladicte parole, les fideles, soyent-
ils superieurs, ou inferieurs, ou egaux en qualitez, se doiuent seruir les vns les autres par
charité. Gal. 5. 13. Aussi se doiuent-ils honorer les vns les autres par la mesme charité.
Rom. 12. 10. 1. Pier. 2. 17. D'où il appert
qu'en l'Escole de Dieu, la Distinction de Ri-

cheome n'eſt point touſiours veritable , aſſauoir que le ſeruice ſe peut faire à l'inferieur,
mais l'honneur formellement n'eſt deu qu'au
ſuperieur.

En la troiſieſme raiſon le Ieſuite argumente
ainſi : *Cela eſt de plus grand prix , qui s'origine
d'vne ſource plus noble. Or eſt-il que le ſeruice peut
ſortir d'vne beſte , & l'honneur ne peut prouenir que
de la creature raiſonnable. L'honneur donc eſt vn
preſent beaucoup plus à priſer.*

4. *Et de la vient* (adiouſte-il *) que Dieu ne fait
cas du ſeruice des creatures priuees de raiſon , qui
toutes lui ſeruent neantmoins : mais ſeulement du
ſeruice de l'homme & de l'Ange, d'autant que ceſt
vn ſeruice d'honneur , d'hommage & de recognoiſſance , ſans profit ni vtilité pour le Maiſtre, qui
eſt cauſe que nous ſommes appelez ſeruiteurs inutiles , comme n'apportans aucun reuenu à Dieu , bien
que pour noſtre regard nous y aions vn grand profit,
aſſauoir cent pour vn , & la vie eternelle.*

Reſp. Sans point de faute le Ieſuite eſt treſ-
habile , & tout autant aigu & ſubtil en ceſte
raiſon,qu'aux precedentes.Son Argument eſt
tel :

Ce qui a ſon origine d'vne ſource plus noble, eſt de plus grand prix.

L'honneur à ſon origine d'vne ſource plus
noble que le ſeruice.

Donc l'honneur eſt de plus grand prix que
le ſeruice.

Reſp. Nous aurions à diſtinguer la propoſition. Mais nous la paſſons : & nions l'Aſſom-

ption. Il la prouue , *Parce que le seruice peut sor-*
tir d'vne beste , & l'honneur ne peut prouenir que de
la creature raisonnable. Resp. Ceste preuue est
obscure , si le Iesuite ne l'esclaircit. S'il veut
donc faire paroistre sa preuue claire , & en faire vn Syllogisme en bonne forme , il faut qu'il
die ainsi:

Ce qui ne peut prouenir que de la creature
raisonnable , a son origine d'vne source plus
noble , que ce qui ne peut prouenir que de la
beste.

L'honneur ne peut prouenir que de la creature raisonnable , & le seruice ne peut prouenir que de la beste.

Donc l'honneur à son origine d'vne source
plus noble , que le seruice.

Resp. De l'argument en ceste forme nous
accordons la proposition , & nions la deuxieme partie de l'Assomption. Car le seruice ne
prouient pas seulement de la beste : (si encore
seruice doit estre attribué à la beste):ains aussi
de la creature raisonnable: c'et à dire à l'homme.

Ou bien il faut qu'il argumente ainsi:

Ce qui ne peut prouenir que de la creature
raisonnable , a son origine d'vne source plus
noble , que ce qui peut prouenir de la creature raisonnable , & de la beste indifferamment.

L'honneur ne peut prouenir que de la creature raisonnable , & le seruice peut prouenir
indifferamment de la creature raisonnable &
de la beste.

Donc l'honneur à son origine d'vne source plus noble, que le seruice.

Resp. Nous distinguons la seconde partie de l'Assomption. Car il y-a seruice proprement dit, & seruice improprement dit. Le seruice proprement dit, c'est le seruice des hommes enuers Dieu, ou des vns enuers les autres, qui est proprement seruice, accompagné d'intelligence, de volonté & de consentement. Le seruice improprement dit, c'est le seruice des bestes enuers ceux qui les possedent, qui est vn seruice contraint & forcé, sans intelligence & volonté. Or au suiect que nous traittons, le seruice des bestes, qui est contraint & non volontaire, n'a point de lieu: Ains seulement le seruice fait de bonne & franche volonté, & auec intelligence. Lequel seruice nous disons estre propre à l'homme, & nullement commun aux bestes.

Et quant à ce que le Iesuite dit, *Que Dieu ne fait cas du seruice des creatures priuees de raison, qui toutes lui seruent.* Ne lui desplaise, il en fait cas en leur rang : comme du Soleil, de la Lune, & des autres Astres, & pareillement des bestes, & des arbres, & plantes, & autres choses, desquelles il se sert, les aiant creés & ordonnées pour le seruice de l'homme. Autrement s'il n'en faisoit cas, il ne s'en seruiroit point.

Mais nous accordons bien, que le seruice des hommes lui est sans comparaison plus agreable, que celui des bestes & des autres crea-

tures, entât qu'il procede de la foi & du cœur,
& non pas (comme dit le Iesuite) *entant que
ce est vn seruice d'honneur.* Car Dieu reiette & le
seruice, & l'honneur que les hommes lui font,
s'il ne procede de la source du cœur, & de la
foy. Tesmoin le sacrifice de Cain opposé à ce- *Gen.4.3.*
luy d'Abel. Et comme lui-mesmes en a pro- *Isa.29.13.*
noncé, disant, *Ce peuple s'approche de moy de la* *Mat.15.8.*
bouche, & m'honore de ses leures, mais son cœur est
esloigné de moi.

Parquoy ce que nous disons contre la distinction de Latrie & de Dulie, demeure tousiours vray, c'est assauoir que Latrie & Dulie
sont mis en l'Escriture l'vn pour l'autre indifferemment : Et que s'il estoit question de les
distinguer, il faudroit plustost attribuer l'a-
doration de Dulie à Dieu, que l'adoration de
Latrie : Car dulie, qui signifie seruice, est plus
que latrie, qui signifie honneur.

Svr le Chap. III.

1. L E Iesuite pour monstrer que nous reiettons mal à propos les mots de Latrie, de Dulie, & d'Hyperdulie, il nous produit des mots permis à la populace : & fait vn
argument du plus petit au plus grand, argu-
mentant ainsi. *Si les loix de Grammaire permet-*
tent à la populace, non seulement d'affecter vn mot
commun à vn propre & certain vsage, mais encor
de luy donner vne nouuelle, voire vne contraire si-
gnification à la vieille. Pourquoy donc ne permet-

tront elles aux Docteurs Ecclesiastiques, suiuant le patron de l'Escriture saincte, d'en choisir, quand bon leur semblera, pour exprimer & distinguer des choses voisines, & les approprier à l'vne d'icelles?

2. Il prouue l'Antecedent. Les menusiers ont certains instrumens qu'ils appellent Sergent, Guillaume, Bec-d'asne. Les Massons & Charpentiers ont leur Grue. Les Chirurgiens leur Bec-de-courbin, Bec-de-cane. Ces mots signifient quelque autre chose chez ces artizans, qu'ils ne font en leur premiere region. Car Sergent & Guillaume sont des noms appartenans aux hommes: Les autres aux bestes. S'est-on iamais formalizé pourtant contre ces artisans, de quoy ils empruntoyent ces mots des hommes & des bestes, pour signifier leurs outils?

Et puis apres il met son Consequent, ou plustost il repete son argument entier. Sera-il donc permis (dit-il) aux menus ouuriers de retirer les mots de leur propre giste, & leur donner vol & valeur pour des significations estrangeres: & ne sera pas loisible aux Docteurs, d'en choisir pour leur art, & les appliquer à certaine valeur & signification conuenable à la raison?

Resp. Nous ne debatons ni l'Antecedent ni le consequent de cest argument, ains accordons l'vn & l'autre, comme ne faisans en rien contre nous. Car pour les mots de Latrie, de Dulie, & d'Hyperdulie, dont il est question, nous ne nions pas qu'on n'en puisse vser, & les appliquer en la Theologie, en ce qui est de raison. Mais nous disons seulement qu'on les applique mal, quand on en vse, ou plustost qu'on

en abuse , pour distinguer entre l'honneur
qu'on attribue à Dieu , & le seruice qu'on attribue aux Sainéts & aux images.
3.4.&5. Ce qu'il adiouste aux sections 3.4.&
5 ne fait non plus côtre nous : Et les trois exé-
ples qu'il met en auant pour confirmer la distinction susdite , ne font rien pour luy.
3. *Les noms de Tyran & de Sophiste (dit-il) e-
stoyent iadis honorables, & attribuez: l'vn aux Rois,
& l'autre aux Philosophes. Maintenant ils ont chã-
gé de signification. Car le nom de Tyran , signifie vn
meschant monarque. Et le nom de Sophiste , vne
idole de philosophe , vn charlatan , & vn abuseur,*
Resp. Et qu'est-ce qu'il infere de ces deux
exemples?

*Si cela (dit-il) est loisible, permettez que nos
Docteurs vsent des mots Latrie, & Dulie, pour signifier ce qu'ils veulent en estre signifié , encor qu'ils
ne les vsurpent à la rigueur de leur premiere note.*
Resp. Voila bon. Le Iesuite confesse que
ces noms de Latrie & de Dulie ont eu iadis
vne bonne signification , comme les mots de
Tyran & de Sophiste : mais que maintenant
ils en ont vne mauuaise. Et neant-moins il veut
qu'on leur permette d'en vser. Et bien , qu'ils
en vsent : mais ce sera donc en vne mauuaise
signification , & hors de leur premier vsage.
Comme de fait ils n'en peuuét vser qu'à faux,
veu que la distinction , à laquelle il les employent , ne tend qu'à confirmer l'idolâtrie.
4. Le troisiesme exemple est *du nom d'Empereur : lequel (dit-il) quand il vint au monde, signi-*

fioit seulement vn chef & General d'armee, & estoit
inferieur au nom de consul. Maintenant il surpasse le nom de Roi.

Resp. Et qu'infere-il encore de cet exemple ? C'est que nous reformions ce mot, aussi bien
que les mots de Latrie, de Dulie, & d'Hyperdulie.

5. Et auec cela il nous interrogue : Ne sauez vous pas que les noms ne signifient sinon ce qu'on
veut qu'ils signifient ? Et que quand vne fois l'vsage
est en possession, les vieux titres ne seruent de rien,
& que c'est vne folie de s'opposer à l'vsage?

Resp. Voulez-vous dire ? A ce conte donc
si vn vice est en vsage, il le faut preferer à la
vertu. Si le mensonge est en possession, les vieux
titres de la verité ne seruiront de rien. Si l'idolatrie a cours, & est receuë d'vn peuple, ce sera folie de luy opposer le vray & pur seruice
de Dieu. Et que deuiendroit la dessus la vraie
Eglise ? la pieté ? la Religion, qui ne nous
commande que la vertu contre le vice, la verité contre le mensonge, le seruice de Dieu pur
& spirituel, contre l'idolatrie ?

Finalement il conclud. Si les loix de la Grammaire, les exemples, & l'experience, concedent
d'approprier les mots à son profit : si le peuple a authorité de donner vn vsage aux paroles, & se tailler
des mots à sa mode : pourquoy ne sera-il permis aux
Docteurs de l'Eglise romaine de continuer le cours,
& la signification aux mots de Latrie, Dulie &
Hyperdulie?

Resp. Tout homme de sens rassis trouuera
ycì que le Iesuite a faute de iugement. Car
tout

tout ce qu'il pretend par ces trois exemples, & par la conclusion qu'il en tire, ne tend à autre fin qu'à monstrer qu'on peut vser de ces mots Latrie, Dulie & Hyperdulie. Et nous respondons que la question n'est pas, si on en peut vser, ains si on en doit abuser, pour couurir l'idolatrie, & la faire passer & receuoir pour le vrai seruice de Dieu. Ces trois exemples donc ne sont y ci non plus à propos que Magnificat à Matines. Et si la distinction qu'on fonde sur ces mots, n'est soustenue par d'autres Docteurs, que par Richeome, elle s'en va courant à sa confusion.

SVR LE CHAP. IIII.

R Icheome vient maintenant à la question principale: sçauoir est, S'il est loisible d'honorer les saincts. Et dit que nous appelons cela idolatrie. Mais ne luy desplaise, nous ne sommes point si mal aduisez de dire simplement, & sans aucune exceptiõ, qu'honorer les saincts soit idolatrie. Car on les peut honorer sans tomber en telle faute. C'est assauoir si on les honore, leur attribuant ce qui leur est deu, selon la parole de Dieu. Mais nous disons bien qu'honorer les saincts comme ceux de l'Eglise romaine les honorent, les adorans & inuoquans, que cela voirement est idolatrie. Voiõs auec quelle demarche & auec quelles armes ce grand escrimeur pare ce coup. Car on dit qu'il n'y a pas moins de grace à receuoir vn

R

coup, pourueu qu'on le pare bien, qu'à le
donner.

1. Voici dequoi il se couure : *Que iadis les
Iuifs & les Gentils, du nombre désquels se mit Iulien
l'Apostat, appelloyent les Chrestiens idolatres, tant
pour la veneration des Saincts, que pour celle des
Anges.*

2. *Et que depuis ceste heresie fut suiuie d'Eustathius, qui estoit l'an 300. d'Eunomius, de Vigilantius, des Manicheens, de VViclef, de Luther,
de Caluin, & de leurs disciples.*

Resp. Nous auons monstré ci dessus sur
l'Auant-propos, Article 5. & sur le chap. 1.
sect. 2. que ceste couuerture est trop mince &
trop foible, pour garentir d'idolatrie ceux qui
venerent ou reuerent les saincts & les Anges,
de quelque espece d'adoration que ce soit. Et
auons dit que quiconque a combatu, & combat contre vn tel abus, pour ce regard il n'a
point esté, ni n'est heretique, soit Eustathius,
Eunomius, Vigilantius, ou autre quelconque.
Au demeurant l'exemple de S. Pierre, qui refusa la veneration de Corneille, & celuy de
l'Ange qui refusa aussi celle de S. Iean, nous
est encore vn renfort d'armes pour redoubler
le coup sur le Iesuite & ses semblables, & les
aculer & atterrer tous, comme miserables
idolatres.

Il reste vn trait de plume à ce qu'il adiouste,
disant: *l'infamie de ces vieux & modernes heretiques vous deuroit inciter à chercher quelque meilleur parentage, ou quelque meilleure eschole, ou pour*

le moins vous deuroit suffire pour vous faire rougir
& suspendre voftre iugement, & douter que ces in-
iures forgees en la ceruelle de telles gens, font de mauuaife trempe, & que vous mettez en danger voftre
ame & reputation de nous en charger à leur exemple,
de crime d'idolatrie.

Resp. Combien que les sufdits n'ayét point
erré en l'opinion qu'ils ont euë contre la veneration des sainčts, si est-ce que pour cela
nous ne nous difons point eftre de leur parentage, ni de leur eschole : c'est à dire, que nous
les ayons pour peres & autheurs de noftre doctrine. C'est de Dieu feul de qui nous depen-
dons : C'est des prophetes & des Apoftres de
la doctrine defquels la noftre est tiree. Et puis
que les fufdits s'y font en cela conformez,
comme nous, nous ne rougiflons point, & ne
fufpendons nullement noftre iugement, ni ne
doutons en aucune façon, moins niettôs-noüs
en danger noftre ame & noftre reputation,
d'appeler idolatres (comme ils ont fait) tous
ceux qui adorent ou inuoquent les sainčts, où
les Anges.

En cefte fufpenfion & doute (dit-il) examinans
bien la chofe, ou lifant nos sainčts Dočteurs, qui
l'ont examinee, vous eufliez cogneu, que comme les
sainčts ne font point idoles, ni la reuerence que nous
leur faifons, Latric, c'eft à dire honneur fouuerain,
auffi ne fommes-nous point idolaires. Vous eufliez
veu que nos prieres ne s'adreffent pas à eux comme
à Dieu, ains comme aux amis de Dieu.

Resp. Nous auons Dieu merci examiné la

R ij

chose selon son merite assez souuent, & leu les
Docteurs sur ceste matiere. Et ne ferons faute encore de continuer cest exercice, à mesure
que le Iesuite se voudra preualoir de l'vn ou de
l'autre. Mais pourtant nous sommes asseurez
que nous ne laisserons pas de recognoistre ce
que nous auons desia cogneu, c'est assauoir
que combien que les saincts ne soyent point
Idoles, pour le regard de leur essence, neantmoins ceux qui les adorent ou inuoquent, en
font des idoles, entant qu'en eux est ; les mettans en la place de Dieu, & leur defferans l'honeur qui n'appartient qu'à lui seul, nonobstāt
leur distinction de Latrie & Dulie, laquelle
nous auons suffisamment refutee ci dessus. Et
nonobstant encore la difference qu'ils imaginent en ce suiet, entre Dieu & les amis de Dieu:
Laquelle n'est que pour aggrauer le crime de
leur idolatrie. Ne plus ne moins que si vne
femme mariee s'abandonnoit à vn autre homme qu'à son mari, & que reprise elle dist qu'elle n'a iamais pretendu, & ne pretend point encore de recognoistre cest homme-là comme
son mari, ains seulement comme ami de son
mari.

SVR LE CHAP. V.

1. POurce qu'en l'escriture saincte mention
est faite d'adoration, & que ce mot est
Inst.1.12.2 quelque fois rapporté aux hommes, Caluin
en son Institutiō distingue entre l'Adoratiō re-

ligieuse, & l'adoration ciuile, & dit: *Nous lifons
affés fouuãt que les hommes ont efté adorez, mais c'e-
ftoit vn honeur de ciuilité, qui cõcerne l'honeftete humaine. Mais la Religion a vn autre regard. Car fi
toft que par religion les creatures font honorees, l'honeur de Dieu eft autãt profané.* En fõme donc Cal
uin dit qu'il y a deux fortes d'adoratiõ ou d'ho
neur ; l'vné forte eft ciuile, deuë feulement
aux hommes; l'autre eft de Religion, deuë au
feul Dieu. Qu'eft-ce que le Iefuite controle en
cefte diuifion ou diftinction?

Nous pretendons (dit-il) *de monftrer quelle
eft vitieufe, & qu'entre ces deux genres d'honneur
que Caluin met, il y en a vn troifiefme, duquel on
honore les fainéts & les chofes fainétes. Là deffus il
promet d'expliquer trois points. Le premier eft
la definition & nature de ces noms, honneur, adoration, louange, & gloire. Le fecond, la caufe & la
fource d'adoration ou d'honneur. Le troifiefme, la
vraye & legitime diuifion defdits mots d'adoration
& d'honneur: pour faire fauter (dit-il) celle de Caluin.* En ce chapitre il touche les deux premiers,
& au chapitre fuiuant le troifiefme.

2. Ainfi donc il commence par la definition
d'honneur ou d'adoration : car il prend ces
deux noms pour vn. *l'honneur (dit-il) eft vn tefmoignage & fiñe de quelque excellence, donné par
actions & par œuures. Exemple. Ce que le Roy
Pharao fit à Iofeph, quãd il lui donna fon anneau.
&c. Ce que fit le Roy Affuerus à Mardochee: Et
Nebuchadnezar à Daniel. Et ce que les Romains
faifoyent à leurs hommes, quãd ils leur donnoyent*

Gen. 41. 52.
Efth 8. 2.
Dan. 2. 46.

des couronnes & des prix. Adoration est le mesme qu'honneur : Comme aussi honorer & adorer.

Resp. Nous aurions bien à dire beaucoup sur ce discours. Car le Iesuite n'a defini sinon l'adoration ciuile : comme aussi les exemples qu'il en a donné, ne concernent sinon la ciuilité & l'ordre de l'honneur qui s'obserue entre les hommes. Nous verrons ce qu'il adiouste, où nous nous estendrons quelque peu d'auantage.

Tous ces mots (dit-il) se donnent à Dieu & à la creature indifferamment, mais non sans differance. On honore & adore Dieu, les Anges, & les hommes : Mais Dieu en titre de Maistre, & de soueraine excellence. Les hommes & les Anges, comme seruiteurs à proportion bornee. L'honneur donné à Dieu, est Latrie, c'est à dire souuerain. Celuy des saincts, est Dulie, c'est à dire moyen.

Resp. Nous accordons qu'Adoration est attribuée à Dieu & aux creatures. Mais par les creatures nous entendons celles qui sont capables d'estre adorees à leur mode : & non point les Anges, ni les saincts trespassez. Nous accordons aussi que ce mot est attribué à Dieu & aux hommes, auec quelque difference. Mais ceste difference est celle que Caluin & nos autres Docteurs proposent, qui est d'vne part, de religion deuë à Dieu, & de l'autre part, de ciuilité deuë aux hommes, & pratiquee entre eux, selon leur dignitez & degrez. Et non point celle que le Iesuite a assignee, qui est de Latrie & de Dulie, laquelle nous auons combatue ci

deuant. En quoy se monstre l'impertinence
de la Logique de nostre Iesuite, lequel pretend de prouuer vne chose par elle mesme. Il
a entrepris de prouuer que la diuision que
Caluin a alleguee d'adoratiõ, est vicieuse, n'en
mettant que de deux sortes, l'vne religieuse,
& l'autre ciuile. Et pour declarer fausse ladite
diuision, & confirmer la sienne, qui est de Latrie & de Dulie, il dit qu'il y en a vne entre
deux, assauoir celle qui est deuë aux Anges &
aux Saincts trespassez. Et comment le prouue
il ? Par ce (dit il) qu'il y a vne adoration de
Latrie deuë à Dieu, & vne autre de Dulie, deuë
aux Anges & aux saincts trespassez. Qu'il
aduise, s'il luy plait, d'estre vn peu meilleur
Logicien, s'il nous veut faire accroire, que l'a-
doration & inuocation des saincts est vne partie de la pieté, & du vray seruice de Dieu.
3. & 4. Les definitions qu'il amene puis apres
de la louange & de la gloire, & le discours qu'il
fait là dessus, n'apporte aucũ preiudice à nostre
cause, & n'auance en rien la sienne. Parquoy
nous passons tout cela, hormis ce qu'il dit,
Que la louange & la gloire, comme l'honneur & l'a-
doration, sont communs à Dieu & à la creature,
auec la mesme difference que nous auons dite de l'ho-
neur & de l'adoration : à Dieu, supreme louange &
gloire : à la creature, mesuree à son qualibre. voirement la louange & la gloire appartiennent
à Dieu en souuerain degré, & aux creatures
auec certaine mesure. Mais ce sont des louanges & des gloires de diuerse nature : & non

R iiij

pas comme il entend de l'adoration de Latrie,
qui est honneur deu à Dieu ; & de Dulie qui
est de seruice deu aux saincts. Car si on veut
dire que Dieu & les saincts partagent vne mesme louange & vne mesme gloire, Dieu en aiãt
plus, selon son excellence souueraine ; & les
saincts moins, selon leur excellence moienne,
& le tout par religion, c'est profaner le vray
seruice de Dieu, & rauir à sa Maiesté ce qu'on
attribue aux saincts. Car il est bien certain que
Dieu ne veut point donner à autruy sa gloire
ni sa louange, ni en tout, ni en partie. Que si
d'entre les hommes, les vns donnent aux autres quelque louange & quelque gloire, selon
les graces & dons de Dieu qu'ils recognoissent en eux, c'est ou doit estre vne louange &
vne gloire de ciuilité, & non pas de religion.

5. & 6.   Et c'est ce que le Iesuite adiouste, à le
prendre de bon biais, touchant les causes &
sources de l'honneur & de la gloire: En disant
*Qu'honneur est deu aux superieurs: & que les con-
tempteurs d'iceux ne demeurent point impunis.* A
quoy nous souscriuons.

Rem. 13. 1
1. Pier. 2.
Nomb. 16. 2
2. Rois. 2.

7.   Item à ce qu'il dit encore : *Que l'essence de
l'honneur est en celuy qui le fait: & la cause en celuy qui le reçoit.*

8.   En la derniere section il monstre que l'essence & nature de l'adoration ou honneur cõ-
siste en trois actes.

Le premier, de l'entendement : pour co-
noistre qui est digne d'estre adoré ou honoré.

Le second de la volonté: pour adorer ou ho-

norer de cœur & d'ame celuy qui en est digne.
Le troisiesme, est vn signe exterieur, comme flechir le genouil, ou faire quelque reuerence semblable.

A cela nous souscriuons aussi. Mais ce qui
suit, nous met vn peu en allarme, quand il dit:
*Par ceste declaration vous cognoissez, que vous n'a-
uiez encor veu au visage la nature de l'honneur & de
l'adoration: disans qu'adorer n'est autre chose que
saluer, & faire la reuerence, ou en baissant la teste,
ou en courbant le corps, ou en flechissant le genouil:
qui sont trois, ou faisans, selon vostre conte, trois especes d'adoration, & selon le mien, trois grandes ignorances vostres.*

Resp. Le Iesuite se monstre yci plus impudent que ie ne pensoys. Il nous impose que
nous disons qu'adorer n'est autre chose que
saluer & faire la reuerence, ou en baissant la
teste, ou en courbant le corps, ou en flechissant le genouil. Ne luy desplaise. Nous ne disons pas que la vraie adoration consiste en cet
acte seul, soit l'adoration ciuile, ou l'adoration religieuse. Car enuers les hommes &
enuers Dieu, si cet acte exterieur est seul, ce
n'est qu'vne pure hypocrisie. Et Caluin parlât
nommement de l'adoration que nous deuons
à Dieu, dit qu'elle est tousiours conioincte
auec le seruice spirituel de la conscience. *I'ap-* Inst.2.8.16
pelle (dit-il) *adoration, la reuerence que luy fait la
creature, se soumettant à sa grandeur. Pourtant ce
n'est pas sans cause que ie mets, comme vne partie d'i-
celle, l'honneur que nous luy portons. nous assuiet-*

tiſſans à ſa Loi. Car c'eſt vn hommage ſpirituel, qui
ſe rend à luy comme ſouuerain Roi, & aiant toute ſuperiorité ſur nos ames, La ſubmiſſion donc
que les Hebrieux expriment par ce verbe
הׁשׁתחׁוׁה, & les Grecs par ce verbe προσκυνεῖν,
ſi elle ſe rapporte à l'interieur, ſignifie vne
ſubmiſſion de l'eſprit, pour faire hommage à
Dieu. Si à l'exterieur, c'eſt vne contenance &
geſte corporelle, par laquelle nous-nous humilions deuant ſa Maieſte, Mais nous conioi-
gnôs les deux, eſtant queſtion de noſtre exercice chreſtien.

Le Ieſuite produit encore vn trait d'impudence, diſant, *que baiſſer la teſte, courber le corps*
& fleſchir le genouil, ſelon noſtre conte, ſont trois
eſpeces d'adoration, & ſelon le ſien, trois ignorances
noſtres. C'eſt nous impoſer. Car de ces trois ſignes exterieurs, & de mille ſemblables, nous
n'en faiſons qu'vne ſeule eſpece d'adoration,
laquelle ſe rapporte au corps, comme nous
auons dit. Et adiouſtons encore, que ſi ces ſignes exterieurs ſont ſeuls, & ne procedent
point de l'affection interieure du cœur, & de
la vraye cognoiſſance de la volonté de Dieu,
ce ne ſont que vaines marques d'adoration &
d'honneur. Dequoy le Ieſuite, s'il luy plaiſt,
aduertira ſon peuple, ſur l'adoration & ſeruice qu'il cuide faire à Dieu. Car cela n'eſtant
point fait par eux auec cognoiſſance & intelligence de la volonté de Dieu, qui eſt le fondement des deux autres actions, indubitablement il eſt reietté de Dieu, comme ne conſi-

stant qu'en vne parade de froides & inutiles
ceremonies.

SVR LE CHAP. VI.

1. A Pres que le Iesuite a expliqué, selon
son aduis, la nature de l'adoration &
de l'honneur, & ensemble leur cause, il vient
a en assigner la diuision. Et ayant posé ceste
maxime, *Que l'honneur a pour sa mire & obiet*
l'excellence, & que toute excellence doit estre hono-
ree selon son rang: il conclud *que comme il y a trois*
sortes d'excellence, il y en a aussi trois d'adoration
& d'honneur: Cela fait, il applique sa maxime
& sa conclusion, à Dieu, aux hommes, & aux
saincts trespassez : toute son application reue-
nant à ce syllogisme.

Toute excellence doit estre adorée & honoree selon son rang.

Dieu a vne excellence, les hommes vne autre, & les saincts trespassez vne autre.

Donc Dieu, les hommes, & les saincts trespassez, doiuent estre adorez & honorez selon
leur rang.

Apres : Si Dieu, les hommes, & les saincts
trespassez doiuent estre adorez & honorez selon leur rang : puis que Dieu a vne excellence
supreme & infinie, il doit estre adoré & honoré d'vne adoration supreme & infinie, qui est
appelee Latrie.

Item, puis que les hommes ont vne excel-
ce plus basse, qui est humaine & naturelle, ils

doiuent eftre adorez & honorez d'vne adoration plus baffe, qui eft appelee Ciuile.

D'auantage, puis que les faincts trefpaffez
ont vne excellence moyenne, ils doiuent eftre
adorez & honorez d'vne adoration moyenne,
qui eft appelee Dulie.

Voila toute la ratiocination du Iefuite. A
laquelle ie refpon, Que puis qu'il prend honorer pour le mefme qu'adorer, & honneur
pour le mefme qu'adoration (comme il a dit
au chap. precedent, fection 2.) Ie diftingue fa
premiere propofition, où il dit *Que toute excellence doit eftre adoree & honoree felon fon rang.*
Ie di donc, que cela eft vray, entendu de toute
excellence capable d'eftre adoree & honoree:
comme Dieu feul, de l'adoration religieufe:
& les hommes honorables, de l'adoration ciuile. Car il y a plufieurs creatures, qui font
douees de grande excellence, lefquelles toutesfois ne font point capables d'eftre adorees:
Comme le Ciel, le Soleil, la Lune, les Elemens, plufieurs animaux, plufieurs arbres, herbes, plantes, pierres precieufes, & autres telles
creatures. Et combien que les Anges & les
faincts trefpaffez, qui iouïffét de la face & prefence de Dieu, aient encore plus d'excellence
fans côparaifon, que les autres creatures que
i'ai dites: tant y a qu'ils ne font point capables
d'aucune adoration, ni ciuile, veu qu'ils ne
conuerfent point auec nous, ni religieufe, veu
qu'elle ne conuient qu'à Dieu feul, n'eftant la
religion autre chofe que le feruice de Dieu.

2. Or cela seruira de responce sur le general
de l'argument du Iesuite. Et viendrons de là
aux particularitez, ausquelles nous serons
tant plus courts. Il dit que l'adoration de Là-
trie est deuë à Dieu seul. Et employe sa distinction de Latrie & de Dulie, pour se desuelo-
per des difficultez qu'il trouue aux raisons que
nous alleguons contre l'adoration des saincts
trespassez, prises des anciens Docteurs. Entre *Hier. ad
lesquels est S. Hierosme, qui dit escriuant à *Ri
Riparius, *Qu'on ne doit point adorer ni les Reliques, ni les Anges, ni aucune creature.* Et S. Au- *Aug. lib. de
gustin qui dit aussi, *que le culte de religion ne peut* *vera rel. ca.
estre donné ni aux Anges, ni aux saincts trespassez.* 55.
Le Iesuite ne contredit point à ces passages,
ains les recognoist estre vrais. Car lui-mesme
les a posez ainsi. Mais il les expose à sa mode,
disant qu'ils se doiuent entendre de l'adoration de Latrie, & non point de celle de Dulie.
Autrement (adiouste-il) ces Docteurs diroient
contradiction. *Car le mesme S. Hierosme dit en *Hier. lib. 2.
un autre lieu, Qu'il est venu en Bethleem adorer la* *contra Ruf.
creche du Sauueur.* Et S. Augustin, *Que le peuple* *Aug. li. 20.
Chrestien adore la memoire des Martirs par so-* *cont. faust.
lennité religieuse.* *cap. 22.

Resp. Les premiers passages sont certains,
& ne peuuent estre reuoquez en doute. Ausquels encore nous en pourrions adiouster plusieurs autres, & nommement d'Athanase, qui *Athan. ser.
dit en termes exprès. *Ni les Anges, ni les saincts* *3. contra
ne doiuent point estre adorez.* Et Epiphanius en *Arriānos.
l'heresie des Collyridiens dit & repete souuēt,

Que la vierge Marie ne doit point estre adorée:
ains Dieu seul.

Quant aux derniers passages qu'il attribue
à S. Hierosme & à S. Augustin, contraires aux
premiers: ie respon pour celuy de S. Hierosme, qu'il est supposé. Et qu'il n'a iamais dit,
qu'il soit venu en Bethléem adorer la creche
du Sauueur. Il a esté apres la naissance de Iesus
Christ plus de 450. ans. Auquel temps la creche susdite n'estoit plus en nature. Et pour celuy de S. Augustin, ie di qu'autre chose est honorer la memoire des Martyrs (car il met ce
mot *concelebrare*, & non point *adorare*) & autre
chose adorer les Martyrs. C'est comme il dit
en quelque lieu de ses liures de la cité de Dieu:
Nous n'ordonnons point aux Martyrs des temples,
des sacrifices, des seruices diuins. Car il ne sont point
nostre Dieu: Ains leur Dieu est le nostre. Nous
honorons leurs memoires, comme des saincts hommes
de Dieu, qui ont combatu pour la verité iusques à
la mort de leur corps, à fin que la vraye religion fust
cognue, & que les fausses religions fussent conuain-
cues & vaincues.

3.   Nous accordons ce qu'il dit en la section
troisieme, de l'excellence humaine ou des
hommes, qui est de plusieurs sortes; les vnes
de plus, les autres de moins.

4.   Mais nous reiettons l'adoration de Dulie
& d'Hyperdulie, de laquelle il parle en la sect.
4. Et pource qu'il la met simplement, & sans
aucun tesmoignage de l'escriture, ni des anciens Docteurs, aussi la repudions-nous sim-

Aug. de Ci-
uit. Dei lib.
8. cap. 27.

plément, & fans autre difputé.

5. Nous fommes pareillement d'accord touchant l'adoration fouueraine deuë à la perfonne de Iefus Chrift. Car il eft vray Dieu & vray
homme.Mais touchant l'humanité confideree
en foy, & pour fon regard fimple, & par confequent entant que creature, nous difons
qu'elle ne doit point eftre adoree.Car en Iefus
Chrift *la parole*, c'eft à dire la Diuinité, eft le
vray & feul obiet de l'adoration. Toutesfois
elle eft adoree entant qu'elle fubfifte perfon-
nellement en la perfonne du Fils de Dieu. Si
le Iefuite veut voir plus auant noftre aduis fur
ceci, il lira, s'il luy plait, noftre difpute fur l'a-
bus 14. de la meffe, où nous n'auons point
oublié le paffage de S. Auguftin qu'il cite yci.

6. En la fect.6.le Iefuite ne s'abuferoit point
quand il dit, *qu'en la faincte efcriture le nom*
d'adorer, eft indifferemment vfurpé pour Dieu, &
pour les creatures, fi par les creatures il entendoit les hômes honorables, & s'il diftinguoit
feulement entre l'adoration religieufe, & l'a-
doration ciuile. Mais quand il y adioufte l'a-
doration des Anges, il fe trompe fort, & encore plus quand il abufe de l'efcriture, la citant fauffement. Car il dit, *que Loth s'inclinant*
adora les Anges. Et en la marge il cotte Gen.
19.Or Loth s'inclinant deuant les Anges, fans
doute ils penfoit que ce fuffent des hommes,
comme l'hiftoire en fait foy. Car les penfant
tels, il les pria de venir chez luy, & arriuez,il
les pria encore de lauer leurs pieds, & leur ap-

presta le souper : Et il est adiousté qu'ils mangerent. Or ces actions, de lauer les pieds, & de manger, ne conuiennent nullement aux Anges. C'est tout de mesme d'Abraham, lequel cuidant receuoir des hommes chez soi, y receut des Anges. Gen. 18. 2. Et ainsi l'a exposé l'Autheur de l'Epistre aux Hebrieux. Heb. 13. 2.

7. Ce qui est notable en la sect. septiesme, c'est que le Iesuite promet de monstrer au chapitre suiuant, *que l'adoration deue & donnee aux Anges, aux saincts, & aux choses sainctes, est notoirement prouuee par l'Escriture saincte.* Faisons donc yci la fin de nostre responce, comme il l'a fait de son Chapitre : Et venons au suiuant.

SVR LE CHAP. VII.

IL s'efforce de monstrer en ce chapitre, que l'honneur de religion, qui est adoration selon son sens, est deuëment donné aux Anges, aux saincts, & aux choses sainctes. Et par ainsi que sa troisiesme sorte d'adoration, qu'il appelle moyenne, sera verifiee.

1. *Premierement* il prétend le prouuer par l'Escriture. *Iosué* (dit-il) *prosterne à terre adora l'Ange, aussi tost qu'il eut entendu qu'il estoit seruiteur de Dieu.*

Resp. On pourroit dire que Iosué pensoit que cest Ange fust vn homme. Car il est nommé אִישׁ, vir, *homme*, & non point מַלְאָךְ Angel.

Ios. 5. 13.

Angelus, *Ange.* Et partant apres que ledit Ange se fut declaré *Prince de l'exercite du Seigneur,*
Iosué s'inclinant l'adora, c'est à dire, luy fit vne
tresgrande reuerence, d'vne façon ciuile. Mais
nous aimons mieux suiure l'aduis d'Origene,
qui par cest Ange a entendu Iesus Christ. *Co-*
gnouit Iosué (inquit) *non solum quod Angelus ex*
Deo est, sed quod Deus est. Non enim adorasset,
nisi Deum cognouisset. Quis enim est princeps mi-
litiæ Dei, nisi Christus ? C'est à dire, Iosué co-
gnut que cet Ange, non seulement estoit de
Dieu, mais qu'il estoit Dieu. Car il ne l'eust
point adoré, s'il ne l'eust cogneu estre Dieu.
Car qui peut estre prince de l'exercite du Seigneur, sinon Christ ? C'est comme en ces passages. Exo. 3. 2. & 4. 19. Nomb. 22. 31. Mala.
3. 1. où Iesus Christ est nommé Ange. Et ceste exposition d'Origene est confermee par
l'Escriture, ce mot אִישׁ, signifiant le Dieu
eternel, apparu en figure humaine. Car au cha.
32. du Genese. v. 24. est ce mot אִישׁ, lequel
est rapporté à l'Eternel, par le prophete Osee,
au chap. 12. de sa prophetie. Vers. 3.

Abraham & Loth adorerent les Anges venus en Genes. 18. 2.
leurs maisons. Resp. Nous auons respondu à & 19.
ces exemples au chap. precedent, sect. 6.

C'est vne chose tres manifeste (dit-il) que l'Arche de l'Alliance estoit en grand honneur & religion
en la loy de Moyse. Personne ne l'osoit approcher qui
ne fust Prestre ou Leuite. Et Osa mourut pour l'auoir
touchee de sa main, encor qu'il l'eust fait pour la garder de tomber. Et quand on la portoit, comme nous

S

portons les reliques, il faloit suiure de loin, par reuerence. Direz-vous que ce soit ciuilité?

Resp. I'emploie ici la distinction de Bellarmin (De imag. sanct. lib. 2. cap. 28.) C'est
qu'vne chose peut estre honorée à cause de soi-
mesme, ou bien à cause d'vne autre chose. propter se, vel propter aliud. Cela est honoré à cause
de soy-mesme, qui a en soi la cause d'honneur,
ne dependant point d'ailleurs. Et en ceste façon Dieu seul doit estre honoré. Cela est honoré à cause d'vne autre chose, qui a bien en
soi la cause d'honneur, mais laquelle cependant depend d'ailleurs. Et en ceste façon les
signes des choses sacrées sont honorables,
d'autant qu'ils ont en eux la relation de la similitude, ou la representation de la chose sa-
crée, & par consequent quelque excellence,
mais laquelle depend toute de la chose sacree.

Ainsi donc l'Arche de l'Alliance a esté en
grande estime, & de tresgrande excellence entre les Iuifs. La description en est faite bien
ample en Exode cap. xxv. La matiere d'icelle,
la forme, la mesure, & l'vsage, y sont là representez, sans qu'il y ait rien à dire. On en faisoit cas, comme estant vne figure de Iesus
Christ, la vraie Arche de l'Alliance de Dieu,
le vrai sacrement & tesmoignage de la presence de sa Maiesté, & nostre vrai propiciatoire.
Elle estoit honoree des Iuifs, côme estant vn
signe sacré & dedié pour receuoir les saincts
oracles de Dieu, pour induire le peuple à la
souuenance, crainte, & obeissance de ses com-

mandemens: Et où le Seigneur monstroit plusieurs signes de son assistance. Mais que pourtant iamais elle ait esté adoree, ni portee par
les villes, à la façon qu'on porte les reliques
es processions en la papauté, il ne se trouue
nulle part, ni en l'Escriture saincte, ni és Escrits des Docteurs de l'Eglise.

1. Rois 18. 7.
Dan. 2. 46.

Il est escrit aussi que le Roi Abdias adora Elie, &
Nabuchodonozor Daniel. Resp. Abdia, duquel
il est parlé au liure cotté par le Iesuitte, n'estoit
point Roi, ains maistre d'hostel du Roi Achab.
1. Rois. 18. 3. Au surplus nous disons que ces
adorations ont esté des reuerences ciuiles, &
non point religieuses. Mais oyons la replique
du Iesuite.

De dire (dit-il) que ce fust honneur ciuil, c'est
vne glose ridicule. Car ce seroit vne chose par trop
inciuile, qu'vn Roi se prosternast deuant son vas-
sal, & deuant son captif, pour l'honorer ciuilement.
Ils les adoroient donc pour la saincteté: & par conse-
quent c'estoit honneur de religion. Resp. Quant à
Abdia, nous auons desia dit, qu'il n'estoit
point Roi, ains seulement maistre d'hostel du
Roi. Partant ce n'a point esté inciuilité à luy
de faire honneur au Prophete Elie, veu qu'en
ce Roiaume de France & ailleurs, les prelats
sont bien honorez, non seulemēt des maistres
d'hostel des Rois & des Princes, mais encore
des Rois & des Princes mesmes. Touchant
Nebuchadnezar qui a adoré Daniel, nous
pouuons dire de luy, cela mesme que nous
auons dit d'Abdia. Mais que repliquera le Ie-

suitte ; si nous prenons ceste adoration de Nebuchadnezar comme il a fait ; c'est assauoir
pour adoration religieuse, & disons qu'il a ex-
cedé & failli, quand il a adoré Daniel? Car n'e-
stoit il pas nourri és impietez & idolatries ba-
byloniênes? Et n'est-il pas adiousté au mesme
verset, qu'il luy fit sacrifier des oblations &
des perfuns? Or le Iesuite a dit ci deuant au
chap. precedét sect. 7. Que le sacrifice n'est deu
qu'à Dieu seul. Si donc on confesse que ce Roi
a mal fait de sacrifier à Daniel : pourquoi ne
côfessera-on qu'il a mal fait aussi de l'adorer?
2. *Secondement*, il prouue par le tesmoignage de l'Eglise sa mesme proposition : c'est assauoir, que l'adoration religieuse, mais non-en-
ñe, est deuë aux Anges, aux saincts, & aux
choses sainctes. Son argument est tel. *Les Iuifs,*
les Gentils, & les Heretiques anciens reprochoient
iadis aux Chrestiens, qu'ils honoroient, prioient &
inuoquoient les Saincts, comme vous nous reprochez,
& les appeloient idolatres, comme vous nous appe-
lez. C'est donc vn argument necessaire que l'Eglise
tenoit & faisoit, ce que nous tenons & faisons.
Resp. C'est yci la troisiesme fois que le Iesuite se sert de cest argument, lequel nous
auons deux fois refuté. Voiez-le sur l'Auant-
propos de ce discours. Art. 5. Et sur le Chap.
1. sect. 2. Mais nous adiousterons yci deux
mots : c'est que quand ceux qu'il pretend
nommer, reprochoient aux Chrestiens, qu'ils
honoroiét, prioient & inuoquoient les saincts,
ils ne faisoient point mal de les reprendre en

cela : & ne faiſoient point ceſte reproche à l'E-
gliſe en general, ains ſeulemẽt aux idolatres,
qui ſe diſoient-eſtre de l'Egliſe. Comme quãd
S. Paul cenſuroit les Corinthiens, & les Gala-
tiens de leurs abus & erreurs, il n'en vouloit
pas à leurs Egliſes en general : ains ſeulement
à ceux qui d'entr'eux eſtoient coulpables des
abus & erreurs qu'il cenſuroit.

3. *Tiercement*, il le prouué par les *Temples ba-*
ſtis au nom, & en memoire des Anges & des Saincts.
Ie ne puis comprendre, ni voir quelle eſt la
liaiſon de l'argument que le Ieſuite pretend recueillir de ſes Temples. Car il faut qu'il argumente ainſi. Les Temples ont eſté baſtis au
nom & en memoire des Anges & des Saincts.
Donc les Anges & les Saincts doiuent eſtre
adorez. La conſequence n'eſt point bonne.
Car de l'Antecedent on ne peut point inferer
le Conſequent, ſinon qu'on y adiouſte quelque terme, & qu'on die ainſi : Les Temples
ont eſté baſtis au nom & en memoire des Anges & des Saincts, *à fin qu'ils y ſoyent adorez.*
Alors le Conſequent ſeroit vrai : Donc les Anges & les Saincts doiuent eſtre adorez. Mais
nous nions l'Antecedent. Car les Temples ont
eſté baſtis, ou doiuent auoir eſté baſtis, non
point pour y adorer les Anges & les Saincts :
ains pour y prier Dieu en l'aſſemblee publique,
pour y preſcher & ouir la parole de Dieu, &
pour y adminiſtrer & receuoir les ſaincts Sacremens. Pour ceſte cauſe le Temple a eſté appellé *Maiſon d'oraiſon à tous peuples.* Et Orige- Iſa. 56. 7.
Mat. 21. 13.

S iij

Orig. Hom.
2. in Exod.
Tert. Apol.
cap. 39.

ne appelle auſſi les Temples des Chreſtiens, *Maiſons d'oraiſon*. Et Tertulien en ſon Apologetique dit, *qu'on s'aſſemble au Temple, premierement pour l'oraiſon, ſecondement pour la leçon ou lecture, tiercement pour l'exhortation. &c.*

Que ſi les Temples ſeruent pour y adorer les Anges & les Sainɛts, ce ſont autant d'abus d'iceux. Et comme ainſi ſoit qu'en toute la papauté les temples ſeruent à cela, ce ſont autant de marques, & de preuues euidentes de

2. Theſ. 2.

l'apoſtaſie & reuolte generale, predite par S. Paul, par laquelle l'Egliſe romaine & ſes ſemblables, ont quitté le ſeruice de Dieu & de Ieſus Chriſt, pour adherer à Satan & à l'Antechriſt.

Quant à ce que le Ieſuitte dit, *que les temples ne ſont point dediez aux Anges & aux Sainɛts, comme à Dieux, & qu'en iceux on ne leur fait point ſacrifice : mais qu'ils ſont conſacrez pour y ſeruir Dieu, auec la memoire & honneur des ſeruiteurs de Dieu.* Il eſt aiſé à prouuer le contraire par l'experience. Car en premier lieu, il ne ſe voit aucun temple en la papauté, qui ſoit dedié à Dieu, ni à Ieſus Chriſt : ains aux Anges & aux ſainɛts. Le temple (dit-on) de noſtre Dame, de S. Raphael, de S. Pierre, de S. André, de S. Surin, de la Madelene, de ſainɛte Agathe, de ſainɛte Catherine. &c. En ſecond lieu, ie ne ſçay que ceſt que les idolatres font, quand en leurs temples ils ſe mettent à genoux deuãt les Anges & les Sainɛts, ou plutoſt deuant leurs images & reliques, les prient, leur offrent des chandelles, les baisent, leur font des ensencemens, & semblables choses, si cela n'est leur sacrifier.

Or voici le bon, que le Iesuite adiousté. *Comme quand vn prince (dit-il) edifie vne ville, ou vne maison, au nom de quelque sien amy, se retenant cependant le domaine: ou comme on donne le nom d'vn sainct à l'enfant qu'on baptize, pour estre temple du sainct Esprit. De mesme les temples sont edifiez à Dieu, mais sous les noms des saincts.*

Resp. La premiere similitude est inepte. Car au moins y a-il des villes, lesquelles ont esté tellement basties par les princes, qu'elles portent leur nom. Tesmoin Rome, Constantinoble, les trois Alexandries, & vne infinité d'autres. Et plusieurs encore desquelles nul n'est seigneur, ni souuerain, ni proprietaire, ni feudal, sinon le prince. Mais qu'y a-il de semblable aux temples de la papauté? Nommez-en vn seul qui porte le nom de Dieu ou de Iesus Christ ? Ains (comme nous auons dit) tous portent le nom des Anges ou des Saincts, & sont edifiez & bastis en leur memoire & honneur.

La deuxiesme similitude est encore plus inepte. Car (dit-il) *à l'enfant qu'on baptize on donne le nom d'vn sainct, à fin qu'il soit temple du S. Esprit.* Donc vn enfant porte le nom de S. François, ou de S. Claude, à fin qu'il soit temple du S. Esprit. Et qu'est-ce à dire ? Le nom est-il cause que nous soyons temples du S. Esprit ? N'est-ce pas plustost la grace de Dieu,

de laquelle procede le don de sanctification,
par lequel Dieu nous dedie & consacre pour
luy estre temples, à fin qu'il habite en nous
par son S. Esprit? Car vn lieu profane & im-
monde ne peut estre domicile de Dieu.

Ce qu'il fait suiure est plus dangereux, que
le danger qu'il dit qu'anciennement on a voulu euiter, pour l'ambiguité du mot de Temple.
Iadis (dit-il) *on ne les appeloit point Temples, mais
Basiliques: c'est à dire, maisons royales des martirs. On les appeloit aussi memoires des martirs.*
Resp. Le Iesuite s'embrouille yci, pour sembler estre plus subtil, que tous les autres Docteurs de sa robe. Bellarmin parle plus clairement, mettant difference entre Temple & Basilique. *Le Temple* (dit-il) *est basti pour le culte
de Latrie deu à Dieu seul: & le Basilique est basti
pour la memoire des martirs. A cause dequoy*
(adiouste-il) *S. Augustin ne dit iamais.* Templa Martirum. *Temples des Martirs: ains,* Ba-
silicas Martirum, *Basiliques des Martirs.* Mais
ne desplaise à Bellarmin, ceste distinction n'a
point de lieu en la papauté. Car où est-ce que
les Temples y sont particulierement dediez
pour le culte de Latrie, c'est à dire pour le seruice de Dieu, & les Basiliques pour la memoire des Martirs? En quelles villes? En quelles paroisses? Tout cela n'est-il point mis en
tous les Temples papistiques, pesle mesle &
confusement?

Et quand à ce que le Iesuite dit, que suiuant
cete distinction, & pour euiter l'occasion

Bell. Tom 1.
pag. 17. &c.

d'erreur & de calomnie aux ennemis des chreſtiens, S. Auguſtin eſcriuant contre Fauſte *Aug. cont. Fauſt.li.20.* manicheen, & en ſon liure de la Cité de Dieu, *c.11.&li.8.* dit : *Nous ne dreſſons pas autel aux Martirs, mais* *de ciu. Dei* *au ſeul Dieu des Martirs, en leurs memoires:* c'eſt *cap. 27.* à dire (expoſe le Ieſuite) *en leurs Temples.* Ne deſplaiſe à la reuerence de Richeome ; par ce mot, *en leurs memoires,* S. Auguſtin n'a iamais entendu, *en leurs Temples.* C'eſt de la gloſe du Ieſuite, & de ceux de ſa ſocieté.

Touchant les Reliques, *ſans leſquelles* (dit-il) *iamais on ne baſtiſſoit aucune Egliſe, comme il appert par le Canon 15. du 5. Concile de Cartage:* Ie-reſpon que ceſte inuentiõ n'eſt point de Dieu. r[e]ligue Car il eſt notoire (ç'a reſpondu Paccard l'vn de nos freres, à de Xainctes) que du temps de *Ambr.l.10.* S. Ambroiſe on commença ſeulement de cher- *Ep.85.Euſ.* cher les Reliques, les trãſporter d'vn lieu en vn *lib. 4.c.15.* autre, & les recommander au peuple. Et Eu- *Hiſt.Eccleſ.* ſebe recitant ce qui aduint à la mort de Poly-carpe, dit ; Que les Chreſtiens demanderent le corps de leur Eueſque à grande inſtance & humble priere : mais que les Iuifs y reſiſterent à toutes forces. Qu'vn Nicetas empeſcha, di-ſant qu'il y auroit danger, que delaiſſans Ieſus Chriſt crucifié, ils n'adoraſſent Polycarpe. A quoi ils reſpondirent ainſi : vous eſtes bien aueuglez, poures ignorans : Car nous ne pouuons iamais, en quelque façon que ce ſoit, laiſſer Ieſus Chriſt, qui a enduré la mort pour le ſalut de tout le monde, & ne pouuons ado-rer autre quel qu'il ſoit, d'autant que nous cognoiſſons qu'il eſt vray Dieu, & pour celuy qui ſeul doit eſtre adoré. Mais quant aux Martirs, nous les aimons & honorons, comme diſciples du Seigneur, comme ceux qui ont gardé entieremēt la foi à leur maiſtre & ſeigneur: deſquels auſſi nous deſirons eſtre faits participans en foi, perſeuerance & charité. Peu apres ils diſent, qu'ils ont enſeueli les os amaſſez ſelon la couſtume, comme il eſtoit conuenable.

De là il appert que lors il n'eſtoit queſtion que d'enſeuelir honorablement les Martirs, & que la ſuperſtition s'y eſt puis apres fourree, & l'adoration auſſi.

Il ne faut nullement douter que Satan ne ſoit l'autheur des reliques, comme il appert par ce que Ruffinus & Socrates diſoient du corps de Babylas martyr. Et c'eſt pourquoi les peres aſſemblez en concile à Conſtantinoble du temps de Leon 3. conclurent que l'adoratiō des reliques eſtoit vne pure idolatrie.

Du temps de S. Auguſtin elles n'eſtoient pas encore receuës en Affrique, comme on le peut recueillir de pluſieurs paſſages de ſes œuures, & notamment par ces mots : *Nous n'ordonnons pas des Temples, des Sacrificateurs, des ſeruices aux Martirs : Car ils ne ſont point noſtre Dieu, ains leur Dieu eſt le noſtre.* Nous auons allegué au chap. VI. ſect. 2. ceſte ſentence encore plus amplement.

Chryſoſtome les reprouue & condamne aſſez clairement par ces paroles: *Ne s'arreſte*

Lib.1.c. 35.
lib.3.ca.18.

Auguſ.lib.
de cura pro
mort.ca.13.
Et de Ciuit.
Dei lib. 8.
cap. 27.

Chr.Hom.2
parlant des
Machabees.

pas à la cendre des corps sainëts, des reliques de leur Homel. 43. fur S. Mat. chapti. 23. Att. 19. chair, ni à tous les os qui sont consumez par le temps: mais ouure les yeux de la foy, & les regarde couuerts de la vertu diuine. Item, *Tu me diras*, *S. Paul ne donnoit-il pas ses linges pour guerir les malades? Ie le confesse: mais c'estoit deuant que les hommes eussent la cognoissance du vrai Dieu: Mais maintenant c'est folie. Car puis que nous auons la cognoissance de la puissance de Dieu, que profite-il de sauoir & de cognoistre la puissance des hommes?* Voila ce que ces Docteurs ont dit & enseigné touchât les reliques.

4.   *Quatriemement*, le Iesuite prouue sa pretention de l'adoratiõ des Anges & des Sainëts, *par les festes, veilles, pelerinages, & autres offices de pieté, instituez & continuez dez le commencement de l'Eglise iusques au iour-d'hui.* Resp. C'est prouuer l'incertain par l'incertain. Et n'est cet argument qu'vne petition de principe, comme on dit aux Escholes : n'estant pas moins idolatre & superstitieuse la celebration des festes des Sainëts, leurs veilles & pelerinages, que leur adoration.

Car quant aux festes, le seul iour de Dimanche nous est en recommandation, duquel S. Iean fait mention Apo. 1. 10. Et Ignace disciple des Apostres le recommande seul aux Chrestiens, escriuant *ad Magnesios*. Que tous ceux (dit-il) qui aiment Iesus Christ, celebrent le iour de Dimanche, insigne par la resurrection, & qui est le Souuerain & le Roi de tous les iours, auquel la mort a esté vain-

cue, & noſtre vie manifeſtee en Ieſus Chriſt,
lequel les fils de perdition nient.

Et pour le regard des feſtes de la papauté,
nous ne les recognoiſſons que pour marques
de l'Antechriſt, condamnees par S. Paul. Col.
2. 16. Et par le decret meſme, ſous la particu-
liarité du Samedi, pretendu chomable par
aucuns. *De conſ. Diſt. 3. Can. peruenit.* Touchant les pelerinages nous en parlerons, Dieu
aidant, ſur le dernier chap. ſec. 2. du Diſcours
des Images.

Cinquiemement, il le prouue encore par le
teſmoignage des peres, deſquels il en cite 12.
Grecs, & 8. Latins.

Iuſt. Mart.
Apol. 2. 1. *Iuſtin Martyr (dit-il) expoſant le ſommaire
de la foi, au nom de toute l'Egliſe des Chreſtiens,
apres l'adoration du Pere, du Fils, & du S. Eſprit,
il met l'honneur que nous faiſons aux Anges.*

Reſp. Nous confeſſons qu'il faut honorer
les Anges. Mais cet honneur n'eſt autre choſe
qu'vne recognoiſſance, par laquelle nous teſ-
moignons, que ces Eſprits bien-heureux ſont
fideles ſeruiteurs de Dieu, & qu'ordonnez de
ſa Maieſté pour ſeruir à noſtre ſalut, ils s'y
emploient ſoigneuſemēt, & auec toute prom-
pritude & rondeur : & partant les recognoiſſans tels, nous adorons Dieu, & le remercions
de cœur & de langue, du ſoin qu'il lui plait
auoir de nous, nous commettans entre les
mains de ſi puiſſans, ſi bons & ſi fideles gardiens.

2. Origene : *La memoire des ſainéts a eſté inſti-*

siours celebree en l'Eglise, comme il est digne & raisonnable.

Resp. Ce passage ne fait rien pour l'intention du Iesuite. Car autre chose est celebrer la memoire des Saincts, & autre chose les adorer : comme nous auons dit au chap. precedent sect. 2. Et l'auons confirmé par S. Augustin.

3. *Eusebe parlant des festes des Saincts : Nous faisons (dit-il) tous les iours ceci. Car nous honorons les vrais champions du Seigneur.* *Euf. lib. 13. praep. Euan. cap. 7.*

Resp. Eusebe ne parle point des festes des Saincts: ains seulement de l'honneur que nous leur deuons faire, les croians auoir vescu & estre morts en la crainte de Dieu, & nous les proposans pour exemple, autant qu'il nous est loisible, selon les Escritures.

4. S. Athanase: *Si vn homme iuste entre dedans ta maison, tu lui vas au deuant auec honneste recueil, & te iettant à ses pieds tu l'adores.* *Ath. lib. de l'incarnatae in fine.*

Resp. Cela s'entend de l'adoration ciuile. Et la raison que le Iesuite allegue contre nous, fait contre lui. Car ce qu'il adiouste du mesme Athanase, monstre que l'adoration religieuse ne s'adresse qu'a Dieu seul, & la distingue de l'adoration ciuile. Car (dit il) *tu ne l'adoreras point, mais Dieu par qui il est enuoié, & qui dit, celui qui reçoit vn homme iuste, reçoit moi-mesme.* Comme si Athanase disoit, Car en l'adorant ainsi, assauoir d'vne adoration ciuile, tu ne l'adores point d'vne adoration religieuse, laquelle n'appartient qu'a Dieu. Mais

cependant en lui faifant cet honneur ciuil, &
le receuant comme enuoié de Dieu, tu ado-

Mat.10.40. res Dieu, & le reçois. Comme Iefus Chrift a
dit à fes Apoftres, *Qui vous reçoit, il me reçoit.*

Baf.Orat.in 5.   S. Bafile. *L'Eglife donne courage à ceux qui*
S. Maman- *font prefens, quand elle honore ceux qui font tref-*
tem. *paffez.*

Refp. Il entend parler de l'honneur tel que
nous auons expliqué fur le 3. paffage, qui eft
d'Eufebe.

Greg. Naz. 6.   S. Gregoire Nazianze dit, *Que l'honneur*
Oratio in *fait aux martirs, eft vne marque euidente de l'a-*
Macbab. *mour qu'on porte à Iefus Chrift.*

Refp. Premierement, le Iefuite fe mefconte en la citation de ce paffage. Car il dit qu'il
eft en l'oraifon des Machabees, & Bellarmin
dit qu'il eft en l'oraifon 1. de Iulian. Secondement, par l'honneur fait aux Martirs, il entend ce que nous auons dit ci deffus, & non
point de l'adoration. Car nous ne nions point
qu'il ne nous faille honorer les faincts trefpaffez; c'eft affauoir croians qu'ils ont vefcu &
font morts en la crainte de Dieu; qu'ils ont
efté fideles feruiteurs de Iefus Chrift en terre;
qu'ils nous ont applani le chemin de l'Euangile, que nous deuons fuiure: qu'ils ont vaillamment fouftenu la Foi, par laquelle nous
deuons eftre fauuez comme eux: Et finalemét
que nous-nous deuons propofer leur exemple
& les imiter, autant qu'il nous eft permis par
la parole de Dieu: Suiuant mefme vn prouerbe ancien qui dit, *Bene colit fanctos, qui imita-*

tur eos.

7. Gregoire de Nice : *A quel Roi fait-on tel* Greg. Nic.
ora.18 Thia.
Mart.
honneur ? Y a-il aucuns de ceux qui ont esté grans
entre les hommes, de qui la memoire apres sa mort,
soit en si grande reuerence ? Quel Empereur fut ia-
mais si chanté, & si renommé, comme ce poure sol-
dat n'agueres enrollé, & armé par Paul, oinct par
les Anges, & couronné par Iesus Christ ?

Resp. Rien pour lui, ni rien contre nous. Epip. heres.
79.

8. Epiphanius repete souuent ces mots, *Que*
Marie soit honoree, & le Seigneur soit adoré.

Resp. Nous accordons cet article, par lequel il conste que Dieu seul doit estre adoré,
& la saincte vierge honoree, comme nous
auons dit des Saincts au passage 6. de S. Gregoire Nazianze. Au reste, qui voudra lire au
long le passage d'Epiphanius, trouuera qu'il
est du tout contraire à l'intention du Iesuite.
Nous l'auons inseré en l'Abus 29. de la Messe.

9. S. Chrysostome : *Les Martirs que nous* Chry. Hom.
de sanct.Iu-
uentut. &
Maxima.
honorons auiour-d'hui estoyent presens. Et vn peu
apres : partant voions-les souuent, & adorons leurs
sepulchres.

Resp. Ce passage est de la forge des Iesuites, & nullement de Chrysostome. Ie desire
de voir le texte grec, où cela soit escrit. Car en
ceux que i'ai veus, ie ne l'ay peu trouuer.

10. Cyrile Alexandrin : *Nous ne disons pas* Cyril.l. 6.in
Iulia.
que les Martirs soient deuenus des dieux, mais
nous auons de coustume de les honorer en toutes les
sortes que nous-nous poumons aduiser.

Res. Assauoir selon Dieu, & sa saincte parole.

Theod.lib.8. ad Grecos.

11.   Theodoret parlant aux Grecs: *Noſtre Seigneur Dieu a mis ſes treſpaſſez à la place de vos Dieux, qu'il a rendus contemptibles & deſpriſez, & donné leur honneur à ſes Martirs. Nous ne ſacrifions pas aux Martirs, Meſſieurs les Grecs, nous n'uſons point de libations enuers eux: mais nous les honorons comme ſaincts perſonnages, & grans amis de Dieu.*

Reſp. L'honneur eſt yci pris, comme deſſus. Et quant aux changemens des dieux des païes aux ſaincts qu'on adore en l'Egliſe romaine, cela ſe voit en pluſieurs lieux, & nommement à Rome, ou le Pantheon, c'eſt à dire le temple de tous des dieux, eſt conuerti au temple de tous les ſaincts: & le temple de Caſtor & de Pollux, au temple de S. Coſme & de S. Damien. Mais l'idolatrie n'a nullement eſté changée, ains elle eſt touſiours d'vne meſme ſorte, au preiudice de l'honneur & de la gloire de Dieu.

Damaſc. de fide. lib. 4. cap. 16.

12.   Damaſcene: *C'eſt vne choſe ſeante d'honorer les ſaincts, comme amis de Ieſus Chriſt, & comme enfans & heritiers de Dieu.*

Reſp. Comme deſſus. C'eſt (dit le Ieſuite) le teſmoignage des peres Grecs. Venons aux Latins.

Tert. de coro. mil.

1.   *Tertulien teſmoigne aſſez la couſtume de celebrer la feſte des ſaincts Martirs, au liure qu'il a fait de la couronne du ſoldat.*

Reſp. Quand le Ieſuite nous en aura cotté les paſſages, & allegué les ſentences, nous y reſpondrons.

2.   S.

2. S. Cyprien : *Nous celebrons tous les ans la* Cypr. lib. 4.
mort & la feste des saincts martirs. Epist. 5.

Resp. Le Iesuite est trop effronté de faire
parler ainsi S. Cyprien. Car ceste allegation
ne se trouue point au lieu qu'il a cotté. Et
quand bien ce qu'il dit se trouueroit en S. Cyprien, ie feroi au Iesuite la responce que fit S.
Augustin à Cresconius heretique, lequel pour
fortifier son heresie abusoit des escrits de S.
Cyprien. *Ie ne tien point, (dit-il) les escrits de* Aug. contra
Cyprien comme canoniques ; ains ie les examine par Cres. lib. 2.
les canoniques : Et ce qui conuient à l'authorité des cap. 32.
sainctes Escritures, ie le reçoi à la louange d'icelui :
mais ce qui n'i conuient point, ie le reiette, sauf sa
bonne grace.

3. S. Maximus : *Tous les martirs doiuent estre* Maxim.
honorez par grande deuotion, mais signamment serm. de na-
ceux-là, dont nous auons les reliques. tali sancti
&a. Aduct.
& solut.

Resp. Nous laissons à te Maxime la maxime de ses reliques, iusques à ce que le Iesuite
nous l'ait prouuée par d'autres Docteurs plus
metables. Et quant à l'honneur des Martirs,
nous l'auons adoué ci deuant, ne faisant rien
pour l'adoration des Saincts.

4. S. Paulin les celebre aussi. Resp. Le Iesuite Paul. Na-
n'a point osé alleguer le vers de ce Paulin, tal. 1. 5.
que Bellarmin a franchement cité. Il est tel, Felic.

Roma Petro Pauloque potens rarescere gaudet
Huius honore Dei. &c.

Et plus n'en dit Bellarmin. Iugez ce qui en
est : & si ces Iesuites sont bien desnuez de
preuues suffisantes pour l'adoratiô des Saincts,

T

puis qu'ils se seruent de ces passages de nulle
authorité, & qui ne seruent de rien, sinon à
remplir leur papier.

Ambr. serm 6. 5. S'Ambroise. *Mes freres, toutesfois &*
quantes que nous celebrons la memoire des Martirs,
renonçans à tous actes mondains, nous deuons sans
doute rendre l'honneur conuenable à ceux qui par
leur sang nous ont fraié le chemin de salut, & ont
esté sacrifiez par vne si saincte oblation à Dieu tout
puissant, qui a dit à ses Saincts, qui vous honore,
m'honore, & qui vous mesprise, me mesprise. Qui-
conque donc honore les Martirs, honore Iesus Christ,
& qui mesprise les Saincts, il mesprise le Seigneur.
Resp. Et qu'y a il en ce passage pour maintenir & confirmer l'opinion du Iesuite.

Hier. cont. vigil. & Ep. ad Rip. 6. S. Hierosme, & toutes ces anciennes lumieres
de l'Eglise primitiue enseignent la mesme doctrine.

Resp. Puis que le Iesuite ne cite point les
passages, ni les paroles de S. Hierosme, nous
n'auons point aussi besoin d'y faire aucune responce.

Aug. in Psal. 96. 7. S. Augustin sur le Pseaume 96. *A la mien-*
ne volonté, que vous fussiez culteurs & deuots des
Anges : vous apprendriez d'eux qu'il ne les faut pas
honorer comme dieux, mais comme saincts. Et au
Serm. de SS. Petro & Paulo. Sermon de S. Pierre & de S. Paul. *Mainte-*
nant la multitude des nations adore à deux genus le
bien heureux pescheur Pierre. Et en l'Epist. 44.
Epist. 44. *Qu'on me monstre que le temple de Romulus ait*
iamais esté en telle veneration, que la memoire (c'est
à dire, le temple, expose le Iesuite) *de Pierre ? Et*
en Pierre, qui est honoré, sinon celui qui est mort

pour nous?

Resp. De ces trois passages de S. Augustin, le premier ne sert de rien à la cause du Iesuite.

Le second est supposé, & n'est point de S. Augustin, ce qui appert clairement, d'autant que sainct August. enseigne tout le contraire. lib. 6. de Ciuit. Dei. cap. 27. & en l'Ep. 42. il parle ainsi, *Videtis imperij nobilissimi, eminentissimum culmen ad sepulchrum piscatoris Petri, submisso diademate supplicare, quod scilicet non Petro, sed ipsi Deo, licet apud monumentum Petri supplicet.*

Quant au troisiesme, c'en est comme du premier. Car la memoire des saincts nous doit estre honorable, & en eux Dieu doit estre honoré. Mais en ce que le Iesuite expose le mot de *Memoire*, par le mot de *Temple*, il se donne trop de licence, comme ci dessus en la sect. 3. en vn autre passage de S. Augustin.

8. *Les escrits de S. Bernard sont pleins de tesmoignages de la veneration enuers les saincts, principalement enuers nostre Dame.*

Resp. Quand il plaira au Iesuite faire parler ouuertement S. Bernard, & nous representer ses sentences & ses paroles sur ceste matiere, alors nous en dirons nostre aduis, & y respondrons plus particulierement.

5. Finalement en la section derniere il prouue par la raison, qu'il faut honorer les saincts trespassez. Et fait deux argumens. Le premier est tel.

Dieu honore les saincts, comme il leur a ¹·Sam.2.

T ij

Iean.12.
Rom. 2.

promis.

Donc nous aussi les deuons honorer.

Resp. Si par le mot d'honorer il entend adorer, nous nions l'Antecedent. Car Dieu n'adore point les saincts, & n'a point promis de les adorer : Si par honorer il entend leur donner la couronne de gloire, & les faire bien heureux au Ciel, comme il est certain que Dieu les honore ainsi: nous nions le Conséquent. Car ce n'est point à nous de les honorer de ceste façon. Cet argument donc est trop grossier.

Le second est tel : *Dieu veut & commande que nous reuerions le Roi, le magistrat, le pere, le maistre, à raison de la superiorité & de l'excellence ciuile, qu'il a mise en eux, Donc par plus forte raison il veut & commande que nous honorions les saincts viuans maintenant en gloire deuant luy.*

Resp. Cest argument n'est point de mise. Car de l'honneur ciuil cuider prouuer l'honneur religieux, il n'y a point de raison. Dieu nous commande l'vn, & non point l'autre. Il veut que nous honorions d'vn honneur ciuil nos superieurs. Mais il ne veut pas que nous facions le semblable aux morts : & moins que nous les honorions d'vn honneur religieux.

Psc.150.1. C'est (adiouste le Iesuite) *honorer Dieu en ses œuures, & faire ce que commande le Psalmiste, Louez Dieu en ses Saincts.* Resp. Premierement il corrompt le passage de Dauid. Car le mot Hebrieu בקדשו *bekodcho*, est singulier & non point pluriel : & ne signifie pas *en ses*

Saincts, ains en son sanctuaire, ou eu son sainct lieu,
c'est à dire au Ciel, comme le membre, qui est
adiousté apres, pour plus ample declaration,
le demonstre. Car de fait, à fin que la Maiesté
de Dieu ait en ce monde telle reuerence, comme elle merite, & que les hommes, qui autrement sont froids, soient eschauffez &
reueillez à chanter les louanges de Dieu, le
Prophete nous commande de leuer les yeux
au ciel, où il introduit Dieu assis magnifique-
ment sur son throne celeste.

Mais posons qu'il y ait au texte, *Louez Dieu
en ses Saincts*: quelle sera ceste maniere d'argumenter : Il nous est commandé de louer
Dieu en ses Saincts : Donc il nous est commandé d'adorer les saincts, ou bien les honorer d'vn honneur religieux ? Est-ce vne mesme
chose, louer Dieu en ses Saincts, & adorer les
Saincts ? Certes Dieu est loué en ses Saincts,
comme és organes & instrumens de sa diuine
bonté & verité : ainsi que nous lisons aux Ga- *Gal. 1. 24*
lates, que S. Paul tesmoigne que les Eglises
de Iudee glorifioient Dieu en lui. Car toutes
les œuures des Saincts appartiennent à la
gloire & louange de Dieu. Mais s'ensuit-il
pourtant que les Saincts, desquels Dieu se sert
pour faire son œuure, à ce qu'il soit glorifié
en eux, doiuent estre adorez ou honorez d'vn
honneur religieux ?

SVR LE CHAP. VIII.

1. **P**Arce que contre l'adoration des Anges & des Saincts nous alleguons quelques passages de l'Escriture, le Iesuite les expose, & commence par le refus que l'Ange fit à S. Iean de son adoration, & le refus que S. Pierre fit à Corneille de la sienne: & expose tellement l'vne & l'autre adoration, qu'il conclud que pas vne ne fait contre sa pretention. Mais il se fait voir de peu d'esprit dés son entree, vsant de contradiction. Car il dit, *Que depuis trenté ans nous ne faisons que rouler ces deux argumens, comme rochers de Sysiphe, leur obiectans ces deux lieux.* Et neantmoins il adiouste, *que Vigilance & autres vieux heretiques en ont iadis abuse.* Or Vigilance viuoit l'an 426. Il y a donc plus d'onze cens soixante ans que ces passages ont esté alleguez contre l'adoration des Saincts & des Anges, & non pas seulement depuis trente ans. C'est luy donc qui en ce propos à la memoire à fons de crible. Venons aux passages.

2. En premier lieu il explique le passage des Actes touchant l'adoration de Corneille, & monstre pourquoi S. Pierre la refusa. Il en allegue deux raisons. La premiere, il la prend de S. Hierosme, qui dit, *Que S. Pierre fit bien de prohiber que ce bon Centenier payen ne l'adorast, de peur que selon la coustume de la vieille superstition, il l'adorast comme Dieu.*

Resp. S. Hierosme pouuoit bien auoir teste apprehension. Mais S. Luc ne l'auoit pas: lequel dit que Cornelle estoit εὐσεβὴς, ϗ φοβῆ-

Apo.19.10
& 22.9.
Act.10.25.

Hiero. cont.
Vigilant.

Act.10.2.

μενης τὸν Θεόν, c'eſt à dire *homme de pieté & crai-*
gnant Dieu. Donc Corneille n'auoit pas ſi mal
profité, qu'il vouluſt adorer S. Pierre comme
Dieu. Mais il luy faiſoit vne telle reuerence
pour l'amour de Ieſus Chriſt : ou pluſtoſt il
penſoit la faire à Ieſus Chriſt meſme en la perſonne de S. Pierre. Parquoi S. Pierre la refuſa,
pour le danger & la conſequence qu'elle pouuoit amener. Car il eſt fort difficile qu'en tel
cas on n'attribue trop aux hommes, & que
l'honneur deu au maiſtre, ne ſoit donné au
ſeruiteur.

La ſeconde raiſon, il la prend de Chryſo- Chry. in hîc
locum Aŏ.
ſtome, auquel il fait dire que S. Pierre refuſa 10.
l'adoration de Corneille, *pour donner exemple*
de modeſtie, comme noſtre Seigneur quelque fois
pour la meſme fin prohiboit qu'on ne publiaſt ſes
miracles.

Reſp. Ceſte raiſon n'a non plus de nez que
l'autre. Et encore le Ieſuite n'eſt guere bien
aduiſé de dire (ſoit qu'il l'ait pris de Chryſoſtome, ou qu'il le die de ſoi-meſme) que Ieſus Chriſt pour la meſme fin à defendu, quelque fois qu'on ne publiaſt ſes miracles. Car
penſe-il que Ieſus Chriſt ait fait ceſte deffence
pour donner exemple de modeſtie ? S'il le
penſe, il s'abuſe. Et qu'ainſi ſoit, à qui eſt-ce
que Ieſus Chriſt a fait ceſte deffence ? ç'a eſté *Marc.1.34.*
quelque fois aux diables. Mais ç'a eſté pource
qu'il ne vouloit point ſe ſeruir de ces eſprits
malins pour annoncer ſon Euangile. A-cauſe
dequoi auſſi S. Paul a reietté le teſmoignage *Aŏ.16.18.*

Chryf. ferm.
2. de Laza.
de l'esprit de Python de peur (comme dit Chrysostome) que ce malin esprit, ne print occasion des choses vraies, d'y mesler ses mensonges, ayant acquis quelque creance. Quelque fois il a fait ceste deffence à ceux qu'il auoit gueris : Comme à vn certain lepreux, & *Mat.8.4.*
Marc.1.44. à d'autres. Mais Bazile en vne longue Epistre *ad Cæsarienses*, amene beaucoup de raisons de ceste deffence : ou toutesfois celle de nostre Iesuite en est à dire. Et les plus doctes disent que ç'a esté, ou pource que le temps de sa manifestation n'estoit point encore venu : ou plustost à fin que le peuple estonné & raui des miracles, & trop attentif à iceux, ne luy donnast point loisir de vacquer à sa principale charge, qui estoit de prescher & enseigner la parole de Dieu son Pere.

Mais si S. Pierre à refusé l'adoration de Corneille par humilité & pour donner exemple de modestie ; Pourquoi ne l'ensuit en cela le Pape de Rome, qui se dit estre son successeur ? Pourquoy souffre-il que ceux qui viennent en sa presence de quelque dignité & grade qu'ils soyent, flechissent trois fois le genouil, & lui baisent les pieds ? Pourquoy permet-il que l'Empereur mesme tout incontinent qu'il le voit, descouurant sa teste, le reuere en touchant la terre du genouil, & baise ses pieds ? Pourquoi endure-il que le mesme Empereur lui tienne l'estrieu quand il monte à cheual : cela se trouue au canon Constantinus dist. 96. Et qu'aiant pris le cheual par la

bride, il le mene quelques pas? C'est l'Autheur des ceremonies papales qui conte tout
cela. lib. 3. sect. 1. 5. & 7. Et Blondus liu. 3.
dit ces mots : *Omnes principes orbis terrarum
summum Pontificem adorant :* c'est à dire, Tous
les princes de la terre adorent le souuerain
Pontife. Nous pourrions aisément amplifier
ceste matiere: Mais c'est assez pour ceste fois.

3. Il explique en second lieu le passage de
l'Apocalypse, où il est dit que l'Ange refusa *Apoc. 19. 10*
l'Adoration de S. Iean. Et fait vn Dilemme. *& 22. 9.*
*Ou l'Apostre (dit-il) estimoit cest Ange-là qui
parloit, Dieu, ou non : s'il l'estimoit Dieu, il ne
faisoit pas mal de le vouloir adorer comme Dieu, &
l'Ange fit bien de le luy prohiber, pour monstrer qu'il
n'estoit pas Dieu.*

Resp. Ie di premierement que si S. Iean
estimoit que l'Ange fust Dieu, & qu'il l'ait
voulu adorer à cause de cela, il a mal fait. Car
en telle matiere il n'est point question d'estimer ou penser, ains de croire : Et la vraye adoration ne doit point proceder d'opinion, mais
de la vraie foi. Que si la Theologie de ce Iesuite estoit de mise en cest endroit, donc il seroit permis d'adorer les creatures de mesme
adoration que Dieu, pourueu qu'on les estime Dieu. On pourroit adorer le Diable, com-
mé Dieu, pourueu qu'on l'estime Dieu. Et
Dieu aprouueroit pour vrais adorateurs ceux
qui errent, & ne le cognoissent point, attribuans aux creatures l'adoration deuë à lui
seul. Or ces impietez sont refutées. Rom. 1.

25. Et par l'Ange mesme. Car si S. Iean, faisoit bien, prenant l'Ange pour Dieu, de l'adorer comme Dieu; l'Ange fit mal de lui prohiber l'adoration diuine, qu'il lui deferoit. Mais ie di en second lieu, que S. Iean n'estimoit pas que l'Ange fut Dieu, au moins la seconde fois qu'il le voulut adorer. Car il lui auoit dit la

Apo.19. 10. premiere fois, *Garde que tu ne le faces, ie suis seruiteur auec toi, & auec tes freres qui ont le res-moignage de Iesus: Adore Dieu.* Richeome ad-ioute.

S'il cuidoit que ce fust vn Ange, comme il est plus vrai-semblable, car il l'appelle Ange, & neant-moins le voulust adorer, il estimoit donc estre loisi-ble de ce faire.

Resp. S'il estoit loisible à S. Iean d'adorer l'Ange, l'Ange ne l'auroit point repris. Mais il l'a repris. Donc il ne lui estoit point loisible de l'adorer. Le Iesuite replique que l'Ange a repris S. Iean pour deux raisons.

Aug.q.61.in Gen. La premiere il la prend de S. Augustin qui dit *que l'Ange apparut en telle façon, qu'il pouuoit sembler Iesus Christ, en la personne duquel il par-loit. Parquoi il falut radresser l'adorateur, non qu'il errast en l'adoration, mais en la personne adoree.* Resp. Premierement, dire que l'Ange appa-rut en telle façon, qu'il pouuoit sembler Ie-sus Christ; cela s'appele deuiner. Seconde-ment, quand il dit qu'il falut que l'Ange ra-dressast l'adorateur (assauoir qui pensoit que ledit Ange fust Iesus Christ) non point qu'il er-rast en l'adoration, mais en la personne adoreé il se trompe, & ne se souuient pas de ce qu'il a dit vn peu auperauant. Car a son conté S. Iean erroit en sa pensee, estimant que l'Ange fust Iesus Christ : Et par consequent il faisoit mal de l'adorer comme Iesus Christ. Et toutesfois le Iesuite à dit ci deuant, Que si S. Iean estimoit que l'Ange fust Dieu, il ne faisoit point mal de l'adorer comme Dieu. Ces propos ne se peuuent guere bien accorder. D'auantage Richeome a contredit à la sentence de S. Augustin. Car il a dit, *Qu'il est croiable que S. Iean cuidoit que cest Ange, estoit vn Ange, Car il l'a appellé Ange.* D'où il appert qu'il n'a pas erré en la personne adoree, ains en l'adoration.

4. L'autre raison que le Iesuite allegue, pour laquelle l'Ange n'a point voulu receuoir l'adoration de S. Iean, ç'a esté (dit-il) *pour monstrer la dignité de l'homme agrandie par Iesus Christ fait homme. Et partant l'Ange à dit à S. Iean, Ie suis seruiteur auec toi, comme s'il eut voulu dire: les Saincts de Iesus Christ sont esleuez en pareille dignité, que nous qui sommes Anges.*

Resp. Le Iesuite n'est point de grande memoire: Car comment pourra ceci conuenir à ce qu'il a dit ci dessus. Il a dit au chap. v. sect. v. que le cause de l'adoration c'est l'excellence, laquelle importe a superiorité, & l'vne & l'autre selon la iustice diuine & humaine. L'excellence souueraine est en Dieu, & par conséquent l'adoration souueraine lui est deuë. L'excellence moienne, & l'adoration ou hon-

neur de mesme, aux Anges & aux saincts.
L'excellence plus basse & l'adoration ou honneur de mesme qualité, aux hommes selon
leurs degrez. Comment donc accordera le
Iesuite les pieces de son discours? selon l'excellence (a il dit ci deuant) l'honneur doit
estre appliqué. Partant l'honneur deu aux
hommes, doit estre moindre que l'honneur
qui est deu aux Anges. Et yci il dit, que les
hommes ont vne excellence pareille & egale
à celle des Anges : à raison dequoi l'Ange n'a
point voulu receuoir l'adoration de S. Iean.
Selon cela donc S. Iean ne deuoit non plus
adorer l'Ange, que l'Ange S. Iean. Ces sentences sont incompatibles & contradictoires.

     Or de ce refus de l'Ange, ie veux conclure
que les Anges ne doiuent nullement estre a-
dorez. Thomas d'Aquin sur le 19. chap. de
l'Ap. represente ainsi le propos de S. Iean. *Cecidi ante pedes eius, vt adoraremeum, scilicet adoratione Duliæ, ad referendum ei gratias, & addan-
dum ei reuerentiam.* Et sur le chap. 22. *Cecidi
vt adorarem, adoratione scilicet Latriæ.* Or l'Ange a refusé l'vne & l'autre adoration. Parquoi
ie di, que si les Anges ne doiuent point estre
adorez ni de l'adoration de Latrie, ni de l'a-
doration de Dulie, ils ne doiuent nullement
estre adorez.

5.   En troisiesme lieu il expose ces passages,
desquels nous nous aidons contre l'adoration
des saincts : *Tu adoreras le Seigneur ton Dieu,
& à lui seul seruiras.* Item, *A Dieu seul honneur*

Deut. 6. 16.
Matt. 4. 10.
1. Tim. 1. 17

& gloire. Et diftingue comme ci deffus, entre Latrie & Dulie: laquelle diftinction nous auons refutee en fon lieu.

Il adioufte: *Et s'il n'a point efté repugnant apres ce commandement fait, d'honorer les Magiftrats, les Preftres, les Peres, adorer les Anges, les Rois, les Propheres & les Saincts, faut dire que le fens de ces paffages là eft feulement, qu'à Dieu feul appartient l'honneur fupreme, & aux creatures l'honneur conuenable à la creature, felon que lui-mefme le commande difant: Rendez à Cæfar ce qui eft à Cæfar: & l'Apoftre S. Paul, Rendez honneur à qui eft deu honneur; & taille à qui elle eft deue: Et lui qui auoit dit, Gloire à vn feul Dieu, dit, gloire à tout homme qui fait bien.*

Mat. 22. 21
Rom. 13. 7.
1. Tim. 1. 17
Rom. 2. 10.

Refp. Yci il confond impudemment l'honneur religieux auec l'honneur ciuil, & fait dependre mal à propos l'vn de l'autre, pour affurer fa conclufion. Mais l'argument qu'il fait eft ridicule, & n'y a efchole aucune qui ne le fiffle. S'il n'a point efte repugnant (dit-il) apres ce commandement fait, d'adorer les Anges, les Saincts, & les Magiftrats: il faut dire que le fens des paffages fufdits, eft feulement, qu'à Dieu feul eft deuë l'adoration de Latrie: & à la creature l'adoration de Dulie. Son propos reuient à cela. Or il met pour fon Antecedent la maxime de noftre different, & la prend comme auerée & confeffee. Neantmoins c'eft ce dequoi nous debatons & difputons. Cefte maxime eft, Qu'il eft loifible, & n'eft point repugnant au commandement de Dieu, d'adorer les Anges & les saincts. Et nous nions ceste maxime : & confirmons nostre negation par les passages susdits.

Voici encore comment il redouble son a-bus, c'est qu'il abuse des trois passages de l'Es-criture qu'il allegue. Car quand au premier, *Mat.22.21* où Iesus Christ dit, *Rendez à Cæsar, ce qui est à Cæsar, & à Dieu ce qui est à Dieu* : Il distingue ouuertement entre l'honneur deu aux Supe-rieurs, lequel est ciuil : & l'honneur deu à Dieu, lequel est religieux. Et non point com-me le Iesuite l'entend, Que Dieu & les Magi-strats doiuent estre participans d'vn mesme honneur en substance, mais non point en quantité. c'est à dire que d'vn mesme honneur Dieu en doiue auoir plus, & les Magistrats moins.

Rom. 13.7. Le passage aux Romains tend à cela mesme, Et l'Apostre parle nommement du deuoir des inferieurs enuers leurs superieurs.

Aux deux autres du mesme Apostre le mot de *Gloire* se prend en diuers sens. Quand il dit *1.Tim.1.17* à Timothee, *A Dieu seul sage, soit tout hon-neur & gloire* : par le mot de *Gloire* il entend la celebration & publication de sa Maiesté & vertu, ou puissance de Dieu, laquelle se fait par la bouche des hommes. Comme par le mot d'*honneur*, il entend l'excellence & splendeur de ladite Maiesté & vertu de Dieu.

Rom. 2. 10. Et quand il dit aux Romains, *Gloire, hon-neur & paix, à tout homme qui fait bien*, par ces mots il entend la vie eternelle, laquelle

Dieu rendra à tous ceux qui s'exerçans en bonnes œuures ont leur regard fiché à l'immortalité glorieuse. C'est donc ainsi que le Iesuite corrompt les passages de la saincte Escriture, & qu'il change les choses quarrees en rondes, comme l'on dit. Mais ce n'est rien de nouueau. Il fait comme ceux qui se noient, ou sont en danger de se noier, lesquels empoignent tout ce qui se presente à eux, & fut-ce vne barre de fer tres-chaude, le danger du naufrage les y contraignant. Ainsi (di-ie) en fait ce Iesuite & tous ses semblables. Ils recueillent & amassent toutes les aides qu'ils pensent leur pouuoir seruir, pour establir & affermir leurs opinions, contrains de leur mauuaise cause.

6. & 7. Les deux dernieres sections ne nous pressent aucunement. Ce ne sont que paroles vaines & friuoles. Il nous exhorte à la fin de quitter le son du mot d'adoration, & de recourir au sens du mot. Item, de laisser la coquille, & de prendre le noïau. Nous le faisons. Car nous quittons & laissons toutes leurs idolatries & superstitions, qui ne consistent qu'en des paroles de leurs Dieux & patrons supposez, sans aucun effect de verité, & en des coquilles, sans noïau, c'est à dire en des faux seruices des Idoles, sans aucune vraie pieté & religion : & recourons aux sainctes Escritures, & les prenons pour nostre vraie adresse & conduite au vrai & pur seruice de Dieu.

Voi. cha. 18 sect. 4.

SVR LE CHAP. IX.

1. *IL nous en veut encore sur l'allegation & exposition des Anciens Docteurs. Et dit en premier lieu ; que nous sommes inconstans à vser de leurs liures, & nommement de ceux de S. Augustin. Et parce (dit-il) que vous l'alleguez souuent entre les autres Docteurs, aussi peu fidelement, que mal à propos, nous desirons vous aduertir yci vne fois pour toutes, sur les emprunts que vous faites de nos Docteurs ; que vous estes fort inconstans & contradictoires en vos maximes.*

Resp. A ce conte le Iesuite veut que les batus paient l'amende. Ce sont eux qui ont mangé l'aigret, & il nous charge d'en auoir les dents agacées. C'est à dire, ce qu'il nous met à sus, est cela dequoi eux-mesmes sont coulpables.

Vous dites, qu'il ne faut que l'Escriture pour decider vn poinct de la foi. Resp. Ouy. Car l'Escriture contient tout ce que nous deuons croire à salut, comme nous l'auons prouué en nostre dispute contre Kemier, & le prouuerons encore, si besoin est, quand l'occasion s'en presentera.

Et nous renuoyez auec vn coup de menton, quand nous vous alleguons quelque pere de nostre eschole. Et neantmoins quand l'appetit & la quinte vous prend, vous ne faites que fureter & picorer leurs escrits pour en farcir vos disputes, & vous en seruir à l'establissement de vos assertions.

Resp.

Resp. Nous voulons assuietir le poids à la balance, c'est à dire les escrits des Docteurs à la saincte Escriture. Et partant nous reiettons ce que vous en alleguez pour vostre cause contre la parole de Dieu; Et les alleguons de nostre part pour la verité contre le mensonge, & non point au contraire.

Si l'Escriture seule vous semble suffisante pour la preuue de la verité de la foi & de la volonté de Dieu, qu'auez-vous à mendier les aides humaines?

Resp. Nous n'en auons que faire, sinon pour vous vaincre dedens vos barrieres, & vous frapper de vos propres bastons.

Pourquoi ne receuez-vous les Docteurs, quand nous les alleguons pour prouuer la vraie religion contre vos erreurs?

Resp. Les erreurs sont de vostre costé, & & la vraie religion du nostre. Et reiettons les Docteurs que vous alleguez pour vous, parce que vous abusez de leurs escrits, ou bien que vous leur en attribuez, qui ne sont point à eux. Et au reste s'il ont erré comme estans hommes, leur authorité ne nous oblige pas à suiure leurs fautes.

Vous estes donc iuges de leurs escrits, & eux le suiet de vos iugemens. Vous estes leurs Docteurs, & Contreoleurs, eux vos petis escholiers & disciples.

Resp. Non. C'est la parole de Dieu qui est leur iuge, & le vostre, & le nostre. Et Iesus Christ le Docteur & controleur de tous. C'est là ou nous sommes renuoyez. Isa. 8. 20. Luc. 16. 29. Iean 5. 39. 2. Tim. 3. 14. 1. Iean. 4. 1.

V

Mat. 17. 5. Heb. 1. 1.

Vous estes iuges & parties ensemble, mesnageans les tesmoins à la regle de Lesbias.

Resp. C'est vous autres Docteurs de l'Eglise romaine, qui en vos conciles & synodes estes iuges & parties. Et vos traditions decrets, decretales, Clementines, extrauagantes, & encore les cautelles de vostre Messe, sont ceste regle de plomb iniuste & incertaine, de laquelle vous mesurez les doctrines : & iugez par là les tenebres estre lumiere, le mensonge estre la verité, & le faux seruice des idoles, estre le vrai seruice de Dieu.

La Loi ciuile vous permettoit elle ceste licence? Et la loi de l'eschole de Iesus Christ vous le permettra elle?

Resp. Ni la Loi de Iesus Christ, ni la Loi ciuile ne permettent point qu'on soit iuge & partie en sa propre cause : ni pareillement qu'on soit faussaire en aucune façon, soit en l'allegation d'vne escriture, soit en la production des tesmoins. Ains elles condamnent tout cela. Partant c'est au Iesuite & à ses semblables d'y aduiser, puis qu'ils sont nos parties, & nous iugent sans nous auoir ouis, & qui plus est, contre la parole de Dieu. Tesmoin leur concile de Trente. Veu aussi qu'ils corrompent & falsifient si euidemment & les Escrits de la S. Bible, & les escrits des anciens Docteurs. Pour la Loi de Iesus Christ, qu'ils lisent. Gal. 1. 8. Apoc. 22. 18. Et pour les Loix ciuiles, comme ainsi soit qu'elles condamnent les faussaires, & ceux qui corrompent les Edicts du Roi ou du Preteur, à griefs supplices, que les susdits Iesuites & autres y prennent garde, & facent vn argument du plus petit au plus grand. lib. 3. ff. ad Leg. Iul. l. penult. ff. ad Leg. Corn. de falf. l. Qui falsa, ff. de testi.

3. Le Iesuite poursuit son propos en la sect. 3. & dit : *Nous examinons les escrits de ces Peres (repliquerez-vous) auec la regle de l'Escriture : & quand ils sont d'accord auec elle, nous les receuons: quand ils repugnent, nous les reiettons.*

Resp. Voire, nous disons cela mesmes. Et ne disons rien que S. Augustin n'ait dit deuant nous, & qu'il ne nous ait appris de dire. Voici ses paroles.

Ce n'est point sans cause que le Canon Ecclesia- Augustin. ad *stique est establi, auquel appartiennent certains* Crescon.L. 2. *liures des Prophetes & Apostres : lesquels nous n'o-* cap. 31. *sons nullement iuger, & selon lesquels nous iugeons des autres, des fideles & infideles.*

Ie ne m'arreste point à l'authorité de ceste Epi- Ad Cref. li. *stre. Car ie ne tien point les escrits de Cyprien com-* 2. ca. 32. *me Canoniques, ains ie les examine par les Canoniques : & ce qui conuient à l'authorité des sainctes Escritures, ie le reçoi à la louange d'icelui : mais ce qui n'i conuient point, ie le reiette, sauf sa bonne grace.*

Garde bien, frere, de vouloir recueillir, contre Ad vincent. *tant de tesmoignages saincts, si clairs & indubitables, quelques calomnies des escrits des Euesques, soient des miens, ou d'Hylaire, ou de Cyprien, ou* d'*Agripin*. Car tels escrits doiuent estre distinguez d'auec l'authorité du Canon. Car on ne les lit point ainsi, comme pour en tirer quelque tesmoignage, duquel il ne soit loisible d'estimer au contraire, si d'auenture leur opinion estoit autre que la verité ne requiert. Et ceste sentence est enregistree au Decret. Dist. 9. Can. *Noli frater*.

Ad Fortunatum.   Nous ne deuons pas estimer toutes les disputations, (c'est à dire, *expositions*, comme la glose du Decret l'explique) *combien qu'elles procedent d'hommes catholiques & louables, comme les escritures Canoniques*, tellement qu'il ne nous soit bien licite (sauf l'honneur qui est deu à telles gens) de contredire ou reietter quelque chose en leurs escrits, si d'auenture nous trouuons qu'ils sentent autrement que ne contient la verité entendue ou des autres ou de nous, par l'aide de Dieu. Ie suis tels escrits des autres, comme ie veux que soient ceux qui entendent les miens. Et ce passage encore est enregistré au Decret. Dist. 9. can. *Neque quorum libet*.

Vous demeurez donc (adiouste le Iesuite) toussiours les parties aduerses & supremes Iuges de la Bible & des escrits des Saincts.

Resp. Ne vous desplaise. C'est l'Escriture saincte, qui est le Iuge & la lumiere d'elle mesme, & de tous les escrits des Docteurs de l'Eglise.

Vostre arrogance est intolerable.

Resp. S. Augustin a donc en cela esté arrogant & intolerable comme nous, aiant dit ce que nous venons de reciter de lui. Et la sentence que le Iesuite allegue d'Alexandre Eues-

que d'Alexandrie, ne fait rien contre ledit S.
Augustin, ni contre nous.

*Au reste (dit-il) si vous faites iugement des
opinions de nos Docteurs par l'Escriture, la prenant
pour en esclarcir leurs liures, c'est signe que vous
pensez qu'elle est plus claire.*

Resp. Cela est vrai. Mais nous n'admettons
pas ce qu'il adiouste, *accomparant les escrits des
Docteurs à vn texte, & la saincte Escriture à vne
glose.* C'est le contraire ; l'Escriture saincte est
le texte ; & les escrits des Docteurs en sont la
glose : Laquelle nous receuons, si elle est bonne : Si non, nous la reiettons comme vne glose d'Orleans.

Il repete puis apres ce qu'il a dit ci dessus :
*Si l'Escriture est plus claire que les escrits des Do-
cteurs, qu'auez-vous affaire de leurs tesmoignages,
pour esclaircir vostre dire, aians la lumiere de l'Escriture en main?*

Resp. Nous auons desia respondu que c'est
pour combatre vos abus, & vous reimbarrer
de vos propres armes. Et encore pour vous
monstrer que lesdits Docteurs ne sont pas
tous de vostre parti, ni pas vn seul en tout &
par tout, non pas mesme en la plus part des
articles de vostre Eglise, comme vous faites
accroire aux simples.

4. *Quant à nous Catholiques, nous ne sommes
pas suiets à ceste reprehension. Car nous estimons
l'Escriture obscure & difficile, comme elle mesme le
dit, & l'experience de la contrarieté des expositions
le confirme : Et empruntons les escrits de nos Do-*

fleurs comme flambeaux, pour esclairer ce qui est obscur & caché.

Resp. Sauf sa reuerence. L'Escriture n'est ni obscure ni difficile. Il dit qu'elle mesme le dit. Et ou ? Il n'en allegue nul passage. Mais nous sauons bien qu'ils ont souuent en la bouche le passage de S. Pierre, ou il dit, *Qu'és Epistres de S. Paul il y-a des choses difficiles à entendre.* Mais voici ce que nous respondons.

1. Pier. 3. 16.

Premierement, nous demandons où est ceste obscurité ou difficulté. Est-ce en la matiere, ou en la maniere de la traitter ? En la matiere, non. Car il n'i-a rien plus clair, ni plus simple. C'est la responce d'Origene à Celsus, qui blasmoit la simplicité de l'Escriture. Il faut (dit-il) qu'elle soit telle. Par ce que ce n'est point vne Philosophie apportee à quelque petit nombre d'hommes, comme celle de Pythagoras, de Platon, ou d'Aristote : mais vn salut enseigné à tout le monde.

Si en la maniere de la traitter : Telle obscurité ou difficulté en vn autheur prouient, ou d'ignorance, ou de malice. D'ignorance : Parce que ce qu'on n'entend pas clairement, on ne le peut enseigner ni traitter qu'obscurement. De malice : quand on veut ostenter la science, & non l'enseigner : Comme on dit d'Aristote en ses liures de Physique. Or il n'i-a ni ignorance ni malice en l'Esprit de Dieu, autheur des Escritures.

Secondement, quant aux passages obscurs & difficiles de S. Paul, ie di en premier lieu

Que S. Pierre s'expose, difant que ces paffa-
ges-là de S. Paul font obfcurs aux ignorans & mal
affeurez, qui tordent les efcritures à leur
propre deftruction. En fecond lieu, Que les
Anciens vuident cefte difficulté, difans que
les paffages difficiles de l'Efcriture, font expo-
fez par des autres paffages tres-expres.

Irenee dit : *Les chofes qui font contenues és* *Iren. lib. 3.*
Efcritures ne fe peuuent declarer que par les Efcri- *cap. 12.*
tures.

Chryfoftome : *Ie te prie & fupplie, que toutes* *Chryf. Hom.*
les oreilles fermees nous fuiuions le Canon de l'Ef- *12. in Gene.*
criture de poinct en poinct : Car l'Efcriture s'expofe
foi-mefme, & empefche que l'auditeur n'erre.

S. Auguftin. *Pour efclaircir les locutions plus* *Auguft. de*
obfcures, il faut prendre des exemples des plus ma- *doct. Chr. li.*
nifeftes, & que les tefmoignages de certaines fenten- *2. cap. 9.*
ces, oftent la doute des incertaines.

Item : *Il ne fe faut departir des chofes qui font* *Lib. de pec.*
tres-manifeftes és Efcritures : à fin que par icelles *mer. 3. ca. 4.*
les obfcures foient reuelées.

5. En la fection cinquiefme le Iefuite, vient
à l'interpretation des Peres, & dit *que nous n'y*
fommes non plus fideles, qu'en l'expofition de la fain-
cte Efcriture. Pour exemple il met en la fect. 6.
ceftui-ci ; que l'vn des noftres a allegué.

6. S. *Auguftin dit, Qu'il faudroit plufoft croi-* *Aug. lib 10.*
re fans miracle aux Anges, qui difent, qu'il faut fa- *de Ciuit.*
crifier à vn feul Dieu : qu'à ceux qui auec des faits *cap. 16.*
& fignes merueilleux, demandent eftre honorez par
facrifices.

Refp. Il en veut à vn Miniftre, duquel

V iiij

(comme i'ay dit deux fois) ie n'ay point veu
l'escrit. Mais toutesfois ie ne laisse point d'approuuer sa doctrine, comme le Iesuite nous
la represente. Qu'est-ce qu'il luy replique,
Ces paroles (dit il) ne sont rien contre nous, ains
tout le chapitre est contre vous. Et en quoy? il en
allegue cinq articles.

1. *S. Augustin dit que le sacrifice est deu à vn*
seul Dieu: & vous-vous mocquez du sacrifice.

Resp. Tant s'en faut que nous nous moc-
quions du sacrifice, qu'au contraire nous le
croyons & celebrons auec S. Augustin. Mais
par le sacrifice nous n'entendons point le sacrifice pretendu de la Messe, ains celuy que S.
Augustin a entendu, c'est assauoir l'honneur, le
seruice, l'inuocation, la louange, l'action de
graces, & en somme l'adoration en esprit &
verité, deuë à vn seul Dieu, & nullement aux
Anges ni aux Saincts.

2. *Il dit, qu'il faut croire aux miracles: & vous*
citez le lieu susdit pour reualer leur credit.

Resp. Par le passage susdit, comme le Iesuite mesme l'a produit, il est notoire que S.
Augustin reiette les miracles, comme fautif &
pouuans deceuoir les hommes, tant s'en faut
qu'il les approuue & die qu'il les faille croire.

3. *Il enseigne que les miracles faits en l'Eglise de*
Dieu, sont œuures de Dieu: vous dites que ce sont
illusions des malins esprits.

Resp. S. Augustin disant que les miracles
sont œuures de Dieu, il entend parler des
vrais miracles faits par les Apostres & autres

de la primitiue Eglife, en confirmation de la vraie doctrine. Et quand nous difons, que ce font illufions des malins efprits, nous l'entendons des faux miracles faits en la papauté, en confirmation de la fauffe doctrine.

4. *Il enfeigne que les miracles faits entre les enfans de Dieu, font affurez tefmoins de la verité. Et vous dites qu'il n'i-a point d'affeurance.*

Refp. Nous refpondons comme deffus.

5. *Il enfeigne qu'il y-a vne adoration fupreme deue à vn feul Dieu, & la nomme Latrie, à la difference de Dulie, de laquelle diftinction vous-vous mocquez comme du Sacrifice.*

Refp. S. Auguftin attribue bien vne adoration fupreme à Dieu, laquelle il appelle Latrie, mais non point pour diftinguer entre Latrie, & Dulie, ains prenant Latrie pour l'honneur & feruice, comme nous auons dit ci-deuant. Et l'appelle adoration fupreme, pour la diftinguer de l'adoration ciuile.

7. Touchant la mercuriale ou reprimende que le Iefuite en la fection feptiefme dit, que S. Auguftin fait à ceux *qui ne croient point aux miracles de la Loi ancienne:* Elle ne touche en rien les Miniftres. Car ils croient les miracles de la Loi ancienne, faits pour la confirmation de la verité.

Et quant à ce qu'il cite du li. 22. chap. 8. *des grans miracles que S. Auguftin raconte faits par les reliques de S. Eftienne.* Ie refpon que cela a efté inferé en fon liure apres lui: comme Viues a dit de plufieurs autres fentences: Viues

Aug. de Ciu. li. 10. ca. 18.

(di-ie) homme tres-docte & de tres-bon iugement; & que les Iesuites ne peuuent accuser
d'heresie. Nous en alleguerōs Dieu aidant des
exemples ci apres, quand nous parlerons des
trespassez & du purgatoire.

A la fin de ce chapitre, sur ce que le Iesuite
dit que quelqu'vn des nostres allegue ces paroles de S. Augustin adressantes aux Manicheens, *Vous ne faites point de miracles pour vous*
faire croire : combien que quand vous en feriez, tou-
tesfois il ne faudroit pas vous croire: I'eusse desiré
que le Iesuite eust cotté ledit passage de S. Augustin, pour sauoir s'il est vrai, ou supposé: Et
aussi celui du Ministre qu'il dit qui l'allegue,
pour sauoir comment & sur quel suiet: Et
quant a ce que ledit Iesuite y respond, disant,
Qu'il nous dit cela mesme, auec tout le reste qu'il
adiouste & debagoule contre nous: nous le
lui rēuoions & à ceux de sa societé, sans iniure. Que les lecteurs, s'il leur plait, iugent à
qui son inuectiue conuient mieux, ou à eux, ou
à nous. Les Lecteurs (di-ie) non passionnez,
ni preoccupez d'aucune affection particuliere. Car les hommes se pipent aisement en ce
qu'ils desirent. Et qui est imbu vne fois d'vne
creance peruerse, reçoit facilement les discours qui lui seruent, iusques là que ceste pre-
cipitation de iugement leur rend le goust fade
aux discours contraires. Voire, l'on voit presque tousiours, que l'affection que le iuge porte à vne partie plus qu'à l'autre, insinue à son
iugement la faueur ou defaueur d'vne cause, &

donne pante à la balance. Ainſi (di-ie) en eſt-il
de l'opinion de pluſieurs au fait de la religion.

Svr le Chap. X.

L'Homme eſt ſuiet à erreurs & menſonges
en deux ſortes. L'vne, quand il s'abuſe ſoi-
meſme par ſa preſomption. L'autre, quand il
eſt perſuadé d'vne fauſſe opinion, laquelle il
croit facilement ſans diſcours & difficulté. De
la premiere ſorte eſt noſtre Ieſuite & ſes ſemblables, leſquels par ie ne ſçai quelle preſomption (engeance de leur ignorance, & mere
de leurs erreurs) font des concluſions fauſſes,
auſquelles ils ſe plaiſent & arreſtent entierement. De la deuxieſme ſorte ſont les ſimples
ignorans, qui s'appuient du tout ſur la creance de leurs Docteurs, par vne foi implicite ou
enueloppee, qu'ils appelent. L'vne & l'autre ſe
verifie en ceſte matiere de l'inuocation des
Saincts. Mais comme ceux qui parlent d'eux
meſmes, doiuent craindre d'encourir le crime
de fauſſeté : ainſi nous deuons craindre la faute de legereté, ſi nous les croions à ſi bon marché. Examinons donc ce chapitre, comme les
precedens.

1. De l'honneur & adoration des Saincts le
Ieſuite tombe à l'inuocation. Et nous reproche que nous ſommes iniuſtes en l'vn & en
l'autre poinct. *Mais* (dit-il) *nous vous prouue-*
rons que ceſt vne choſe ſaincte & profitable d'inuo-

quer les saincts. Et comment?

2. *Pour fondement de preuue nous disons que les Saincts regnans au Ciel, prient pour nous.* Et là dessus il allegue vn passage de S. Hierosme contre Vigilance, lequel conclud ainsi : *Si les Saincts qui viuent en ce monde, prient pour nous: Combien plus apres ceste vie regnans & triomphans au Ciel?*

Hieron. ad Vigil.

Resp. Premierement, si S. Hierosme a fait cet argument, que le Iesuite lui attribue, ie lui oppose ce que lui mesme a dit, en ces termes. *Nulli sine verbo Dei credendum est* : c'est à dire, Il ne faut croire à aucun sans la parole de Dieu. Puis donc que S. Hierosme en la susdite sentence a parlé sans la parole de Dieu, & que les Apostres n'ont point laissé par escrit, Que les saincts trespassez prient pour nous: nous reiettons par l'aduis de lui-mesme sadite sentence, & n'i adioustons point de foi.

Hier. in ca. 5. ad Gal.

Secondement, ie nie la consequence du Iesuite, & de S. Hierosme mesme, si tant est qu'il l'ait faite, comme le Iesuite lui attribue. Car les saincts viuans ont commandement de Dieu, de prier les vns pour les autres : Mais les morts n'ont nul commandement de prier pour les viuans.

Tiercement, ie nie qu'encore que les Saincts trespassez prient pour nous, il faille que nous les inuoquions.

Quartement, ie demande au Iesuite & à ses compaignons, Si les Saincts trespassez prient pour les viuans, pourquoi est-ce que les viuans prient Dieu pour eux : c'est assauoir, que Dieu leur donne de prier pour les viuans, & que leurs prieres leur aident? Car voici des prieres du Messel & du Breuiaire pour cest effect.

Omnes sancti tui quæsumus, Domine, nos vbique adiuuent : vt dum eorum merita recolimus, patrocinia sentiamus.

Nous te prions, Seigneur, qu'en tous lieux tous tes Saincts nous aident, à ce que reduisans en memoire leurs merites, leurs prieres nous puissent aider.

Item pour l'intercession de S. André:

Quæsumus omnipotens Deus, vt beatus Andreas Apostolus, cuius præuenimus festiuitatem, tuum pro nobis imploret auxilium, vt à nostris reatibus absoluti, à cunctis etiam periculis eruamur. Per Dom.

Nous te prions Dieu tout puissant, que S. André Apostre, duquel nous preuenons la feste, implore ton aide pour nous, à fin que nous soïons absous de nos pechez, & deliurez de tous dangers. Par le Seigneur &c.

Il faut bien que les Sophistes par ces prieres tiennent pour vne maxime, que les saincts qui sont au Ciel, ne sauent point d'eux-mesmes quelles sont les necessitez de ceux qui viuent en la terre, ainsi les sauent par reuelation: & qu'ils n'oïent point leurs prieres, sinon par le mesme moien, regardans au miroir de la Trinité. Voila donc pourquoi (ce dit Thomas Caietan) L'Eglise prie Dieu ainsi: *Nous te requerons, Seigneur, de nous accorder que*

Caiet. in sum. Thom. Aqui. part. 2 2. q. 83. art. 4. ad 2.

tous les sainčts prient inceſſamment pour nous.

Mais ſi tous les sainčts qui ſont au Ciel ont beſoin de nos prieres enuers Dieu, à ce qu'ils prient & intercedent pour nous, quels aduocats & interceſſeurs ſont-ils pour nous?

S'ils ne ſauent point nos neceſſitez, & n'entendent point nos prieres, ſinon par reuelation, & qu'il faille que nous prions Dieu qu'il leur donne ceſte reuelation, à quels autres sainčts & aduocats nous adreſſerons-nous, à fin de prier Dieu pour nous en cet affaire?

Si pour cet effect, qui eſt de ſi grande importance, nous oſons bien nous adreſſer à Dieu de prinſaut & du premier abord, pourquoi ne le ferons-nous en toutes nos autres affaires & neceſſitez? Y ci ſans doute ſe trouuera ſurpris le Ieſuite, & auec lui tous les Docteurs Papiſtiques.

3. En la troiſieſme ſection il allegue quelques authoritez de l'Eſcriture, ſur leſquelles il baſtit quatre argumens.

Le premier eſt tel : *Les Anges prient pour nous, Donc les sainčts treſpaſſez le font auſſi.* Il prouue l'Antecedent par Zacharie, par Raphael en Tobie, & par S. Iean en ſon Apocalypſe. Zacharie dit ainſi : *O Seigneur des armees iuſqu'à quand ſeras-tu ſans faire merci à Ieruſalem, & aux villes de Iuda. &c.* Raphael en Tobie ainſi : *Quand tu priois auec larmes, & enſeueliſſois les morts, &c. i'ai touſiours offert ta priere à Dieu.* En l'Ap. S. Iean dit, *Que l'Ange met ſur l'Autel d'or les oraiſons des sainčts.*

Zach. 1. 12.

Tob. 12.

Apoc. 8. 3.

Resp. En premier lieu pour l'Antecedent, nous respondons que le liure de Tobie est Apocryphe : & qu'aux autres deux passages l'Ange, dont il y est fait mention, c'est Iesus Christ. Et quand bien on le prendroit simplement pour vn Ange quel qu'il sust, nous sauons que tous les Anges ont la charge de procurer le bien & le salut des fideles, comme dit l'Apostre aux Hebrieux. Mesmes toute l'Escriture est plaine de tesmoignages, qui monstrent que les Anges sont gardiens des enfans de Dieu, & qu'ils sont le guet pour eux : d'autant que Dieu (auquel ils sont tousiours prests d'obeir) leur a donné ceste charge. Il n'y aura donc point d'inconuenient si nous disons que quelqu'vn des Anges ait prié pour l'Eglise.

Heb. 1.

En second lieu pour le consequent, nous disons qu'il ne peut dependre, ni estre tiré de l'Antecedent. Car Dieu n'a pas establi les Anges & les Saincts en vne mesme charge pour nous. L'Escriture ne le dit pas, ni aucun Docteur orthodoxe.

Le second argument est tel : *Les Saincts sont egaux aux Anges, comme dit Iesus Christ en S. Luc. Donc comme les Anges prient pour nous, les saincts le font aussi.*

Luc. 20. 36.

Resp. Iesus Christ ne dit pas, Que les Saincts sont egaux aux Anges, ains qu'ils seront comme les Anges : assauoir apres la resurrection. Le Iesuite donc abuse dudit passage, & n'agit point de bonne foi l'alleguant contre l'intention de Iesus Christ. Car Iesus Christ parle là des corps des fideles, tels qu'ils seront apres la resurrection, c'est assauoir glorifiez, estans reunis auec leurs ames, & iouissans de la gloire & felicité de laquelle les Anges iouissent, & de laquelle leurs ames auoient desia pris possession. Et ce Iesuite l'entend des ames des Saincts trespassez, qui sont maintenant au ciel, separees de leurs corps. Au reste, quant à ceste semblance de nos corps auec les Anges apres la resurrection, nous l'auons esclaircie par les tesmoignages des anciens Docteurs en la 1. partie des Abus de la Messe, Abus 13. Arg. 6.

Apoc.5.8.   Le troisiesme argument est tiré du v. chap. de l'Apoc. où il est dit, *Que les vingt & quatre Anciens se prosternerent au Ciel deuant le throne de Dieu, aians des fioles d'or plaines de bones odeurs, qui sont les oraisons des Saincts.* De ce passage donc le Iesuite pretend recueillir, que les Saincts prient pour nous au Ciel: Car (ce dit-il) *Primasius, Richard, les Scholies grecques en Oecumenius auec Gagneus,* l'exposent *des oraisons des Saincts, faites pour la perseuerance des infirmes.*

Resp. Le Iesuite est imposteur & faussaire. Car ce mot, *au Ciel,* n'est point au texte de S. Iean. Et quant à Primasius & les autres, leur exposition ne fait rien contre nous Au surplus nous auons amplement refuté cest argument en nostre dit premier liure de la Messe. Abus 3.

Luc.16.27.   Il tire le quatrieme argument du 16. chap. de S. Luc, où il semble que le mauuais riche

prie

prie pour ſes freres viuans. Parquoi il conclud
ainſi: *Si ce malheureux ſans charité a eſté ſoigneux*
de prier pour les viuans, combien plus le ſeront les
Saincts pour l'amour de Dieu, & le ſalut de leurs
freres, qu'ils aiment d'vne charité toute celeſte?

Reſp. C'eſt là vne ratiocination du moindre au plus grand, digne des Ieſuites. Mais ie
nie que le mauuais riche ait prié pour ſes freres, à fin qu'ils s'amendaſſent & fuſſent ſauuez.
Car Richeome confeſſe ici que ce malheureux eſtoit ſans charité. Et Bellarmin dit en
general que les damnez ont grande ioie, quoi ║ *Bell. Tom.* ║ *1. pag. 1407*
que fauſſe & imaginaire, quand ils voient
qu'ils ont des compaignons de leur peines:
comme eſt la ioie des diables, quand ils dece-
uoient quelqu'vn. I'ai auſſi monſtré en mon
liu. de la Meſſe, Abus 3. quel eſt le vrai ſens
de ce paſſage de S. Luc. Et en parlerons encore ci apres, Dieu aidant, ſur le chap. xv. ſect. 3.

4. Il met encore en auant en la ſection 4.
deux paſſages, pour prouuer touſiours (s'il
peut) que les Saincts treſpaſſez prient pour
nous. L'vn eſt de S. Pierre, & l'autre des Machabees.

S. *Pierre* (dit-il) *a eſcrit ſur la fin de ſes iours;*
ie taſcherai de vous auoir ſouuent pour recomman-
dez apres mon treſpas, à fin que vous ſoiez memo-
ratifs de ces choſes. Donc (conclud-il) *les morts*
intercedent pour les viuans.

Reſp. Il y-a ici erreur en l'Antecedent &
au Conſequent.

1. L'Antecedent cite mal le paſſage de S.

X

Pierre. Car il n'est pas comme Richeome a-
pres Bellarmin, l'a couché & allegué: Ains est
tel: *le mettrai peine aussi, qu'apres mon departe-*
ment vous puissiez faire mention de ces choses. Le
texte Grec est tel: Σπουδάσω δὲ ϗ ἑκάςοτε ἔχειν
ὑμᾶς μετὰ τὴν ἐμὴν ἔξοδον, τὴν τούτων μνήμην ποιεῖ-
ϲθαι. Ie le veux exposer mot à mot, comme on
fait aux classes, pour monstrer a ceux qui le
tournent, comme a fait Richeome, leur ignorance en la langue Grecque.

Σπουδάσω δὲ ϗ: *Sed & studebo, dabo autem ope-*
ram: Ie tascherai aussi, ou y mettrai peine.
ἑκάςοτε: *subinde, frequenter:* souuent.
ἔχειν ὑμᾶς: *posse vos facere, vt vos posi-*
tis facere: que vous puissiez faire. Car ἔχω ioinct
à vn infinitif, signifie *pouuoir.*
τὴν τούτων μνήμην: *horum mentionem:* mention
de ces choses.
μετὰ τὴν ἐμὴν ἔξοδον: *post meum exitum:* apres
mon depart.

12.) Le Consequent contient plus que l'Ante
cedent. Car l'Apostre ne dit pas: Ie mettrai
peine qu'apres mon trespas i'intercede pour
vous. Mais ie mettrai peine qu'apres mon trespas vous puissiez faire mention, ou auoir memoire de ces choses: c'est à dire, de ma doctrine.

Le Iesuite dit que combien que l'on tourne
ce passage comme nous l'auons tourné, c'est
assauoir *Ie mettrai peine qu'apres mon trespas, &c.*
Et non point, *Ie mettrai peine apres mon trespas,*
&c. le sens est tousiours le mesme. Ne lui desplaise, il y-a bien à dire. Car il y-a grande dif-

ference entre les paroles de l'vne & de l'autre
verfion, & par confequent entre les fens d'i-
celles.

Quant à ce que le Iefuite prefte à Clement,
pour feruir de bonne glofe au paffage de S.
Pierre, difant en fa premiere Epiftre, que S.
Pierre lui tint vn peu deuant fa mort ces paroles, *Sache qu'il te faut prendre toute la charge &*
peril de cefte chaire, & que ie ne cefferai de prier
pour le falut de tous. Ie refpon que les Epiftres
qu'on attribue à Clement, ne font point de
lui. Ie ne veux point en alleguer beaucoup de
raifons, ains vne feule, prife de la fentence que
le Iefuite allegue ici. S. Pierre ne peut auoir
dit à Clement, Qu'il prendroit la charge à
Rome apres lui. Car felon les hiftoires des Papes, Clement ne fucceda point à S. Pierre
qu'enuiron 23. ou 24. ans apres la mort d'icelui. Linus & Cletus furent apres S. Pierre, &
deuant Clement. Linus qui fucceda le premier à S. Pierre, l'an LXX. fut decapité l'an
LXXXI. Ainfi il vefquit Euefque de Rome XI.
ans. Cletus fucceda à Linus l'an LXXXII. &
prefida XI. ans. Auquel fucceda Clement l'an
XCIIII. Par ainfi entre S. Pierre & Clement
fe font efcoulez XXIIII. ou XXV. ans. Et par
confequent ce que le Iefuite allegue ici de Clement & de S. Pierre ne peut eftre vrai.

L'autre paffage eft des Machabees, touchant
Onias, qui trefpaffé prioit pour les Iuifs. Mais
nous le paffons, par ce qu'il eft apocryphe, &
par confequent non receuable, pour la preuue

Clem. Ep. 1.

1. Mach. vltim.

X ij

d'vn article de foi. Nous en auons aussi traitté en nostre premier liu. de la Messe, Abus.

5.   Des tesmoignages de l'Escriture saincte, il vient aux tesmoignages des anciens Docteurs, & en allegue plusieurs pour sa cause. Examinons les.

Basil. orat.
40. Martir.   S. Basile en l'oraison des quarante Martirs: *O esquadron inexpugnable (dit-il) O gardiens communs des hommes, ô fideles compagnons de nos soucis.*

Resp. Quand S. Basile & les autres anciens parlent aux Anges ou aux morts, comme s'ils estoient presens, leurs propos se doiuent prendre par la figure nommée Prosopopée.

Nazi.in ora.
Cypr.   S. Gregoire de Nazianze en l'oraison de S. Cyprien: *Regarde nous du Ciel, dresse nostre parole, & nostre vie, pai & condui ce sainct petit troupeau.*

Resp. Nazianzene parle à Dieu, & non point à S. Cyprien. Ou s'il parle à S. Cyprien, c'est vne prosopopée: Ou si c'est vne simple priere adressee à S. Cyprien, on ne peut excuser Nazienzené d'erreur, veu que l'effect de cette demande ne se peut, & ne se doit attendre que de Dieu seul, & nullement des Saincts trespassez.

Hil.serm.
124.   S. Hylaire: *Ni les gardes des Saincts, ni les garnisons des Anges, ne defaillent à ceux qui les veulent auoir.*

Resp. Si S. Hilaire par les Saincts, entend les Saincts trespassez, il s'abuse. Car Dieu ne nous a point commis à la garde de tels saincts.

Amb.lib.8.   S. Ambroise: *Comme les Anges assistent, de mesme font ceux qui ont merité la vie des Anges.* in Luc.

Resp. Ce passage ne fait rien pour prouuer que les Anges & les Saincts prient pour nous. Car ils assistent bien deuant Dieu, mais pour des autres effects. Et quant à la vie bien-heureuse des Anges, ni les Anges ne l'ont point meritee, ni les hommes ni la meritent point: ains elle est donnée de Dieu aux vns & aux autres gratuitement.

S. Leon: *Pierre traitte maintenant plus à plain* Leo. Serm. *& auec plus de pouuoir les affaires à lui commises,* 2. de anniue. *& accomplit toutes les parties de sa charge & cure* sue assump. *pastoralle en icelui, par lequel il a esté glorifié.*

Resp. Ce Leon Pape de Rome, parle en ce passage en Pontife romain, & a erré: comme quand il a maintenu les images, qu'il a ordonné le ieune de trois iours des rogations, & establi plusieurs autres superstitions.

S. Cyprien: *Celui qui selon le bon plaisir de* Cypr. lib. 1. *Dieu partira plustost de ce monde, perseuere en* Ep. 1. *charité, & qu'on ne cesse de prier, pour les freres & sœurs, la diuine misericorde.*

Resp. S. Cyprien exhorte Cornille son frere, & s'exhorte soi-mesme d'estre tousiours charitables, & de prier l'vn pour l'autre, & tous deux pour les freres & sœurs, tandis qu'ils seront en vie: Et que celui qui mourra plustost n'oublie point cet exercice. Le texte Latin est tel: *Si quis hinc nostrum prior diuinæ dignationis celeritate præcesserit, perseueret apud Deum nostra dilectio, pro fratribus & sororibus nostris apud misericordiam patris non cesset oratio:*

X iij

nimirum, quandiu vixerimus. C'eſt à dire *Celui de nous qui partira d'ici le premier par le bon plaiſir de Dieu, que noſtre dilection perſeuere enuers Dieu, & que l'oraiſon ne ceſſe point pour nos freres & ſœurs enuers la miſericorde du pere* : aſſauoir tandis que nous viurons. Car auſſi quãd St. Cyprien diſoit ceci à ſon frere Cornille, tous deux eſtoient en vie.

Nazi. orat.
14.

S. Gregoire de Nazianze en l'oraiſon funebre de ſon Pere : *Maintenant il nous aide d'autant plus par ſes prieres, qu'auparauant par ſa doctrine, qu'il eſt plus proche de Dieu, eſtant deſpouillé de la chair.*

Reſp. Il ne faut point douter, que pluſieurs d'entre les Anciens n'aient eu ceſte opinion, que les ſaincts prient pour nous au Ciel : du rang duquel a eſté Nazianzene en ce paſſage. Mais autre choſe eſt, auoir opinion que les Saincts prient pour nous ; & autre choſe croire qu'il nous les faut prier. Du premier on ne peut pas inferer le dernier.

Chryſ. Serm.
de SS. In-
ueut. & ma-
ximo. Tom.
3.

S. Chryſoſtome : *Cõme les ſoldats monſtrans au prince les plaies receuës en la guerre pour ſon ſeruice, parlent auec hardieſſe : de meſmes ceux-la portãs leurs teſtes tranchees par les glaiues des tirans, & les monſtrans, ils peuuent impetrer ce qu'il leur plaiſt du Roi celeſte.*

Reſp. Ce propos eſt figuré : & la figure eſt appelee proſopopee. Car à le prendre ſans figure, il y auroit erreur. D'autant que les Saincts martirs ne portet point au ciel leurs teſtes tranchees, & ne les monſtrent point à Dieu.

S. Hierofme en la lettre à Paula de la mort *Hiero. Epi.*
de Blefille : *Elle prie noftre Seigneur pour toi, & ad Paul.*
m'impetre pardon de mes pechez.

Refp. Le Iefuite deuoit adioufter cefte autre fentence dudit S. Hierofme qui eft en ladite lettre à Paula : *Vale, ô Paula, & cultoris tui,*
vltimam fenectutem orationibus inua, præfens faci-
lius quod poftulas impetrabis. C'eft à dire, *A Dieu*
Paula, & aide par tes prieres l'extreme vieilleffe
de celui qui t'honore, tu obtiendras prefente, plus fa-
cilement ce que tu requerras. Car par cefte fentence il femble bien que S. Hierofme prie expreffement Paula, de prier pour Blefille & pour
lui : Et que celle-là que le Iefuite a citee n'eft
qu'vne declaration de ce qu'il eftime qu'elle
faifoit. Mais ce ne font des deux que des paroles couchées par figure : comme i'ai dit des
fentences precedentes de Bafile & de Chryfoftome. Et qu'il foit ainfi, ce mot *Vale, A Dieu,*
ou Dieu te tienne en fanté, le denote. C'eft vne
falutation, quand on prend congé de quelqu'vn; mais laquelle emporte priere. Or le
Iefuite n'accordera point qu'on doiue prier
pour les faincts qui font au Ciel. Et neantmoins S. Hierofme difant à Paula, *Adieu, ou*
Dieu te tienne en fanté, prie pour elle. Parquoi
ces fentences font dites par cefte figure, qu'on
peut appeler *Acyrologie,* ou improprieté de
parler.

Le dernier tefmoin que le Iefuite produit,
eft S. Auguftin, duquel il cite trois paffages.
A quoi ie refpon, que voirement S. Auguftin

X iiij

& plufieurs autres anciens (comme i'ai dit ci
deſſus de Nazianzene) ont eſtimé quelque
fois que les ſainéts prient pour nous au Ciel.
Parquoi ils en ont eſcrit ſelon leur penſee.
Mais pource que la parole de Dieu ne nous en
aſſeure point, nous ne le pouuons croire ſans
forcer noſtre foi. Tant y-a, comme nous auons
dit ſouuent, & le diſons encore, que combien
qu'il fuſt ainſi que les ſainéts treſpaſſez priaſ-
ſent pour nous au Ciel, il ne s'enſuiuroit pas
pourtant que nous les deuſſions inuoquer.

6. Quant aux apparitions miraculeuſes, par
leſquelles le Ieſuite en la ſeét. 6. pretend de
prouuer ſa meſme maxime, nous diſons que
ce ſont autant de fables, auſquelles les vrais
Chreſtiens ne doiuent point adiouſter foi. Et
pour le regard des anciens qu'il dit les auoir
eſcrites, nous reſpondons que les eſcrits qu'on
leur attribue en ceſt endroit & en pluſieurs
autres, ſont ſuppoſez, & qu'on les a publiez
& inſerez parmi leurs œuures à leur deceu &
apres leur mort. Ce qui a eſté aiſé de faire aux
doéteurs de la papauté, ni aiant point eu d'Im-
primerie du temps deſdiéts anciens, ni long
temps apres.

Il reſte la preuue que le Ieſuite tire, pour ſa
cauſe, de la communion des Sainéts, en la
derniere ſéétion. A laquelle ie reſpon ; que
ceſte communion ne s'eſtend pas-là, que pour
la garder & pratiquer, il faille que les Sainéts
treſpaſſez prient pour nous, ni auſſi que nous
les deuions inuoquer. Car en premier lieu, nul

ne niera que les Prophetes & les Apoftres
n'aient retenu, & bien religieufement, cefte
communion. Et neantmoins lequel d'eux a-il
iamais enfeigné ou efcrit, que les morts prient
pour nous, ou que nous les deuions prier? En
fecond lieu, voici en quoi cefte communion
fe monftre & s'exerce: c'eft affauoir en cela
que nous & les Sainéts trefpaffez foions vne
mefme republique, vn mefme peuple, vn mefme corps: & que nous aions vn mefme Dieu,
vn mefme Baptefme, vne mefme foi, vne mefme efperance, vn mefme heritage, & vn mefme falut, duquel les bienheureux trefpaffez
iouiffent realement & de fait, & les fideles
viuans en terre en iouiffent en efperance, & y
afpirent. C'eft (di-ie) en cela que confifte la
vraie communion des Sainéts: & non pas en
la priere que le Iefuite pretend que les Sainéts
trefpaffez font pour nous, & en celle qu'il pretend de mefme que nous leur deuons faire, à
fin qu'ils intercedent pour nous.

Svr le Chap. XI.

LA raifon de l'hôme s'efgare & fe pert, fi elle
a vne autre vifee & vn autre obieét que la
Parole de Dieu, pour iuger & determiner d'vn
chef de doétrine. Elle tombe d'vn erreur en vn
autre, & en fin en infidelité. Car comme celui
qui frachit les bornes de la vertu, fe trouue dâs
le train du vice: Ainfi celui qui par ignorance
ou obftination outrepaffe les limites de la foi,

qui n'a autre fondement que la Parole de
Dieu, se rend dans les confins de l'infidelité.
Nous auons desia veu la preuue de ce precipice aux chapitres precedens, touchât la priere
pretenduë des Saincts trespassez, pour nous.
En cestui-ci & aux suiuans nous en auons la
mesme preuue, touchant la priere que le Iesuite presume deuoir estre faite aux Saincts, à fin
de prier & interceder pour nous. Epluchons
donc le fait, & respondons aux raisons ou argumens de nostre sophiste.

1. *C'est vne chose saincte* (dit-il) *d'inuoquer les*
Saincts.

Resp. Et, nous disons que cest vne chose
profane & vne pure idolatrie.

Sa premiere raison conclud ainsi: *Si le Roi*
permet & se plait, que les Gentils-hommes de sa
court lui presentent les requestes de ses suiets: les
suiets ne font pas contre la volonté du Roi de bailler
leurs requestes aux Gentils-hommes pour les rap-
porter au Roi. Pourquoi donc nous appellez-vous
idolatres, si nous honorons les Saincts, les priant de
prier pour nous, & faire ce qu'ils font?

Resp. Ceste raison est prise d'vne similitude, de laquelle nous nions l'application. Car
combien qu'vn Roi permette & se plaise, que
les Gentils-hommes ou autres de sa cour lui
presentent les requestes de ses subiets: Tant
y-a que Dieu ne permet pas & ne se plait point
que les Saincts trespassez lui presentent nos
requestes: ains veut & se plait que nous-mesmes les lui presentions.

S. Ambroise est pour nous en ceci, disant: *Ceux lesquels au lieu d'auoir recours à Dieu s'a-dressent aux creatures, ont accoustumé de couurir leur mespris de Dieu, de ceste miserable excuse, di-sans que par le moien de ceux ausquels ils recourent ils peuuent aller à Dieu, ne plus ne moins qu'on ap-proche d'vn Roi par le moien de ses officiers.* Et vn peu apres: *La raison pourquoi on va au Roi par le moien & faueur des Contes, Capitaines & autres officiers, c'est pource qu'vn Roi est nai homme, & ne sait en qui il se doit fier pour l'administration des affaires publiques. Mais enuers Dieu, à qui rien n'est caché, (car il cognoit le merite d'vn chacun,) nous n'auons point besoin d'vn suffragant, ains d'vn cœur deuotieux. Car en tout lieu, qu'vn tel parlera a lui, il lui respondra:* Voila le dire de S. Ambroise: auquel est conforme Chrysostome: *Il n'est ia besoin (dit-il) d'auoir des patrons enuers Dieu, ni de courir çà & là pour doucement parler aux autres. Car combien que tu sois seul, & sans pa-tron, & que pour toi-mesme tu pries Dieu, tu auras totalement ce que tu demandes.*

2. La deuxieme raison du Iesuite est telle: *Les viuans innoquent bien les viuans. Pourquoi donc n'innoqueront ils les Saincts trespassez qui sont au Ciel, à fin qu'ils prient & intercedent pour eux? Sont-ils moins charitables que quand ils viuoient?* Là dessus il allegue plusieurs passages de l'Es-criture pour prouuer l'Antecedent, sans aucu-ne necessité. Car nous le lui accordons fran-chement. Et emploie les sections 3. & 4. pour confirmer tout son argument, disant en som-

3.
4.
me en la section 3. *Que la beatitude prouoque les Saincts à prier pour les mortels.* Et en la 4. *Que la mesme beatitude inuite les mortels à innoquer les Saincts.*

Resp. Nous respondons, que la consequence de ceste raison, ou de cet argument n'est point bonne. Car nous n'auons point de commandement, ni de promesse, ni d'exemple en toute la saincte Escriture, touchant l'inuocation des Sainchts trespassez. Mais nous en auons bien touchant la priere que font & doiuent faire les fideles les vns pour les autres, en ceste vie. I'ai traitté de ceste matiere assés amplement en mon premier liure des abus de la Messe, Abus 3.

SVR LE CHAP. XII.

IL veut prouuer en ce chap. XII. que nous deuons inuoquer les Sainchts, par trois autres argumens. Le premier, par les Conciles, Le second, par les escrits des Docteurs. Le troisiesme, par les festes & les Temples.

1. Son premier argument donc est pris des Conciles : dont il en allegue quelques sentences qui font pour lui.

Resp. Ie respon que cet argument pretend prouuer vne chose incertaine, par vne autre autant incertaine. Le Iesuite veut conclure ainsi :

Toute doctrine arrestee & decretee par les Conciles, est veritable.

● La doctrine de l'inuocation des Saincts est arrestée & decretée par les Conciles.

Donc la doctrine de l'inuocation des Saincts est veritable.

Ie nie la proposition. Car plusieurs Conciles celebrez en la papauté ont erré. Et qu'ainsi soit, il se trouue que les vns ont repris & desfait, ce que d'autres auoient establi & fait. Parquoi les vns ou les autres ont erré, estans repugnans & contraires les vns aux autres. I'en ai discouru bien amplement en mon traitté de l'Eglise, fait & imprimé l'an 1577. Où i'ai mis ces exemples.

Le Concile de Cartage (auquel S. Cyprien a esté present, & aucuns disent qu'il y a presidé) a decreté que ceux qui ont esté baptizez par les heretiques, doiuent estre rebaptizez. Lequel decret a esté rompu & renuersé par vn autre Concile de Cartage tenu apres.

Le second synode d'Ephese a approuué l'erreur d'Eutiches, touchant ce qu'il n'a recognu en Iesus-Christ sinon vne seule Nature, assauoir la diuine. Lequel erreur a depuis esté refuté & mis bas par le Concile general de Chalcedoine.

Le Concile de Nice general a permis aux Prestres de se marier. Les Conciles de Neocesaree, & de Maience, & le second de Carthage, & quelques autres l'ont defendu.

Le Concile de Constantinoble, conuoqué par l'Empereur Leon, il y a enuiron 900. ans a ordonné le demolissement des images. Le

Concile de Nice assemblé apres par Irene
mere de l'Emperéur, a commandé le resta-
blissement d'icelles.

Le Concile Bracarence a anathematizé
ceux qui s'abstiennent de manger de la chair.
Et ce decret a esté confirmé par le trezieme
Concile de Tolete. Mais le Concile de Rome
a ordonné le contraire, defendant certains
iours de l'annee l'vsage de la chair.

Ainsi donc, les Conciles peuuent errer. Et
ne peut-on iustifier les susdits, qu'aucuns n'aiet
erré. S. Augustin aussi declare ouuertement
qu'ils peuuent errer. Car il dit, *Que les Epi-*
stres des Euesques particuliers sont corrigees par les
Conciles prouinciaux, & les Conciles prouinciaux
par les vniuersels; & les vniuersels premiers annu-
lez par les derniers, quand par quelque experience
des choses, ce qui estoit clos, est ouuert, & ce qui
estoit caché est mis en euidence. Et ne sert de rien
de dire, que cela se doit entendre des choses
externes & indifferentes. Car S. Augustin dispute là d'vn poinct de doctrine, c'est assauoir
de l'opinion de S. Cyprien & du Concile d'Affrique, touchant la rebaptization.

Or donc (di-ie) en vne telle diuersité &
contradiction que dirons-nous? Aquels Conciles adiousterons nous plus de foi? certes il
nous les faut examiner tous par la Parole de
Dieu, qui est la balance, à laquelle sont suiets non seulement les hommes, mais encore
les Anges, ainsi que S. Paul l'a dit aux Galates. Parquoi ce que nous trouuerons en iceux

Aug. li. 2. de Bapt. cont. Donat. ca. 3.

Gal. 1. 8.

conforme à l'analogie de la foi, & accordant
auec l'authorité des sainctes Escritures, nous
le deuons receuoir sans aucun scrupule. Mais
s'ils mettent en auant choses contraires à cela,
nous les deuons reietter sans nulle difficulté.
Car (comme a dit S. Hierosme) *Nous ne deuons*   *Hiero. inter*
pas ensuiure les erreurs de nos peres & predecesseurs,   *cap. 9.*
ains l'authorité des Escritures, & le commande-
ment de Dieu qui nous enseigne. Dont aussi Ger-   *Gers. part.1.*
son & Panorme ont conclu, qu'és choses qui   *exam. doct.*
concernent la foi, le Pape & ses Euesques ne   *Panor. cap.*
  significasti.
peuuent rien determiner contre la Parole de   *Extra de*
Dieu : Et que si vn Concile general venoit   *Electio.*
par malice ou par ignorance à decliner de l'E-
uangile, vn simple homme lay, alleguant la
Parole de Dieu, doit estre plustost oui & es-
couté.

2. 3. & 4. Son second argument est pris des
Docteurs, lesquels ont fauorisé l'inuocation des Saincts, & desquels il cite beaucoup
d'authoritez és sections 2. 3. & 4.

Res. Nous respondons à cet argument trois
choses. La premiere est, Qu'il nous faut prendre garde, non point à ce que les anciens Docteurs ont dit & fait : ains à ce qu'ils ont deu
dire & faire, pour les imiter & ensuiure.

La deuxiesme est, Que nous ne manquons
point de tesmoignages pour monstrer que les
anciés ont dit le contraire de ce que le Iesuite
leur attribue yci : Car quant aux Anges, voici
ce que Theodoret en a escrit : *Il y en auoit qui*   *Theod. in*
induisoient les hommes au seruice des Anges, alle-   *Epi. ad Col.*
  cap. 2.

guans que la Loi auoit esté baillée par eux. Lequel
erreur est demeuré en Pisidie & Phrygie. Et pourtant le Synode tenu en Laodicée, ville capitalle de
Phrygie, a defendu par ordonnance expresse, de prier
les Anges.

Touchant les Saincts, que le Iesuite pretend establir pour estre nos intercesseurs enuers Dieu, & par consequent que nous les
deuons inuoquer pour cet effect, voici comment aucuns anciens en parlent.

Lact. Inst. l.
2. ca. 18. Lactance : *Ceux-là qui prient les morts, porteront la peine de leur impieté & meschanceté.*

Cypr. ser. 5.
de Lapsis. S. Cyprien : *Maudit est l'homme qui a son
esperance en l'homme : il faut prier le Seigneur.*

Aug. in. 1.
Ioan. 1. tra.
1. S. Augustin : *Sainct Iean n'a point dit, vous
auez vn aduocat enuers le Pere : Mais, si aucun a
peché, nous auons vn aduocat. Il n'a pas dit, vous
auez, ni vous m'auez : mais il a mis Iesus Christ, &
non pas soy : & a dit, Nous auons, & non pas vous
auez. Il a mieux aimé se mettre au nombre des pe-
cheurs, pour auoir Iesus Christ pour son Aduocat,
que se constituer aduocat au lieu de Christ, & estre
trouué entre les orgueilleux damnables.*

Cont. Parm.
lib. 2. cap. 8. *Les Chrestiens se recommandent l'vn à l'autre en
leurs prieres : mais celui qui prie pour tous, sans que
nul prie pour lui, est le vrai & seul mediateur. Et
vn peu apres : Si S. Paul estoit moienneur, les
autres Apostres le seroient aussi, & par ce moien il y
auroit plusieurs moienneurs : Ce qui ne conuiendroit
point auec ce qui est dit, Qu'il y a vn moienneur entre Dieu & les hommes.*

In Psal. *Si tu cherches ton Mediateur pour t'introduire à
Dieu,*

Dieu, il eſt au Ciel, & prie là pour toy, comme il
eſt mort pour toi en la terre. Et vn peu apres Luy
eſtant entré au ſanctuaire du Ciel, peut ſeul preſenter les prieres du Peuple, lequel n'a point prochain
acceʒ à Dieu.

quag. in
Pſal. 94.

S. Chryſoſtome : Di moi, femme, comment
as-tu oſé t'adreſſer à Ieſus Chriſt, toi qui es peche-
reſſe & inique ? Ie ſai bien ce que ie fai, reſpond elle.
Voi la prudence de ceſte femme. Elle ne prie point
Iaques. Elle ne s'adreſſe point à Pierre. Il ne lui
chaut de toute la compagnie des Apoſtres. Elle n'a
point cherché de mediateur. Mais au lieu de toutes ces choſes, elle a pris penitence pour ſa compagne,
laquelle lui a eſté en lieu de mediateur, & ainſi s'eſt
acheminée à la ſouueraine fontaine. Car (dit elle)
pour cela eſt-il deſcendu : pour cela a-il pris chair,
& s'eſt fait home, à fin que moi auſſi oſe parler à lui.

Chry. Hom.
12. de cana.

S. Ambroiſe : Ieſus Chriſt eſt noſtre bouche,
par laquelle nous parlons au Pere : Noſtre œil, par
lequel nous voions le Pere : Noſtre main dextre, par
laquelle nous-nous offrons au Pere. Sans lequel
moienneur il n'i-a nulle approche auec Dieu, ni à
nous, ni à tous les Saincts.

Amb. lib. de
Iſaac. &
beata vita.

Cyrile : Si nous voulons eſtre exaucez du Pere,
il nous le faut prier au nom du Saueur.

Cyril. li. 16.
in Ioan. c. 7.

Ces paſſages des Anciens ſont clairs & notoires contre l'inuocation des Saincts : Et ſont
fondez ſur ces paſſages de l'Eſcriture.

Nul ne vient au Pere ſinon par moi.

Iean. 14. 6.

Il y-a vn Dieu, & vn Moienneur entre Dieu
& les hommes, Ieſus Chriſt homme.

1. Tim. 2. 5.

Si aucun a peché, nous auons vn aduocat enuers

1. Iean. 2. 1.

Y

le Pere Iesus Christ le iuste.

La troisiesme chose que nous respondons à l'argument du Iesuite, pris des tesmoignages des anciens Docteurs, c'est qu'outre ce que plusieurs d'entre lesdits Docteurs ont esté quelques fois contraires les vns aux autres en ceste matiere, & voire à eux-mesmes: on a encore inseré en leurs œuures beaucoup de sentences, desquelles ils ne sont point les autheurs. Partant nous auons representé quelques articles ci deuant qui concernent la creance, que nous deuons auoir en leurs escrits. Discours 1. chap. 37. sect. 3.

5. Le troisiesme argument du Iesuite est pris des festes & des temples: Auquel nous auons amplement respondu ci dessus sur le chap. 7. sect. 3. & 4. Seulement ce qui est là dit de l'adoration, il le faut appliquer yci a l'inuocatiõ. I'adiousterai deux mots de S. Augustin, pour tesmoigner, contre le Iesuite, qu'on ne doit point bastir de temples ni aux Anges ni à aucune creature. Il dit ainsi:

Aug. lib. de vera Relig. cap. 55.   *Nous honorons les Anges par charité, non par seruice: Et ne leur bastissons point de temples. Car ils ne veulent point estre honorez ainsi de nous.*

Lib. 1. côtra Maximinū Arrianorum Episcopum.   *Et ailleurs: Si le sainct Esprit n'estoit Dieu, il ne nous auroit point pour temple. Mais il est escrit par l'Apostre, Ne sauez vous pas que vos corps sont le temple du S. Esprit, lequel vous auez de Dieu? Si nous faisons vn tēple de bois ou de pierres à quelque sainct Ange excellēt, ne serions nous point anathematizez de la verité de Christ, & de l'Eglise de Dieu?*

Car nous attribuerions à la creature le seruice qui est deu seulement à Dieu. Si donc nous serions sacrileges, faisans vn temple à quelque creature; comment n'est celuy-là vrai Dieu, auquel nous ne faisons point de temple, mais que nous-mesmes lui sommes temple?

Voy encore vne belle sentence de S. Aug. escrite ci dessus. ch. 6. sect. 2.

SVR LE CHAP. XIII.

POur l'inuocation des Saincts il produit encor en ce chapitre vne sorte d'argumens qu'il dit estre infalibles, c'est assauoir *les miracles.* Et nous lui respondons que ce ne sont que belles imaginations, qui ne font que nager superficiellement en son ame: argumens, di-ie, aussi foibles & incertains, que tous les precedens.

Or diuisant ce chapitre en quatre sections, en chacune il met plusieurs miracles, sans autre tesmoignage que de quelques docteurs, dont les vns se sont laissez aller en l'erreur commun, & aux autres on a attribué plusieurs sentences, & icelles inserees en leurs escrits contre leur intention. Parquoi nous nous contenterons de faire trois ou quatre instances contre ces miracles.

Premierement, touchant le miracle que Palladius grec suppost du pape Celestin 1. recite, disant *que S. Innocent priant aux reliques de S. Iean Baptiste guerit vn paralitique:* Et touchant plusieurs autres miracles que le Iesuite dit *Que S. Augustin raconte auoir esté faits par les reliques de S. Estienne:* Ie demande quelle vrai semblance y a-il en ces reliques de l'vn & de l'autre sainct? Quant à S. Iean Baptiste, les Euangelistes n'en disent autre chose, sinon qu'icelui aiant esté decapité par le commandement d'Herodes, ses disciples emporterent son corps. & l'enseuelirent. Et touchant S. Estienne, S. Luc n'en dit aussi autre chose, sinõ qu'icelui aiant esté lapidé, aucuns hommes craignans Dieu l'emporterent pour l'enseuelir, & firent grand pleur sur lui. En ces histoires sainctes mention n'est faitte d'aucunes ceremonies superstitieuses, & n'est point dit que les fideles aient recueilli aucuns os, ou aucunes reliques de ces Saincts, apres leur mort, ains seulement qu'ils les ont enseuelis & mis dans des sepulchres.

Nous auons ci dessus parlé assez auant des reliques, sur le chap. 7. sect. 3. Et si par la parole de Dieu on veut encore sauoir quelles sont les vraies reliques des Saincts, lesquelles les Chrestiens doiuent monstrer publiquement, les porter, baiser & honorer, ce sont les œuures de pieté & de charité. D'icelles il est dit, qu'elles suiuent les Saincts qui meurent au Seigneur, & demeurent apres leur mort. Ce sont celles que Iesus Christ recomde en l'exemple de Marie, promettant que le fait de son onction, seroit recité en memoire d'elle par tout le monde, ou l'Euangile se prescheroit.

C'est donc de la bonne vie des Saincts trespassez, de leur saincte conuersation, de leur

Mat.14.12.
Marc.6.29.
Act.8. 2.
Apoc.14.13
Marc.14. 9.

pure doctrine, de leur confeſſion de foi, de leur preudhomie & conſtance, que nous deuõs faire reſerue & comme vn threſor & reliquaire : & non point de leur os, de leur chair, de leur ſang, de leurs cendres, de leurs habillemens & drapeaux, ni d'aucunes autres choſes qui concernent leurs corps. Ce ſont choſes mortes.

Secondement, en ce que le Ieſuite dit que *Theodoret recite en l'hiſtoire des Saincts, pour monſtrer combien de miracles auroient eſté faits en ſon temps, ne dit autre choſe, ſinon que les temples des Martirs eſtoient plains de membres d'or & d'argent, donnez par ceux, qui auoient eſté gueris par la priere des Saincts Martirs.*

Theod. lib. 8. grec. aff. 12 fine.

Reſp. C'eſt-là la vraie fin des miracles de la papauté, leſquels ne tendent à autre choſe par l'idolatrie qui s'y commet, qu'à faire bouillir la marmite, attirer l'eau en leur moulin, & attraper de l'or & de l'argent, pour viure graſſement & a leur aiſe. Car ces gens n'ont autre Dieu que leur ventre. Ils ne s'ornent que de leurs titres & mitres, & ne ſe ſoucient que de leurs benefices, ſans reſpondre à leurs offices. Mais en fin ils en porteront la fole-en chere, & ſauront combien c'eſt vne choſe monſtrueuſe & deſplaiſante à Dieu, d'abuſer ainſi le monde, & de peruertir la vraie & pure doctrine pour gain deshonneſte.

Tiercement, ce qu'il adiouſte, de la diſpute des Eueſques du concile de Chalcedoine, vuidee par miracle, eſt plaiſante. Nicephore ieſ-

Niceph. lib.

15.cap.5.   moigne (dit il) qu'au concile de Chalcedoine, apre:
vne longue dispute, fut arresté par les Euesques, que
l'on mettroit les opinions d'vn chacun, escrites en
diuers papiers, dans le tombeau de S. Eufemie, eux
cependãt prieroient toute la nuict. Le lendemain toutes les opinions catholiques furēt trouuees en la main
de la saincte, & les autres aux pieds.

Resp. Si cela n'est vne belle fable, ie m'en
rapporte à tout homme de bon iugement. Et
quoi, la verité d'vn poinct de doctrine doit-elle estre recherchee aux miracles? Depend elle
d'ailleurs que de la parole de Dieu? Doit-elle
estre decidee par autre, iuge que par la saincte
escriture? Oyons vn peu les docteurs.

Basil. Hexa.   La saincte Escriture (ce dit Basile) enseigne
congressione
9.   les choses lesquelles appartiennent a l'instruction &
vtilité de nos ames.

Atha. cont.   Athanase : Les Escritures sainctes & diuine-
Idio.   ment inspirees sont suffisantes pour demonstrer la
verité.

Aug. ad Mã-   S. Augustin : La S. Escriture n'a rien obmis
garenses, de
Execration: de ce qui appartient à chercher & tenir la vraie
idololat.   Religion.

Chrysost. in   Chrysostome : Tout ce qu'on doit chercher à
Mat. Hom.
41.   salut, est contenu és escritures.

Idem in Ep.   Lui-mesme : Il faut plustost croire à la saincte
ad Gal. c. 1.   Escriture, qu'aux Anges, & aux morts, quand ils
ressusciteroient.

Orig. in   Origene : Les choses qui ne sont point notoire-
Mat. ca. 23.   ment escrites aux liures diuins, nous les deuons traitter & examiner par les choses qui y sont escrites.

In Ierem.   Lui encore : Il nous est necessaire d'appeller en

tefmoignage les efcritures fainctes. Car fans tels tef- Hom. 2.
moins nos fens & nos enarrations n'ont point de foi.

S. Auguftin encore: *Ce que nous voulons qu'on croie, il le faut prouuer par les clairs tefmoignages* Aug. cons. Epift. Petil. donat. de vnit. Eccl. cap. 19. *des fainctes Efcritures, & vfer d'icelles contre les ennemis de l'Eglife.*

Il y a mille autres femblables paffages aux efcrits des anciens, par lefquels le miracle fuf-dit eft declaré fabuleux, ou bien, par lefquels les Euefques du concile de Chalcedoine font conuaincus d'auoir efté des afnes, qu'ils n'aient fçeu decider vn poinct de doctrine, ni vuider vne queftion theologique par les Efcritures: ains qu'il ait falu qu'ils aient eu recours par prieres à faincte Eufemie, & au miracle qu'elle feroit là deffus. Quand le Iefuite n'auroit enregiftré en fes efcrits autre abfurdité que celle yci, ce feroit affez pour le faire rougir de honte, & induire les lecteurs à reuoquer en doute tout le refte de fon difcours, qui n'a autre tefmoignage que de fon fens & de fa creance.

2. 3. & 4. *Quartement*, Quant aux paffages qu'il attribue à S. Auguftin és fections deuxieme, troifieme & quatrieme, veu qu'ils ne font citez que des liures de la cité de Dieu, nous n'y deuons point adioufter de foi. Nous en auons ci deuant rendu la raifon. C'eft affauoir d'autant que plufieurs chofes ont efté inferees en ces liures là, lefquelles ne font point de S. Auguftin. Et auons allegué fur cela ce que Viues en dit. Et en faudra dire encore quelque chofe ci apres, fur la priere pour les trefpaffez.

Y iiij

SVR LE CHAP. XIII.

POur deux causes principales (dit il) les Ministres reiettent les interceßions des saincts. La
premiere est, parce que les trespassez n'oient point
nos prieres. La seconde, parce que c'est déroger à
l'honneur du Seigneur de prier autre que lui.

Resp. Nous aduouons ces deux raisons,
fondées sur la parole de Dieu. Voions comment le Iesuite des refute.

Pour la premiere : Vous citez S. Augustin.
Resp. Voire : mais pource que vous n'en pro-
duisez point le paßage, sinon en la section
troisiesme, nous differerons nostre responce
iusques à ce lieu là.

Et pour toute la question concluez contre la Vierge en particulier, à qui aussi vous en voulez, disans:
Si donc il n'est pas certain que la Vierge nous oye en
nos requestes, ce seroit vne pure folie de la prier : veu,
comme, dit S. Iaques, que la priere faite sans foi, est
vaine.

Resp. Sauf la reuerence du Iesuite, il nous
impose. Nous n'en voulons aucunement à la
saincte Vierge. Ains la reuerons & honorons
mieux sans comparaison, que lui & tous ses
semblables. Car nous lui attribuons ce qui lui
appartient : Et les idolatres, qui font d'elle
vne Idole lui attribuent ce qui ne dui appartiét point, & qu'elle reietteroit, si elle le sauoit.

Quant à l'argument que le Iesuite pose en
nostre nom, qui est tel : S'il n'est pas certain que

la Vierge nous oie en nos requestes, ce seroit une pure folie de la prier : veu que S. Jaques dit que la priere faite sans foi (c'est à dire, sans certitude d'estre exaucé) est vaine:

Resp. Nous recognoissons cest argument estre de nostre Eschole.

Voila la toile (dit-il) de vostre discours tramee d'une mauuaise glose ; sur un texte composé à plaisir : Car ceste certitude ne se trouue point en l'Escriture, ni ce texte en S. Jaques.

Resp. Le Iesuite n'a pas fueilleté les Escritures, ni bien examiné ce que dit S. Iaques au premier chapitre de son Epistre. Mais pource qu'il repetera en la section sixieme son accusation ; alors nous-nous en iustifierons plus amplement, & lui monstrerons que ce texte est en S. Iaques, sinon en propres mots, au moins en termes equiualens: & que ceste certitude se trouue clairement en l'Escriture. *Iaq. 1. 3.*

Or ce que vous dites de la priere faite à la Vierge, vous voulez estre entendu pour tous les autres saincts.

Resp. Pourquoi non, en ceste matiere de l'inuocation des Saincts ? Vous autres ne dites-vous pas qu'il faut prier tous les saincts en general, & chacun d'eux en particulier ?

Il est question, s'il faut inuoquer les Saincts. Nous les inuoquons, vous les mesprisez.

Resp. Ne vous desplaise. N'inuoquer point les Saincts, & les mespriser, ce sont deux choses differentes. La premiere, nous la tenons: non point la seconde.

Nous sommes en l'Eglise catholique tenans la foi de la veneration des Saincts, il y a 1597. ans. Vous nous aggressez depuis quelque temps, nous voulans oster ceste foi.

Resp. Iesus Christ & les Apostres n'ont iamais enseigné ni tenu l'inuocation des saincts. ni l'Eglise catholique apres eux. C'est vostre Eglise romaine, qui depuis sa reuolte à fait profession d'vne telle idolatrie. Partant nous voudrions bien, s'il estoit possible, vous oster ceste fausse foy, & vous remettre la nostre vraie.

2. *Vous demandez nos armes.* Resp. Voire: Mais ces armes ce sont les sainctes Escritures. Car c'est par elles qu'il faut corriger les heretiques, & couper la gorge à l'heresie, ce disent S. Hylaire & S. Hierosme.

Hyl. lib. 4.
de Trinit.
Hier. inter
cap. 1 2.

Et où sont les vostres? Où sont les Escritures sainctes, que vous auez tousiours en la bouche, sinon quand elles vous sont besoin? Où sont les passages, que vous deuiez faire iouer & retentir ici, coup sur coup contre nous, sans relasche, iusques à nous contraindre de venir à composition, ou nous enseuelir dans nos ruines?

Resp. Nos armes, qui sont les sainctes Escritures, sont celles yci. *Premierement,* pour prouuer que les Saincts qui sont en Paradis n'oient point nos prieres, & ne sauent point nos necessitez: Isa. 63. 16. Eccles. 9. 6. Secondement, pour prouuer que Dieu seul cognoit nos cœurs & nous peut aider, & non point les Saincts trespassez, Iaq. 1. 17. Gen.

30. verſ. 1. 2. 2. Rois. 5. verſ. 6. 7. 2. Chro. 6. 30.

Ie fai mal de me plaindre. Ie vous voi venir armez de certaines vieilles hallebardes reforbies & parees de franges mal agencees, auec ces harnois tous deliberez de bouleuerſer ce deſſus deſſous noſtre forterereſſe, & y entrer victorieux.

Reſp. Le Ieſuite meſpriſe nos armes, qui ſont les ſainctes Eſcritures, & fait eſtat des ſiennes qui ſont les traditions humaines, frangees & agencees de la ſubtilité & du fard de ſon eloquence : Et cuide que cela lui fourniſſe pour crier cauſe gaignee. Mais il ſe trompe. Il penſe faire comme l'eſcrimieur Melanconius, lequel vainquoit par ſes ſeules demarches, & ſans donner touche ni attainte.

3. Il reproche puis apres aux Miniſtres, qu'ils ont mal leu & cité de mauuaiſe foi S. Auguſtin. Et comment? vous dites (dit-il.) qu'en ce lieu que vous alleguez il conclud que les eſprits treſpaſſez ſont en vn lieu, où ils ne voient choſe qui ſe face ou aduienne en la vie des hommes. Deſquelles paroles vous tirez, que les ſaincts n'oient point nos prieres, & que par conſequent on ne les doit aucunement prier.

Reſp. Le Ieſuite deuoit plus expreſſement cotter le texte de S. Auguſtin, & les Paroles des Miniſtres, pour en ſauoir mieux le fons. Mais oions le diſputer.

En premier lieu (dit-il) vous falſifiez le texte de ce paſſage. Car S. Auguſt. dit ſeulement: Que les eſprits ſont en vn lieu, où ils ne voient pas toutes les choſes qui ſe font, ou qui aduiennent en ceſte vie aux

Aug. lib. de cura pro mort. ca. 13.

hommes. Et la dessus il adiouste : *Ces paroles por-*
tent vn sens bien different à celui des vostres. Car
par les vostres on collige, qu'à les trespassez n'enten-
dent du tout rien des choses qui se font en ce monde:
& par celles de S. Augustin, qu'ils n'entendent pas
toutes. Vostre sens est faux, & celui de S. August.
est veritable, & ne fait rien contre nous.

Resp. La sentence de S. August. n'est pas
bien comprise par le Iesuite. Il y a vn mot qui
le trompe. Le latin est tel : *Spiritus ibi sunt, vbi*
non vident quæcunque aguntur aut eueniunt in hac
vita hominibus. Il expose *quæcunque aguntur*, toutes les choses qui se font. Comme si S. Aug.
vouloit dire, les esprits ne voient pas voirement toutes les choses qui se font en la terre:
Mais ils ne laissent pas d'en voir aucunes. Il
s'abuse. Car S. Augustin vse yci d'vne maniere
de parler Hebraïque. Tout ainsi qu'en la Loi
le Seigneur dit : Non facies tibi כָּל־תְּמוּנָה,
omnem similitudinem : Tu ne te feras toute semblance : c'est à dire aucune semblance. Ainsi
S. Augustin suiuant ceste maniere de parler,
dit, que les esprits sont en vn lieu, ou ils ne
voient pas toutes les choses qui se font en la
terre : c'est à dire, où ils ne voient aucune chose qui se face en la terre. Et de fait au 14. cha.
du mesme liure il conclud ainsi : *Fatendum est*
nescire mortuos quid hic agatur. Il faut confesser
que les morts ne sçauent point ce qui se fait
yci.

Et ailleurs : *Ibi sunt spiritus defunctorum, vbi*
non vident neque audiunt quæ aguntur aut eueniunt

De cura pro
mort. ca. 14.

Lib. de spir.
& anima
cap. 29.

in ista vita hominibus. Ita tamen est eis cura de viuis, quanquam quid agant omnino nesciant: quemadmodum cura est nobis de mortuis, quamuis quid agant vtique nesciamus. C'est à dire: Les esprits des morts sont là, ou ilz ne voient & n'oient point les choses qui se font ou aduiennent en ceste vie aux hommes. Toutesfois ils ont tout ainsi soin des viuans, combien qu'ils ne sachent nullement ce qu'ils font: comme nous auons soin des morts, combien que nous ne sachions point aussi ce qu'ils font.

S. Gregoire en dit tout de mesme : *Tout* Greg.lib. 12 mor. c. 13. *ainsi que ceux qui viuent, ne cognoissent point l'estat des ames de ceux qui sont decedez, ainsi aux morts est incogneüe la façon de viure de ceux qui demeurent apres eux en la chair. Car la vie de l'esprit est fort esloignee de la vie de la chair : & comme les choses corporelles & spirituelles sont differentes en nature, ainsi aussi en cognoissance.*

Albert Euesque de Ratisbonne, maistre de Albertus. Thomas d'Aquin, en vn petit liure qu'il a fait touchant le moien d'estre conioint auec Dieu, chap. 8. *Les saincts trespassez* (dit-il) *ne manient point les affaires de ce siecle, & ne se soucient point de l'estat de ce monde, ni de la paix, ni de la guerre, ni du temps serain, ni de la pluie, ni en somme de personne qui soit ycy bas : mais ils sont totalement attachez à vn Dieu, & tous bandez & occupez à se transformer en luy*

En second lieu (ce dit le Iesuite) S. Augustin en ce chapitre-là parle en general de la cognoissance naturelle & ordinaire des trespassez, comme il ap-

pert par le 16. chapitre, que nous citerons tantost
des trespassez : Et nostre question est speciale de la
cognoissance surnaturelle des saincts regnans en gloire. Or il y-a difference de demander en special, Si
les saincts bienheureux oient par voie diuine les prieres que les viuans leur font, & en general si les trespassez sauent ordinairement tous les affaires de ce
monde.

Resp. Le Iesuite veut que S. Augustin ait
parlé selon son sens: à quoi il n'a iamais pensé.
Il a parlé de la cognoissance que les Sophistes
attribuent aux saincts trespassez, de ce qui se
fait en la terre, en quelque façon que ce soit,
ou naturellement ou surnaturellement, laquelle il refute & condamne. Tels enthusias-
mes aussi ne sont point de mise ; sinon entre
les Anabaptistes. Et encore ne les attribuent-
ils point aux saincts, sinon pendant qu'ils
viuent en ce monde, & non point apres leur
mort.

*Au. de cura
pro mort.
cap. 15.*

4.   En troisiesme lieu (dit-il) S. Aug. tesmoigne
que les trespassez peuuent sauoir les choses de ce monde en trois façons. La premiere, par la venue de
ceux qui s'en vont à eux d'ici. La seconde, par le
rapport des Anges; La troisiesme, par la reuelation
de l'Esprit de Dieu.

*13.q.2.can.
Qui diuina
& can. Fa-
ciendum.*

Resp. Ces trois moiens sont insinuez au
Decret, comme oracles diuins. Mais nous les
auons refutez en nostre premier liu. de la Messe. Abus 3. Replique 4.

*Finablement S. Aug. aiant meu la dispute de
l'assistance que les saincts Martyrs donnent à ceux*

qui les inuoquent, il parle ainsi au chap. 18. de ce
liure-là: Il ne faut donc estimer (dit-il) que tous
les trespassez indifferemmant se trouuent és affaires
des viuans, encor que les Martirs soient fauorables
à quelques vns, pour les guerir ou aider en quelque
autre façon : mais faut entendre par cela, que les
Martirs sont presens és necessités des viuans, par la
vertu diuine, ne pouuans les trespassez par la leur
propre se trouuer és affaires des viuans, bien qu'à la
verité ceste question surpasse les forces de mon entendement, ne pouuant comprendre la façon, par laquelle les Martirs aident ceux-là que nous sauons
certainemement estre aidez par eux

Resp. Si S. Augustin a tenu ce langage, il
s'est oublié, & n'a pas tousiours esté semblable
à soi-mesme. Car les sentences precedentes
sont diametralement contraires à celle-yci.
Mais certes il est plus vrai-semblable que ceste
sentence a esté inseree en ses escrits sans son
sceu, & apres sa mort. Et de fait, notons vne
contradiction ou repugnance manifeste entre
vn article de ce passage, & vn autre du decret,
& des decretales. S. Augustin dit yci que les
Martirs aident ceux-là (c'est à dire, les viuans)
desquels ils sont aidez. Or comment entend-il
que les viuans aident les Martirs, si ce n'est en
priant pour eux ? Car quelle autre chose peuuent-ils faire pour eux ? Mais le decret & les
decretales disent. *Qu'iniuriam facit Martiri,* 13.q.2. cap.
qui orat pro Martire: Que celui qui prie pour Tempus, en
le Martir, fait iniure au Martir. Parquoi à la Glose. &
bon droit on fait dire yci à S. Augustin. Qu'a Miss. c. cum
Marthe SS.
ultimæ.

la verité ceste question (assauoir comment les
Martirs sont presens és affaires des viuans) surpasse les forces de son entendement, & qu'il
ne la peut comprendre.

5.   Mais voici le bon. Le Iesuite pour excuser
S. Augustin, attribue sa profession d'ignorance en cet endroit, à sa modestie. *Vous voiez*
(dit-il) qu'il confesse de n'entendre pas comment
les trespassez cognoissent les affaires de ce monde, &
neantmoins il croit qu'ils les sauent. Et là dessus il
s'escrie contre nostre foi, disant: *Vous au con-*
traire niez la cognoissance des trespassez, par ce que
vostre entendement ne la peut comprendre. Et de
mesme façon vous comportez vous és autres poincts
& articles de la religion, qui est la reduire à la capa-
cité de l'esprit humain; & ruiner la nature de la foi,
qui consiste à croire les choses, qui passent la raison &
l'entendement.

Resp. Voire: Mais en premier lieu, il en
preste à S. Augustin. Car combien qu'il die,
qu'il ne peut comprendre comment les trespassez cognoissent les affaires de ce monde, il
ne confesse pas pourtant qu'il le croie. En second lieu, le Iesuite conioint mal ce point des
trespassez, auec les articles de la religion & de
la foi. Car qui nie le point susdit, ne nie pas
pour cela les articles de la foi. Ie confesse donc
que la foi consiste à croire les choses qui sur-
passent la raison & l'entendement. Mais tant
y-a que ceste foi à son fondement expres en
Rom. 10.17. la parole de Dieu, comme dit S. Paul. Ce que
n'a pas l'article susdit des trespassez. Et partant

tant combien que nous le nions, nous ne ruinons pas la nature de la foi.

6. Il reuient au passage de S. Iaques, & dit *que la glose que nous lui attachons, est de mesme ancre, que l'interpretation du passage allegué de S. Augustin.* Et quelle est nostre glose? *Vous escriuez* (dit-il) *que S. Iaques a dit, Que la priere faite sans foi est vaine. Vous auez forgé ce texte. S. Iaques dit, qu'il faut prier auec foi : mais non pas ce que vous escriuez. Pourquoi alterez-vous les Escritures?*

Resp. Le Iesuite se monstre ici fort nouueau en l'exposition de l'Escriture. Les paroles de S. Iaques sont telles : *Si quelqu'vn d'entre vous* Iaq. 1.5. *a faute de sapience, qu'il la demande à Dieu ; qui la donne a tous benignement, & qui ne la reproche point, & elle lui sera donnée. Mais qu'il la demande en foi, ne doutant nullement : Car celui qui doute, est semblable au flot de la mer, agité du vent & demené. Or que cet homme là ne s'attende point de receuoir aucune chose du Seigneur.* Le Iesuite s'arreste sur ce mot *vaine*, & sur l'exposition que nous donnons à ce mot de foi, l'appelans *certitude*, Il adiouste donc : *Mais prenez le cas que cela se puisse colliger des paroles de S. Iaques : vous mettez à la queue de ces mots vne glose vaine, disans sans foi, c'est à dire sans certitude d'estre exaucé. Voila vn mauuais C'est à dire, & du tout contraire à la verité.*

Le Iesuite donc confesse, qu'il faut prier en foi, & que douter en priant est contraire à la foi. Mais en premier lieu, il s'aheurte sur ce

Z

mot de *vaine*, quand nous difons que la priere
faite fans foi eft vaine : & dit que ce mot n'eft
point au texte de S. Iaques. Il n'y eft pas voirement en lettres expréffes : mais il y eft par
equiualent. Car S. Iaques dit, *Que cet homme*
là (affauoir qui ne prie point en foi, ains
doutant) *ne s'attende point de receuoir aucune*
chofe du Seigneur. Cela ne vaut-il pas autant
que s'il difoit, la priere d'vn tel homme eft
vaine ? l'argumente donc ainfi. Vne priere qui
n'a point de promeffe, ains au contraire eft
menacee de n'eftre point exaucee, eft vaine.
La priere faite fans foi, & en doute & incertitude, n'a point de promeffe, ains au contraire
eft menacee de n'eftre point exaucee, tefmoin
S. Iaques. Donc la priere faite fans foi & en
doute & incertitude, eft vaine. A la confirmation de l'Affomption appartiennent ces paffages. Mat. 21. 22. Marc 11. 24.

En fecond lieu il s'aheurte côtre ce que nous
expofons *fans foi*, c'eft à dire, *fans certitude d'e-*
ftre exaucez. Voions donc comment il prouue
que noftre *c'eft à dire*, eft du tout contraire à la
verité. *Car la foi de l'oraifon* (dit-il) *n'eft pas vne*
affeuree certitude d'eftre exaucé, mais creance en
Dieu tout puiffant, tout bon, tout fage, pour nous
donner ce que nous demandons, felon qu'il fera ex-
pedient à noftre falut.

Refp. Ce qu'il dit de la creance eft veritá-
ble. Mais il la diftingue ou fepare mal à propos de la certitude. Car S. Paul les conioint.
Eph. 3. 12. Et l'Autheur de l'Epiftre aux He-

brieux. Heb. 4. 16. & 10. v. 22.

Voions encore quelle eſt la confirmation de ſa preuue. Il met ceſte maxime ; Que toutes les prieres des fideles faites auec certitude, ſont exaucees de Dieu. Et neantmoins que toutes leurs prieres faites en foi, ne ſont point exaucees. Partant il y a difference entre foi & certitude. Et là deſſus il fait vn Dilemme. Dauid quand il a prié auec ieuſne pour la vie de ſon fils : S. Paul quand il a prié d'eſtre deliuré de l'aiguillon de la chair : Ieſus Chriſt quand il a prié trois fois Dieu de transferer le Calice de ſa paſſion : Ces trois ont prié auec foi, ou ſans foi. Sans foi, non. Ce ſeroit fauſſeté & iniure faite à eux de le dire. C'a donc eſté auec foi. Et neantmoins ils n'ont point eſté exaucez. Parquoi prier en foi, n'eſt pas prier auec aſſeurance d'eſtre exaucé.

2. Sam. 12.
16.
2. Cor. 12. 8.
Matb. 26.
39.

Reſp. Nous nions ſa maxime ; touchant la ſeconde partie. Et diſons ; que prier en foi, & prier auec certitude d'eſtre exaucé, c'eſt tout vn, n'i aiant point de difference entre l'vn & l'autre. Et quant aux exemples propoſez de Dauid, de S. Paul, & de Ieſus Chriſt, nous diſons qu'ils ont prié en foi & auec certitude, & qu'ils ont eſté exaucez. Car ils ont prié auec la condition que le Ieſuite meſme a poſee ; c'eſt aſſauoir ſelon que Dieu verroit eſtre expedient. Parquoi s'eſtans les vns & les autres ſubmis à la volonté de Dieu (comme Ieſus Chriſt l'a exprimé pour ſoi, diſant ; *Non point comme ie veux, mais comme tu veux*) Dieu voïant

Z ij

que leurs demandes n'eſtoient point expedientes, il ne les leur a point accordees, & ſi
les leur a accordees. Il ne les leur a point ac-
cordées, entant qu'ils n'ont point ioui de l'effect qu'ils demandoient. Et les leur a accordees, entant que la condition appoſee en icelles, poiſee & conſideree de Dieu, à eſté ſuiuie
& effectuee par lui ſelon leur deſir.

Il nous reſte vn mot mis en auant par le Ieſuite, diſant *Que la priere de Ieſus Chriſt, reque-*
rant que ſon calice ſe paſſaſt de lui, n'auoit point la
foi & certitude d'eſtre exaucee, ains ſauoit qu'il
ne le ſeroit pas.

Reſp. Le Ieſuite confond les deux natures
de Ieſus Chriſt, & ne recognoiſt pas qu'il parle
yci comme homme. Les Monothelites ont
etré de meſmes. Mais les Chreſtiens ont vne
autre foi. Ils croient que Ieſus Chriſt, comme
Dieu, a touſiours eu vne meſme volonté auec
ſon Pere. Mais comme homme, il l'a eue non
point contraire: (car elle n'euſt point eſté ſans
peché:) ains diuerſe: Laquelle de ſoi n'eſt
point vitieuſe és hommes meſmes, pourueu
qu'il acquieſcent à la volonté de Dieu librement, apres l'auoir cogneuë.

Toutesfois touchant la cognoiſſance de la
volonté de Dieu, on demande ſi Ieſus Chriſt
vrai homme ne l'auoit pas en ce miſtere de ſa
mort. Ie reſpon qu'il l'auoit. Car pluſieurs
fois il l'auoit predite à ſes Diſciples. Pourquoi
donc a-il demandé ce qu'il ſauoit bien ne
pouuoir point obtenir? Reſp. L'apprehenſion

de l'ire de Dieu sur nos pechez, & de la grandeur de la peine qui leur est deuë, (n'i en aiant
point de si terrible & espouuantable) a tellement touché & saisi du premier abord l'entendement humain de Iesus Christ, qu'il a esté
du tout fiché à icelle, sans regarder au conseil
secret de Dieu. Mais presque en vn mesme in-
stant il y-a ietté les yeux, & a deschargé à
Dieu son pere toute la crainte qui le retenoit.
Lequel combat n'est presque iamais en nous,
voire il n'i est iamais, auec iuste mesure. Mais
en Iesus Christ vrai homme & exempt de
tout peché, il y-a esté pur & sans aucun vice.
7. Le Iesuite descrit en la derniere section la
foi que S. Iaques requiert, & que Dieu veut
de nous en l'oraison. A laquelle description
nous souscriuons. Mais la conclusion qu'il fait
est differente de la nostre, & les deux ne peuuent s'accorder. La nostre est, Qu'il faut prier
Dieu en foi, & par consequent auec asseuran-
rance d'estre exaucez, selon qu'il sera expedient. Celle du Iesuite & de ses semblables est,
qu'il faut bien prier Dieu en foi, mais non
pas auec l'asseurance susdite. En quoi ils separent ce qui doit estre conioint. La nostre est,
qu'il ne faut nullement prier les Saincts trespassez. Car nous n'en auons ni commandement ni promesse. La leur au contraire est,
qu'il les faut prier, bien qu'ils ne soyent point
certains d'obtenir ce qu'ils demandent. Sur
quoi nous ne trouuons point estrange leur incertitude : veu qu'ils prient les saincts sans

commandement & sans promesse, & par conséquent sans foi. Or tout ce qui est fait sans foi, est peché, & ne peut plaire à Dieu. Rom. 14. 23. Heb. 11. 6.

Ie veux conclure ce propos & ce chapitre par vne sentence du Catechisme du concile de Trente, imprimé à Bordeaux par Millanges l'an 1578. laquelle sentence, qui est en la pag. 615. conioint tresbien la foi auec la certitude, contre l'opinion de Richeome: Et est telle en Latin & en François.

Fides est, quæ preces fundit, preces faciunt, vt omni dubitatione sublata, stabilis ac firma sit fides. In hanc sententiam sanctus hortabatur Ignatius eos, qui ad Deum adirent oraturi: Noli dubio esse animo in oratione. Beatus est qui non dubitarit. Quare ad impetrandum quod velimus à Deo, maximū pondus affert fides, & certa spes impetrandi. Quod monet sanctus Iacobus: Postulet in fide nihil hæsitans.

C'est la foi qui fait les prieres, & les prieres font que sās aucune doute la foi demeure ferme & stable. Sainct Ignace suiuāt ceste sentēce exhortoit ceux qui alloient à Dieu pour faire priere. Ne vueille douter en ton oraison. Bienheureux est celuy qui ne doute point. Pour donc obtenir de Dieu ce que nous voulons, la foi & certaine esperance de l'impetrer peuuēt beaucoup, cōme dit & cōseille S. Iaques. Qu'il demande en foi ne doutant nullement.

SVR LE CHAP. XV.

LEs Esprits nourris de la verité , ne veulent point se nourrir & repaistre du vent des traditions humaines. Voila pourquoi sur ce que les sophistes de l'Eglise Romaine nous veulent faire acroire, que les saincts trespassez oient les prieres qu'on leur fait , nous les prions de nous en assigner le moien , & nous y esclairer par la lumiere des sainctes Escritures. Là dessus donc Richeome depart apres Bellarmin , & disant en françois ce que l'autre dit en latin , il produit quelques passages de l'Escriture , desquels il tire & bastit quatre arguments.

1.   Le premier est, *C'est vn texte expres de l'Escriture , que les Anges entendent nos prieres. Car ils en sont les rapporteurs. C'est aussi vn texte expres de l'Escriture , que les saincts sont comme les Anges. C'est le Sauueur qui le dit. Les saincts donc entendent nos prieres comme les Anges.*

Resp.   Pour vn bon Dialecticien son Syllogisme peche en la forme. Car il y a quatre termes : veu qu'autre chose est , *Estre Anges* , & autre chose , *Estre comme Anges* , Si le syllogisme estoit tel,

Les Anges entendent nos prieres.

Les saincts sont Anges.

Donc les saincts entendent nos prieres.

Le Syllogisme seroit passable. Mais estant ainsi formé :

Z iiij

Les Anges entendent nos prieres.

Les Sainéts sont comme les Anges.

Donc les Sainéts entendent nos prieres. Le Syllogisme est mal tissu. Neantmoins laissons la forme, & examinons la matiere.

La proposition est telle. *Les Anges entendent nos prieres.* Et comment prouue-il ceste proposition? *Car* (dit-il) *ils en sont les rapporteurs.* Et où en est le tesmoignage des Escritures? *Comme nous l'auons prouué ci dessus,* dit-il. Nous n'en auons rien leu, sinon ce qu'il à allegué au cha. 10. sect. 3. de Zacharie, où l'Ange prie ainsi le Seigneur: *O Seigneur des armees, iusqu'à quand seras-tu sans faire merci à Ierusalem, & aux citez de Iuda, contre lesquelles tu as esté courroucé ia septante ans?* Et de S. Iean en son Apocalipse; où il est dit, *Que l'Ange met & offre sur l'autel d'or les oraisons des sainéts.* A quoi nous respondons.

En premier lieu, qu'en ceste proposition, *Les Anges entendent nos prieres*, il y eschet distinction. Car si on veut dire que les Anges entendent ou oient nos prieres, tandis qu'ils sont yci bas auec nous, nous l'accordons. Mais si on veut dire qu'ils les oient du Ciel, nous le nions.

En second lieu, nous disons que le passage de Zacharie ne dit pas que l'Ange entende les prieres de Ierusalem, c'est à dire de l'Eglise: ains seulement qu'il prie pour elle.

En troisiesme lieu, nous disons que cet Ange là duquel Zacharie & S. Iean parlent, c'est Iesus Christ: & le reste que nous auons mis

Zach. 1. 12

Apoc. 8. 3

en auant fur ledit chap. 10.fect.3.

L'Affomption eft telle: *Les Sainʿts font comme les Anges.* Ie refpon, qu'eftre comme les Anges, ce n'eft pas pourtant eftre Anges, comme nous auons deduict fur le fufdit chap.

Mais oions là deffus le Iefuite : *Vous refpondreʒ (dit-il) que cefte fimilitude confifte en la felicité, & non en la nature & en l'office. Nous vous prenons au mot : & difons que noftre confequence demeure toufiours bonne. Car puis que la felicité n'empefche point que les Anges n'oient les prieres des mortels, & qu'ils ne les vueillent & puiffent aider: Pourquoi empefchera elle les Sainʿts, qu'ils n'aient la mefme fcience, & la mefme charité, encor qu'ils ne foient Anges ni officiers ordinaires ? Faudra-il dire, qu'ils font ignorans & nonchalans des chofes d'ici bas, parce qu'ils font bienheureux là haut.*

Refp. Le Iefuite fe declare yci Sophifte ignorant. Car nous ne difons pas que la felicité des Anges & des Sainʿts foit la caufe pour laquelle ils n'oient point les prieres des mortels. Ains la condition de leur nature, laquelle eft bornée & limitee. Donc il ne nous oient point, pource qu'ils ne font point par tout, ni pres de nous, comme Dieu, pour nous ouir, quoi qu'au demeurant ils foient bien heureux là haut. Ainfi le paffage fufdit ne fait rien pour la caufe du Iefuite.

2. Le deuxieme argument eft, *Que pour le comble de la felicité des Sainʿts, ils doiuent fauoir ce qui touche leur ioye, & le bien de ceux qu'ils aiment. Ils fauent donc les prieres & neceffiteʒ de ceux qui*

les inuoquent.

Resp. Cét Enthymeme eſt faux & en l'antecedent & au conſequent, n'en deſplaiſe au
Ieſuite. Car pour l'antecedent, les Sainꞔts
pour le comble de leur felicité doiuent bien
ſauoir ce qui touche leur ioye, & par conſequent leur bien. Mais qu'il ſoit neceſſaire pour
ladite felicité qu'ils ſachent le bien de ceux
qu'ils aiment, c'eſt aſſauoir le bien qui leur
eſt neceſſaire en ce monde, & lequel ils demandent à Dieu : comme ſanté, s'ils ſont malades : deliurance, s'ils ſont priſonniers: repos,
s'ils ſont en trauail & en peine: nous n'en auons
nul teſmoignage en la ſainꞔte Eſcriture.

Pour le conſequent, encore qu'il fuſt ainſi
que les ſainꞔts ſceuſſent le bien de leur amis,
& meſme leurs neceſſitez, il ne s'enſuit pas
qu'ils entendent & oient leurs prieres. Car
c'eſt cela que le Ieſuite pretend & doit conclure. Les Sainꞔts (di-ie) peuuent bien ſauoir en
general le bien que l'Egliſe militante eſpere
& attend, & les neceſſitez dont elle eſt & doit
eſtre preſſee iuſques à la fin du monde : ſelon
qu'eux-meſmes les ont ſouſtenues, & en ont
eſté eſprouuez en ceſte vie : & ſelon l'aduertiſſement que Ieſus Chriſt & ſes Apoſtres leur
en auoient donné, & à ladite Egliſe. Mais il
ne s'enſuit pas, que ſi aucuns les inuoquent,
ils doiuent entendre & ouir leurs prieres. Les
Ieſuites n'ont point de cole aſſez fine & aſſez
forte pour faire prendre & tenir enſemble ces
propoſitions & les termes d'icelles.

Iean.15.18.
& 16.1.
Aꞔ.14.22.
2.Tim.3.12

Le troisiefme argument eft pris d'vn paffa- *Luc. 16.* ge de S. Luc, qui eft au chap. 16. où il eft par- lé d'Abraham, de Lazare, & du mauuais ri- che. L'Argument eft tel:

Si Abraham, qui eftoit au Lymbe, ne iouiffant point encore de la vifion de Dieu, a fceu plufieurs chofes qui fe faifoient parmi les Hebrieux viuans, & qu'ils auoient les liures de Moyfe & des Prophe- tes, le plus vieil defquels (qui eftoit Moyfe) auoit efcrit plus de 400. ans apres la mort d'Abraham: Et fi le mauuais Riche, qui eftoit és Enfers, a fceu auffi les neceffitez de fes freres : Si tous deux fe font ouis l'vn l'autre, & ont parlé enfemble : le mauuais riche voiant & priant Abraham, Abraham luy refpondant, & fe donnans l'vn a l'autre leurs repli- ques: Par plus forte raifon les faincts qui font en Pa- radis, voians & regardans Dieu, qui voit tout & fçait tout, doiuent fauoir les chofes, qui fe font en- tre les hommes en terre, & ouir leur prieres.

Mais l'antecedent eft vrai : Car c'eft vn texte expres de l'Efcriture. Luc.16.

Vrai donc eft le confequent.

Refp. Ni l'antecedent ni le Confequent ne peuuent eftre vrais. Car quant à l'antecedent: En premier lieu, le Lymbe pretendu ne peut eftre verifié par ce paffage de S. Luc. *Lazare fut porté au Sein d'Abraham. Donc il fut porté au Lymbe.* Il ne s'enfuit pas. Il faudroit premiere- *Inft.mar.* ment prouuer que le Lymbe fuft. Et puis qu'il *queft.60.* fuft appelé Sein d'Abraham. Ains au rebours, Iuftin Martir a recueilli de ce paffage vne do- ctrine toute contraire au Lymbe & au Purga-

toire : c'eft affauoir que quand les hommes
font vne fois partis de ce monde, ils font bien
heureux ou malheureux, & n'y-a plus de lieu
d'efperer aucune redemption. Tout ce qui eft
dõc dit en ce lieu du fein d'Abraham, il le faut
entendre des fieges des bienheureux au Ciel.

Orig. lib. 1. Peri ergon. Ce qui eft efclarci par Origene, quand il dit,
Que les ames qui partent de ce monde, font diftri-
Lact. de Bapt. lib. 6. cap. 3. *buees ou en Enfer, ou au fein d'Abraham.* Et Lactance dit auffi fur ce propos, *Qu'il y-a deux*
voies par lefquelles il faut neceffairement que la vie
humaine foit conduite & menee. L'vne, qui efleue-
ra & portera les hommes au Ciel. L'autre, qui les
Auguſt. ad Optat. Epi. 157. *precipitera aux Enfers.* Et fuiuant cela S. Auguftin parle ainfi des Peres qui font trefpaffez
aũant la venue de Iefus Chrift : *Par la foi de Ie-*
fus Chrift ces iuftes ont efté fauuez, lefquels ont creu
en lui, deuant qu'il vint en chair. Ce qui renuerfe
l'opinion du Iefuite, quand il dit, Qu'Abraham auant la venue de Iefus Chrift, ne iouif-
foit point encor de la vifion de Dieu, & n'eftoit
encor bienheureux que par efperance.

   D'aduantage, que *le fein d'Abraham* fignifie
le Paradis celefte, il appert par le tefmoigna-
Greg. Naz. Oraſ.funeb. Cefarii. ge de Gregoire Nazianzene docteur grec de
l'Eglife grecque. Car en l'oraifon funebre fai-
te en la faueur de fon frere Cefariüs, il dit ainfi,
parlant à lui : *In cælum afcendifti, & in finu Abra-*
hæ quiefcis. 1. Tu es monté au Ciel, & te repo-
fes au fein d'Abraham.

Aug. lib. 9. Confeſſ. Il appert encore par le tefmoignage de S.
Auguftin, difant, *qu'au fein d'Abraham on voit*

Dieu. Or c'eft au Ciel, ou au Paradis celefte qu'on voit Dieu.

Mais il appert notamment par le chap. 8. de l'Euangile felon S. Mat. où il eft dit que l'a-me d'Abraham, du temps que Iefus Chrift euangelizoit au monde & y conuerfoit vifi-blement, eftoit auec les ames d'Ifaac & de Ia-cob au Roiaume des Cieux. Car de là nous in-ferons, que le fein d'Abraham n'eft autre cho-fe, finon le Paradis celefte. Auquel lieu Iefus Chrift a promis que feroient vn iour receuës les ames des fideles, qui viendroient d'Orient & d'Occident, eftans appelés diuinement à la fainéte & falutaire cognoiffance d'icelui, par la predication de l'Euangile : *Mais ie vous di* (dit-il) *que plufieurs viendront d'Orient & d'Occident, & feront affis au Roiaume des Cieux, auec Abraham, Ifaac, & Iacob.* Mat. 8.11.

Or ces fieges des bienheureux nous font bien proprement propofez & reprefentez par le fein d'Abraham. Car Abraham eft appelé le pere des croians. Et partant tous ceux qui fuiuent les pas & les traces d'Abrahá, croians en Dieu, comme lui, font dits au partir de ce monde, eftre receus au fein d'Abraham. *Rom. 4. 16.*

3. En fecond lieu, nous affermons que ce qui eft recité en ce paffage de S. Luc, eft en partie hiftoire, & en partie parabole. Le Iefui-te tient que le tout eft vne pure hiftoire. *Car* (ce dit-il) *en vne parabole on n'y voit point nommer les perfonnes, cotter les lieux, les temps, & autres circonftances, qui font en ce difcours. Vous oiez*

yci *Abraham*, *Lazare*, *Moyse*, les *Anges*, le *fein*
d'*Abraham*, l'*Enfer*, le temps de la mort du riche,
& de la mort du poure, auec la catastrophe de l'estat
de l'vn & de l'autre. Ce sont atiours d'histoire & de
chose faite, & non feinte & apologisee.

Resp. Ce qu'Abraham, Moyse, Lazare, le
mauuais riche, & les Anges, y sont nommez;
Item le sein d'Abraham & l'Enfer, & ce que
le temps de la mort du mauuais riche & de Lazare y est cotté, & leur transport designé, l'vn
en Enfer, & l'autre au sein d'Abraham, tout
cela est bien histoire. Mais tout le demeurant
est parabole : en laquelle ce qui est dit fous des
choses corporelles, doit estre rapporté aux
choses spirituelles. Autrement il y auroit beaucoup d'absurditez, Car les ames auroient dõc
des doigts, des yeux, des langues, & les damnez seroient touchez de charité, comme nous
l'auons deduict sur le chap. 10. sect. 3. Et en
nostre premier liure des Abus de la messe.
Abus 3.

Iren. L. 4.
cap. 4.
Athan. li. de
variis quæs.
quæst. 21.

Nous auons yci pour nous Irenee, lequel
appelle ce recit *parabole*. Comme fait aussi A-
thanase : adioustant que s'en est comme de la
similitude ou parabole des dix vierges.

Au surplus i'adiousterai yci vn mot : C'est
qu'il y a des narrations, lesquelles ne laissent
pas d'estre paraboles, bien qu'en icelles plusieurs circonstances soyent touchees des lieux,
des temps, des personnes. Tesmoin ce qui est
escrit en Osee 1. & 3. chapitres, de la putain
que le Seigneur a commandé au Prophete

d'efpoufer, & de receüoir les enfans de cefte putain: laquelle il eft dit que le Prophete a achetee eftant mariee & adultere. Ce qui ne peut eftre pris felon la terre, comme tous les Hebrieux l'ont declaré & expofé. Neantmoins le Seigneur y eft nommé qui commande: Ofee, à qui le commandement eft fait: la putain, qui eft appelee Gomer, & la mere d'icelle Deblaim, & autres circonftances.

Touchant le confequent de l'argument du Iefuite, nous le maintenons auffi eftre faux. Car combien que nous accordiffions l'antecedent, c'eft affauoir ce qu'il a pofé ou pluftoft fuppofé d'Abraham & du mauuais riche, eftás l'vn au Limbe pretendu, & l'autre en enfer, fe voians de la & s'oians l'vn l'autre, & parlans enfemble realement & de fait: fi eft-ce que pour cela on ne pourroit pas inferer par vne bonne confequence, qu'vne telle chofe fuft ou peuft eftre entre les faincts qui font en Paradis, & les viuans qui font fur la terre. La raifon eft, d'autant qu'entre l'Enfer & le Lymbe pretendu, la diftance n'eft point fi longue ne fi grande, qu'elle eft entre le Ciel & la terre. Car de la diftance de l'Enfer au Lymbe, voici comment Bellarmin en parle: *Diues in inferno cùm* *effet, vidit à longè animam Lazari in finu Abrahæ,* *& audiuit inter loca ipforum magnum hiatum effe:* *Id enim fignificat* χάσμα. *Ex quo apparet nihil foli-* *di fuiffe interieɔtum inter locum damnatorum &* *finum Abrahæ, fed vtrafque animas in eadem uora-* *gine fuiffe, licet multum inter fe diftarent.* c'eft à

Bel. Tom. 1. pag. 435.

dire : Le riche eſtant en Enfer, vit de loin l'a-
me de Lazare au ſein d'Abraham, & ouit
qu'entre les lieux d'iceux il y auoit vne grande
ouuerture : Car ceſt ce que ſignifie ce mot
χάσμα. Dont il appert qu'il n'y auoit rien de
ſolide mis entre le lieu des damnez & le ſein
d'Abraham : ains que les deux ames eſtoient
en vn meſme gouffre, combien que beaucoup
diſtans l'vn de l'autre. Ce ſont là les paroles
de Bellarmin, ſans y auoir à dire vne ſeule ſyl-
labe. Et leſquelles il a prononcees auec telle
aſſeurance, qu'il ſembleroit que lui meſme
auroit eſté ſur les lieux, pour en meſurer les
confins, poſer les bornes, & marquer les di-
ſtances.

Mais on ne peut pas dire cela de la diſtance
qui eſt entre les Sainčts de Paradis, & ceux qui
ſont en la terre. Paradis eſt au plus haut de
tous les Cieux, voire par deſſus tous les Cieux.
Et la terre eſt le centre du monde, & le plus
bas de tous les Elemens. Ceux donc qui ſont
en Paradis, & ceux qui ſont en la terre, ne
ſont pas en vn meſme gouffre, pour s'ouir les
vns les autres, & parler enſemble. Et en outre,
entre les vns & les autres il ni-a point de χάσμα,
c'eſt à dire d'ouuerture, pour s'entreuoir. Car
meſme quand Ieſus Chriſt monta au Ciel, il
s'y fit ouuerture. Et Durand a eſcrit, que le
Ciel ſe diuiſe, quand les corps des Sainčts y
montent. Voire meſmes Gregoire a dit, Que
les Cieux s'ouurent pour faire paſſage à Ieſus
Chriſt, quand il deſcend entre les mains des
Preſtres

Dur. in 4.
diſt. 44.
queſt. 6.

Preſtres chantans leurs Meſſes. Ie deſire que
les Ieſuites notent ceſte inſtance, & parent au
coup. Car ils ſont batus de leur propre baſton.
4. 5.   Le quatrieſme argument eſt tel : *Les
Prophetes & pluſieurs autres Sainſts viuans ont
ſceu, veu, oui & entendu beaucoup de choſes occul-
tes & ſecrettes, abſentes & eſloignees de leurs païs &
de leurs ſiecles : A raiſon de quoi les Prophetes ont
eſté appelez* VOYANS. *Comment donc maintenant
qu'ils ſont glorifiez au Ciel, ne ſauroient-ils, & n'or-
roient, & n'entendroient les prieres que les habitans
de la terre leur font?*

Reſp. Il y-a dequoi s'eſmerueiller du peu
de iugement que ce Ieſuite monſtre auoir en
ceſt argument, & Bellarmin auec lui. Car premierement, quelles en ſont les parties? Quelles les propoſitions? Et quels les termes & le
Medium, pour les lier? Secondement, ſi les
Prophetes on veu, ſceu, & declaré pluſieurs
choſes, aduenues les vnes deuant leurs ſiecles,
& les autres apres : c'a eſté d'autant qu'ils ont
eſté conduits & menez de l'Eſprit de Dieu.
Comme il appert par la proteſtation qu'eux
meſmes en ont faite au commencement de
leurs liures : Et par la confirmation que les
Apoſtres S. Paul & S. Pierre en ont donnée.
Qu'on nous monſtre le ſemblable de la reuelation faite aux Sainſts treſpaſſez qui ſont au
ciel. Tiercement, la vocation des Prophetes
n'a eu ſon cours ſinon pendant leur vie. Apres
leur mort elle eſt expirée, & ne l'exercent plus.
Parquoi d'inferer par là que maintenant eſtás

1. Cor. 11. 10
Eph. 4. 21.
2. Pier. 1. 21

Aa

au ciel ils voient par l'Esprit de prophetie les choses qui aduiennent parmi les hommes yci bas en terre, & oient leurs prieres, il n'y a personne de bon & sain iugement qui le puisse dire, ni personne qui le doiue croire en bonne conscience. Et si les Prophetes, combien qu'ils aient esté douez du don du S. Esprit pour l'effect que nous auons dit pendant leur vie, neatmoins n'ont point maintenant ceste charge de nous contempler du Ciel en terre, & d'ouir nos prieres & les exaucer: quels autres saincts pourra-on imaginer & designer, qui la puissent auoir & exercer ? Cest argument donc n'est point de mise en sa consequence.

SVR LE CHAP. XVI.

1. IL tourne yci à l'entour du pot, & reuient à son commencement, pretendant de prouuer (en Sophiste) sa derniere maxime, qui est que les saincts trespassez oient nos prieres, par sa premiere maxime, qui est, Qu'il faut prier les Saincts. Mais le poure homme ne pense pas à la question principale, qui est s'il faut prier les Saincts trespassez. Nous disons que non. Et pourquoi? Entre autres raisons nous mettons ceste-ci; D'autant qu'ils n'oient point, ni ne peuuent ouir nos prieres. Il dit qu'ils les oient. Et comment le prouue-il? par ce qu'ils les faut prier. Voila son cercle. *Toute l'Eglise* (dit il) *& tous les Docteurs ont tousiours tenu & tiennent ceste doctrine, qu'il faut inuoquer*

les Sainɛts. *Il s'enſuit donc que toute l'Egliſe & tous*
les Docteurs ont creu & croient que les Saincts oient
nos prieres.

Reſp. Nous nions l'antecedent & le conſe-
ſequent. Et le Ieſuite prouuera l'vn & l'autre aux Calandes Grecques. Car il eſt bien
certain que ni toute l'Egliſe, ni la plus ſaine
partie d'icelle, ni tous les Docteurs, ni la plus
ſaine partie d'iceux, n'ont iamais tenu qu'il
faille inuoquer les Saincts, ni creu qu'ils oient
les prieres de ceux qui les inuoquent. Quoi
que le Ieſuite en die enflant ſon goſier, & affi-
lant ſa langue au reſte de ceſte ſection : où il
ne fait monſtre d'autre choſe ſinon d'vn langage mignard & affeté, contraire à la ſimplicité
de la Theologie.

2.3. En la deuxieme & troiſieme ſection Richeome remue encore les richeſſes de ſes miracles : Mais auſquelles il ne peut trouuer que
poureté. *Auec le teſmoignage des hommes*, dit-il,
nous auons celui de Dieu. Reſp. Il a bien raiſon
de dire, que les teſmoignages qu'il pretend
auoir alleguez des Docteurs (ſans toutesfois
les auoir cottez & ſpecifiez) ſont teſmoignages des hommes : leſquels il diſtingue des teſmoignages de Dieu. Car ſi quelques Docteurs
ont teſmoigné que les Saincts oient nos prieres, & qu'il les faut inuoquer, leurs teſmoignages ne ſont point de Dieu, ains des hommes, & par conſequent non receuables. Oions
neantmoins les teſmoignages de Dieu.

Ce ſont (dit-il) *les miracles.* Et ſur cela il en

Aa ij

allegue en la 2. section vn plaisant de S. Bernard auec ses pains benits. Mais il ne dit pas, si ces pains qu'on apporta à S. Bernard pour les benir, furent benits de lui le iour de Pasques fleuries, auquel iour on a accoustumé de les benir auec des rameaux en la papauté. Et ne dit pas en quel Temple, ou Eglise (comme ils parlent) fut faite cette benediction à Tholose. Mais il est à presupposer (si la fable est vraie) que ce fut en l'Eglise cathedrale de S. Estephe. Voici encore le meilleur. S. *Bernard* (dit-il) *benissoit ces pains, disans ces paroles: Par ceci vous saurez, que ce que nous vous preschons, est veritable, & faux ce que les heretiques veulent persuader, si les malades aiant mangé de ces pains guerissent. Et comme l'Euesque de Chartres, qui pour lors estoit present, adioustoit, oui s'ils mangent le pain auec ferme foi: S. Bernard repliqua, ie ne di pas cela: Ie di que ceux qui en mangeront, seront vraiement gueris, à fin que vous sachiez que nous sommes veritables, & vrais messagers de Dieu.*

Resp. Ce fut vne tresgrande & insigne vertu à S. Bernard de faire ce miracle, bien que le peuple n'i creust point. Car il est escrit en S. Matthieu, *Que Iesus Christ ne fit guere de miracles en son pais, a cause de leur incredulité.* Et S. Marc dit plus, *Que Iesus Christ n'y peut faire aucune vertu, sinon qu'il guerit quelque peu de malades.* Designant l'vn & l'autre Euangeliste, que l'incredulité empesche de receuoir les benefices de Dieu. Mais pensez que S. Bernard estoit plus sainct, & auoit plus de credit enuers Dieu,

Mat. 13. 58.
Marc. 6. 5.

que Iesus Christ, pouuant guerir les malades,
qui mangeroient de ses pains benits, nonób-
stant leur incredulité.

Or laissant ces absurditez, ie di quoi qu'il
en soit, que ce miracle ne prouue point, & ne
peut prouuer l'intention du Iesuite, qui est que
les saincts trespassez oyent nos prieres. Car il
n'est pas dit que S. Bernard, lors qu'il beso-
gnoit aux miracles de ses pains benits, inuo-
quast aucun Sainct, pour les faire en lui ou par
lui, ains qu'il les faisoit lui mesme viuant &
estant à Tholoze.

3. En la troisieme section il dit, *Qu'il laisse*
infiniz miracles recitez en la septieme Synode, action
4. En Theodoret, en S. Ambroise, S. Augustin,
S. Gregoire de Tours, S. Gregoire romain, S. Bó-
nauenture: par lesquels il appert que les viuans ont
esté exaucez inuoquans les Saincts.

Resp. Il a occasion de laisser ces miracles,
sans les especifier. Car ils ne lui peuuent de
rien seruir yci, non plus qu'au chap. 13. ou aussi
il les a mis en ieu auec sa perte: Comme il appert par la resistance que nous lui auons faite.
Mais combien qu'il ne les mette en conte, tant
y-a qu'il en tire cet argument.

Si les saincts exaucent & font exaucer les prieres,
pouuez-vous nier, qu'ils n'oient ceux qui les prient?
Donner ce qu'on demande, c'est plus que d'entendre
ce qu'on demande. Et vous ne sauriez auoir plus cer-
tain argument, que vostre amy a receu & leu vostre
lettre, & ouy vostre requeste, que quand il vous re-
spond par œuure & par ottroi, vous enuoiant ce que

lui auez demandé.

Resp. L'Argument est conditionnel, & conclud ainsi:

Si les saincts trespassez exaucent, & font exaucer les prieres de ceux qui les prient, il s'ensuit qu'ils les oient.

Mais les Saincts trespassez exaucent & font exaucer les prieres de ceux qui les prient.

Il s'ensuit donc qu'ils les oient.

Nous nions l'Assomption. Et il pretend la prouuer par les miracles, desquels il fait mention. Mais nous disons que ces miracles ont autant besoin de suffisante preuue, que ladite Assomption.

Ce qu'il fait ioindre yci à son propos touchant nostre argument contre l'inuocation des Saincts, est ridicule. *Vostre argument* (dit-il) *est, qu'il ne faut point inuoquer les Saincts, parce que ne nous oians pas, il ne nous peuuent secourir. A quoi nous respondons, qu'il n'est pas besoin qu'il nous oient, Car Dieu nous oit pour eux, & en leur faueur & à leur desceu, nous exauce.*

Resp. Voici autant d'absurditez presque que de mots. Premierement, il dit, *Qu'il n'est pas besoin que les Saincts nous oient.* Si cela est, pourquoi est-ce donc qu'on les inuoque? Car n'est-ce point temps perdu de prier vn absent, qui ne nous puisse ouir? N'est-ce point ietter des paroles en l'air, & les escarter au vent & à la volee?

Secondement, *Dieu nous oit pour eux.* Et pourquoi donc ne nous adressons-nous plu-

ſtoſt & de prin-ſaut à Dieu? Mais pourquoi eſt
ce que Dieu nous oit pour eux? Eſt-ce à fin
qu'apres nous auoir ouis lui ſeul, il leur face
entendre que nous les prions, à fin qu'ils le
prient pour nous? Qu'i a-il en cela de vrai-
ſemblable?

Tiercement, *Et en leur faueur & à leur deſceu,*
il nous exauce. Si c'eſt Dieu qui nous exauce, ce
ne ſont donc pas les Sainóts. Et partant ce que
le Ieſuite a dit, *Que les Sainóts nous exaucent,* eſt
faux. D'auantage, ſi Dieu nous exauce ſans le
ſceu ou au deſceu des Sainóts, donc les Sainóts
ne peuuent point garder de meſure aux prieres
qu'ils font pour nous, ains ils les continuent
& reiterent ſans fin, ne ſachans point quand
c'eſt que Dieu les exauce, & nous auec eux.
Voila comment s'accordent les fluſles du Ieſuite. Si nous n'auions reſolu de faire ceſte reſponce briéue & ſuccinte, nous aurions dequoi
nous iouer à loiſir dedans ce Labyrinthe de
Richeome, & y aſſommer ſon Minotaure, c'eſt
à dire les inuentions de ſon cerueau : & en ſortir quant à nous tres-aiſement, aians en main
le fil de Theſee, c'eſt aſſauoir la parole de Dieu.
4.   Il vient puis apres à expoſer les paſſages
de l'Eſcriture & des anciens Docteurs, par leſ- *Pſe.7.10.*
quels nous prouuons que les Sainóts ne ſauent *Ier.17.10*
point nos neceſſités, & n'oient point nos prie-
res. Les paſſages de l'Eſcriture ſont ceux-là, où *Aug. l. de*
il eſt dit, *Que Dieu ſeul eſt ſcrutateur des cœurs.* *cura pro*
Les paſſages des Anciens ſont deux entre les *mort. c. 13.*
autres : L'vn eſt de S. Auguſtin qui dit, *Que les*

trespassez ne sauent point ce qui se fait en ceste vie.

L'autre est d'Origene, qui dit le mesme que S. Augustin.

A tous ces passages & autres semblables le Iesuite respond, *Qu'ils s'entendent de la cognoissance naturelle & ordinaire des trespassez, & non point de la cognoissance qu'ils ont par reuelation de Dieu.* Et nous repliquons que ceste distinctió est friuole, & que la reuelation pretendue n'est qu'vn songe de quelque resueur, n'aiant nul fondement en la parole de Dieu. Aussi l'auons nous refutée ci deuant, chap. 10. section 2. & chap. 14. sect. 3. Et pour en dire en vn mot ce qui en est, prenons que quelqu'vn face ceste priere, *Sancte Petre ora pro nobis*: S. Pierre prie pour nous: Ie demande, d'où est ce que S. Pierre entendra ceste priere? par reuelation de Dieu, respondent les Sophistes. Mais quelle raison y a-il, que Dieu die au Ciel à S. Pierre, Pierre mon peuple t'inuoque, à fin que tu me pries & intercedes pour lui? Qu'y a-il d'absurde, si cela ne l'est?

5. Ce qu'il adiouste en la derniere section, n'est qu'vne petite charge qu'il cuide faire à ce grand personnage feu Caluin, sur ce qu'il a dit:

Qui nous a reuelé, que les Saincts trespassez aient si longues oreilles, qu'elles s'estendent iusques à nos paroles? Aient des yeux si aigus, qu'ils puissent considerer nos necessitez? Le Iesuite pense donc que Caluin vueille dire, que les ames separees des corps doiuent auoir non seulement des yeux & des oreilles, pour entendre nos

prieres, mais encore des yeux & des oreilles
qui s'estendent iusques à la terre. Et la dessus il
amplifie son inuectiue à sa mode, auec des paroles plaines de fard, mais sans aucune verité:
concluant que ce docteur a eu faute de Philosophie, aussi bien que de Theologie. Mais ce
poure Richeome, riche (di-ie) en langage, &
poure en sens & en iugement, ne voit pas que
Caluin a ainsi parlé par vne certaine maniere
d'Ironie, se mocquant de la susdite distinction,
& du miroir pretendu par les Sophistes, & tenant pour chose fausse, ce qu'ils tiennent pour
vne maxime infalible, que les saincts trespassez puissent ouir du Ciel ceux qui les inuoquét
de la terre. Mais ce n'est pas merueille que le
Iesuite tout effraié s'escrie ainsi côtre Caluin,
l'accusant d'ignorance & d'asnerie. Car il ne
peut autrement se sauuer de ses coups : Et à
qui il gresle sur la teste, tout l'hemisphere semble estre en tempeste & orage.

Svr le Chap. XVII.

Pour verifier que Iesus Christ est nostre
seul Aduocat & intercesseur enuers Dieu,
nous alleguons ce passage de S. Paul, *Il y a vn* 1. Tim. 2. 5.
Dieu & vn Moienneur entre Dieu & les hom-
mes, Iesus Christ homme. Et cet autre de S. Iean, 1. Iean 2. 1
Si aucun a peché, nous auons vn aduocat enuers le
Pere, Iesus Christ le iuste. Richeome pour nous
arguer & conuaincre de faux, explique ces
deux passages d'vne autre façon.

1.   Et dit pour celui de S. Paul, *que ses paroles veulent dire, qu'il y-a vn souuerain mediateur Iesus Christ entant qu'homme. Mais que cela n'empesche pas qu'il n'y en ait de subalternes & non souuerains.*

Resp. Ne desplaise au Iesuite, les paroles de S. Paul ne s'entendent pas ainsi. Car quand il dit, *Qu'il y-a vn Moienneur,* c'est au mesme sens qu'il auoit dit, Qu'il y-a vn Dieu : D'autant que ces deux membres sont conioincts ensemble, c'est assauoir Qu'il y-a vn Dieu, & qu'il y-a aussi vn Moienneur. Si donc ce Iesuite fait Iesus Christ L'V N, c'est à dire le Souuerain d'entre plusieurs aduocats : il faut aussi necessairement qu'il face Dieu L'V N, c'est à dire le Souuerain d'entre plusieurs Dieux. chose absurde.

Quant au passage de S. Iean: *Ce mot v N (dit-il) n'est point au texte ni Latin ni Grec. Et tournant mot par mot on diroit, Nous auons aduocat, ou l'aduocat enuers le Pere. De maniere que si nous voulons vous brider par la rigueur de la lettre, vous ne sçauriez inferer de ces lieux, que nous n'aions qu'vn aduocat au Ciel.*

Resp. Au moins il ne peut pas dire cela du passage de S. Paul. Car il y-a expressement, Εἷς Θεὸς, εἷς καὶ μεσίτης. *Vnus Deus, vnus & mediator :* vn Dieu, & vn Moienneur. Et ainsi se doit entendre le texte de S. Iean : παράκλητον ἔχομεν. &c. *Aduocatum habemus :* Nous auons pour aduocat, ou nous auõs l'Aduocat, Iesus Christ: Qui ne signifie autre chose sinon, Nous auons vn Aduocat, affauoir Iefus Chrift.

Mais prenez (ce dit le Iefuite) que l'vn & l'autre Apoftre vueille dire, que nous auons vn feul aduocat, vous n'auancez rien pour cela. D'autant que fi par ces paroles vous colligez quelque chofe contre l'interceffion des faincts qui font au Ciel: vous deuez auffi colliger qu'en ce monde il ne fe faut adreffer à aucun viuant pour eftre noftre interceffeur, ains feulement à Iefus Chrift.

Refp. L'Argument du Iefuite eft tel:

S'il n'eft point contre ce que difent S. Paul & S. Iean, de prendre les Saincts qui font viuans en terre, pour nos interceffeurs & aduocats enuers Dieu: moins encore le fera-il de prendre les Saincts qui font au Ciel, pour ce mefme effect.

Mais il n'eft point contre ce que difent S. Paul & S. Iean, de prendre les faincts qui font viuans en terre, pour nos interceffeurs & aduocats enuers Dieu. Car l'Efcriture nous commande en plufieurs endroits de prier les vns pour les autres.

Donc il n'eft-point contre ce que difent S. Paul & S. Iean, de prendre les Saincts qui font au Ciel pour nos interceffeurs & aduocats enuers Dieu.

Nous nions l'Affomption. Car puis que S. Paul & S. Iean tefmoignent que Iefus Chrift eft noftre feul interceffeur & aduocat enuers Dieu, ce feroit contre leur doctrine de prendre les Saincts qui font viuans en terre pour nos interceffeurs & aduocats. Et quant à la

preuue de ladite Assomption, où le Iesuite dit
Que l'Escriture nous commande en plusieurs
endroits de prier les vns pour les autres, ceste
preuue est fautiue. Car autre chose est prier
les vns pour les autres, ce que l'Escriture nous
accorde & nous commande : & autre chose
prendre les vns pour estre intercesseurs &
aduocats pour les autres ; ce que S. Paul & S.
Iean nous defendent expressement. Parquoi
quand suiuans l'Escriture , nous prions nos
prochains viuans de prier Dieu pour nous,
nous ne les prenons pas pour estre nos intercesseurs & aduocats enuers Dieu : ains
seulement pour conioindre leurs prieres auec
les nostres, comme estans auec nous membres d'vn mesme corps. Au reste, nous auons
traitté de ceste matiere assés amplement en
nostre 1. partie de la Messe , Abus 3.

2. 3. 4. Le Iesuitte ne pouuant nier auec verité que les passages susdits de S. Paul & de S.
Iean, ne veulent dire , Que Iesus Christ est
nostre seul aduocat & mediateur enuers Dieu:
il expose cela, & dit qu'il se doit entendre de
la mediation de rachet, ou de redemption. Et
allegue trois raisons pourquoi Iesus Christ est
tel aduocat & mediateur. Lesquelles trois raisons nous admettons,& disons qu'elles sont
entierement pour nons. Car consideré 1.Que
Iesus Christ seul nous a rachetez. 2. Qu'il est
seul vrai Dieu & vrai homme ensemble. 3.
Qu'il n'a besoin d'aucun autre mediateur,ni
pour soi ni pour les autres : Nous disons que

pour ces trois raisons, lesquelles ne peuuent conuenir qu'à lui seul, lui seul est nostre vrai aduocat & mediateur enuers Dieu. Et partant que ce que le Iesuite adiouste, a besoin de caution, disant *que cela n'empesche point que les Saincts defuncts ne soient aussi nos aduocats & mediateurs à leur façon: c'est assauoir aduocats & mediateurs, non point de redemption, ains d'intercession.* qu'il n'a pas voulu yci toucher le passage de S. Paul, qui est au chap. 8. de l'Ep. aux Rommains. Car il fait trop ouuertement contre lui. Ce passage fait mention de l'vn, & de l'autre effect de la mediation de Iesus Christ entre Dieu & nous, ioignant l'vn auec l'autre. Il interrogue, *Qui sera celui qui condamnera?* A quoi il respond deux choses. L'vne, *Christ est celui qui est mort, & voire qui est ressuscité,* assauoir pour nous. C'est pour le premier effect. Comme il auoit dit auparauant, *Christ est mort pour nos pechés, & ressuscité pour nostre iustification.* L'autre chose qu'il respond est, *lequel aussi est à la dextre de Dieu, & qui aussi* ἐντυγχάνει ὑπὲρ ἡμῶν: interpellat pro nobis: *fait requeste pour nous.* par lesquelles paroles ainsi distinguees sans aucune ambiguité, il declare que Iesus Christ est nostre aduocat & moienneur enuers Dieu, non seulement entant qu'il nous a rachetez par sa mort, mais encore entant qu'il intercede pour nous enuers Dieu son Pere, priant pour nous, & lui presentant nos requestes.

Quant à l'exemple de Moyse que le Iesuite met en auant à la fin de ce chapitre, il ne fait

Rom. 8. 34.
Rom. 4. 25.

Deu.5.5. rien contre nous, ni pour lui: *Moyse* (dit-il)
s'appelle sequestré & moienneur entre Dieu & les
Hebrieux. Ausquelles paroles faisant allusion S.
Heb.9.15. Paul appelle *Iesus Christ* mediateur du nouueau Testament à la difference de *Moyse,* qui l'auoit esté du
vieil.

Resp. Premierement, Ce qui est dit de
Moyse viuant, le Iesuite le transfere mal à
propos à Moyse mort. Nous confessons bien
que Moyse, S. Pierre, S. Paul, & les autres
Saincts, quand ils estoient viuans en terre,
prioient Dieu pour nous. Mais estans morts
ils ne le font plus, & ne le peuuent plus faire.
Car la condition des viuans & des morts est
differente, pour ce regard. Les morts ne nous
oient point, & ne sont point esmeus de nos
miseres, lesquelles ils ignorent, comme nous
auons veu ci deuant. Ioint qu'ils n'ont nul
commandement de prier pour nous, qui soit
contenu en la saincte Escriture. Au contraire
les viuans nous peuuent ouir, & sauoir nos
necessitez, & ont commandement de Dieu de
prier pour leurs prochains. Secondement, le
Iesuite abuse du mot μεσίτης, qui est tourné *Mediateur.* Car il est ambigu: & est pris
quelque fois *pro internuntio,* c'est à dire pour
celui qui fait les messages entre deux parties,
& est moienneur de quelque affaire. Auquel
sens Moyse est appelé Mediateur. Et ainsi e-
stoient appelez les Prophetes de leur temps.
Ainsi les souuerains Sacrificateurs. Ainsi auiourd'hui tous les Pasteurs, quand il nous ex-

posent la volonté de Dieu, & qu'ils proferent
& prononcent pour nous nos prieres & nos
vœus à sa Maiesté. Mais en ceste matiere d'interceder & faire office d'aduocat enuers Dieu
pour nous, ce mot μεσίτης, *Mediateur*, est pris
pour reconciliateur & pacificateur, c'est à dire, pour celui qui nous reconcilie à Dieu, ap-
paise son ire, intercede pour nous, lui presente nos prieres, & les lui rend agreables, en vertu de son merite. Auquel sens ce mot ne conuient qu'à Iesus Christ seul, & ne peut estre
rapporté sans blaspheme à aucun Sainct, soit
viuant ou defunct.

Svr le Chap. XVIII.

LEs discours me plaisent quand ils se des-
melent brieuement & par certaines mesu-
res, sans longs circuits de paroles. Car ils ne
demandent pas l'obligation d'vn long trauail
pour la lecture, dequoi plusieurs s'ennuient.
Nous les quittons ou il nous plait, & ne faut
pas grande entreprinse pour nous y remettre.
Au lieu qu'il en y a qui se plaisent en long discours, ausquels ils se forgent des difficultez
estrangeres à luitter, pour mettre leur eloquence au vent & l'espreuue. Richeome est de
ceste humeur. Car il est long, & tout en langage. Beaucoup d'escorce, & peu de moële.
Nous l'auons veu iusqu'ici. Reste que nous
aions patience en sa suite.

I. *Si vous voulez* (dit-il) *prendre l'Escriture*

au pié de la lettre, & inferer par les sufdites paroles des Apostres, qu'il n'y a qu'vn seul mediateur, & non plusieurs: nous argumenterons par semblable façon, & tirerons par vous de grandes absurditez contre vous.

Resp. Voions ces absurditez.

1. Cor. 3. 11

Sainct Paul dit, que personne ne peut mettre autre fondement de l'Eglise, que celui qui est mis, qui est Iesus Christ.

Resp. Cela est vrai: Et est suffisant pour renuerser tout l'ordre de vostre Herarchie, & de la superiorité & premier siege de vos papes.

Eph. 2. 20.

Donc le mesme S. Paul s'oubliant de sa proposition, a parlé contre soi & contre la verité, quand il appelle les Apostres & les Prophetes, fondemens de l'Eglise.

Resp. Ne desplaise au Iesuite. S. Paul au lieu qu'il a cotté des Ephesiens ne dit pas, Que les Apostres & les Prophetes soient les fondemiens de l'Eglise: Ains *que les fideles sont edifiez sur le fondement des Apostres & des Prophetes:* c'est à dire, sur le fondement, sur lequel les Apostres & les Prophetes ont edifié l'Eglise: lequel fondement n'est autre que Iesus Christ.

Vrai est que par le mot de fondement nous pouuons entendre la doctrine des Apostres & des Prophetes. D'autant que ceste doctrine a esté l'instrument, par lequel les Apostres & les Prophetes ont basti l'Eglise, mettant Iesus Christ seul pour le fondement d'icelle. Comme en ce sens S. Iean prend aussi le mot de fondement en son Apocalypse.

Apoc. 21. 14.

L'vn & l'autre sens donc reuient tout à vn:

si ce

si ce n'est que Iesus Christ est le fondement essentiel de l'Eglise, d'autant que c'est lui seul qui la soustient. Et la doctrine des Apostres & des Prophetes est l'instrument, par lequel ce fondement est posé, & l'Eglise edifiee dessus.

Mais le Iesuite doit penser ici à soi. Car cuidant establir vn poinct de leur doctrine touchant l'inuocation des saincts, laquelle nous nions: il destruit le principal article de leur Hierarchie, comme i'ai dit tantost. Car S. Paul, qu'il allegue ici, dit que l'Eglise est edifiee sur le fondement des Apostres & des Prophetes. Or les Apostres sont ici nommez en pluriel: comme S. Iean Apo. 21. 14. parquoi à prendre les paroles de S. Paul ric à ric, S. Pierre n'est non plus le fondement de l'Eglise, que les autres Apostres.

Le Iesuite adiouste: *Iesus Christ mesme a appelé S. Pierre fondement de l'Eglise, quand il lui a dit, ie fonderai mon Eglise sur cette pierre.*

Resp. Nous auons respondu à cest article en nostre traitté de l'Eglise. Où nous auons remonstré que Iesus Christ a dit *super hanc petram,* & non pas, *super te petrum:* c'est à dire, sur cette pierre, & non pas, sur toi Pierre. Il a distingué clairement *petram à petra,* Simon Pierre d'auec la viue roche, sur laquelle est bastie l'Eglise, changeant de nom & de personne. Et partant les Anciens Docteurs n'ont point exposé ce passage de S. Pierre, ains de Iesus Christ, ou de la côfession de foi de S. Pierre, comme nous auons monstré en nostre dit traitté.

B b

En la deuxiesme section il repete la distinction qu'il a touchee au chap. precedent, & dit *Que Iesus Christ est Intercesseur de redemption, & les Saincts de priere.* Nous auons satisfaict à cette distinction sur le susdit chapitre. Ie n'y veux ioindre que deux mots pour conuaincre de faux le Iesuite. Il fait ici vne antithese entre les Saincts & Iesus Christ, pour le regard de leurs intercessions.

Les Saincts (dit il) sont mediateurs auec prieres, & icelles appuyees sur le merite de Iesus Christ, de qu'ils ont tout leur credit & bien enuers Dieu. Iesus Christ intercede non seulement par prieres, mais par ses propres merites, par sa mort, par son sang, auec droict d'obtenir ce qu'il demande. Et partant les Saincts sont appelez intercesseurs de prieres & de faueur, Iesus Christ Intercesseur non seulement de priere, mais de rachet & redemption.

Resp. Il dit en somme, que Iesus Christ est noftre intercesseur par ses prieres & par ses merites: & les Saincts sont nos intercesseurs par leurs prieres seulement. Et que veut donc dire cette oraison papale? O quel eft vn tel raport regard c'est à dire, sur cette

Precibus, & meritis bea- Par les prieres & me-
tæ semperque virginis rites de la bien heu-
Mariæ, & omnium reuse & toufiours vier-
Sanctorum, perducat ge Marie, & de tous
nos Dominus ad regna les Saincts, noftre Sei-
cælorum. gneur nous vueille
mener aux royaumes
des cieux.

d B   Ceux

Ceux qui font cette Oraifon, ne mettent-ils
point les merites & les prieres de la Vierge
Marie, & de tous les Saincts enfemble? Ne leur
atribuent-ils pas, non feulement qu'ils prient
pour nous, mais encore qu'ils ont merité pour
nous? Et par confequent n'inferent ils pas (felon le dire du Iefuite) qu'ils font nos moyen-
neurs & aduocats non feulement d'interceſ-
fion, mais auffi de rachet & de redemption?
Quelle difference donc y a-il entre l'interceſ-
fion de Iefus-Chrift, & l'interceffion des
Saincts en cette priere? Voila le Iefuite pris.
3. En la troifieme fection il abufe d'vn
paffage de S. Matthieu, pour prouuer, *Que Ie-*
fus Chrift eft appelé Iuge des viuans & des morts, &
les Saincts auffi. Le paffage eft tel: *vous qui m'a-*
uez fuiui en la regeneration, ferez affis fur douze fie-
ges iugeans les douze lignees d'Ifrael.   Mat.19.28.

De là le Iefuite argumente ainfi à *fimili*: *Si*
les Apoftres font appelez Iuges des viuans & des
morts fans iniure de Iefus Chrift, qui proprement eft
feul iuge, pourquoi vous formalizez-vous, fi nous
appelons les Saincts nos aduocats & interceffeurs,
encor que Iefus Chrift feul foit en titre fupreme no-
ftre mediateur & interceffeur?

Refp. Il y a bien grande difference au fens
d'entre l'vne & l'autre maniere de parler.
Quand il eft dit, que les Saincts iugeront le
monde, l'Efcriture n'entend pas qu'ils feront
eux-mefmes iuges, ou qu'ils feront office de
Iuges: comme les Confeillers qui affiftent au
Prefident qui prononce la fentence, font Iuges

auec lui. Ains seulement qu'ils souscriront comme assesseurs au iugement de Iesus Christ seul Iuge, & diront Amen à la sentence prononcée par lui, comme iuste & saincte. Mais quand les Sophistes disent que les Saincts trespassez intercedent pour nous, ils n'entendent pas qu'ils souscriuent simplement à l'intercession de Iesus Christ, ains qu'eux mesmes intercedent, ou font office d'intercesseurs.

4. Voici encore vn argument pour prouuer que le nom de Mediateur est comun à Iesus Christ & aux saincts : lequel argument il tire de ce nom de *Dieu*, & de ces deux autres *immortel*, & *bon*: communs à Dieu & à quelques hommes. *Nous vous auons monstré (dit il) que Dieu est appelé seul Dieu, seul immortel, seul bon: & toutesfois les hommes le sont aussi appelez, sans que Dieu en entre en ialousie, d'autant que c'est en autre sens.*

Resp. Les Magistrats auxquels ce nom de Dieu est attribué, ne sont point Dieux realement & defait : ains de nom seulement, à raison de l'honneur que Dieu leur fait de se seruir d'eux, & de leur communiquer son Nom. Car Dieu lui-mesme parle ainsi en Isaie, *Ie suis le premier & le dernier, & n'y a point d'autre Dieu que moi:* Parquoi si le Iesuite veut inferer que les Saincts sont appelez Mediateurs, tout ainsi que les hommes sont appelez Dieux : il faut qu'il confesse que les Saincts ne sont point Mediateurs realement & defait, ains de nom tant seulement.

Isa. 44. 6.

Quant au mot d'immortel, il n'est en aucun lieu de l'Escriture saincte attribué à l'homme. Ains au contraire il est dit qu'il est ordonné aux hommes de mourir vne fois. L'ame est bien im- *Heb. 9. 27.* mortelle : mais l'ame n'est qu'vne partie de l'homme. Et puis quelle est cette conséquence, l'ame est appelée immortelle, comme Dieu immortel : Donc les Saincts trespassez peuuent aussi bien estre appelez nos Aduocats & intercesseurs enuers Dieu, cõme Iesus Christ? Touchant le mot de *bon*, voirement il est atribué à l homme, en quelque façon : c'est asçauoir entant que c'est vn don de Dieu conferé aux hommes, tout ainsi que le nom & titre de iuste & de Sainct. Donc la bonté, la iustice, la saincteté, & telles choses, sont bien dittes des hommes, ou attribuees aux hômes, non point comme proprietez diuines, ains comme effects d'icelles proprietez. Mais qu'y a-il de pareil aux Saincts trespassez, pour estre appelez nos Aduocats & intercesseurs enuers Dieu? Dieu leur en a-il donné la charge? Iesus Christ les a-il faits participans de son office d'intercesseur, pour y auoir part, & estre dits aduocats & intercesseurs enuers Dieu pour nous, comme luy? qui ne voit l'absurdité de cest argument?

Il met vn autre Argument tiré du mot de *Saüueur : Iesus Christ* (dit il) *est seul qui nous* *1 Cor. 9. 22.* *sauue. Et neantmoins S. Paul dit i'ai esté fait tout auec tous, pour les sauuer tous.*

Resp. Cette maniere de parler de S. Paul ne

B b iij

sera point trouuée impropre ni estrange, si
nous la considerons comme il faut, & ne fera
rien pour le Iesuite.

L'homme quelquefois est conféré auec
Dieu, quand il est parlé du Ministere. Et alors
il est dit, qu'il ne peut du tout rien, & que son
1. Cor. 3. 7. œuure est totalement inutile : comme quand
il est dit, *que celui qui plante n'est rien, ni celui qui
arrouse.* Car que peut auoir l'homme de reste,
s'il entre en partage auec Dieu?

Quelque fois il est parlé de l'homme, sans
faire comparaison de Dieu. Et alors, pour le
regard de ce que Dieu se sert de lui pour faire
son œuure, ce qui est propre à Dieu, lui est at-
1. Cor. 4. 15. tribué. Comme quand il est dit, que les Mini-
Philem. 10. stres plantent & edifient les Eglises : qu'ils re-
Iean 20. 23 generent les hommes, & les gaignent à Dieu :
Luc. 1. 16. Qu'ils remettent & retiennent les pechez :
Rom. 11. 14 qu'ils conuertissent les cœurs : qu'ils sauuent
les ames. Tout cela se doit entendre, pour le
regard de ce qu'ils sont les instrumens & comme la main de Dieu. Car lors il n'est pas question de ce que l'homme fait par sa propre ver
tu : ains de ce que Dieu fait par la main d'icelui. Par ainsi Dieu est tousiours la cause efficiente de nostre salut : & l'homme auec la Parole de Dieu qu'il propose, n'est que l'instrument & ministre duquel Dieu se sert pour v-
ne telle œuure.

Mais il n'y a rien de semblable en l'autre
maniere de parler, par laquelle on attribue
aux saincts trespassez le nom de Mediateur ou

d'Aduocat entre Dieu & les hommes. Car
les saincts trespassez ne sont point ordonnez
pour instrumens de mediation entre Dieu &
nous, comme les pasteurs le sont pour nous 1.Cor.5.18.
asseurer de nostre salut par la parole de reconciliation, laquelle ils ont charge de nous annoncer.

*En la cour des Rois de France (adiouste le Ie-
suite) on ne fait point tort au Roi d'appeler quelques
siens officiers Rois, comme les Rois d'armes. Aussi
ne diminue-on point le merite du Sauueur, si on appele les saincts intercesseurs, & si on les prend pour
intercesseurs.*

Resp. C'est derechef ici vn Argument
tres mal fondé, pour prouuer que les Saincts
peuuent porter ce nom de Mediateurs enuers
Dieu, comme Iesus Christ. Ie demande celui
qui est Roi ou Heraut d'armes en France, en
quel sens est-il appelé Roi? Est-ce pour faire
quelque office de Roi enuers les François? Est-
ce pour les regir & leur commander? Est-ce
en somme pour s'attribuer aucun droict de
ceux qu'on appele regaux? C'est seulement
pour aller intimer quelque autre Prince e-
stranger. Pour lui apporter quelque deffi. Pour
lui denoncer la guerre ou la paix, auec sa cotte
d'armes, ou son Esmail. C'est donc vn Roi sans
Roiaume. Vn nom de Roi sans aucun effect
roial. Vn titre de Roi sans aucune fonctiõ roiale. Et en est-ce ainsi des saincts trespassez?
Sont-ils appelez Mediateurs, sans qu'on ne
leur en attribue la charge? Le nom d'Aduocat

Bb iiij

qu'ón leur donne, est-ce vn nom qu'il pensent
estre sans effect?

5. Il vient finalement à la difference de la
priere adressee à Iesus Christ & aux saincts.
Nous prions (dit-il) *Les saincts comme seruiteurs,*
afin qu'ils prient & obtiennent ce que nous deman-
dons du Maistre : & au Maistre la priere se ter-
mine, & le don est attendu de lui.

Resp. Cela seroit passable si les Saincts a-
uoient la charge de faire cest office. Mais ne
l'aiant point, c'est faire tort & iniure à celui
qui l'a, qui est Iesus Christ seul.

En nos procez nous sollicitons les aduocats, afin
qu'ils plaident bien : mais nous attendons la sentence
du Iuge. Nous prions les saincts : mais nous atten-
dons l'ottroi de celui, deuant qui nous les emploions
pour aduocasser.

Resp. Ceste similitude est fort impropre, si
on n'y adiouste quelque difference. Car nous
emploions les aduocats de la terre, pour plaider deuant les iuges nostre bon droict. Et faut
que les aduocats qui font pour nous, prennent de nous les causes & raisons de nostre iustification, & non point d'eux-mesmes. Mais,
deuant le iuge celeste, l'Aduocat qui fait pour
nous, ne plaide point nostre bon droict : Car
nous n'en auons point pour nostre regard. Et
ne prend point les causes & raisons de nostre
iustification de nous, ains de lui mesme. C'est
donc Iesus Christ, qui est cest aduocat : & nul
autre ne le peut estre. Car nul, sinon lui seul, ne
peut prendre de soi & de ses merites les causes

& raisons de nostre iustification. C'est pourquoi S. Iean appele cest aduocat *le iuste* : &
adiouste, *Qu'il est la propiciation pour nos pechez* I. *Iean.*2.
Et c'est ce que le Iesuite a esté contraint de con- *vers.* 1. 2.
fesser, quand il a dit, *Que Iesus Christ est nostre*
sonuerain Aduocat, Mediateur & intercesseur; le
seul merite duquel doit fournir droit & moiens, &
nous faire appointer de iustice nos requestes.

6. Quant à la closture des Oraisons papales,
où le Iesuite dit qu'on met cette clause ordinaire, *par Iesus Christ vostre fils, qui vit & regne en l'v-*
nion du S. Esprit aux siecles des siecles, Amen:
Nous en parlerons au chap. suiuant, sect. 4. seulement ie veux faire ici vne instance. Ie demande: l'intercession de Iesus Christ (le seul merite
duquel, comme dit le Iesuite, nous fournit
droit & moien pour estre exaucez de Dieu) est
elle suffisante, ou non suffisante? Le Iesuite n'en
viendra pas là pour cette fois, de dire qu'elle
est insuffisante, veu ce qu'il en recognoit. Et
aussi il blasphemeroit. Car Iesus Christ ne seroit point autrement le vrai Christ de Dieu, &
l'office que le pere lui a assigné, ne lui conuiendroit pas. Elle est donc suffisante. Or si elle est
telle, pourquoi ne veut-on s'en contenter? A
que faire veut on auoir d'autres intercesseurs
auec Iesus Christ? Est-ce pas reuoquer en dou-
té ou sa puissance ou sa volonté? Est-ce pas inferer qu'il ne peut pas lui seul interceder pour
nous, ou bien qu'il ne le veut pas? Mais nier sa   *Mat.* 28. 18
puissance, est-ce pas le dementir? Et se deffier   *Iean.* 15.
de sa bonne volonté enuers nous, est-ce pas   *ver.* 9. *&* 13

nier sa parole? Lequel de tous les saincts pour-
rions-nous prendre pour interceder pour nous
enuers Dieu, qui approche de la puissance de
Iesus Christ, & de l'amour qu'il nous porte? lequel pourrions nous choisir plus agreable au
pere que lui, qui est le Fils de sa dilection? y en

Mat. 3. &
17.col.1.

a il aucun qui soit mort pour nous que lui? Et
s'il a bien voulu mourir pour nous deliuer de
la mort, ne voudra-il point maintenant nous
maintenir en la vie qu'il nous a acquise, inter-
cedant pour nous enuers son pere? Conten-
tons-nous donc d'auoir Iesus Christ pour nostre seul Aduocat & Mediateur, puis que nous
en auons le commandement. Et reiettons côme doctrine estrangere & fausse l'inuocation
& intercession des saincts trespassez inuentee
par les hommes.

SVR LE CHAP. XIX.

I. EN ce chapitre Richeome monstre
en premier lieu auec quelle difference on prie Dieu & les saincts en l'Eglise
Romaine. C'est qu'on dit à Dieu, *Aiez merci de
de nous.* Et aux saincts, *priez pour nous.*

Resp. Cette difference auroit lieu, si les
saincts trespassez estoient ordonnez de Dieu
pour prier pour nous, comme les viuans. Mais
puis qu'ils n'ont point cette charge, les prier
qu'ils prient pour nous, c'est se mocquer d'eux,
& de Dieu.

Et si quelque fois (dit-il) *nous appelons la vierge
nostre esperance, nostre appui, nostre salut, mere de*

misericorde, Si nous disons en nos Hymnes aux A-
postres, guerissez-nous de nos vices, donnez-nous
les vertus, vous auez en vostre puissance le salut &
la maladie de tous. Telles & semblables façons de
parler s'entendent auec la difference susdite, que
vous ne ponnez ou ne voulez entendre: qui est que la
vierge & les saincts sont nostre salut & bien, par
leurs prieres & intercessions.

Resp. Cette exposition n'est pas Catholique. Et à grand peine les Docteurs de l'Eglise
Romaine s'en sont ils aduisez deuant les Iesuites. Mais quoi qu'il en soit le commun populaire ne l'a iamais ainsi entendu. Au moins y
a-il des prieres, lesquelles ne peuuent point
souffrir cette exposition : & celle-ici entre les
autres.

Nos cum prole pia be-   La vierge Marie auec
nedicat virgo Maria.   son doux Fils nous
                            vueille benir.

Car de dire que la vierge Marie est ici mise
pour Aduocate de cette benediction, & Iesus
Christ pour celui qui la donne, ou qui en est
la matiere, cela ne se peut recueillir des paroles de l'oraison, touchant ce qui concerne la
vierge Marie. Veu que selon qu'elle est couchee, & les termes qu'elle contient, l'effect de
la benediction est attribué en egal à la vierge
Marie & à Iesus Christ. Voire mesmes il semble que la vierge Marie soit alleguee cóme la
principale cause efficiente, ou (si on veut) in-

ftrumentale de ce don. *La vierge Marie* (ce dit on en cette oraifon) *nous vueille benir.* Et comment? Seule? Non, mais *auec fon doux Fils.* Celá eft blafphemer.

Et d'expofer, *beni-nous,* c'eft à dire, prie Dieu qu'il nous benie: comme aux fufdites oraifons pofées par le Iefuite, *gueriffez-nous de nos vices, donnez-nous les vertus,* c'eft à dire priez Dieu qu'il nous gueriffe de nos vices, & qu'il nous donne les vertus: c'eft vne expofition trop contrainte & trop efloignée. Auffi ne fe trouue-il pas aucune telle maniere de parler en la Parole de Dieu, non pas mefme en aucun autheur ecclefiaftique orthodoxe.

Mais oions encore là deffus le Iefuite. *Ne foiez-pas fi tendres* (dit-il) *à vous en fcandalifer. Car l'Efcriture parle ainfi. Quand S. Paul dit, qu'il*

1. Cor. 4. 15
Rom. 11. 14

a engendré les Chreftiens à l'Eglife, qu'il les a fauuez, ou voulu fauuer, cela s'entend comme inftrument, comme facteur & feruiteur de Dieu, & non comme Dieu.

Refp. Nous auons refpondu à ces paroles fur le chap. precedent fect. 4.

Quand quelqu'vn dit à celui, par l'entremife duquel il aura impetré lettres de grace du Prince, ie vous doi la vie, vous eftes mon liberateur, il ne fait point d'iniure au Roi. Car par ces parolles il recognoit feulement en fon ami le merite d'interceffeur, fachant bien au refte que le Roi eft le vrai auteur & caufe efficiante de fa grace. Le malade aiant recouuert la fanté, il tient l'obligation principale de Dieu: & neantmoins il peut dire au medecin qui

l'aura bien penſé, vous m'auez gueri, vous m'auez
ſauué & retiré du ſepulchre : s'entend comme
medecin, & inſtrument de la main & faueur di-
uine.

Reſp. Nous admettons ces exemples, en
la maniere de parler, & en l'expoſition. Mais
non en l'application. Car les viuans nous peuuent bien aider en la façon exprimee par le Ieſuite. Mais il en eſt tout autrement des Sainĉts
treſpaſſez, comme nous auons dit & prouué ci
deſſus.

2. En ſecond lieu le Ieſuite met en ligne
deconte certaines oraiſons que l'Egliſe romaine fait aux ſainĉts : c'eſt aſſauoir à la vierge
Marie : aux Apoſtres S. Pierre & S. Paul: aux
Martyrs en general, & à S. Eſtienne en particulier: Aux confeſſeurs & pontifes: & aux vierges. Et dit *que d'vn coſté nous ne peuuons rien con-*
troler en teſl'es prieres, ni noter que ſincerité, & iu-
ſtice, & vraie recognoiſſance de la Maieſté diuine,
& de la gloire des ſeruiteurs, ſans preiudice, ains a-
uec exaltation de celle du Maiſtre.

Reſp. Il l'abuſe de ce coſté. Car nous con-
trolons & notons en ces prieres qu'il a recitees, trois choſes tresabſurdes & fauſſes. La 1.
eſt, de la priere & interceſſion des ſainĉts treſpaſſez. La 2. de la celebration & annuelle ſo-
lennité de leurs feſtes & iours nataux. La 3. de
leurs merites. Mais pource que le Ieſuite ne
fait mention de ces choſes qu'en paſſant, nous
auſſi n'en dirons autre choſe pour le preſent:
reſeruans l'ample deduction & refutation d'i-

eelles au traitté que nous proiettons des abus
des oraisons papales.

De l'autre costé (dit-il) il est aussi facile à remar
quer l'impudence de vos Theologiens ancestres, à
faindre & à calomnier.

Resp. Il en veut à Melancthon & à Caluin
voions en quoi.

3. Melancthon (dit-il) a osé escrire, que les Catholiques (c'est à dire, ceux de l'Eglise Romaine)
donnent vne prerogatiue de supreme diuinité aux
saincts, asçauoir la cognoissance des pensees.

Resp. Melancthon n'a point esté impudent
d'escrire cela, & n'a escrit que la pure verité.
Ce que ie proue ainsi:

Quiconque attribue aux saincts ce qui n'appartient qu'à Dieu seul, cestui-là donne aux
saincts vne prerogatiue de diuinité.

Ceux de l'Eglise Romaine attribuent aux
saincts ce qui n'appartient qu'à Dieu seul, c'est
assauoir la cognoissance des pensees. Car telle
cognoissance n'appartient qu'à Dieu seul, com
me nous l'auons proué ci dessus.

Donc ceux de l'Eglise Romaine donnent
aux saincts vne prerogatiue de diuinité.
Le Iesuite respond à l'Assomption de ce Syllogisme: Qu'ils ne disent pas que les saincts cognoissent d'eux-mesmes les pensees des hommes, ains
seulement par reuelation de Dieu. Mais nous a-
uons aussi refusé cette distinction sur le chap.
14. sect. 3.

Quant au reste qu'il allegue de Melancthon
nous attendrons qu'il en cite les passages, pour

sauoir si ce qu'il en allegue est vrai:& si Melancthon le dit, pour estre asseurez comment,
& en quel sens il le dit.

4. Venons à Caluin. *Caluin* (ce dit le Iesuite) *n'a pas esté plus modeste ni plus aduisé que Melancthon. Il escrit comme chose certaine, qu'aux Letanies, hymnes, & proses des papistes, il n'est nulle
nouuelle de Iesus Christ. Bon Dieu* (s'escrie-il là
dessus) *quelle audace à feindre, & quelle conscience
à mentir. &c.* $Inst. 3. 20.$
$21.$

Resp. voila l'accusation & la sentence de
Richeome contre feu Caluin. Mais nous-nous
en portons pour appelans pour lui, par deuant
toutes honnestes personnes, qui liront sans
passion l'escrit de Caluin, & le confereront a-
uec les letanies, hymnes & proses du Breuiaire
& du Messel. Caluin au lieu cotté par le Iesuite
ne nie pas que les prieres solennelles de l'Eglise Romaine ne facent mention de Iesus Christ.
Ains confesse qu'elles se terminent pour la
plus part, par Iesus Christ. Mais il ne laisse pas
de les refuter, disant que l'intercession de Iesus
Christ n'est pas moins profanée, quand on la
mesle parmi les prieres & merites des Saincts
trespassez, que si on la laissoit là du tout, &
qu'on ne fist mention que d'iceux.

Quant aux letanies, hymnes & proses, il dit
que les papistes y magnifient bien les saincts
iusques au bout, mais qu'il n'y est mille nouuelle de Iesus Christ : c'est assauoir pour le
prier d'interceder pour nous, comme ils font
en leurs prieres solennelles. S'il ne dit vrai, que

ce soit à la peine du liure. Car quant à moi, j'ai
fueilleté le Messel & le Breuiaire: Mais aux pro
ses de l'vn, & aux hymnes de l'autre ie n'ai peu
remarquer vne seule piece, en laquelle le commencement, ou le milieu, ou la fin, contienne
vne seule syllabe touchant l'intercession de Iesus Christ pour nous. Le Iesuite dit, *qu'il n'y a*
aucun de leurs hymnes, qui ne soit clos par la louange
de la Trinité. Qu'il soit ainsi. Mais il y a difference entre la louange de la Trinité, & la priere que nous deuons faire à Iesus Christ d'interceder enuers Dieu pour nous. Et pour le regard des Letanies, pour y auoir au commencement & à la fin, *Kyrie eleyson, Christe eleyson:* Et
que la Trinité y soit inuoquee, *le Pere, le Fils, &*
le S. Esprit: Et mesmes que sur la fin on y die
Fils de Dieu, Agneau de Dieu, pardonnez-nous, e-
xaucez-nous, aiez merci de nous: Cela ne se rapporte point à Iesus Christ, entant qu'il est aduocat & intercesseur enuers Dieu pour nous,
ains entant que comme vrai Dieu, il nous fait
lui-mesme misericorde auec le Pere & le S. Esprit. C'est ainsi & en ce sens que Caluin dit,
qu'aux letanies, hymnes & proses des papistes,
il n'est nulle nouuelle de Iesus Christ.

Au reste, en leurs oraisons voirement ie re-
cognoi bien qu'ils en finissent plusieurs *par Ie-*
sus Christ: comme Caluin le confesse. Mais si
le Iesuite nie, qu'il n'y en ait aussi plusieurs
ausquelles il n'est fait nulle mention de Iesus
Christ, il nous sera aisé de le conuaincre. Nous
en auons representé vne sur le chap. 18. sect. 2.
qui se

qui se commence *precibus & meritis.* &c. où il
est certain que mention aucune n'est faite de
Iesus Christ. En voici vne autre de la mesme
estoffe.

protege, Domine, populum tuum, & Apostolorum tuorum Petri & Pauli, & aliorum Apostolorum patrocinio confidentem ; perpetua defensione conserua.

Garde Seigneur ton peuple, & le conserue par ta perpetuelle defence, se confiant aux prieres de tes Apostres S. Pierre & S. Paul, & des autres Apostres.

En voici vne troisiesme.

Per virginem matrem concedat nobis Dóminus salutem & pacem.

Par la vierge Mere, le Seigneur nous vueille donner salut & paix.

Nous en pourrions produire plusieurs autres : mais ces trois suffisent pour faire foi de ce que nous auons dit.

5. Le Iesuite donne encore vne autre attaque à Caluin. *Le mesme au mesme lieu* (dit-il) *demande nouuelle de l'inuocaion des saincts ; en ces termes : D'auantage qui est ou l'ange ou le diable, qui a iamais reuelé vne syllabe aux hommes de l'intercession des saincts, ainsi qu'on la forgee ? Est-il possible* (adiouste il) *que Caluin apres auoir tant recerché, tant veu, tant leu, n'ait sçeu trouuer vne syllabe de l'inuocation des saincts parmi les bons liures, & qu'il en soit si alteré qu'il en demande au Diable? Est*ce la demande d'vn Euangeliste enuoié pour refor-

C c

mer le monde, & non l'interrogat d'vn homme aueu-
glé en sa malice & du tout forcené.

Resp. Le iurisconsulte Celsus aux pandectes
dit, que c'est vne chose fort mal seante & inciuile de donner sentence, & asseoir iugement sur
vne petite partie de la Loi, sans auoir egard à
tout le texte precedent & suiuant. Le Iesuite
pêche ici contre cette loi, en ce qu'il allegue de
Caluin. Car il n'allegue point la sentence d'i-
celui tout entiere: ains en obmet la fin, qui est
le principal. Caluin dit voirement ce que le
Iesuite lui fait dire. Mais il y adiouste cette
sentence, *Car il n'en a rien en l'Escriture.* Laquelle sentence le Iesuite obmet: Et cependant elle
fait pour l'intelligence du precedent. *Qui est*
donc (ce dit Caluin) l'Ange ou le Diable, qui a ia-
mais reuelé vne syllabe aux hommes de l'intercession
des saincts, ainsi qu'on la forgee? Car il n'y en a rien
en l'Escriture. Partant ne desplaise au Iesuite,
Caluin n'a point demandé au Diable tesmoignage de l'inuocation des saincts. Il sauoit
bien qu'vne telle inuocation est de l'inuention
du Diable, & que le Diable qui est pere de
mensonge, a engendré & mis au monde cette
engeance. Mais il a voulu dire, & l'a dit, qu'il
n'y a ni Ange ni Diable qui ait peut trouuer
en l'Escriture, ni tirer d'icelle vn seul passage,
pour le reueler aux hommes, touchant l'intercession des saincts trespassez. Que si le Diable a reuelé aux hommes cest abus, ç'a esté de
sa forge & de son inuention, & non point qu'il
l'ait pris & puisé de l'Escriture. c'est là le sens de

l.Inciuile ff.
delegibus

Caluin.

Et partant le Iesuite n'a point eu de raison d'enfler son stile contre ce tres docte personnage & vrai seruiteur de Dieu, & dire qu'il a fait plus de cas du tesmoignage du Diable, que des saincts Docteurs. Ces grandes & esclattantes esleuations, par lesquelles il le cuide morguer & gourmander, & auec lui tous les autres Ministres de l'Eglise Reformee, sentent leur Espaignol, ou leur François Espagnolizé, & sont plustost des saillies & des accez & excez d'ames egarees & mal asseurees, que non pas des actions d'esprits rassis & bien resolus. Il voudroit volontiers faire accroire que son sçauoir n'est pas du commun & de la presse, ains beaucoup plus grand & diuin, pour descouurir quelque lumiere par dessus tous les autres de sa societé, ou de quelque autre ordre.

Il fait receptte & mise de plusieurs Docteurs, desquels il ne cotte point les passages: & dit les auoir mis en auant ci dessus. Mais il y a esté court. Caluin & nous, demandons l'Escriture saincte. Et sur ce que le Iesuite allegue qu'il en a produit ci deuant des tesmoignages, nous n'en auons pas veu vn seul, qui face pour lui. Ce sera peut estre en sa replique, qu'il s'en souuiendra mieux, & les cottera. passons cette carriere.

SVR LE CHAP. XX.

Vand Iesus Christ va deuant en nos O-
raisons, & nous addresse, & que de nostre
costé nous le suiuons, & regardons à lui seul
pour eller à Dieu, ne nous destournas ni à dextre ni à senestre, cela est vraiement prier comme il faut. A loppofite, quand nous-nous esloi-
gnons de Iesus Christ, & mettons des autres
en sa place, ou lui donnons des aides à fin d'interceder pour nous, nous iettans ainsi apres
les superstitions, & vagans en nos inuentions
& resueries, cela est se desuoier de la vraie forme & maniere de prier Dieu. La preuue de
ceci est euidente en ceux de l'Eglise Romaine,
pour le second chef. Et neantmoins Richcome
s'esforce de maintenir cest abus. Mais iusques
ici il n'a rien auancé en tout son discours : &
non plus auancera-il en ce qui reste. Ce chapitre ne lui fait ni froid ni chaud, ni à nous aussi.
1. Il dit en la premiere section, *Qu'il est
conuenable à la puissance & iustice de Dieu, que les
saincts soient honorez*. Nous l'accordons de bon
gré. Tellement que les similitudes qu'il emploie des princes terriens, lesquels recognoif-
sent leurs seruiteurs & suiets par l'honneur
qu'ils leur font, & veulent leur estre fait par les
autres, ne conclud rien contre nous, ni pour
l'inuocation & intercession des saincts trespaf-
sez. Pharao a honoré, & fait honorer Ioseph.
Assuerus, Mardochee. Nebuchadnezar Da-

niel . Le Roi de France Charles le chauue, ses
officiers. Quoi pour cela? Donc Dieu qui honoré ses saincts, & veut qu'on les honore, veu
qu'on les prie d'estre nos intercesseurs enuers
lui. Ces propositions ne sont point bien liees,
ni les termes d'icelles.

Le Iesuite a oublié vn poinct en ses similitudes : de ce qui est conuenable à la puissance &
iustice de nostre Roi. c'est la punition des criminels. Lequel poinct nous supleons yci:

Il est conuenable (ce dit le Iesuite) à la puissance & iustice des Rois de France, suiuant l'e-
xemple de Charles le chauue, d'honorer ses
bons officiers & suiets.

Dóc ces bons officiers & suiets doiuent estre
honorez. Nous accordons cest article. Tour-
nons la fueille.

Il est conuenable à la puissance & iustice
des Rois de France de punir rigoureusement
& chasser de son Roiaume les criminels de leze Maiesté, à l'exemple de Henri IIII.

Donc tels criminels de leze Maiesté, soient
Iesuites ou autres, doiuent estre punis rigoureusement, & chassez du Roiaume.

Nous laissons l'application de cette similitude, estant question de la iustice de Dieu : laquelle est aisee à comprendre à tout bon entendement.

2. En la deuxieme section le Iesuite ne dit
autre chose, sinon que la gloire que Dieu veut
estre donnee aux iustes, se rapporte bien à l'autre vie, pour le regard du comble d'icelle:Mais

Cc iij

que cela n'empefche pas qu'ils ne doiuent eftre honorez en ce monde. Nous l'accordons: Et ne fait rien pour ladite inuocation & intercef-fion des faincts trefpaffez.

3. Non plus ce qu'il adioufte en la troifie-me fection: où il dit, *que Iefus-Chrift promet hon-neur & louange à fes faincts au ciel, & en ce monde.*

4. Non plus encore ce qu'il dit en la qua-trieme fection, *de la recompenfe de gloire en ce monde, conuenable à la iuftice de Dieu, & au bien de fon Eglife.* Mais ce qu'il y a inferé de S. Pierre & de S. Paul, ne doit point eftre leu fans dif-cretion. *N'eft-ce pas* (dit-il) *vn tefmoignage eui-dent de la toute puiffante main de Dieu, & vn mira-cle continuel, efclatant deuant tout le monde, qu'à Rome S. Pierre & S. Paul, l'vn crucifié iadis, l'au-tre decollé par le commandement de l'Empereur, foient tellement exaltez, que les fucceffeurs de l'vn tiennent vn rang au deffus des Empereurs? Et que les Rois & les Empereurs viennent de toutes pars fe proſterner aux tombeaux de tous deux? viennent honorer leurs liens, leurs cadenes, leurs prifons? s'e-ftiment bien-heureux de pouuoir baifer les cendres de leurs corps?*

Refp. premierement, ce qu'il dit des Em-pereurs & des Rois, qui viennent s'abaiffer fous les papes de Rome, fe proſterner deuant eux, & (deuoit-il adioufter) leur baifer les pieds: cela (ne lui defplaife) n'eft point vn miracle: ains vn effect de la prophetie de S. Iean, qui a dit en fon Apocalipfe, que Les Rois de la terre paillarderoient auec la grande paillarde, la-

quelle se sied sur plusieurs eaux, c'est à dire
sur plusieurs peuples, & qu'ils seroient eny-
urez du vin de ses fornications. Secondement,
quant au rang que le Iesuite dit que S. Pierre
tient au dessus des Empereurs: il ne peut estre
prouué par la parole de Dieu, ains est supposé
à S. Pierre, & est tirannique à ceux qui se disent ses successeurs. Luc. 22. 24. Rom. 13. 1.

Tiercement le Iesuite pense, que S. Pierre
& S. Paul soient honorez par ce qu'il en dit: &
nous pensons au contraire qu'ils en sont deshonorez : ne plus ne moins que quand Paul &
Barnabas deschirerent leurs vestemens, reiettans l'honneur que ceux de Licaonie leur pretendoient faire. Et quand S. Pierre refusa l'a-
doration du centenier Corneille. Et l'Ange, l'a-
doration de S. Iean.

Act. 14. 14
Act. 10.
Apo. 19. &
22.

Touchant les passages de S. Augustin, de S.
Gregoire de Nice, & des autres, nous y a-
uons respondu ci dessus. chap. 7. sect. 4.

5. De la section cinquieme le Iesuite ne peut
encore tirer aucune preuue pour sa pretention
de l'inuocation & intercession des saincts: *La
bonté de Dieu* (dit-il) *s'est monstrée & se monstre
en ce qu'il honore si conuenablement & auec telle
magnificence les merites de ses fidelles seruiteurs, que
mesmes en ce monde deuant le terme de la recompense generale venu, il les rend plus honorables entre les
mortels, que ne sont les Rois de la terre.*

Resp. Qu'ainsi soit. S'ensuit-il pourtant
qu'il faille inuoquer les saincts trespassez, &
qu'ils soient nos intercesseurs enuers Dieu? Et

Cc iiij

fur ce qu'il fait mention de leurs merites , nous le renuoions à noftre 1. liure de la Meffe, Abus 4. Où nous auons difputé de cette matiere, & monftré par plufieurs raifons & argumens que nul ne peut meriter enuers Dieu pour foi-mefme, ni pour autrui. Et auons refuté les rai-fons & argumens contraires des fophiftes.

6. La derniere fe

ction pour le commence-ment tend à la mefme fin que les precedentes: c'eft affauoir, que Dieu veut que fes feruiteurs reçoiuent honneur & louange, non feulement en la vie à venir, mais encore en cette vie. A quoi le Diable refifte tant qu'il peut, lequel voudroit bien que Dieu ne fift aucun acte re-marquable de iuftice en cette vie: affauoir pour la louäge des gens de bien, & pour la punition des mefchans : parce que cela feroit courir les desbauchez & mal viuans à bride aualee & fans aucune crainte à tout vice. Cela eft vrai. Mais quelle confequence peut tirer de là le Iefuite pour l'inuocation & interceffion des fainêts?

C'eft pourquoi (dit-il) le Diable tafche d'enfe-feuelir la gloire, la memoire , & le nom des fainêts trefpaffez. &c. & à l'oppofite c'eft pourquoi Dieu felon fa promeffe, a honoré & honore fes feruiteurs, fait honorer leurs noms, leurs fepulchres, leurs corps, leurs os, leurs habits, leurs prifons, leurs cadenes, leurs liens, leurs cheueux, & attefte par miracles que tel honneur & feruice fait à la memoire de fes dome-ftiques lui eft agreable.

Refp. Si par ce que le Diable tafche de faire

contre les saincts trespassez, le Iesuite entend
le contraire de ce qu'il dit que Dieu fait, honorant leurs sepulchres, leurs corps, leurs os, & le
reste : ie respon que c'est tout le rebours. Car
c'est le Diable qui s'efforce de faire honorer les
saincts trespassez par telles superstitions & idol-
latries: Et c'est Dieu qui y met empeschement,
& ne veut pas qu'ils soient ainsi honorez.

Pour prouuer mon dire, en voici vn exem- *Iude verf.* 9
ple tresclair, cotté en peu de paroles par S. Iude, concernant le debat d'entre Michel l'Archange & le Diable, touchant le corps de
Moyse defunct.

Nous lisons au Deuteronome que Moyse a *Deut.* 34.
esté enseueli par le Seigneur: c'est à dire, que le
sepulcre de Moyse, par vn certain conseil de
Dieu, n'a esté cogneu d'aucun. Ceux qui ont
escrit sur ce passage du Deuteronome, ont dit
que ceci a esté fait par la prouidence & conseil
de Dieu, à fin que les Iuifs ne proposassent le
corps de Moyse pour matiere de superstion &
idolatrie, d'autant qu'il auoit esté enuers eux
en fort grande reputation. Dieu donc a voulu
que le sepulchre de Moyse ait esté caché, de
peur que si les Iuifs eussent eu son corps, ils
n'en eussent abusé à idolatrie. Le Diable au
contraire a tasché de mettre ce sepulcre en a-
uant, pour bailler au peuple occasion d'idolatrer. A quoi (ce dit S. Iude) Michel l'Archange
s'est opposé, comme son office & de tous les
Anges est, de s'emploier tousiours & promptem-
ment au seruice & commandement de Dieu.

Ceſt exemple auec pluſieurs autres paſſages de
l'Eſcriture, nous font dire, que l'aſtuce & cautelle de Satan eſt de taſcher que les corps des
ſaincts ſeruiteurs de Dieu ſoient autant d'idoles aux poures ignorans. Car de là procede cette meſchante ſuperſtition à l'endroit des corps
& des reliques des ſaincts perſonnages qui
ſont decedez. Et par conſequent i'infere que
ce que le Ieſuite dit en ce lieu, doit eſtre changé, & que ce qu'il attribue à Dieu doit eſtre
attribué au Diable, & à l'oppoſite ce qu'il attribue au Diable, doit eſtre attribué à Dieu.

Il reſte vn petit mot pour la cloſture de ce
chapitre. Le Ieſuite dit, *Que Ieſus Chriſt parloit*
ainſi aux ſiens: Qui vous obeit, m'obeit: qui vous
meſpriſe, me meſpriſe.

Reſp. Ie n'ai point trouué ce langage de
Ieſus Chriſt en l'Eſcriture. Oüy bien ceſtuy-ci,

Mat. 10.40 *Qui vous reçoit, il me reçoit: qui vous oit, il m'oit:*
Luc. 10.16. *qui vous reiette, il me reiette.* Si le Ieſuite repli-
Iean 13.20. que, que le tout reuient à vn. Ie di qu'au moins
cela eſt dit des Apoſtres & de leurs legitimes
ſucceſſeurs viuans, & faiſans la charge de paſteurs, & non point des treſpaſſez.

SVR LE CHAP. XXI.

1.   L'*Eſprit de Dieu enuers ſes ſaincts, eſt*
l'eſprit d'vn Roi prudent, & d'vn gou-
uerneur tout ſage. Reſp. Nul n'en doute.
Qui pour encourager ſes ſuiets viuans à bien faire,
honore le merite des treſpaſſez, & leur donne credit.

Refp. Dieu n'a iamais honoré,ni n'honore aucun merite,ni des viuans ni des trefpaffez. Car nul d'entre les hommes n'a iamais merité aucun honneur de Dieu,ni pour foi ni pour autrui.

Les Rois n'ont iamais cheualiers meilleurs, ni plus fideles foldats en leurs guerres, que quand ils recognoiffent les prouelles de ceux qui fe font portez vaillamment en leur feruice, foit en honorant leur memoire par oraifons funebres,par tombeaux & monuments erigez, foit en annobliffant leur maifon & pofterité par armoiries & titres honorables. Chacun veut feruir tels maistres, & viure & mourir pour eux, fachant que non feulement en fa vie, mais encor apres fa mort, il fera recognu. Ainfi fait Dieu: Car honorant & faifant honorer fes Martirs & les autres faincts comme vaillans champions,aians expofé leurs vies & moiens en fes guerres, c'eft inuiter les mortels à fon feruice,par l'amorce de telle recompenfe.

Refp. Tout cela ne fert de rien en la matiere prefente. Les Rois honorent leurs fuiets, qui meurent à leur feruice. Dieu auffi honore les fiens qui meurent au fien. Cela eft vrai. Donc il faut inuoquer les faincts trefpaffez. Il ne s'en fuit pas.

D'auantage , il y-a bien difference entre l'honneur qu'on fait aux morts par ciuilité, comme eft celui que les Rois veulent eftre fait à ceux qui meurent,ou font morts à leur feruice: & l'honneur qu'on fait au morts par religion, comme eft celui que le Iefuite prefupofe que Dieu vueille eftre fait aux Martirs & aux

faincts apres leur mort, c'eft affauoir de les inuoquer ou prier qu'ils intercedent pour nous.

Non que les faincts doiuent feruir Dieu, à fin d'e-
ftre glorifiez en terre, mais feulement pour la gloire
du Ciel, qui eft fignifiee par l'honneur que Dieu fait
donner en cette vie.

Refp. Ne defplaife au Iefuite. La fin que les
vrais faincts & fideles fe doiuent propofer &
reprefenter, feruans à Dieu en cette vie, n'eft
pas ni la gloire de la terre, ni la gloire du Ciel,
pour leur regard : ains feulement la gloire de
Dieu, à laquelle ils doiuent rapporter toutes
les actions de leur vie: comme il fe voit par l'e-
xemple de Moyfe, & de S. Paul. Que fi Dieu
veut faire fuiure le feruice que nous lui faifons
de quelque gloire ou honneur en ce monde &
en l'autre, c'eft gratuitement, & eft vn accef-
foire de principal, felon fa promeffe. 1. Tim.
4. 8.

Parquoi il fait cas du merite des trefpaffez, pour
faire meriter ceux qui viuent encores, & monftre fe
fouuenir de leur vertu & fidelité, afin que leurs en-
fans foient fideles.

Refp. Poure fpectatiue, fi nous ne pretendons autre gloire, que celle qui peut proceder
des merites de nos predeceffeurs, ou des nô-
ftres.

S. Auguftin a dit : *La grace de Dieu eft tota-*
lement nulle, fi elle eft donnee felon nos merites.
Item *les faincts n'attribuent rien à leur merites,*
mais le tout à la mifericorde de Dieu.
Et derechef: *Seigneur, voi ton œuure en moi, &*

Exo.32.32.
Rom.9.3.

Aug. lib. de
prede. Sanct.
c.1.
Quinquag.
3.in pf.139.
Quinqua.3.
in pfal.137.

non point la mienne. Car si tu y vois mon œuure, tu la
condamnes: si tu y vois la tienne, tu la couronnes. Et
de fait toutes les œuures que ie fai, sont de toi.

La mort donc de Iesus Christ est nostre merite, *In Manual.
dit-il en vn autre endroit. *cap. 22.

2. *Pour cette raison il se plaist de se surnommer le
Dieu d'Abraham, d'Isaac, & de Iacob.*

Resp. Le Iesuite abuse de ce passage. Car *Mat. 22. 31.*
Iesus Christ, qui en est fidelle expositeur, l'allegue pour prouuer la resurrection des morts:
& non point pour monstrer qu'il face cas du
merite des trespassez.

*Il se plaist de faire du bien pour l'amour & merite
d'iceux, & autres siens seruiteurs desia decedez.*

Resp. Dieu se plait voirement de nous faire
du bien pour l'amour de nos predecesseurs:
mais non point pour leurs merites, ains à raison de l'alliance qu'il a contractee auec eux, en
laquelle nous sommes compris. Et à cela se
rapportent les exemples que le Iesuite produit,
du bien que Dieu fit iadis pour l'amour de Da- *1. Rois chap.
uid, à Salomon, à Ierusalem, & à Abia. *11. 15. & 19*

Mais le mesme Iesuite nous contredit, &
met en fait, *Que ce fut en recognoissance des merites de Dauid, & non à raison d'aucune alliance. Ce *x. Rois 15.
qui est euident (dit-il) par l'Escriture, qui dit que *vers. 4. & 5*
Dieu fit ce bien au Roiaume, parce que Dauid a-
uoit fait bien deuant les yeux du Seigneur, sans aucunement decliner en rien de ses commandemens tout
le temps de sa vie, sauf au fait d'Vrie.*

Resp. Le Iesuite dissimule ici, que l'Alliance de Dieu a deux chefs. L'vn, touchant la pro-

nieſſe qu'il nous a faite. L'autre, touchant ce
qu'il a requis de nous. La promeſſe qu'il nous
a faite eſt, qu'il ſera noſtre Dieu, noſtre ecuſ-
ſon, & noſtre loier treſabondant. Ce qu'il a requis de nous, c'eſt que nous cheminions deuãt
lui, & que nous ſoions fideles & entiers en ſon
ſeruice. Or il n'y a point de doute que le dernier ne depende du premier. Partant en ce paſſage du 15. chap. du premier liure des Rois le
Seigneur a egard à ceſt ordre, & dit que puis
que Dauid a eſté fidele en ſon ſeruice, que lui
auſſi effectuera la promeſſe de ſon alliance enuers lui, & qu'il le teſmoignera par la benediction qu'il lui donnera & à ſa poſterité. Voila
le vrai ſens de ce paſſage: auquel il eſt notoire
& treſcertain que Dieu a regardé à ſon Alliance, & non point aux merites de Dauid. Car
meſme ce ſeul crime commis contre Vrie, eſt
ſuffiſant pour le forclorre de tout merite: veu
que S. Iaques dit, *Que quiconque aura gardé tou-*
te la loi, s'il vient à faillir en vn poinct, eſt coulpable
de tous.

    3. Il adiouſte vne priere de Moyſe, pour
prouuer les merites des ſaincts: *Que ton ire, Sei-*
gneur, ceſſe, & pardonne à la malice de ton peuple,
ſouuienne toi d'Abraham, d'Iſaac, & d'Iſraël. Qui
eſt autant (expoſe le Ieſuite) *que s'il diſoit, par*
les merites de ces tiens ſeruiteurs.

    Reſp. Nous diſons que la ſouuenance que
Moyſe prie Dieu d'auoir d'Abraham, d'Iſaac,
& de Iacob, ſe rapporte à l'Alliance de Dieu,
& nullement aux merites de ces ſaincts. Par-

quoi l'expofition que le Iefuite en donne, eft
du tout efloignee de la verité.

De la mefme façon prie Azarias en Daniel. Refp. Dan. 3, 35.
La priere d'Azarias autrement appelé Abde-
nago, laquelle eft inferee au Cantique des
trois enfans fainAs, ne fe trouue point en Hebrieu. Et partant elle eft mife (comme tout le
dit Cantique) au rang des liures apocriphes.
Neantmoins ie di qu'Abdenago priant Dieu
de ne point retirer fa mifericorde d'eux, à caufe d'Abraham, d'Ifaac, & de Iacob, n'a point
regardé ailleurs qu'à l'Alliance de Dieu. Comme de fait il l'auoit fignifié au verfet immediatement precedent, difant : *Nous te prions que tu*
ne nous liures point ainfi à toufiours à caufe de ton
Nom : Ne diffipe point ton alliance.

De là mefme en la loi de grace nous prions Dieu
par les merites de la Vierge glorieufe, des Martyrs,
confeffeurs, & vierges. Refp. Il s'en faut beaucoup. Car alleguer à Dieu fon alliance, & lui
alleguer les merites des trefpaffez, ce font cho
fes diuerfes & contraires. Dieu ne reiette point
le premier, mais fi fait bien le fecond. Et quant
aux merites pretendus, nous les auons affez refutez ci deffus.

Voila l'efprit de Dieu honorant & faifant hono-
rer fes fainAs, & monftrant qu'il veut que nous l'ho-
norions en iceux, & que leur honneur & le fien feruie
pour noftre profit & falut.

Refp. L'efprit de Dieu honore bien les fainAs
trefpaffez : Mais c'eft en les recognoiffant fes
fideles feruiteurs, & les maintenant en la pof-

seſſion & iouiſſance de leur felicité. Il veut bien
que nous les honorions: mais en imitant & ſuiuant leur bonne doctrine & ſaincte vie. Il veut
bien eſtre honoré en eux : mais en ce que s'eſ-
ſtant ſerui d'eux en cette vie, il les a faits inſtrumens de ſa gloire, & a fait ſon œuure en eux &
par eux: & que maintenant au Ciel il s'en ſert
encore pour ſa meſme gloire. Voila comment
le S. Eſprit honore, & veut que nous honorions
les ſaincts treſpaſſez: & non point en les inuoquant ou priant d'interceder pour nous.

4. *Suiuant ceſt eſprit l'Egliſe Catholique hono-*
re, chante & loue les amis de Dieu ; celebre leurs
noms, leurs feſtes, leurs natiuitez, reuere leurs ima-
ges, couure d'or & d'argent leurs oſſemens, enchaſſe
leurs reliques, les touche, les baiſe, les porte aux pro-
ceſſions, comme iadis les Hebrieux portoient l'Arche
de l'Alliance, ſans comparaiſon moi us precieuſe de-
uant Dieu, que ces gages ſacrez & temples du S.
Eſprit.

Reſp. Ni l'Egliſe Catholique en general,
ni les Egliſes particulieres orthodoxes, ne ſe
ſont iamais proſtituees à telles idolatries &
ſuperſtitions deſplaiſantes à Dieu & contraires
à ſa parole. Ouy bien l'Egliſe Romaine & celles qui l'enſuiuent apres leur reuolte.

Quant à l'Arche de l'Alliance, nous auons
refuté ſur le chap. 7. ſect. 1. ce que le Ieſuite
en dit ici.

Mais au reſte ie ne penſe pas que les autres
Ieſuites conſentent au blaſpheme que ceſtui-ci
prononce en ceſt endroit, diſant *Que l'Arche*
de l'Alliã

de l'Alliance estoit sans comparaison moins precieuse deuant Dieu, que les images des saincts, leurs ossemens couuerts d'or & d'argent, & leurs reliques
enchassees, lesquelles choses il appelle gages sacrez &
temples du S. Esprit. A ce conte Dieu feroit Isa. 29. 13.
Mat. 15. 9.
moins de cas de ses ordonnances, que de celles des hommes. Et neantmoins il a dit le contraire. Voire bien il prefereroit les inuentions
du Diable à ses commandemens : le mensonge à sa verité : l'idolatrie à son vrai & pur seruice. Mais ia n'aduienne que cela soit attribué à
Dieu. C'est Richeome qui en son langage trop
courtizan & affeté n'a point de honte de blasphemer ainsi. Ie fai donc contre lui ce Silio-
gisme.

Quiconque prefere les traditions des hommes, aux ordonnances de Dieu, cestui-là blaspheme.

Le Iesuite Richeome prefere les traditions
des hommes, aux ordonnances de Dieu.

Donc le Iesuite Richeome blaspheme.

L'Assomption est claire : Car le Iesuite dit,
que l'Arche de l'Alliance, qui estoit ordonnee
de Dieu, & bastie par son commandement,
estoit moins sans comparaison precieuse deuant Dieu, que les images & les reliques des
saincts, qui sont de l'inuention & ordonnance
des hommes.

Ie di encore, que le Iesuite redouble son blaspheme, faisant le diable temple du S. Esprit.
Car il dit que les images des saincts sont temples du S. Esprit, & l'Apostre S. Paul appele les

D d

1. Cor. 10.
20. idoles ou images diables, & conclud que celui
qui sacrifie aux idoles, sacrifie aux diables. l'argumente donques ainsi contre ledit Iesuite.

Quiconque appele les Diables temples du
S. Esprit, cestuy-là blaspheme.

Richeome appele les Diables temples du S.
Esprit. Car il appele ainsi les images, lesquelles S. Paul appele diables.

Donc Richeome blaspheme.

SVR LE CHAP. XXII.

QVelqu'vn à bien dit, que celui qui vne
fois a franchi les limites de honte, il n'a
plus de honte, Cela se voit en nostre Richeome
en tous ses discours, & nommement en ce chapitre, où il en veut à toute outrance à Caluin
& aux autres Ministres, lesquels il appele ennemis de tous les saincts en general, & en particulier de la saincte Vierge.

1. 2. C'est ce qu'il couche és sections premiere & seconde de ce chapitre. Où nous ne voulons point autrement nous arrester à ses pinsa-
des: si ce n'est en deux articles.

L'vn, où il nous appele *Anthropophages enuers
les morts, & les plus cruels tyrans enuers les viuans.*
Sauf correction, nous ne sommes, par la grace
de Dieu, ni l'vn ni l'autre. C'est en leur iardin
que lui & ses semblables doiuent ietter ces
deux pierres. Car en premier lieu, estant question du corps de Iesus Christ, ils disent qu'ils

le manient & touchent auec les mains, le froiſ-
ſent & rompent auec les dents, le mangent realement & de fait, & l'aualent en leur eſtomac.
Les voila dõc Anthropophages ou Sarcopha-
ges. En ſecond lieu, pour la cruauté tyrannique, ie m'en rapporte à ce que lui-meſme en a
dit ci deſſus. Diſc. 1. chap. dernier: que ce ſont
eux qui pourſuiuent par le feu, par le ſang, par
la hart, & par toutes ſortes de tourmens (tel eſt
ſon langage) ceux qui ſont contraires à leur E-
gliſe Romaine & à leur religion. Mais quand
il ne l'auroit point dit, l'experience en fait
foi, & en fournit plus d'exemples qu'il n'en
faudroit.

2. L'autre article où le Ieſuite nous pince,
eſt qu'il dit en la deuxieſme ſection, Que Luther, Caluin, & nous tous, parlons tres irreueremment de la vierge Marie *Vous ne laiſſez rien*
(dit-il) à raualer l'honneur de cette Dame: vous l'ap
pelez par riſee, la belle Dame, la bonne Dame, & en
la loüant vous la deſpriſez. vous nous dites confeſſer
qu'elle eſt bien heureuſe, & benite entre toutes les
femmes. &c. Mais vous monſtrez la malice du
poiſon caché, par les gloſes que vous appoſez à voſtre
dire.

Reſp. Ia n'aduienne que nous aions iamais
eu au cœur la volonté, ni en la bouche la parole, de deſroger en rien qui ſoit aux droits &
prerogatiues de cette ſaincte Vierge. Il ne ſe
trouuera point que Luther, Caluin, ni aucun
autre des noſtres ait iamais eſcrit ou parlé ainſi irreueremment d'elle. Ce que le Ieſuite en

dit, eft de fon creu & de fon inuention. Et nous calomniant en cette façon, il parle contre fa propre conscience. Mais voions les glofes qu'il nous attribue.

3. *Vous glofez* (dit-il) *que la Vierge eft heureufe & benite entre toutes les femmes, parce qu'elle a creu.*

Refp. Ce n'eft point noftre glofe : ains le texte de S. Luc, & les paroles d'Elifabeth.

Cette louange caufee de cette façon eft toute vulgaire: car elle n'a, felon vos paroles, qu'vne caufe commune, & vne foi commune. Tous les Chreftiens font heureux en cette façon: car ils croient.

Luc.1.45.

Refp. Le Iefuite veut dire que la fainƈte Vierge eft appelee bien heureufe, non pas fimplement pource qu'elle a creu, mais pource qu'elle a creu d'vne façon plus finguliere que tous les autres croians: c'eft à dire, qu'elle a eu vne foi non point commune, mais plus fpeciale, plus authentique, & plus rare que les autres. Nous ne nions point cela. Car la foi eft bien vne : mais elle n'eft point egale en tous. Aux vns elle eft plus grande: aux autres plus petite. Nous confeffons donc que la fainƈte Vierge a eu vne foi tref-grande, & plus grande qu'on ne fauroit exprimer. Mais toutesfois ç'a efté la foi, & non autre dignité qui fuft en elle, qui l'a renduë bien heureufe, entant que par icelle elle a receu la grace qui lui a efté offerte de Dieu gratuitement.

Quant à la fimilitude ou comparaifon qu'il allegue, elle eft mal rapportee. Car pour eftre

bien agencee, il faudroit que comme la foi de
la saincte Vierge à precedé sa benediction & fe
licité : ainsi le sceptre & la couronne de Charlemaigne eust deuancé sa roiauté. Or tout au
contraire, sa roiauté a deuancé son sceptre &
sa couronne. Car il a esté plustost Roi qu'il n'a
eu sceptre & couronne roiale : & son sceptre &
couronne ont signifié sa roiauté. Mais on ne
peut dire que la benediction & felicité de la
saincte Vierge aient precedé sa foi : car elles
l'ont suiuie, comme les effects leur cause.

4. Tellement que ce que le Iesuite dit en la
quatrieme section, ne fait rien contre nous, &
ne descouure aucune fraude nostre, qui n'a-
uons point apocopé (comme il nous impose)
ni laissé en arriere les paroles d'Elisabeth : ains
croions ce qu'elle a dit à la saincte Vierge en
ces termes, *vous estes heureuse qui auez creu : car*
les choses qui vous ont esté dites du Seigneur, seront
accomplies. Combien que nous ne prenons pas
cette particule ὅτι, *car,* ἀπολογικῶς (comme nostre de Beze a noté) c'est à dire, pour redition
de cause. Mais εἰδικῶς, c'est à dire specialement,
ou pour specifier & designer les particularitez,
comme Theophilacte l'a exposé.

Le Iesuite ne suit pas ce propos, ou au moins
il y est bien sobre, n'osant alleguer les merites
de la vierge Marie, lesquels il exalte tant ailleurs. Mais pour lui serrer vn peu les doigts, &
fermer la bouche, ie veux inserer ici ce qu'en
dit Theophilacte que nous venons de citer. Et
suiurons nostre dit de Beze, qui en a allegué

le Grec, & la tourné en Latin, & nous les ferons parler tous deux en noſtre François.
C'eſt donc ainſi que Theophylacte, parle:
Ἡ παρθένος τελεώτερον πληροφορηθεῖσα, δοξολογεῖ τὸ
Θεὸν, ἐκείνῳ ἐπιγράφουσα τὸ θαῦμα οὐχ ἑαυτῇ. ἐκεῖνος
γαρ, φησὶν, ἐπέβλεψεν ἐπ᾽ ἐμὲ τὴν ταπεινὴν, οὐκ ἐγὼ
πρὸς ἐκεῖνον ἀνέβλεψα. ἐκεῖνός με ἠλέησεν, οὐκ ἐγὼ αὐ-
τὸν ἐξήτησα. κỳ ἀπὸ τῦ νῦν μακαριῦσί με πᾶσαι αἱ γενεαὶ.
οὐ μόνη Ἐλισάβετ, ἀλλὰ κỳ αἱ τῶν πιστεύσαντων γενεαὶ. διὰ
τί δὲ μακαριῦσιν; ἆρα διὰ τὴν ἐμὴν ἀρετὴν; οὐχὶ. ἀλ᾽
ὅτι ἐποίησε μετ᾽ ἐμοῦ μεγαλεῖα ὁ Θεός: Beze l'expoſe
ainſi en Latin: *Virgo plenius edocta glorificat
Deum, illi miraculum adſcribens, non ſibi. Ille enim
inquit, reſpexit ad me humilem, non ego illum
ſuſpexi: ille mei miſertus eſt, non ego illum quæ-
ſiui: & ex hoc tempore beatam me dicent omnes
generationes: non ſola verò Eliſabet, ſed & omnes
credentium generationes. Sed quam ob cauſam beatam me dicent? Num propter meam virtutem? No:
ſed quia mihi magnifica fecit Deus.* C'eſt à dire en
noſtre langue: la Vierge plus plainement in-
ſtruite, glorifie Dieu, lui attribuant le miracle,
& non point à ſoi. Car (dit elle) il a regardé
à moi huble, & moi je n'ai point regardé à lui:
il a eu pitié de moi, & moi je ne l'ai point cer-
ché: & d'orenauant toutes generations me
diront bien heureuſe. Mais non la ſeule Eliza-
beth, ains auſſi toutes les generations des croyans. Mais pour quelle cauſe me diront elles
bien heureuſe? ſera-ce à cauſe de ma vertu?
Non: mais pource que Dieu m'a fait grandes
choſes.

Ce sont-là les paroles de Theopilacte ausquelles le Iesuite & tous ses compaignons
trouueront de la besongne, touchant la dignité des merites qu'ils attribuent à la vierge Marie, suiuant ceste Antiphone qu'ils disent le
temps de pasques.

Regina cæli lætare: Alleluia.	Roine du ciel esiouis-sez-vous: louez le Sei-gneur.
Quia quem meruisti portare: Alleluia.	Car celui que vous a-uez merité de porter: louez le Seigneur. Est
Resurrexit sicut dixit: Alleluia.	ressuscité, comme il auoit dit: louez le Sei-
Ora pro nobis Deum: Alleluia.	gneur. Priez Dieu pour nous.
	Louez le Seigneur.

Mais nous reseruons l'examen de cette An-
tienne ou Antiphone à vne autre fois, pour en
descouurir les abus, & de toutes les autres O-
raisons papales, au plaisir de Dieu.

5. Le Iesuite adiouste, *vous n'oubliez pas d'at-*
tacher vostre interpretation aux paroles de l'Ange Luc. 1.28.
saluant la Vierge, pour roigner tousiours quelque cho
se de son honneur, & dites qu'il faut dire gratieuse &
non plaine de grace, ce qui est dit de Iesus Christ seul Iean. 3. 34.
par S. Iean.

Resp. Nous ne disons pas, qu'il faille dire
Gratieuse: ains *receue en grace,* comme l'a tourné
Caluin, ou *gratis dilecta,* aimee gratuitement,

comme de Beze l'a interpreté, & difent l'vn &
l'autre, que le mot fe prend là au mefme fens
que S. Paul l'a pris. Eph. 1. 6. où il dit parlant
de noftre reconciliation auec Dieu, *Dieu nous
a* ἐχαρίτωσεν, *rendus agreables de fa grace en fon bien
aimé.* Et ce mot κεχαριτωμένη, dont vfe S. Luc fignifie proprement *gratificata,* & non point plai
ne de grace Et de Beze mefme a repris Erafe
me, qui l'a tourné *gratieufe.*

Ce font (dit-il) *les vieilles verfions & fcholies de Luther, Caluin, Beze, & autres Rabins de voftre ef-
cole, diuifez entre eux à la verfion, ou explication
de ce mot en plus de façons qu'il n'y a d'Epicycles
au cercle de la lune: & Hippolite ne fut iamais defchiré par les cheuaus furieux en plus de pieces, que
ce mot par eux eft defchiffré en interpretations.*

Refp. Ce que dit ici le Iefuite a befoin de
fel. Nous auons exprimé la verfion de Caluin,
& celle de Beze, qui ne font qu'vne. Et Luther
n'y eft point contraire. Parquoi tous font d'vn
auis contre ceux qui ont tourné, *plaine de grace.* Car le mot Grec ne fignifie pas cela, comme nous auons dit.

Et quant aux Epicycles, qui font au cercle
de la Lune, & aux pieces d'Hippolite defchiré
par fes cheuaux, le Iefuite auroit trop plus de
fuiet d'appliquer ces fimilitudes à eux-mefmes, qu'à nous, veu l'abus & le degaft qu'ils
font de la Parole de Dieu par leurs glofes & interpretations. Et s'ils ne fe contentent de ces
fimilitudes, nous y en adioufterons d'autres, &
dirons qu'il n'y a point tant de roües & de ref-

forts aux orloges, tant de diuersitez de faces
en la Lune, tant d'approchemens, de recule-
mens, de retrogradations, de trepidations, de
defaillances & d'Ecclypses aux planettes &
aux astres, qu'il y a de diuersitez de textes &
de gloses en leurs decrets & decretales, & de
contrarietez de leurs Docteurs en l'exposition
des sainctes Escritures.

6. Mais en ce que le Iesuite adiouste, il s'oublie estrangement. *Dites-nous au nom de Dieu
(dit-il) estre plain du S. Esprit, n'est-ce pas autant
qu'estre plain de grace?*

Resp. Ce n'est pas seulement autant, mais si
on veut encore, c'est plus.

*Vous ne le pouuez nier. Car c'est le S. Esprit, qui
est l'autheur & la fontaine de grace: & qui porte
l'arbre, il porte le fruict qui est en l'arbre: & qui
porte la fontaine, il a quand & soi l'eau d'icelle.*

Resp. Cela est vrai.

*Or voila l'Escriture qui dit S. Jean Baptiste
rempli du S. Esprit des sa conception. Elisabet remplie du S. Esprit. Zacharie rempli du S. Esprit.
Tous les Chrestiens, c'est à dire les Apostres au iour
de la pentecoste remplis du S. Esprit. S. Estienne
rempli de grace & de force.*

Luc. 1. ver.
15. & 41. &
67.
Act. 2. 4.
& 7. 55.

Resp. l'Escriture en ces passages ne veut pas
dire, que ces saincts aient eu les graces du S.
Esprit en toute plenitude. Voirement ils en
ont eu en grande abondance, & selon leur mesure: Mais non point en perfection, comme
Iesus Christ. Parquoi les passages susdits doiuent estre entendus selon leurs circonstances:

c'eſt aſſauoir que ces ſainѯts & fideles ont eu
des graces du S. Eſprit plus abondamment
que le commun, mais toutesfois ſelon quelque meſure, attendans la plenitude d'icelles,
laquelle ne ſe verra qu'au dernier iour, auquel
Dieu ſera tout en tous. En ces graces il nous
faut recognoiſtre le commencement & le pro
grez en cette vie, aux vns plus, & aux autres
moins. D'auantage la plenitude ou perfection,
laquelle eſt à venir apres cette vie. D'autant
donc que ces ſainѯts ont eu des graces du S.
Eſprit ſpeciales, & plus rares, & en plus grande abondance que les autres, il eſt dit d'eux,
par vne maniere de parler, qu'ils ont eſté remplis du S. Eſprit. Tant y-a que pendant cette
vie il n'y a point de plenitude ou de perfection en nous. Car nous ne cognoiſſons qu'en

1 Cor. 13. partie, & ne Prophetizons qu'en partie, ce dit
S. Paul. Et auons beſoin d'auancement tandis
Phil. 1. 6. que nous viuons, comme le meſme Apoſtre le
& 3. 12. propoſe aux Philipiens, & s'en met pour exemple.

　C'eſt ce que nous reſpondons à tout le reſte
que le Ieſuite gazouille iuſqu'à la fin du chapitre. Car tout eſt plain de battologie & vain
babil, & autant d'effects de ſa mauuaiſe conſcience à blaſmer & colomnier les vrais ſeruiteurs de Dieu, & leur ſaine & ſaincte doctrine.

SVR LE CHAP. XXIII.

ON peut aifément recueillir des liures de
Platon que c'eft abus eftoit fort vulgaire
entre les Païens, qu'ils tenoient Iupiter pour
leur grand & fouuerain Dieu, & que pour a-
uoir adreffe à lui ils auoient recours aux autres Dieux fubalternes & inferieurs. Les Ifra-
élites ont fuiui c'eft abus felô le fens commun.
Car ils n'eftoient pas fi furieux & enragez,
qu'ils euffent oublié qu'il n'y a qu'vn feul
Dieu, createur du Ciel & de la terre, & duquel
procede tout don & tout bien. Mais il fe forge-
oient des Baälins, c'eft à dire des patrons, defquels ils pretendoient aide & fecours, pour ac-
querir la grace & faueur du Dieu fouuerain.
C'eft tout ne plus ne moins que ceux de l'E-
glife Romaine auiourd'hui tiennent les faincts
trefpaffez pour leurs patrons. Non pas qu'ils
eftiment qu'ils foient au lieu de Dieu : Mais
d'autant qu'ils ne cognoiffent pas que Iefus
Chrift eft le vrai & feul Mediateur, & qu'ils
craignét de fe prefenter ou venir droit à Dieu,
pour auoir meilleur accez à lui, & plus de faueur, ils s'addreffent & recourent à l'aide & au
fecours de leurs faincts & patrôs. C'eft ce que
le Iefuite Richeome s'eft efforcé de prouuer
en ce Difcours iufques ici. Mais comme nous
auons veu il n'a fait que battre l'eau & perdre
fon temps. Maintenant il fait comme les chi-
quanneurs, lefquels fi leurs parties alleguent

des loix, ils respondent qu'ils les exposent mal, & contre l'intention des legislateurs. C'est (di-ie) ainsi que le Iesuite en fait en ce chapitre, suiuant la route des precedans.

1.2.3 Il dit donc effrontement aux trois premieres sections, que Luther, Caluin, & nous tous, à l'exemple des Manicheens, Nestoriens, & Marcionistes, exposans ce passage de S. Iean, *Qu'y a-il entre toi & moi, femme:* Et cest autre de S. Matthieu, *Qui est ma mere, & qui sont mes freres:* nous en faisons du charbon & du noir à noircir, pour denigrer l'honneur & la gloire de la saincte Vierge, l'accusans comme ambitieuse & indiscrete, & disans que le Sauueur s'est desdaigné de l'appeler Mere.

Iean. 2. 4.
Mat. 12. 48.

Resp. Ne desplaise au Iesuite, tout ce qu'il dit ici est suiet à caution. Iamais ni Luther, ni Caluin, ni aucuns autres Ministres n'ont dit ni escrit, non pas mesme pensé, que Iesus Christ ait desdaigné ou mesprisé la saincte Vierge sa mere. S'ils n'ont point mis ladite Vierge en la place de Dieu (comme font ceux de l'Eglise Romaine en leurs antiphones & autres oraisons) pour cela ils ne se sont point moquez d'elle, & ne se sont point mis du rang des Manicheens, Nestoriens, & Marcionistes, qui ont dit qu'elle n'est point mere de Iesus Christ, comme le Iesuite les accouple en telle heresie.

Mais voici le bon, ce Beaupere Lois enfle sa veine & son stile, pour faire monstre de son eloquence fardee & recerchee, & se forge des

monstres pour les combatre, & pour auoir à
s'exercer à l'encontre. Car il emploie beaucoup de temps à alleguer les anciés Docteurs,
pour prouuer que Iesus Christ n'a iamais desdaigné ni mesprisé sa Mere. C'est la coustume
des Sophistes de trauailler à prouuer ce que
l'on ne leur querele pas : & ce qui est en dispute, le dissimuler du tout, ou bien n'y toucher
qu'en passant. Il n'a eu garde d'auancer ici ni
ailleurs ce qu'ils chantent ou barbouillent en
leurs oraisons papales, où ils nomment la vierge Marie *Roine des cieux, Dame des Anges, Roi-*
ne du monde, porte du ciel, estoile de la mer, fontaine
de misericorde, fontaine de grace & de pardon, No-
stre vie, salut de tous ceux qui esperent en elle, &
semblables titres, lesquels n'appartiennent
qu'à Iesus Christ seul. Non: il n'a pas voulu
donner la. Car aussi ces idolatries ne se pourroient prouuer par la parole de Dieu. Il se contente de debatre (comme i'ai dit) ce que nous
ne disputons point contre eux, & que nous
confessons autant & plus franchement qu'eux,
à loüie de tout le monde.

4. Ie passeroi la quatrieme section, n'estoit
ce qu'il dit de l'allusion que Iesus Christ a faite
à certains passages de l'Escriture, quand il a
nommé sa mere *femme.*

Premierement, il allegue cette promesse de
Dieu faite à Adam: *Ie mettrai inimitié entre toi* Gen. 3. 15.
& *la femme, entre ta semence & la sienne: & elle bri-*
sera ta teste.

Iesus Christ donc (dit-il) appele femme sa mere, faisant allusion à cette femme promise.

Resp. En ce lieu, la femme (c'est à dire la Vierge) n'est point proprement promise: ains la semence de la femme, qui est Iesus Christ. Et ce qui est dit, *Elle brisera ta teste*: le Iesuite le rapporte à la femme, & il se doit rapporter à la semence. Car le pronom Hebrieu est הוא, *Hu*, du genre masculin ou neutre, respondant au mot de semence, qui est du mesme genre: & non pas היא, Hi, du genre feminin, pour se rapporter à la femme.

Prou.31.10

Il dit apres, *A cette femme que Salomon cerchoit, & ne pouuoit trouuer.*

Resp. Aucuns rapportent bien ce passage à la vierge Marie. D'autres à l'Eglise. Mais le sens plus simple & naturel se doit prendre selon la lettre, & concerne la louange de la femme vertueuse. Car pource que Salomon auoit amené auparauant des preceptes de sa mere, par lesquels il auoit esté instruit, par occasion il a adiousté la louange de la bonne femme & vertueuse, laquelle ne se trouue pas aisement.

A cette femme vaillante & forte guerriere, destinee pour combattre le vieux dragon, le poursuiure à outrance, & lui rompre la teste.

Resp. Ie ne sçai où le Iesuite a pesché ce qu'il dit ici: Car il ne cite aucun passage. Bien est vrai qu'en l'Apocalipse il est parlé de la

Apô.12.1.

femme, c'est à dire de l'Eglise, combatant contre le dragon. Mais la victoire du combat ne lui est point attribuee, ains à Iesus

Chrift, qu'elle enfante par fon miniftere au cœur des fideles.

Mais quoi (dit-il) vous eftes comme les chau-
ues-fouris, qui ne pouuez porter ni regarder la lu-
miere, que Dieu fait luire en la perfonne de fes
faincts, & fignamment de la Vierge fa Mere, toute
belle, toute reueftue du Soleil de fon Fils. &c.

Refp. Ceux qui font profeffion de la faine doctrine, ne fuient point la lumiere pour l'examen d'icelle : & par confequent ne font point comme les chauues-fouris.

Ceux de la Religion reformee font profef-fion de la faine doctrine.

Donc ceux de la Religion reformee ne fuient point la lumiere pour l'examen d'icelle: & par confequent ne font point comme les chauues-fouris.

Mais non feulement nous retorquons aux Iefuites la reproche de Richeome, accommo-dee felon c'eft argument : ains encore la leur rapportons, & accommodons d'vne autre façon.

Ceux-là qui parmi les François fe difent François, & parmi les Efpaignols fe difent Efpagnols,font comme les chauues-fouris,lef-quelles parmi les oifeaux fe difent oifeaux , & parmi les fouris fe difent fouris.

Les Iefuites parmi les François fe difent François , & parmi les Efpaignols fe difent Ef-paignols.

Donc les Iefuites font comme les chauues-fouris.

5. Il nous reproche en la section cinquieme *Que nos maximes, nos ordonnances, & nos pratiques, sont contraires a l'Escriture, aux loix, & aux actions du S. Esprit.* Mais c'est tout ce qu'il en dit : Il n'en prouue rien, au moins qui soit veritable.

Vos maximes sont (dit il) *Qu'il ne faut point honorer en ce monde les saincts trespassez : il dit en son escriture qu'il les veut glorifier.*

Resp. Il se mesconte. Nos maximes ne sont point, qu'il ne faille honorer les saincts trespassez : Ains qu'il les faut honorer. Toutesfois non pas en les inuoquant, ou priant d'estre nos intercesseurs & aduocats enuers Dieu : mais en retenant & suiuant leur bonne vie & doctrine, & en les estimant & reputant bien heureux au Ciel. C'est ainsi qu'en parle l'Autheur de l'ep. aux Hebrieux : *Aiez memoire* (dit il) *de vos conducteurs, qui vous ont porté la Parole de Dieu : desquels ensuiuez la foi, considerans quelle a esté l'issue de leur conuersation.* Et S. Augustin *Honorandi sunt* (inquit) *propter imitationem, non propter adorationem* : Ils doiuent estre honorez (dit il) pour l'imitation, non point pour l'adoration. Si l'Escriture du S. Esprit dit le contraire, c'est au Iesuite d'en produire les actes & les tesmoignages.

Vos ordonnances defendent de faire aucune memoire d'eux : ses loix veulent que leurs louanges soient preschées auec son Euangile.

Resp. Sauf la bonne grace du Iesuite, c'est le rebours de ce qu'il nous impute.

Les

Les actions, preuues de son Escriture & de ses loix,
sont en diametre opposees à vos pratiques.

Resp. Ne vous desplaise, pere Loys.
Il honore ses saincts, vous les desprisez: Il les glorifie, vous les reualez: Il illustre leur nom, vous l'ob-
scurcissez: Il rend leur renommee celebre, vous l'en-
seuelissez.

Resp. Quand le Iesuite aura prouué ce qu'il
nous met à sus, nous confesserons alors qu'il
aura dit la verité.

6. *Qui deshonore les membres* (dit-il en la section sixieme) *il deshonore le chef.*

Resp. Voire: mais c'est à lui de monstrer en
quoi nous deshonorons les saincts. Si nous ne
les inuoquons point, & ne les prenons point
pour nos Aduocats enuers Dieu, est-ce à dire que nous les deshonorions? Mais au contraire nous les deshonorerions en ce faisant,
& nous mocquerions d'eux: de tant que nous
leur attribuerions vn titre & vn office, qui ne
leur appartient point.

7. En la section septieme, il dit *Que les
Maximes des Ministres deffigurent Dieu, &
le figurent tout autre qu'il n'est: vn Dieu des poëtes & des païens, vn Iupin, vn Apollon, vn Mars,
qui debatent de l'honneur entre eux, qui ont peur
l'vn de l'autre: Vous nous faites vn Dieu tout ialoux de l'honneur d'autrui tant petit soit-il, tout
craintif de perdre ses titres, tout chiche d'honneur enuers ses amis domestiques.*
Resp. le Iesuite a ici à se prendre soi-mesme
par le nez. Car c'est lui & ses compaignons qui

E e

commettent la faute de laquelle il nous charge. Pour nous, puis que nous ne faisons pro-
feſſion que d'vn ſeul Dieu, lequel ſeul nous
adorons, & inuoquons, ſans lui donner aucun
compaignon, comment le pouuons-nous faire
Iſaie 428. debatre de l'honneur entre ſoi-meſme? Bien
diſons-nous auec Iſaie, Qu'il eſt ialoux de ſa
gloire iuſques-là, qu'il ne la veut point donner
à vn autre.

Mais les preſtres de la papauté ne font-ils
point de Ieſus Chriſt vrai Dieu, vn Iuppiter E-
licius, quand par leurs cinq paroles, qu'ils appellent ſacramentales, ils penſent l'attirer &
faire deſcendre du Ciel entre leurs mains? Et
comme les Poëtes faignent que Iuppiter aiant
chaſſé ſon pere Saturne de ſon Roiaume, par-
tagea auec ſes freres, au ſort l'Empire du monde, à lui eſtant eſcheu le Ciel & la terre, à
Neptune la Mer, & à Pulton les enfers: les idolatres n'imaginent ils pas vn partage du gou-
uernemēt du monde entre Dieu, & les ſaincts,
le Ciel eſtant reſerué à Dieu, la Mer à S. Nicolas, le feu à S. Anthoine, les femmes encein-
tes à Saincte Marguerite, les pourceaux encore à Sainct Anthoine, les cheuaux à Sainct
Eloi, les chiens & les chaſſeurs à Sainct Hu-
bert, & ainſi de tous les autres Saincts? Et qui
plus eſt, n'attribuent-ils point autant à la vierge Marie, qu'à Dieu, quand ils l'appellent Dame des Anges, Roine du Ciel, voire Roine du
monde? Eſt-ce pas donc figurer Dieu autre
qu'il n'eſt? Eſt-ce pas eſtablir pluſieurs Dieux,

debatans de l'honneur entre eux, & jaloux les vns des autres?

Vous faites Dieu (dit encore le Iesuite) comme s'il estoit quelque Saül, quelque petite roitelet, ou tiranneau terrestre, qui veut tout pour soi, qui a peur à tout coup, de perdre sa terre & sa couronne; prenant à mespris tout l'honneur qu'on fait à ses vassaus & suiets.

Resp. Quiconque recognoist Dieu tel qu'il est, c'est assauoir seul vrai Dieu, tout puissant, & qui ne veut point dôner sa gloire a vn autre, cestuy-là ne fait point Dieu, vn petit Roitelet, ni vn tiranneau terrestre, comme Saül.

Ceux de la Religion reformee recognoissent Dieu tel qu'il est, c'est assauoir seul vrai Dieu Tout-puissant, & qui ne veut point donner sa gloire à vn autre.

Donc ceux de la Religion reformee ne font point Dieu vn petit Roitelet, ni vn tiranneau terrestre comme Saül.

Au contraire: Quiconque donne à Dieu des compaignons pour gouuerner, & conduire le monde, cestui-là fait de Dieu vn petit roitelet.

Ceux de l'Eglise romaine donnent à Dieu des compaignons, pour gouuerner & conduire le monde: tesmoin ce que nous venons de reciter des saincts, & signamment de la vierge Marie.

Donc ceux de l'Eglise romaine font de Dieu vn petit roitelet.

Item, quiconque attribue à vn pasteur de

l'Eglife trois couronnes, & dit qu'il a puiffance au Ciel, en la terre, & aux enfers, vn tel
fait de Dieu vn petit roitelet, & fait de ce
pafteur-là vn tiranneau terreftre pire que Saül.

Ceux de l'Eglife romaine attribuent a vn
pafteur de l'Eglife (C'eft affauoir au pape) trois
couronnes, & difent qu'il a puiffance au ciel,
en la terre, & aux enfers.

Donc ceux de l'Eglife romaine font de Dieu
vn petit roitelet, & font de ce pafteur là (c'eft
affauoir du pape) vn tiranneau terreftre pire
que Saül.

Et voulant faire femblant de donner tout a Dieu,
vous lui oftez tout.

Refp. Nous attribuons a Dieu fans exception tout ce que lui-mefme s'attribue, & ne lui
oftons rien. Et ne faifons point femblant de le
lui attribuer, ains le lui attribuons realement
& de fait. Au contraire les Idolatres: Ils ne veulent pas que nous penfions qu'ils facent femblant de donner tout a Dieu: mais ils font eftat
& profeffion ouuerte de ne point lui donner
tout, veu qu'ils ne le prient point lui feul, ains
auec lui & auec Iefus Chrift, ils prient auffi les
faincts trefpaffez, qui eft ne donner rien a Dieu
ni a Iefus Chrift, mais leur ofter tout. Car prier
les faincts trefpaffez, & les conioindre ou auec
Dieu ou auec Iefus Chrift, n'eft pas moins profane, que de prier les faincts trefpaffez tous
feuls, & ne point prier Dieu ni Iefus Chrift.
Ie di donc que prier les faincts trefpaffez, c'eft
ofter tout a Dieu & a Iefus Chrift.

Vous estes semblables à ceux qui diroient, qu'il ne faut porter ni respect ni honneur aux officiciers du Roi: mais seulement honorer & prier le Roi en personne, ne parler qu'à lui, ne s'adresser qu'à lui &c.

Resp. Si le Roi nous auoit commandé, de nous addresser à lui seul, & le prier lui seul en personne, & nous auoit promis là dessus de nous ouïr & exaucer volontairement: seroit-ce lui desobeïr & le deshonorer de suiure & faire son commandement, & de nous fier en sa promesse? Or Dieu nous a commandé de nous adresser à lui seul, & le prier lui seul en personne, & nous a promis là dessus de nous ouïr & exaucer volontairement: Parquoi quand nous suiuons & faisons son commandement, & nous fions en sa promesse, nous ne lui desobeïssons point, & ne le deshonorons nullement.

Pour la preuue de l'Assomption, voiez: Pse. 50. 15. Mat. 6. 9. & 7. 7. Iean. 16. 23. Mat. 11. 28. Iean. 14. 6.

8. La dernière section n'est qu'vne répétition de ce qu'il a dit aux précédentes: mais par vn petit amas de mots vn peu triez & enflez il fait contenance d'auoir gaigné sa cause, & entreprend de nous exhorter à estre idolâtres comme lui. C'est ainsi qu'il veut se faire voir en langage comme vn Achille glorieux dans les champs Elysiens, à l'entour duquel les autres pères-gardiens de sa societé ne facent que voleter comme des ombres. En quoi certes, pour le bien dire, on lui doit donner la palme

Ee iij

& l'aiglantine, mais non pour la substance &
le fons de ses discours. Car ce n'est de son langage qu'vn appast pour tromper. & deceuoir
ceux qui n'ont autre appui en leur creance, sinon l'apparance exterieure. C'est de lui comme des Triacleurs, lesquels donnent du plat
de la langue, & font des petites harangues en-
ueloppees & descousues, qui plaisent aux mondains, combien qu'ils n'en entendent pas le suiet, que superficiellement. Ainsi (di-ie) en fait
Richeome en cette piece, & par tout son discours. Il veut faire mise de son idolatrie par
l'artifice de son fard, & de ses petites sentences
coupees à pointes, pour s'insinuer dans les
cœurs des simples, & les piper, pour les trainer en ses superstitions, & les induire auec lui,
à rauir à Iesus Christ l'honneur qui lui est deu,
& l'attribuer aux saincts trespassez.

Mais non, Richeome : Ne vous trompez
plus ainsi à vostre escient, pour donner carriere à vostre eloquence. Aduisez de prier
Dieu en foi. Dieu seul (di-ie) & non point les
saincts trespassez. Et le priez au nom de Iesus
Christ seul, & nullement au nom des saincts
trespassez. Ce doit estre là le but & la fin de
vostre discours. Il n'y-a aucun vent qui serue
au matelot, qui ne se propose vn certain & as-
seuré port. Vostre but donc doit estre la vraie
& parfaite cognoissance de la verité, pour glorifier Dieu. Or, on ne paruient point à ce but,
sinon par le discours de la raison. Mais l'inqui-

sition de la verité qui se fait par la raison, pre
cede le iugement, qui en est comme l'election:
Et la iouïssance de la verité est le fruict cueil-
li par la raison, & discerné & approu-
ué par le iugement, & le tout selon
l'addresse gratuite & fauorable
du Sainct Esprit, enuers des
vrais membres de la
saincte Eglise.

RESPONSE
AV DISCOVRS
III. QVI EST DES
IMAGES.

Sur l'auant-propos.

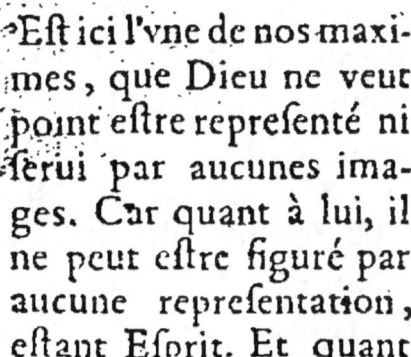

C'Est ici l'vne de nos maximes, que Dieu ne veut point estre representé ni serui par aucunes images. Car quant à lui, il ne peut estre figuré par aucune representation, estant Esprit. Et quant aux creatures, combien qu'on les puisse representer par quelques similitudes ou images, tant y-a que Dieu defend d'en faire & d'en auoir aucunes, soit pour les seruir & honorer, soit pour seruir & honorer Dieu ou les saincts par icelles. Richeome en ce discours dit & soustient le contraire. Et en cest Auant-propos il fait en substance deux argumens, lesquels ne peuuent aucunement estre receus.

Le premier est pris de la persecution contre les images, & est tel.

Ce que les heretiques ont tousiours persecuté & persecutent encore, est contraire à leur doctrine heretique, & conforme à la vraie doctrine de l'Eglise.

Les heretiques ont tousiours persecuté & persecutent encore les images.

Donc les images sont contraires à la doctrine des heretiques, & conforme à la vraie doctrine de l'Eglise.

Resp. Nous laissons la proposition, laquelle auroit besoin de distinction. Et nions l'Assomption. Car ce ne sont point les heretiques qui ont persecuté & persecutent les images. Ains ce sont les fideles orthodoxes & craignans Dieu: lesquels reiettans les images ont obei à Dieu, comme ainsi soit qu'il les ait condamnees & defendues, estans contraires à son vrai & pur seruice spirituel. Exo. 23. 24. & 34. 13. Nomb. 33. 52. Deut. 7. 5. & 17. 3. 1. Cor. 10. 20. 1. Iean 5. 21.

Et plusieurs Rois & Princes sont louez en l'Escriture, de ce qu'ils ont demoli & osté les images. Comme de fait vne telle demolition n'appartient qu'au Magistrat. *Assa* 1. Rois 15. 13. *Iehu* 2. Rois 10. 30. *Ezechias* 2. Rois. 18. 4. *Iosias* 2. Rois 23. 4.

L'autre argument est pris de la conseruation des images en l'Eglise nonobstant la persecution. Et est tel.

La conseruation d'vn seruice en l'Eglise,

nonobstant la persecution & l'effort du Diable & des heretiques pour le bânir, est vne preuue euidente que l'vsage d'icelui est selon Dieu.

Le seruice des images a tousiours esté conserué en l'Eglise, nonobstant la persecution & l'effort du Diable & des heretiques pour le bânir.

Donc vne telle conseruation du seruice des images en l'Eglise, est vne preuue euidente que l'vsage d'icelui est selon Dieu.

Resp. Nous nions l'Assomption. Car du temps des Apostres les images n'ont point esté en vsage en l'Eglise, tesmoin la Parole de Dieu. Ni pareillement apres les Apostres, du temps des Docteurs orthodoxes, qui les ont suiuis sans corruption. Ce qui est aisé à prouuer par plusieurs escrits.

Orig. contra Cellum L'4. Arnob. côtr gent. lib. 4. Origene disoit de l'heretique Celsus; *Obijcit nobis, quòd non habeamus imagines, aut aras, aut templa.* Il nous reproche, que n'auons point d'Images, ou d'Autels, ou de temples. Et Arnobius, *Accusatis* (dit-il) *quod nec templa habeamus, nec aras, nec imagines.* Vous nous accusez que nous n'auons ni temples, ni Autels, ni images.

Ælius Lampridius descriuant la vie des trente tirans, entre autres choses concernantes cette matiere, dit que l'Empereur Adrian aiant deliberé de dôner des temples aux Chrestiens, il en fut destourné par quelqu'vn, qui lui dit que s'il le faisoit, leurs temples seroient abandônnez & leurs images delaissees, d'autant que tous se feroient Chrestiens. Car les temples qu'il leur vouloit donner, estoient sans images: De sorte qu'en apres on appeloit les temples, ou il n'y auoit point d'images, temples d'Adrian.

Nous auons inseré en nostre second liure des abus de la Messe, que Paulinus Euesque de Nole, enuiron l'an 430. fut le premier qui vsa de peintures dans les temples. Et que le Concile Elibertin, osta cette façon, & ordonna que non seulement on n'adoreroit point telles peintures, mais mesme qu'il n'i en auroit plus aux temples. *Placuit* (ce dit le Can. 36. dudit Concile) *picturas in Ecclesia esse non debere : ne quod colitur aut adoratur, in parietibus depingatur.* C'est à dire, il nous plaist que les peintures ne doiuent point estre és temples: à fin que ce qu'on sert ou qu'on adore, ne soit peint és parois.

Apres les peintures neantmoins les idolatres y ont adiousté les statues. Et Eusebe semble rapporter leur commencement à ceux, qui de la religion des paiens, se conuertissoient à Christ, lesquels gardoient encore quelques reliques de la superstition des Gentils. *Il ne doit point sembler estrange* (dit il) *que ceux d'entre les Getils, qui iadis ont esté gueris par nostre Sauueur, ont fait ces choses, quand nous auons veu qu'ils ont gardé les images de S. Paul, de S. Pierre, & de Jesus Christ mesme, depeintes par couleurs en des tableaux : parce que les anciens Gentils suiuans leurs coustumes, ont honoré de cette façon ceux qu'ils ont*

lib. 7. cap. 14. Hist. eccl.

eſtimé eſtre leurs conſeruateurs.

D'autres diſent (& met-on de ce rang S. Auguſtin) que leur commencement vint du regret qu'on a eu des morts. Car portans impatiemment le decez de leurs amis, ils prenoient quelque conſolation en leurs peintures & images. Et partant il eſt vrai ſemblable que les premiers Chreſtiens qui ont eu des images de Chriſt, des Apoſtres, & des Martirs, les ont euës, non pas pour les adorer, ni pour les eriger és temples, ains pour en auoir leurs ſemblances, à la façon que nous auons auiourd'hui les pourtraits des hommes illuſtres & excellens.

Depuis à cauſe de telles images eſleuees és temples, il y a eu grande diſpute entre les Princes, entre les Docteurs, & entre les Conciles meſmes.

Serenus Eueſque de Marſeille enuiron l'an 591. rompit les images des ſaincts & de Chriſt, voiant que le peuple les adoroit. Dont Gregoire le reprint de les auoir rompues, mais le loua de ce qu'il auoit defendu de les honorer.

Greg. Epiſt.
parte 10.
ep. 4. & Po.
lib. vngi. l.
6. cap. 13.

L'Empereur Philippique fit vn edict l'an 713. Que toutes images des ſaincts fuſſent oſtees des temples, & ce du conſentement de Iean patriarche de Conſtantinoble, pour laquelle cauſe Conſtantin Pape les excommunia & declara heretiques en vn Synode à Rome.

ſuppl. chron.
Alb. veſp.

L'Empereur Leon 3. l'an 718. ou enuiron, fit auſſi vn edict d'oſter & bruſler toutes les ima-

ges. Gregoire s'y oppofa, & fit commandement à tous Chreftiens de n'obeir audict e-
dict: en forte que ceux de Rauenne & les Veni-
tiens efmeurent rebellion, en laquelle l'Exar-
che, & fon fils furent tuez. Rome & quafi toute l'Italie fe retira de l'obeiffance de l'Empereur, & ne paioient tributs, ne tailles, ne pea-
ges. Leon neantmoins derechef fit publier,
que toutes images & ftatües d'or & d'argent,
d'airain, de marbre, & de bois fuffent appor-
tees en plain marché, & incontinant bruflees,
ordonnant peine de mort aux contredifans.

Les Images aiant efté reftablies par l'autho- *Eftat de l'E-*
rité d'aucuns papes, furent derechef abatues *gl. fous l'an*
enuiron l'an 755. par le commandement de *735.*
l'Empereur Conftantin, & par l'aduis du Concile affemblé à Conftantinople de 330. Euefques, & icelles images bruflees, & defence faite fur peine de la vie d'en auoir & honorer plus
aucuñes. Et enuoia ledit Empereur au Pape la
definition dudit Concile, lui commandant de
ietter les images hors des Eglifes.

Sabin Roi de Bulgarie en tout fon Roiau- *Nauclere.*
me fit demolir toutes les images, à l'exemple
de Conftantin, dont il fut en la grace de l'Empereur.

Par ce petit recit il appert que les images
n'ont point efté eftablies par l'ordonnance de
Dieu, ni en vfage du temps des Apoftres, ni
mefme long temps apres eux: & qu'elles n'ont
point efté toufiours conferuees en l'Eglife iufqu'ici, comme le Iefuite dit. Et s'il allegue que

nonobſtant les differens ſuſdits, elles ont tenu bon, & ſont encore auſſi haut eſleuees, &
autant adorees que iamais : ie reſpon que ce
n'eſt pas en la vraie Egliſe Eſpouſe de Ieſus
Chriſt ains ſeulement en l'Egliſe romaine a-
dultere de l'Antechriſt, & ou le Pape preſide
contre l'honneur de Dieu.

SVR LE CHAP. I.

1.   L E Ieſuite met au front de ce chapitre, *Que les Miniſtres ſont iniurieux*
en la diſpute des images. Et pourquoi pere Loys?
Vous nous picquez ſans merci (dit-il) *à bec & plu-*
mes appointees, crians à plaine teſte, que nos temples,
nos images & ſeruices, ne ſont qu'abominations, pail-
lardiſes ſpirituelles, & idolatries.

Reſp. Faut-il appeler les tenebres autrement
que tenebres? Et les faux ſeruices de la papauté autrement que de leur nom?

Le fondement de la reſponce que nous pretendons
vous faire, ſera l'explication de la nature des mots
image & Idole, & la difference qu'il y-a de l'vn à
l'autre, laquelle vous ignorez, ou diſſimulez, auſſi
bien que la ſignification des mots Latrie & Dulie.

Reſp. Nous vous auons fait voir à iour, voſtre abus ſur la diſtinction de Latrie & Dulie.
Nous eſperons en faire de meſme ſur la difference d'entre idole & image. Et ſi le pilotis de
cette diſpute, & le poinct de la victoire depend de l'intelligence de ces deux mots, nous
nous promettons gain de cauſe.

2. *Vous dites que c'est vne trop lourde ignorance en Grammaire, de mettre difference entre idole
& image, veu qu'ils ne different que de langage, l'vn
estant Grec, & l'autre Latin. C'est vostre texte,
par lequel vous inferez que le mot idole, est le mesme qu'image, & image qu'idole. Et ainsi vostre Marot a tourné ce mot pesel, pour lequel les 70. mettent
Idolon, par ce mot image.*

Resp. C'est voirement ce que nous disons &
inferons. Et par mesme moyen nous aduouons la version de Marot, lequel a tourné le mot
Hebrieu פסל, & l'autre התמונה par ce mot
image: *Tailler ne te feras image.* Car sculpture
& similitude sont en cest endroit synonimes,
& se rapportent (comme le mot d'image) à v-
ne mesme chose.

3. *Henri Estienne enfariné de semblable poudre
que lui, est plus criminel. Car apres auoir donné en
son thresor plusieurs significations du mot Grec idole, enfin il adiouste en faueur de vostre opinion &
sienne, au reste, idoles entre les escriuains Ecclesiastiques par speciale signification, sont appelez tous simulachres representans quelque diuinité, que nous estimons digne d'honneur & de culte, lequel culte s'appelle idolatrie, & celui qui le donne idolatre. De laquelle
definition il s'ensuit tout ce que vous demandez: assauoir, que les images de Iesus Christ & des saincts
sont des idoles, & nous qui les honorons idolatres.*

Resp. Nous aduouons aussi Henri Estienne
en ce lieu.

Mais (dit le Iesuite) *ce bon Coryphée d'Athenes dit ici deux mensonges.*

Resp. Quels?

4. Le premier est, en ce qu'il fait autheurs de son dire les Ecclesiastiques. Car il ne se trouue aucun escriuain de l'Eglise Catholique, qui ait iamais enseigné cette speciale signification.

Resp. Lactance est vn autheur & escriuain Ecclesiastique. Et neantmoins il a tourné ce mot εἴδωλον, par ce mot *Simulacrum*: & a dit que *Simulacrum* vient à *simulando*. Et par tout où les septante interpretes ont mis le mot εἴδωλον, le Latin interprete l'a tourné *simulacrum*. Et nommément, où S. Iean dit, Cauete vobis ἀπὸ τῶ̃ εἰδώλων, il a tourné, *custodite vos a simulacris.*

Le second mensonge est, qu'il appelle Ecclesiastiques Luther, Caluin, Beze, & tels autres ennemis de l'ordre Ecclesiastique, & du tout indignes de ce nom, qui seuls escriuent, ce qu'il escrit sans caution.

Resp. Si Luther, Caluin, Beze, & les autres, lesquels il appele ennemis de l'ordre ecclesiastique (c'est à dire, de la Hierarchie papale) n'ont esté & ne sont encore par leur doctrine Ecclesiastiques, ie m'en rapporte à tous ceux qui les ont veus & ouis en leurs presches & leçons, & qui les voient & oient encore en leurs escrits.

SVR LE CHAP. II.

1. PREMIEREMENT en bloc (ce dit le Iesuite) La septieme synode generale tenue l'an 779. assemblee de tous les Docteurs de l'Eglise

(marginal notes:)
Lact. l. 2 inst. c. 19.

1. Iean 5. 2. 1

glise saincte, qui estoient 350. Euesques, excommunie tous ceux qui appellent idoles, les images de Iesus Christ & des saincts.

Resp. Le Iesuite deuoit auoir marqué par qui ce Synode a esté conuoqué, & ou, & l'article qu'il en a cité. Mais de propos deliberé il ne l'a point fait, craignant que ces circonstances ne portassent dommage à sa cause. Nous les marquerons donc, & les noterons.

Ce Synode a esté conuoqué par le Pape Adrian, du temps de Charlemaigne, qui appelé de lui pour lui aider en guerre contre Didier Roi des Lombars, passa en Italie. & apres la victoire contre ledit Didier, vint à Rome baiser les pieds du Pape. Ce Pape Adrian conuoqua lors ledit synode ou Concile à Nice, de 350. Euesques, selon aucuns, ou de 325. selon Nauclere. En ce Concile fut decreté, que non seulement il y auroit des images aux temples, mais encore qu'elles seroient adorees de droit, & que tous contredisans seroient excommuniez. *suppl.chron. Blondus P. Aemilius.*

Mais en premier lieu, qui estoit cest Adrian? Quant il n'y auroit autre chose, sinon qu'il se fit baiser les pieds à Charlemaigne, ce seroit assez pour faire reuoquer en doute sa saincteté. Car S. Pierre n'a iamais fait vn tel acte.

Apres,ce fut Hirene mere de Constantin VI. *Sigeb.* qui pour sa deuotion à la vierge Marie & aux saincts & sainctes, fit assembler ledit Concile. à la requeste dudit Pape Adrian, & de Therasius Euesque de Constantinople.

Ff

Supp. chron.
Sigeb. &
Abb. Trit.

D'auantage, cest Adrian (ce disent les histo-riens) estoit lors merueilleusement acharné contre ceux qui impugnoient le seruice des i-mages : & composa vn liure de la veneration des saincts.

D'autre part ledit Adrian auoit conuoqué vn Concile vn peu auparauant de 153. Euesques ou prelats, par lequel fut donné à Charlemaigne le droit d'inuestiture, & de mettre les Euesques en possession de leur siege, & d'eslire de là en auant le Pape de Rome, comme tesmoigne le decret. Lequel priuilege ne dura guieres. Car les Papes suiuans ne le voulurent point obseruer.

Dist. 63. c.
Adrianus.

Au surplus, à ce Synode ou Concile nous pouuons opposer celui que nous auons cotté sur l'Auant-propos, tenu enuiron l'an 755. à Constantinoble, par le commandement de l'Empereur Constantin cinquieme, de 330. Euesques; auquel il fut decreté contre les images, comme il a esté dit.

Finalement le decret susdit dudit Concile alle-gué par le Iesuite, fust bien tost apres aneanti par ledit Constantin VI. Car icelui aiant pri-ué sa mere Hirene du gouuernement impe-rial, regna seul, & fit abbatre les images des temples. Mais nous parlerons encore de ce concile general, sur la sect. 8. du chap. 3.

Secondement en special (dit le Iesuite) *Origene & Theodoret, & plusieurs autres escriuains ortho-doxes, interpretans la defence faite en l'Exode (Tu ne te feras aucune sculpture) que les 70. ont tourné*

dolon, difent qu'*Idole fignifie vne fauffe femblance*
reprefentant ce qui n'est point : Et qu'*image fignifie*
la femblance d'vne chofe vraie. Et partant la
femblance d'vn homme eft appelee image : les femblances de Venus, Mercure, ou autres repre-
fentans vne deité qui n'eft point, finon par imagination, font des idoles.

Refp. Combien que Theodoret mette quel
que difference entre idole & fimilitude, & die
qu'idole n'a aucune fubfiftance, & fimilitude
eft vne expreffion d'vne chofe qui exifte: neantmoins il ne laiffe pas de dire que la Loi condamne l'vne, auffi bien que l'autre. Voici fes pa
roles : *L'Idole n'a nulle fubfiftance, mais la fimilitu-*
de eft vne expreffion de chofe exiftante: pour autant
donc que les gentils faignoient les chofes qui n'eftoient
point, comme des Sphinges, des Tritons, des centau-
res : Et les Egyptiens faignoient des hommes, fous la
figure des chiens & des bœufs: La fainɛte Efcriture
appelle ces chofes idoles. Mais on appele fimilitudes
ou expreffions, les femblances des chofes qui font, com-
me du Soleil, de la Lune, des Aftres, des hommes,
des beftes, des reptiles, & femblables. Ce font ces cho-
fes que Dieu defend d'adorer tant de cœur, que par
fignifications. Voila ce que dit Theodoret. Et
autant en dit Origene. Et de fait, quand bien
nous diftinguerions entre פסל & תמונה, I-
dole & fimilitude ; tant y a que la loi defend
l'vne comme l'autre.

Mais que refpondra le Iefuite à Sainɛt Paul,
lequel appelle les idoles des gentils, non point

du nom d'idoles, ains du nom d'images & de similitudes? *Ils ont (dit-il) changé la gloire de Dieu incorruptible* ἐν ὁμοιώματι εἰκόνος, *in similitidunem imaginis, à la similitude de l'image de l'homme corruptible, & des oiseaux, & des bestes à quatre pieds, & des reptiles.* Ces figures-là n'estoient ce point des idoles, selon le dire d'Origene, de Theodoret, & de Richeome? Neantmoins Sainct Paul les appele similitudes & images, ou similitudes d'images.

Et quand le Seigneur comprend & specifie en sa Loi les similitudes de toutes les choses qui sont au ciel, en la terre, & és eaux, ces choses-là ne sont elles rien sinon par imagination? Sont-ce choses feintes & sans existence, combien qu'il les appele פסילים & תמונות, c'est à dire idoles & similitudes?

Au demeurant, pour convaincre le Iesuite de peu de suffisance, tant en la langue Hebraique, qu'en la lecture des Docteurs de son Eglise, ie le veux renuoier à la Bible de l'edition de Sixte V. où il trouuera que les LXX. interpretes ont tourné indifferemment quelques mots Hebrieux des Simulachres, par les mots εἰκόνας, *images*, & par les mots εἴδωλα, *idoles*. C'est ainsi qu'ils ont tourné le mot צלם, tantost εἰκόνα, *image*, 2. Rois. 11. 18. Exech. 7. 20. & 16. 17. Tantost εἴδωλον, *idole.* Nomb. 33.52. De mesme ce mot פסל, lequel en Exo. 20.2. ils ont tourné εἴδωλον: Et en Isaie. 40.19. ils l'ont tourné εἰκόνα,

Oions quelques sentences d'Athanase: *Tanta*

Lect. lib. 2. cap. 7.

(dit-il) *homines imaginum cupiditas tenet, vt minus curentur res ipsæ.* i. La cupidité des hommes est si grande enuers les images, qu'ils ont moins de soin des choses mesmes. Item, *Dæmones docuerunt imagines & simulachra fingere, vt hominum mentes à cultu veri Dei auerterent.* i. Les Diables ont enseigné de faire les images & simulachres, à fin de destourner les entendemens des hommes du seruice du vrai Dieu. Et *cap. 8.* derechef, *Simulachra ipsa quæ coluntur, effigies sunt hominum mortuorum.* i. Les simulacres qu'ō sert, ce sont effigies d'hommes morts.

Or il est à noter, que Lactance parle ici des idoles des Gentils, lesquelles il appelle images: & confesse qu'elles estoient representations de personnes mortes, qui auoient esté auparauant viuantes. Ce qu'il n'eust fait, s'il n'eust bien cogneu, qu'il n'y-a point de difference entre ces deux mots, image, & idole, lors qu'ils sont mis auec expresse, ou entendue consequence d'impieté & superstition.

Eusebe, appele les idoles des gentils εἰκόνας, *Euseb. de* images. Et dit, *Sapientes apud Ethnicos voluisse præpar. l. 3.* *Deum & Dei virtutes sensibus nostris, διὰ εἰκόνων συμφύλων per imagines nobis familiares, μηνύειν, significare seu patefacere.* i. que les sages d'être les Ethniques ont voulu signifier & manifester Dieu & les vertus de Dieu à nos sens, par des images familieres à nous. Ie veux inserer ici ce que l'autheur de la Catene (*Auctor Catena*) sur le liure d'Exode a escrit, & sur ces paroles, *Non facies tibi sculptile*: Où le Iesuite verra encore qu'Ido-

Ff iij

le & image, ſont pris pour vne meſme choſe. Ie
mettrai les paroles dudit autheur : comme il les
a eſcrites, àfin que le Ieſuite ne prenne occaſion de les impugner de faux : Et puis ie les re-
preſenterai en noſtre langue.

Dictio hebraica (inquit) eſt פֶּסֶל Quæ eſt ſcul-
ptile, & idolum, ſicut vertunt ſeptuaginta, & imaginem, ſicut legit Chaldaica, & ſtatuam, ſicut alii ver-
terunt, ſignificat. Quæ tamen omnia idem ſunt. Sculptile autem à ſculpendo dicitur etiam Hebræis. Scul-
ptura verò non niſi in marmore & aliis lapidibus fieri propriè dicitur. Conflatura verò, in auro & ar-
gento. Imago ſecundum aliquos ſimilitudo eſt quo-
modocumque conficta, repreſentans aſtra cæli, aues,
piſces, iumenta, pecora, vermes, cete grandia, draco-
nes, homines, vel figmenta etiam non extantia : Nihil tale proſtare debet, quod pro Deo veneretur. C'eſt
à dire : la diction Hebraïque eſt peſel : qui eſt
choſe taillee ou grauee : & ſignifie idole, comme les
ſeptante la tournent, & image, comme lit la
chaldaïque verſion, & Statue, côme les autres
ont tourné. Leſquelles choſes neantmoins
ſont toutes vne meſme. Mais cette diction Sculptile, eſt dite meſme des Hebrieux, de ce verbe
tailler ou grauer. Et la ſculpture n'eſt dite proprement eſtre faite, ſinon en marbre & és autres pierres. Le mot de Conflature ou forge-
ment par fonte, en or & argent. Image ſelon
aucuns eſt vne ſimilitude comment que ce ſoit
faite ou formee, repreſentant les aſtres du ciel,
les oiſeaux, les poiſſons, tout beſtail grand ou
petit, les vermiſſeaux, les Balenes & grans poiſ

sons, les dragons, les hommes, & mesmes toutes choses feintes & non existantes: Rien de tout cela ne doit estre esleué pour estre veneré au lieu de Dieu.

Quant à ce que le Iesuite conclud, *& partant la semblance d'vn hôme est appelee image. Les semblances de Venus, Mercure, ou autres, representans vne deité qui n'est point, sinon par maginatiõ, sont des idoles.* Il se trompe. Car si Venus, Mercure, & tous les autres Dieux des gentils ont esté des hommes, comment consistera cette sentence du Iesuite? Or Bellarmin mesme confesse que Venus a esté vne putain: & que toutes les idoles des gentils ont esté des statues d'hommes. Et cite la dessus Eusebe & Lactance. Bellarmin donc & Richeome sont ici contraires. Car l'vn dit que les statues des hommes sont images, & non idoles: Et l'autre que les statues des hommes sont idoles, & non images.

Bellar.præf. de eccl. 1.10. & lib 2.c.8.

2. *La version des 70. (ce dit le Iesuite) qui ont tourné idole, est tresbonne. Car elle represente fort naifuement la nature des mots Hebrieux ordinaires, qui signifient vn faux Dieu, & vne deité menteuse.*

Resp. Nous l'accordons: pourueu qu'on y adiouste, qu'elle signifie aussi toute chose faite pour en representer vne autre par religion, & contre la Parole de Dieu.

Ces mots sont Elilim, Hauanim, suker, souuant mentionnez en l'Escriture, qui tous signifient le mesme qu'idole. Car idole veut dire vne chose vaine, fausse, vn mensonge, vn rien, comme note S. Hierosme sur le 7. d'Osee.

Ff iiij

Reſp. Autant en veut dire image, quand elle
miſe ou priſe en matiere de religion, pour repreſenter Dieu ou les Sainčts. Car en ce cas il
n'y-a point de difference entre idole & image.
Et Epiphanius en l'Epiſtre qu'il a eſcrite à Iean
Eueſque de Ieruſalem, tournee de Grec en Latin par S. Hieroſine, n'a pas laiſſé de condamner vne peinture qui repreſentoit Ieſus Chriſt
ou quelque Sainčt au temple d'Anablata, encore qu'il ne l'appelle point idole, mais image.

Plato in
Theeteto.
ψεύδη ϗ
εἰδωλα, *Que le mot Grec ait telle ſignificateon, nous l'ap-*
prenons par l'authorité des plus ſçauans de la Grece.
Platon homme tres-eloquent en ſa langue, apparie le
mot d'idole auec menſonge, & l'oppoſe à la verité. Ils
font (dit-il) plus de cas des menſonges & idoles, que
de la verité. Et Homere tresbien entēdu en la proprie-
té des mots, accouple auſſi ſouuent, idole auec ombre
& ſonge. Laquelle obſeruation enſeigne, qu'idole ſi-
gnifie vne choſe de rien, vne ombre, vn ſonge.

Reſp. En cette diſpute, par le mot d'idole,
nous n'entendons pas auec Platon & Homere
quelque Idee forgée en l'eſprit, & qui n'exiſte
point: ains quelque ſtatue ou image des choſes
qui ſont au ciel, ou en la terre, ou és eaux, leſquelles choſes ne peuuent eſtre dites vn rien,
ni vne ombre, ou vn ſonge, puis qu'elles ſont
& exiſtent: & leſquelles ne deſplaiſent point à
Dieu, quant à elles, ains ſeulement le ſeruice
qu'on leur fait, ou à lui par elles & par leurs repreſentations & images. Et en tel cas l'Eſcriture y eſt expreſſe, qui appele ces repreſentations
& images, vanitez, menſonges, & ouurages

d'abus. Ier. 10. verſ. 3. 8. 14. Hab. 2. 10. Zach.
10. 2.

Au reſte, la conſequence que le Ieſuite tire
des paroles de Platon & d'Homere, n'eſt pas
legitime. Ces autheurs ont apparié le mot d'I-
dole auec menſonge, & ombre, & ſonge, &
l'ont oppoſé à la verité. Donc Idole ſignifie v-
ne choſe de rien, vne ombre, vn ſonge: Il ne
s'enſuit pas. Car les idoles ſont bien vne choſe *Zac.11.17.*
de rien, vn ſonge & vne ombre, pour le regard
de leur efficace & vertu, mais non point pour
le regard de leur matiere & forme, veu qu'el- *Hier. vulg.*
les ſont & exiſtent. Et au demeurant, en Zacha- *edit. Biblior*
rie, vn Paſteur laiſſant ſon troupeau, & faiſant *& com. in*
ſa charge de mauuaiſe foi, eſt appellé אליל, & *Zac. c. 11.*
idole, comme S. Hieroſme l'a tourné. Et tou- *Carr. de ne-*
tefois vn tel paſteur ne ſignifie pas vne choſe *ceſſar. reſi-*
de rien, vne ombre, vn ſonge: ains eſt vn hom- *ſtror Eccl.*
me qui a eſtre & exiſte: Et eſt appelé idole (ce *cap. 3.*
dit Carranza) à cauſe de la repreſentation de *Iſai. 41. 27.*
la choſe qu'il n'a pas vraiemēt, mais l'image *Pſ. 62. 10.*
morte ſeulement. En Iſaie & aux Pſeaumes
tous les hommes ſont appelez און, Auen, הבל,
hebel, כזב, Cazab, c'eſt à dire, rien, vanité,
menſonge: Et non ſeulement le ſimple populaire, mais encore les princes & autres grands
perſonnages. Et neantmoins tous les hommes
ſont hommes de faict, & imáges de Dieu, & *Gen. 1. 26.*
non point choſes de rien, ombres & ſonges.
Le mot צלם, tſelem, eſt tourné par les Grecs
quelques-fois εἴδωλον, idole: comme Nombr.
33. 52. Et neantmoins en Geneſe il eſt rappor-

té à l'homme eſtât fait à l'image & ſemblance
de Dieu. Or nul ne dira que l'homme eſtant
fait à l'Image & ſemblance de Dieu, ſoit vne
choſe de rien, vne ombre, vn ſonge.

Quant à ce que l'idole eſt appellee en l'Eſcriture *rien*, nous le verrons maintenant.

1. Cor. 8. 4. *S. Paul iuſtifie cette interpretation, parlant en*
termes Grecs, lors qu'il dit, Nous ſauons qu'idole
n'eſt rien au monde. Lequel paſſage vous auez rap-
porté de mauuaiſe foi, mettant image pour idole, qui
eſt contre la verité du texte exprez, & contre le ſens
de l'Apoſtre, qui faiſoit alluſion au mot Hebrieu
Elil, qui comme le mot idole, ſignifie rien, vanité,
ombre.

Reſp. Nous ne contrediſons pas à ce paſſage de S. Paul, qui dit, *Que l'idole n'eſt rien au*
monde. Seulement nous reſiſtons à ce que le Ieſuite nous reproche, que nous rapportons de
mouuaiſe foi ledit paſſage, mettans image pour
idole. S. Paul par ce mot, *d'idole*, faiſant alluſion au mot Hebrieu אֱלִיל, a entendu toute
effigie, ou ſimilitude, ou image, faite pour repreſenter la forme de quelque choſe feinte ou
vraie, pour deuotiõ, & pour le ſeruice de Dieu.
Et dit qu'vne telle idole ou image n'eſt rien.
Car tels ſimulacres ne ſont point eſtimez pour
la matiere, ains en partie pour la forme, laquelle dément les choſes vraies: en partie pour
la vaine imagination de ceux, qui de l'idole ou
image en conçoiuent en leur eſprit quelque
choſe, non ſeulement reale, ains encore diuine,
à raiſon de la forme repreſentee. Mais pource

que le Iesuite monstre apres pourquoi le mot
d'idole signifie *rien*, escoutons-le.

3. *Or la raison* (dit-il) *pourquoi idole est mise
pour rien, est parce que monstrant quelque chose materiellement & visiblement, elle ne represente qu'vn
rien, en verité. L'idole de Iupiter, par exemple, portāt
és lineamens materiels la figure d'vn homme, represente vne diuinité qui n'est point.*

Resp. Le Iesuite se trompe ici, & veut tromper les autres par l'ambiguité du mot de *rien*.
Cette particule *rien*, se rapporte quelque fois à
la matiere & forme de la chose: comme quand
il est dit, *Que Iesus Christ ne trouua rien au figuier
sinon des fueilles.* Quelque fois à la vertu & effi- *Marc. 11.
15.*
cace: comme quand S. Paul dit que l'homme *Gal. 6. 3,*
arrogant *pense estre quelque chose, & n'est rien.*
Or Richeome prend ici le mot de *rien* en la
premiere signification, lequel se doit prendre
en la deuxieme. Car idole est quelque chose,
pour le regard de sa matiere & forme: mais elle n'est rien, pour le regard de sa vertu & efficace, & ainsi l'a entendu Chrysostome, quand il
a dit: *Les idoles sont voirement: mais elles ne peu-* *Chrisost. in
Epi. 1. ad
uent rien, & ne sont point Dieux.* Et S. Augustin: *cor. Hom.
Les Paiens* (dit-il) *reuerent les choses qui sont, mais* *20. Aug
elles ne doiuent point estre reuerees comme Dieux.* *cont. Faust.
Manich. l.
Car ce sont idoles, mais elles ne sont rien pour le salut:* *20. c. 5.*

Pour l'exemple qu'il met de Iupiter, nous
y auons satisfait ci deuant, quand nous auons
prouué par le tesmoignage de Bellarmin alleguant Eusebe & Lactance, que toutes les idoles des Gentils ont esté des effigies ou statues

d'hommes. Que s'il femble que le Iefuite vueille dire autre chofe, c'est afçauoir que les Paiens
ont figuré Iupiter par vne image corporelle,
pour fe le reprefenter vn Dieu, qu'il n'eftoit
pas, & que pour cela vne telle image eftoit ido
le, reprefentant vne chofe fauffe, & vn rien, en
verité : Ie refpon premierement, que S. Paul
n'appele pas l'idole *rien*, pour cette confideration feulement, ains auffi pour la raifon que
i'ai dite, c'eft afçauoir pour le regard de fa vertu & efficace, qui eft autant qu'vne chofe vaine & vn rien. Se condement, ie di qu'il n'y a pas
moins d'erreur en l'image, par laquelle les Papiftes figurent & reprefentent Dieu, qu'en la
iftatue ou image, par laquelle les Gentils ont
figuré & reprefenté leur Iupiter. Car fi l'image
de Iupiter eftoit vne idole, d'autant qu'elle re-
prefentoit ce qui n'eftoit point, felon le dire du
Iefuite, que pouuons-nous dire de l'image de
Dieu finon cela mefme ? Dieu n'eft-il pas E-
fprit? Et l'image par laquelle les Papiftes le figurent, ne le reprefente-elle pas corporel ? Or
quelle proportion & femblance y a-il entre vn
corps & vn efprit? Ie di donc, que fi idole eft v-
ne image & vne reprefentation d'vne chofe
qui n'eft point, l'image par laquelle les Papiftes figurent & reprefentent Dieu, eft vne idole: d'autant qu'eftant corporelle, elle reprefente Dieu corporel, qui ne l'eft point.

Quant à l'expofition que le Iefuite attribuë
à S. Hierofme, furHefther 14. Efaie 45. Abacuc
2. Zacharie 10. Il n'y a rien là contre nous.

4. Il vient de là à l'Etymologie de ce mot idole, *Idole*, dit Tertullian, *est vn diminutif du mot Idos. Parquoi Idos signifie figure, & idole petite figure & imparfaite.*

εἶδος, figure, εἴδωλον, petite figure.
Cic. libr. 1. de finib. bon. & mal.

Resp. Suiuant la mesme Etymologie, nous pouuons dire auec Ciceron qu'idole est image. Car il appele les Atomes de Democrite, images & idoles. *Quæ sequitur* (dit-il, parlant d'Epicure) *sunt tota Democriti, atomi, inane, imagines, quæ idola nominant.* C'est à dire : Les choses qu'il ensuit, sont toutes de Democrite, les atomes, la vanité, le rien, les images qu'on appele idoles.

Apres il cite des autheurs profanes, Eustathius, Homere, Lucian, Virgile, qui selon leurs feintes ont escrit, *qu'idole est vne imagination & vn phantosme, qui semble quelque chose, & n'a rien de solide. Et mesmes qui appellent les ombres des trespassez, idoles & images, qui ne sont rien, & neantmoins semblent quelque chose.*

Resp. Ce mot *Idole* és autheurs Grecs signifie ce que les Latins appellent simulacre, c'est asçauoir effigie, par laquelle est representee la forme de quelque chose ou vraie ou feinte. Mais par translation on a depuis accommodé ce mot aux formes & especes des choses conceuës en l'entendement: & finalement aux spectres ou semblances que les Latins appellent *Manes* ou *Ombres*, c'est à dire, ames ou esprits des trespassez. Ainsi en l'Hecuba d'Euripide, l'ombre de Polydore est appelee idole. Et de mesme l'ombre d'Achilles. Mais en ce qui concerne la Religion, par ce mot idoles sont entendues les images & representations de quelque Diuinité, ou de quelques personnages saincts & diuins, desquelles le culte ou seruice est appelé idolatrie.

Or puis qu'il est certain, sans contredit d'aucun, que le mot d'image signifie la semblance d'vne chose vraie & solide, il s'ensuit qu'idole & image sont autant differens l'vn de l'autre, comme le nom de verité & de mensonge, de lumiere & de tenebres: & que celui qui les met l'vn pour l'autre, fait autant que s'il nommoit là verité par le nom de mensonge, & la lumiere par le nom de tenebres.

Resp. Cette conclusion ou resolution du Iesuite est vraiement vne idole & vne imagination de sa pensee. Car nous auons monstré par le tesmoignage non seulement de Ciceron, mais encore de l'Autheur de la Catene, sur Exode, & qui plus est de S. Paul en son Epistre aux Romains, qu'idole & image sont vne mesme chose, en cette matiere qui concerne l'adoration & le seruice de Dieu.

Rom.1.23.

5. Il passe plus auant, & dit, *qu'à cause de cette difference nous voions que iamais l'Escriture ne confond ces deux mots. Elle dit que Dieu a fait l'homme à son image & semblance; & non point à son idole. Les septante ont tousiours tourné le mot Tselem, image, & non point idole. S. Iaques a dit, Que l'homme a esté fait à la semblance de Dieu, & non point à l'idole de Dieu. S. Paul appelle Iesus Christ, l'image de Dieu, & non point l'idole de Dieu.*

Gen.1.26.

Iac.3.9.

Col.1.15.

Resp. Le Iesuite n'a pas bien leu la Bible

Grecque, & se trompe, disant. Que les septante ont tousiours tourné le mot Hebrieu, צלם, *Gen. x.26.*
Image, & non point *idole*. Car ils l'ont tourné
idole, au liure des Nombres, chap: 33. verf. 52.

Que si en Genese, l'homme est dit auoir esté
fait à l'image de Dieu, & non à l'idole de Dieu,
rien n'importe. Car le mot Heb. צלם, y est,
qui est tourné ailleurs par les Grecs εἴδωλον, *Ido-*
le, comme nous auons dit. Il peut donc estre
traduit indifferamment idole ou image: l'vn &
l'autre mot se pouuant prendre en bonne & *Tertul: de*
mauuaise part. Car en general le mot εἴδωλον, *Idolola. c.3.*
selon Tertullian, signifie toute forme ou for-
mule, estant vn diminutif de εἶδος. Et quant à
Iesus Christ, que S. Paul appele, *l'Image de Dieu*,
& non l'idole de Dieu, cela n'importe non plus.
Car les images des Gentils estans le plus souuent appelees idoles par desdain & mespris,
sous le vieil Testament: Le S. Esprit sous le
nouueau Testament, a mieux aimé retenir le
mot d'image, pris en bonne part, rapporté à *De pæni̇:*
Iesus Christ, la vraie image de Dieu, que le *dist. 1.Cas.*
mot d'idole. *Si Sacerdos.*

Au surplus, la Glose du Decret met trois significations de ce mot image ou similitude.
La premiere est, *d'identité*, selon laquelle tant
seulement le Fils de Dieu est l'image du Pere.
La seconde, *d'imitation* : selon laquelle vne
grande nauire est dite l'image de quelque maison, & le disciple l'image de son precepteur.
La troisieme, *de similitude* exprimee: selon laquelle vne piece de cire est dite porter l'ima-

mage du cachet qui eſt imprimé en icelle.

Suiuant cela, ie di (& plus clairement) que le mot d'image eſt ambigu. Car il y-a image ſeulement exterieure, & image interieure. Image ſeulemēt exterieure, eſt vne figure ou ſimilitude de quelque choſe, comme eſt la peinture ou effigie de Ceſar. Et cette-ci eſt differente de la choſe, de laquelle elle eſt image. Image interieure, eſt la nature meſme dv'ne choſe. Comme Pierre eſt l'image de l'homme: c'eſt à dire vrai homme. Adam (ce dit l'Eſcriture) engendra vn fils à ſon image & ſemblance. Item, nous portons l'image de l'homme terrien. Ainſi Ieſus Chriſt eſt appelé l'image de Dieu: c'eſt à dire, vrai Dieu : & celui auquel Dieu ſe fait voir vrayement à nous. Car il eſt Dieu manifeſté en chair.

Gen. 5. 3.
1. Cor. 15.
49.
2. Tim. 3. 16

Le mot donc *d'image* eſtant ambigu, quelquefois il ſe prend en l'Eſcriture pour vne choſe vaine, vuide, & qui n'eſt rien, comme ſont les images des Gentils, & celles de la Papauté. Et quelquefois pour vne repreſentation, qui eſt veritablement ſuiuie de la choſe. Et autant en eſt-il du mot ὁμοίωμα ou ὁμοίωσις, ſimilitude ou ſemblance: lequel mot eſtant condamné en la Loy en vn ſens, eſt approuué par S. Paul & S. Iacques en vn autre ſens.

Phil. 2. 7.
Iaq. 3. 9.

Salomon à l'imitation de Moyſe fit des Cherubins, & pluſieurs ſemblances de creatures, qu'il mit au Temple; que l'Eſcriture n'appelle iamais idoles, comme vous faites nos images.

Reſp. Ni Moyſe, ni Salomon, n'appellent point

point voirement les Cherubins, ni les autres
ornemens, idoles:Mais ils ne les appellent non
plus images. Qui eſt bien pour ſignifier que
c'eſtoient autres repreſentations que les idoles
ou images des Gentils, & de la Papauté.

*Au contraire, elle ne nomme iamais les idoles des
Paiens images ſimplement & ſans queuë : mais idoles, faux dieux, ſimulacres.*

Reſp. L'Eſcriture parlant Hebrieu, n'a point
appellé les idoles des Gentils, *Idole*:ains *peſilim,*
Elilim, & des autres noms remarquez ci-deuant, parlant en Grec elle les a voirement appellees *Idoles*. Car idole eſt vn mot Grec.Mais
ni en l'vne ni en l'autre langue elle n'a peu les
appeler *Images*.Car *Image* vient du Latin, comme le mot de *ſimulacre*. Les Interpretes Latins
& François ont bien quelquefois retenu le
mot *d'idole*, parce qu'il eſt vſité & notoire à
tous.

Or ie di, qu'il en prend du mot Hebrieu,
Elil, ou autre, & du mot Grec *Idolon*, & du Latin *Imago ou ſimulacrum*, & du François *Image*
& *ſimulacre*, qui ſont tous ſynoinies, comme
de ces mots לחם en Hebrieu, ἄρτος en Grec,
panis en Latin, *pain* en François, qui ſignifient
vne meſme choſe. Tellement que celui qui dit,
qu'il y-a differance entre idole & image, fait
autant comme s'il diſoit, qu'il y-a difference
entre Artos & pain, qui ſignifient vne meſme
choſe, combien que l'vn ſoit Grec & l'autre
François.

Gg

Ainsi s'enuelopent ceux de l'Eglise Romaine, lesquels (comme i'ai dit ailleurs) veulent bien estre idolatres en Latin & en François, mais non point en Grec.

Quant aux images de Luther, Caluin, Beze, & autres, que le Iesuite dit; *Que nous tenons cheres en nos sales & cabinets, au lieu de crucifix,* ne lui desplaise. Quiconque aura cognoissance de nostre Religion, & se souuiendra de nostre doctrine, laquelle defend precisément tout vsage des images pour deuotion, nous iustifiera là dessus, & conuaincra de faux le Iesuite. Nous auons bien les figures ou representations peintes en des tableaux de ces grans & excellens personnages. Mais comme ils n'ont point affecté d'estre ainsi representez, aussi ne les nous representons-nous point, pour les esleuer en gloire, & les mettre en lieu de crucifix. Si nous le faisions, ce seroient des idoles : comme sont idoles les images de S. Pierre, de S. Paul, & des autres saincts trespassez, qu'on represente en l'Eglise Romaine : d'autant qu'on en abuse pour deuotion, & pour le seruice de Dieu.

6. *Moyse (dit-il) auroit mis au tabernacle des idoles auec l'Arche de l'Alliance par le commandement de Dieu : Car il y mit par le commandement de Dieu, des images de Cherubins. Le temple de Salomon eust esté plein d'idoles : Car ce prince y fit faire des Cherubins, & mille autres images. Moyse auroit esté idolatre, & Salomon aussi, qui sont consequences absurdes.*

Resp. Il y-a grande difference & diffimili-
tude en ces exemples. Premierement les Cherubins & autres ornemens mis par Moyse en
l'Arche de l'alliance, & par Salomon au Temple, n'estoyent point idoles. Car ils estoyent
erigez & posez par vn special commandement
de Dieu. Mais les images de la Papauté sont
idoles. Car elles n'ont aucun commandement
special de Dieu; & le commandement general
les defend, *Tu ne te feras image taillee, &c.* En
second lieu, ces figures de Moyse & de Salomon estoient telles, qu'on ne les pouuoit point
emploier aisement à aucune idolatrie où superstition. Parquoi ni Moyse ni Salomon, ni
les autres n'estoient point idolatres pour leur
vsage. Mais les images de la Papauté sont telles, qu'on n'en peut point vser sans idolatrie &
superstition, parce qu'elles sont erigees & posees en leurs temples pour cet effect. Parquoy
ceux qui s'en seruent, ou plustost qui les seruent sont superstitieux & idolatres.

7. En la derniere section le Iesuite dit, *Que*
le nom de simulacre est pris en l'Escriture, & parmi
les autheurs profanes pour de mesme qu'idole.

Resp. Ie le confesse, si le Iesuite confesse aussi, qu'idole, simulacre, & image (en cet endroit)
sont vne mesme chose. Mais s'il entend qu'idole & simulacre signifiêt bien vne mesme chose,
mais que le mot d'image n'a point la mesme signification, ie le nie. Car en Isaie le mot He- Isa. 40. 20.
brieu פֶּסֶל est tourné par l'interprete Latin,
simulacrum, & neantmoins le Grec est εἰκὼν, &

non point ε'δωλον. Or εἰχὼν, par le tesmoignage
Bell. ne Ec-
cl. tri. l. 2.
c. 6. de Bellarmin, c'est image. En outre la diction
Hebraique צלמים, est tournee par le Latin
interprete, tantost *imagines*, 2. Rois 11. 18. Et
tantost *simulacra*, 2. Chr. 23. 17. Et le mesme
Latin pour ce mot פסל, a mis quelque fois le
mot *image*, comme les Grecs εἰχὼν, Deut. 4. 16.
Et quelquefois le mot simulacrum 2. Chr. 33.
15. parquoi ou le Iesuite ne dit point vray, ou
bien idole, simulacre, & image, sont vne mesme chose.

Dauantage Richeome a dit ci-deuant, que
nous ne lisons pas que l'homme soit appellé
idole de Dieu, ains image. Tant y-a que Lactance appelle l'homme simulacre de Dieu. Si
donc simulacre est le mesme qu'idole, il est loisible d'appeler l'homme idole de Dieu, aussi
bien que simulacre de Dieu. Le texte de Lactance est tel. l. 2. c. 2. Inst. *Simulacrum Dei
quia à similitudine nomen habet, non illud est quod
digitis hominis ex lapide, aut ære, aliaue materia fa-
bricatur, sed ipse homo.* Toutesfois d'autant que
l'vsage a gaigné cela (comme nous auons dit
ci deuant) que le nom d'idole est pris en mauuaise part, & le nom d'image en bonne part,
consideré en soi, simplement, & sans aucune
conséquence expresse ou entendue de superstit-
tion & idolatrie: traduisans le nom צלם, en
ce lieu de Genese, 1. 26. nous lui approprions
le nom d'image, plustost que le nom d'idole,
ou de simulacre.

SVR LE CHAP. III.

XENOPHANES difoit par vne maniere de parler, que fi les beftes fe faifoient des Dieux, elles fe les forgeroient de mefmes elles. Ainfi les hommes qui fe font des idoles, ils fe les forgent femblables à eux. Il n'y a que cette difference, que les idoles ont des yeux, & n'en voyent point, des oreilles & n'en oyent point, &c. Et les hommes ont ces organes-la, & en voyent & oyent : Mais pour le fens, l'efprit & le iugement ils font femblables à elles. Le Iefuite fe veut monftrer tel en la defence d'icelles.

1. Il a decidé la queftiõ des mots, il veut maintenant parler de la chofe. Pour cet effect il fe forge en l'air vne bataille, en laquelle il prend la charge d'vn Marefchal de camp. Il renge nos capitaines & les fiens, & nos foldats & les fiens, defquels il fait quelque rolle, auec le denombrement de leurs armes. Tel eft fon langage. Voions donc comment il s'acquite de fa dite charge.

2. Il commence par nos Capitaines & foldats, & en fait plufieurs & diuers rangs. *Les premiers* (dit-il) *& les plus anciens, ce font les Iuifs, qui font Iconoclaftes ou brif-images.* Et quand eftce qu'ils y ont mis la main. *Au commencement de l'Eglife,* dit il, *Car s'appercenans que les Chreftiens tenoient & honoroient les images du Sauueur & des Martyrs, pour diffamer le Maiftre, qu'ils*

G g iij

auoient tué, & les feruiteurs qu'ils perſecutoient à
fer & à feu, & tirer en haine la Religion Chreſtienne, commencerent à deteſter & perſecuter leſdites
images.

Reſp. Les Iuifs n'ont peu au commencement de l'Egliſe perſecuter & briſer les images
de Ieſus Chriſt & des Saincts Martyrs: Car
alors il n'y en auoit point.

Si eſt-ce (dit-il) que leur Talmud vous ſera teſmoin de ceci, qui eſt le grand Calepin de leur Cabinet,
à dix Tomes, contenant leurs plus hautes fables &
reſueries, mis en lumiere l'an 476.

Reſp. Le Talmud des Iuifs eſt voirement
plein de fables & de reſueries: mais tant y a
qu'il ne conte pas cette ici. Que des le commencement de l'Egliſe il y ait eu des images
de Ieſus Chriſt & des Saincts, & que leſdits
Iuifs les aient perſecutees & briſees. Depuis la
reuolte de l'Egliſe Romaine, que les images
ont commencé d'eſtre eſleuees, les Iuifs les ont
bien euës touſiours en deteſtation, comme ils
ont encore, ainſi qu'il ſe voit en Auignon, à
Carpentras, & és autres villes du Pape, où ils
habitent. Mais ils n'ont peu auparauant en e-
ſtre offenſez ou ſcandaliſez, n'eſtant point encore inuentees.

3. Au deuxieme rang il met les Sarrazins,
les Gentils, les Samaritains, & pluſieurs anciens heretiques: Entre leſquels (dit-il) furent
les Marcioniſtes, qui commencerent enuiron l'an
100. Les Manicheens, l'an 200. Et durerent iuſques en l'an 400.

Resp. Ceux-ci, non plus que les susdits Iuifs n'ont peu persecuter & briser les images, les quatre premiers siecles apres Iesus Christ: veu qu'il n'y en auoit point. Et quant au tesmoignage qu'il produit du Synode 2. de Nice, qu'il appelle 7. Concile general, nous en parlerons Dieu aidant sur la sect. 8.

4. Il renge au troisieme rang pour l'an 600. Mahumet.

Resp. Il oublie Epiphanius Euesque de Salamine en Cypre, pour l'an 370. Lequel brisa vne image de Iesus Christ ou de quelque sainct en Anablata. Item Serenus Euesque de Marseille pour l'an 591. lequel rompit les images des Saincts & de Christ, voyant que le peuple les adoroit

Et quant à Mahumet & aux Turcs, si en leur religion il n'y auoit à dire autre chose, sinon qu'ils n'ont point d'images, & qu'ils les ont bannies de leurs Mosquees, ils seroient bons Chrestiens. Mais ceux de l'Eglise Romaine, qui leur ont donné & donnent encore occasion de se scandalizer par leurs images (car c'est vn scandale donné, & non pris) ont à penser à eux, & à ce que Iesus Christ prononce contre ceux qui donnent scandale, en l'Euangile selon S. Matthieu. *Matt. 18. 7.*

5. Au quatrieme rang il fait marcher pour l'an 700. Izithus ou Ezides tyranneau des Arabes Mahumetain.

Resp. Cettui-ci estoit du tout infidele, & ce qu'il fit auec son magicien n'estoit point tant

G g iiij

en haine des images, que de Iesus Chrift & des Sainſts. Et partant s'ils furent deceus du diable, ce fut vn iuſte iugement de Dieu. Mais ce n'eſt pas à dire, que le fils ſucceſſeur dudit Izithus fit bien, quand il permit puis apres les images aux Chreſtiens. Pluſtoſt il deuoit recognoiſtre Iesus Chriſt, & obeiſſant à Dieu continuer la defence des images.

6. Au cinquieme rang il met l'Empereur Leon 3. lequel il charge de ce qu'il a eſcrit, non pour autre occaſion, ſinon pource qu'il a reſiſté vertueuſement au Pape Romain, & a fait abbatre les images. Et à cauſe de cet abbatement il a eſté appellé *Iconomachus*, c'eſt à dire oppugnateur d'images. Nous auons veu ci-deuant l'Ediſt que cet Empereur a fait publier pour cet effeſt. Et quant à ce que l'Italie lui a reſiſté ſous l'authorité du Pape Gregoire, c'a eſté premierement, parce que cet ediſt a ſemblé au peuple trop rigoureux. Combien qu'aucuns Hiſtoriens teſmoignent que Leon a taſché d'induire Gregoire amiablement, à faire oſter les images, auant qu'il ait vſé d'ediſt & de commandement. Secondement, parce que ledit peuple ſuperſtitieux & idolatre y a eſté pouſſé par les excommunications & anathemes du Pape, iettez contre ledit Empereur. Tiercement, parce que le Pape promettoit liberté audit peuple. Mais voici où le Pape & ſes ſucceſſeurs conſequemment en ſont venus. C'eſt que ſous la couleur de mettre l'Italie en liberté, laquelle les Italiens ont priſé au commence-

ment, eux-mefmes au lieu des Empereurs, lefquels ils ont chaffez les vns apres les autres, ont vfurpé la Seigneurie & la terre peu à peu.

7. Au fixieme rang il met Conftantin 5. Fils dudit Leon, appellé en Grec *copronymos*, parce que comme l'Euefque de Conftantinoble le tenoit tout nud fur les fons pour le baptizer, ainfi qu'on y tient encore auiourd'hui les petits enfans en la papauté, il fit tout fon cas dedans lefdites fons & Baptiftere. Ce qui fut à ceux de la papauté vn augure ou vn prefage, qu'il feroit mauuais Chreftien, & embrouilleroit l'Eglife, comme il auoit embrouillé l'eau de fon Baptefme. Et de fait on lui a impofé les crimes dont le Iefuite fait mention, pour auoir purgé les temples des Chreftiens des idoles & images qui y eftoient, à l'exemple de fon pere, & fuiuant la Parole de Dieu. Et de là encore eft aduenu qu'on a dit qu'il mourut defefperé, en difant, Ié fuis liuré au feu eternel. C'eft ainfi mefmes qu'auiourd'hui ceux de la papauté iugent ceux de la religion reformee eftre damnez, pour autant qu'ils ne confentent point aux decrets des papes touchant les images & leurs autres idolatries.

Nauc. fafc. temp. Chron. figif.

Mais quoi qu'il en foit, quand bien ceft Empereur chreftien feroit à condamner pour quelques autres occafions, c'eft à dire pour quelques traits de fa mauuaife vie, tant y-a qu'il ne le peut eftre pour le regard de ceft edict de la demolition des images. Car en cela il a fait le deuoir & l'office d'vn Empereur & Prince

Chreſtien, & en eſt digne de grande louange.
Et ſi pour cela le Ieſuite le condamne, il faut
par vn meſme iugement qu'il condamne tout
le Concile de Conſtantinoble, c'eſt à dire 330.
ou ſelon aucuns 338. Eueſques, qui ont fait le
Decret dudit Concile, touchant l'abolition des
images; comme nous auons veu ci deſſus ſur
le chap. 2. ſect. 1. Et verrons ci apres en la ſect.
8. de ce chap. l'equité de ce Decret, quoi que
condamné par le Concile 2. de Nice.

8. Au ſeptieme rang il met Leon 4. fils dudit Conſtantin. 5. Lequel fut auſſi Iconoclaſte
& perſecuteur des images. *Mais (dit-il) il fut
arreſté par ſa mort, & Hirenne femme dudit Leon,
& mere de Conſtantin VI. fut Regente de l'Empire. De ce temps fut tenu le Synode ſecond de Nice,
qui fut le 7. Concile general, de 350 Eueſques, l'an
779. Auquel les images furent remiſes & reſtablies
en leur premier vſage.*

Reſp. Nous auons parlé de ce Synode ou
Concile au commencement du chap. 2. Et l'a-
uons impugné par pluſieurs raiſons. Nous en
dirons encore ici quelque choſe.

Premierement, quant au nom, ce Concile
en a ſupplanté vn autre precedent, & s'eſt mis
en ſa place pour ſon nom. Voici comment. Il
y eut vn Concile tenu à Conſtantinoble ſous
Conſtantin V. compoſé de 330. ou 338. Eueſques. Ceux qui ont tenu & approuué ce Concile, l'ont appellé le VII. Concile vniuerſel.
Puis apres s'eſt tenu à Nice vn autre Concile
ſous Hirene, mere de Conſtantin VI. Regente

de l'Empire pour la minorité de son fils. C'est celui duquel le Iesuite parle, & auquel 350. Euesques ont esté assemblez. Ce Concile a esté le 2. de Nice, contraire au susdit de Constantinoble sur cette matiere des images, & l'a condamné, & lui a osté ce titre d'vniuersel comme faux, & le s'est attribué. Voila donc vn Concile condamné par vn autre, & 338. Euesques declarez heretiques.

Secondement, quant à la matiere, ledit Concile de Nice a condamné celui de Constantinoble seulement à cause des images. Et a decreté que les Euesques dudit Concile qui ont condamné les images, estoient faux Euesques & faux prestres, de tant qu'ils ont appelé du nom d'idoles les images de Dieu & des saincts, comme les images de Satan. Mais cependant ce beau Concile n'a allegué pas vn seul passage de l'Escriture saincte, ni pas vn des Anciens Docteurs, pour prouuer le contraire du decret dudit Concile de Constantinoble. Seulement il a allegué la coustume, la tradition de l'Eglise, & le profit qui prouient des images pour l'instruction des simples, d'autant qu'elles leur seruent de memoriaux, pour leur reduire en memoire & Dieu, & les saincts, & les sainctes.

Au lieu que le Concile de Constantinople a allegué des tesmoignages non seulement des escritures sainctes, mais aussi des peres anciés, pour la confirmation de sa sentence touchant cette matiere.

Les tefmoignages des Efcritures fainctes font ceux-ci *Quiconque adorera Dieu, qu'il l'ado-re en efprit & verité. Iamais perfonne ne vit Dieu.*

Bien heureux font ceux qui n'ont point veu, & ont creu.

Tu ne te feras point d'idole, ni aucune femblance de chofe quelconque, qui foit en haut au ciel, & en bas en la terre.

Vous auez oui la voix des paroles, mais vous n'a-uez point veu de femblance.

Ils ont changé la gloire de Dieu immortel. &c. La foi eft par l'ouye, & l'ouye par la Parole de Dieu.

Quant aux tefmoignages des anciens Do-cteurs, ils ne font que des Grecs, parce que ce Concile a efté tenu par les Grecs, lefquels n'a-uoient pas la langue Latine fi familiere que la Grecque: & d'autant auffi que les Grecs a-uoient plus d'autorité entre les Grecs, que les Latins. Ce font donc ici leurs tefmoignages.

Epiphanius: *Aiez fouuenance, mes fils bien ai-mez, que vous ne mettiez point d'images en l'Eglife, ni és cimetieres des fainéts, ains portez toufiours Dieu en vos cœurs. Mais auffi qu'on ne les endure point és maifons communes & particulieres.*

Chryfoftome: *Nous iouiffons de la prefence des fainéts par leurs efcrits, aians les images non pas de leurs corps, mais de leurs ames. Car les chofes qui ont efté dites par eux, font les images de leurs ames.*

Bafile: *La meditation des fainctes Efcritures, qui nous font donnees par l'infpiration diuine, eft tref grande, pour cercher & trouuer ce qui eft droit. Car on trouue en icelles les matieres des chofes, & les vies*

Ieen. 4. 24.
Iean. 1. 18.
Iean 20. 29.
Exod. 20. 4.
Deut. 5. 8.
Deut. 4. 15.
Rom. 1. 23.
Rom. 10. 17.

des saincts hommes nous y sont presentees par escrit, comme images aians ame, pour les ensuiure selon Dieu, par imitation d'œuures.

Athanase: *Comment n'aura on pitié & compassion de ceux qui adorent les creatures? Car ceux-la qui voient, font seruice à ceux qui ne voient point: & ceux qui oient, prient ceux qui n'oient point. Iamais la creature ne sera sauuee par la creature.*

Amphilochius Euesque d'Iconie: *Nous ne nous soucions point de peindre par couleur en des tableaux les visages corporels des saincts: car nous n'en auons point de besoin. Mais nous deuons auoir souuenance de leurs vertus.*

Theodose Euesque d'Ancire : *Nous n'estimons point qu'il soit honneste de former les formes & les images des saincts de couleurs materielles. Mais il faut souuentefois refaire comme viues images les vertus d'iceux, lesquelles nous sont donnees par escrit. Car nous pouuons paruenir par icelles, à l'imitation & au zele de semblables vertus. Que ceux-là qui dressent ces statues, nous disent quel profit leur reuient d'icelles. Est-ce pourtant qu'ils ont quelque recordation telle-qu'elle, par vne telle contemplation speciale: Mais c'est chose manifeste, qu'vne telle pensee est vaine, & que c'est vne inuention de deception diabolique.*

Ce sont là les tesmoignages principaus tant des sainctes Escritures, que des anciens Docteurs, par lesquels ce Concile de Constantinople a prouué sa sentence contre les images. Que celui de Nice, ou les Iesuites pour lui, en produisent autant, ou pour mieux dire, qu'ils respondent à ceux-là, & en mettent en auant d'autres contraires : & nous verrons ce que nous aurons a leur repliquer.

Ce que le Jesuite adiouste du susdit Empereur Leon 4. a besoin de caution. Il dit ainsi : *Ce nonobstant cet Empereur deuenu ia grand, la voulut remettre sur pié :* (c'est assauoir l'heresie de son pere contre les images) *Mais par diuin iugement il perdit a la poursuite les yeux, l'ame & le sceptre : & a son occasion l'Empire fut transferé des Grecs aux Latins en la maison de France, par Gregoire troisieme, qui crea Empereur nostre Charlemaigne enuiron l'an 800.*

Resp. premierement, quant à la mort de Leon, voici ce qu'en disent les histoires. Il aimoit les pierres precieuses, & aiant veu vne couronne plaine de pierres precieuses en la thresorerie de saincte Sophie, la mit sur sa teste : & pour la froidure d'icelle tomba en vne fieure, dont il mourut. Et apres sa femme Hirene regna.

Secondement, quant au couronnement de Charlemaigne, l'an 800. le pape Gregoire 3. n'estoit plus. Il fut creé pape l'an 731. il excommunia bien l'Empereur Leon 3. en vn Concile quil fit tenir à Rome, & le priua de sa dignité. Mais il ne couronna point Charlemaigne. Il mourut : & lui succeda Zacharie l'an 742. A Zacharie succeda Estienne 2. l'an 752. A cest Estienne succeda Paul 1. l'an 755. A ce Paul succeda Constantin 2. l'an 767. A ce Constantin succeda Estienne 3. l'an 768. A cest

Sigeb. fasc. temp. Nauil suppl. Chro.

Eftienne fucceda Adrian 1. l'an 772. A cet A-
drian qui gouverna l'Eglife romaine 24. ans,
fucceda Leon 3. l'an 797. Et ce fut ce pape qui
l'an 800. ou 801. vn iour de Noel, pour les benefices qu'il auoit receus de Charlemaigne,
eftant venu au temple, lui mit la couronne fur
la tefte, & le prononça Empereur dés romains,
fans qu'il euft afpiré de receuoir la couronne
imperiale. Et tout le peuple romain s'efcria difant, *Vie & victoire à Charles treschreftien tou-*
fiours augufte, couronné de Dieu, grand & pacifique
Empereur.
Ainfi donc entre Gregoire 3. & ce couronnement de Charlemaigne, fe font paffez au moins
58. ou 59. ans.

Au refte les Empereurs font bien tenus aux
papes, & doiuent ici prendre exemple de ne fe
laiffer mener par eux, pour finalement perdre
leurs empires. Et ne faut point douter que fi
les Iefuites pouuoient, ils n'en fiffent autant à
noftre Roy, pour le degrader de fon Roiaume,
& le transferer au Roi d'Efpaigne, leur grand
Mecenas.

Au huitieme rang il met certains Orientaux
Leon Armenien & fes fucceffeurs, Michel le begue
& Theophilus. Mais nous ne recourons point à
ces foldats pour fortifier noftre armee. Nous
en auons d'autres plus pres & de plus grande
defence.

9. Il faute de l'an 800. à l'an 1216. Et met au
neufuieme rág des Brif-images, les Albigeois:
defquels il dit ce qui n'a iamais efté: c'eft affa-

uoir qu'en derision ils faisoient des images de nostre Seigneur, manchotes, bossues, borgnes, & difformes tant qu'ils pouuoient, pour les faire mocquer & a-uoir en horreur.

Voici que c'est des Albigeois en peu de pa-roles. Ce peuple habita à l'enuiron de Tholose & Albi. Aiant receu l'Euangile il se retira de l'Eglise romaine, & s'opposa à l'idolatrie papa-le. S. Dominique (autheur de la secte de ceux qui s'appellent prescheurs) vint d'Espaigne, & les persecuta grandement, & de fait & de pa-role.

Le pape enuoia aussi vers eux son legat Ni-colas, Euesque Tusculan, lequel y estant allé auec quatre cheuaux & deux mulets, s'en re-tourna en peu de temps auec cinquante che-uaux, & auec grand pillage qu'il rapporta, a-iant exercé cruelle tirannie contre ces poures gens.

Ce pape fit publier vne croisade contre eux, & donna plaines indulgences & remission des pechez à ceux qui leur feroient la guerre. Si-mõ Conte de Mõfort alla contre eux, & en def-fit grand nombre aupres de Tholose. Cent & quarante furent bruslez au diocese de Nar-bonne, & quatre cens au diocese de Tholose, à diuerses fois. En cette deffaite d'Albigeois Pierre Roi de Tarracon, qui les auoit retirez, & leur portoit faueur & amitié, fut tué en vn combat.

On chargeoit ces innocens de plusieurs cri-mes enormes, pour les rendre odieux à tout
le

le monde. Mais il n'eſtoit rien de ce qu'on leur
mettoit à ſus: non pas méſme de ce que dit ici
le Ieſuite.

Au dixieme rang il met les VVicleuiſtes
pour l'an 1352. Et en l'onzieme rang, ceux de
noſtre ſiecle, 1500. aiant encore ſauté enuiron
150. ans. Et dit là deſſus; *Voila, Meſſieurs, le
rolle de tous les Iconoclaſtes & Briſ-images, tant de
robe longue, que porte-eſpec. &c.*

Reſp. Il fait ſelon ſa monſtre noſtre parti
bien petit & bien foible : & promet au contraire, de nous faire paroiſtre le ſien merueil-
leuſement grand & bien equippé. A ſon conte nous n'auons que des fantaſſins, piquiers,
halebardiers, arbaleſtiers, & quelques argou-
lets montez ſur des vieilles roſſes, qui les font
rire, au lieu de leur faire peur. Et eux au contraire ont tous leurs hommes de guerre gens
de cheual, armez de toutes pieces. Nous verrons ce qui en ſera à la fin du combat, & ſi l'occaſion de rire ou de pleurer ſera de leur coſté
ou du noſtre. Pluſieurs Gouuerneurs & capitaines, iugeans de l'iſſue de leurs guerres & combats par l'opinion qu'ils ont de leurs moiens,
& nullement par l'eſtimation & contrepoids
des forces qui les aſſaillent, en fin ſe trouuent
deceus & trompez. Tout de meſme en fait ce
Ieſuite, lequel aiant ſi grande opinion de ſoi &
de ſon eloquence : il ne lui ſemble point rai-
ſonable qu'il y ait rien digne de lui faire teſte,
ni qu'il y ait aucun champion capable de ſa
luitte : Et partant il ſe perſuade de paſſer par

Hh

tout sans aucune resistance. Mais il se verra s'il conte sans l'hoste.

SVR LE CHAP. IIII.

IL ne met point encore ici en rang ses Capitaines & soldats, ains attaque seulement comme en duel, quelques particuliers ennemis de ses images, les vns apres les autres. Et premierement les Thalmudistes sur l'exposition de ces paroles de la loi, *Tu n'auras point d'autres Dieux deuant moi. Tu ne te feras idole taillée, ni semblance quelconque des choses qui sont là sus au ciel, ni çà bas en la terre, ni és eaux dessous la terre: Tu ne les adoreras point, ni honoreras.*

Exo. 20. 3.

Voions sa resistance & ses defences contre ce gros double Canon. Ainsi apelle-il ce passage d'Exode.

1. *La glose* (dit-il) *des Thalmudistes tire trois poincts de ces mots. Le premier est, qu'il n'est loisible de faire ou tenir aucune image ne resemblance quelle qu'elle soit. Le second, que c'est chose impie de representer Dieu par aucune semblance corporelle. Le troisieme, que c'est idolatrie de mettre des images aux temples, & les honorer. Vous tenez auec eux les deux deniers artitles. Caluin modifie le premier & ne l'approuue pas en tout, comme nous dirons respondant aux Iuifs.*

Resp. Il confond les deux premiers commandemens de la Loi en vn, lesquels doiuent estre diuisez. Car le premier nous monstre qui est celui que nous deuons adorer & seruir, c'est

affauoir Dieu feul. Le fecond nous monftre,
comment nous le deuons adorer & feruir, c'eft
affauoir en efprit & verité, & non point par le
moien d'aucunes idoles ou images. Le premier donc eft touchant la perfonne. Et le fecond touchant les circonftances & qualitez
d'icelle. Nous ne pafferons point plus outre en
cette partie, pour le prefent.

Quant aux trois poincts que le Iefuite dit,
que la glofe des Thalmudiftes tire des paroles de cette loi, nous en tenons voirement les
deux derniers pour bien refolus. Et quant au
premier, nous fuiuons fans difficulté la modification de Caluin, laquelle fe verra ci apres.

2. En la deuxieme fection il expofe ledit
paffage d'Exode, & aiant dit au parauant, *Qu'il
n'y-a rien contre les images, ains feulement contre les
idoles & faux dieux, ou les images qui reprefentent
faux dieux & fauffes diuinitez: Il adioufte ici; Et
qu'il foit ainfi, & que Dieu ne defende point abfolu-
ment & en general les images, il eft euident en plufieurs façons. Premierement par les mots defquels
Dieu ferme la defence ; difant : Tu ne les adoreras
point, ni les honoreras. Car ie fuis le Seigneur tõ Dieu.*

Refp. Dieu en ce fecond commandement ne
defend pas feulement d'adorer les images, ains
auffi d'en auoir & d'en faire, & faites par les autres, de les retenir & adorer. Car le commandement a deux parties. La premiere defend
de faire & d'auoir des images, *Tu ne te feras image taillee ni femblance aucune. &c.* La feconde defend de les honorer par deuotion, ou feruice

Hh ij

diuin. *Tu ne t'enclineras point à icelles, & ne les ser-*
uiras. Nous auons amplifié ce propos en noftre fecond liure de la Meffe, traittans de cette
matiere.

Tout ce que dit le Iefuite au refte de cette
fection, & és fuiuantes. 3. 4. & 5. ne fait rien
pour lui, ni contre nous. *Il y a* (dit-il) *Idolatrie*
interieure & exterieure, & toutes deux font prohi-
bees de Dieu. C'eft noftre doctrine. Toutesfois examinons ce qu'il adioufte en ladite fection 4.

Au moien dequoi (dit-il) *cette loi prohibe non feu-*
lement l'idolatrie de l'ame, mais encore les idoles ma-
terielles, qui font idolatrer le corps auec l'ame, &
caufent l'Idolatrie exterieure.

Refp. Nous fommes en cet article auec le
Iefuite.

Dieu donc par cette loi & commandement prohibe
& condamne toute idolatrie de l'ame & du corps,
comme crimes de leze Maiesté, car elle transfere
l'honneur du prince fouuerain à vn faux Dieu.

Refp. Loué foit Dieu. Le Iefuite confeffe ici
clairement la verité. Mais il fe cachera tantoft
fous le nuage de fes paroles, & defcouuira v-
ne fcience trouble & inconftante. Et alors nous
l'appellerons lui mefme à tefmoin fur ce qu'il
dira.

Mais il ne defend point pourtant les images du
tout & en general, ni celles qui ne diminuent en rien
fon honneur.

Refp. Cela eft veritable.

En fecond lieu, eftant cette defence vn droit decou-

lant de la loi de nature, elle ne prohibe, sinon ce qui est de sa nature mauuais. Or est-il que faire & peindre des images, de sa nature est plustost bien que mal, veu que la peinture, & la sculpture, comme les autres arts, sont dons de Dieu. Et Dieu mesme tesmoigne les auoir donnez à Bezeleel & Oliat, pour la fabrique de l'Arche de l'Alliance. Il n'est donc pas defendu de faire des images absoluement. Car puis que l'art n'est point absoluement defendu, la facture de l'art, assauoir les images, ne le peuuent estre.

Exod. 31 3. & 35. 30.

Resp. Le Syllogisme du Iesuite est, ou doit estre tel.

La loi de Dieu, conforme à la loi de nature, defend seulement ce qui de sa nature, est mauuais, & non point ce qui de sa nature est bon.

Faire & peindre des images de sa nature n'est point mauuais, ains plustost bon.

Donc la loi de Dieu, conforme à la loi de nature, ne defend point de faire & peindre des images.

L'Assomption a besoin de distinction. Faire ou peindre des images, qui ne seruent point le seruice de Dieu, ains la police & l'ornement, & qu'elles ne soient point posées aux temples, & soient en somme hors de danger d'idolatrie, n'est point mauuais de sa nature. Mais hors de ces cas il est mauuais. Car qu'est-ce qui de sa nature est mauuais, sinon ce que Dieu defend? Or Dieu defend de faire & de peindre des images pour le representer, ou pour les emploier par deuotion à son seruice. Donc telles images de leur nature sont mauuaises.

Hh iij

5. Ce qu'il brouille & touille en la section cinquieme, ne contient rien de nouueau. Moyse & Salomõ ont fait plusieurs images, de Cherubins, de bœufs, de Lions. &c. Donc les images ne sont point mauuaises de leur nature. Nous l'accordons. Mais il y a bien grande difference entre ces Cherubins, & autres ornemés du temple de iadis sous la loi, & les idoles & images de la papauté, comme nous auons declaré ci deuant chap. 2. sect. 6. Et ci apres il en faudra encore parler, sur le chap. 10. sect. 5.

6. Non plus fait pour sa cause ce qu'il auance en la sect. 6. touchant ce qu'il dit que Caluin a confessé. Caluin a dit, & nous disons auec lui, que Dieu n'a point defendu simplement & absoluëment de faire & d'auoir des images. Autrement il auroit defendu l'art de peinture, de sculpture, de fonte, de broderie, que l'Escriture met entre les dons excellens de Dieu, & vtiles à la vie humaine. Exo. 31. 3. & 35. 30. Sirac. 38. 28. Mais voici les images que Dieu defend. Premierement celles qu'on fait pour le representer. Car il ne le veut pas, & ne peut-on le representer. ainsi Deut. 4. 15. Isa. 40. 18. Secondement, celles qu'on fait pour representer les creatures par deuotion, & pour le seruice de Dieu. Car Dieu ne le veut pas. Exo. 20. Elles font errer & decliner les personnes du vrai seruice de Dieu. Isaie 44. 20. Ierem. 10. vers. 8. 14. & 15. Hab. 2. 18. & donnent scandale aux Iuifs, aux Turcs, & a tous autres peuples elongnez de la cognoissance de Dieu.

SVR LE CHAP. V.

LE deuxieme poinct ou article que le Iesuite a attribué aux Thalmudistes & à Caluin en la sect.1.du chap.precedēt est, *Que c'est vne chose absurde & impie de peindre & figurer Dieu par aucune semblance corporelle.* Il pretend de prouuer le contraire, & de nous faire voir, que l'on peut representer Dieu en certaine maniere.

1. *Mais* en premier lieu il monstre sur quel fondement les susdits ont basti leur article, à fin qu'aiant (ce lui semble) escroulé ledit fondement, ledit article s'en aille par terre. Ce fondement consiste en ces deux passages de l'Escriture. *Le Seigneur a parlé à vous du milieu du feu,* Deut. 4.12 *vous auez ouï la voix de ses paroles, & n'auez point veu aucune figure du tout.* Item, *A qui me ferez* Isaie 4.18 *vous semblable & egal. &c.*

2. Au chap.6. il exposera selon son sens lesdits passages. Maintenant il se contente d'en dire vn mot: qui est, *que lesdits passages s'entēdent des idolés & nō des images de Dieu.* Mais oions ses raisons:

Le but principal des Prophetes (dit-il) *n'est pas de mōstrer aux Hebrieux, qu'il ne faut point faire d'image de Dieu, qui est nostre question: car les Iuifs n'en auoient aucune: mais de les retirer, à ce qu'ils ne fissent figure de Dieu à la façō des Gētils, assauoir qu'ils ne fissent point d'idoles, comme les Paiens faisoient, & comme les Iuifs en auoient fait à leur imitation.*

Resp. Le Iesuite n'est pas ici semblable à soi mesme. Il se contredit notoirement. Il a dit *que le but principal de Moyse & d'Isaie n'est pas de mōstrer aux Hebrieux, qu'il ne faut point faire d'image*

Hh iiij

de Dieu. Et pourquoi? *Car ils n'en auoient point*. Apres il dit, *Mais de les retirer, à ce qu'ils ne fiſſent figurer Dieu à la façon des Gentils, aſſauoir qu'ils ne fiſſent point d'idoles, comme les Paiens faiſoient, & côme les Iuifs en auoient fait à leur imitation*. Les Iuiſs donc (ce dit le Ieſuite) n'auoiēt point d'images de Dieu: Et neantmoins ils en auoient comme les Gentils pour figurer Dieu. Accordez ces flutes.

Et partant (adiouſte-il) *ces paſſages donnent àfront contre les idoles, & non côtre ceux qui figurent Dieu, ſelon que la ſaincte Eſcriture enſeigne pouuoir eſtré figuré*. Reſp. Sauf la bonnne grace du Ieſuite, la ſaincte Eſcriture n'enſeigne en aucun lieu, que Dieu puiſſe eſtre figuré.

Ni contre nous, qui ſommes ennemis des idoles. Reſp. L'experience fait foi du contraire.

Donnent contre la fabrication des idoles, à fin de couper chemin à l'idolatrie en ſa cauſe. Car n'y aiant point d'idole, il n'y aura point d'idolatrie. Reſp. Cela eſt vrai. Et partant voions l'expedient pour s'en deſpeſcher.

Pour ruiner l'Autel de Dagon, il ne faut que lui rompre le col. Reſp. C'eſt bien dit, Ainſi en faut il faire des images, à l'exemple d'Aſa. 1. Rois. 15.13 De Iehu. 2. Rois. 10.30. D'Ezechias 2. Rois 18.4. & de Ioſias. 2. Rois. 23.4.

C'eſt donc contre les idoles que Moyſe & les Prophetes ſuſdits dreſſent leurs paroles directement, & non contre les images de Dieu, qui ne ſont faites en idoles. Reſp. Ie ne ſçai comme quoi le Ieſuite dit que les images de Dieu, & les autres

autres images de la Papauté ne font point faites en idoles. Ie n'y trouue rien à dire, foit pour la matiere, foit pour la forme, foit pour l'vfage. Car pour la matiere, les vnes & les autres font faites d'or, d'argent, de cuiure, de bois, de pierre, & de telles eftoffes: pour la forme, elles font toutes côme Dauid & Ieremie les defcriuent. Elles ont vn corps, vne tefte, vne bouche, des yeux, des oreilles, des bras, des pieds, fans toutesfois rien fentir, fans parler, fans voir, fans ouir, fans toucher, fans cheminer. Et mefme pour les faire aller, il les faut porter: pour les faire tenir, il les faut attacher auec des clous & le martéau. Pour l'vfage, ne font elles point faites toutes pour fauffe deuotion, & pour deshonorer Dieu, au lieu de feruir?

3. & 4. Or Richeome pour donner plein iour à fes idoles, & pour verifier qu'on peut reprefenter Dieu par quelques images corporelles, fait trois façons de peindre, *La premiere, qui tire au naturel. La feconde, en hiftoire. La troisieme myftiquement.* Et adioufte; *En la premiere il n'y a que les chofes corporelles qui fe peuuent peindre, & non les fpirituelles. Aux autres deux, Dieu peut eftre figuré & les chofes fpirituelles.* Il dit puis apres; *pour exemple, on peint Dieu en forme d'homme couronné, tenaut le monde en fa main, ainfi qu'il eft defcrit au Pfeaume 95.*

Pf.95.ver. 3.4.

Refp. D'où vient cette liberté au Iefuite de diftinguer où la Loi ne diftingue point? C'eft comme qui diroit(ainfi que Rainoldus la noté) La Loi defend de commettre adultere: voire,

De Rom.Ec. idol. l.2.c.2 fect.8.

mais c'eſt ſeulement pour ſatisfaire à la concu-
piſcence de la chair, & non point pour acque-
rir vne principauté, comme a fait Sejanus. La
Loi defend le periure : mais c'eſt ſeulement
pour n'eſpandre le ſang, & non point pour gra-
tifier vn ami : comme Ciceron ſe ioüe en Clu-
uius. Au reſte, ce paſſage tranche, *Vous pren-*
drez bien garde pour vos ames, que vous n'auez veu
aucune ſimilitude au iour que le Seigneur voſtre
Dieu a parlé à vous en Horeb, du milieu du feu.
Afin que vous ne vous corrompiez, & que vous ne
vous faciez image taillee, repreſentation de toute
pourtraiture, ſoit eſpece de maſle ou de femelle, &c.
I'argumente donc ainſi.

Ce que Dieu a defendu, ne ſe doit faire en
aucune façon.

Dieu a defendu de le repreſenter par aucune
pourtraiture,

Cela donc ne ſe doit faire en aucune façon.

Svr le Chap. VI.

1. AV ſixieme Chap. Richeome expoſe plus amplement, que Dieu ne
peut eſtre peint en la premiere façon, c'eſt à
dire en la façon des Paiens : mais bien aux autres deux façons. Et pour la premiere façon il
dit ainſi: *Les Paiens figuroient leurs dieux comme*
creatures corporelles, & adoroient leurs idoles, ou
comme dieux, ou comme repreſentans la nature de
Dieu. Or vouloir figurer Dieu en telle façon, & à
intention & creance d'exprimer au vif, & a traicts

Tacit. An-
nal. lib. 4.
Pro Q. Reſ.
Comæd.
Deut. 4. v.
15. 16. &c.

pareils fa nature ou femblance, comme le pinceau la forge, ou le cifeau reprefente vn lion, vn homme, ou autre chofe vifible & corporelle, c'est faire vne idole, & fauffement reprefenter en vn corps-la, Maiefté de Dieu inuifible.

Refp. Ie me fers de cette raifon de Richeome, contre lui, & argumente ainfi.

Ceux-là qui figurent Dieu, comme les Paiens ont figuré leurs Dieux, c'est afçauoir comme creature corporelle, errent, & font idolatres.

Les Papiftes figurent Dieu, comme les Paiens ont figuré leurs Dieux, c'est afçauoir comme creature corporelle.

Donc les Papiftes errent, & font idolatres:

Item:

Figurer Dieu comme creature corporelle, c'est en faire vne idole, & fauffement reprefenter en vn corps la Maiefté de Dieu Inuifible.

Les Papiftes figurent Dieu comme creature corporelle.

Donc les Papiftes font de Dieu vne idole, & fauffement reprefentent en vn corps fa Maiefté inuifible.

Derechef: Adorer les images, comme les Paiens ont adoré leurs idoles, c'est eftre idolatre.

Les Papiftes adorent leurs images, comme les Paiens ont adoré leurs idoles.

Donc les Papiftes font idolatres.

L'Affomption de ce dernier Syllogifine fe prouue par la confeffion de Bellarmin, qui dit.

Qu'Alexandre Seuere a adoré les images de Christ, *& d'Abraham auec ses autres idoles.* Dit encore;
Bell. de Ecc-
triomp. l. 2.
cap. 11. &
16.
Que Carpocrates a adoré l'image de Christ de la fa- *çon que les Gentils adorent leurs idoles.* Et de fait, quelle difference peut-on remarquer entre l'a-doration des Gentils, & l'adoration des Papistes, ceux-là enuers leur idoles, & ceux-ci enuers leurs images ? Car il est certain que les images, quelques quelles soyent, si on les ado-re ou honore d'vn seruice diuin, ce sont autant d'idoles. Et partant Charlemaigne disoit con-tre le Synode 2. de Nice; *Nous n'appellons* *point idoles les images posees en nos Basiliques. (i. en* nos maisons Roiales;) *Mais aussi afin qu'elles* *ne soient point appellees idoles, nous ne les adorons* *point, ni ne les seruons.* Signifiant clairement par la, que toutes les images qu'on adore ou sert, sont des idoles.

2. Il explique en la Section 2. le passage du Deuteronome, chap. 4. 15.

3. 4. 5. Et és Sect. 3. 4. 5. le passage d'I-saïe, chap. 40. 46. Item, les sentences que Cal-uin a alleguees, de Lactance, d'Eusebe, de S. Augustin, & du Concile Eliberitin.

Les passages du Deuteronome, & d'Isaïe, ont esté couchez ci deuant. Les sentences des
Lact. l. 5. c.
15.
Euseb. L. 1.
prep Euäg.
c. 6. & l. 2.
c. 8.
Aug. de sid.
& Symb. c.
7.
susdits Anciens, selon que le Iesuite les repre-sente, sont telles.

Lactance & Eusebe disent, *Que ceux-là des-* *quels les Paiens auoient dressé les simulachres, a-* *uoient esté hommes mortels.*

S. Augustin; *Que c'est vne chose impie, non seu-*

lement d'adorer les simulacres, mais encore d'en faire à Dieu. Et en outre, il tesmoigne. *Que Varron Romain disoit, que ceux qui ont introduit les statues des Dieux, ont chassé la crainte de Dieu des hommes, & multiplié les erreurs.* ^{Aug.L.4.de Ciuit.c.19. & 31.}

Le Concile Eliberitin: *Nous auons trouué bon de ne mettre les images au temple, afin que ce que l'on honore & adore, ne soit depeint aux parois.* ^{Conc.Elib. Can.36.}

A ces passages Richeome respond; *Qu'ils s'entendent comme il a dit: c'est asçauoir; Qu'il ne faut point faire d'idoles, ni representer Dieu à la façon Egyptienne & des idolatres; estant en cela idolatrie. Mais neantmoins qu'il n'est point absolument defendu de faire des images de Dieu, & le representer à la façon des Chrestiens.*

Resp. Les susdits Anciens ne se sont point seruis de la distinction du Iesuite, ains ont parlé simplement: comme les autres qu'il nomme en la Sect. 4. sans reciter leurs sentences. Et pource qu'elles sont formelles, ie les infereray ici, auec encore d'autres, apres nostre Rainoldus.

Le Roy Agrippa escrit, parlant des Anciens Hebrieux: *Nos maieurs ont estimé chose meschante de peindre & representer Dieu inuisible.* ^{Epist.ad Caligg.Imp.apud Philonem Iud.de legat. ad Caium.}

Clement Alexandrin affirme, *Que suiuant la doctrine de Moyse, Dieu ne peut estre representé par l'effigie de l'homme, ni par aucune autre chose.* ^{Clem.Alex. Strom.l.1. & 5.}

Origene; *nie qu'il faille faire aucune similitude de Dieu.* ^{Orig.contr. Cels.L.7.}

Eusebe interrogue ainsi: *Qu'est-ce que le corps humain a de semblable à l'Esprit de Dieu?* Et dere- ^{Euf.Euang. præp.L.3.}

Teodo. in
Deut. Qu.
1.
chef; *Qui est si fol, qui pretende de rapporter la forme & image de Dieu à vne statue semblable à l'homme ?*

Theodoret prononce ; *Que par les paroles de
Moyse il est defendu de faire aucun simulacre, &
que nul ne pretende de representer ou forger aucune
image de Dieu.*

Damasc. Or
thod. fide l.
4. c. 17.
Sin. Nic. 11
act. 6. tom.
4.
Damascene dit; *Que c'est vne tres-grande folie
& impieté de figurer Dieu.*

Le Synode de Constantinople dispute ainsi
par les paroles de Moyse : *on n'a veu aucune similitude de Dieu en la montaigne. Donc on n'en doit
faire aucune.*

Hist. Eccl.
Ecclesiar. re
formatar.
in Gal. L. 4.
L'Euesque de Valence Monluc; Salignac,
Bouteillier, Despence, & Picherel, Docteurs
de la Sorbonne, ont declaré au Colloque de
Poissy, l'an 1562. *Qu'ils desiroient que les images
de la Trinité fussent du tout ostees des Temples, &
autres lieux tant publics que particuliers: parce qu'elles sont interdites par les sainctes Escritures, par les
Synodes, & par plusieurs personnages de grande doctrine & saincteté.*

Ainsi donc, par ces sentences il appert, que
les images sont condamnees, comment que ce
soit qu'on les face, pour representer Dieu. Et
chap. 2. sect.
1.
de fait, si la definition que le Iesuite a donnee
ci dessus au mot d'idole, est legitime, c'est asçauoir. *Qu'idole est vne fausse semblance representant
ce qui n'est point :* Il s'ensuit que l'image par laquelle on figure Dieu, est vne idole: veu qu'elle
represente Dieu corporel, qui ne l'est point.

6. Quant à ce que Richeome dit en la Sect. 6.

Que des sentences de Lactance, d'Eusebe, & du Concile Elibertin, il en tire deux conclusions contre Caluin, il se trompe.

La premiere est, (dit-il) que long-temps deuant Lactance & Eusebe, l'vsage des images estoit en l'Eglise : Car l'vn & l'autre, en monstrant la difference qu'il y auoit entre les images des Chrestiës & les idoles des Païens, enseigne aussi que les Chrestiës auoient des images. Or Lactance & Eusebe furent au commencement du quatrieme siecle, enuiron l'an 308. S'ensuit donc que long temps au de là, les Chrestiens tenoient des images aux temples. Et toutesfois Caluin dit que l'Eglise s'en estoit passee les cinq cens ans premiers.

Resp. Lactance & Eusebe ne disent pas que les Chrestiens auoient des images : si par les Chrestiens on entend toute l'Eglise de Dieu, ou mesmes les Eglises particulieres pures. Ains ont signifié qu'il y auoit certaines personnes en quelques Eglises, lesquelles s'estoient laissees escouler en la superstition & idolatrie des images. Laquelle corruption ils ont viuement censuree & reprise. Et à cela Caluin n'est point contraire. Car il ne dit pas, Que l'Eglise s'estoit passee d'images les cinq cens ans premiers : ains *que par l'espace de 500. ans ou enuiron, du temps que la Chrestienté estoit en sa vigueur, & qu'il y auoit plus grande pureté de doctrine, les temples des Chrestiens ont communement esté nets & exemptez de telle souillure ;* Voila les paroles de Caluin : où il faut noter ce mot *communement.* Il ne dit donc pas que tous les tem-

Inst. liu. 1. chap. 11. Sect. 13.

ples des Chrestiens fussent exempts d'images:
ains que communement ils l'estoyent : c'est
à dire, pour la plus grande partie, & presque
tous.

*La seconde, Que les Chrestiens auoient de coustu-
me ia de long temps aussi d'honorer les images sainctes. Car ce Concile le monstre, puis qu'il tesmoigne
qu'on les peignoit au temple par honneur. Et en ce
qu'il prohibe de les peindre aux parois, il ne les chasse
pas pour cela du temple, ains enseigne qu'il leur faut
donner vne place, plus honorable que les parois du
temple, comme apres nous prouuerons.*

ci-apres,
chap. 12.

Resp. Ne desplaise au Iesuite. Le Concile
ne tesmoigne point qu'on peignoit les images
au Temple par honneur. Ains dit, Que les Peres n'ont point trouué bon de peindre les images aux Temples, *à fin que ce qu'on honore & adore, ne soit depeint aux parois.* Et par ces mots, *ce
qu'on honore & adore,* ils n'ont point entendu les
images, ains les choses qu'on vouloit representer par les images, c'est asçauoir Dieu, & les
Saincts.

Touchant ce qu'il adiouste, Que le Concile
defendant de peindre les images aux parois, ne
les chasse pas pour cela du temple, ains enseigne qu'il leur faut donner vne place plus honorable que les parois du temple, comme apres
il prouuera: Nous l'attendrons sur le chap. 12.
qu'il cotte.

7. En la Sect. 7. il dit, (selon l'opinion d'aucuns) *Que les images de Dieu ont bien esté defendues aux Iuifs: Mais qu'elles ne le sont pas aux
Chrestiens.*

Chrestiens, Et pourquoi? Son discours reuient
à cet argument,

A ceux ausquels il y auoit peril de prendre
occasion, par les images de Dieu, de se detraquer de la Loi, à bon droit les images de Dieu
ont esté defendues.

Aux Iuifs il y auoit peril de prendre occasion par les images, de se detraquer de la Loi,
parce que c'estoit vn peuple grossier & pueril:
Et vn tel peril n'est pas aux Chrestiens, parce
qu'ils sont plus auancez en aage de cognoissance.

Donc à bon droit les images de Dieu ont
esté defendues aux Iuifs, & ne le sont point aux
Chrestiens.

Resp. Ie nie la seconde partie de l'Assomption. Car le danger de prendre occasion de
se detraquer de la Loi par les images de Dieu,
n'est pas moindre aux Chrestiens, qu'aux Iuifs,
ains est commun aux vns & aux autres: Tes- *Aug. in Ps.*
moin ce que S. Augustin à dit; *Que nul ne peut* 115.
prier ou adorer, regardant vers les images, qu'il ne
soit touché, comme s'il estoit exaucé de là, ou qu'il
n'espere de là ce qu'il demande. Nul (dit-il) c'est à
dire, non plus les Iuifs que les Chrestiens,
& non moins les Chrestiens que les Iuifs. Et à *Cypr. de vã-*
cela se rapporte ce qu'a dit S. Cyprian, *Que les* *ni.Idol.*
esprits malins sont cachez és images, pour deceuoir
les hommes.

SVR LE CHAP. VII

1. DÉs trois façons suſdites de peindre, Richeome confeſſe que la premiere ne peut conuenir à Dieu ni aux Anges:
Mais ſi ſont bien les autres deux. Et pour la
premiere des deux, il la prouue; *Parce que l'hi-*
ſtoire de l'Eſcriture nous teſmoigne, que Dieu s'eſt
daigné ſouuent manifeſter aux hommes en figure
d'homme: Et les Anges de meſme.

2. Ce qu'il prouue derechef par pluſieurs
paſſages de l'Eſcriture, Daniel 3. Geneſe 3.
& 18. &c. Et là deſſus il conclud; *A ces patrons*
donc reglans nos images, nous pouuons figurer & pein-
dre Dieu & les eſprits, en la figure qu'ils ſe ſont mon-
ſtrez. Mais touſiours auec cette intention & prote-
ſtation, que nous ne croions point, que la nature de
Dieu inuiſible & incomprehenſible, ou celle des An-
ges, ſoit repreſentee au naturel par telles peintures &
figures, ains ſeulement la forme exterieure, en laquel-
le Dieu & les Anges ſe ſont fait voir aux yeux des
mortels.

3. C'eſt (adiouſte-il) *l'aduertiſſement du Con-*
cile de Trente ſur la peinture de Dieu.

4. Item; *l'aduertiſſement des Docteurs, Orige-*
ne, Damaſcene, & S. Auguſtin.

Reſp. L'Argument du Ieſuite eſt tel: Dieu
& les Anges ſe ſont faits voir ſouuent en figure
d'homme. Donc il nous eſt loiſible de les peindre & figurer en cette meſme figure. Ie nie la
conſequence. Car en premier lieu, Dieu & les

Anges se sont, manifestez aux Patriarches &
aux Prophetes en ceste figure, non qu'ils fussent
tels, ains d'autant que la vocation & charge
desdits Patriarches & Prophetes requeroit telles manifestations familieres. En second lieu
il y a dissimilitude aux exemples. Car premierement, Dieu se monstroit ainsi, ou faisoit
monstrer ses Anges à ses seruiteurs, selon son
bon plaisir, aiant liberté de se manifester en la
forme & façon qu'il lui plaist. Mais les hommes n'ont pas vne telle liberté, de le representer, ou les Anges, par des images, d'autant qu'il
l'a defendu. Secondement, ces figures estoient
accompagnées du tesmoignage de la presence
de Dieu, & en icelles Dieu parloit à ses seruiteurs, & les exauçoit. Ce qu'on ne peut pas dire, sans idolatrie, des images faites à ceste imitation. Tiercement, ces figures demeuroient
seulement durant le temps que Dieu s'en vouloit seruir, pour se manifester aux hommes, &
on ne les pouuoit tirer en idolatrie. Mais les
images de la Papauté sont retenues & gardées
és temples, pour representer ces manifestations, & en cela elles ont esté & sont encore occasion à plusieurs d'horrible idolatrie.

Touchant l'aduertissement du Concile de
Trente, il ne doit point tenir de rang en ce lieu:
Car ce Concile n'a esté qu'vn Conuenticule
de quelque peu d'Euesques, la plus-part Italiens & Espagnols, assemblez pour confirmer
les erreurs de l'Eglise Romaine, contre la parole de Dieu. Et quant à l'aduertissement des

Docteurs Origene, Damascene, & S. Augustin, il n'est rien de ce que le Iesuite leur attribue. Nous auons veu sur le chap. precedent
quel a esté leur aduis là dessus, bien contraire à
ce dit aduertissement.

5. En la Section 5. il nous fait monstre de
l'ancienne figure de la Trinité, non pas en
peinture, mais par quatre vers qu'il dit estre
de Paulin Euesque de Nole : *Où la celeste voix
signifie le Pere, le ruisseau le Fils, la colombe le S.
Esprit*. A quoi ie ne respon autre chose, sinon qu'il prouue l'idolatrie, par la prattique
d'icelle.

De là il vient à Caluin, auquel il attribue
d'auoir dit (respondant aux susdites manifestations de Dieu) *que Dieu voirement du temps de
la vieille Loy, & auparauant, a pris quelquefois
la figure d'homme, mais que cela estoit vn auant-ieu
de la future incarnation ; & qu'au nouueau Testament le S. Esprit, lors qu'il s'est monstré en figure de
colombe, cette figure disparut aussi tost, pour monstrer qu'il est inuisible*. Mais ie di, que le Iesuite impose à Caluin. Car Caluin n'a point dit,
que ce que Dieu a pris quelque fois la figure
d'homme, du temps de la Loi, *C'estoit vn auant-
ieu de la future incarnation*. Ces mots, *d'auant-ieu
& de la future incarnation*, ne sont point en son
texte. Il n'a pas parlé si irreueramment de ce
sainct mystere, l'appelant *Ieu*, & ce qui l'a precedé, *auant-ieu*. Voici ses Paroles : *Quant à ce*

*Inst. liu. 1.
ch. 11. sect.
3.*

*que Dieu iadis est apparu quelque fois sous la forme
d'vn homme, cela a esté comme vne ouuerture ou*

preparatif de la reuelation, qui deuoit estre faite en la personne de Iesus Christ. Parquoy (a-il adiou-sté) il n'a point esté licite aux Iuifs, sous ombre de cela, de se faire nulle statue humaine.

Or qu'est-ce que le Iesuite controle en cela? Ceste response (dit-il) est vn coq à l'asne. Il est question ici, si l'on peut figurer Dieu, comme lui-mesme s'est figuré, & non à quelle fin il s'est figuré. Nous demandons si cela se doit & peut faire : il respond pourquoi il a esté fait. Ce n'est pas respondre, mais s'enfuir. C'est esquiner le coup, & donner du nez en terre, dire des mensonges & choses impertinentes, pour colorer vne fausse opinion.

Resp. Mais bien cette response est tres-pertinente. Car pour sçauoir si l'on peut figurer Dieu à son imitation, c'est à dire, comme lui-mesme s'est voulu figurer & representer quelques fois aux hommes, il est necessaire de sçauoir pourquoi, & à quelle fin il s'est figuré & representé, & par consequent pourquoi, & à quelle fin on le doit & peut figurer & representer. Aussi dit-on, que tout Agent agit pour quelque fin : & que l'artizan n'est point prudent ni bien aduisé, qui fait vne besongne ou œuure sans sçauoir pourquoi.

6. Il poursuit son propos, & tasche de refuter les deux susdites raisons de Caluin. Car premierement (dit-il) il n'est pas vrai ce qu'il dit de cet auant-ieu de la future incarnation : veu que les trois personnes de la Trinité se sont monstrees en figure humaine à Abraham, & toutesfois Dieu le Pere & le S. Esprit ne se deuoient pas incarner.

Resp. I'ai desia dit, que Caluin n'a point
parlé comme le Iesuite le fait parler. Ie di en
outre, que ledit Caluin n'a pas touché toutes
les raisons, pour lesquelles Dieu s'est quelque
fois manifesté en forme humaine: Ains s'est
contenté d'en marquer vne, qui est la principale. D'abondant ie demande au Iesuite vn passage par lequel il puisse prouuer, Que les
trois personnes de la Trinité se sont manife-
stees en figure humaine à Abraham. Car il en
deuoit cotter quelqu'vn. S'il veut dire qu'il
Gen. 18. en y a vn au 18. chap. de Genese. Ie respon
qu'il tireroit ce passage par les cheueux. Vrai
Aug.de Tri. est que sainct Augustin l'a quelque fois enten-
l. 2. c. 11. du ainsi. Mais l'Apostre aux Hebrieux dit que
Heb. 13. 2. c'estoient des Anges, au moins les deux, puis
f. que l'vn des trois estoit יהוה, *Dieu*, comme il
appert Genese 18. 13. Et ainsi l'a exposé Thomas d'Aquin: & dit encore, que ce qu'Abraham les adora, asçauoir les deux, ce fut de
l'adoration de Dulie. Ainsi mesme l'a exposé
Richeome en son Discours des Saincts. chap.
7. Sect. 1. Mais il ne s'en est pas souuenu en
ce lieu.

Secondement, il est faux, que la Colombe dispa-
rut vistement, pour monstrer que le sainct Esprit
est inuisible. Car le sainct Esprit enseignoit mieux
son inuisibilité en ne se monstrant du tout point,
qu'en se faisant voir ce peu de temps. Ains au con-
traire se monstrant ce peu de temps en vne figure cor-
porelle, donnoit plustost creance de corps que d'esprit:
comme Iesus Christ faisoit foi de son corps ressuscité,

se manifestant & se retirant des yeux de ses Disciples par soudaines entrees & retraittes.

Resp. Voici les paroles de Caluin : *Le saincT Esprit est apparu sous la figure d'vn pigeon: Mais veu que cela s'est tantost esuanouy, chacun voit que les fideles ont esté aduertis par vn signe transitoire, & non pas de longue duree, qu'il faloit croire le sainCt Esprit inuisible: à fin que se reposans en sa grace & vertu, ils ne cerchassent nulle figure.* Caluin donc ne dit pas; Que la colombe ou pigeon disparut vistement, pour monstrer que le S. Esprit est inuisible. Ains que les fideles ont esté aduertis par ce signe transitoire, & non pas de longue duree, qu'il faloit croire le S. Esprit inuisible.

Touchant ce que le Iesuite dit; *Que le sainCt Esprit enseignoit mieux son inuisibilité en ne se monstrant du tout point, qu'en se faisant voir ce peu de temps.* Ie le nie.

Et quant à l'exemple de Iesus Christ, disant; *Qu'il faisoit foy de son corps ressuscité, en se manifestant & se retirant des yeux de ses disciples par soudaines entrees & retraittes.* Ie di qu'il faisoit foi de son corps resuscité, en se manifestant, & non point en se retirant des yeux de ses disciples. Car se manifestant, il leur disoit, *Voiez mes mains & mes pieds: Car ce suis-ie moy-mesme: tastez-moi, & voiez: Car vn Esprit n'a ni chair ni os, comme vous voiez que i'ai.* Et pour les asseurer mieux encore de la verité de son corps, *il mangea deuant eux.*

7. Nous approuuons la raison qu'il amene

Ii iiij

Inst. l. 1. c. 11. sect. 3.

Luc. 24. 39.

pourquoi la colombe disparut soudain au
Baptesme de Iesus Christ. Mais cela ne fait
rien, pour prouuer qu'on doiue continuer de
figurer & representer le S. Esprit en forme d'v-
ne colombe.

Il adiouste : *Que Caluin donc responde, s'il est
loisible, ou non, de figurer Dieu, selon le pourtrait
qu'il nous en a donné. S'il respond que non, comme
il fait, c'est sans donner raison de sa negation. Nous
au contraire en auons de bonnes pour fortifier nostre
affirmation.*

Resp. Caluin a respondu, qu'il n'est pas
loisible de figurer Dieu en aucune façon : & a
donné des raisons tres-pertinentes de sa negation, & entre toutes la defence que Dieu
lui-mesme en a faite, comme nous l'auons
couchee à la fin du chap. 5. Voions quelles
sont au contraire les bonnes raisons que le
Iesuite dit auoir pour fortifier son affirmation.

8. *Premierement* (dit-il) *l'Escriture par parole nous despeint & represente Dieu en la figure
qu'il s'est monstré aux hommes. Donc nous le pouuons representer & despeindre par le pinceau. Car
du pinceau & de la plume, de la parole & des couleurs, il n'y a autre difference, sinon que l'vn se rapporte aux yeux, & l'autre aux oreilles : L'vn est
pour vn pourtrait d'oreille, & l'autre d'œil.*

Resp. Caluin, Martir, Beze, Vrsin, & plusieurs autres ont respondu il y a long temps à
cet argument : Et ont dit en somme qu'il y a
dissimilitude entre ces metaphores de l'Escriture, & les images. 1. En ces metaphores la decla

Arg. 1.

ration eſt adiouſtee par l'Eſcriture, laquelle empeſché d'errer. Aux images il n'y-a nulle declaration. 2. En ces Metaphores on n'attache point le ſeruice de Dieu. Aux images on l'y attache. 3. Dieu a vſé de ces metaphores, par vne anthropopathie, pour ſubuenir à noſtre infirmité, & nous a permis auſſi d'en vſer parlans de lui. Des images Dieu n'a iamais voulu vſer, pour ſe repreſenter ou figurer, & n'a non plus voulu que nous en vſions pour le repreſenter ou figurer. Ains nous l'a defendu tres-eſtroittement.

9. *Secondement, Dieu enſeignant ſes Prophetes, non ſeulement il leur parle & ſe manifeſte à eux par paroles proferees ou eſcrites, mais encor par viſions & ſimilitudes corporelles, qui ſont autant de peintures de lui.* Et là deſſus il recite la viſion qu'eut Iſaie, comme elle eſt eſcrite en ſa prophetie chap. 6.

Arg. 2.

Iſa. 6. 1.

Reſp. L'Argument du Ieſuite eſt tel.

Si Dieu s'eſt repreſenté par des viſions aux prophetes, comme vn Roi en ſon throne: il nous eſt loiſible de le repreſenter tel par la peinture.

Mais l'Antecedent eſt vrai. Vrai donc eſt le conſequent.

Ie nie la propoſition. Car les prophetes ont eu de telles viſions, pour le temps ſeulement que l'vtilité de l'Egliſe le requeroit: & en ont eu autant en la façon qu'il a pleu à Dieu leur en donner. Mais l'vtilité de l'Egliſe ne requiert pas les images. Car ce ſont autant de Docteurs de vanité & de menſonge, ce dit l'Eſcriture. Et il ne plaiſt point à Dieu d'enſeigner les hommes par elles, ains par ſa parole. Car la foi ne vient point de la veuë, ains de l'ouie de la Parole, comme dit S. Paul.

Iſa. 44.20.
Ier. 10.8.
Heb. 2.18.

10. En la ſect. 10. il met ſon argument troiſieme contre Caluin; mais duquel argument il en fait trois,

Arg. 30.

Le premier eſt: Si Dieu n'eſt point iniurié par l'Eſcriture, quand elle le repreſente par la figure d'vn hôme: il n'eſt nő plus iniurié par la peinture, quand elle le repreſente en telle façon.

Rom. 10.17

L'Antecedent eſt vrai. Vrai donc eſt le conſequent.

Reſp. I'ai reſpondu à cet argument ſur la ſect. 2. de ce chapitre.

Le deuxieme Argument eſt, Dieu n'eſt point iniurié, quand en toutes ſes creatures il a peint quelque repreſentation de ſa grandeur, ſageſſe & bonté.

Donc il n'eſt point iniurié, quand on peint vne telle repreſentation par les images.

Reſp. En premier lieu, la conſequence n'eſt ni neceſſaire ni bonne. Si le Ieſuite en fait vn Syllogiſme en forme, la fauſſeté ſe cognoiſtra tout auſſi toſt. En ſecond lieu, ſi Dieu a peint & engraué aux creatures, qui ſont ouurages de ſes mains, les teſmoignages de ſa grandeur, ſageſſe, bonté &c. Pourquoi ne ſe contante on de ces creatures là, ſans les images qui ſont ouurage de la main des hommes?

Le troiſieme argument eſt: Dieu a creé l'hom

me à son image & semblance: Donc il est loisible de representer Dieu par la figure de
l'homme.

Resp. La consequence est fausse. Car l'image *Eph. 4. 24.*
de Dieu en l'homme, côcerne l'esprit ou l'ame,
veu qu'elle consiste en saincteté & iustice, tesmoin S. Paul. D'avantage, s'il est question de
ces images de l'homme pour representer Dieu,
pourquoi ne prend-on l'homme en soi-mesme,
qui est creé de Dieu, plustost qu'en son pourtrait, qui est vn ouurage de la main de l'hôme?

11. & 12. Les sections 11. & 12. contiennent
le quatrieme argument, concluant ainsi:

S'il n'est loisible de peindre Dieu, il n'est non *Argum. 4.*
plus loisible de le nommer.

Le consequent est faux; faux donc est l'Antecedent.

Resp. En vn mot ie nie la proposition. Car
Dieu a permis de le nommer: mais il n'a nullement permis de le peindre, comme il a esté
prouué ci dessus.

SVR LE CHAP. VIII.

EN ce chapitre il touche la seconde façon de
peindre Dieu & les esprits, qui est de les representer par figures mistiques & significati-
ues de la nature. Et en premier lieu, quant à
Dieu pour prouuer qu'on le peut peindre, lui
attribuant par similitude ce qui est propre à la
creature, il argumente ainsi és deux premieres
sections.

La saincte Escriture attribue à Dieu des mem- *section 1. &*
2.

bres humains, signifiant par là la nature & proprieté d'icelui.

Donc il est loisible de representer Dieu par des images.

Resp. Nous auons respondu à cet argument au chap. precedent en la sect. 8.

Il vient apres au deuant du danger qu'on allegue des images. *S'il y a danger* (dit il) *que la peinture ne nous face croire que la diuinité a la forme d'vn corps humain, qui estoit l'erreur des Antropomorphites, & nous induise à idolatrie : il en y a plus, que Dieu mesme & l'Escriture l'ait fait par paroles.*

Resp. Cela ne peut estre. Car l'Escriture s'explique elle mesme : ce que la peinture ne fait pas. Ains est tousiours occasion d'idolatrie aux infirmes, tesmoin l'experience du temps passé & present. Et est scandale aux Iuifs, aux Turcs & aux Paiens, & matiere de blasphemer contre l'Euangile.

3. Mais il allegue sur cela deux remedes. Le premiere est, *Qu'on lise l'Escriture, laquelle enseigne que Dieu est vn esprit, qui est par tout, qui voit tout, qui est infini, inuisible & eternel.*

Resp. C'est donc ce que ie vien de dire, que l'Escriture s'expose elle mesme, ce que la peinture ne fait pas. Et partant nous nous deuons tenir & arrester à icelle, sans entreprendre de representer Dieu par aucune figure corporelle, puis que la mesme Escriture nous le defend.

4. Le second remede est, *Que les Docteurs de l'Eglise, en la chaire, à l'Escole, & en leurs liures,*

barrent le chemin à ce danger, par la declaration qu'ils font à toutes occurrences de tel langage & de telle peinture.

Resp. Dieu veut que les images soient hors non seulement de nos esprits, mais aussi de noftre veuë : commandant en termes exprez de nous abstenir du mal, & de toute apparance de mal. D'auantage, noftre esprit est si enclin à idolatrie & superstition, que les images s'insinuent aisement de la veuë au cœur, pour peu de couleur qu'on y voie. Outre plus, s'il faut oster les images de nos cœurs par la doctrine, pourquoi les voulons-nous presenter à nos yeux ? Car Dieu ne defend-il pas, non seulement de les adorer, mais encore de les auoir pour religion?

Theff. 5. 22.

5. 6. 7. 8. Nous consentons volontiers à ce qu'il adiouste és sect. 5. 6. 7. 8. touchât la raison pourquoi l'Escriture vse de mots metaphoriques parlant de Dieu : Item comment par les creatures visibles nous cognoissons Dieu inuisible, & de la façon d'enseigner familiere à Iesus Christ par similitudes. Mais cela ne fait rien contre nous, ni pour le Iesuite en cette matiere des images.

SVR LE CHAP. IX.

1. La section premiere de ce chapitre est sans raison, disant, *Que combien qu'il soit loisible de peindre Dieu és façons susdites, tant y a qu'il y faut vser de moderation, & qu'on ne peut pas exposer au tableau tout ce qui se lit & se*

voit de Dieu en la sainɛte Escriture, à cause du dan-
ger. Comme par exemple, la sainɛte Escriture appelle
Dieu Feu & Soleil. Il n'est pas pourtant licite d'en
faire vn pourtraict, à fin d'y reprefenter Dieu. Et
pourquoi? Car cela fauoriseroit l'erreur des Paiens,
qui adoroient le Feu sous le nom de Vulcan: Et le
Soleil sous le nom de Phœbus & Apollon. Authori-
seroit aussi l'herefie des Manicheens, qui croi-
oient que le Soleil estoit Iesus Christ, comme tes-
moigne S. Augustin.

Aug.in
Ioan.tract.
3. 4.

Resp. l'argumente ainsi contre Richeome.

Si l'on peut peindre & représenter Dieu tout
ainsi que l'Escriture sainɛte le représente, l'on
le peut faire par le feu, par le Soleil, & par toutes les autres choses, aussi bien que par l'homme : puis que l'Escriture n'y met point d'exception ni de difference.

L'Antecedent est vrai, selon le dire de Richeome. Vrai donc est le consequent.

Et quant au danger, i'argumente derechef
ainsi.

S'il y-a danger de représenter Dieu par le
Feu, & par le Soleil, d'autant que cela fauoriseroit l'erreur des Paiens, qui adoroient le Feu
sous le nom de Vulcan, & le Soleil, sous le
nom de Phœbus & d'Apollon: il en y-a autant
pour le moins de le représenter par l'homme,
d'autant que cela fauoriseroit l'erreur des Anthropomorphites, qui estimoient Dieu estre
corporel, & auoir des mêbres comme l'hôme.

L'Antecedent est vrai, ce dit Richeome.
Vrai donc est le consequent.

Quand il adioufte, *que partant ceux qui autre fois pour reprefenter la fainéte Trinité, ont peint vn homme à trois vifages, ont fort fcandalizé les gens de bien* : Par la au moins il condamne les papiftes, qui de leur temps ont peint en leurs temples trois vifages en vn, pour reprefenter la Trinité. Mais cela eft fans propos. Car la fainéte Efcriture ne nous reprefente point Dieu en cette figure.

2. Et pour les Miniftres de Hongrie, que le Iefuite dit *auoir fait peindre la Trinité au patron de pires images, les expofant à la rifee du peuple, comme on expoferoit des figures fabuleufes d'vn Gerion, Cerbere, Ianus, & femblables monftres.* S'ils ont fait cela pour la fufdite reprefentation d'vn homme à trois vifages, ils ne l'ont point fait fans fuiet. Comme ils ont peu dire, (& de Beze l'a dit) que quand les papiftes reprefentēt vn vieil homme habillé comme le pape de Rome, en la bouche duquel il femble qu'vn pigeon vueille efmutir, & tenant l'image d'vn crucifix entre fes bras (images qu'on ne peut nier eftre mifes en plufieurs temples papiftiques) cela eft fi deteftable pour reprefenter la gloire eternelle & Maiefté incomprehenfible de Dieu, que les Anthropomorphites n'ont iamais fait œuure femblable.

3. De dire qu'ils aient fait comme Cham, ou pis que Cham, rien moins. Car les abus de l'Eglife romaine ont efté affés defcouuers fans eux iufqu'ici, par fes propres officiers, & nommement par les Iefuites Bellarmin, Richeome,

& quelques autres, quoi qu'ils aient tafché de les couurir puis apres.

4. Nous condamnons auec lui les figures Hierogliphiques des Egiptiens, pour reprefenter Dieu : qui eftoient vn œil fur la pointe d'vn fceptre, vn efperuier, & vn crocodile. Comme nous condamnons fans lui & contre lui, les images de la papauté, par lefquelles on reprefente Dieu fous la figure d'vn homme. Car toutes telles reprefentations font iniure à Dieu, comme nous auons dit ci deuant.

5. 6. 7. Et quant aux deux regles qu'il met pour les peintres, nous ne les trouuons point iuftes ni droites. *La premiere eft, qu'on fe doit contenter pour la Trinité, de peindre le Pere & le Fils en figure humaine : & le Sainct Efprit en forme de colombe.* Ce font ces figures que la faincte Efcriture & les anciens Docteurs condamnent entre les autres, comme nous auons veu ci deffus, au chap. 6. fect. 3. 4. 5

8 *La feconde regle eft, qu'il ne foit loifible à perfonne d'expofer au téple & lieu facré aucune image nouuelle, fans le congé de l'Euefque, lequel n'en donra qu'apres auoir bien confulté auec les theologiens & autres gens de fçauoir & de vertu, de ce qu'il faudra octroier felon Dieu & confcience.* Refp. Voila dóc les images beaucoup tenues & redeuables à Monfieur l'Euefque, puis que par fon authorité elles font efleuees pour eftre adorees, quoi qu'il en foit, de l'adoration de Dulie. Et cependant les autres pieces de bois, ou de pierre, ou d'autre matiere, dont ces images ont efté tirees

demeurant

demeurent fans aucun grade d'honneur & de
feruice. Cela fait fouuenir du tronc de figuier
introduit par Horace efleué en idole, qui difoit
*I'efloi iadis vn tronc de figuier, vne piece inutile de
bois, quand le mennifier eftant en doute de ce qu'il en
deuoit faire, a mieux aimé que ie fuffe vn Dieu.*
N'eft-ce pas merueille, que les hommes terriens, foient Euefques ou Confeillers d'Euefques, defquels en refpirant la vie s'efcoule, pre-
fument de tranfferer par leur credit & iugement à vn tronc de bois fec, ou à vne pierre froide, le nom & l'honneur de Dieu, ou d'vn Sainct,
finon en tout, au moins en partie? Mais c'eft vn
poinct conclu & arrefté par les Efcritures, que
Dieu defend de faire aucunes images pour les
honorer & feruir, ou Dieu par icelles.

Hor. 1. ferm̃
Satyr. 8.

SRV LE CHAP. X.

1. *C*Omme l'on peut reprefenter Dieu en
deux manieres, ce dit le Iefuite: *Auffi
fait-on les Anges. Premierement à la premiere façon qu'auons expliquee, fçauoir eft de peindre au patron de l'hiftoire, qui nous defcrit quelque appari-
tion d'Ange.* Là deffus il allegue plufieurs paffages de l'Efcriture, par lefquels il confte que
les Anges font apparus maintesfois en forme
humaine.

Refp. Nous emploions ici ce que nous auons
dit ci deffus plufieurs fois, c'eft affauoir, qu'il
eft bien loifible d'auoir des images des creatures, pourueu qu'elles foient hors des temples,

Kk

& sans peril d'idolatrie, de superstition, & de
scandale, & soient faites seulement pour l'vsage politique &.historial, ou pour vn honneste
ornement. Mais il n'est loisible en aucune fa-
con de faire des images, soit des Anges, ou des
saincts, ou de quelconques autres creatures,
en matiere de religion, pour les honorer & seruir, ou Dieu par icelles. Et la raison est, parce
que Dieu l'a defendu. Exo. 20. vers. 4. 5. 6.
Deut. 5. vers. 8. 9. 10.

2. En la sect. 2. il monstre (ou pretend mô-
strer) comment la peinture des choses inuisibles,est vraie. *Et combien que telle peinture (dit-il)*
ne represente pas la nature des Anges, qui est inuisi-
ble, & incapable de prendre couleur, mais seulement
l'apparence, elle n'est pas pourtant fausse: d'autant
qu'elle monstre dehors par representation à l'œil, ce
que l'œil a veu realement au dehors: ne plus ne moins
que la peinture de l'arc en ciel, de couleur iaune, rou-
ge, & verte, n'est pas fausse, ni celle qui represente le
ciel par l'azur, ou la mer par le vert azuré: encore
que realement il n'y ait aucune couleur, ni en l'arc ni
au ciel, non plus qu'en la mer.

Resp. Ie passe les exeples que le Iesuite produit de l'Arc en Ciel, & du Ciel, & de la mer,
disant quen ces choses il n'y-a realement aucune couleur. Car selon la doctrine d'Aristote,
entre les choses qui se voient, les vnes se voient
par leur couleur, les autres par leur lumiere,
comme le Ciel, le Feu, l'Air, l'Eau, & autres creatures celestes, qui n'ont point de couleur à
proprement parler.
Mais ie di que sa raison est inepte & impertiné-

Arist. cap. 7.
lib. 2. de A-
nimo.

te. Car ce qui ne reprefente vne chofe qu'en
apparence feulement, & non point realement,
n'eft point vrai, mais faux. La peinture des Anges (felon le dire du Iefuite) ne les reprefente
qu'en apparence feulement, & non point realement. Donc vne telle peinture n'eft point
vraie, mais fauffe.

En outre: Toute image qui reprefente ce qui
n'eft pas, eft vne idole, ç'à dit le Iefuite ci deuant en la definition d'idole. Les images des
Anges reprefentent ce qui n'eft pas. Car elles
les reprefentent corporels, & ne le font pas.
Donc les images des Anges font des idoles.

3. Secondement, on peut faire l'image des Anges
à la regle de la feconde maniere de peindre les chofes
fpirituelles, qui eft par fimilitude & myftique fiction,
tiree conuenablement de la nature de la chofe peinte.
Suiuant cette façon on peint les Anges auec des ailes,
pour fignifier leur extreme viſteffe à fe porter d'vn
lieu en vn autre. &c.

Refp. Si ces peintures font faites pour religion, à ce qu'elles foient honorees ou feruies,
ou Dieu par icelles, elles defplaifent à Dieu,&
font condamnees.

4. La fect. 4. eft fuperflue & inutile: Car les
peintures des Diables, ni les Diables mefmes,
ne viennent point en conte, pour eftre honorez & feruis, fi ce n'eft entre les Calecutiens, &
autres tels peuples barbares & profanes.

5. Cette façon de peindre les Anges eft fondee fur
la fainðe Efcriture. Car nous voions que Moyfe fit
des Cherubins auec des ailes : & Salomon apres lui.

Iſaïe decrit les Seraphins couuerts de quatre aiſles,
& volans de deux. &c.

Reſp. Quant à la deſcription qu'Iſaïe & les
autres Prophetes font des viſions qu'ils ont
euës des Anges, nous en auons rendu raiſon ci
deſſus, au chap. 7. ſect. 2. 3. 4. Touchant l'argument de Richeome, qui eſt tel,

Exo.27.31.
1.Rou.6.23
Moyſe & Salomon ont fait des Cherubins.

Donc il nous eſt loiſible d'en faire comme
eux, & les colloquer en nos temples.

Ie reſpon trois choſes. 1. Les Cherubins &
autres ſtatues de Moyſe & de Salomon, ont
eſté en partie pour l'ornement du Temple: & en
partie ont eſté des figures des choſes ſpirituelles, au temple typique & figuratif. Mais au nou
ueau Teſtamét tel ornement n'eſt point necéſ-
ſaire : & puis que les figures de la Loi ont pris
fin, l'exemple des Cherubins & des autres ſtatues anciennes ne doiuent point eſtre miſes ni
tirees en conſequence. 2. Les ſtatues de Moyſe
& de Salomon aüoient commandement ſpe-
cial. Mais les images de l'Egliſe romaine n'en
ont point de tel, & le general les defend. Exo.
20. 4. 3. Les ſtatues de Moyſe & de Salomon
eſtoient telles, qu'on ne les pouuoit tirer aiſement en vſage ſuperſtitieux. Mais les images
de la papauté, le contraire: comme l'experience l'a teſmoigné, & le teſmoigne encore.

6.7.8. Des diables nous n'auons pas tableaux exprez
en la ſainĉte Eſcriture, comme des bõs anges. Nous en
auons neantmoins des deſcriptions, qui valent autant
que la peinture. &c.

Resp. Ie passe ceci, & entierement les sections 6.7.8. comme superflues, ainsi que iai dit de la sect. 4.

9.10. Les deux dernieres sect. sont aussi hors de dispute. Car nous accordons que les vertus & les vices, la vie & la mort, & telles choses spirituelles & inuisibles, se peuuent descrire & pein dre, mais par fiction, & pour ornement, & le tout encore pourueu qu'on n'en emploie rien a aucun seruice diuin, & que tout danger d'idolatrie & de superstition en soit osté.

SVR LE CHAP. XI.

1. NOVS auons vuidé les deux premiers poincts, respondu aux argumens aduersaires, & prouué qu'il est loisible de faire des images de Dieu, des Anges, & des choses inuisibles Resp. Ne desplaise au Iesuite. Cela est encore à faire.

Il faut maintenant decider le troisieme, & monstrer qu'il est loisible de colloquer les images de Dieu & des saincts au temple, & de les honorer. Resp. Ici le Iesuite trauaillera en vain. Voions donc sa procedure, & comment il refutera les argumens de Caluin. Car c'est par là qu'il commence.

2. Le premier argument de Caluin (dit-il) est pris de l'authorité de l'Eglise primitiue. L'Eglise (dit Caluin) s'estoit passee communement d'images aux temples les cinq cens ans premiers. Et veut inferer, Il faut donc maintenant à l'exemple de l'Eglise premiere, comme estant alors en sa pureté, se passer

d'images. C'et argument est vn coup de Canon sans bale, & vn grand mensonge.

Resp. I'ai representé ci deuant sur le chap. 6. sect. 6. la sentence de Caluin, où i'ai dit que ce mot *communement* est à noter. Voiez le lieu. Et cependant nous prendrons garde à la contre-batterie du Iesuite. Car il veut prouuer, *Qu'il n'y a rien si euident aux Histoires que l'vsage des images, és cinq premiers siecles.* Il dit donc en en premier lieu:

Nous auons noté de temps en temps, qu'il y a eu des bris-images, Iuifs, Samaritains, & heretiques, dés le commancement de l'Eglise de Iesus Christ: qu'ils les brisoient aux temples, quils appelloient pour cela les Chrestiens Idolatres.

Resp. C'a esté au chap. 3. qu'il l'a pretendu noter. Mais il s'y est trouué court. Car des bris-images des cinq cens ans premiers, il n'a allegué sinon les Iuifs & les Sarrazins, sans en reciter toutesfois aucun tesmoignage; non plus que Bellarmin: si ce n'est qu'il dit que cela se trouue au Thalmud, lequel cependant il confesse estre plein de fables & resueries. Sur quoi nous auós respondu, & refuté son opinió.

Tert. lib. de pudic.
Mat.18.12
Luc.15. 4.

3. Secondement il cite Tertullien. *Tertullien escrit* (dit-il) *au liure de la pudicité, que Iesus Christ estoit depeint aux calices de l'Eglise Catholique, en forme de pasteur portant la brebis egaree sur ses espaules: qui estoit la peinture de la parabole que le mesme fils de Dieu auoit donnee. Or les calices se mettoient au lieu plus sacré du temple, assauoir sur l'Autél. Les images donc auoient leur place aux temples.*

Resp. Vne telle histoire peinte aux calices ou coupes dont on se seruoit pour la saincte Cene, ne fait rien pour cette cause. Car elle ne seruoit que d'ornement: & la peinture n'y estoit nullement adorée du peuple. D'auantage les coupes ou les calices n'estoient point laissez d'ordinaire sur la table ou autel, ains y estoient portez lors seulement qu'on celebroit le Sacrement.

Tiercement, *Damase a laissé par escrit en la vie de Syluestre, que Constantin le grand auoit fait mettre l'image de nostre Seigneur, des douze Apostres, & de quatre Anges en l'Eglise de S. Iean de Latran. Ie laisse à dire de l'image d'or de l'Agneau, & autres, images du Sauueur, & de S. Iean, nous l'auons ci deuant dit.*

Resp. Bellarmin recite ceci plus clairement, & dit : *Que Damase escrit en la vie de Syluestre, que Constantin posa au lieu où il fut baptizé vn Agneau d'or trespur: à la dextre de l'Agneau vne statue d'argent du Sauueur, & à la senestre vne statue d'argent de Iean Baptiste. Et qu'en l'Eglise de Latran il posa des images d'argent du Sauueur, des douze Apostres, & de quatre Anges,*

Bell. tom. 1. De imagin. l. 2. c. 9.

Mais ie respon, que c'est vn Pape qui a escrit cela de Constantin. En outre, quand bien le fait seroit tel, il ne faudroit point pourtant cuider en prendre renfort pour les images. Car l'Empereur Constantin fut long temps qu'il ne pouuoit se desuelopper des superstitions Ethniques & Paiennes, sa femme Fausta l'entretenant en icelles. Et apres qu'il eut esté baptizé, il embrassa voirement la religion

Chreſtienne auec grande ardeur, mais plaine
cependant de ſuperſtition. Il fit baſtir pluſieurs
temples non neceſſaires, & par trop ſomptu-
eux. Par ſon conſentemẽt & adueu (l'erreur
ſe gliſſant en l'Egliſe) pluſieurs ceremonies nõ
conuenables à la Parole de Dieu, furent intro-
duites. Et partant il ne faut pas trouuer eſtran-
ge, ſi cuidant honorer Ieſus Chriſt & les ſainᵭs,
il fit ce que Damaſe recite de lui. Au demeu-
rãt, vne arondelle ne fait pas le printemps. Cõ-
ſtantin a fait poſer des images de Ieſus Chriſt,
& des Anges, & des ſainᵭs au temple de Latran, & au lieu où il fut baptizé. Donc les images eſtoient en vſage en l'Egliſe Catholique, &
par toutes les Egliſes particulieres, les cinq
cens premieres annees apres Ieſus Chriſt. Il ne
s'enſuit pas.

Cette reſponce ſeruira à ce que Richeome adiouſte des teſmoignages de Sozomene, Nicephore, Euſebe, Gregoire Nazianzene, & Gregoire de Nice. Car Caluin n'a pas dit abſolue-
ment qu'és cinq premiers ſiecles il n'y auoit
point d'images aux temples: ains que *communement* il n'en y auoit point: c'eſt à dire, elles y e-
ſtoiét bié rares, & preſque il n'en y auoit point.

Quant à la Meſſe attribuee à Chryſoſtome,
nous auons dit ſouuent qu'elle eſt ſuppoſee. Et
autant en diſons-nous de ce qu'on attribüe à
Euodius, ſi cet Euodius eſt celui qui fut le premier Eueſque d'Antioche.

Touchant Prudentius, qui a veſcu ſous Honorius & Theodoſius, & qui enuiron l'an 400.

en

en l'*Hymne de S. Caſſian, dit auoir veu l'image
d'icelui deſſus l'Autel.* Et Paulinus, qui fut du
temps de S. Auguſtin, l'an 428. à qui le Ieſuite
attribue ce qu'il dit : Il eſt certain que de ce
temps-là (comme de Beze a eſcrit) d'autant
que les Chreſtiens s'aſſembloient volontiers
en certains lieux, où les plus renommez Martyrs auoyent eſté enterrez (choſe dont le diable s'eſt ſerui puis apres) on commença à peindre aux parois l'hiſtoire de ces Martyrs. Mais
ç'a eſté ſeulement en certaines Egliſe, qui com-
mençoyent de ſe corrompre, & non en toutes,
ni en la plus grand part. Et auſſi à cette occaſion le Concile Elibertin (duquel il a eſté parlé ci-deuant, & en faudra parler encore ci-a-
près) ordonna que ces peintures ne ſe feroient
plus és Egliſes, de peur que ce qui doit eſtre a-
doré & ſerui par les Chreſtiens, ne ſe trouuaſt
peint aux parois.

5. Sous la meſme reſponſe, ſoit pour le regard de la ſuperſtition des noueaux introduits
en la religion Chreſtienne, ou du commencement de ceſte couſtume de peindre des images
és parois, nous faiſons paſſer ce que le Ieſuite
dit de *Pulcheria* Emperiere, de Valentinian le
ieune, & de ce que teſmoignent S. Auguſtin,
S. Gregoire, & Adrian Pape, premier du nom.
Combien que les deux derniers teſmoins ou-
trepaſſent les cinq premiers ſiecles. Car Gré-
goire a eſté l'an 606. ou vn peu deuant. Et A-
drian, l'an 772.

6. Oyons donc la concluſion du Ieſuite.

Nous faiſons donc (dit-il) ce petit rondeau.

Ce que l'Egliſe ſainɛe a fait, eſt ſainɛt, & ſelon Dieu.

L'Egliſe eſtoit ſainɛe, & en ſa pureté les cinq cens ans premiers, comme vous dites, & mettoit les images aux temples, comme nous auons prouué.

C'eſt donc vne choſe ſainɛe & ſelon Dieu de mettre les images aux temples & lieux ſacrez.

Reſp. Ie diſtingue la propoſition. Ce que l'Egliſe ſainɛe a fait, eſt ſelon Dieu. Voire, ſi ſi elle l'a fait ſuiuant la parole de Dieu, & la conduite du S. Eſprit. Autrement non. Icy ſe preſenteroit la queſtion, Si l'Egliſe peut errer. Dequoi nous auons diſcouru bien amplement en noſtre Traitté de l'Egliſe, imprimé l'an 1577. Ou nous auons dit en ſomme, Que l'Egliſe Catholique & Vniuerſelle ne peut errer: c'eſt aſçauoir toute. Car la lumiere de la verité eſt touſiours conſeruee en l'eſprit d'aucuns. 1.Tim.3.15 Dont auſſi elle eſt appellee *Colomne & appui de verité*. Mais quelques Egliſes particulieres, membres de la Catholique peuuent errer, & errent, quand elles ſe deſtournent de leur chef, & n'oyent point, & ne ſuiuent la voix de leur Paſteur.

Quant à l'Aſſomption, ie la diſtingue auſſi en ſes deux chefs. L'Egliſe eſtoit touſiours ſainɛe les cinq premiers ſiecles apres Ieſus Chriſt, Voire l'Egliſe Catholique: & l'a touſiours eſté. Touchant les Egliſes particulieres, elles ont auſſi eſté ſainɛes de ce temps-là, combien qu'en aucunes il y ait eu quelques ri-

dés : Mais lesquelles n'ont point empesché
qu'elles n'ayent esté appellees Sainctes, retenans le bon & vnique fondement, qui est Iesus Christ. Comme S. Paul ne laisse pas d'appeller sainctes, les Eglises de Corinthe, & de
Galatie, nonobstant quelques deffauts & erreurs qu'il reprend en elles. Nous disons donc
sur l'autre chef, l'Eglise saincte durant ces cinq
siecles premiers, mettoit les images aux
Temples. Ie le nie de l'Eglise Catholique. Ie
le nie aussi des Eglises particulieres pour la
plus part: lesquelles se sont conseruées en pureté de doctrine, & ont detesté les images,
comme nous auons prouué ci-dessus. Que si
les images ont eu lieu en quelques Eglises, ç'a
esté vne corruption en elles. Mais vne partie
ne fait point le tout, comme nous auons dit,
que Caluin entend ainsi ce qu'il en a escrit.

SVR LE CHAP. XII.

1. LE second argument de Caluin & vostre, est pris du Canon 36. du Concile d'Eli-bere, ville d'Espagne, tenu l'an 322. trois ans apres le premier Concile de Nice.

Resp. Touchant le temps de ce Concile, Bellarmin est contraire à Richeome. Car il dit, qu'il a esté celebré deuant le Concile de Nice. Mais il est incertain en quel temps il a esté conuoqué. Les vns disent que ç'a esté du temps du Concile de Nice. D'autres deuant, comme Bellarmin. D'autres apres, comme

Can. 36. du Conc. Elib.

Bell. tom. 1. de Imagin. l. 2. c. 9.

Richeome. Voions le Canon 16. dont il s'a-
git-ici.

En ce Canon (confesse Richeome) *Les peres
assemblez parlent ainsi : Il nous a semblé bon, qu'il
n'y ait point de peinture en l'Eglise, de peur que ce
que l'on honore & adore, ne soit aux parois.*

Resp. Caluin l'a ainsi cité, s'en seruant
contre les images peintes. Mais Richeome allegue cinq raisons à l'encontre.

La 1. raison est : *Que ce Concile ne fut que d'u-
ne prouince assemblee de XIX. Euesques seulement:
& qu'estant prouincial, il ne peut aucunement preiudicier aux generaux, qui depuis ont arresté l'vsage
des images aux temples.*

Resp. Bellarmin & Richeome disent cela :
mais ils n'en alleguent aucune preuue. Et ie di
quoi qu'il en soit, qu'au moins le Decret de
Gratian a approuué & authorisé ce Concile.
Car il en a allegué 16. Canons, en 16. diuers
lieux.

La 2. raison est ; *Que tel Decret fut fait par
crainte des tyrans Paiens, qui regnoient encore en
Espagne, & demolissoient les temples, & profanoient
tout: & que cette crainte est hors de saison maintenant.*

Resp. Contre cette raison i'en replique deux,
L'vne est, que si ce Concile a esté celebré trois
ans apres le Concile de Nice, comme Richeome a dit, cette crainte estoit hors de saison.
Car l'Empereur Constantin, qui auoit fait
conuoquer ledit Concile de Nice contre Arrius, emploia toute sa puissance au fait de l'E-

glife, pour la maintenir & augmentér. L'autre
eſt que ce Canon du Concile Elibertin ne conuient guiere auec cette raiſon du Ieſuite, par la
confeſſion méſme de Bellarmin. Car ce Ca-
non ne dit pas, *de peur que les tyrans ne les profa-*
nent : ains, *de peur que ce qu'on ſert & adore ne ſoit*
peint aux parois.

La 3. raiſon eſt; *Que ce Canon eſt fait pour la*
reuerence des images, tant s'en faut qu'il les condam-
ne. Ce qu'il prouue par l'expoſition qu'il en
donne.

2. *Le ſens eſt,* dit-il, *Nous auons trouué bon*
qu'il n'y ait aucune peinture en l'Egliſe, c'eſt à dire,
aucune image de celles qu'il faut tirer aux parois.
La raiſon eſt, à fin que ce que l'on reuere & adore ne
ſoit expoſé en vn lieu ſuiet à corruption, & demoli-
tion, peu honorable & peu ſeant.

Reſp. Il veut donc dire, que cette defence
de peindre des images aux parois, a eſté faite,
de peur que le lieu ne fuſt point aſſez honorable pour elles, veu l'honneur & l'adoration
qu'on leur doit. Et partant qu'il les faloit colloquer en des lieux plus honorables & moins
contemptibles. comme i'ai dit ci-deſſus. chap.
6. Seɛ̃t. 6. Mais nous auons dit ſur ce meſme
lieu, que *par ce qu'on ſert & adore,* le Concile
n'entend pas les images, ains ce qu'on vouloit
repreſenter par icelles, c'eſt aſçauoir, Dieu &
les Sainɛts. Parquoi de ce Canon i'argumente
ainſi, au moins, contre les images de la Trinité
le Pere, le Fils, & le S. Eſprit.

Ce qu'on ſert & adore, ne doit point eſtre

peint aux parois .

Le Pere, le Fils, & le S. Esprit sont ceux que on sert & adore.

Donc le Pere, le Fils, & le S. Esprit ne doiuent point estre peints aux parois.

3. La 4. raison est, *Que si ce Decret eust esté contre les images, Claude Euesque de Turin, de ce siecle-là grand ennemi des images, & Espagnol de nation, ne l'eust pas ignoré: & le sachant n'eust pas failli d'en faire vn estançon pour appuier le credit de son heresie .*

Resp. Ie ne respons ici autre chose, sinon que le Iesuite sçait bien, qu'vn argument qui concerne l'authorité & le testmoignage des hommes, ne vaut rien *à non dicto.* Vn tel n'a rien dit d'vne telle chose. Donc elle n'est point. Il ne s'ensuit pas.

4. La 5. raison est prise de l'authorité de quelques Conciles, lesquels il oppose à cettui d'Elibere.

Le 1. est, *Le second Concile de Nice, composé de 350. Euesques: qui est appellé le 7. Concile general: auquel les images ont esté confirmees.*

Resp. Ce Concile n'a point esté legitime, comme nous l'auons prouué ci dessus, sur le chap. 2. sect. 1. & chap. 3. sect. 8.

Le 2. est; *Le huistieme Concile general celebré en Constantinople, de 383. Euesques, où le mesme a esté conclu & decreté.*

Resp. Ce Concile a esté vn conuenticule, celebré enuiron l'an 870. ou selon aucuns 900. Auquel l'idolatrie des images, & autres articles profanes de la Papauté ont esté establis.

Le 3. *Le Concile Romain national, celebré sous Gregoire 3. & assisté presque de 1000. Euesques, l'an 733.*

Le 4. *Le Concile de Gentilli lés Paris, l'an 766.*

Le 5. *Le Concile de Latran, de 153. Euesques, sous Estienne 4. present Charlemagne, tenu l'an 773.*

Resp. Ces trois derniers n'ont esté que Nationaux, & desquels nous en disons autant que des deux premiers.

Si Richeome nous demande, pourquoi c'est que nous reprouuons ces Conciles : nous lui demandons reciproquement, pourquoi c'est qu'ils reprouuent ceux qui s'ensuiuent.

1. Le Concile general d'Antioche celebré *Voiez Bell.* l'an 345. qui estoit l'an cinquiesme de Con- *de Concilius.* stantin. *L. 1. c. 6.*

2. Le Concile general de Milan, de plus de 300. Euesques, l'an 354. du temps du mesme Constantin.

2. Le Concile general d'Arimine, de 600. Euesques, l'an 363. sous le mesme Empereur.

4. Le Concile deuxieme d'Ephese, du temps de Theodose le ieune, l'an 449.

5. Le Concile general de Constantinople, sous Leon Isaure, contre les images, l'an 730.

6. Le Concile de Constantinople, sous Constantin Copronyme, l'an 755. composé de 338. Euesques, aussi contre les images.

7. Le Concile de Pise, l'an 1511. congregé par l'Empereur, & le Roy de France, & quelques Cardinaux, contre Iule 2.

8. Le Concile de Vvittemberg, qu'on appelle le General de Luther, de 300. Pasteurs, l'an 1536.

Si Richeome & ses semblables respondent, qu'ils reprouuent ceux-ci, qui sont tous Generaux, comme dit Bellarmin, à cause des erreurs qui y ont esté establis ou confirmez : Nous respondons aussi, que nous reprouuons ceux-là, & autres semblables, & entre tous le Concile de Trente, commencé l'an 1545. & fini l'an 1563. pour la mesme raison. Mais nous adioustons, que si on vient à l'examen des vns & des autres, nous-nous asseurons qu'on trouuera , qu'à meilleur droit nous reprouuons ceux-là, qu'ils ne reprouuent ceux-ci.

Au reste, si nous reprouuons en partie seulement lesdits Conciles, & en partie les approuuons, & tout de mesme certains autres Conciles, en quoi pouuons-nous estre coulpables? *Bell. Tom. 1 de Conciliis. l. 1. c. 5. 6. 7. 8.* Bellarmin n'a-il pas escrit, qu'il y a certains Conciles Generaux approuuez par eux ? Certains autres Generaux reprouuez ? D'autres non manifestement approuuez ni reprouuez? D'autres en partie confirmez, & en partie reprouuez? Et de ce dernier rang il en nomme six.

1. Le Concile General de Sardes, de 376. Euesques, celebré l'an 351.

2. Le Concile General Symiense, celebré cinq ans apres le susdit.

3. Le Concile Quinisexte, où sont contenus les Canons du Concile de Trulle.

4. Le

4. Le Concile de Francfort, tenu l'an 794.

5. Le Concile de Constance, d'enuiron 1000. Peres, commencé l'an 1414. & fini l'an 1418. Duquel Concile les premieres Sessions sont reprouuees par les Conciles de Florence, & de Latran dernier, d'autant qu'en icelles les Peres ont conclu, que le Concile est par dessus le Pape, & les autres Sessions approuuees par Martin V. sont receues de tous les Catholiques.

6. Le Concile de Basle, commencé l'an 1431. & continué à Basle, & depuis à Lausane, iusques à l'an 1449.

Bellarmin a escrit tout ceci aux lieux sus cottez.

SVR LE CHAP. XIII.

1. EN ce chapitre Richeome tasche de refuter le troisieme argument de Caluin, qui est pris de l'Epistre 46. de S. Augustin, & de ce qu'il a escrit sur le Pse. 115. en trois endroits, & dont ledit Caluin recite les sentences en son Institution, combien qu'il n'en cotte point les lieux, mais elles sont au lieu cotté en cette marge. Item de ces paroles de S. Iean, *Enfans gardez vous des idoles*. Et dit le Iesuite pour toute responce, *Que S. Augustin & S. Iean parlent des Paiens, & non des images des Chrestiens.*

Resp. Combien que S. Iean & S. Augustin entendent parler principalement des idoles des Paiens, tant y a que s'il est vrai (comme il

Inst. lib. 1. ch. 11. sect. 13. 1. Iean. 5. 21.

L l

eſt indubitablement) que les images de la Papauté ſoient ſemblables aux idoles des Paiens, pour la matiere, pour la forme, pour la repreſentation, & pour l'vſage, ſans point de faute en condamnant les vnes, ils condamnent les autres.

Or voïons ſi ce que ie di de ceſte ſemblance eſt vrai. Premierement, pour la matiere, ce n'eſt de toutes qu'or, argent, bois, pierre, &c. Pour la forme ou figure, elles ont les vnes comme les autres, vn corps, & des membres, nez, yeux, oreilles, bouche, mains, pieds, &c. Pour la repreſentation & vſage, les idoles des Gentils eſtoient faites pour repreſenter Dieu par quelques figures, & le ſeruir en icelles, ou par icelles. Toutes telles ſont les images de la Papauté. A tout ceci oïons ce que le Ieſuite trouue à redire.

2. *Quiconque lira S. Auguſtin, (dit-il) il verra s'il n'eſt du tout aueugle, qu'il parle contre les Paiens, qui penſoient qu'en leurs idoles y euſt du ſentiment, & de la diuinité, eſtans pouſſez à cet erreur par la ſemblance des membres humains. Et partant ils prioient les idoles, & leur ſacrifioient comme à Dieux viuans.*

Reſp. Caluin refute cette expoſition du Ieſuite par les paroles de S. Auguſtin. *Qu'on liſe (dit-il) les excuſes que S. Auguſtin recite auoir eſté pretendues par les idolatres de ſon temps: C'eſt que les plus idiots reſpondoient, qu'ils n'adoroyent pas ceſte forme viſible, qu'on leur reprochoit eſtre leurs Dieux, mais la Diuinité qui habitoit là inuiſible-*

Cal. Inſt. l. 2. ch. 11. ſect. 9. Aug. in Pſ. 115.

ment. *Quant à ceux qui estoient les plus purs, ils respondoient (comme il dit) qu'ils n'adoroient ne l'idole, ne l'Esprit figuré par icelle: mais que sous ceste figure corporelle, ils auoient seulement vn signe de ce qu'ils deuoient adorer.*

Or (adiouste le Iesuite) nos images ne sont ni idoles, ni simulachres: & les Chrestiens ne les estiment pas Dieux, ni les honorent comme Dieux par sacrifices, comme faisoient les Gentils leurs idoles: mais les reuerent comme images de Dieu, & des Saincts.

Resp. Touchant la matiere & la forme ou figure des idoles des Gentils, & des images de la Papauté, le Iesuite n'en dit rien. Mais il touche la difference seulement qui est aux noms, c'est asçauoir entre *idole* & *image*: & aussi en la representation & en l'vsage. Pour le regard de la difference d'entre *idole* & *image*, nous y auons respondu sur le chap. 2. Sect. 2. Quant à l'vsage, il consiste en l'adoration & seruice. Surquoi nous disons que les Gentils n'ont rien fait en cet endroit enuers leurs idoles, que les Papistes ne facent enuers leurs images. Et à cela se rapporte le passage de S. Augustin que ie vien de reciter.

En outre ce qui est escrit au Concile 2. d'Ephese (qu'on appelle le septieme General) est contraire à ce que dit le Iesuite. Car Constantin Euesque de Constance en Cypre, y est introduit, protestant de faire aux images le mesme honneur & egal, que celui qui est deu à la S. Trinité: & quiconque refusera de le suiure, il

l'anathematife,& l'enuoie auec les Manicheens
& Marcionites.Et ne faut pas prendre cela com
me l'opinion d'vn feul homme : Car tous ont
dit Amen apres lui. Caluin allegue ceci. Inſt.
l. 1. ch. 11. Sect.16.

Reſte la repreſentation. Car les Ieſuites diſent que leurs images ſont faites pour repreſenter Dieu & les Sainets , & les idoles des
Paiens repreſentoient leurs faux dieux,Iupiter,
Apollo , Mercure, Venus, &c. Or ie di en premier lieu, que les Ieſuites ſe condamnent eux-
meſmes, comme infracteurs & tranſgreſſeurs
de la Loi de Dieu, laquelle (ainſi que nous a-
uons veu ci-deuant) defend abſolument toute
image, qui eſt pour repreſenter Dieu , & toute
image des Sainets , faites pour les adorer, ou
Dieu par icelles. Deut. 4. verſ. 15.16. &c.Exo.
20. verſ. 4.5.6.Deut. 5.verſ.8.9.10. En ſecond
lieu,ils s'abuſent,diſans que les idoles des Gentils n'eſtoiet point faites pour repreſenterDieu

Ie confeſſe bien que tous les faux Dieux des
Gentils n'ont point eſté faits en forme ou figure humaine , comme en l'Egliſe Romaine on
peint Dieu en forme & figure d'vn homme
vieil. Car ils en ont eu de toutes ſortes : d'autant que ce qu'ils ont adoré comme Dieu, ils
l'ont mis & tenu pour leur Dieu.Et ils ont adoré pluſieurs animaux, oiſeaux, beſtes à quatre
pieds, reptiles, & poiſſons: voire le Soleil,la lune, les ſignes du Ciel, les aux, les oignons , &
telles choſes. Mais pour les figures humaines,
il eſt bien certain , que combien qu'il aient eu

leurs idoles fous le nom de Iupiter, Mars, Saturne, Mercure, & les autres, tant y a que par
ces noms ils ont entendu le vrai Dieu, quoy
qu'à eux incognu, lequel ils pretendoient adorer. Ce que ie prouue par ces raifons.

Rom. 1. 23.

1. S. Paul parlant d'eux, a dit, *Qu'ils ont changé la gloire de Dieu incorruptible, à la reffemblance
de l'homme corruptible, & des oifeaux, & des beftes à quatre pieds, & des reptiles.* Par où il eft notoire que S. Paul fignifie, que les Païens ont
figuré le vrai Dieu par quelques vnes de ces
formes: comme il eft dit des Iuifs au Pfeaume
106. (aux paroles duquel il femble que S. Paul
ait regardé) *qu'ils changerent le Seigneur, qui fut
leur gloire, en l'image d'vn bœuf.*

Pf. 106. 20.

2. Sainct-Auguftin a dit auffi parlant de leurs
idoles; *C'eft vne chofe du tout indigne d'vn homme
Chreftien, de pofer au temple vne image à Dieu.*

*Aug. de fide
& fymb. c. 7*

3. Plutarque a efcrit qu'a Rome les temples
ont efté fans images l'efpace de 170. ans. Et la
raifon y eft adiouftee, d'autant qu'il n'eftoit
point conuenable ni iufte que Dieu, qui eft incorporel & inuifible, fuft reprefenté par vne
image corporelle & vifible.

*Plut. in vi-
ta Numæ.*

4. Minutius Felix dit, que non feulement
le vulgaire, & les poëtes, mais encore prefque
tous les Philofophes illuftres, ont reprefenté &
fignifié vn feul Dieu, combien que par diuers
noms;

In Octauio.

5. Varro dit, que l'ame, laquelle gouuerne
le monde par mouuement & par raifon, *motu
& ratione,* (ainfi definit-il Dieu) en la Mer, c'eft

*Varro apud
Aug. de Ciu.
Dei. l. 7. c.
23.*

LI iij

Ibid. lib. 4.
c. 31. & l.
9 c. 14.
Neptune : & en la terre, c'eſt la Deeſſe Tellus,
& Veſta.

Caiet. in 3.
part. Thom.
q. 25. art. 3.
　6. Le Cardinal Caietan dit, que les Paiens
figuroient Dieu diuerſement, ſelon la raiſon de
ſes diuers effects. Comme en la forme de Mi-
nerue, à raiſon de la ſapience : & ainſi des autres formes .

Fer. in Act.
Apoſt. c. 17.
　7. Iean Ferus a eſcrit, que tous les Gentils ont
adoré & ſerui le Dieu que les Apoſtres ont pre-
ſché, mais ignorans. Car combien qu'ils ſe fiſſent des idoles, tant y a que leur intétion eſtoit
de faire honneur & ſeruice au vrai Dieu.

Dio Chryſ.
orat. 11. de
primt Dei
notitia.
Max. Tyr.
Serm. 38.
　8. Dio Chryſoſtomus, & Maximus Tyrius
deux des Paiens, du nombre de ces ſages dont
S. Paul parle Rom. 1. diſent clairement, qu'aux
ſimulacres faits par eux d'or d'argent, & d'iuoi-
re, ils ont adoré & reueré le Souuerain ; le premier, le tres-grand Dieu, createur & conſerua-
teur de toutes choſes.

Act. 17. 23.
　9. Il eſt eſcrit aux Actes des Apoſtres ; *Que*
les Atheniens en vn autel, auquel eſtoit eſcrit au
Dieu incognu, honoroient Dieu, lequel S. Paul leur
annonçoit. Or les Autels des Paiens n'eſtoient
point ſans idoles ou images. Comme il conſte
& eſt notoire par les autels & idoles des Cha-
Deut. 12. 3.
1. Rois 16.
32.
3. Rois 3. 2.
naneens, ainſi qu'il eſt deſcrit au Deuteronome. Nous y pourrions conióindre le fait d'A-
chab, ſeduit par les faux Prophetes, lequel
aiant fait baſtir vn Autel à Baal, lui fit auſſi faire vne ſtatue. Pauſanias auſſi recite, que cela
Pauſ. in at-
ticis Corin-
thiacis &
cæteris paſſ.
eſtoit vſité par les Grecs en tous les coins de la
Grece.

Parquoi si en Athenes il y auoit vn Autel dedié au vrai Dieu, lequel S. Paul leur annonçoit, il est probable que l'image d'icelui y estoit aussi, en quelque figure ou forme que ce fust.

Et de fast toute la narration de l'histoire tend là, & le discours de S. Paul. Car il est dit, *Que S. Paul estant au milieu de la rue de Mars, contempla leurs simulachres*, (C'est ainsi que l'Ancien translateur a tourné ce mot σεβάσματα, simulacra) *lesquels ils honoroient, & y vit aussi vn Autel, auquel estoit escrit, au Dieu incogneu, lequel il annonçoit*: Qui estoit le vrai Dieu. Car S. Paul ne leur annonçoit point vn faux Dieu. D'auantage, puis que S. Paul reprend les Atheniens sur cela, & dit; *Que Dieu qui a fait le monde, n'est point serui par mains d'hommes*, (comme voulant dire, par les simulachres, ou images, qui sont œuures des mains d'hommes: (*Et qu'il ne faut point estimer la Diuinité estre semblable à or, ou argent, ou à pierre taillee par art, & par inuention de homme*: C'est vn argument tres-euident pour prouuer que le Dieu, lequel les Atheniens honoroient & seruoient, sous le nom du Dieu incognu, estoit representé par quelque image.

Act. 17. v. 22. & 23.

vers. 24. & 25.

vers. 29.

En outre, quant à ces paroles, *Car par lui nous viuons, & auons mouuement, & sommes, comme aussi aucuns de vos poëtes ont dit: Car aussi nous sommes son lignage*: Aratus (qui est ce Poëte dont parle S. Paul) auoit escrit cet Hemistiche de Iupiter. Et neátmoins S. Paul le rapporte au vrai Dieu: Dont il s'ensuit qu'Aratus signifie le vrai Dieu, par le nom de Iupiter. Et cela mesme a esté ob-

vers. 28.

Arat. in pha nom.

L1 iiij

ferué par Eufebe. Voire à cette occafion le mefme poete, au lieu cotté, & Virgile en fa 3. Eglo-
gue, ont chanté, *Iouis omnia plena*: que le Iefuite
a allegué ci-deffus, en fon Difc. des Sainčts:
chap. 22. feč. 7.

Eufeb. Euā-
g. præparat.
l. 13.

Ainfi donc les idoles des Gentils (au moins
celles qui eftoient en figure humaine, & telles
que Dauid les defcrit) eftoient faites pour re-
prefēter Dieu, quelque forme qu'elles euffent,
auffi bien que les images de la Papauté. Et partant fi pour ce regard les vnes font condamnees, les autres le font auffi: Et par conféquant
l'adoration & feruice fait tant aux vnes qu'aux
autres. Paffons à la feč. 3.

3. *Et ce que dit ce mefme docteur des vaiffeaus de*
l'Eglife, ne fignifie autre chofe, finon que les ftatues
des Gentils tenoient les perfonnes en deception, à cau-
fe de la figure femblable à la noftre, & non de la ma-
tiere precieufe.

Refp. Richeome apres Bellarmin atterre
ici leurs images, cuidant les efleuer: Car fi S.
Auguftin reprouue les idoles des Gentils, à
caufe de leur figure, par laquelle elles tenoient
les perfonnes en deception: & cette figure e-
ftoit femblable à celle des images de la Papauté : Ie vous prie ne condamne-il pas celles ici,
auffi bien que celles-là, à caufe de la mefme
figure?

Les deux raifons qu'il allegue, font contre
lui. Car fi la ftatue du Soleil mettoit les Gentils en erreur, à caufe de fa figure humaine;

que doiuent faire les images de la papauté,
aians la mesme figure? Et si les vaisseaux des
Catholiques, bien que d'or & d'argent, & d'autres matieres precieuses, ne mettoient pas les
personnes en erreur, parce qu'ils n'auoient pas
la figure humaine, n'est-ce pas à dire, que les i-
mages de la papauté, qui ont la figure humaine, y mettent les personnes? Voila comment
sainct Augustin par ces deux raisons destruit
tant les idoles des Gentils, que les images de
la papauté, sans ressource.

4. *Caluin* (ç'adiouste le Iesuite) *au mesme en-*
droit de son institution touche vn autre argument a-
uec ces lieux, qui est, les temples sont pour les images
viues & institucés de Dieu: comme le Baptesme est
l'image de l'Eternelle sanctification & grace, & la
Cene image du corps du Seigneur: Desquelles ima-
ges (dit-il) les temples sont ornez, comme au contrai-
re deshonorez par les autres images mortes.

Resp. Il ne se trouuera point que cette sentence soit ainsi couchee en l'institution de Caluin. Richeome a esté deceu par Bellarmin, duquel il n'a fait que tourner les paroles de Latin en François. Ledit Richeome ne cite point
le lieu de Caluin, & Bellarmin dit que c'est en
l'onzieme chap. du 1. liure. Caluin ne parle
point en tout ce chapitre du Baptesme & de la
S. Cene, sinon és sections 7. & 13. Où neantmoins il ne dit pas ce qu'ils lui font dire. Qu'on
life les susdites sections. Mais posons le cas
que Caluin ait ainsi parlé, qu'est-ce que ces Iesuites y trouuent à redire?

C'et argument (difent-ils) *est vn vieil & en-*
rouillé harnois des anciens Brif-images, aufquels les
Catholiques refpondoient eñ la Synode feptieme,huit
cens ans deuant que vous fufsiez au monde,que l'Eu-
charistie n'estoit pas figure de nostre Seigneur,mais
le corps mefme.

Refp. Donc il y a-eu deuant nous, & plus de
800. ans auant que nous fuffions nais, des fideles, qui ont refuté l'abus des images, & tenu
ce que nous tenons de la S. Cene. Et quant au
Synode feptieme qui leur a refifté,il eftoit faux
& corrompu, comme nous l'auons prouué fur
le chap. 3. fect.8.

I'adioufte (ce dit Richeome) *que s'il y a place au*
temple pour les Sacremens, parce qu'ils font fignes
des chofes facrees, il y en doit auoir pour les images, e-
ftant icelles fignes de Dieu, & des faincts, qui font
plus que chofes facrees:

Refp. Ie nie la confequence. Car les facremens doiuent auoir place aux temples, c'eft à
dire és lieux où les fideles s'affemblent, parce
que Dieu les a ordonnez, & en-a commandé
l'vfage. Mais les images n'y en doiuent point
auoir,parce que Dieu les a prohibees & defendues.

5.6. E's deux dernieres fections les Iefuites
alleguent encore vne autre raifon. *Nos images*
(difent-ils) *ne doiuent point eftre appelees mortes.*
Car la vie de l'image c'eft la reprefentation. Parquoi
les idoles des paiens font bien images mortes, d'autant
qu'elles ne reprefentent rien. Mais nos images font
viues,pour la raifon contraire,c'eft afçauoir,d'autant

qu'elles representent Dieu & les saincts.

Resp. Premierement nous auons prouué ci
deuant, que les idoles des Paiens represen-
toient quelque chose, auſſi bien que les images
de la papauté. C'a eſté ſur ce meſme chap. ſect.
2. & ſur le chap. 2. ſect. 2. & 3. Secondement,
ie di que ſi la vie de l'image eſt la repreſentation, il faut que Dieu l'ait ordonnée. Car meſme les ſacremens ne peuuent eſtre appelez i-
mages viues, & ne peuuent repreſenter les choſes ſpirituelles, ſans la parole & ordonnance de
Dieu. Or eſt-il que les images de la papauté ne
ſont point ordonnées de Dieu, pour repreſenter ni lui, ni les ſaincts, mais au contraire elles
ſont tres expreſſement defendues par ſa loi. Par
quoi elles ne doiuent point eſtre appelees viues, mais mortes.

SVR LE CHAP. XIIII.

VN Aduocat perd ce qui le doit tenir en
prix, quand au lieu de perſuader le vrai, il
perſuade le faux. Et vn Medecin, quand au lieu
de medeciner vn malade, il l'empoiſonne. Ainſi
en fait Richeome, quand au lieu de maintenir
la verité & combatre le menſonge, il fait tout
le contraire. Et voici, il orne & agence ſi dextrement ſon langage, & auec tant de belles
couleurs, que qui ne prendroit garde ſoigneuſement & de bien pres à ſon fard, mal aiſémét ſe
pourroit-il garentir, que quelque fumee de ſa
fauſſe doctrine n'en montaſt en ſa teſte. Cela

se pourroit verifier en tous les chapitres precedens fort clairement, & nótamment en ceſtuy
ci, où il continue de faire comme les femmes
impudiques, leſquelles crient l'honneur & la
pudicité plus haut que les femmes de bien.
Mais laiſſons l'eſcorce & les paroles, & venons
à la moëlle & au ſens.

1.2. Aux deux premieres ſect. boufſies & enſlees
de vent, il veut perſuader & faire accroire, que
nous-nous ſeruons mal à propos de l'authorité d'Epiphane Eueſque de Salamine en Cypre,
lequel a eſcrit à Iean Eueſque de Ieruſalem, *a-*
uoir deſchiré à la porte d'vn temple du village appel-
lé Anablata, vn certain voile, où eſtoit peinte vne i-
mage de Chriſt ou de quelque ſainct. Et nous demande en premier lieu, *Si nous tenons Epiphane*
pour ennemi des images, comme nous, ou Catholique
reuerant les images, comme eux.

Nous reſpondrions là deſſus que le premier,
& non le dernier. C'eſt à dire, que nous le tenons pour catholique ennemi des images, &
non pour Catholique à la façon des Docteurs
de l'Egliſe romaine, pour les reuerer: d'autant
qu'il a ſuiui le commandement de Dieu, ſur cela. Mais le Ieſuite nous preuient, & dit.

Si le premier, vous argumentez mal, diſant: Epi-
phane ennemi des images a deſchiré vne image penduë
deuant vne Egliſe. Donc les Catholiques ne peuuent
point tenir d'images au temple. C'eſt comme qui di-
roit Luther & Caluin ont nié le purgatoire. Donc
l'Egliſe Catholique n'en doit point croire.

Reſp. Nous n'auons pas ainſi argumenté.

Car nous fauons bien, que du particulier on ne
peut point conclurre le general, ni d'yne partie
le tout, au fens que le Iefuite le prend. Mais
comme nous le prenons, il fe peut. Epiphane
Docteur de l'Eglife a reietté de fon temps les
images. Donc tous les Docteurs de l'Eglife de
ce temps-là ne les ont pas receuës. La conclufion eft tref-bonne.

Si le fecond, pourquoi adiouftez-vous plus de foi à
vn Catholique Epiphane, qui a tenu cette opinion des
images, qu'à plufieurs catholiques, qui ont tenu le
contraire? Et qui font ces plufieurs? S. Bafile le
le grand, S. Gregoire le Theologien, S. Gregoire de
Nyffe, S. Chryfoftome, S. Ambroife, Amphilochius,
Cyrillus Euefque de Hierufalem, S. Hierofme, S.
Auguftin, & autres qui viuoient du fiecle d'Epipha-
nius.

Refp. Il faloit auoir cité les fentences de ces
Docteurs, pour fçauoir comment & en quoi
elles font contraires à celle d'Epiphane. Le Iefuite les a bien nommez, mais il n'a pas produit leurs tefmoignages. Il s'y fuft perdu. D'a-
uantage, eft-il contre la foi de receuoir l'authorité d'aucuns Docteurs conformes à la Parole
de Dieu, & reietter l'authorité d'aucuns autres,
qui y font contraires? Nous auons bien veu au
chap. precedent (par le tefmoignage mefme
de Bellarmin) qu'il y a choix & triage aux Cô-
ciles, quoi que Generaux & vniuerfels: pourquoi dôc n'en y aura-il és efcrits des Docteurs?
Ie di encore que nous deuons vfer de iugement
és efcrits d'yn mefme Docteur, & receuoir ce

qu'il aura dit conforme à l'Escriture, & reietter ce qu'il aura dit au contraire. S. Augustin
est de cet aduis, & est approuué par le Decret.
Dist. 9. Can. Neque quorumlibet.

Aug. cont.
Cresc. L 2. c.
32.
Et ad Forta
natian. Ep.
111.

3. En la sect. 3. il recite la sentence d'Epiphane.

4. Et en la 4. il l'explique, & dit *Que l'image
dont Epiphane parle, estoit l'image d'vn homme profane & incogneu: & partant la ceremonie estoit contre l'authorité des Escritures. &c.*

Resp. Cela n'est point vrai-semblable.
Car Epiphane a escrit, *que c'estoit l'image de
Christ, ou d'vn sainct.*

Mais (ce dit le Iesuite) *si ç'eust esté l'image de
Iesus Christ ou d'vn sainct, il n'eust pas adiousté ce
mot, C O M M E, ni dit par parenthese (ie ne me souuiens de qui:) Mais il eust dit simplement & par affirmatiue l'image de Iesus Christ, ou d'vn sainct.*

Resp. Epiphane a escrit en Grec, & a dit
ὡς τȣ χριστȣ &c. Et S. Hierosme qui a tourné
l'Epistre d'Epiphane, a escrit en Latin, & a dit
quasi Christi. Or cette particule ὡς, n'est pas
tousiours note de similitude, mais signifie quel
que fois la verité & la chose mesme. Comme
quand S. Iean parlant de Iesus Christ dit. Nous

Iean 1. 14.
auons veu sa gloire, ὡς μονογενȣς ϋt *vnigeniti*, ou
quasi vnigeniti, comme la tourné le mesme S.
Hierosme, c'est à dire, *comme du Fils vnique.*
Parquoi quand Epiphane a dit, *L'image comme
de Christ, ou d'vn sainct*, c'est autant que s'il eust
dit. *L'image de Christ ou d'vn sainct.* Et quand

encore il auroit pris cette particule *comme*, par
similitude, le sens ne laisseroit pas d'estre tousiours vn : l'image comme de Christ, ou d'vn
sainct, c'est à dire l'image representant Christ,
ou vn sainct.

Quant à cette parenthese (*ie ne me souuiens de
qui*) elle ne fait foi sinon de l'oubliance d'Epiphane, & non point de ce que dit le Iesuite.
Car il n'a pas laissé d'affirmer que c'estoit l'i-
mage de Christ, ou d'vn sainct: mais qu'il ne se
souuenoit pas proprement de qui des deux.
Richeome adiouste.

*Pour cette explication fait la demande que firent
apres les habitans du lieu à Epiphanius, assauoir que
puis qu'il auoit deschiré ce voile, qu'il le changeast, &
leur en donnast vn autre. Ce qu'il leur accorda, & eux
demeurerent contens. &c.*

Resp. Tout ceci est du creu du Iesuite. Car
ni le peuple d'Anablatha ne demanda point à
Epiphane vn autre voile, auquel Iesus Christ ou
quelque sainct fust peint, ni Epiphane ne leur
en donna point. Cela ne conste pas, & n'est ni
vrai-semblable, ni approchant de l'histoire.

Il adiouste encore: *Les Iconoclastes & brif-images aussi, qui vesquirent du temps de la septieme Synode, se fussent preualus de cet exemple, s'il eust eu le
sens que Caluin & vous lui donnez. Mais ils sa-
uoient pourquoi Epiphane l'auoit fait, & que cela ne
leur fauorisoit en rien: qui fut cause qu'ils ne le mirent point en ieu.*

Resp. Il ne sensuit pas: comme nous auons
dit sur vn Argument semblable, au chap. 12.

sect. 3. Au reste les Docteurs & autres fideles qui on resisté au Synode deuxieme de Nice, appelé faussement le septieme Concile general, ont trouué assez d'argumens en la Parole de Dieu, pour refuter l'abus & l'idolatrie des images, sans s'aider pour lors de ce tesmoignage d'Epiphane.

Il dit finalement. *Pour derniere côiecture fauorisant nostre explication, les disciples du mesme Epiphane, comme S. Damascene tesmoigne auec la septieme synode, apres sa mort, lui firent vne image. Est-il vrai semblable qu'vn Iconoclaste eust esté maistre de tels disciples ?*

Resp. Et pourquoi ne pourroit il estre, que d'vn maistre ou Docteur religieux, ne sortissent des disciples superstitieux, comme d'vn bon pere des enfans mauuais ? Mais ie respons ici autre chose: c'est que l'image que les Disciples d'Epiphane lui ont faite apres sa mort, n'a point esté faite pour religion, ains seulement pour auoir vn pourtrait de lui, comme auiourd'hui plusieurs disciples de Luther, de Caluin, & de Beze, ont en leurs estudes & cabinets leurs pourtraits & effigies.

5. En la derniere section il respond à ce qu'aucuns des nostres ont allegué d'Adrian l'Empereur, lequel (comme Aelius Lampridius tesmoigne) fit bastir des temples sans Simulachres ou images, pour les Chrestiens. *Cet argument est sans nez (dit-il) & n'en sauriez tirer rien de bon pour vous. Les chrestiens ne vouloient point prier aux temples des Gentils, d'autant qu'ils estoient*

pleins

Ael. Lampr. in vita Alex imperat.

pleins d'idoles. Adrian en leur faueur leur en fit faire fans idoles, à fin qu'en feureté de confcience ils peuf-
fent prier. C'eſt pourquoi Lampridius appelle ces Statues du mot Latin NVMINA, qui ſignifie idoles &
ſimulachres, adorez comme dieux. &c.

Reſp. Cet argument n'eſt point ſans nez. car
nous en tirons de bon c'et exemple : que comme les Chreſtiens de ce temps-là ne vouloient
point prier aux temples des Gentils, d'autant
qu'ils eſtoient plains d'idoles: Aufſi ne voulons
nous point prier, ou faire nos exercices religieux, és temples de l'Eglife romaine, d'autant
qu'ils ſont pleins de la meſme contagion & vermine d'idoles ou d'images. Au demeurant Lā-
pridius ne dit pas, qu'en ces temples baſtis par
le commandement de l'Empereur Adrian en
faueur des Chreſtiens, les Chreſtiens y aient
mis aucunes images de Dieu & des ſainds, au
lieu des idoles des Gentils.

SVR LE CHAP. XV.

RIcheome penſe auoir bien refuté les paſſages de l'Eſcriture, leſquels Caluin a emploiez contre les images. Il vient de là aux raiſons
dudit Caluin. Et commence ainſi.

1. *La premiere raiſon pourquoi Caluin & vous
banniſſez les images des temples eſt, parce quelles ſont
à voſtre opinion, inutiles, voire encore nuiſibles: d'autant qu'elles rauallent les penſees aux choſes terre-
ſtres, comme vous eſcriuez: & comme eſcrit Caluin,
rendent les hommes anthropomorphites.*

Reſp. C'eſt ce que S. Auguſtin teſmoigne en
l'Epiſtre. 46. & ſur le Pſe. 115. Et que Caluin a

quotté en son institution l. 1. c. 11. sect. 13.

Le mesme Caluin presupposant qu'en l'Eglise n'y auoit eu aucune image en tous les cinq cens ans premiers, argumente hardiment, l'espee au poing, & dit: Quoi? pensons-nous que les saincts peres anciens eussent enduré que l'Eglise eust esté priuee si long temps d'vne chose, qu'ils eussent pensé estre vtile? Mais parce qu'ils voioient qu'en icelle n'y auoit aucun profit, ou bien peu, & beaucoup de danger, la reietterent plustost par desdain & conseil, que par ignorance & mesgarde.

Inst. l. 1. c. 11. sect. 13. Resp. Caluin a escrit cela en son institution a peu pres. Mais oions comment de cela il le fait argumenter.

Ce bon prelat argumente ainsi: l'Eglise primitiue s'est passee cinq cens ans d'images. Donc les images ne font point vtiles, ains dangereuses. A quoi il respōd qu'il a monstré que l'antecedent est faux: & adiouste, que le consequent l'est aussi.

Resp. Caluin n'a pas ainsi argumenté. Il a bien couché l'antecedent en vn autre lieu, mais y adioustant ce mot, *communement*: Et le Iesuite ne l'a nullement fait trouuer faux, ainsi que nous auons veu sur le chapitre 6. sect. 6. Quant au Consequent, il l'a bien aussi mis en auant: mais il ne l'a point fait decouler dudit Antecedent, ains l'a tiré d'ailleurs. Tant y a que nous disons que l'vne & l'autre proposiō est vraie, prise à part, & hors d'vne telle forme d'argumenter. Voions ce que le Iesuite dit a l'encontre.

2. Nous disons mieux que cela. l'Eglise n'a iamais

esté sans images aux temples, en public, ni en priué.
Donc les images sont vtiles & sans danger. Resp.
Nous nions l'antecedent.

*Nostre antecedent (adiouste-il) est fort bien prou-
ué ci deuant. Car nous vous auons fait la liste des
cinq siecles premiers, & de leurs Docteurs, & monstré clairement, que l'vsage des images a eu mesme
berceau, & mesme progrez & accroissement que l'E-
glise Chrestienne.*

Resp. Il cuide l'auoir fait, notamment aux
chapitres troisieme & onzieme. Mais si le lecteur les lit, & ce que nous y auons respondu,
trouuera qu'il est bien loin de son conte.

Es sections suiuantes pour prouuer l'vsage
des images, au lieu de nous alleguer des histoires vraies, il nous allegue des fables.

3, 4, 5, 6. *Premierement* il met en conte trois
suaires de Iesus Christ, qui sont trois images
faites par lui-mesme, ce dit le Iesuite : La premiere en sa vie, la seconde en son agonie, la
troisieme apres sa mort.

7. Item, deux autres images du mesme Saüueur
faites par autres, & de son temps : l'vne faite par
la femme guerie du flux, à l'attouchement du
bord de la robe d'icelui.

8. L'autre faite par Nicodeme, laquelle fut
crucifiee par les Iuifs. De toutes lesquelles i-
mages le Iesuite en prouue (comme il pense)
la verité, par plusieurs miracles faits de Dieu
par leurs entremises. A quoi nous respondons,
que ce n'est de tout cela, qu'autant de bourdes
& de pures fariboles, precedees du cerueau &

de l'inuention des hommes. Car est-il vrai sem
blable que les Euangelistes eussent oublié, ou
obmis à leur escient ces choses si importantes?
Puis qu'ils ont fait mention de choses de moin
dre consequence, auroient-ils failli d'ëregistrer
les principales & plus expedientes? Au reste
pource que Richeome parle encore au chap.
35. sect. 2. 3. 4. de ces histoires feintes, d'Abaga-
garus, de la Veronique, & de ce qui est attribué
à Athanase: nous en dirons aussi là mesme quelque chose de plus.

Quant aux Docteurs, que le Iesuite a alleguez
pour tesmoins, voïez ce que nous auons respondu en pareil cas, sur le Disc. 1. c. 37. sect. 3.

9. *Secondement*, il met en roole deux images de
la saincte vierge, Mere de Iesus Christ. L'vne en
plate peinture, qui est à Rome à S. Marie maior
L'autre, de bois en bosse, auec le petit enfant au
bras de la Mere, qui est en la chapelle de Lorette, & fait infinis miracles.

10. Tiercement, il met quelques images des A-
postres: & allegue là dessus le tesmoignage de
plusieurs Anciens. Mais nous respondons en
premier lieu, quant aux Anciens, que plusieurs
œuures leur sont attribuees, lesquelles ils ne
firent & ne virent iamais, comme nous auons
verifié ci dessus. En second lieu, nous ne nions
pas que des le commencement plusieurs n'a-
ient fait cas des images de Christ & des saincts.
Mais en voici la cause. Ceux qui se conuertissoient de la religion des Paiens, à la religion de
Christ, gardoient encore quelques restes de

leur superstition paienne. Et quant aux Chrestiens, le regret qu'ils ont eu de leurs morts, les
a insitez à se representer leurs images. Comme
encore il se voit, que ceux qui portent impatiemment le decez de leurs amis, prênent quelque consolation en leurs figures & semblances. Par ainsi il est vrai-semblable qu'entre les
Premiers Chrestiens, il s'en est trouué qui ont
eu des images de Iesus Christ, & des Apostres,
& des Martyrs, non pas pour les adorer, ni eriger és temples, mais en la façon que nous auōs
des effigies & pourtraits d'aucuns hommes illustres. Auec cela il peut estre, que les Chrestiens ont esté ainsi affectionnez à ces images,
à cause du mespris des Gentils & des Iuifs enuers Iesus Christ & ses fideles. Mais le mal est,
que ce qui a esté aucunement tolerable en ces
Chrestiens au commencement, s'est conuerti
puis apres en idolatrie, laquelle s'est accreuë
peu à peu, & en fin renduë telle qu'on la voit
auiourd'hui du tout intolerable.

11. Il adiouste : *Quant à ce que vous dites que
nos images rauallent nos esprits aux choses basses, &
selon Caluin, nous rendent anthropomorphites, parce
qu'elles sont corporelles & sensibles, & Dieu est esprit : nous respondons, que si pour cette raison il faut
bannir les images des tēples, il les faut bannir du tout,
& n'en tenir en aucun lieu, comme les Iuifs disent auec
les Turcs. Car par tout elles nous rendront grossiers.
Et toutesfois Caluin dit qu'on en peut auoir, moiennant que l'usage en soit legitime.*

Resp. Nous sommes d'accord auec le Iesuite

Mm iiij

estant question des images de Dieu. Car nous
n'en deuons point auoir en aucun lieu, veu que
Dieu nous l'a defendu. Et la crainte de tomber
en l'erreur des Anthropomorphites, est seulement touchât ces images. Et à cela ne repugne
point ce que Caluin dit, qu'on peut auoir des i-
mages, moiennant quel vsage en soit legitime.
Car il n'entéd point parler des images de Dieu,
ains des autres, faites pour la police & distinction des monnoies, ou pour l'histoire, ou pour
quelque ornement, & où il n'y a aucun danger de superstition.

*12. Dauantage s'il faut bannir les images des tem-
ples, pour estre corporelles, il en faut encor faire sortir
les sacremens. Car tous sont instituez auec des choses
corporelles & sensibles, d'eau, de pain, de vin, & d'autres semblables creatures.*

Resp. Il ne s'ensuit pas. Car Dieu a commandé les sacremens, pour estre celebrez en
l'Eglise. Et a defendu les images d'y auoir lieu.
Que si les sacremens ne contenoiét des choses
corporelles & visibles pour representer les cho
spirituelles & inuisibles, ce ne seroient point sacremens, comme S. Augustin. Et Irenée ont
escrit. Voila pourquoi nous disons que la Cene de la papauté, n'est point la vraie Cene de
nostre Seigneur, d'autant qu'en icelle, il n'y a
ni pain ni vin, qui sont les signes que Iesus
Christ a ordonnez & instituez, pour representer son corps & son sang.

En somme donc voici ce que nous disons des
images, c'est que nous les condamnós, dressees
és temples, & pour la religion, non pas simple-

Aug. Ep. 23.
Iren. l. 4.

ment pour eſtre choſes corporelles, ains d'autãt
qu'on leur defere, contre le fondement de l'Eſcriture, l'adoration ſpirituelle & religieuſe, ſoit
de Latrie, ou de Dulie, laquelle appartient à vn
ſeul Dieu. Quant aux ſacremens, corporels &
viſibles de l'Egliſe Chreſtienne, Dieu en eſtant
l'autheur & inſtituteur, nous les retenons, & celebrons en nos aſſemblees, & les honorons d'vn
honneur conuenable à la modeſtie Chreſtienne: reſeruãs l'adoratiõ religieuſe à Ieſus Chriſt,
vrai Dieu & vrai homme, qui en eſt la verité ſignifiee ſacramentellement, & à laquelle verité
les ſacremens eſleuent nos eſprits & nos entendemens, ſans les tenir attachez à eux corporel-
lement ici bas en terre.

Si vous les voulez bannir de voſtre Egliſe, vous
n'aurez pas beaucoup à faire. Car vous en auez deſia
congedié cinq, & vous en reſte ſeulement deux, que
vous auez mis en chemiſe, les aians deſpouillez de tou-
tes leurs ceremonies & atours, & n'aians laiſſé à l'vn
qu'vn morceau de pain, au lieu de la preſence du corps
de Ieſus Chriſt.

Reſp. Nous ne banniſſons nullement de nos
Egliſes reformees les ſainſts ſacremens, ains
les y celebrons reueremment ſelon l'ordonnã-
ce de Ieſus Chriſt. Pour le nombre, nous n'en
recognoiſſons que deux, c'eſt aſſauoir le Bapteſme & la S. Cene, leſquels Ieſus Chriſt a eſta-
blis, pour eſtre en vſage perpetuel & general en
l'Egliſe, tant qu'elle ſera en ce monde. Tertullien, S. Ambroiſe, & S. Auguſtin n'en ont recogneu que ces deux. *Tert. l. 1. & 4. aduerſ. Mar-*

cionem. Et in libello de Corona milit. Ambrof. in lib.
de facram. Aug. l. 3. de Doctr. chr. c. 9.

Quant aux ceremonies, nous-nous contentós
de celles que Iesus Chrift a inftituees, fans rien
plus, ni rien moins: Et aimons mieux nous tenir à vne telle fimplicité, qu'à la pollution &
corruption que l'Eglife romaine y-a apportee,
par mille ceremonies ridicules & fuperftitieufes, qu'elle y-a adiouftees.

Touchant le morceau de pain, que le Iefuite
dit que nous auós laiffé en la S. Cene, au lieu de
la prefence du corps de Iesus Chrift: nous auós
refuté cette calomnie fur le difc. 1. chap. 30.
fect. 4. Le lecteur y recourra s'il lui plait.

Mais nous n'auons garde de vous enfuiure, dit-il.
Car nous fommes inftruits, que Dieu enfeigne les
chofes inuifibles par les vifibles, & l'efprit par le corps
*Et que nos fens font les premiers qui cognoiffent, & *
apres iceux l'ame. &c.

Refp. Cela eft vrai. Mais puis que vous n'auez
ni pain ni vin en voftre Cene: Le pain (felon voftre aduis) eftant tranffubftantié au corps de Iefus Chrift, & le vin en fon fang: qu'elles chofes
y auez-vous, qui foient vifibles & corporelles,
concernantes la nourriture du corps, pour reprefenter à l'ame fon aliment & bruuage interieur, qui confifte au corps & au fang de noftré
Seigneur?

Les images auffi font corporelles, mais elles nous en-
feignent l'efprit.

Refp. Les images ne font point ordonnees de
Dieu, pour cet effect, comme les facremens,

Au reste nous verrons ci-apres quels Docteurs
sont les images, pour enseigner l'esprit.

Ce que le Iesuite adiouste iusques à la fin du
chapitre, ne sert pas d'vn sifflet de S. Claude,
contre nous, ni pour lui. Car Dieu a ordonné
la predication de sa Parole, & l'ouïe d'icelle,
pour engendrer en nous la foi. Il a creé le Soleil, les Cieux, & en somme le monde, pour se
faire cognoistre à nous. Et voire, comme tesmoigne encore l'Escriture.

13. Il nous a enseigné les mysteres de son
Roiaume, par vn grain de moustarde, & par
plusieurs autres similitudes : Mais il n'a nullement ordonné les images pour tels effects.

SVR LE CHAP. XVI.

MAINTENANT il touche les raisons
contraires aux susdites, & propose cinq
vtilitez, lesquelles (selon son opinion) prouien-
nent des images.

1. 2. 3. *La premiere est, la facile & pregnan-*
te instruction, qu'elles nous donnent. A raison dequoi
S. Gregoire Pape les appelle liures des idiots.

Resp. Il ne faut point que nous presumions
d'estre plus sages que Dieu, lequel a tousiours
voulu, & veut encore instruire son Eglise par la
viue predication de sa Parole. Matth. 28. 19. 2.
Tim. 3. 16. Eph. 4. 11. Et non point par les
images muettes & mortes. Car ce ne sont que
autant de liures & de Docteurs de vanité & de
mensonge, ce dit l'Escriture : Ier. 10. 8. Hab.

S. Greg. l. 7.
ep. 109. & l.
9. ep. 9.

2. 18. Zach. 10. 2. Ce qui eſt confirmé par A-

thanaſe, comme nous l'auons veu ci-deſſus, di-

Atha.l.4.c.
17. Inſt.
Cyp. de van.
Idol.

ſant; *Les dæmons ont enſeigné de faire des images &*
des ſimulacres, afin de deſtourner les entendemens
des hommes du vrai ſeruice de Dieu. Et encore par
S. Cyprian, quand il a dit; *Les eſprits malins ſont*
cachez és images pour deceuoir les hommes.

En vain donc le Ieſuite extrauague en ces
trois ſections à diſcourir de l'excellence de la
veuë, par deſſus les autres ſens exterieurs. Car il
ſe trompe en ce fait de la foi: D'autant qu'elle
ne vient point de la veuë des images, ains de
l'ouïe de la parole de Dieu, comme dit ſainct
Paul, Rom. 10. 17.

Et quant à ce qu'il iargonne; *Qu'a faute des*
images on voit deſia vne extreme ignorance des cho-
ſes de la foi, des hiſtoires des Saincts, parmi les gens il-
lettrez d'entre nous, quoi qu'il nous ſemble vſer d'vne
grande diligence à leur preſcher la Parole. Certes
il a raiſon de parler ainſi, ſi par les hiſtoires des
Saincts, il entend les fables des miracles qu'ils
leur ſuppoſent & attribuent fauſſement. Car la
parole de Dieu, laquelle nous leur preſchons,
& laquelle leur ſuffit pour bien fonder & en-
tretenir leur foi, n'en dit du tout rien. Mais au
reſte, il ſe deuroit ici prendre lui-meſme par le
nez. Car l'experience monſtre euidemment
leſquels des deux peuples ont iuſques ici plus
profité en la cognoiſſance de Dieu, ou le leur,
par la veuë de leurs images, ou le noſtre, par
l'ouïe de la predication de la Parole.

4. *La ſeconde vtilité des images eſt, qu'elles ex-*

citent & augmentent en la perſonne l'amour de Dieu
& des Saincts. C'eſt vne choſe naturelle d'aimer
l'image de ceux que nous aimons, & de croiſtre en a-
mour de plus que nous la regardons. Vous eſtes teſmoins ſenſez de ceci, qui tenez en vos maiſons les
images de Luther, Caluin, & d'autres chefs de voſtre ordre, & chaſcun en peut teſmoigner.

Reſp. Premierement, ſi les images enſei-
gnent les hommes à ſe deſtourner du vrai ſeruice de Dieu, comme nous venons de le prouuer: elles ne les induiſent point à aimer Dieu.
Parquoi cette pretendue vtilité des images eſt
fauſſe.

Secondement, Nous auons dit pluſieurs fois
que nous ne reiettons pas les images qui ſont
faites pour l'vſage politique, ou pour l'hiſtoire, ou pour l'ornement: ains ſeulement celles
qui ſont faites pour ſeruir à idolatrie, ou auſquelles il y a danger d'idolatrie. Parquoi ce
que le Ieſuite nous reproche des images de
Luther, Caluin & d'autres, ne fait rien pour
lui, ni contre nous.

Quant à ce qu'il allegue, Que S. Gregoire
cotte cette vtilité, lors qu'ennoiant à Secondin l'ima-
me du Sauueur, lui dit: Ie ſçai que tu deſires auoir
l'image du Sauueur, afin que tu bruſles de plus en
plus en ſon amour, en la regardant, Premierement,
ce Gregoire eſtoit vn Pape entierement ad-
donné aux images. Secondement le Ieſuite cite ce qu'il lui attribue, du Sinode ſeptieme, qui
eſt le deuxieme de Nice, faux, reprouué, & autant pernicieux que le premier Concile du

mesme lieu de Nice a esté vtile & profitable à
la Chrestienté. Tiercement, S. Gregoire ne
dit pas, qu'il ait enuoié l'image du Sauueur à
Secondin, àfin de l'adorer, ains seulement, *vt
in amore ipsius Domini recalesceret :* c'est à dire, à
fin qu'il fut reschauffé en l'amour du Seigneur.

5. *La troisieme vtilité des images est, en ce qu'elles seruent pour nous exciter à l'imitation des gens
vertueux, qu'elles representent.* Et là dessus le Iesuite en allegue quelques exemples : & à la fin
de la section il dit, *que ceste vtilité est couchee en
l'action quatrieme de la septieme Synode.*

Resp. en premier lieu, s'il n'y a autre tesmoignage de ceste vtilité, que ledit septieme
Synode, ce n'est rien, comme ie vien de dire en
la section precedente. En second lieu, S. Paul
defend de faire mal, sous esperance de bien.
Puis donc qu'il est certain, que celui-là fait
mal, qui desobeit à Dieu, & qu'il conste aussi
que Dieu a defendu les images au fait de la Religion : nous n'en deuons point faire, ni auoir
en ceste qualité, quelque bien ou vtilité que
nons en puissions pretendre. Au reste, quand
les images seruent pour l'histoire, c'est proprement la representation de l'histoire qui profite
& non pas les images seules.

6. *La quatrieme vtilité des images est, que par
elles nous professons la foi. Car lors que nous aimons
& honorons les images de Jesus Christ & des Saincts
c'est vne profession que nous faisons, d'aimer & suiure leur foi, leur doctrine, & leurs sainctes mœurs,
& que nous detestons, à leur imitation, toute impieté*

Rom. 3: 8.

& idolatrie, pour laquelle combattre ils ont espandu leur sang. Et en ce temps nous tesmoignons par la mesme façon, que nous ne sommes ni Lutheriens ni Caluinistes: ains Catholiques.

Resp. Il deuoit adiouster (pour se contredire aussi bien de parole que de fait) *ains Catholiques idolatres*: Et par ce dernier mot il auroit dit & confessé la verité. Car qui ne voit, & tresclairement, que l'Eglise Romaine s'est reuoltee de la foi, & de la doctrine & sainctes mœurs des Apostres, & des autres vrais Saincts & Martyrs, pour suiure l'impieté & l'idolatrie, qu'elle mesme a forgee pour son exercice Chrestien, & substituee en la place du vrai & pur seruice de Dieu?

En l'Eglise primitiue entre autres marques du Christianisme, estoient les images de Jesus Christ, & des Saincts.

Resp. Nous auons veu sur la sect. 10. du chap. precedent, comment & à quelle fin aucuns ont eu les images de Iesus Christ, & des Apostres, & des autres Saincts, non en l'Eglise ou au temple, mais en leurs cabinets ou maisons priuees. Au demeurant, si l'adoration des images est vne marque de la profession de la foi, & (comme dit le Iesuite à la fin de ceste section) la liuree qui discerne les Chrestiens & Catholiques, d'auec les infideles & heretiques: Les Apostres & les fideles, qui ont esté de leur temps, auront esté infideles & heretiques, d'autant qu'ils n'ont pas eu cette marque, ni ceste liuree des images. Mais c'est tout le rebours:

tant s'en faut que les images qu'on adore &
honore religieusement, soient marques & liurees de la foi, & profession Chrestienne, fondee sur la parole de Dieu, qu'au contraire elles
sont marques & liurees d'infidelité & du seruice de l'Antechrist.

*Les deux plus grands potentats de la terre se de-
uans faire Chrestiens, eurent vne préallable leçon des
images. L'vn fut Constantin, premier Empereur
Chrestien, à qui furent monstrees les images de S.
Pierre & S. Paul, sur le commencement de sa conuersion. L'autre fut Clouis, premier Roy de France
Chrestien, lequel estant prest pour estre baptizé par
S. Remi auec deux ou trois mille Gentils-hommes:
Approchez-vous (lui dit S. Remi) adorez ce que
vous auez bruslé, & bruslez ce que vous auez adoré:
c'est à dire, honorez les images que vous brusliez e-
stant Paien, & bruslez vos idoles que vous adoriez:
tant estoit recommandee la veneration des images.*

Resp. Quant à Constantin premier, nous
auons veu sur le chap. 11. sect. 3. quel a esté le
commencement de son introduction au Christianisme. Et mettant à part cela, qu'est-ce que
le Iesuite veut inferer de ce qu'il dit ici ? Est-ce
point, On monstra à Constantin sur le commencement de sa conuersion, les images de S.
Pierre & de S. Paul : Donc les images ont esté
en vsage de ce temps-là en l'Eglise, & le doiuent estre encore en ce temps ? Mais il ne s'ensuit pas.

Touchant Clouis premier Roy Chrestien,
comme la fable de la S. Ampoule a esté inuen-

tee, pour le rendre superstitieux : aussi l'a esté
l'instruction qui lui fut donnee de la veneration des images. Son commencement donc en
la foi Chrestienne a esté tres-mal fondé. La *L'Estat de*
faute en peut estre imputee aux Euesques & *l'Eglise sous*
Pasteurs qui lors estoient plus superstitieux, *l'an 485.*
que religieux, & plus folement deuotieux, que
bien & deuëmét instruits en la parole de Dieu.
Comme sainct Brice, sainct Patrice, sainct
Fourcy, sainct Medard, sainct Gildard, sainct
Vaast, sainct Remi, sainct Seuerin, sainct Ger-
main, sainct Loup, sainct Nicaise, S. Agnien,
& autres semblables, qui ont esté canonisez a-
pres leur mort.

7. *La cinqnieme vtilité des images est, qu'en*
icelles nous honorons Dieu, & pour l'amour de Dieu,
les seruiteurs de Dieu.

Resp. Par les choses que Dieu defend tres-
expressement par sa Parole, il ne veut point
estre honoré. Or Dieu defend tres-expresse-
ment par sa Parole les images. Donc par les
images Dieu ne veut point estre honoré. La
Proposition depend de ce principe, que la reigle de l'honneur n'est pas la volonté de celui
qui honore, mais la volonté de celui à qui le
honneur est deferé. Parquoi puis que Dieu a
defendu les images, & quant & quant l'honneur qu'on pretend lui faire par les images, il
n'est nullement honoré, ains deshonoré, quand
on presume l'honorer par les images, ou qu'on
veut deferer aux images quelque honneur
pour l'amour de lui, contre son gré.

8. 9. Aux sections 8. & 9. le Iesuite ne sçait ce qu'il gasouille. Il nous descrit l'entiere victoire de l'idolatrie reseruee à Iesus Christ : & les trophees plus illustres reseruez aux Martyrs & Saincts de la Loi de grace. Articles que nul de nous n'a iamais niez, ni ne nie encore. Mais qu'est-ce qu'il veut inferer de là ? Quel aduantage pour les images ? Il nous en fera vne demonstration plus claire, quand il lui plaira. Car quant aux predictions d'Isaïe, d'Eze-chiel, & de Zacharie, touchant le demolissement & la ruine des idoles des Gentils, cela a esté accompli par Iesus Christ, moiennant la predication de sa Parole. Et autant a-il commencé d'en estre fait des simulacres & images de l'Eglise Romaine, par la mesme predication & l'accomplissement s'en verra en son temps, quand il plaira à Dieu : estant certain qu'à mesure que le Soleil se leue, les tenebres s'escartent & s'esuanouissent.

Isa. 2. 8.
Ezech. 30.
13.
Zach 13. 2.

10. Mais voici sur tout vn traict digne d'vn Iesuite, tuteur des images & de l'idolatrie. Il dit ; *Que le diable a planté les idoles, & que lors qu'elles auoient lieu, il ne s'esmouuoit nullement, & ne leur faisoit point la guerre : Mais quand elles ont pris fin, & que les images ont esté emploiees en vn si iuste & vtile seruice, c'est alors qu'il s'est allarmé pour les combattre par les armes des Iuifs, des Turcs, & des heretiques.*

Resp. Et qu'est-cela, sinon se mocquer de Dieu & de sa parole ? Qu'est-ce sinon blasphemer, attribuant au diable l'œuure de Dieu, &
à Dieu

à Dieu l'œuure du diable? Car à son conte le
diable a planté les idoles, & Dieu les images.
Et neantmoins n'est-ce pas le diable qui a fait
l'vn & l'autre, comme il a pleu à Dieu lui las-
cher la bride? En apres, si le diable iadis ne s'est
nullement esmeu contre les idoles, s'esmeut-il
plus maintenant contre les images, quoi qu'il
en face le semblant? feroit-il bien la guerre à
soi-mesme? Les deux ne sont-ce point son propre ouurage? Consequemment est-ce pas Dieu
& non le diable, qui combat les images, comme il a combatu les idoles, par le ministere de
sa parole, & de ses fideles seruiteurs?

SVR LE CHAP. XVII.

1. EN la section premiere de ce chapitre, Richeome se plaint de ce
que Caluin, & ceux qui l'ont suiui en doctrine, font vne reproche à ceux de l'Eglise Ro-
maine, *Que leurs images sont lascines & impudi-* *Inst. liu. 1.*
ques, & comme patrons de pompe dissolue, & mesme *ch. 11. sect.*
d'infameté.

Resp. Cela est vrai, Mais il est à noter que
Caluin & les autres parlent ainsi, sur ce que les
Sophistes disent, *que les images sont les liures des*
idiots. Car quelle instruction de pudicité peuuent apporter les images de la vierge Marie, &
des autres vierges, à ceux qui les regardent,
quand ils les voient ainsi couronnees, dorees,
diaprees, & en somme habillees auec tout excez, de robes precieuses d'Yuer & d'Esté?

N n

Qùel enſeignement pour pratiquer la doctrine des Apoſtres, defendant les ſuperfluitez des
dorures,& autres telles deſpences, de voir leurs
images veſtues de drap d'or,& bordees de pier-
reries ? Que pourroient-elles enſeigner, ſinon
ce que Ieſus Chriſt diſoit des Phariſiens, aſçauoir qu'ils auroiét eſté hypocrites, & qu'il faudroit faire ce qu'il auroient dit, mais non pas
ce qu'ils auroient fait ? Non (ce diſoit Amphilochius Eueſque d'Iconie, l'vn des plus grands
perſonnages de ſon temps, & grand ami de Ba-
ſile le grand) *Nous ne nous ſoucions point de repre-*
ſenter les images corporelles des ſaincts auec telles cou-
leurs: pource quenous n'en auons que faire : ains de-
uons-nous ſouuenir de leur conuerſation & de leurs
vertus.

Amph. tom.
5. Conc.
Conſt. 7.

   2. A cela Richeome reſpond que le Concile de Trente y a remedié , decretant *Qu'en l'in-*
uocation des Saincts, qu'en la veneration des reliques,
& l'vſage ſacré des images toute ſuperſtition ſoit o-
ſtee, tout gain ſordide exterminé, toute laſciueté eui-
tee,& qu'on ne peigne ni pare les images auec affecta-
tion. Et là deſſus il fait pour nous vne obiectió,
& y réſpond. *Voire mais*(dit-il) *on n'execute pas ce*
ſte ordonnance. Et qui en eſt la cauſe? Si les mauuais
Prelats dorment au temps qu'il faut veiller : Si les
Princes & Magiſtrats ne preſtent la main de iu-
ſtice à l'execution : Si les vns & les autres ſont les
premiers meſmes à tranſgreſſer la Loi: Si en leurs ſa-
les & galeries ils profanent les images des Saincts par
laſciues peintures: & qui pis eſt,s'ils ont des tableaux
de Venus, de Pantalons, de maquerelages & autres

Conc. Trid.
Seſſ. 25.

pieces d'enfer, qu'vn œil chaste ne peut regarder sans horreur & danger; que ne criez-vous plustost contre ceux-là, qui en sont la cause, que contre l'Eglise qui n'en peut mais?

Resp. En l'ordonnance qu'il allegue de son Conciliabule de Trente, il y a oui & non, & non pas oui & Amen. Car ceste ordonnance commandant d'oster les superstitions pour le regard de l'exterieur, les establit pour le regard de l'interieur. Entant qu'elle commande de deferer aux Saincts l'inuocation religieuse, deuë à vn seul Dieu, & aux images & reliques l'adoration religieuse, soit de Latrie ou de Dulie, appartenante aussi à Dieu incommunicablement, comme nous auons suffisamment verifié en nostre Response au 2. Discours, touchant les Saincts.

Au reste, Il iette la faute de l'Eglise Romaine sur les mauuais Prelats d'icelle, & sur les Princes & Magistrats, lesquels (pour contrefaire le bon Chrestien, combien qu'il soit Iesuite) ne les espargne point. Ces Moines sont sanguinaires. Ils voudroient (comme organes de Satan) perdre les corps & les ames de tout le monde. Pour cet effect ils desirent que tous les Prelats soient de leur humeur, & que les Princes & Magistrats soyent leurs estaffiers. Mais les vns & les autres ont a penser à eux, pour ne se laisser mener par le nez à tels maquignons de consciences. Ils doiuent auoir sang & sens aux ongles. Ce Moine Iesuite en veut au Ciuil & à l'Ecclesiastique. Il ne peut

diſſimuler ſon venin. Son intention, & de tous
ces beaux-peres de ſa ſocieté eſt, de ſupplanter
enfin tous les vrais & legitimes Magiſtrats, ci-
uils & politiques, & toute la hierarchie des
Eueſques, & autres du Clergé du Pape, & ſur
tous les Docteurs de la Sorbonne, deſquels
ils ſont ennemis iurez, pour ſe mettre & inſi-
nuer en leur place, par leurs menees clandeſti-
nes, & enuahir, minans comme par deſſous terre, la iuriſdiction des vns & des autres. C'eſt
ainſi cependant que le diable veut diuiſer ſon
royaume infernal, par le iuſte iugement de
Dieu.

3. En la ſection troiſieme il allegue, qu'il
ne faut pas chaſſer le bien à cauſe du mauuais
vſage. *En ceſte voſtre querimonie des abus* (dit-il)
*vous ſemblez eſtre fort imprudens, quand par le mal
des membres, vous voulez aneantir le corps, & deſtruire le bien à cauſe du mauuais vſage, & abolir les
images à cauſe des abus.* Et plus bas; *Il vous faut
tous exterminer, ſi vous voulez ainſi extirper les a-
bus. On abuſe des liures ſaincts, faudra-il pour cela
mettre au feu la Bible, & bruſler les Docteurs? On
abuſe du vin, empruntera-on la foi de l'Alcoran, qui
defend du tout le vin? Ou fera-on comme celui qui
fit arracher les vignes? On abuſe des femmes, en ex-
terminera-on la race? Et vn peu apres: S'il faut
exterminer les images, parce que l'on en abuſe, il faut
faire tout ce que deſſus, & mille autres choſes auſſi
abſurdes.*

Reſp. L'argument du Ieſuite eſt tel.

Des choſes qui ſont dangereuſes & ſcanda-

leufes par accident feulement, il n'en faut ofter
finon l'accident ou l'abus, & non point ofter
les chofes mefmes, ni l'vfage d'icelles.

Les images font dangereufes & fcandaleu-
fes en l'Eglife, feulement par accident.

Donc des images il n'en faut ofter finon l'accident ou l'abus en l'Eglife, & non pas les images mefmes, ni l'vfage d'icelles.

I'accorde la propofition comme vraie, fi les
chofes font d'elles-mefmes bonnes, & fi l'vfage en eft licite : Item fi l'accident n'eft point
toufiours conioinct auec elles. Autrement, &
les chofes doiuent eftre oftees de l'Eglife, &
leur vfage aboli. Or les images ou de Dieu ou
des faincts, pofees aux Temples pour la religion, ne font point bonnes d'elles-mefmes, ni
leur vfage licite, d'autant que tout cela eft prohibé & defendu de Dieu : l'accident auffi (afçauoir la fuperftition & idolatrie) les accompa-
gne toufiours. Parquoi les images doiuent e-
ftre oftees de l'Eglife, & leur vfage aboli.

4. Il fait en fin vn argument, pris (felon fon
opinion) de chofes femblables. *Moyfe a mis
des images au lieu le plus fainct du Tabernacle : & Salomon en a mis encore plus en fon Temple, à l'honneur
de Dieu, & pour l'vtilité du Peuple. Donc on peut
faire autant auiourd'hui aux temples des Chreftiens.*

Refp. I'ai refpondu à cet argument fur le
chap. 10. fect. 5.

SVR LE CHAP. XVIII.

ICI se voit ce que peuuent ceux qui ne sont point appuyez sur la verité. Ils meditent assez ce semble. Mais si on leur oppose la parole de Dieu, les voila hors de leur theme & de leur rolle. Faute de fonds ils sont contraints (pour ne demeurer muets) d'inuenter des subterfuges, lesquels ils veulent faire passer & receuoir pour autant de raisons. Cela, di-ie, se voit en ce chapitre. Mais (comme l'on dit de ceux qui trauaillent en vain, & perdent leur peine & leur temps) le Iesuite tend ses bras contre vn torrent, s'oppose au cours d'vne grande riuiere, & se formalise contre des Comices generaux. Oions ces raisons par lesquelles il cuide prouuer que les temples sont les lieux propres des images.

1. *La premiere est : Les signes sacrez, & les images des choses sainctes, ne peuuent estre mieux ni plus conuenablement logez qu'en vn lieu sacré. Donc le propre lieu des images Chrestiennes, sont les temples Chrestiens. Que les images soient signes, & des plus remarquables, vous ne le pouuez nier, si vous sauiez la nature du signe, qui est signifier quelque chose: comme nous disons, que la fumee est signe du feu, & le sceptre de la royauté, d'autant que l'vn signifie naturellement le feu, l'autre moralement & par coustume authorisee, la dignité roiale.*

Resp. Ie nie que les images soient signes sacrez, asçauoir pour representer Dieu ou les

Saincts, comme il dit puis apres. Car Dieu ne peut vraiement estre signifié par les images : veu qu'il est infini, incorporel & inuisible. Et quand mesme il le pourroit, tant y a qu'on ne le deuroit pas entreprendre, tant pource que Dieu l'a defendu, que pource aussi qu'il n'est en la puissance d'homme viuant d'establir des signes, par lesquels Dieu soit signifié. Cela est reserué à la seule volonté & bon plaisir de Dieu.

Et quant aux images des Saincts, elles ne peuuent non plus estre signes sacrez des choses sacrees, veu que Dieu non seulement ne les a point ordonnees, ains encore les a defendues, & a dit par son Apostre S. Iean, *Enfans gardez-vous des images*, 1. Iean 5. 21. Lequel passage nous demeure entier, l'aiant arraché des mains des Sophistes, entant que nous auons aneanti leur distinction d'entre idole & image.

Au reste, il appelle les images, *Chrestiennes*. C'est au mesme sens que lui & ses semblables, sont Chrestiens. Ils sont idolatres, & leurs images idoles. Et partant ils ont vne mesme denomination : suiuant la sentence de Dauid, qui a dit; *Que ceux qui font les images, & qui s'y fient,* Ps. 115. 8. *sont semblables à elles.*

2. La deuxieme raison est, *Que le lieu honore l'image, & l'image le lieu : & l'vn par l'autre est aidé, pour estre plus vtile en sa façon.*

Resp. Cela seroit vrai, si Dieu auoit institué les images. Mais puis qu'il ne les a point instituees, ains defendues expressément par sa Loi, elles ne peuuent honorer le temple en au-

N n iiij

cune façon, ains au contraire le deshonorent, comme choses profanes. Car ce que Dieu a defendu, doit estre tenu pour profane, sans aucune exception ou modification. Donc à ce que les Temples & les images soient reciproques en honneur, c'est à dire, que l'vne chose honore l'autre, il faut que toutes deux soient ordonnees de Dieu pour cest effet, & que le moien de l'honneur soit aussi prescrit de lui.

3. La troisieme raison est, *que les images esmeuuent plus colloquees au temple.*

Resp. Voire: mais c'est pour plus induire les ames à idolatrie. Et à cela se rapportent tout les exemples qu'il allegue apres. C'est aussi ce que S. Augustin en a prononcé, quand il a dit; *Qu'on ne peut colloquer les images en sieges hauts & honorables, pour estre regardees de ceux qui prient & adorent, qu'elles n'attirent le sens des infirmes, comme si elles auoient sens & ame.* Et en vn autre passage: *Les simulacres ont plus de vertu à courber les poures ames, en ce qu'ils ont bouches, yeux, oreilles, & pieds, qu'ils n'ont à les redresser, en ce qu'ils ne parlent, ne voient, n'oient, & ne cheminent point.*

Aug. ep. 49.

In Ps. 115.

4. 5. La quatrieme raison est; *Que le temple Chrestien est l'image du Ciel, & les images Chrestiennes sont la representation des citoiens & lumieres celestes.* Ou comme dit Bellarmin: *Comme le temple est l'image du Ciel: ainsi faut-il qu'en ce temple soient les images de ceux qui sont au Ciel, c'est à dire, de Christ & des Saincts. Or que le temple soit l'image du Ciel, il appert, par ce que l'Apo*

Bell. tom. 1. l. 2. c. 9.

ſtre aux Hebrieux compare au ciel le tabernacle
Moſaique, pour lors temple des Iuifs, & modelle du
futur temple de Salomon.

Reſp. Premierement, ie nie que le Tabernacle & le temple aient eſté images du ciel, au
ſens que ceux de l'Egliſe Romaine diſent, que
leurs ſtatues ſont images de Ieſus Chriſt & des
ſaincts. Il n'y a rien de ſemblable.

L'Apoſtre aux Hebrieux parle bien du taberna- Heb. 9.
cle premier, lequel a eſté comme vne figure de
l'humanité de Ieſus Chriſt, qui eſt le vrai temple de Dieu. Il parle bien auſſi du ſainct des
ſaincts, qui a repreſenté le ciel: mais ſelon le
ſuiet qu'il traitte: c'eſt aſſauoir, que comme le
ſouuerain ſacrificateur entroit au ſainct des
ſaincts vne fois l'an, auec ſang, & offroit des ſacrifices pour ſoi & pour le peuple: ainſi Ieſus
Chriſt eſtant entré en ſon tabernacle, qui eſt
ſon corps, c'eſt à dire, aiant pris noſtre nature,
par icelle il a penetré au ciel, quand il a offert
ſon precieux ſang pour nous, en redemption e-
ternelle.

Secondement, encore que le tabernacle &
le temple aient eſté en quelque façon images
du ciel, ſi eſt-ce ie nie que les temples de
l'Egliſe romaine le ſoient auſſi. Il y a bien à dire des vns aux autres. Ceux-là ont eſté ordonnez de Dieu, auec tout leur ornement iuſques
à vn clou. Ceux-ci non: ains ont eſté ordónez
des hommes. Et cóbien que ç'ait eſté pour vn
bon vſage, c'eſt aſſauoir àfin que les Chreſtiens
s'y aſſemblaſſent, pour vacquer à la priere en

corps,pour ouir la parole de Dieu,& pour participer aux sainꝰts Sacremens. Tant y a que depuis on en a abusé, les faisant seruir aux Idoles & Images, au grand des-honneur de Dieu.

Tiercement, ie di que la consequence du Iesuite est nulle. Son argument doit estre tel.

Tout ce qui est au Ciel,doit estre peint ou representé en l'image du Ciel, qui est le temple Chrestien.

Au Ciel il y a des Sainꝰts.

Donc les Sainꝰts du Ciel doiuent estre peints ou representez en l'Image du Ciel, qui est le temple Chrestien.

Ie nie la proposition. Car plusieurs choses sont au Ciel, dont les Images ou figures ne se peuuent representer en temples materiels. Et mesmes,qu'elles choses des Sainꝰts, qu'on venere, adore, & inuoque en l'Eglise Romaine, sont au Ciel?Ce sont leurs ames, & non point leurs corps. Neantmoins aux temples terriens de la papauté on y represente leurs corps , & non point leurs ames.

6. En la derniere section Richeome blasonne nos temples, parce qu'il n'y a point d'idoles, comme aux leurs. *Comparez*. dit-il, *vos temples auec les nostres : vos temples à quatre murailles, & vn toiꝰt, comme vn ieu de paume , vuide de Sacremens, d'ornemens, de ceremonies, d'autels , de sacrifices, & d'Images, plus semblables aux Mosquees Turquesques , qu'aux temples Chrestiens.*

Resp. Ie ne puis croire que le Iesuite parle

icy du fonds de l'eftomac, ains (comme difoit
quelqu'vn d'Vlyffes) du bout de la langue. Il
fait donc comme ceux qui nauigeans, veulent
aborder à vn riuage, lefquels pouffent leurs
perches à l'oppofite du lieu où ils tendent. Si ce
n'eft (di-ie) qu'il ait du tout rompu la paille a-
uec Iefus Chrift, & auec fon Eglife. Que fi cela eft, le voila defploré. Car en premier lieu,
en quelle confcience peut-il dire, que nos temples font vuides de facremens ? voirement les
cinq de la papauté, qui font de l'inuention des
hommes, en font forclos. Mais le Baptefme &
la fainĉte Cene y font celebrez, felon l'ordonnance & inftitution de Iefus Chrift, en toute
pureté & fans aucune fuperfluité & fuperftition.

En fecond lieu, pour eftre nos temples fans
autels, fans facrifices, fans images, font-ils
pour cela comme des ieux de paume, & femblables aux Mofquees des Turcs ? Ce Iefuite
penfe-il que les images foyent vn bel ornement des Temples ? Il s'abufe : Car 1. Le
vray ornement des temples eft, la pure doĉtri- *Vrai orne-*
ne & predication de l'Euangile, le legitime v- *ment des*
fage des facremens, la vraie inuocation & fer- *Templet.*
uice de Dieu, conforme à fa parole. 2. Les
temples font faits & baftis, afin que les vraies
& viues images de Dieu, s'y affemblent,
& non point pour eftre des eftables
des idoles & images muettes. 3. L'ornement
Ecclefiaftique ne doit point eftre contraire au
commandement de Dieu. 4. Il ne doit eftre

aucunement dangereux aux membres de l'Eglise, niapporter aucun scandale aux infirmes.
Oions encore ce qu'il adiouste.

Et que diroient ces vieux peres des cinq cens ans premiers, si ressuscitez ils entroient maintenant en vos temples? Qu'est-cecy? diroient-ils. Où sont les signes des Chrestiens? Où sont les images des saincts? Où est le trophee de la croix? Où est la memoire & memorial de Iesus Christ, l'image de sa mere glorieuse, de ses Apostres, Martyrs, Confesseurs, & Vierges, que nous auons veu & honoré en nos anciennes Eglises? Est-ce point vne sinagogue de Iuifs, vne sale de Samaritains, ou vne halle de Sarrazins.

Resp. Ne vous desplaise, pere Loys. Ces peres ne parleroient pas ainsi, ains tout au contraire. Car recognoissans la doctrine de verité laquelle ils ont annoncee, la diroient estre de nostre costé, & le seruice de Dieu pur & spirituel, celebré en nos temples, & les superstitions & idolatries des anciens idolatres renouuellees & pratiquees aux vostres. S. Paul sans aucune contradiction approuueroit nos temples, & reprouueroit les vostres, disant, *que Dieu n'habite point és temples faits de mains. Et que la diuinité n'est point semblable à or, ou argent, ou à pierre taillee par art, & par inuention d'homme.* S. Iean nous diroit, vous auez suiui, & suiuez mon admonition, *Enfans gardez-vous des idoles.*

Clement vous diroit: *quel est cet honneur de Dieu, de courir ça & là apres les images de pierre & de bois, & d'honorer les statuës vaines & sans ame, comme choses diuines?* Or là il refute ceux qui di-

Act. 17. v. 24. & 29. I. Ieans. 21 Clem. lib. 5. ad Iacob. fr. dom.

ſoient qu'ils honoroient les images viſibles, en l'honneur de Dieu.

Epiphane deſchireroit vos images, comme il deſchira celle d'Anablatha. *Epiph. epi. ad Ioan, Epiſc. Hieroſol.*

S. Cyprien vous reprocheroit, *pourquoi ploiez vous voſtre corps captif deuant des images lourdes & inſenſibles, & deuant des ouurages de terre.* *Cypr. cont. Demet. c. 1.*

Lactance nous diroit, vous faites bien de purger vos temples de cette vermine d'idoles: Car il n'y a point de religion aux images. *Lact. Inſtit. l. 1. c. 29.*

Et S. Cyprien: *Les eſprits malins ſont cachez és images, pour deccuoit les hommes.* *Cypr. de vanit. Idolor.*

Et S. Auguſtin: *Les premiers qui ont mis en auant les images, ont oſté du monde la crainte de Dieu, & augmenté l'erreur.* Et derechef: *N'aimons point les ſpectacles viſibles de pierre, qui ſe fouruoient de verité.* *Aug. de ciuit. Dei L. 4. cap. 9. & 31.*

Amphilochius, duquel nous auons parlé ci deuāt, ſe ioindroit auec nous & diroit, *Nous ne nous ſoucions point de repreſenter les images des ſaincts auec telles couleurs: d'autant que nous n'en auons point beſoin. Ouy bien d'auoir ſouuenance de leurs vertus.* *Amph. tom. 5. Concil. Conſt. 7.*

Et Theodore Eueſque d'Ancyrie diſant. *Nous tenons que c'eſt choſe mal ſeante de repreſenter les ſaincts, par couleurs materielles, mais bien faut il refaire leurs vertus redigees par eſcrit, comme viues images.* *Theod. tom. 6. Concil. Conſt. 7.*

Ainſi parleroient ces vieux peres, & pluſieurs autres auec eux, & vous conſeilleroient de renoncer à vos idoles, & à vos idolatries, & de vous reioindre auec nous au vrai & pur ſeruice de Dieu.

SVR LE CHAP. XIX.

IL continue de se ietter aux resueries &
irresolutions de Bellarmin, duquel il a
coppié ce qu'il nous dit icy, comme il a faict
presque tous ses discours precedens.

1. En la premiere section il dit, qu'il a fait,ce
qu'il n'a point encore bien commencé, c'est a-
sçauoir ; *Qu'il a prouué qu'il est loisible de faire &*
tenir des Images des Anges & des Saincts, & qu'il
est utile & honorable de les colloquer aux temples. Il
adiouste qu'il veut faire ce qui lui est impossible, qui est de prouuer qu'il est loisible, *voire &*
encor necessaire d'honorer les Images, tant s'en faut
qu'il soit idolatrie. Nous l'orrons patiemment.

Damasc. de
heres. ad fi-
nem.
2.   En la seconde section il introduit Damascene, qui dit ; *Qu'il y a deux heresies diametral-*
lement opposées sur la veneration des Images. La pre
miere est de ceux-là, qui adoroient les Images com-
me Dieu. Ces heretiques, il les appelle du mot Grec
Christianocatagoros, c'est à dire, accuse-Chrestiens,
d'autant que par leur vice on accusoit les Chrestiens
comme Idolatres. La seconde, qui tient l'autre extre-
me est, qu'il ne faut faire aucun honneur aux Ima-
ges de Dieu & des Saincts, qui est vostre opinion.
Là-dessus il dit qu'il ne dispute point maintenant : Car estant vne vraye idolatrie, elle est
assez refutee par l'Escriture. Mais il dispute de
la seconde, laquelle il pretend refuter. Et nous
pretendons au contraire tresbien nous defen-

dre , appuiez fur la verité de Dieu , & maintenir que cefte opinion, *que les Images de Dieu &*
des fainéts ne doiuent nullement eftre honorees , n'eft
pas vne herefie , ains vne doctrine vraie & Orthodoxe. Car comme pour faire, ou auoir des
images au fait de la Religion, il faudroit que
Dieu l'euft commandé : tout de mefme pour
les honorer. Or Dieu a defendu tres-expreffe-
ment l'vn & l'autre. Exode vingtiefme. Oions
le Iefuite.

3. Enla troifieme fection il dit, *Que la foi Catho*
lique tient le milieu , comme le Concile de Trente l'a
ordonné: qui eft , Qu'il faut donner honneur & deue
reueräce à l'image de Iefus Chrift, de fa Mere, & des
autres Sainéts: non que l'on croie qu'en icelles images
y ait quelque diuinité ou vertu, pour laquelle il les fail
le honorer, ou leur demander quelque chofe, ou y auoir
fa confiance , comme iadis faifoient les Payens , qui
fichoient leur efperance aux Idoles : mais par ce que
l'honneur , qui leur eft rendu , reffort & fe rapporte à
la perfonne qu'elles reprefentent.

Refp. Nous auons ci-deuant opposé à cefte
opinion , la fentence de S. Auguftin , & de
Conftantin Euefque de Conftance en Cypre:
ç'a efté fur le chap. 13. fect. 2. Voions la fuite
du Iefuite.

Il en veut aux argumens de Caluin , contre les images & la veneration d'icelles. Caluin
a dit pour fon premier argument, *Que Dieu a* Inft, 1, 11,
prohibé & defendu les images faites pour religion. 10,
Exo. 20. Et fur l'inftance des Sophiftes , qui difoient, comme ils difent encore , *que Dieu a de-*

fendu les idoles, & non point les images, & que les
catholiques n'estiment pas leurs images estre dieux,
& ne les honorent comme dieux, ainsi que les Iuifs
faisoient leurs idoles: Caluin a respondu, que les
Iuifs n'estimoient non plus dieux leurs idoles: Et
neantmoins ils ne laissoient pas de faire contre le commandement, & d'estre idolatres, comme les prophetes
leur ont reproché. A cela le Iesuite replique, Qu'en
cette arriere-preuue Caluin dit plusieurs euidens
mensonges.

4. *Le premier est, en ce qu'il dit, que les Iuifs n'estimoient point dieux leurs idoles.* Resp. Et comment prouue le Iesuite que ce dire de Caluin
est vn mensonge?

Car (dit-il) quel est ce langage ? *Fai. nous des
Dieux qui marchent deuāt nous?* Et, *voici tes Dieux
ò Israel, qui t'ont fait monter de la terre d'Egypte,*
Quel est aussi ce langage de Michas ? *Vous m'a-*

Exo. 32. 1. | verset 4. | Iug. 18. 24.

uez raui mes Dieux, que ie m'auois fait. Et Ieroboam, des deux veaux qu'il auoit faits, *voici tes
Dieux, Israel, qui t'ont fait monter de la terre d'E-
gypte.* Et la dessus le Iesuite s'escrie : *Entendez-
vous ces lieux? vous peuuent-ils plus clairement tesmoigner que tels Iuifs estoient idolatres, & que les
Payens croioient que leurs Idoles estoient des Dieux,
& que Caluin a dit le mensonge?*

Resp. Ceste replique redargue Bellarmin
& Richeome d'imposture, & non Caluin de
mensonge. Car ceux-là desquels ils citent les
paroles, appelloient Dieux les images ou simulacres, dont ils font mention. Et les appelloient Dieux, non pas proprement, mais à cause de

se de la representation, suiuant la figure vsitee en l'Escriture, qu'on nomme Metonymie, par laquelle le nom de la chose signifiee est attribué au signe. Comme les images des Cherubins, des bœufs, des Lions, sont appellees Cherubins, bœufs, lions.

Exo. 25, 18 1. Rois 6, 23 & 7. 25. & 10. 19.

Pour le regard des Paiens, voici deux passages tres clairs contre le Iesuite. L'vn est d'Athanase en son Oraison contre les idoles. *Les Gentils profanes (dit-il) ont enseigné, que les statues ne sont point Dieux, ains simulacres des Dieux. Et partant ils les ont, a fin que les Dieux respondent, & se reuelent sous ces images: autrement ils sont inuisibles, & ne peuuent estre cogneus.* L'autre passage est d'Eusebe, disant; *Les sages Ethniques ont voulu signifier & manifester à nos sens Dieu, & les vertus de Dieu, διὰ εἰκόνων συμφύλων, par des images à nous familieres.*

Athan. cont. Idol.

Euseb. de prapar. l. 3.

Quant aux Iuifs, pour reuenir à leur veau d'or, ils l'ont appellé Dieu en ce mesme sens. Car ils ont voulu auoir vne figure & image corporelle, laquelle allant deuant eux, ils vissent en icelle comme Dieu present, & sceussent qu'il estoit leur guide & conducteur par les chemins.

Bellarmin se contredisant soi-mesme en a ainsi parlé. *Les Iuifs (dit-il) ains veu en Egypte le veau en grandissime honneur, ont pensé que ce veau la estoit le Dieu du Ciel. Et partant, illi imaginem vituli statuerunt, ils lui ont establi l'image du veau.*

Bell. de Eccl. Trium. l. 2. c. 13.

Et que respondra Richeome à leur *Attollite portas*? Il dit qu'ils n'appellent point Dieux

O o

leurs images. Cependant le matin de leurs
Pasques fleuries, le Prestre ne va-il pas auec l'i-
mage du crucifix dedant la porte du temple
par le dehors, & frappant en icelle du bout de
la Croix, ne dit-il pas? *Attollite portas principes*
vestras, & introibit Rex gloriæ? Et estant interrogué, *Quis est iste Rex gloriæ?* Ne respond il
pas; *Dominus fortis & potens, Dominus potens in*
prælio: ipse est Dominus virtutum, Rex gloriæ? Or
le nom de *Roi de gloire*, n'est-il pas propre à
Dieu seul, comme le nom de *Seigneur?* Bellarmin le confesse. Car aussi le mot Hebrieu, qui
est tourné, *Seigneur*, c'est הוהי, au Pse. 24. 8.
D'où tout cela est tiré par abus. Parquoi l'i-
mage est là appellee *Dieu*, contre ce que Richeome gazouille.

Le second mensonge de Caluin est, en ce qu'il
dit, que les Iuifs n'estoient pas si sots, qu'aiant fait le
veau d'or, ils eussent oublié Dieu, qui les auoit reti-
rez d'Egypte.

Resp. Le Iesuite est ici faussaire & imposteur,
tant aux paroles qu'il attribue à Caluin, qu'au
sens d'icelles. Car les paroles ne sont pas telles
qu'il les represente, ains comme s'ensuit: *Les*
Iuifs n'estoient pas si despourueus de sens, qu'ils ne
sceussent que c'estoit Dieu, qui les auoit tirez d'Egy-
pte, auant qu'ils forgeassent le veau. Et quant au
sens, Caluin s'expose clairement, quand il adiouste tout incontinent apres: *Mesme quand*
Aaron publia que c'estoient les Dieux, qui les auoient
deliurez, ils s'y accordoient sans difficulté: signifians
par cela qu'ils se vouloient bien tenir à Dieu, qui a-

doit esté leur Redempteur, moiennant qu'ils eussent
sa remembrance en la figure du veau.

Touchant les passages que Richeome allegue de l'Escriture par lesquels il pretend combatre Caluin, ils s'y verra trompé. Ces passages
sont, *Tu as oublié le Dieu qui t'a fait, & as mis en ou-* | Deut. 32.
blie Dieu qui t'a engendré. Item, *Ils firent vn veau* | 18.
en Horeb, & adorerent l'idole, & oublierent Dieu, | Pf. 106. v.
&c. Ie di qu'en ces passages, & autres sembla- | 19. & 21.
bles, *Oublier* signifie ne se souuenir point religieusement, pieusement, & auec fruict. Partant celuy est dit oublier Dieu, ou ne s'en souuenir point, lequel n'est point fidele à Dieu, &
ne le sera point selon la reigle de sa parole, de
laquelle la memoire doit estre la gardienne.
Tout ainsi que Salomon parle de la femme | Prou. 2. 17.
desbauchee, disant : *Qu'elle delaisse le mari de*
son adolescence, & oublie la paction de son Dieu:
n'est à dire, l'alliance coniugale contractee a-
uec son mari, suiuant l'ordonnance de Dieu.
Car qu'elle n'oublie pas du tout son mari, ains
lui est seulement perfide & desloiale, il appert
parce que ledit Salomon l'introduit, disant à
son ruffien : *Vien resiouissons-nous en amour. Car* | Pro. 7. verf.
mon mari n'est point en sa maison, il s'en est allé en | 18. 19. 20.
voyage lointain, & retournera au lieu assigné.

Le troisieme mensonge est, en ce qu'il dit, que les
Iuifs faisoient comme nous, & qu'ils adoroient Dieu
en ce veau, comme nous l'adorons en son image. *Les*
Iuifs (dit Caluin) *cognoissoient voirement Dieu, du-* | Inft. l. 1. ch.
quel ils auoient esprouué la vertu : mais ils vouloient | 11. fect. 8.
le cognoistre par vne image qui marchast deuant, que | & 9.

Dieu estoit leur guide en chemin. Et adiouste vn
peu apres. Les Iuifs estoient persuadez que sous telles images ils honoroient Dieu Eternel, vn, vrai Seigneur du Ciel & de la terre.

Resp. Et bien, par quelles raisons refute Richeome ce mensonge?

En premier lieu (dit-il) nous venons de monstrer
clairement qu'ils tenoient pour Dieu, leurs idoles.
Item qu'ils auoient oublié le vrai Dieu. S'ils cognoif-
soient le veau pour Dieu, comment cognoissoient-ils le
vrai Dieu en icelus? Et s'ils auoient oublié le vrai
Dieu, l'Eternel, le Seigneur du Ciel & de la terre,
comment s'en souuenoient-ils en ce veau, lequel estoit
la cause & l'effect de leur oubliance? Se souuenir &
s'oublier est-ce vne mesme chose?

Resp. Il presuppose faux: C'est asçauoir,
d'auoir monstré que les Iuifs tenoient pour
Dieu, leurs idoles. Item, qu'ils auoient oublié
le vrai Dieu, au sens qu'il l'a pris. En l'vn & en
l'autre il s'est perdu, comme nous auos verifié.

Secondement (dit il) est-il vrai-semblable qu'ils
eussent fait ce veau seulement pour auoir vn signe visible de Dieu, qui les precedast, veu que Dieu alloit
nuict & iour deuant eux en deux signes tres euidens
& miraculeux? Le iour par la colomne de nuee, & la
nuict par la colomne de feu? Ils vouloient donc auoir
(ce dit-il apres) vn Dieu palpable & corporel, c'est
dire, vne idole à la façon des Egyptiens. Et ceste idole estoit vn veau, plustost qu'vn chameau, ou vn mu-
let, parce que le veau estoit le grand Dieu des Egyptiens, appellé par eux APIS.

Resp. Et pourquoi n'est-il vrai-semblable,

que les Iuifs idolatres n'aient desiré, auec les
Colomnes de la nuee & du feu, encore des autres signes corporels & palpables, pour vn plus
grand appui de leur foi mal asseuree? N'est-il
point vrai-semblable, & vrai quant & quant,
que les idolatres de la Papauté desirent, & demandent, & ont encore plusieurs & diuerses figures & images, tendantes à vne mesme fin,
qui est(comme ils disent)pour leur representer
leur creation & redemption? Et entre toutes,
n'ont il pas leurs *Agneaux de Dieu,*pour leur figurer l'effect de la mort de IesusChrist & l'effu-
sion de son sang,pour les pechez des hommes,
combien qu'ils aient pour ce mesme effect les
sacremens du Baptesme & de la saincte Cene?

Quant à ce que le Iesuite dit, que les fideles
ont voulu auoir vn Dieu palpable & corporel,
& non vne image palpable & corporelle, nous
auons tantost refuté cela par le tesmoignage
mesme de Bellarmin.

6. Or en la derniere section il descrit ce veau
qu'il appelle *Apis.* Surquoi nous le renuojons
à nostre *Rainoldus,de Ecclesia Rom. idololatria.
l.2.c.3.sect.*7. 8. 9. &c. Où son Bellarmin &
lui se verront traittez en Iesuites, & tous leurs
discours mis au vent.

Mais sur sa Conclusion, ie dirai deux mots.
*Nous concluons donc(dit-il)que les Iuifs n'adoroient
non plus Dieu,en l'idole de ce veau, qu'en l'idole de
Baal, Moloch, Astarot, & aux autres: En l'ido-
le desquels il est certain qu'ils adoroient le diable,pour
Dieu: Et partant Moyse, qui sauoit mieux que*

Oo iij

Caluin le fonds de leur idolatrie, dit clairement qu'ils ont fait sacrifice au diable, & non à Dieu, adorans les Dieux à eux incogneus.

Resp. Bellarmin refute Richeome pour nous, citant Abulensis, Caietan, & d'autres sur le chap. 17. des Iuges. Il y a eu (ce dit-il) deux genres d'idoles entre les Hebrieux. Les vnes sans nom de certain Dieu, comme a esté l'idole de Michas Iug. 17. Et parauanture le veau d'or, que Aaron fit Exo. 32. Et que Ieroboam renouuella. P. Rois 12. Les autres auec certain nom, comme Baal, Moloch, Astaroz, Chamos, &c. ainsi qu'il appel. 1. Rois 11. & ailleurs. Parquoi (y adiouste Bellarmin) ces Docteurs disent, & probablement, que selon le premier genre on peut accorder que les Iuifs en l'idole, ont pensé adorer & seruir le vrai Dieu. Mais aux idoles du second genre, il est certain que les Iuifs ne pensoient point adorer & seruir le Dieu d'Israel.

Quant au passage du Deuteronome, où il est dit, Que les Iuifs ont fait sacrifice au diable, & non à Dieu, adorans les Dieux à eux incogneus: Il se doit entendre du seruice de Baal & des autres idoles, sous le pretexte du seruice de Dieu. Car celui qui transgresse la Loi, transferant aux images l'honneur qui appartient à Dieu, vn tel ne sert point à Dieu, ains au diable, combien que son intention soit autre. Et c'est suiuant cet axiome Theologique, que tout pretendu culte ou seruice diuin, qui n'est point ordonné de Dieu, ains est contraire à ses sainctes & diuines ordonnances, est reputé diabolique,

Deut. 32. 17
Bell. de ima g. sanct. l. 2. c. 13.

Det. 32. 17.

I. Sam. 15. 23. 1. Tim. 4. 1. Ainſi diſoit ſainct
Paul, *Que les choſes que les Gentils ſacrifient, ils les* 1. Cor. 10.
ſacrifient aux diables, & non point à Dieu. C'eſt à 20.
dire, que Dieu a en abomination tels ſacrifices
& ſeruices, n'eſtans point faits ſelon ſa parole.
Mais cependant le diable les a pour treſagrea-
bles, comme ainſi ſoit qu'il ſollicite & induiſe
les hommes à deſobeir à Dieu, en quoi il prend
tout ſon plaiſir. C'eſt tout de meſme de ce que
S. Paul faiſoit du temps de ſon ignorance, a- Act. 9. 1.
iant pris des lettres du Souuerain Sacrificateur
pour perſecuter les fideles. Emflambé de me-
naces & de tuerie, ſans doute il accompliſſoit Iean 8. 44.
les deſirs du diable, homicide des le commen-
mencement. Partant il ſeruoit au diable, & non Iean 16. 2.
à Dieu, combien qu'il penſaſt faire ſeruice à
Dieu.

SVR LE CHAP. XX.

I.   **C**ALVIN *pourſuiuant ſa route, comme*
il nous a fait ſemblables aux Iuifs, il
nous veut encore faire entendre que meſme les Paiens
n'eſtoient pas ſi ſots, qu'ils creuſſent que leurs idoles
fuſſent Dieux, neantmoins qu'ils eſtoient idolatres les
honorans. Et partant que quand nous diſons que nous
ne croions pas que nos images ſoient Dieux, ne laiſ-
ſons pas d'idolatrer comme eux, leur faiſant honneur,

   Reſp. Caluin dit ſeulement, *Nous ne deuons* Inſt. l. 1. c.
pas auſſi penſer, que les Paiens euſſent eſté ſi ſots, 11. ſect. 9.
qu'ils ne cogneuſſent que Dieu eſtoit autre choſe
qu'une piece de bois ou de pierre. Le Ieſuite de là
lui fait inferer ce qu'il dit : Et nous le voulons

bien, & difons que c'eſt la pure verité, combien
qu'il l'appelle menſonge. Oions ſes raiſons.

Act.19.27. 2. *Combien que poſſible (dit-il) il y en euſt d'entre*
eux, qui ne creuſſent point que les idoles fuſſent Dieux
ſi faut-il confeſſer que la plus-part le croioit. Ce qui
n'eſt pas ſi merueilleux, ni ſi grande ſtupidité que
Caluin penſe.

Reſp. Et pourquoi? Il en allegue 4. raiſons.

La premiere eſt : *Car ils voioient que leurs pon-*
tifes le leur diſoient.

La ſeconde : *Que tout le monde preſque le croioit.*

Reſp. L'vne & l'autre eſt fauſſe. Car quel
Pontife diſoit cela? En quel lieu? En quel
temps? Et d'où eſtoit ce monde, qui preſque
tout le croioit? ie ne veux faire ici qu'vne inſtance de l'idole de Diane. Diane eſtoit reputee la Deeſſe des Epheſiens : mais elle eſtoit a-
dorce non ſeulement des Epheſiens, ains encore de toute l'Aſie, & de tout le monde. Son
grand temple eſtoit bien en Epheſe, & ſa grande idole, où eſtoit monſtré le lieu de ſa naiſſan-
ce. Mais par tout le monde, à l'exemple des
Epheſiens, on lui auoit baſti des temples & des
images. Tant y-a qu'on ne tenoit point ces
images pour Diane meſme, ains ſeulement
pour ſes remembrances & repreſentations.
Car quant à elle, on la croioit eſtre au ciel. Parquoi les Pontifes ne diſoient point au peuple
de tout le monde, & ce peuple ne croioit non
plus, que les images de Diane, qui eſtoient ſans
nombre par tout le monde, fuſſent la Deeſſe
Diane, ains ſeulement les figures & repreſen-

tations d'icelle. Ainsi en estoit-il de tous les autres Dieux des Paiens.

C'est comme l'on dit de la vierge Marie, qu'on appelle Nostre Dame. Ceux de Laurete monstrent la chambre de sa naissance & de sa nourriture. Elle y a son temple, & y est representee par vne image. Mais semblables images se trouuent en infinis lieux du monde : & nommement à Monserrat, & à Roque-Madour. Neantmoins on la tient estre au Ciel. Ainsi en est-il de tous les autres Saincts & sainctes de la Papauté, qu'on tient estre en Paradis.

La troisieme raison du Iesuite est, *Que les idoles auoient figure humaine.*

Resp. Ceste raison estoit pour destourner les Paiens, de croire que les idoles de leurs Dieux, fussét Dieux, plustost que de les y induire. Car tout le monde estoit bien persuadé; Que Dieu est Esprit, & qu'il n'a aucune forme corporelle, sinon qu'on fust Anthropomorphite.

La quatriesme raison est; *Qu'elles parloient & rendoient des oracles.* Resp. Le Iesuite n'a cité, pour la preuue de ceste raison, non plus que des precedentes, aucun tesmoignage, ni de l'Escriture, ni des autheurs prophanes. Bellarmin en cite trois sur ceste raison: c'est asçauoir Ezech. 21. Zach. 10. Et Valere le Grand l.1. ch. dernier. Mais nostre Rainoldus lui a respondu trespertinemment : & a monstré que ces passages ne font rien pour lui. Et apres cela il a cotté plusieurs exemples contre le Iesuite, par

Bell. de ima sanct. l. c. c. 13. Rainold. de Rom. Eccl. idol. l. 2. c. 3.

lesquels il a prouué que les Oracles des Païens
ont tousiours esté rendus par la bouche des de-
uins, & non point par la bouche des idoles.

Ces quatre raisons donc sont friuoles & fausses. Mais cependant par icelles Bellarmin &
Richeome condamnent leur Eglise en semblable fait. Car pour les deux premieres raisons,
il est certain que tous les Docteurs de la Papauté disent & preschent, qu'il faut honorer les
Images, & les adorer, au moins de l'adoration
de Dulie : & tous leurs peuples le croient. Tels
Docteurs, tels Disciples. Aueugles en cela les
vns & les autres, & menacez de tomber tous
deux en la fosse.

Math. 15.
verset 14.

La troisieme raison, qui est que les Idoles
des Gentils auoient figure humaine, conuient
en tout & par tout aux images de la papauté :
Et n'y faut autre preuue que la veue.

La quatrieme tout de mesme, qui est des
miracles feints & supposez : Tesmoins ceux
qu'on atribue a nostre Dame de Laurette &
d'ailleurs, au crucifix de Muret, aux Images de
S. Claude, de S. Iaques, & autres semblables.

Que donc les Iesuites concluent qu'entre les
idoles des Païens, & leurs Images, il n'y a nulle difference, pour le regard de ces quatre raisons.

Richeome adiouste : *Tous les Prophetes pour*
prouuer que les Idoles d'or & d'argent ne sont point
Dieux, mettent pour argument ; parce qu'elles ne
Isa. 46. 6. *parlent point, n'oient point, &c.*

3. Et là dessus il prouue encore que les idoles

des Gentils sont appellées Dieux par les Pro- Isa. 40. 18.
phetes : tesmoins ces passages, Pse. 13. & 114.
Isa. 40. Iere. en l'ep. qui est Baruc 6. Dan. 4.
Sap. 15. 10. Act. 19. 16.
Respon. Qu'est-ce que Bellarmin & Richeome
inferent par ces passages? C'est qu'aucuns d'entre les Payens ont tenu que leurs idoles d'or &
d'argent, & d'autres matieres, estoient des
Dieux. Et que les Prophetes l'ont aussi dit &
affirmé. Qui le nie? Mais ils ont entendu qu'elles estoient Dieux, non point proprement, ains
par vne Metonymie, comme nous auons dit
des Iuifs. Tesmoins pour tous, le passage allegué d'Isaie. Car le Prophete disant ; *Que l'or-*
feure fait vn Dieu d'or & d'argent, par ce mot de
Dieu, il entend vne image de Dieu. Comme il
appert par le verset precedent, où il dit: *A qui*
m'auez vous fait semblable & egal? Et à qui m'auez
vous comparé; dont ie soi fait semblable? Et au chap.
40. A qui donc ferez-vous ressembler Dieu, & qu'el-
le remembrance lui disposerez-vous.

Pourquoy donc (dira quelqu'vn) les Prophetes pour prouuer que les idoles des Gentils n'estoient point Dieux, alleguent-ils qu'elles auoiët des yeux, sans voir, des oreilles sans
ouïr, & le reste ? Car parlant ainsi il semble
qu'ils vueillent inferer que les Gentils pensoient que leurs idoles vissent, & ouïssent, &
par consequent qu'elles fussent des Dieux. Ie
respon ; que par ceste maniere de parler les
Prophetes ont signifié que les Gentils ont fait
tresmeschamment d'appeler Dieux (quoy que

par Metonymie) les idoles muettes & aueugles : & de les seruir & adorer, & mettre leur esperance en elles. Car ils n'eussent sceu mieux inferer, ni plus proprement que les idoles n'estoient point dignes d'estre images de Dieu, ni qu'on leur differast aucun honneur diuin, que quand ils ont crié, qu'elles auoient des oreilles, & n'oioient point, des yeux & ne voioient point, des pieds & ne cheminoient point, & ainsi du reste.

Quant à l'argument qu'il tire de Ieremie, de Salomon, & de sainct Augustin, ce n'est rien. *D'auantage, (dit-il) Ieremie dit auec Salomon que les Gentils inuoquoient les idoles, & leur recommandoient leur salut. Ils croioient donc qu'ils estoient Dieux, & qu'ils les pouuoient exaucer: Car S. Augustin dit, personne n'inuoque vne idole, qu'il ne pense en pouuoir estre exaucé.*

Resp. Bellarmin respond pour nous, respondât pour les prescheurs de la Papauté. *Les prescheurs (dit-il) parlêt à l'image du Crucifix, & lui disent, Tu nous as racheteZ, tu nous as recôciliez au pere. Mais ils ne disent pas ces choses à l'image, ni entât que c'est du bois, ni entant qu'image, ains entant qu'elle est prise au lieu de l'exemplaire: c'est à dire, ces choses sont dites à Christ, duquel toutesfois l'image tient la place:* Ainsi disons nous, que S. Augustin, entend que les Paiens n'adressoient point leurs prieres aux idoles, entant qu'elles estoient bois ou simulacres, ains entant qu'elles estoient prises au lieu des exemplaires : c'est à dire, qu'ils prioient les Dieux desquels toutesfois les si-

Ier. 2.
Sap. 13. & 14.
Aug. in ps. 113.
Bel. de Eccl. tri. l. 2. c. 23.
Tert. Apol. c. 12.

mulacres tenoient la place.

Le Iesuite pretend encore prouuer son intentiõ par les Anciens Docteurs. Tertullian (ce dit-il) a escrit que les Dieux des Gentils enduroient plus quãd on les tailloit & mouloit, que les Chrestiens, quand on les ruoit, de ce qu'ils ne vouloient adorer ces Dieux là. *Tert. Ap.* *c. 12.*

Resp. Il est notoire que par les Dieux il entend par Metonymie les images des Dieux. Car puis qu'il parle de tailler & mouler (comme dit le Iesuite) cela ne se peut rapporter auxDieux, ains seulement à leurs idoles ou images. Et encore est ce vne maniere de parler hyperbolique. D'autant que les idoles ou images n'ont aucun sentiment, pour endurer ou souffrir, quand on les taille ou moule.

Sainct Augustin: Ie Confesse (dit il) que ceux là sont plus profondement plongez en erreur, qui croient que les œuures des mains d'homme, sont Dieux, que les autres qui font Dieu, la creature. *Aug. de do.* *Chr. l. 3. c. 7*

Resp. Le Iesuite s'est trompé en la version du passage. Il est tel, au langage de S. Augustin; & Bellarmin l'a ainsi representé: *Fateor altius demersos esse, qui opera hominum Deos putant, quàm qui opera Dei:* C'est à dire, Ie confesse, que ceux-là qui pensent que les œuures des hommes sont Dieux, errent plus lourdement, que ceux-là qui le pensent des œuures de Dieu. Cela est bien loin de la versiõ de Richeome. C'est donc comme qui diroit: Celui-là qui pense que l'image de S. Pierre (qui est vne œuure de la main de l'homme) est Dieu, erre plus gros-sierement, que celui qui pense cela de S. Pierre mesme, qui est creature de Dieu. Mais seroit-ce à dire pourtant, qu'aucun de la papauté pensast que les images de S. Pierre, ou des autres saincts, fussent Dieux.

S. Augustin dit encore vn peu apres. Ils honorent les idoles, ou les estimans Dieux, ou comme signes & images des Dieux. Resp. Cela ne fait rien contre Caluin. Car la disionctiue tesmoigne que les Paiens n'estimoient pas que leurs idoles fussent Dieux resolument. Au reste, les papistes honorent bien leurs images de leur Agnus, ou comme l'Agnus Dei, ou comme signes & images de cet Agnus. Et neantmoins ils ne sont pas si abbrutis de dire que ces images soient le vrai Agnus Dei, qui est Iesus Christ.

Et ailleurs il escrit que plusieurs d'entre eux pensoient que les idoles viuoient, respiroient, entendoiēt, & partant estre Dieux viuans, & que la similitude des membres humains les entretenoit en cet erreur. Resp. Il se trompe encore. Car S. Augustin ne dit pas, *Et proinde esse deos viuentes.* Et partant estre Dieux viuans. Mais il dit: *Proinde numen occultum habere, nec sine viuo aliquo habitatore esse.* C'est à dire, partant ils pensoient que ces idoles auoient quelque diuinité cachée, & qu'elles n'estoient point sans quelque habitant en elles viuant. Que si aucuns pensoient cela, tous ne le pensoient, ce dit S. Augustin. Au surplus, combien pensons nous qu'il y ait de poures idolatres en la papauté, qui pensent cela mesme de leurs images? Ie m'en rap-

porte à ce que Polidore Virgile en a escrit. *Il y*
en a plusieurs (dit-il) plus rudes & stupides, qui re-
uerent les images de pierre , ou de bois , ou de marbre,
ou d'airain , peintes aux parois & marquetees de di-
uerses couleurs , non point comme figures , mais com-
me si elles mesmes auoient quelque sens : & se tient
plus en elles qu'à Christ , ou aux autres saincts ,
ausquels elles sont dediees. Le Iesuite poursuit.

Polid. Virg
de Inuent.
rcr.l. 6.c.13

Hesiode (dit Eusebe) estime qu'il y a trente mille
dieux , & quant à moi, ie voi qu'il y en a encore plus
grand nombre de pierre & de bois.

Euseb. li. 5.
prepar.c.15

Resp. Eusebe ne dit pas cela de soi mesme.
C'est Oenomius qu'il cite l'auoir dit, se mo-
quant des Images & statues esleuees en si grãd
nombre. Car par les Dieux il entend les images des Dieux. Au demeurant Eusebe en la
preface du liu. 4. a escrit, qu'il appert clairement, que les Paiens ne tenoient point pour
Dieux, leurs simulacres. Et au chap. 3. du mesme 4. liure, il asseure que tout les Dieux des
Paiens estoient compris en sept genres. Au 1.
estoient les planettes & les estoiles. Au 2. & 3.
les hommes morts. Au 4. les affections & facultez des hommes. Au 5. les choses qui sont
pour l'vsage de la vie des hommes. Au 6. & 7.
les Dæmons bons & mauuais. Or qu'a-il peu
dire de plus clair, pour monstrer que les simulacres du Soleil, d'Hercule, de Bacchus, de
Cupidon, & de toutes les autres choses quelques quelles fussent, n'estoient point tenues
pour Dieux par les Paiens.

Euseb. lib. 4
in proem. &
cap. 3.

Richeome se sert derechef pour la preuue

de sa pretention, des tesmoignages d'Horace, d'Hermes Trismegiste, & d'Arnobius.

Hor. l. 1.
Serm. Sat. 8

Horace (dit-il) fait parler ainsi vn certain Dieu.

Olim truncus eram ficulnus, inutile lignum.

Quum faber incertus scamnum faceret ne Priapū.

Maluit esse Deum. c'est à dire,

I'estois iadis vn tronc de figuier, bois inutile, quand le charpantier incertain, s'il feroit de moi vn banc, ou vn Priap, a mieux aimé que ie fusse vn Dieu.

Resp. Horace en sa Satyre s'est mocqué de la folie des idolatres. Si ç'a esté comme touché de Religion, ou comme Epicurien, ie n'en sçai rien. Tant y a que par irrision il a ietté là ce trait de sa Satyre : comme si quelque Pasquil Romain brocardoit en ceste mesme façon les images de la papauté.

Trism. in pimand. c. 21.

Hermes Trismegiste escrit apertement en son Pimandre, qu'il y a des Dieux, qui sont faits par le Souverain Dieu, les autres par les hommes, qui sont les statues qu'ils font, & qu'apres les Diables les animent, duquel erreur parle, entre plusieurs autres, S. Augustin au liure de la Cité de Dieu.

Resp. Le Iesuite deuoit citer la sentence de Trismegiste, comme S. Augustin la represente, & que Bellarmin l'a citee, afin de la faire voir en son beau lustre. Elle est telle, ce dit S. Augustin: Hermes Trismegiste dit, qu'il y a des Dieux, les vns faits de par le Souverain Dieu, les autres par les hommes. Or les dieux faits par les hommes, ce sont les statues, ausquelles par quelque art magique les Démons sont liez, tellement que la sta-

tut

tue eſt comme le corps de Dieu, & l'eſprit enclos dedans eſt l'ame, & toute l'idole eſt Dieu, tout ainſi
que le corps & l'ame eſt l'homme. Grand eſt le nom
de Triſmegiſte:plus grand le nom de S. Auguſ-
ſtin; Mais ne leur deſplaiſe, la ſentence de celui-là citee par ceſtui-ci, eſt fauſſe: Car le S.Eſ-
prit dit des idoles, qu'il n'y a point d'eſprit dedans
elles. Voila pourquoi Thomas d'Aquin alleguant ceſte raiſon, dit que la poſition ſuſdite
de Triſmegiſte eſt deſtruite par l'authorité diuine.

Le reſte de ceſte ſentence eſt trop abſurde
pour nous y amuſer d'auantage. Mais nous
pouuons dire en vn mot, auec noſtre Arnoldus,
qu'il eſt vrai ſemblable que ceſte ſentence n'eſt
point de Triſmegiſte, ni d'aucun autre Paien:
ains de quelque Chreſtien, qui l'a miſe en a-
uant à la bonne foi, pour rendre l'idolatrie
plus odieuſe, par l'authorité des eſcrits de tels
Payens. Tout ainſi que les epiſtres qu'on appelle de Seneque *ad Paulum*, ſont d'vn autre,
que de Seneque.

Arnobius de ſoi-meſme: ie reuerois, dit-il, ò a-
ueuglement, les idoles freſchement tirees de la four-
naiſe, & les Dieux battus ſur l'enclume à coups de
marteau. Et vn peu apres: Ie les flattois, ie leur
parlois, & leur demandois des bien-faits, comme s'il
y euſt eu en eux quelque vertu.Et tout ioignant:Ie
croiois que le bois, les pierres, les oſſemens eſtoient
Dieux, ou qu'ils habitoient en telle matiere.
Reſp. Premierement Arnobius Affricain dit
bien cela,repreſentant le temps de ſon Paga-

P p

Pſe. 135.15
Hab. 2. 19
Thom.Sum.
cont. Genti-
les l.3.c.104

Arnob. l. 1.
cont. Gētes.

nisme. Mais la disionction de sa derniere sentence, où il dit, *Ie croiois que le bois , les pierres,*
les ossemens estoient Dieux, ou qu'ils habitoient en
telle matiere, monstre à l'œil qu'il ne croioit pas
que ces idoles fussent Dieux, puis qu'il en parloit ainsi en doutant, & s'y tenant en suspens.

Secondement, pour auoir dit, *Ie les reuerois, ie*
leur parlois, ie leur demandois des bien-faits, com-
me s'il y eust eu en eux quelque vertu, Il ne s'ensuit
pas, qu'il pensast que les idoles fussent Dieux.
Autremét il se seroit contredit. Car voici comment il parle ailleurs. *Les Gentils ont enseigné*
d'adorer les statues, non pas que l'airain, l'or, l'ar-
Arnob. l. 6. *gent, & semblables matieres des statues soient Dieux,*
mais pource que la presence des Dieux, lesquels au-
trement sont inuisibles, est exhibee par les simula-
cres. Et au reste, n'en faudroit-il pas dire autant de plusieurs sages de l'Eglise Romaine?
Luc. Mari.
de reb. Hisp.
prolog. t. ad
Imper. Car.
& liure 5. Lucius Marineus Siculus, Historiographe de
de l'Empereur Charles le Quint, qui a de-
meuré en Espaigne enuiron cinquante ans,
& a escrit des choses memorables qu'il a
veues, dit qu'en la ville de Burges, y a vn
temple d'Augustins, *où (dit-il) nous auons*
adoré l'image de Christ nostre Sauveur crucifié,
laquelle on dit auoir esté faite par Nicodeme :
par l'inuocation de laquelle image, plusieurs per-
sonnages dignes de foi, nous ont asseurez beaucoup
de malades auoir esté gueris. A cela tend encore la sentence de Polydore Virgile, que
i'ay n'agueres recitee. Et ce que i'ay dit aussi en vn autre lieu, apres nostre Sadeel : c'est

àfçauoir , Que ceux de Cahors en Querci fe
vantent d'auoir le fainct Suaire , auquel ils
font cefte priere , qui eft en leur proceffio-
nal , *Sancte Sudari ora pro nobis* ; Sainct Suaire prie pour nous. Item , *Sudarium Chrifti*
liberet nos à pefte & à morte trifti, Le Suaire de
Chrift nous vueille deliurer de la pefte & de
la mort trifte. Et en l'Abbaye de Fons au
mefme pays , ils fe vantent d'auoir la Nappe
fur laquelle Iefus Chrift fit la Cene , & lui
font cefte priere , *Ora pro nobis fanctiffima Dei*
mappa, Tres-fainte Nappe de Dieu , prie
pour nous.

Que dira donc la deffus Richeome? Et comment excufera-il Marineus & les autres Catholiques Romains , s'il n'excufe Arnobius &
les autres Payens , ayans fait les vns & les autres mefmes & femblables chofes ? S'il excufe
les Catholiques Romains au fens que Bellarmin a dit que les predicans de l'Eglife romaine parlent , quand ils difent à leur Crucifix;
Tu nous as rachetez : *Tu nous as reconciliez au pe-*
re , comme nous auons veu ci-deuant: pourquoy n'excuferons nous de mefme Arnobius
& les autres Payens ? Le Iefuite adioufte.
4. *Mais, dit Caluin, les Paiens changeoient à plai-*
fir leurs idoles , & ne changeoient pas les Dieux : ils
ne croioient donc pas que les idoles fuffent Dieux.
Refp. C'eft l'vn des argumens de Caluin.
Voions comment le Iefuite le refute.

Ie refpons (dit-il) que la folie , qui les faifoit croire que les hommes pouuoient faire des Dieux ; là

P p ij

mefme leur perfuadoit qu'ils les pouuoient changer
deftruifans les vns, pour en fubftituer d'autres : Et
en eftoient deuenus là, qu'ils croioient qu'en faifant
vne nouuelle idole, ils faifoient vn nouueau Dieu.
Refp. Cela eft faux. Ce que nous prouuons
par vn exemple, renuoquans la thefe à l'hypo-

Diodor Sicu
liure 5.
Numifm.
Rhod. Anto.
Auguft. de
Medagl tab.
8. Dial. 2.
Pline nat.
hift. l. 34 c. 7.
thefe. Les Rhodiens ont adoré le Soleil. Ils lui
ont fait des images anciennement, qui eftoient
en forme d'vne tefte rayonnante. A pres ils lui
en ont fait d'autres nouuelles, qui auoient la figure d'vn Coloffe, à la fimilitude d'vn homme
entier. Si donc nous argumentons ainfi auec
Caluin, Les Rhodiens ont changé les fimulacres du Soleil, retenans toufiours en leur memoire vn mefme Soleil : Donc ils n'ont point
penfé que les Simulacres du Soleil, fuffent le
Soleil : Comment refpondra Richeome à l'Antecedent ? Dira il que les Rhodiens n'ont point
eu en leur memoire vn mefme Soleil, ains
qu'ils ont penfé deftruire le vieil Soleil, & lui
en fubftituer vn autre nouueau par leur folie ?
Cela feroit trop abfurde.

Mais au refte, l'argument de Caluin fe confirme par l'Efcriture. Car le Seigneur dit ainfi
aux Iuifs par Ieremie : *Paffez par les Ifles de Ce-*

Ier. 2. verf.
10. 11.
*thim, & voiez, ennoyez en Cedar, & confiderez
diligemment, & regardez s'il y a telle chofe. S'il y a
gent qui ait changé fes Dieux.*

S'enfuit en Richeome, *Et bien qu'ils creuffent,
qu'il n'y auoit qu'vn Iuppiter, ou vn Apollon, au
Ciel, neantmoins en dediant plufieurs Statues de
Iuppiter, c'eftoient à leur aduis autant de Iup-*

pins, comme petits Dieux diminutifs du celeste, & ainſi des autres Dieux.

Reſp. Il penſe reſpondre à vn autre argument de Caluin, qui eſt tel : *Chacun de leurs Dieux a-* *Inſt.l. 1. c.* *uoit pluſieurs ſimulacres, neantmoins ils ne diſoient* 21.Sect. 9. *point pour cela qu'vn Dieu fuſt diuiſé. Finalement* *ils conſacroient iournellement nouuelles idoles, & leur* *intention n'eſtoit pas de faire des Dieux nouueaux.* Le lecteur iugera comment Richeome reſpond à cet argument, ou raiſon de Caluin. Quant à moi ie ne voi point qu'il y donne ni tour ni attainte. Ie viens donc à ſon vingt & vnieme chapitre,

SVR LE CHAP. XXI.

POVR *le cinquieſme menſonge (dit le Ieſuite)* Caluin adiouſte. *Que les Propheies ne ceſſoient de reprocher aux Iuifs & Paiens leurs paillardiſes, commiſes en la veneration du bois & de la pierre. Et conclud, que nous encourons la meſme reprehenſion, honorans les Images.*

Reſp. Voici les paroles de Caluin, *Les Prophe-* *tes ne ceſſoient de leur reprocher* (aſçauoir aux *Inſt. l. 1. c.* Iuifs & aux Paiens) *qu'ils paillardoient auec le bois* ſect, 10. *& la pierre, ſeulement pour les ſuperſtitions qui ſe commettent auiourd'hui entre ceux qui ſe nomment Chreſtiens: aſçauoir qu'ils honoroient Dieu charnel-* *lement, ſe proſternant deuant les idoles.*

A cela Richeome reſpond, *que c'eſt vn menſonge.* Car (dit-il) *les Iuifs & Paiens ſacrifioient à leurs i-* *doles,& les eſtimoient eſtre Dieux,& en icelles ado-*

vöient les creatures, & les Diables mefmes. Mais
(adioufte-il) les Chreftiens ne facrifient point aux
mages, & n'adorent point les creatures, moins les diables: ains facrifient à Dieu feul, & adorent Dieu feul.
Refp. C'eft tout ce qu'il dit en ce chapitre: auquel il n'a allegué aucun paffage de l'Efcriture,
pour confirmer fon opinion, finon Moyfe Deu.
32. Ils ont immolé aux Diables, & non à Dieu: Dauid Pfe. 105. Les Dieux des Gentils font Diables.
Et S. Paul 1. Cor. 10. Ce que facrifient les Gentils,
ils le facrifient aux Diables.

Ie refpon donc: premierement, quant aufdits
paffages, que nous y auons fatisfait fur le ch. 19.
fect. 6. au moins aux paffages du Deut. 32. &
1. Cor. 10. Aufquels nous rapportons le paffage du Pfe. 105. ou pluftoft 106. verf. 37.

Secondement, nous auons aufsi prouué fur le
ch. 13. fect. 2. & ch. 19 fect. 6. que ce qu'il dit
des Gentils & des Iuifs eft veritable en foi, mais
faux au regard de leur intention. Car ils cui-
doient facrifier à Dieu, & non à leurs idoles, &
aux Diables, & adorer Dieu, & non leurs idoles & les Diables. Et fur la fin de la fect. 3. du ch.
precedent, nous auons pareillement prouué &
verifié que ceux qui fe difent Catholiques de
l'Eglife Romaine ne font point autrement. Et
partant puis que Richeome ne fait icy que
remplir fon papier inutilement, n'ufant que
de redites, nous le renuoyons à ce que nous
lui auons refpondu fur lefdits lieux: ou
Il verra que Caluin n'a point impofé calom-
nieufement contre la verité (comme il lui

attribue) quand il a dit , que l'Escriture appelle les Iuifs & les Gentils idolatres , pour les mesmes superstitions que ceux de l'Eglise romaine commettent enuers leurs images.

SVR LE CHAP. XXII.

IL couche en la section premiere de ce chapitre. *Que c'est chose saincte & de merite d'honorer les images.* Ce que nous lui nions tout à plat. Et il le prouue (ce dit-il) par cet argument.

Toute chose saincte est digne de reuerence & d'honneur.

Les images sont choses sainctes.

Donc les images sont dignes de reuerence & d'honneur.

Resp. Il emploie tout ce chapitre à prouuer sa proposition. Mais il y met trop de peine , & en vain Car nous la lui accordons : non pas toutefois tous les tesmoignages qu'il y fait seruir, comme nous dirons, Dieu aidant. Et encore accordons-nous la proposition, pourueu qu'on entende que toute chose saincte est digne d'honeur & de reuerence, chacune en son rang, & selon que Dieu l'a ordonné & commandé. Car l'honneur de religion , soit de Latrie ou de Dulie (comme l'on parle) est deu à Dieu seul. Aux Saincts est deue vne autre espece d'honneur , qui est vne recognoissance & celebration de leur pieté, foy, saincteté, & autres

Pp iiij

dons, que le Seigneur leur a conferez, non pas
pour les adorer, mais pour les imiter, comme
à dit S. Augustin, *Honorandi sunt* (dit-il) *pro-*
pter imitationem, non propter adorationem.

Aug. de vera
relig. ca. vlt.

2. Touchant les lieux ou autres choses materielles, ausquelles quelque saincteté est attribuee, c'est pour quelque consederation qui
concerne, non les lieux ou choses proprement,
ains quelque autre respect de l'ordonnance de Dieu. Comme ce que le Iesuite allegue du liure d'Exode, ou Dieu a dit à Moyse,

Exode 3. 2.
Thead.
Euseb.

Deschausse ton soulier de tes pieds, car le lieu où tu
es, est sainct. Car ce dit Theodoret, sur ce
passage, *Dieu auoit consacré ce lieu, & partant*
il l'appelle terre saincte. Et Eusebe, *Le soulier*
(dit-il) *eust-il profané le lieu? Moyse le des-*
chaussant, ne l'a-il point posé sur la terre? Mais
Dieu à voulu aduertir Moyse de considerer où il
estoit, & qui lui estoit present sanctifiant le lieu.

Hugo à san-
cto victore.
Caietan.

Hugo de sainct Victor: *Le lieu donc où tu és, est*
vne terre saincte, non pour autre raison, sinon pour
la presence diuine. Caietan: *La premiere action*
conuenable à Dieu, referee à Moyse, est la defense
d'approcher, y estant adiousté le commandement d'ho-
nor er aussi le lieu: d'autant qu'il est sainct, & ne
doit point estre foulé des pieds couuers, ains nuds,
en signe de reuerence. Car il appartient à Dieu, qui
a soin de toutes choses, d'ordonner ce qui doit estre
reueré. Or ce lieu est appellé sainct, par ce que par la
diuine election la montaigne a esté dediee pour les
reuelations diuines.

Autor Cate-
næ in Exo.

L'autheur de la Cathene. *Tu*
pèses ce dit le Seigneur à Moyse, que ce lieu desert n'est

propre pour aucunes choses diuines. Ie veux que tu
quittes ceste opinion. Ceste terre est saincte, car en
icelle ie me declare estre le vrai Seigneur & Dieu
d'Abraham, d'Isaac & de Iacob: & de ce lieu ie
t'ennoie pour deliurer Israël: & d'ici mesme ie donne-
rai ma Loi saincte, & instaurerai vne nouuelle republique en mon peuple sainct. Pour le tesmoignage
de tout cela, ie veux que tu deschausses tes souliers, &
que tu oies ce que ie te commanderai. Voila la vraie
exposition de ce passage d'Exode, pour la saincteté de ceste terre, contre l'application que le
Iesuite en fait, ne pouuant conuenir en aucune
sorte aux images.

Le passage du Pseaume 99. ne fait rien aussi Ps. 99: 5.
à son propos. Car il l'a mal tourné. Adorez
(dit-il) le scabeau de ses pieds, car il est sainct: rap-
portant ceste raison, car il est sainct, au scabeau,
& non à Dieu. Non, le texte Hebrieu est tel:
השתחוו להדם רגליו קדוש הוא: Adorate
ad scabellum pedum eius, quia sanctus est. C'est à
dire, adorez (asçauoir Dieu) au scabeau de ses
pieds, c'est à dire au Temple. Car il est sainct,
asçauoir Dieu. Car par le scabeau il signifie le
temple, comme le Chaldee l'a tourné, incur-
uate vos templo. Et le mot להדם, signifie au
scabeau; & non pas le scabeau à cause de la pre-
posion ל. D'auantage le mot קדוש, sainct,
en Hebrieu est ambigu, pouuant estre du genre neutre, & du genre masculin: mais les Septante l'ont tourné ἅγιος, & non, ἅγιον: & S. Hierosme sanctus & non point sanctum.

Ce qu'il adiouste du iurement par le Ciel,

Mat. 5. 34.
& 23. 22.
que Iesus Christ defend, d'autant que c'est le throne de Dieu, cela ne merite point de responce.

3. Quant à l'Arche de l'Alliance, le Iesuite à dit deux fois ci-deuant, ce qu'il repete ici, & nous l'auons amplement refuté. C'a esté sur le chap. 7. sect. 1. & chap. 21. sect. 4. du Discours des Saincts.

4. *Le nom ineffable de Dieu Iehoua* (adiouste le Iesuite) *estoit venerable, lequel par respect religieux les Iuifs n'osoient proferer hors du temple, & lui substituoient en parlant ou lisant, le mot Adonay ou Elohim.*

יְהוָֹה אֲדֹנָי אֱלֹהִים

Resp. Qui nie que ce nom Hebrieu *Iehoua,* n'ait esté & ne soit encore venerable? Ains nous disons que les Iuifs sont par trop superstitieux, de ne le vouloir point nommer. Et quand le Iesuite dit que c'est *un nom ineffable,* s'il entend, comme les Iuifs, qu'on ne le doit point proferer, il erre comme eux. Car le sainct Esprit ne l'auroit point fait inserer aux escrits de Moyse, s'il eust voulu que les fideles (ausquels il estoit commandé de lire lesdits escrits) ne le prononçassent point. D'auantage les Sacrificateurs
Deut. 10. 8.
Nomb. 6. v.
23. 24. 25,
instituez de Dieu pour benir le peuple, ont prononcé ce nom en leurs benedictions, par commandement exprez.

Les Chrestiens aussi ont tousiours honoré ce doux & honorable Nom de I E S V S, non pour raison des syllabes, mais pour estre sainct, & tiltre du Sainct des Saincts, & pource qu'il nous en fait souuenir.

Resp. Nous ne nions non plus que ce nom

de *Iefus*, ne foit tres-honorable. Mais que veut inferer le Iefuite par ce Nom, & par l'autre de Iehoua? Ces noms fon fainêts & honorables : Donc ils doiuent eftre honorez. Nous l'accordons, pourueu que ce ne foit point par fuperftition & idolatrie, comme on fait en la Papauté, non feulement du nom de Iefus, mais encore du nom de la vierge Marie, qu'on appelle *Noftre-Dame*.

Cela donc eft clair, que les chofes fainêtes doiuent eftre honorees, & vous mefmes le confeffez. Car vous honorez les Sacremens, parce que ce font chofes fainêtes. Vous honorez le pain de voftre Cene, parce que vous l'eftimez vn figne fainêt & facré. Poffible vous refpondrez felon voftre vieille diftinêtion, que l'honneur qui a efté fait a toutes les chofes fufdites, & celui que vous faites à vos Sacremens, eft vn honneur, non de religion, mais de courtoifie & de ciuilité, duquel on honore les Rois & les Superieurs. Cefte refponce vous enueloppe en plufieurs abfurdes inciuilitez.

Refp. Si par le mot d'honorer, il entend adorer, ou honorer pour religion : Ie nie que toutes les chofes fainêtes doiuent eftre honorees. Car ainfi il faudroit adorer & honorer religieufement les viandes que nous mangeons en nos maifons, d'autant qu'elles font fanêtifiees & fainêtes. 1. Tim. 4. 5. Il faudroit que le mari & la femme fideles s'adoraffent l'vn l'autre, & tous deux leurs enfans, d'autant que ils font fanêtifiez & fainêts, 1. Cor. 7. 14. Il faudroit que tous les fideles s'adoraffent & ho-

noraſſent religieuſement les vns les autres,
d'autant qu'ils ſont nommez ſainĉts & ſan-
ĉtifiez en la Parole de Dieu. Au reſte, comme les Iuifs honoroient l'Arche, d'autant que
le Seigneur l'auoit faite conſtruire & baſtir
pour vn teſmoignage de ſa preſence. Ainſi ho-
norons-nous les ſacremens pour la meſme conſideration, c'eſt aſſauoir, d'autant qu'ils nous
ſont des ſeaux & des ſignes ſainĉts & ſacrez de
Ieſus Chriſt, duquel depend la remiſſion de
nos pechez, noſtre regeneration, & noſtre
nourriture ſpirituelle, en eſperance de la vie e-
ternelle. Parquoi nous honorons le pain & le
vin de la Cene, autrement que nous n'honorons pas nos Rois & ſuperieurs, comme Richeome veut faire accroire. Car pour l'honneur exterieur, nous nous humilions bien &
faiſons la reuerence, les vns aux autres & gardons quelque ordre, marchans les vns apres
les autres, auec tout reſpeĉt ciuil. Mais quand
nous faiſons la reuerence, prenans le pain & le
vin de la main du Paſteur, nous le faiſons tant
pour honorer les inſtrumens deſquels Dieu ſe
ſert en vne telle adminiſtration, que Dieu meſme, lequel nous offre & donne ſous ces ſignes
viſibles Ieſus Chriſt ſon Fils, qui eſt vn preſent,
lequel nous ne deuons point receuoir qu'auec
toute humilité & reuerence. Et ſi nous faiſons
autrement, à bon droit nous ſerons reputez
profanes, ne recognoiſſans point ces dons ſi
grans & ſi excellens. Quant à l'honneur interieur, il conſiſte en la foi & repentance de nos

pechez enuers Dieu, & en charité enuers nos prochains. En quoi il appert que nostre cœur n'est point aux signes, ains à Iesus Christ, qui est la verité d'iceux.

Au surplus (comme a dit nostre de Sonis a Sponde) en iugeant ceux qui prennent le pain & le vin de la saincte Cene indignement, estre dignes de damnation, & encourir la mort, nous n'auons point ceste estime du pain, comme pain, ni du pain comme figure, & entant qu'il signifie simplement le corps de Iesus Christ, comme feroit vne peinture : mais comme reuestu de la parole de Iesus Christ, de son commandement & de sa promesse. D'où aduient que la violation de ce pain, par la manducation indigne, est la violation du commandement de Iesus Christ, qui est autant que deshonorer Iesus Christ en sa propre personne : Car c'est s'en prendre à son authorité : Estant chose certaine que combien que le pain ne change point de substance, neantmoins il change d'vsage, estant fait Sacrement du corps de Iesus Christ.

Mais ce changement ne se fait point par la volonté ou artifice des hommes, comme quand en la Papauté on fait d'vne pierre ou d'vn tronc de bois la figure ou l'image de Iesus Christ crucifié, ou de quelque Sainct : Mais il se fait par l'ordonnance & institution de Iesus Christ, accompagnee de commandement, de promesse, & de menace, ainsi que dit sainct Paul.

Parquoi ce fondement mis, il conste qu'ho-

norer le Sacrement, c'est à dire, faire ce que Iesus Christ nous commande de faire, & y apporter ce qu'il requiert de nous, n'est rien plus
qu'honorer Iesus Christ, lui obeir, & estre fait
capable de l'effect de ses promesses : faisant au
rebours, c'est lui desobeir, & se rendre indigne
de lui & de ses benefices, lesquels il offre à ses
seruiteurs qui se rangent à sa volonté. Voila le
discours que nostre de Sonis a fait sur ce propos de l'honneur du Sacrement, accompaigné
de plusieurs autres propos & sentences dignes
d'vn tel personnage, cogneu & remarqué de
grande erudition & pieté.

5. 6. Et par ceci nous pensons auoir respondu aux sections cinquieme & sixieme de ce
chapitre, où le Iesuite monstre pourquoi l'Arche estoit honorable, pourquoi les Sacremens
sont aussi honorables, & comment chaque dignité est honorable, selon son grade. Tout cela
ne faisant rien contre nous, ni pour lui, ou pour
ses images. Car pour l'acte d'Osa, ce fut vne manifeste impieté, commise côtre Dieu, entrepre-
nant vne chose qui lui estoit prohibee. Et pour
le regard de Dauid, il honora Dieu religieusement & l'adora, representé par l'Arche, & non
l'Arche mesme : ains defera seulemét à l'Arche
l'honneur qu'on doit deferer aux Sacremens &
autres choses sainctes, *Propter aliud*, c'est à dire,
entant qu'ordonnees & establies de Dieu. C'est
donc quant à la proposition de son Syllogisme, qui dit, *Que toute chose saincte est digne de re-*
uerence & d'honneur. Reste l'Assomption qui est,

Que les images sont choses sainctes. Voions comment il la prouue au chapitre suiuant.

SVR LE CHAP. XXIII.

1.   AVANT que prouuer, que les images sont choses sainctes, il monstre quelle est la signification de ce qu'on appelle Sainct. Et dit que ce mot a trois significations principales.

Premierement, *il signifie proprement ce qui n'a en soi aucun vice ni imperfection, tout pur & tout bon: En laquelle signification Dieu est naturellement sainct, & la mesme saincteté, & partant appellé sainct absoluement, & Iesus Christ, Sainct des Saincts.*

Resp. Nous admettons ceste signification.

Secondement; *Les bons Anges* (dit-il) *& les autres, sont saincts par grace & participation.*

Resp. Ie ne sçai ce qu'il veut dire par ce mot, *& les autres.* S'il entend (comme il semble) les Anges qui ne sont point bons, ce sont donc les diables, qui sont Anges ou Esprits impurs & profanes, & non point saincts: En quoi il se trompe.

Tiercement; *Il est de plus grande estendue quelque fois, & vaut autant à dire, que dedié & consacré à Dieu, ou qui a quelque rapport, respect & relation à lui, & le touche en quelque façon. Et en ceste signification non seulement Dieu & la creature raisonnable, mais toute autre chose peut estre appellee saincte, les Elemens, le temps, les lieux.*

Resp. Premierement il s'abuse, disant qu'en ceste signification Dieu peut estre appellé Sainct. Car en quel sens peut-on dire, que Dieu soit dedié & consacré à Dieu, & qu'il ait quelque rapport, respect & relation à soi-mesme? Secondement, il distingue ceste espece en deux. Car d'vn costé, il met le rapport, respect & relation à Dieu : qui est proprement la conformité des creatures auec Dieu le Createur: comme elle a esté és hommes auant le peché, & est maintenant aux bons Anges, & aprés le peché est instauree par Iesus Christ aux hommes regenerez; mais elle demeure imparfaite, & est seulement commencee, iusques à ce que elle soit parfaite en l'autre vie. Ainsi l'Eglise est appellee saincte, c'est ascauoir par imputation, & entant que ceste saincteté est commencee. De l'autre costé il met, ce qui est dedié & consacré à Dieu.

2. Auquel sens le temple, l'Autel, les vaisseaux, les Prestres, & autres choses, estoient iadis appellez choses sainctes.

3. Et c'est en ce mesme sens qu'il pretend que les images de la Papauté sont sainctes, c'est ascauoir en deux sortes. *L'vne, parce qu'elles sont consacrees à Dieu. L'autre, parce qu'elles representent ou Dieu, ou quelque chose qui lui appartient, & qui est de sa cour, comme l'image de sa Croix, l'image de la Vierge, & de ses saincts.*

4. Or à cela il respond pour nous, & replique à nostre response. Oions le.

Si vous respondez (dit-il) *pour dernier refuge, que*

que toutes les choses susdites furent iadis instituees
de Dieu, comme aussi en la Loi de grace par Iesus
Christ sont ordonnez les Sacremens: & que nos images sont œuures de main d'homme, & partant qu'elles
ne sont ni sainctes ni dignes d'honneur: ceste responce
ne vous peut aucunement sauuer: Car elle vient d'vn
erreur supposé, qui ne peut faire foi. Vous estimez
que rien n'est sainct, sinon ce qui est immediatement
ordonné de Dieu, & cela est faux: d'autant que les
hommes instituent plusieurs choses qui sont sainctes,
estant icelles conuenables à la Loi de Dieu, bien qu'elles ne soient instituees de Dieu en personne.

Resp. Ie di sur ceci deux choses. L'vne que
nulles choses ne peuuent estre estimees sainctes, & agreables à Dieu, concernantes son
seruice, que Dieu lui-mesme ne les ait instituees, & non les hommes. Tesmoins ces passages. Deut. 12. 8. Isa. 1. 12. & 29. 13. Mat. 15.
9. Col. 2. vers. 8. 22. 23. L'autre chose est, que
ce que le Iesuite dit des choses instituees par les
hommes, conuenables à la Loi de Dieu, ne peut conuenir aux images. Car tant s'en faut que les
images faites par deuotion & pour le seruice
de Dieu, comme sont celles de la Papauté,
soient conuenables à la Loi de Dieu, qu'au rebours elles lui sont contraires, veu qu'elle les
prohibe & defend, comme nous auons veu ci-
dessus. Voions neantmoins qu'elles sont le
preuues du Iesuite.

Le sacrifice d'Abel & des autres saincts en la loi de
nature, n'estoient pas expressement commandez de
Dieu: & toutesfois ils estoient sainctemēt prattiquez.

Resp. I'ai dit ailleurs qu'il ne faut point douter que les Sacrifices d'Abel, de Noé, & des autres saincts Peres sous la Loi de nature, n'aient esté faits & offerts par le commandement de Dieu. Car il est dit qu'Abel a sacrifié en foi. Or la foi est fondee sur la parole de Dieu, ce dit S. Paul. Moyse aussi tesmoigne, que Noé choisit ses Sacrifices de tout bestail net. Il est donc tres-certain qu'il ne forgea point ceste differéce de soi-mesme, ains que Dieu lui en auoit donné l'instruction & le commandement. Ioinct que Moyse adiouste que l'odeur du sacrifice de Noé fut agreable à Dieu. Ce qui n'eust peu estre que le Sacrifice n'eust esté offert en foi: & par consequent, selon le commandement de Dieu.

Heb. 11. 4.
Rom. 10.
17.
Gen. 8.

Iacob dedia vn Autel & vne pierre de presentation sans aucun commandement de Dieu, & fit vne œuure saincte, & l'autel fut sainct à raison de ceste dedicace.

Resp. Le Iesuite se trompe. Car en ce lieu là qu'il a cotté de Genese il est dit, que le Seigneur s'apparut en songe à Iacob, & l'asseura en vision de son alliance, & que la dessus Iacob marqua le lieu, y posant vne pierre pour enseigne. D'autel nulle mention. Ce fut donc suiuant l'instruction que Dieu lui en auoit donnee en vision & en songe, equipolente a vn commandement exprez, qu'il posa ceste pierre pour vn memorial de la promesse de Dieu.

Gen. 28. 18.

Les Iuifs instituerent sainctement la feste de Iudith, & la garderent sainctement. Les Machabeans

Iudith.
1. Mach. 4.
59.

en instituerent vne que nostre Seigneur trouua encor
en estre de son temps, & la celebra. *Ioan.10.22*

Resp. Ces festes ont esté instituées pour
rendre graces à Dieu, & pour reduire en memoire la deliurance du peuple, des conspira-
tions & efforts de ses ennemis : nommément,
celle de la dedicace, appellée Encenies, & celle
de Phurim, dont mention est faite en Hester. *Hester.9.*
Et nous ne nions pas que pour l'ordre Ecclesiastique on ne puisse aussi ordōner certains iours,
à ce que le peuple cesse pour vn peu de temps
de ses propres œuures, pour iusner, prier Dieu,
ouir sa parole, lui rendre graces, selon les occurrences, moiennant que ce soit sans imposer
aucun ioug aux consciences, & sans superstition & idolatrie.

Ces festes donc mentionnees estoient choses indifferentes, & concernoient l'ordre, & n'e-
stoient point proprement des loix imposees
pour la necessité du seruice de Dieu. Autres
sont les festes commandees & prattiquees en
la Papauté. Car (comme i'ai dit) les susdites
concernoient l'odre seulement : Celles de là Papauté sont instituees pour lier les consciēces, &
pour la necessité du seruice de Dieu. Celles-là
ont esté ordonnees au nom de Dieu seulement,
Celles ici, sont ordonnees au nom des creatures. Celles-là sans superstition & idolatrie : celles ici en sont plaines. Car pourquoi est-ce que
les Papistes donnēt à leurs festes les noms de S.
Anthoine, de S. Iean, de S. Claude, de saincte
Catherine, de saincte Claire, & de leurs autres

Q q ij

Saincts, sinon pource qu'ils pretendent de sanctifier lesdites festes, en l'honneur de ceux desquels elles portent les noms, comme les Paiens faisoient anciennement en la celebration de leurs festes & seruices diuins?

Les Nazareans qui se dedioient à Dieu de leur propre mouuement ; les presens que les Iuifs faisoient au temple de leur liberalité, en somme mille choses consacrees par les hommes, estoient sainctes.

Resp. Le vœu des Nazariens estoit bien volontaire, mais il auoit fondement en la Loi, & estoit approuué de Dieu. Tesmoin ce qui en est dit au liure des Nombres. *Le Seigneur parla à*
Nomb. 6. v. 1. 2. &c. *Moyse, disant: Parle aux enfans d'Israel, & leur di, Si l'homme ou la femme a fait vœu asçauoir, le vœu de Nazarien, pour se sanctifier au Seigneur: Il s'abstiendra de vin & de ceruoise, &c.* En outre, par le
Amos 2. 11 tesmoignage d'Amos il appert que Dieu a esté l'autheur de cet ordre & vœu des Nazariens: *J'ai suscité* (ce dit le Seigneur) *aucuns de vos fils pour Prophetes, & aucuns Nazariens de vos iouuenceaux, &c.* Ainsi donc cet exemple ne fait rien pour le Iesuite. Et non plus les oblations ou dons volontaires, que les Iuifs faisoient pour le bastiment du Tabernacle & du Temple, dont
Exo. 25. v. 2. 3. & 35. 5 Moyse fait mention au liure d'Exode. Oions la Conclusion du Iesuite.

Parquoi (dit-il) *estans les images œuures d'vn art qui est don de Dieu, & pouuans estre emploiees à vn bon vsage, comme confesse Caluin, elles sont sainctes, pour estre dediees à l'honneur de Dieu & profit de son Eglise, qui est la plus belle mise qu'elles pourroient a-*

noir : Et estans sainctes, doiuent estre en ceste quali-
té honorees.

Resp. Caluin dit bien que les images peuuent estre emploices à vn bon vsage, mais tel
que nous auons dit ci-dessus, c'est asçauoir
pour seruir d'ornement, pour l'histoire, pour
la distinction des monnoyes, & autres vsages
politiques : hors des temples, & qu'elles ne
soyent point mises pour deuotion, & soyent
sans danger de superstition & idolatrie. Autrement Caluin dit, & nous auec lui, que les images sont non seulement inutiles, mais encore
dommageables, & par consequent intollera-
bles. Et telles disons-nous estre les images de
la Papauté

SVR LE CHAP. XXIIII.

1. IE ne vi iamais tant de redites en vn escrit li-
mé. Ce que Richeome repete ici des Anges
qu'Abraham & Loth ont adorez, il l'a dit plusieurs fois ci-deuant, & nommement au Discours des Saincts, chap. 6. sect. 6. Et en ce Discours des Images, chap. 7. sect. 2. & 6. Où nous
lui auons amplement respondu. Mais tant y a
qu'il nous faut encore ici examiner l'argument
qu'il fait sur ce propos. Il est tel.

S'il a esté loisible à Abrahã & à Loth d'adorer
les Anges, en la persône desquels Dieu s'est mô-
stré prését à eux, il est aussi loisible à nous d'adorer les images, ausquelles Dieu nous est prését.

L'Antecedant est vrai, tesmoin l'Escriture. *Gen.* 18.
19.

Vrai donc est le consequant.

Resp. Ie distingue l'Antecedât de la proposi-

tion. Abraham & Loth ont adoré les Anges de
vne adoration ciuile ; & non point religieuse.
Car ils ne les pensoient point mesme estre An-

Heb. 13. 2. ges, comme dit l'Apostre aux Hebrieux, les
louant de leur hospitalité, laquelle ne se peut
exercer enuers les Anges, ains seulement, enuers les hommes. Que s'ils les eussent adorez
d'adoration religieuse, ils ne l'eussent point

Apoc. 19. 10 souffert, comme il appert par l'adoration que
& 22. 9. l'Ange reietta de S. Iean. Vrai est, que Dieu se
manifesta bien à Abraham en cette vision-la.
Car il y est appelé יהוה lequel nom ne se trouue point en l'Escriture auoir iamais esté attribué aux Anges, ni a aucune autre creature, ains
à Dieu seul createur de tout le monde. Et lors
Abraham adora voirement Dieu, comme il est
croiable, d'vne adoration religeuse & conuenable à sa Maiesté.

Quant au Consequant ie le nie. Car Dieu
n'est point present à nous aux images, veu qu'il
les a defendues, comme il a esté present nommement à Abraham par les Anges, parlant à
lui par eux, en forme d'hommes.

2. Le Iesuite erre en la raison qu'il allegue,
pour laquelle Abraham adora les trois Anges.
*I'adiouste encor (dit-il) que la cause pourquoi Abra-
ham honora ces images, ne fut pas la presence des
personnes, dont elles estoient images : car Dieu auparauant estoit aussi bien present au tabernacle d'Abraham qu'alors, veu qu'il est tousiours present en tout
lieu: & toutesfois Abraham ne faisoit pas telles adorations tousiours. La cause donc pourquoi il adora ces*

images, fut parce qu'elles repreſentoient Dieu d'vne
façon ſpeciale, & en icelles & par icelles il l'honora,
comme nous honorons les ſainēts aux noſtres, & par
les noſtres, parce qu'elles nous les repreſentent, c'eſt à
dire, nous les font preſens en certaine maniere.

Reſp. Il erre (di-ie) en cette cauſe ou raiſon.
Car il n'eſt ni vrai, ni vrai-ſemblable qu'Abraham ait honoré ces Anges, ainſi que dit le Ieſuite, c'eſt aſçauoir honorant Dieu en iceux & par
iceux, comme les Papiſtes honorent leurs images. Car les Papiſtes honorét leurs images par
deuotion & religion: Et Abraham a adoré les
Anges, les eſtimans eſtre hommes, comme le
Ieſuite meſme la cotté en la marge, & par conſequent par vne adoration ciuile, & telle que
les hommes la prattiquent s'honorans les vns
les autres, & nómemét quand ils penſent auoir
affaire à des perſónages de qualité & de reſpeſt

Au reſte ſi ces Anges en la figure d'hommes
ont eſté images de Dieu, Dieu aiant parlé à A-
braham par eux, n'en faut-il point dire autant
de tous les Prophetes, par leſquels Dieu a iadis
parlé aux hommes? Et autant de tous les fideles Paſteurs & miniſtres de l'Egliſe, par leſquels il parle encore auiourd'hui à nous? Que
ſile Ieſuite & autres de l'Egliſe Romaine accordent cela, pourquoi ne ſe contentent-ils
donc de telles images, viues, de bonne ouïe, &
clair-voiantes, ſans en demander d'autres, mortes, ſourdes, & aueugles?

3. Secondement (dit-il) le nom de Dieu eſt vne petite image de Dieu, image non d'œil, mais d'oreille, com-

me ailleurs nous auons dit: car il le signifie & repre-
sente d'vn son articulé. Or il veut que son nom soit
honoré, qu'il ne soit pris en vain : toute la saincte Es-
criture l'honore. Les Iuifs entre plusieurs noms de
Dieu, honoroient specialement celui de Iehoua, comme
les Chrestiens le Nom de Iesus, ainsi qu'auez enten-
du. Il punit ceux qui le blasphement. Il veut donc
que son image soit honoree, & celle de ceux que lui a
honorez, c'est à dire, de ses saincts. C'est donc vne action
selon Dieu, honorer les images qui les representent.

Resp. Si ie compren bien les argumens que
le Iesuite nous laisse à recueillir de ses paroles,
le premier est tel.

Si le nom de Dieu doit estre adoré, son image doit estre adoree. Car le nom de Dieu est
vne petite image de Dieu.

Mais le nom de Dieu doit estre adoré. Car
Dieu ne veut point qu'il soit pris en vain, &
punit ceux qui le blasphement.

Donc l'image de Dieu doit estre adoree.

Quant à la proposition, premierement ie n'ai
point encore oui dire à autre qu'à ce Iesuite,
que le Nom de Dieu est vne petite image de
Dieu. Ains ie trouue que le Nom de Dieu est
vn Nom tresgrand & admirable, tesmoin Dauid. Or si le Nom de Dieu est vne image de
Dieu, cette image n'est point donc vne petite
image, mais vne grande image.

Secondement le Iesuite prend mal le nom de
Dieu. Car il le rapporte à ce mot Iehoua, ou à
ce mot Dieu, & il se doit rapporter à Dieu mesme, Ainsi se prend-il, quand le Seigneur dit, *Tu ne*

Pf. 8. 1. &
99. 3.

prendras point le Nom du Seigneur ton Dieu en vain.
Et quand nous difons ; *Ton Nom foit fanctifie.* Math.6. 9.
Item en ces paffages. Pfe. 5.12. & Pfe.7. 18.&
116.13. Ioel.2. 32.1. Rois 5. 5. l'expofition
telle que ie di , en eft, Deut. 28.58.
Ie vien donc à l'Affomption,& di,Que le Nom
de Dieu doit bien eftre adoré,c'eft à dire, Dieu
lui-mefme. Mais quant à ce mot *Iehoua,* ou
*Dieu,*pour le regard des lettres dont il eft com
pofé , & de la prononciation, ou du fon d'icelui, ie di que c'eft idolatrie de l'adorer, comme
l'on fait en la Papauté.

A ce qu'il dit, *Que les Iuifs entre plufieurs noms
de Dieu honoroient fpecialement celui de Iehoua,com
me les Chreftiens le nom de Iefus :* Nous y auons
refpondu ci-deffus , fur le chap. 22. fect. 4.

Le fecond argument qu'il femble que le Iefuite nous reprefente ici , eft tel.

Le Nom de Dieu, qui eft fon image,doit e-
ftre honoré.

Donc les autres images de Dieu & des fainćts
doiuent eftre honorees : c'eft àdire, les images
de la Papauté , faites pour reprefenter Dieu &
les fainćts.

Refp. Ie ne fçai qu'elle figure on pourroit affi-
gner à cet argument, ni en quelle claffe on
le pourroit loger. Le Iefuite l'efclaircira s'il
lui plaift.

4. Pareille forme donne-il à vn troifiefme argument qu'il fait en la 4. fećtion. Il eft tel.

*Si le Diable peut eftre honoré en fon image , fi
c'eft aćtion diabolique d'honorer fon image, & œuure*

saincte de la detester, à cause qu'elle represente l'en-
nemi de Dieu, & qui est indigne de tout honneur:
Par contraire consequence s'ensuit que Dieu peut e-
stre honoré, par l'honneur qu'on fait à son image, & à
celle de ses saincts.

Resp. Les Contraires ne sont point egaux, ni
en vn mesme degré de mise. Le Diable est bien
honoré par ses images, c'est à dire par les images que les hommes lui dressent pour son seruice; combien qu'ils pensent faire autre chose,
comme nous auons dit ci-deuant: Car il y préd
plaisir, y voiant Dieu deshonoré. Mais Dieu
n'est point honoré par les images que les hommes font pour le representer, ou les saincts, ou
en somme pour son seruice. Car il n'y prend
point de plaisir, ains au côtraire, desplaisir, puis
qu'elles sont contraires à son commâdement.

Apoc. 14. 9.   Ie ne m'arreste point à ce qu'il allegue dé
l'Apocalypse: où *ceux sont menacez de mort, qui*
adorent la beste & son image, c'est à dire (expose le
Iesuite) *le diable & l'Antechrist, & en portent la*
marque en leur front, ou en leur main. Seulement
ie suis marri que le Iesuite ne pense mieux à soi
& à sa religion. Car lui-mesme condamne son
Pape, & soi-mesme, & tous ses semblables.

5. Il fait mention apres cela d'vn feint & faux
Decret attribué aux Apostres. *Les Apostres* (dit
Tur. l. 1. Ca.   il) *nous apprindrent de bonne heure ces antitheses des*
Apost. c. 25   *Images de Dieu & de ses seruiteurs, contre celles du*
diable & de ses satellites. Car en leur Synode d'An-
tioche pour imprimer vne eternelle haine contre les i-
mages des diables, & contre les erreurs tant des Iuifs,

que des Raiens, & donner vn moien singulier de les
abolir, & d'honorer Dieu par voie contraire, firent
vn Decret, par lequel ils ordonnerent qu'on mettroit
les images de Iesus Christ & de ses seruiteurs, en
contre quarre des idoles des Iuifs, afin que ceste opposition (dit le Decret) enseignast qu'il ne faut point
aller apres les erreurs des Paiens, ni estre semblables aux Iuifs. Pamphilus Martyr dit auoir trouué
ce Canon en la Biblioteque d'Origene, auec quelques
autres de ladite Synode, lesquels on voit encore couchez en Grec.

Resp. Puis que le Iesuite n'allegue pour la
confirmation de ce Decret, sinon les Canons
attribuez aux Apostres, & Pamphile Martyr,
qui dit l'auoir veu en la Biblioteque d'Origene
nous le tenons pour suspect. Si ce Decret auoit
esté fait par les Apostres, il est certain que les
Apostres en auroient fait mention en leurs escrits. Ce qu'ils n'ont point fait. D'auantage,
Gratian dit qu'on ne doit point receuoir ces
Canons, ains les tenir pour Apocriphes. Dist.
15. Can. *Sancta rom. Ecclesia.* Dit encore qu'il
n'en y a que L. Et neantmoins ceux de l'Eglise
romaine en mettent LXXXV. Et encore ces
cinquante il les dit estre Apocryphes, & recogneus auoir esté composez par des heretiques,
sous le nom des Apostres. Dist. 16. C. *Apostolo-*
rum Canones. Voila pas donc vn beau tesmoin
de la part du Iesuite, pour prouuer ce qu'il pretend des Images?

6. Sa conclusion s'esuanouit par ce moien, faute de preuue suffisante, comme il faut necessai-

rement que les tenebres s'efcartent & fe perdent à la monftre du Soleil. Et partant nous
faifons vne Conclufion contraire à celle du Iefuite, & difons, Que ceux-là font bons & fideles Chreftiens; qui reiettent les images faites
pour reprefenter Dieu, ou autrement pour fon
feruice, veu qu'elles ont efté & font encore
defendues par l'exprez commandement de
Dieu, & reprouuees de tous les Docteurs Orthodoxes tant anciens que modernes, comme
eftans dreffees pour en deshonorer Dieu, renuerfer fon feruice, & eftablir l'honneur & le
feruice du Diable.

SVR LE CHAP. XXV.

IL reuient à nos Argumens. Et pource que
nous alleguons contre les images trois Cô-
ciles entre les autres, c'eft afçauoir le Concile
general de Conftantinoble, conuoqué l'an
730. fous l'Empereur Leon Ifaure : Le Concile de Conftantinoble, l'an 755. fous Conftantin Copronyme, fils du fufdit Leon. Et le Concile de Francfort l'an 794. fous Charle-Magne
alors Roi de France. Le Iefuite reiette les deux
premiers en ce chapitre, & au fuiuant le troifiefme.

1. Il dit donc *Que les deux premiers font fans tefte, & le troifieme fans ceruelle ?* Et pourquoi les
deux premiers fans tefte ? Et(comme il adioufte) *deux corps fans ame, & fans voix, n'aians aucun pouuoir en l'Eglife, pour eftre baftards & ille-*

gitimes? Premierement, d'autant que le Pape chef de celle assemblee, ni fut ni en personne, ni par Legats.

2. Or (adiouste-il) c'est vne Loi fondamentale, donnee par le premier Concile de Nice, pour telles assemblees, que nul Concile ne peut estre legitimemēt celebré sans l'authorité du Pape: comme apres plusieurs autres, l'escrit Eusebe. *Eus. l. 2 c. 13*

Resp. Ceste Loi fondamentale est supposee. Le Concile premier de Nice ne l'a point donnee, & Eusebe ne l'escrit point. Seulement il est dit; Que l'Euesque de Rome y fut nommé le premier entre les Patriarches, & lui fut commise la superintendance sur les Eglises voisines. Ce Decret donc distribua tellement les Prouinces entre l'Euesque de Rome & les autres Patriarches, qu'il assigna à tous, leurs propres limites, sans rien entreprendre les vns sur les autres.

Mais il semble que le Iesuite craigne icy de s'eschauder. Car il ne parle qu'a demi bouche des Conciles, & de l'authorité qu'il pretend que le Pape ait sur iceux. Neantmoins son intention est de dire, Que c'est au Pape de conuoquer les Conciles. Que c'est au Pape de les authoriser & approuuer. Que c'est au Pape d'y presider. Tellement que les Conciles doiuent estre tenus vrais ou faux, legitimes ou illegitimes, selon ces conditions. Ie dirai donc deux mots sur chacune de ces trois considerations, les impugnant toutes de faux.

Pour la premiere, tant s'en faut que les Euesques de Rome au commencement aient conuoqué les Conciles, que sont esté les Empereurs Chrestiens. Tesmoin le Concile premier de Nice conuoqué par Constantin. Le Concile de Constantinoble premier, conuoqué par Theodose le Viel. Le Concile d'Ephese premier, par Theodose le Ieune. Le Concile de Chalcedoine par Martian Empereur. Le Concile de Sardes, par Constantin. Nous pourriós produire beaucoup d'autres Conciles, conuoquez par l'authorité des Empereurs, & non par les Euesques de Rome. Mais il n'est pas besoin. Liberius Pape. (ce tesmoigne Theodoret) a accordé & recognu que cela depend de la puissance & authorité de l'Empereur, de conuoquer les Conciles. S. Hierosme en l'Apologie contre Ruffin, parlant de ie ne sçay quel Synode, *le demande* (dit-il) *quel Empereur a commandé de conuoquer ce Synode?*

Pour la seconde condition: Les Conciles vrais & legitimes n'ont iamais dependu de l'authorité & approbation des Papes. Car les Papes seroient par dessus les Conciles, au lieu que les Conciles sont par dessus les Papes : côme la Decreté le Concile de Constance, composé d'enuiron mille Peres, entre lesquels y auoit 390. Euesques : Et fut commencé ce Concile l'an 1414. & fini l'an 1418. sous l'Empereur Sigismond.

Pour la troisieme condition, voici comment Caluin la prouue fausse. Iule qui estoit Euesque de Rome, lors du premier Concile de Ni-

Ruffin. l. 10 hist. cap. 1.
Theodoret.l. 5. hist. c. 9.
Euagr. l. 1. c. 2. hist.
B. Le. ep. 43
Theod. l. 2. cap. 4.

Theod. lib. 2 c. 16.

Hiero. li. 2 Ep. cont. Ruffin.

Inst. l. 4. c. 7. sect. 1

ce, enuoia en cedit Concile deux Legats, pour
y aſſiſter en ſon Nom, leſquels ne furent aſſis *Trip. h.ſt.l.*
qu'au quatrieme lieu, & Athanaſe y preſida. *2. c. 1.*
Au Concile cinquieme de Conſtantinoble, Me
nas Patriarche dudit lieu y preſida. Au Concile deuxieme d'Epheſe Dioſcorus Patriarche
d'Alexandrie y preſida. Au Concile ſixieme de
Carthage, auquel aſſiſta S. Auguſtin, Aure-
lius Archeueſque du lieu y preſida. Au Concile Vniuerſel d'Aquilee en Italie, S. Ambroiſe y
preſida. En ſomme en ces Conciles, les ſuſdits
Eueſques y ont preſidé, & non les Eueſques de
Rome, ni en perſonne, ni par leurs Legats.

Et de faict à proprement parler, il n'appartient à aucun de preſider és Conciles & Synodes, qu'à Ieſus Chriſt ſeul par ſa parole. Car
lui ſeul eſt chef de ſon Egliſe. Vrai eſt que pour
l'ordre, il eſt bon & neceſſaire d'eſlire quelqu'vn des deputez, pour moderer l'action, recueillir les voix, & faire les concluſions.

Mais touſiours (di-ie) leurs Decrets doiuent eſtre conformes à la parole de Dieu, pour
eſtre legitimes, autrement ils ſont illegitimes.
Ce que S. Hieroſme recognoiſt auec nous, di-
ſant, *Spiritus ſancti doctrina eſt, quæ Canonicis Li-* *Hierô. ad*
bris prodita eſt: contra quam ſi quid ſtatuant Con- *Gal.*
cilia, nefas duco.

Le Ieſuite pourſuit ſon propos pour conuaincre de nullité les ſuſdits deux Conciles de Cô-
ſtantinoble, auſquels les Images ont eſté condamnees, ſous Leon & Conſtantin ſon fils.
Outre ce (dit-il) ces deux Conciles eurent faute de

Patriarches. Car ils n'y donnerent aucun confente-
ment, ni par foi, ni par autres, ce qui eftoit neceffai-
re aufsi pour les authorifer.

Refp.   Tant y a que ces Conciles furent affez
authorifez par la prefence des Empereurs, &
par le grand nombre des Euefques qui y affi-
fterent. Car au moins au Concile general tenu
fous Conftantin Copronyme l'an 755. il y eut
338. Euefques.

Au demeurant l'abfence des Patriarches ne
rend point les Conciles illegitimes, non plus
que celle des Papes & de leurs Legat. Car ces
titres de fuperiorité ne font point de l'inftitution & ordonnance de Iefus Chrift, ni de fes
Apoftres. Ains ont efté condamnez & reiettez
par eux, & toute primauté Ecclefiaftique. Luc
22. verf. 24. 25. 26. 1. Pier. 5. 3. 2. Iean verf. 9.

Pfellus (dit-il) Photius, Zonaras, Nicefore,
Cadrenus, Nicetas, Paul Diacre, Reginon, Adon,
Sigebert, & tous tant qui font le denombrement des
Conciles, ne mettent point ces deux en lifte des Con-
ciles de l'Eglife, ou s'ils en font mention, les condam-
nent de faux.

Refp.   Ces autheurs ne peuuent annuller ni
aneantir les Decrets defdits Conciles conformes à la parole de Dieu, laquelle conformité
fingulierement les rend legitimes. D'ailleurs
il eft croiable que les autheurs alleguez auec
Zonaras, ont efté Iconolaftres, comme luy.
Et eftans tels, ils ont eu pour aduerfes parties
lefdits Conciles & autres femblables, qui ont
condamné les images & l'iconolatrie. Parquoi
ils

ils n'ont peu estre iuges en leur propre cause.

Mais (ce dit le Iesuite encore) *bien que ces deux Conciles eussent esté legitimes, neantmoins le second Concile de Nice general les a mis hors de creance.*

Resp. C'est bien renuerser le monde, & mettre la charrue deuant les bœufs. Car quel a esté ce Concile deuxieme de Nice, sinon vn Conciliabule bastard & reproué? Voiez ce que i'en ai dit sur le chap. 2. sect. 1. & chap. 3. sect. 8.

3. La section troisieme ne nous apporte aucun interest, si ce n'est en ce que le Iesuite dit que le deuxieme Concile de Constantinoble est appellé par fraude le 7. Synode. Ce Concile ou Synode a esté vraiement le septieme general, & non le susdit deuxieme de Nice : comme ie l'ay prouué aux chapitres que ie vien de coster.

4. En la derniere section le Iesuite cuide bien nous en donner, disant que si ce Concile fait pour nous contre les Images, il fait aussi contre nous en plusieurs autres articles. *Car au 15. Canon il maudit ceux qui n'inuoquent la glorieuse Vierge Marie. Au 17. ceux qui n'honorent & prient les saincts. Au 18. ceux qui ne croient que Dieu rendra la vie eternelle, pour le merite des œuures, selon la iuste balance de son iugement.*

Resp. S'il y a de telles contrarietez aux Conciles, & que quelques Canons facent pour la verité, & quelques autres à l'encontre : voila pourquoi nous crions que les articles que nous deuons croire, doiuent estre fondez sur la parole de Dieu, & non point sur les Conciles. Au

R r

reste si des Synodes ou Conciles nous en approuuons les vns, & reprouuons les autres, & des vns encore nous en approuuons aucuns Canons, & en reprouuons aucuns autres, nous ne faisons rien en cela, que l'Eglise Romaine ne face. Et ainsi l'a confessé & escrit Bellarmin, comme nous auons veu ci-dessus sur le chap. 12. sect. 4.

Ainsi donc pource qu'entre les Conciles il y en a, dont les Decrets & articles sont antilogiques & contradictoires, nous les examinons par la parole de Dieu, & receuons ceux qui s'accordent auec elle, & reiettons ceux qui lui sont contraires. Si bien que selon l'exhortation de sainct Paul premier Thes. 5. 21. nous esprouuons toutes choses, & retenons ce qui est bon, Et partant puis que la parole de Dieu nous enseigne de le prier & inuoquer lui seul religieusement, & que la vie eternelle ne peut estre meritee par nos œuures, ains nous est donnee gratuitement. Rom. 6. 23. Eph. 2. 8. Tous les Conciles du monde ne scauroient preiudicier à ceste saincte doctrine, fondee sur les sainctes Escritures: Contre lesquelles on ne doit iamais alleguer les Decrets des hommes, qui sont sans comparaison en plus bas degré qu'elles. Ce que sainct Augustin a bien cogneu disant contre Maximin Arrien liure troisieme chapitre quatorzieme sur le mot Homousios ou Consubstantiel, lequel a esté confirmé par le Concile de Nicee, & au contraire reietté par le Cōcile d'Arimin, sous l'Empereur Cōstans: *Main-*

Aug. cont. Mar. l. 3. c. 14.

tenant ie n'ay que faire de mettre en auant le Concile de *Nicee*, ni toi le Cōcile d'*Arimin*, pour nous en preualoir. Car ie ne suis point astraint au Concile d'*Arimin*, aussi ne l'es-tu au Concile de *Nicee*. Nous auons l'authorité des Escritures, lesquelles ne sont point particulieres pour l'vn ou pour l'autre ; ains sont tesmoins cōmuns à tous deux. Que donc par icelles nous disputions nostre different. Et S. Hierosme sur l'Epistre aux Galates: *La doctrine* (dit il) *du S. Esprit est celle qui est manifestee és liures Canoniques: Contre laquelle si les Conciles establissent quelque chose, ie l'estime meschante.*

Hier. ad
Galat.

SVR LE CHAP. XXVI.

Qvand nous alleguons quelques Sinodes ou Conciles, ce n'est pas à dire que nous les mettions pour le fondement de nostre foi. Car nous sçauons bien qu'il n'y a point de tel fondement, que la doctrine des Prophetes & des Apostres. Ains nous les produisons seulement pour mōstrer que l'Eglise Catholique n'a iamais esté destituee de quelques tesmoins ; pour le vrai contre le faux, nonobstant les grās & infinis abus & erreurs de l'Eglise Romaine. Nous alleguons donc contre les images trois Conciles entre les autres. Et auons desia veü cōbien le Iesuite s'est trouué court à impugner les deux premiers. Reste le troisieme, qui est celui de Francfort, celebré l'an 794. sous Charlemagne present, & en la presence encore des deux Ambassadeurs du Pape Adrian ; Estienne & Theophylacte Euesque.

Eph. 2. 20.

1. Or le Iesuite pour impugner ce que nous ci-

tons de ce Cócile contre les images, s'arreste à ie ne sçai quelle escorce, sans penetrer à la moelle ; & dit, *Qu'en ce Concile il n'y a pas vn mot qui nous fauorise, & que nous n'auons autre appui de nostre opinion que le tesmoignage de quelques historiens mal informez, en la preface des liures suppoesez sous le nom de Charlemagne.*

Resp. Nous laissons les circonstances, contre lesquelles le Iesuite s'escrime, & nous arrestons au principal, a quoi il deuoit regarder. La verite donc est telle, qu'en ce Concile le Decret du Concile deuxieme de Nice, pour adorer les images, à esté declaré faux & du tout condamné, tesmoins Platine, Blondus, Sabellicus, Paulus Æmilius, & quelques autres : ausquels Bellarmin mesme consent, combien qu'il adiouste que ç'a esté par deux erreurs que ce Concile a fait vn tel iugement, comme Richeome les touchera bien tost.

Bell. de Con. authorit. l. 2 c. 8. Parag videtur.

Quant aux liures de Charlemagne, contenans les actes dudict Concile, ils ont esté mis en lumiere, par l'Euesque Tilius. Richeome les dit supposez, sous le nom de Charlemagne, parce qu'ils condamnent ouuertement l'idolatrie des images.

Le pis est (adiouste le Iesuite) *que ce Synode impose euidemment à la septieme Synode, disant qu'elle tient qu'il faut adorer les Images, comme la Saincte Trinite, qui est aussi faux que ce que dit Caluin, Qu'en tout le Royaume du Pape, l'on met les images pour les adorer en sa plus haute signification, & propre à Dieu.*

Resp. L'intention dudit Synode de Nice pre-

rendu septieme, est telle, quoi que Richeome le vueille excuser. Et laquelle intention
est suiuie de plusieurs Docteurs de l'Eglise romaine. Et qu'ainsi soit, nous en alleguerons
en la sect. 3. quelques exemples.

Richeome continue, & dit; *Si vous nous voulez contraindre de reccucir bon gré mal gré le tesmoignage de ces liures escrits du temps de Charlemagne,
respondez-nous deuant, si vous estes contens de les
suiure en tous autres endroits, où ils vous combat-
tront plus viuement que vous: Et alors nous verrons
de venir à composition de nostre different auec vous.*

Resp. Nous vous respondons, que selon le
Conseil des Peres & Docteurs anciens de l'E-
glise, nous voulons receuoir les Conciles, & lesdits anciens Docteurs, en tout ce qu'ils ont fait
& dit, & escrit, conformement à la parole de
Dieu, & non autrement.

2. En la deuxieme section il nous frape (ce
lui semble) de nostre propre baston, alleguant
ce mesme Concile de Francfort contre plusieurs articles de nostre doctrine. *Car (dit-il)
ses decrets disent qu'és questions de la foi, le Pape est
souuerain iuge, comme aiant souueraine authorité;
qu'il tient, non des Concilies, mais de Dieu seul.
Qu'il faut vser d'exorcismes au Baptesme: dedier
les temples auec certaines ceremonies: prier pour les
trespassez: inuoquer les saincts: retenir l'vsage du
Chresme, & de l'Eau beniste: & qu'en l'Eucharistie
est present le corps de Nostre Seigneur, & qu'il le
faut adorer & offrir comme vrai sacrifice.*

Resp. I'emploie ici ce que ie vien de respondre

R r iij

& que i'ai respondu en semblable cas sur la fin du chap. precedent. Et di que nous ne pouuons receuoir ces articles, d'autant qu'ils sont contraires à la parole de Dieu.

Et au reste (dit le Iesuite) quand bien tout l'œuure seroit pour vous, & qu'il eust esté composé par Charlemagne, qu'auriez vous contre nous, que le tesmoignage d'vn homme Lai.

Extra de. Elect c. Significasti. Resp. Ie respon auec Gerson & Panormitan, Qu'il faut plustost croire à vn homme Lai alleguant l'Escriture, qu'au Pape & à tout vn Concile.

Mais (dit-il) Iesus Christ n'a pas laissé le gouuernement de son Eglise aux Rois & Empereurs, mais aux Euesques & Pasteurs.

Isa. 49. 23.
Rom. 13. 4. Resp. Il s'abuse grandement. Car les Rois sont nommez Nourriciers de l'Eglise: & Ministres de Dieu: Afin qu'ils emploient leur authorité Roiale a faire en sorte, que toute impieté soit aneantie, & que Dieu soit serui religieusement selon sa Parole, ainsi qu'ont fait plusieurs Rois & Empereurs, tant sous la Loi, que sous l'Euangile.

Il touche puis apres les deux erreurs, pour lesquels les Peres du Concile de Francfort ont condamné le Decret du 2. Concile de Nice touchant les images. *On leur fit entendre (dit-il) deux choses fausses. L'vne, que ce Decret de la veneration des images auoit esté fait par les Grecs, sans le Conseil & approbation de nostre S. Pere le Pape: Comme aussi est raconté par Hincmar Euesque de Laon.*

Resp. Cette chose est supppofee. Car il n'est
pas vrai-femblable, qu'on fist entendre au Concile le contraire de ce qu'il fauoit bien. Or il fauoit bien quelle auoit esté la menee du Pape
Adrian, à perfuader à Irene de conuoquer ledit
Concile de Nice pour le restablifsement des
images, quelles furent les lettres dudit Adrian
audit Concile, l'enuoi & prefentation de fes
Legats, & en fomme l'entree, les feffions, &
l'iffue dudit Concile, le tout felon le cœur &
l'intention de ce Pape. Parquoi cefte partie de-
clinatoire n'est qu'vne fuppofition tendante à
rendre fufpecte l'authorité de ce Concile de
Francfort, fans aucune couleur.

3. *L'autre fauffeté qu'on leur fit entendre, fut
que le Concile general de Nice auoit ordonné que on
adorast les images d'vne fouueraine veneration, &
de Latrie, telle que celle qui est deuë à la fainɛte Trinité mefme. Ce que toutesfois est appertement reprouué: ains au contraire en la premiere feance & aɛtion,
Bafile Euefque d'Ancire qui auoit auparauant esté
heretique, rechantant & fe recognoiffant, dit en prefence & à la veuë de tout le Concile, qu'il honoroit les
images voirement, mais non du culte de Latrie, qui
est deu à Dieu feul. Et Conftantin Euefque de Constance en l'Ifle de Cypre, dit le mefme en l'aɛtion troifieme, proteftant qu'il baifoit & faluoit auec honneur
les images, mais non de celle vraie & fouueraine adoration, qui appartient à la feule nature Diuine.*

Resp. Cefte raifon est le vrai fuiet, pour lequel ce Concile de Francfort a condamné le
fufdit Decret du Concile de Nice, & n'a point

esté vne fausseté qu'on lui ait fait entendre, ains
la pure verité du fait. Et c'est merueille que
Bellarmin & Richeome ne la veulent point recognoistre. Ils pensent que c'est trop manifestement descouurir la honte de leur idolatrie,
& qu'au moins l'adoration de Dulie la couure
vn peu. Mais ils s'abusent. Car en premier lieu,
ceste distinction n'a point d'authorité en la parole de Dieu. Et partant nous la pouuons aussi
facilement repudier, que les aduersaires l'approuuent. Ains adioustons-nous qu'elle est refutee par la saincte Escriture. Car le Culte de
Dulie est attribué à Dieu, tout ainsi que le culte
de Latrie. Voiez sur le Discours des Saincts,
chap. 2. sect. 2.

 En second lieu Richeome se mesconte, disant que l'Eglise Romaine n'adore point les
images de l'adoration de Latrie, & que le Concile 2. de Nice ne l'a point ainsi ordonné. Voici vne sentence dudit Concile, *Non sunt duæ a-
dorationes, sed vna adoratio, imaginis, & primi ex-
emplaris, cuius imago est.* Ce ne sont point deux
adorations, ains vne adoration, de l'image &
du premier exemplaire dont elle est image.
Thomas d'Aquin: *L'Image & l'exemplaire doiuent estre honorez d'vn mesme genre d'adoration.*
Item; *La Croix ou image de Christ doit estre adoree de Latrie: Car Iesus Christ doit estre ainsi adoré.*
Iacobus Nanclantus: *Non seulement il faut confesser que les fideles en l'Eglise adorent deuant l'image
comme parauanture aucuns disent par cautelle, ains
encore qu'ils adorent l'image sans aucun scrupule que*

[marginal notes:]
Con. Nicen.
2. Act. 4.

Thom. in 3.
sent. dist. e 8

Iac. Nancl.
in ep ad Ro-
m. c. 1.

tu pretendes, voire & qu'ils la venerent du mefme culte, duquel fe doit adorer fon prototype: à raifon dequoi fi ledit prototype doit eftre adoré de Latrie, l'image auffi doit eftre adorée de Latrie. Iacobus _Iac.Pay.l.9_ Payua: _Nous ne nions pas que nous ne reuerions & honorions la tresprecieufe Croix de Chrift de l'adoration de Latrie._

Quant à ce qu'il fait dire ici à Conftantin Euefque de Conftance en Cypre, fauf fa correction, il eft faux. Car audit Concile de Nice ledit Euefque protefta de faire aux images le mefme honneur & egal, qui eft deu à la faincte Trinité: & quiconque refuferoit de le fuiure, il l'anathematifoit, & l'enuoioit auec les Manicheens & Marcionnites. Et nul ne lui refifta.

4. Partant eft refuté ce que le Iefuite dit & adioufte en tout le demeurant de ce chapitre. Car il eft certain & notoire que le Concile de Francfort, & le 2. Concile de Nice, font diametralement contraires en ce fait des images, pour l'vfage religieux. Et que Charlemaigne au liure qu'il a fait contre les images, conforme en cela aux articles dudit Concile de Francfort, a confuté toutes les inepties & fauffetez, par exprez & de poinct en poinct, dudit Concile de Nice. Et outre cela il a refpondu à deux liures qui fe trouuent efcrits par Adrian à Therafius Patriarche, & à l'Empereur de Conftantinople. Et par ceft efcrit ledit Charlemaigne taxe & tacitement condamne Adrian idolatre, fans le nommer.

SVR LE CHAP. XXVII.

1. AVx trois Conciles ſuſdits alleguez
par les noſtres contre les images, il
en oppoſe ſept autres de leur part pour leſdites
images.

Le premier eſt le Concile general ſixieme, qui an
Canon 82. appelle venerables les images de Ieſus
Chriſt & des Sainſts, & entre autres celles-la où
l'Agneau eſt depeint, & S. Jean qui le monſtre.

Reſp. Ce Concile a eſté celebré à Conſtan-
tinople l'an 681. (où ſelon aucuns) 685. L'an
12. de Conſtantin 4. Mais ce confeſſe Bellarmin, les Canons d'icelui ne ſont point de ferme authorité: combien que ce 82. des images
a touſiours eſté receu de l'Egliſe. Et de fait
ceux de l'Egliſe Romaine n'ont garde de receuoir ce qui eſt contenu en l'Act. 13. où le Pape
Honorius a eſté condamné comme heretique,
& ſes epiſtres à eſtre bruſlees, & par toutes les
Actions ſuiuantes ladite condamnation a eſté
repetee & confirmee, teſmoin le meſme Bellarmin. Et le principal qu'il reſpond à cela pour la
iuſtification d'Honorius, alleguant Iean à tur-
re cremata, c'eſt que *damnauit quidem Honorium*
hoc Concilium, ſed ex falſa informatione, ac proinde
in eo iudicio erraſſe. c'eſt à dire, Que les Peres de
ce Concile ont bien condamné Honorius :
mais pour auoir eſté fauſſement informez : Et
partant ils ont erré en ce iugement. Or pourquoi donc ne nous ſera-il loiſible d'en dire au-

Bel. de imag.
l. 2. c. 13.

Bell. de Ro-
ma. Pont. l.
4. c 11.
Joan. à tur.
Cr. l. 2. de
Eccl. k. 93.

tant de cet article 82. qu'il a fait des images,

Le second est le Concile de Rome, auquel se trouuerent 903. Euesques sous Gregoire 3. contre Leon Empereur Iconoclaste l'an 733. Qui tous aresterent le poinct de la veneration des images.

Resp. Ce Concile n'a esté que National du pays d'Italie, & composé d'Euesques tous à la deuotion du Pape Gregoire 3. grand amy des images, & grand ennemi de l'Empereur Leon 3. contre lequel il fit reuolter toute l'Italie, pour autant qu'il vouloit qu'és Eglises il n'y eut aucunes images des Saincts. Et fut par ceste menee ledit Empereur excommunié & priué de sa dignité.

Le troisieme fut celui de Gentilli tenu l'an 766. sous Pepin Roi de France, où il fut present, & les ambassadeurs de l'Empereur, & fut confirmee entre autres choses la veneration des images contre les Grecs.

Resp. Ce Concile encore n'a esté que National, & tous les Euesques qui y ont assisté, ont esté de la manicle des images,& ont opiné & conclu pour leurs marmites.

Le quatrieme est vn autre Romain assemblé des Euesques de France & d'Italie, l'an 768. sous Estienne Pape 3. auquel fut condamnee la Synode de Constantinople tenue sous l'Empereur Copronyme contre les images, & faussement appellee la 7. Synode, ou septieme Concile general.

Resp. Ce Pape Estienne 3. fut vn Moine de Sicile, & deuenu Pape assembla le Concile susdit, où fut reuoqué tout ce que Constantin pape 2. de ce nom son predecesseur auoit ordon-

né, en degradât mefme ceux qui par lui auoient
efté confacrez. Là auffi fut condamné le Concile fufdit 7. de Conftantinople, comme a dit
le Iefuite. Voila comment ces Papes & ces
Conciles ont efté contraires les vns aux autres.
Refte de fçauoir à qui le droit, & à qui le tort.
Or nous difons pour le fait prefent des images,
que le droit a efté du cofté du Concile 7. de
Conftantinople, & non du cofté de ceftui-ci de
Rome. Les Iefuites difent le contraire. Et partant le meilleur eft que nous fuiuions l'exemple de S. Auguftin. Il difputoit contre Maximin, lequel debatoit (comme font les Iefuites)
touchant les Decrets des Conciles. Non (lui
dit S. Auguftin) *Ie ne doi pas mettre en auant le
Concile de Nice, & tu ne me dois pas auffi alleguer
celui d'Arimine, comme pour ofter la liberté de iuger. Car tu n'y es pas fuiet, ni moi au fecond. Que la
chofe foit debatue par bonne cognoiffance de caufe &
par raifon, & que le tout foit fondé en l'authorité de
l'Efcriture, laquelle eft commune à toutes les deux
parties.* Si cela fe prattiquoit, les Conciles re-
tiendroient l'authorité qu'ils doiuent auoir, &
toutesfois l'Efcriture demeureroit en fa prec-
minence, à ce que tout fuft affubietti à la reigle d'icelle.

Aug. l. 3. cont. Maxi.

Le cinquieme eft la feconde de Nice, qui fait le
7. Concile general, affemblé fous Adrian premier, Pape & fous l'Imperatrice Irene, & fon fils Conftantin,
l'an 779. où fe trouuerent 350 Euefques.

Refp. C'eft ce Concile que nous auons
prouué faux & baftard ci-deffus chap. 2. fect. 1.

& chap. 3. sect, 8. Parquoi nous passons ce que le Iesuite deduit aux sections 2. & 3. où il se trauaille en vain pour authoriser ce Concile.

3. *Le sixieme Concile pour les images, a esté la huictieme Synode ou Concile general, qui est le 4. de Constantinople, sous Adrian second, & Basile Empereur, assemblee de 773. Euesques, contre Photius, où les Peres parlent ainsi en particulier de l'image du Sauueur: Nous arrestons qu'il faut adorer l'image de Iesus Christ Sauueur de tous, de pareil honneur que les sacrez Euangiles.*

Resp. Ce Concile (ce dit Bellarmin) ne se trouue point qu'imparfait aux Tomes des Conciles. Mais i'adiouste, quoi qu'il en soit, *Bell. de Conc l. 1. c. 5.* que ç'a esté vn Conuenticule d'idolatres, où Satan, ennemi de Dieu, & amy des idoles, a presidé. Et notons, puis que Richeome dit que ce Concile a esté assemblé contre Photius Patriarche, que trois Conciles differens & contraires ont esté tenus à Constantinople pour la cause d'icelui. Au premier tenu du temps de Nicolas 1. Pontife, & de Michel Empereur, Ignace Patriarche fut deposé, & Photius ordonné en sa place. Au second (qui est ce huictieme dont parle le Iesuite) Photius fut deposé & Ignace remis. Au troisieme celebré par les Ambassadeurs de Iean 8. successeur d'Adrian 2. & du temps de Basile Empereur, Ignace estant mort, Photius fut derechef remis en la dignité Patriarchale. Aduisez quelles diuersitez il y a eu en ces trois Conciles, pour vn mesme suiet?

Le septieme Concile est celui de Trente qui a bou-
clé & confirmé tout ce que les precedens auoient or-
donné de la veneration des images.

Resp. Ce Concile de Trente a voirement
bouclé & confirmé tout ce que les precedents
auoient ordonné en ceste matiere de l'adoration des images, & de toutes les autres faulses
doctrines de la Papauté. Car c'est le corps de
ces ordures, ou pour mieux dire le magazin &
le repertoire.

4. Or il conclud par vn cri d'estonnement,
disant en premier lieu, *Qu'il est impossible que Ie-*
sus Christ qui a promis son assistance a deux qui s'as-
sembleroient en son Nom, ne se soit trouué au milieu
de tant de Saincts & doctes personnages, qui pour son
nom s'assembloient: Et que Iesus Christ s'y trouuant
n'a iamais permis qu'vne cause si importante ait esté
decidee contre la verité.

Resp. Il est certain & indubitable que là où
deux, ou trois, ou plus, sont assemblez au Nom
de Iesus Christ, Iesus Christ est au milieu d'eux.
Il est aussi hors de toute difficulté & dispute,
que là où Iesus Christ est & preside, là rien ne
se decide contre la verité. Car les brebis oient
la voix de leur Pasteur & la suiuent: & ce Pasteur conduit ses brebis & les garde. Mais ie
nie que les Conciles susdits aient esté assemblez au Nom de Iesus Christ, veu qu'ils n'ont
point oui la voix d'icelui, & ne l'ont point suiuie: ains au contraire. Et partant Iesus Christ
n'estant point au milieu d'eux & n'y presidant
point, ce n'est point merueille, que leurs De-

crets pour la veneration des images, aient esté
& soient contre la verité.

Mais bon Dieu! adiouste-il: *Si la veneration
des images, estoit, ce que vous dites, idolatrie, se peut-
il bien faire, que Iesus Christ eust de tant abandonné
son Eglise, qu'aux plus celebres assemblees d'icelle
l'idolatrie eust esté establie par ses propres Pasteurs?*

Resp. Iesus Christ n'a point abandonné son
Eglise, combien qu'il ait abandonné celle qui
faussement se dit estre son Eglise, qui est l'Eglise Romaine. Et encore n'a-il point abandonné
ceste Eglise Romaine toute, ains seulement la
plus grande partie d'icelle, laquelle erre, se de-
stournant de sa Parole. Car la lumiere de la
verité luit tousiours, & est tousiours receue en
l'entendement d'aucuns, qui appartiennent à
la vraie Eglise, nonobstant qu'ils croupissent
encore au bourbier de la fausse. En outre il ne
l'a point abandonnee vniuersellement, c'est à
dire, iusques-là qu'elle erre en tous les poincts
de la Doctrine, ains seulement en aucuns voire
en plusieurs, & presque en tous.

Se peut-il bien faire (dit-il) *que si la veneration
des images n'estoit vne chose tres-agreable à Dieu, &
vtile à son Eglise, qu'il eust permis, qu'apres tant de
examens, de questions, de preuues, de persecutions,
elle fust demeuree en pied, comme le roc sur ses vagues?*

Resp. Et pourquoi non? Le mensonge n'est-
il point presque aussi ancien que la verité? Le
diable n'est-il point menteur & homicide dés
le commencement? Dieu n'a-il pas tousiours

exercé fon Eglife dés fon enfance & premier
aage iufques à maintenant, par l'entremife des
faux Docteurs & de leurs fauffes doctrines? Si
on demande pourquoi. Il y a deux raifons. La
premiere concerne les efleus, *C'eft à fin que ceux*
qui font de mife, foient triez & manifeftez, ce dit
S. Paul. La feconde concerne les reprouuez:
C'eft afin que ceux qui n'auront point voulu receuoir
la dilection de verité, pour eftre fauuez, foient deceus
par le menfonge, felon l'efficace d'abufion que Dieu
leur enuoiera, ce dit le mefme Apoftre. Ainfi
donc, combien que l'adoration des images,
& autres impietez & idolatries aient efté arra-
chees par la vertu & benediction de Dieu, des
cœurs de ceux qui ont creu à la pureté de l'E-
uangile, tant y-a qu'elles fe font tellement in-
finuees, & ont tellement approfondi leurs racines, és terres & heritages de l'Antechrift,
qu'elles ont produit au diable des faux martyrs
Et ce qu'elles y demeurent encores en pié, quoi
qu'agitees toufiours par la force de la verité,
c'eft par le iufte iugement de Dieu, pour les
deux raifons fufdites.

1. Cor. 11.
19.

2. Thef. 2.
10. 11. 12.

SVR LE CHAP. XXVIII.

IL feroit bien difficile de iuger en quelle partie le Iefuite eft plus accort, ou à eftablir fes
raifons pour les images, ou à refuter les noftres contre icelles. Ie di quant à moi, qu'auffi
peu en l'vne qu'en l'autre. Nous l'auons veu iufqu'ici. Et en ce qui fuit, il ne fait pas mieux.
Or il

Or il pourſuit le reſte de nos argumens contre les images. Et en premier lieu il reſpond à quelques authoritez que nous alleguons d'Irenee, d'Epiphane, de S. Ambroiſe, de S. Hieroſme, de S. Auguſtin, & du Pape Gregoire.

1. *Irenee, dites-vous, met entre les hereſies de Carpocrates, la veneration de l'image de Ieſus Chriſt, & de S. Paul. Et Epiphane dit, que ceux-là eſtoient heretiques, qui adoroient l'image de la vierge Marie.* ^{Iren. l. 1. c. 24.} ^{Epiph. hæreſ. 79.}

Reſp. Nous diſons cela.

Tous deux diſent vrai. Mais vous n'entendez ni l'vn ni l'autre. Carpocrates adoroit l'image de Ieſus Chriſt, comme celles des Philoſophes; & à la façon des Gentils, & lui offroit ſacrifice. C'eſt ce qu'Irenee reprend.

2. *Epiphane reprend auſſi certaines femmes heretiques, qui adoroient l'image de noſtre Dame (comme Carpocrates celle de Ieſus Chriſt) à la façon des Gentils, lui offrans ſacrifices, comme à vne deeſſe.*

Reſp. Ceſte expoſition ne fait rien pour le Ieſuite. Car ſi nous prouuons qu'en la Papauté on adore & ſert les images de Ieſus Chriſt & des Saincts, comme Carpocrates & les femmes deſquelles Epiphane parle, les ont adorees & ſeruies: tant s'en faut que ſon expoſition lui ſerue, qu'au contraire elle lui nuit en ſa pretention.

Or quelle plus grande reuerence, & quel plus celebre ſeruice ſçauroit-on faire aux ſuſdites images, que de les baiſer, ſe mettre à genoux deuant elles les mains ioinctes, les prier, leur dreſſer des Autels & des Temples, non au-

S ſ

trement appellez que de leurs noms, les porter és processions, les encenser, ceremonie iadis
deuë à Dieu seul, comme le sacrifice?

D'auantage, quant à l'adoration, des cent
n'y a-il pas les cinquante en la Papauté, qui a-
dorent les images de la mesme adoration que
les choses qu'elles representent, voire de l'adoration de Latrie? Nous l'auons veu ci-deuant
par le decret du Concile 2. de Nice, & par les
sentences de Thomas d'Aquin, de Payua, de
Nauclantus, & de Constantin Euesque de
Constance en Cypre. C'a esté sur le chap. 26.
sect. 3.

Touchant le sacrifice, il est tout euident
qu'on leur offre des membres de cire, des chan
delles, & autres choses. Et sur tout est notoire
qu'au susdit Concile 2. de Nice, les Euesques
apres auoir opiné & conclu sur l'adoration des
images, pour le dernier proficiat, ils chante-
rent vn Iubilé à tous ceux qui ont l'image de
Iesus Christ, & lui offrent sacrifice, donnant
autant, sans rien excepter, aux images, qu'au
Dieu viuant. Voiez Caluin. Inst. l. 1. c. 11.
sect. 11.

Il se donne du plaisir en ce qu'il adiouste des
femmes, disant qu'elles faisoient deux fautes.
L'vne, qu'elles s'ingeroient au plus haut office des
Prestres, qui est offrir sacrifice: ausquelles toutesfois
S. Paul ne permet de parler en l'Eglise. L'autre,
qu'elles offroient à vne image, ce qui est deu seulement
à Dieu.

1. Cor. 14.

Resp. Sous la nouuelle Alliance, l'office des

Anciens Sacrificateurs a cessé. Partant l'office des Prestres n'est plus d'offrir des Sacrifices. Et par consequent ces femmes n'ont peu vsur-per cet office. Mais au reste, si ceste premiere faute ne se voit point aux femmes de la Pa-pauté, pour le regard des sacrifices qu'on pre-tend en la celebration des Messes, car elles n'en chantent point: Elle s'y voit neantmoins en ce qui concerne le Baptesme des petis enfans, en temps qu'ils appellent de necessité. Car elles s'ingerent en ce cas en l'office des Pasteurs de l'Eglise. Parquoi emploiant la sentence de S. Paul que le Iesuite a alleguée, disant qu'il n'ap-partient point aux femmes de parler, c'est à di-re, d'enseigner en l'Eglise, i'argumente ainsi.

Si les femmes ne doiuent point enseigner en l'Eglise, elles ne doiuent non plus baptizer. Car ces deux charges sont conioinctes; & à ceux ausquels Iesus Christ a commis la chage de prescher, il leur a commis aussi la charge de baptizer.

Mais les femmes ne doiuent point enseigner en l'Eglise.

Donc elles ne doiuent non plus baptizer.

Pour l'autre faute, qui est d'offrir à l'image, ce qui est deu seulement à Dieu, elle est com-mune en la Papauté aux hommes & aux fem-mes, tellement qu'il n'y eschet autre preuue, que ce qui se voit, & se prattique tous les iours.

3. *Vous citez encore, ou vos Patriarches pour* *vous, sainct Ambroise, qui dit, Helene trouua la* *Croix, elle adora le Roi, non le bois: qui est l'erreur* *Ambr. de Obitu Theodosii.*

Resp. C'eſt encore ce paſſage que nous alleguons contre l'idolatrie des images. Oions-
en l'expoſition.

S. Ambroiſe dit que S. Helene en adorant la
Croix, n'adora point le bois pour la matiere, qui eſt
bois, comme font les Paiens leurs idoles materielles;
mais qu'elle adora Ieſus Chriſt en ſa Croix.

Resp. Ceſte expoſition eſt contre l'analogie de la foi. Car Ieſus Chriſt veut bien & doit
eſtre adoré, comme vrai Dieu. Mais il ne veut,
& ne doit eſtre adoré par le moyen d'aucune
image.

Et S. Ambroiſe diſant qu'Helene n'adora
point le bois, c'eſt autant que s'il euſt dit, qu'elle n'adora point ni la matiere, ni la forme du
bois, ni en ſomme le bois en aucune façon;
ains Ieſus Chriſt ſeul.

Hieron: in   S. Hieroſme dit que les ſeruiteurs de Dieu ne
c. 3. Dan.   doiuent point adorer les images. Resp. Il le dit.
Mais il parle là des ſtatues des Rois, com-
me celle qu'auoit fait Nabuchodonoſor, que les
trois enfans, qui furent iettez dans la fournaiſe, n'a-
uoient voulu adorer. Il dit donc, que les Chreſtiens ne
deuoient point adorer telles images, & nous le diſons
& tenons auſſi.

Resp. Nous auons veu ci-deuant, ſur le
chap. 13. ſect. 2. & chap. 19. ſect. 4. que les
Paiens ont pretendu adorer Dieu, lequel ils ſe
ſont repreſentez par leurs images. Au demeurant, ſi ce que nous auons veu ſur le 26. chap.
ſect. 3. du Concile 2. de Nice, de Thomas d'A-

quin, de Payua, de Nanclantus, de Conſtantin
Eueſque de Conſtance, eſt vrai, c'eſt aſçauoir
que les images ſont, ou doiuent eſtre adorees
en la Papauté, de l'adoration de leurs prototypes, c'eſt à dire, des choſes qu'elles repreſentent:
Le Ieſuite dit ici faux, ou bien il ſe ſouſtrait de
la Papauté en ceſt endroit, & y renonce.

4. *Vous auez pris encore vn lieu de S. Auguſtin*   Aug. de mo-
auquel il dit, i'ai cogneu pluſieurs qui adorent les ſe- rib. Eccl. c.
pulcres & peintures. Et deux de S. Gregoire en ſes Greg. l. 7.
Epiſtres, où il dit qu'il ne faut point adorer les ep. 54. &
images.   109. & l. 9.
  ep. 9.

Reſp. Oions ſon expoſition.

S. Auguſtin reprend ceux, qui à la façon des
Gentils adoroient les ſepulcres, où eſtoient les pein-
tures, non des Saincts, mais de tous indifferemment:
& qui ſur les ſepulcres, où eſtoient ces peintures, com-
mettoient pluſieurs yurongneries & inſolences.

Reſp. Le Ieſuite ſe monſtre ici par trop in-
ſolent & **hardi** à deuiner. Il parle comme tres-
aſſeuré, & neantmoins tout ce qu'il dit eſt
faux, & ne ſçauroit en produire deux ſeuls petis Bell. de ima.
mots de preuue. Bellarmin n'a pas eſté ſi ef- ſanct. l. 2. c.
fronté. Car expoſant ceci meſme de S. Augu- 16.
ſtin, & plus ſobrement & autrement que Richeome, y adiouſte encore vn *parauanture. Ad*
locum (dit-il) *Auguſtini dico primò, fortè eum loqui*
de idolis Gentium, cum ait, Noui picturarum adora-
tores. Dico ſecundò, eum fortè loqui de quibuſdam,
qui imagines ſanctorum ſuperſtitioſè colebant, ita vt
accederent ad idololatriam. c'eſt à dire, A ce lieu
de S. Auguin, quand il dit, i'ai cogneu des ado-

rateurs des peintures, ie di premierement, que
parauanture il parle des idoles des Gentils. Ie
di secondement, que parauanture il parle d'aucuns qui reueroient les images des Saincts su-
perstitieusement, tellemet qu'ils approchoient
d'idolatrie. Voila l'exposition de Bellarmin,
bien differente de celle de Richeome.

Mais le Iesuite continue son insolence & son
impudence, quand il adiouste, *Que S. Augu-*
stin parle si clairement de la veneration des images,
qu'il a honte que nous l'osions mettre en ieu pour nous.

Resp. Qu'il en cite quelque passage, quand
il sera de loisir. Car en ce qu'il allegue ici de
la Cité de Dieu, il n'y a pas vn seul mot qui face pour lui.

De Ciuit.
Dei l. 22. c.
8.

Quant à S. Gregoire (dit-il) il ne reprend rien
sinon l'adoration des images, à la façon des Gentils.

Resp. C'est tousiours sa mesme chanson.
Mais oions ce qu'il adiouste.

En l'Epistre 53. du liure 7. il dit qu'à bon droit
on se prosterne deuant l'image de Iesus Christ: mais
qu'il faut adorer celui, que l'image nous fait souuent
estre né, ou auoir enduré pour nous.

Resp. Plusieurs sentences sont attribuees
aux Anciens qui ne sont point de leur creu.
Ceste-ci en est l'vne, laquelle n'est nullement
de S. Gregoire. Ains au contraire en ce mesme
lieu cotté par le Iesuite, il dit ainsi à Secundi-
nus: *Scio quòd imaginem Saluatoris non ideò petis,*
vt quasi Deum colas, sed ob recordationem filij Dei
in eius amore recalescas. C'est à dire; *Je sçai que tu*
demandes l'image du Sauueur, non point afin que tu

Greg. l. 7.
ep. 53.

l'adores comme Dieu, ains afin que pour la recordation du fils de Dieu, tu sois rechaufé en l'amour d'i-
celui. Or nous auons veu ci-deuant sur le chap,
15. sect. 10. pourquoi c'est que du commencement plusieurs ont fait cas des images de Iesus Christ & des Martyrs, & les ont euës chez
eux & en leurs cabinets, non point pour les a-
dorer ou leur faire aucun seruice de religion,
ains à la façon que nous auons des effigies des
hommes illustres.

5. *Et s'il eust estimé (adiouste-il) qu'il ne faut
honorer les images, il n'eust pas si aigrement reprimé
la temerité de ce bon Euesque de Marseille Serenus, que vous louez si tres-fort: lequel osa briser les
images, à cause de quelques abus, qu'on y commettoit:
Lui monstrant S. Gregoire qu'il falloit oster l'abus,* S. Greg. l. 7.
& garder la saincte coustume de l'Eglise. epist. 54.

Resp. L'Histoire est telle. Du temps de
Gregoire 1. enuiron l'an 591. Serenus Euesque de Marseille fit rompre les images de
Christ & des Saincts, voiant que le peuple les
adoroit. Dont ledit Gregoire le reprint de les
auoir rompues, mais le loüé d'auoir defendu
de les honorer. Et ceci est enregistré au Decret. *De conf. dist. 3. C. Perlatum.* Voila l'histoire, laquelle le Iesuite ne represente point
bien, & ne specifie point l'abus des images, qui
estoit l'adoration d'icelles. Que le lecteur iuge maintenant si ce fait de Serenus, & la reprehension du Pape Gregoire font pour les images qu'on adore auiourd'hui en la Papauté.

S f iiij

SVR LE CHAP. XXIX.

IL s'est defendu. Maintenant il veut assaillir, Et voici ses armes.

Basil. ep. ad Imperat. in 7. Syno. act. 2.   1. *S. Basile cité par Adrian en l'epistre aux Empereurs, i'honore, dit-il, les histoires de ces images & les adore en public: Car ce que nous auons de tradition Apostolique ne doit estre defendu.*

Resp. La citation de ceste authorité, puis qu'elle est du Synode 7. c'est à dire du Concile 2. de Nice, elle est sans foi. Car ce Concile est faux & bastard, comme nous auons veu ci-deuant plusieurs fois. Il faloit citer Basile mesme en ses escrits. Secondement, Adrian tesmoigne que Basile ne tient point les images estre de l'ordonnance de Dieu, ains seulement de la tradition Apostolique. Ce qui encore n'a point de credit. Car la doctrine escrite des Apostres est contraire aux images. Et il n'est point vraisemblable que les Apostres aient dit de viue voix vne chose contraire à leurs escrits. Ioint qu'Eusebe en son Hist. Eccles. liu. 7. chap. 14. dit, que le culte des images des Saincts est paruenu à nous de la coustume des Gentils. Dont s'ensuit qu'on ne le tient pas de la tradition Apostolique. Et partant il est croiable que ceste sentence attribuee à Basile, est supposee.

Chrys. in Liturgia.   *S. Chrysostome en sa Messe monstre qu'il y auoit l'image de nostre Seigneur sur l'Autel: Le Prestre (dit-il) incline la teste à l'image de nostre Saueur.*

Resp. Cefte Meffe eft fuppofee fous le nom de Chryfoftome, comme nous auons dit ailleurs.

S. Iean Damafcene dit que le culte & veneration de la Croix & des images, eft tradition Apoftolique. Damafc. de fide l. 4. c. 17

Resp. Cela a befoin d'autre preuue. Et de fait fi les images auoient quelque fondement en l'Efcriture, ce Docteur l'auroit declaré en quelque lieu. Car il a efté grand zelateur & defenfeur des images. Mais fi eft-ce encore, qu'il condamne expreffement d'impieté les images faites pour reprefenter Dieu. Lib. 4. c. 8.

Lactance au Poeme de la paffion de noftre Seigneur. Lact. in Car m. de paff. Domini.

Flechiffant le genouil adore humble le bois,
Et la Croix, ou mourut le Sauueur Roy des Rois.

Resp. Le vers Latin eft tel, comme le Iefuite la cotté en la marge:
Flecte genu, lignumq; crucis venerabile adora.
C'eft à dire, Flechi le genouil, & adore le bois venerable de la Croix. Or ie di que Lactance auroit tiré vn traict d'idolatre, s'il auoit dit cela. Mais il n'y a point d'apparence qu'il l'ait dit. Car ailleurs il a efcrit: *Les dæmons ont enfeigné de faire des images & fimulacres, à fin de deftourner les entendemens des hommes du vrai feruice* Lact. *de Dieu.* Item; *Si la Religion confifte en chofes di-* Inft. l. 2. ch. *uines, & qu'ainfi foit qu'il n'y ait rien de diuin finon* 17. & 19. *és chofes celeftes, il faut conclurre qu'il n'y a point de Religion aux images.*

Tertullian tefmoigne que les Chreftiens eftoient Tert. in apol. c. 16.

appellez les deuots de la Croix : & lui ne le nie pas : & tous les Peres disent cela nous auoir esté reproché par les Paiens.

Resp. Tertullian dit bien que les Chrestiens estoient appellez des Paiens par derision *Religiosos Crucis*, les religieux de la Croix : D'autant que la Croix & passion de Iesus Christ, scandale aux Iuifs, & folie aux Gentils, comme dit S. Paul, estoit recogneue des Chrestiens, pour vn mystere de la sapience inenarrable de Dieu. Mais pourtant Tertullian ne dit pas que les Chrestiens adorassent la Croix en aucune façon religieuse. Et lui n'accorde pas qu'il la faille adorer.

1.Cor.1.23

2. *S. Athanase rend la raison pourquoi les Chrestiens adorent plustost la Croix, qu'une lance, ou vne colomne, & semblables instrumens, qui est (dit-il) à fin que les Paiens entendent que nous faisons cela, non pour le bois : mais pour celui qui a esté crucifié : Car separans les deux pieces qui font la Croix, & defaisant la figure, nous foulons aux pieds le bois.*

Resp. Richeome n'a point bien tourné ni representé ceste sentence qu'il a prise de Bellarmin. Bellarmin a escrit ainsi : *Athanasius quæst. 16. ad Antiochum dicit Christianos imaginem Crucis colere potiùs quàm lanceæ, vel columnæ, & similium instrumentorum passionis Dominicæ : quia si Gentiles accusent nos, quòd colamus lignum, possumus mox separare duo ligna crucis ab inuicem, & eo modo sublata figura crucis, conculcare duo illa ligna, vt ostendamus nos non ligna, sed imaginem Crucifixi venerari.* C'est à dire, *Athanase dit que les Chre-*

Bell. de ima. sanct. l.2.c. 12.

ſtiens honorent pluſtoſt l'image de la Croix, que de la lance, ou colomne, & ſemblables inſtrumens de la paſſion du Seigneur. Car ſi les Gentils nous accuſent que nous honorons le bois, nous pouuons ſoudain ſeparer les deux bois de la Croix l'un de l'autre, & ainſi la figure de la Croix oſtee, fouler aux pieds ces deux bois, pour monſtrer que nous ne venerons pas le bois, ains l'image du crucifix.

Or quoi qu'il en ſoit, ceſte ſentence ne fait rien contre nous. Car Richeome prend *Colere,* pour adorer : & il ſignifie en ce lieu honorer ou faire cas. Et nous ne nions point qu'on ne doiue honorer la Croix de Ieſus Chriſt, & en faire cas, ſans toutesfois l'adorer. D'auantage cette raiſon de ſeparer les deux bois de la croix l'vn d'auec l'autre, & les fouler aux pieds, aduenant le danger de l'accuſation des Gentils, n'auroit point moins de lieu en la lance, ou en la Colomne, ou és autres inſtrumens de la paſ-ſion de Ieſus Chriſt. En outre, par cette ſen-tence Athanaſe accorde qu'aduenant non ſeu-lement le danger d'idolatrie, mais encore le ſoupçon d'icelle, on peut legitimement briſer & mettre en pieces la Croix. Ce que les deuots de l'Egliſe Romaine n'accorderont point. Fi-nalement, pour voir ſi Athanaſe a eu à cœur les images, oions ce qu'il en dit encore contre les Gentils, outre les ſentences precedentes.

Qu'ils me diſent, dit-il, comment eſt-ce que Dieu eſt cogneu par les images? Eſt-ce par la matiere qui eſt au dehors, ou par la forme qui eſt miſe dedãs la matie-re. Car ſi c'eſt par la matiere, qu'eſt-il beſoin de forme, Athan. cont. Gentiles.

côme si deuant que telles pourtraittures fussent faites,
Dieu ne fust monstré & declaré par le moien de toutes
les matieres? Certes c'est en vain que ceux-ci ont basti
des temples, mettant dedans vne pierre ou vn bois, ou
quelque piece d'or, veu que toute la terre est remplie
de telles substances. Que si la forme ou pourtraitture
est cause que Dieu apparoit & qu'on le cognoit, qu'est
il besoin ou d'or ou d'autre matiere? Et pourquoi
Dieu n'est-il plustost reuelé & declaré par les vrais
animaux, desquels les formes sont vraies images?
Car certainement la gloire de Dieu seroit plus clairement cogneue & manifestee par les creatures raison-
nables & irraisonnables, que par celles qui sont sans
ame & immobiles. Esquelles choses ils monstrent vne
tresgrande impieté, à leur ruine, &c.

S. Ambroise outre ce qu'auez oui tantost de lui,
escrit en ces termes sur le Pseaume 118. monstrant
par similitude que l'honneur fait aux images ressort à
Dieu: Qui couronne l'image de l'Empereur, il est
certain qu'il couronne celui duquel est l'image.

Resp. S. Ambroise adiouste encore, Et qui
aura mesprisé la statue de l'Empereur, il semble qu'il
aura fait iniure a l'Empereur. Mais autre chose
est l'image d'vn Empereur ou d'vn Roi, esleuee pour vn memorial de ciuilité, & autre l'i-
mage de Dieu ou des Saincts, esleuee pour religion ou deuotion. Cette-ci est defendue de
Dieu: & cette-là permise. Partant quiconque
demoliroit l'image de l'Empereur ou du Roi,
cettui-là feroit iniure à l'Empereur mesme ou
au Roi. Mais qui auec vocation & puissance legitime demoliroit les images de Dieu ou des

Sainĉts, feruantes à idolatrie, vn tel ne leur feroit point d'iniure, fuiuant le paffage d'Athanafe que le Iefuite a allegué, & les exemples
d'Afa 1. Rois 1 5. 13. de Iehu. 2. Rois 10. 30.
d'Ezechias, 2. Rois 18. 4. de Iofias, 2. Rois 23.
4. & des autres fous le Vieil Teftament.

S. Hierofme en la vie de Paula: profternee à ter- **Hier. in vi-**
re (dit-il) deuant la Croix, elle adoroit, comme fi elle **ta Paula.**
y euft veu le Sauueur attaché.

Refp. S. Hierofme a bien dit, Que Paula
adoroit deuant la Croix, mais non pas qu'elle
adoroit la Croix. Et encore ne dit-il pas qu'il
ait approuué ce fait de Paula, fe profternant
à terre deuant la Croix.

S. Augustin parlant des fignes facrez, comme **Aug. L3. de**
font les images, les lettres, les facremens, parce que **Trinit. c. 10**
ces chofes font faites par les hommes, comme fainĉtes
elles peuuent eftre honorees, encore qu'elles ne foient
en admiration comme merueilleufes.

Refp. Le Iefuite eft effronté. Car S. Auguftin ne parle point en ce lieu-là des images qui
ne font point ordonnees de Dieu, ains des Sacremens, & nommement de la fainĉte Cene, &
dit: *Hæc quidem honorem habere poffunt, vt religio-*
fa: ftuporem autem, vt mira, habere non poffunt.
c'eft à dire, Ces chofes peuuent bien auoir honneur comme religieufes: mais elles ne peuuent
point apporter d'eftonnement, comme fi elles
eftoient merueilleufes. Et nous alleguons ce
paffage contre le miracle que les Sophiftes pretendent eftre fait au S. Sacrement.

Où il met entre autres fignes, qui meritent hon-

*neur de religion, le ſerpent d'airain fait par Moyſe
au deſert.*

Reſp. Voire: Car le ſerpent d'airain auoit
iadis eſté mis & poſé pour religion, & eſtoit vñ
Sacrement ou ſigne ſacré de Ieſus Chriſt:
aſçauoir pour honorer & adorer religieuſement, non la figure, ains Ieſus Chriſt qui en e-
ſtoit figuré; & en attendre gueriſon & ſalut.
Mais depuis à cauſe de l'abus & de l'idolatrie
qui s'y commettoit, Ezechias le rompit & bri-
ſa, comme il ſera dit ſur la ſect. 4.

Et au liure de la doctrine Chreſtienne dit, que les
Aug. L.2.de *peintures & ſtatues ſont ſuperflues, ſauf celles qui en*
Doctr. Chr.
c. 25. *temps & lieu ſont miſes à vne bonne fin, par ceux qui*
en ont l'authorité. Telles ſont les images Chreſtiennes.

Reſp. Cela ne ſert de rien pour les images
de la Papauté, deſquelles S. Auguſtin n'entend
nullement parler. Car elles ne ſont point miſes en l'Egliſe à vne bonne fin, ains tres-mau-
uaiſe; entant que Dieu en eſt deshonoré, & le
peuple rendu idolatre: & ne ſont point auſſi miſes ou eſtablies par le commandement du Seigneur, qui ſeul a l'authorité & le droit d'eſtablir & ordonner ce qui eſt pour ſon ſeruice.

Aug. l. 10. 3. Ce qu'il adiouſte du meſme S. Auguſtin
confeſſ.c.34 au commencement de la ſection 3. ne nous
preſſe aucunement. Oions les autres Docteurs
qu'il cite.

S. Paul. na- S. Paulin: *Admirons des Anciens les ſacres*
tali 10.5. *images.*
Felic.
Reſp. Le vers Latin eſt tel:

Miremurq; ſacras, veterum monumenta, figu-

vas. c'eſt à dire, Aions en admiration les ſacrees figures des Anciens, qui ſont leurs monumens. Or par les Monumens des Anciens, il entend leurs actes heroiques, & de pieté, dignes d'admiration & de louange.

S. Gregoire exhorte de traſſer l'image de la Croix & de la Vierge glorieuſe d'vne certaine Synagogue des Iuifs, où par force elles auoient eſté miſes, à vn lieu Chreſtien, où l'on les puiſſe honorer dignement. Greg. l. 7. ep 5. ad Ian.

Reſp. Il ſe trompe. S. Gregoire parle ainſi au lieu cotté : *His* (inquit) *hortamur affatibus, vt ſublata exinde cum ea qua dignum eſt veneratione imagine atq; cruce, debeatis quod violenter ablatum eſt, reformare.* c'eſt à dire, *Nous vous exhortons par ces paroles, qu'aiant oſté de là ceſte image & Croix, auec digne veneration, vous aiez a reformer ce qui a eſté oſté par violence.* Or il ne dit pas, & que vous les mettiez à vn lieu Chreſtien, où l'on les puiſſe honorer dignement.

Et en vn autre lieu: Nous-nous proſternons (dit-il) deuant l'image, mais non pas comme ſi c'eſtoit quelque diuinité. L. 7. ep. 53.

Reſp. Se proſterner deuant vne image, ſans doute c'eſt l'adorer. C'eſt ce que ſignifie proprement le mot Hebrieu חוהתשה, que Dieu defend en ſa Loi. Si donc S. Gregoire s'eſt proſterné deuant vne image, il s'eſt oublié, & ne s'eſt point ſouuenu de ſa doctrine. Car il a dit plus d'vne fois, *Qu'il ne faut point adorer les images, ni aucune choſe faite de la main de l'homme.* Et nous auons veu ci-deſſus, qu'il a loué Serenus Eueſque de Marſeille, de ce qu'il auoit em- L. 7. ep. 54. & 109. & L. 9. ep. 9.

pefché le peuple d'adorer les images, combien
qu'il l'ait repris de les auoir rompues.

4. En la 4. fection il reuient à vne de nos
raifons, où nous difons qu'Ezechias rompit &
brifa le ferpent d'airain, à caufe de l'idolatrie
qui s'y commettoit. *Cela* (dit le Iefuite) *non
feulement ne nous nuit rien, mais nous aide. Et comment? La caufe de ce brifement fut, parce que iufques alors les enfans d'Ifrael lui faifoient des encenfe-
mēs, qui eftoit en cefte loi-là le propre office du Sacrificateur. Comme il appert en l'hiftoire d'Ozias, lequel
quoy que Roi, s'eftant ingeré de donner de l'encens,
fut frappé de ladrerie à l'inftant. C'eftoit donc vne
temerité puniffable des Hebrieux d'vfer de telle ceré-
monie, & de tant plus grieuement puniffable, que s'e-
ftans oubliez de la fignification de ce ferpent, ils adoroyent la matiere, & eftoyent vrayement idolatres.
Parquoy Ezechias fit bien d'exterminer telle abomination, & ofter la caufe à ce peuple aime-idole d'y plus
retourner.*

Refp. Nous auons ci-deffus prouué & vé-
rifié, que les Paiens & Iuifs n'ont point autrement, ni auec plus grande fuperftiton & idolatrie, adoré leurs idoles ou images, que ceux de
l'Eglife Romaine adorent les leurs. C'a efté fur
le chap. 13. fect, 2. & chap. 16. fect. 4. & chap.
26. fect. 3. Parquoi ie ne veux dire autre chofe ici, finon que fi le Roy Ezechias a eu occafion de brifer & rompre ce ferpent d'airain, à
caufe de l'abus & de l'idolatrie qui s'y commettoit, ce ferpent (di-ie) fait & erigé par le commandement de Dieu : Les Rois & les Princes
Chreftiens

Chrestiens ont auiourd'hui autant d'occasion
de briser & rompre les images de la Papauté,
erigees contre le commandement de Dieu, &
à cause d'vn tel abus. Et en cela ils ne feroient
rien que le Decret ne leur accorde. Car voici
ce qu'il dit parlant de cest exploit d'Ezechias :
*Par ce brisement (dit-il) l'Eglise est authorisee en
cela, que si aucuns de nos predecesseurs & Maieurs
ont fait quelques choses, lesquelles en ce temps-là ont
peu estre sans coulpe, & lesquelles par apres se conuertissent en erreur & superstition, sans aucun de-
lai, & auec grande authorité, elles doiuent estre destruites par la posterité.*

Dist. 63. c.
Quia sar-
cta.

Quant à l'argument que le Iesuite tire du
serpent, l'accommodant aux images de la Papauté, il est sans fondement. *S'il a esté loisible
(dit-il) de garder par reuerence vne image de Iesus
Christ, figure future : à plus forte raison de Iesus
Christ ia venu en propre personne.*

Resp. Il n'y a qu'vn mot. Moyse auoit fait
le serpent d'airain par le commandement de
Dieu, pour figurer Iesus Christ. Nomb. 21.
vers. 8.9. Iean 3. 14. Et partant il a peu estre
gardé sans offence. Mais les hommes ont fait
les images de Iesus Christ & des saincts contre
le commandement de Dieu : Et partant elles
ne peuuent estre gardees, pour religion & dé-
uotion, sans griefuement offencer Dieu.

Tt

SVR LE CHAP. XXX.

TANT plus que Richeome tire auant en ce Difcours, tant plus il fait monſtre de la poureté de ſon entendement. Il cuide auoir bien refuté nos argumens contre les images, tirez des ſainctes Eſcritures & des Conciles: où neantmoins il s'eſt trouué autant eſloigné de ſes pretentions, que le ciel eſt eſloigné de la terre. Tout de meſme s'eſgare-il de la droite ligne en l'examen de nos autres raiſons, deſquelles il en pourſuit trois en ce chapitre, pour les rendre vaines.

I. *Voſtre premiere raiſon eſt (dit-il) que l'image eſt vne choſe vaine & ſans ame, & partant incapable d'honneur.*

Reſp. Ie ne ſçai par qui des noſtres eſt miſe en auant ceſte raiſon pour la premiere contre les images. Neantmoins nous l'aduouons, pour ne donner la peine au Ieſuite d'en rechercher l'autheur, & en cotter le paſſage. Oions ſa reſponſe.

Ie reſpon (dit-il) que l'image n'eſt vraiement de ſoi capable d'honneur: mais entant qu'elle repreſente ce qui eſt digne d'honneur, elle en eſt capable. Et là-deſſus il emploie la ſimilitude d'vn Ambaſſadeur de Roi, lequel pourra eſtre incapable d'honneur, pour ſa perſonne, mais capable pour le regard du Roi, lequel il repreſente. Tout de meſme du ſceptre, de la couronne, des lettres du Prince, qui ſont choſes ſans ame, & neantmoins honorables, à cause du rapport qu'elles ont au Prince.

Resp. Si le Iesuite nous sçait monstrer, que les images soient ordonnees de Dieu, comme l'Ambassadeur est ordonné & enuoié du Roy, & qu'elles soient pour honorer Dieu, tesmoigner de son authorité, & declarer sa volonté, comme le sceptre, la couronne, les lettres du Roy, honorent le Roy, tesmoignent de son authorité, & declarent sa volonté: alors ie confesserai que les images seront dignes d'honneur en leur rang, mais encore d'honneur ciuil, & non d'honneur religieux.

Vostre seconde raison est celle de Caluin: L'Image n'est saincte, ni pour le regard de la matiere, dont elle est composee, ni des traits & lineamens qui lui font la figure: & partant qu'elle n'est en aucune façon honorable.

Resp. Ie ne sçai encore en quel lieu de Caluin le Iesuite a pesché ceste seconde raison. Il en deuoit cotter le passage, pour nous le faire voir en sa clarté, & ce qui precede, & ce qui suit. Toutesfois oions sa refutation. Il confesse que les images ne sont point sainctes pour la matiere, ni pour la forme ou figure: ains pour deux autres causes.

La premiere est, parce qu'elles sont signes de choses sainctes, & en ceste qualité sont honorables, voire à la boutique de l'artisan.

Resp. Ie nie que les images soyent signes de choses sainctes, c'est à dire, de Dieu & des Saincts. Car ni Dieu, ni les Saincts ne peuuent

estre vraiement signifiez par icelles : veu que
Dieu est infini & inuisible. Et pour les Saincts,
encore qu'ils puissent estre representez par des
images, tant y a qu'ils ne le doiuent point pour
religion ni deuotion : Car Dieu l'a defendu.
Et en outre, il n'est en la puissance d'aucune
creature d'establir des signes, par lesquels Dieu
soit signifié, ou les Saincts. Ains cela appartient
à Dieu seul.

La seconde, parce qu'elles sont dediees & consa-
crees à Dieu, & mises au temple, non pour paistre
les yeux des curieux, mais pour esueiller à chacun la
memoire des choses sainctes, & eschaufer la volonté à
l'imitation de ceux, qui sont representez par icelles,
& en somme pour le seruice diuin.

Resp. Rien de ce que Dieu a defendu, ne
doit estre mis au temple, ni dedié & consacré
pour le seruice diuin. Les images sont defendues de Dieu. Donc les images ne doiuent
point estre mises au temple, ni dediees & consacrees pour le seruice diuin.

On a beau dire, que ce qui est fait à la bonne
intention, & pour vne bonne fin, est bien fait.
Ie respon, que ce que Dieu defend, ne peut iamais estre fait à la bonne intention, ni tendre à
vne bonne fin. Et Dieu aime mieux obeissance
que sacrifice. *Voiez* 1. *Samuel* 15. 22. *Leuit.*
10. 1.

2. *Troisiemement vous dites, que l'homme est*
fait à l'image & semblance de Dieu, & toutesfois
on ne l'adore pas : donc beaucoup moins le bois & la
pierre.

Resp. Ceste raison est prise de S. Augustin
& d'Athanase, comme nous auons veu leurs
sentences, sur le chap. 20. sect. 3. & chap. 29.
sect. 2. Car les œuures de la main de Dieu doiuent bien plustost estre reputees diuines, & e-
stre adorees, que les œuures de la main de
l'homme. Oions le Iesuite en sa response.

*L'homme (dit-il) est digne d'estre honoré, d'au-
tant qu'il est image de Dieu.*

Resp. Cela est vrai. Mais il y a difference
entre estre digne d'estre honoré, & estre digne
d'estre adoré religieusement. Le premier nous
l'accordons en l'homme. Le second nous le
nions. Or il allegue deus causes, pour lesquelles *on n'adore pas l'homme, quoi qu'il soit image de
Dieu, comme l'on adore l'image de nostre Seigneur
& des Sainсts.*

*L'vne est, comme dit l'vn de nos Docteurs, de
peur qu'il ne pense cet honneur lui estre fait pour son
respect.* Thom. Vald l. 3. de Sacr. tit. 19. c. 154.

Resp. Autant y eschet-il de peur & de danger en l'adoration des images. Car les simples
peuuent penser qu'elles meritent d'estre adorees: comme de fait ils pensent pouuoir estre
exaucez d'elles, quand ils se prosternent deuant elles, & les prient, ainsi que dit S. Augustin. Mais il y auroit là dessus vn remede pour
l'homme, si Dieu auoit commandé de l'adorer
à cause de son image: c'est ascauoir l'instruction qu'il doit receuoir de la parole de Dieu
touchant sa misere & poureté naturelle, sui-
uant ce que dit S. Paul aux Galates. Et par ce- Aug. in Psal. 113. Gal. 6. 3:

T t iij

ste confideration, fi l'on l'adoroit, il penferoit
eftre adoré, non point pour fon refpect, mais
entant qu'il eft image de Dieu.

L'autre caufe eft, que veue la multitude de hom-
mes, il y auroit de la confufion mal feante & incerti-
tude, lors qu'il faudroit que chacun honoraft fon com-
paignon, & en fuft honoré, comme eftant image de
Dieu. & faudroit que le Roi honoraft le vaffal, le
Seigneur le valet, à titre pareil. Et ne fçauroit on, fi
c'eft par refpect de Dieu ou de l'hôme, qui font chofes
mal feantes & incommodes: Lefquelles n'aduiennent
point aux images de reprefentation, qui font en petit
nombre, & deftinees a reprefenter vne chofe certaine:
& eft-on affeuré que tout l'honneur qu'on leur fait fe
rapporte a la chofe reprefentee.

Refp. La multitude n'apporteroit point de
confufion, fi les hommes fe cognoiffoient bien
eux-mefmes, & chacun fon prochain. Car ils
mettroient quelque difference en l'adoration
religieufe, comme ils font en l'adoration ciuile. Et n'importe ce que le Iefuite dit, qu'il
faudroit que le Roy honoraft le vaffal, & le
Seigneur le valet. Cela eft vrai : & fe prattique
en l'honneur ciuil. Mais (dit il) de pareil honneur. Non, ains chacun feroit honoré felon fon
rang. Ne voit-on pas le pere honorer fon fils
Magiftrat, d'vn honneur tres-grand, mais ciuil,
tandis que ce fils eft en fon throne, & fait l'eftat
de Magiftrature, & que hors de là le fils honore auffi fon pere, comme eftant celui duquel il a
efté procreé & engendré, & felon le commandement de Dieu? Ie di donc, que fi Dieu

auoit commandé d'adorer les hommes, entant
qu'ils sont son image, les hommes se pourroient adorer les vns les autres, sans confusion,
voire les plus grans pourroient adorer les plus
petis, non point pour leur respect, mais d'autant qu'ils sont faits & creez à l'image & semblance de Dieu. Que si Dieu ne veut pas que
les hommes s'odorent les vns les autres, d'vne
adoration religieuse, quoi qu'ils soyent œuures de sa main, & son image : moins veut-il
que les hommes adorent leurs ouurages, c'est
à dire les images, qui ne sont point œuures de
Dieu, ni son image.

Svr le chap. XXXI.

APRES auoir foiblement paré trois de
nos petis coups, il fait vne semblable sail-
lie sur nous, qui n'est qu'vne petite desgainee
de son ignorance. Il argumente ainsi.

1. *La nature & l'experience nous apprend, que
les images des Rois, & de toutes personnes de grande
vertu & merite, ont esté toufiours, & doiuent estre
honorees ciuilement : Donc à meilleur droit l'image
de Iesus christ & des Saincts le doit estre religieusement.*

Resp. I'accorde l'Antecedent ; mais ie nie
le Consequent. Et le Iesuite n'a point de ci-
ment assez tenant pour lier & ioindre l'vn auec
l'autre. Il se tourmente en vain és trois premieres sections pour prouuer ledit Antecedt :
mais il n'en estoit pas besoin. Car nous ne le

difputons point. Le lecteur iugera de fa procedure. C'eſt le Conſequent qu'il deuoit prouuer, lequel nous lui conteſtons. Il y tend bien
en la 4. ſection. Mais c'eſt ſans aucun exploit.
Il dit ainſi:

4. *Si c'eſt choſe ſelon la nature & le droit ciuil,
d'honorer ciuilement les images des hommes de vertu
pour honorer leur merite: pourquoi ne ſera-il iuſte
d'honorer religieuſement les images de Ieſus Chriſt,
de ſa mere glorieuſe, des Princes & ſeruiteurs de ſa
Cour?*

Reſp. Il n'y a rien ici de nouueau. C'eſt le
meſme Entymeme qu'il a propoſé au commencement, & ne prouue point ſa Conſequence, ſinon par elle meſme, tournant à l'entour
du pot, & ſerpentant à ſa mode. Nous accordons (di-ie) qu'il eſt iuſte d'honorer ciuilement
les images des Rois, & des hommes de vertu.
Mat. 22. 20 Car Dieu ne le defend point, ains l'approuue.
Mais nous nions qu'il ſoit iuſte d'honorer religieuſement les images de Ieſus Chriſt, de la
Exo. 20. Vierge Marie, & des Saincts. Car Dieu le
defend.

*Et ſi c'eſt vn acte ſainct d'honorer Ieſus Chriſt en
ſa perſonne, pourquoi ne le ſera-il l'honorer en ſon effigie, veu meſmes que cela donne teſmoignage de plus
grand reſpect, & rend en certaine façon l'honneur
plus grand, que s'il eſtoit fait à ſa propre perſonne?*

Reſp. Si par *honorer* le Ieſuite entend adorer religieuſement, ie di que Ieſus Chriſt doit
eſtre adoré comme Dieu, & non point proprè-
ment comme homme. Car le vrai & ſeul & ab-

folu fuiet de l'adoration religieufe, c'eft Dieu,
ainfi que nous auons môftré par le tefmoignage des Anciens Docteurs en l'Abus 14. de la
Meffe. Or fi Iefus Chrift entant qu'homme
fimplement ne doit point eftre adoré, moins le
doit eftre fon image. Car fi l'image reprefente Iefus Chrift, elle ne le reprefente point comme Dieu, ains comme homme. Au refte, combien que Iefus Chrift doiue eftre honoré religieufement, il ne s'enfuit pas que fon image le
doiue eftre. Car Dieu defend d'honorer ainfi
les images: & fe referue à lui feul vn tel honneur.

Deut.6.16.
& 10.20.
Mat.4.10.

5. 6. Ce qu'il dit de Iudas qui baifa la bouche de Iefus Chrift, & des fainctes Dames, qui
baiferent fes pieds, & de tout le refte qu'il adioufte és fections 5. & 6. ne conclud rien pour
les images. Il femble argumenter ainfi, pour
prouuer qu'on fait plus d'honneur à Iefus
Chrift & aux Saincts, quand on honore leurs
images, que quand on honore leurs propres
perfonnes.

D'autant plus que le fuiet où l'on recognoift
le Seigneur, eft petit, d'autant en eft la fignification d'honneur & d'amour, plus illuftre.
Comme celui qui baife le pié, ou le manteau du
Roy, le refpecte plus, que s'il lui baife la main
ou la face.

Les images où l'on recognoift Iefus Chrift
& les Saincts, font vn fuiet plus petit, que n'eft
leur perfonne propre.

Donc la fignification d'honneur & d'amour

qu'on fait aux images de Iesus Chrift & des Sainⓒts, eſt plus illuſtre, que celle qu'on fait à leur perſonne propre.

Reſp. La propoſition eſt vraie, quand le ſuiet de la ſignification d'honneur & d'amour eſt licite, & nullement defendu de Dieu. Comme en l'exemple ſuſdit du baiſement du pié, ou du manteau, ou de la main, ou de la face du Roi. Mais quand le ſuiet de telle ſignification d'honneur & d'amour, eſt illicite & defendu de Dieu, la propoſition eſt fauſſe. Comme en l'honneur qu'on fait aux images, ſoient de Iesus Chriſt, ou des Sainⓒts. Car puis que Dieu a defendu telles images, & l'honneur qu'on leur fait, elles ne peuuent & ne doiuent eſtre miſes en ligne de conte, pour ſuiet, ſoit petit ou grand de telle ſignification d'honneur.

Au reſte, ſi ſelon la confeſſion de Richeome, *l'image de Iesus Chriſt eſt infiniment petite, au prix de ſa Maieſté, & celle des Sainⓒts, au prix de leur excellence:* C'eſt iniuſtice, & brutalité, & impieté manifeſte, de deferer meſme adoration religieuſe aux images de Iesus Chriſt & des Sainⓒts, qu'à leurs propres perſonnes. Or nous auons veu neantmoins ſur le chap. 26. ſeⓒt. 3. Que l'ordonnance du Concile 2. de Nice, & l'aduis de pluſieurs Doⓒteurs de l'Egliſe Romaine, eſt, qu'on doit deferer aux images ſemblable culte, & pareille eſpece d'adoration, qu'à leurs prototypes, c'eſt à dire, aux choſes qu'elles repreſentent.

Aⓒt. 1. 15.   Quant à l'ombre de S. Pierre qu'il appelle

image mince, & dit que le peuple l'honoroit
& qu'en l'honorant, il honoroit plus S. Pierre,
que s'il l'eust honoré en sa propre personne, il
se trompe. S. Luc ne dit point qu'aucun ait honoré ceste ombre, ains seulement qu'elle guerissoit les malades, sur lesquels elle passoit, le
don de miracles estant alors en l'Eglise, pour
seau & confirmation de la doctrine. Parquoi le
Iesuite s'abuse, & encore auec lui ceux-là qui
de cet exemple pretendent recommander à
l'Eglise ie ne sçai quelles reliques des Saincts,
& lui vendre des ombres & des fumees.

SVR LE CHAP. XXXII.

NOvs reprochons à ceux de l'Eglise Romaine, qu'ils imitent & ensuiuent les
Paiens, quand ils esleuent leurs images en leurs
temples, & les adorent. Le Iesuite ne le pouuant nier, dit qu'ils imitent voirement en quelque façon les Paiens, mais que pourtant ils ne
font point mal, & ne sont point idolatres, comme eux. Car on peut bien les imiter en cela &
en plusieurs autres choses sans offencer Dieu,
veu qu'on ne fait qu'ensuiure la nature, comme
eux l'ont suiuie.

1. *Nous n'imitons pas* (dit-il) *tant les Paiens,
que nous ensuiuons la nature qu'ils ont suiuie, sauf en
ce qu'ils ont forligné de la raison, ce que nous ne voulons imiter, comme de sacrifier aux images, de les
prier, esperans quelque chose d'elles, comme venant
d'elles, & choses semblables prohibees en la Loi de*

Dieu, lesquelles ils prattiquoient, & encouroient en cela le crime d'idolatrie. En eux nous prenons ce qui est conuenable à la nature, & dequoi on peut bien vser, l'abus nous le reiettons.

Resp. Ie ne sçai quel bon Syllogisme le Iesuite pourroit bastir de son propos, s'il n'est tel.

Ce que les Paiens ont fait pour le seruice de Dieu, suiuans la nature, encore qu'ils y aient commis de l'abus, il nous est loisible de le faire, suiuans la mesme nature, reiettans l'abus.

Les Paiens, suiuans la nature, ont eu des images en leurs temples, & les ont adorees auec abus.

Donc il nous est loisible, suiuans la mesme nature, d'auoir des images en nos temples, & les adorer, reiettans l'abus.

I'accorde la Proposition. Et n'estoit pas besoin que le Iesuite la prouuast & amplifiast par tant de paroles, monstrant que les Paiens ont fait plusieurs choses louables, lesquelles nous pouuons imiter.

Mais ie nie l'Assomption pour la premiere partie. Car ce que les Paiens ont eu des images en leurs temples, ce n'a point esté suiuant la nature, c'est à dire suiuant la Loi de nature, esclaircie par le commandement de Dieu, redigé par escrit: ains les ont eues suiuans leur nature corrompue, ou bien leur corruption naturelle, contraire & repugnante à la Loy & volonté de Dieu. Et à laquelle premiere faute, d'auoir des images en leurs temples,

ils en y ont adiousté vne seconde, qui est l'abus
d'icelles en idolatrie & superstition.

Parquoi la Conclusion n'obtient rien, quoi
que le Iesuite la cuide de grande vertu. Et de
fait, ce qu'il y infere, est faux, asçauoir que cest
reiettans l'abus, qu'ils ont des images & les ado
rent. Car en ces deux choses consiste l'abus des
images: L'vne de les auoir pour le seruice de
Dieu, ou pour religion & deuotiõ: l'autre de les
adorer en quelque façon qu'on pretende, soit
de Latrie ou de Dulie, comme ils gazouillent.

Quant aux exemples, par lesquels il prouue
que les Iuifs ont fait plusieurs choses louables,
prises des Paiens, ou à leur imitation: ie respon
que les Iuifs les ont faites, non point tant à l'i-
mitation des Paiens, que suiuant le commandement de Dieu exprez. Et partant que le Iesuite nous monstre, que les images qu'ils ont &
adorent en leurs temples, ils les ont & adorent
par le commandement de Dieu. Et nous ne ferons faute de les imiter & ensuiure en cela tout
incontinent. Voire & tiendrons que les images nous feront en certaine façon ce que Gregoire de Nazianze a dit que les ceremonies de
la Loi de Moyse ont esté aux Iuifs, c'est asçauoir, muraille entre Dieu & l'idolatrie.

SVR LE CHAP. XXXIII.

1. RICHEOME descouure ici manifestement & sans honte, ce que plusieurs autres Docteurs de l'Eglise Romaine

ont tafché de couurir foigneufem eut: c'eft afçá
uoir que la plus part de leurs ceremonies,
agiots, & manieres de faire de leur feruice diuin, font procedees des Gentils & Paiens. Et
met pour exemples, *Les robes blanches & chafu-*
bles des Preftres: la Croffe, l'Anneau, & la Mitre
des Euefques: n'affifter aux iugemens & condamna-
tions iuridiques des criminels: la defence de la biga-
mie aux Preftres, c'eft à dire, de fe marier la feconde
fois: Le commencement du iour à la minuit: des de-
dicaces des temples: les veilles annuelles: l'eau benifte:
l'afperfion des fepulcres: les luminaires: La diftribu-
tion des cierges: chanter matines: prier tourné vers
l'Orient: le foufflet donné à ceux qu'on confirme: l'on-
ction au Baptefme, à la Confirmation & aux autres
Sacremens: Les Autels, & autres telles chofes.

Iuge maintenant le Lecteur, fi ces belles
parties du feruice diuin de la Papauté ont vn
bon fondement en la parole de Dieu, & fi nous
faifons iniure à ceux qui fe difent Catholiques,
quand nous leur reprochons, qu'en ces myfteres & autres femblables, ils Paganifent ou Iu-
daizent.

Mais (dit il) *S. Paul eftant venu à Athenes,*
ne fit-il pas tout ce qu'il put pour transferer l'autel
du Dieu incognen, qu'on chargeoit de facrifices pro-
phanes, au feruice de Iefus Chrift.

Act.17.27

Refp. Ouy: mais perfuadoit-il aux Atheniens de garder leurs fuperftitions, & de continuer leurs facrifices, ou les mefler auec le feruice de Dieu? Ou bien de changer leurs idoles
Paiennes, en des images Chreftiennes? Ains

pluſtoſt il inſiſtoit en cela, qu'ils quittaſſent leurs façon de faire Paiennes, auec leurs idoles & leurs idolatries, pour prendre vne nouuelle forme de religion, ſimple, ſpirituelle, & ſans aucunes images, & ſeruice ſuperſtitieux.

2. *S. Gregoire nommé Thaumaturgus, c'eſt à dire, faiſeur des merueilles, ne le fit-il pas, quand il* Grego. Nazi in vita S. Greg. Thau. *mit la feſte des Sainčts Martyrs en la place des feſtes des faux dieux, dit S. Gregoire de Nazianze? Et Theodoret eſcriuant aux Paiens de meſme ſuiet:* Theod. l. 8 de curat. Græc. affect. *Les materiaux des temples demolis (dit-il) aians ſerui pour edifier les temples & autels des Martirs, ont eſté purifieʒ. Car noſtre Seigneur a mis ceux qui ſont morts pour ſon nom, en la place de vos faux dieux, qu'il a priueʒ d'honneur, & honoré ſes ſeruiteurs: Et pour les feſtes de Iuppin & Bacchus, on celebre auec refečtions de ſobrieté, des feſtes à Pierre, Paul, Thomas, Serge, Marcel, Leonce, Antonin, Maurice, & autres Sainčts Martyrs.*

Reſp. Voire: mais qu'ont fait en cela S. Gregoire & les autres, ſinon changer de ſuiet & de nom à leurs feſtes & à leurs temples, & par ce moien à leurs idoles & idolatries? Au reſte nous auons refuté par le teſmoignage de S. Auguſtin, l'abus de ces feſtes & temples dediez aux Sainčts, ſur le Diſcours des Sainčts, chap. 6. ſect. 2. & chap. 7. ſect. 3. & chap. 12. ſect. 5.

3. Il adiouſte: *Et ſi ç'a eſté vne choſe non ſeulement loiſible, mais encore louable d'enrichir les Cours de iuſtice, des loix ciuiles faites par les Empereurs Paiens, & d'vn Digeſte profane en faire vne ſacrée*

colomne de iustice Chrestienne: Qui condamnera les Chrestiens, qui les accusera d'idolatrie, s'ils prennent tout ce qu'ils peuuent de bon, des mesmes Paiens pour en honorer l'Eglise de Dieu?

Resp. Cest argument du moindre au plus grand n'est point de mise. Car les loix ciuiles des Gentils ne sont point contraires à la Loi de Dieu, ains conformes à icelle : i'enten les loix dont les Rois & Princes Chrestiens se seruent. Et le Iesuite n'est point bien aduisé d'appeller le Digeste profane. Car s'il estoit profane, on n'en pourroit point faire vne sacree colomne de iustice, come il confesse qu'on fait. Mais les images des mesmes Gentils, leurs festes, & leur seruices, sont du tout contraires à la Loi de Dieu, & n'en peut-on bien vser en aucune façon. Parquoi les Rois & Princes Chrestiens ont bien peu, & peuuent encore iustement, & en bonne conscience se seruir desdites loix ciuiles des Paiens, pour le reiglement de leurs peuples, au fait de la iustice & de la police. Mais ni eux, ni les Pasteurs de l'Eglise n'ont peu & ne peuuent se seruir de leurs images, festes, & autres parties de leur religion, pour le seruice de Dieu, attendu la contrarieté & repugnance qui est entre elles, & la Loi expresse de Dieu.

Et si à la place d'vn Ianus faux Dieu, ils mettent la Circoncision du Saueur? Si pour les purifications des Gentils, ils festoient la purification de la Vierge? Si au iour de la feste d'Auguste, ils mettent la feste de S. Pierre? Si pour les vieilles idoles vaines, ils dressent les sainctes images? Si au lieu de Saturne,

Iuppin?

Iuppin, Mars, Mercure, Berecinthe, & Diane,
ils arborent les Croix & victoires de Iesus Christ, de-
corent ses temples des images & signes de sa glorieuse
Mere, de ses seruiteurs Martyrs, Confesseurs, &
Vierges, qui ont porté la Croix pour son nom.
Resp. Si cela se fait, ce sera la mesme superstition & idolatrie, la mesme fausse religion, le
mesme faux seruice diuin, il n'y aura de changé (comme i'ay dit) sinon le subiet & le nom.
4. Mais le Iesuite aporte icy quelque remede : C'est qu'en imitant les actions des Paiens,
il faut garder deux regles, qui sont (dit-il) deux
poincts de prudence.

Le premier poinct est, de n'imiter rien du peché
des Payens, c'est à dire, qui soit contre la Loy diui-
ne ou naturelle: comme auoir vne creature pour Dieu,
sacrifier aux idoles, tuer ses enfans, auoir les fem-
mes communes, ainsi que iadis plusieurs peuples Gé-
tils & autres Payens tenoient & pratiquoient. Mais
seulement prendre d'iceux, ou choses bonnes de soy,
telles que sont plusieurs actions naturelles : comme
honorer Dieu, faire des Loix de Iustice, honorer
les peres & meres, ieusner, faire aumosnes: ou au moins
choses indifferentes, comme estre vestu en telle ou telle
façon, faire des images & peintures, & autres de
mesme indifference, que l'art & la nature enseigne.
Resp. Premierement le Iesuite se coupe icy la
gorge. Car il dit, qu'il ne faut rien prendre des
Payens, qui soit contre la Loy diuine. Or est-
il que les images, faites pour le seruice de Dieu
sont contre la Loy diuine. Donc à son conte il
ne faut point prédre des Payens telles images.

V v

Secondement, il mesle mal à propos la communauté des femmes, auec les idoles, & les sacrifices & offrandes que les peres Payens faisoient de leurs enfans. Car les Payens n'auoient pas les femmes communes, pour vne partie du seruice de Dieu, comme leurs idoles & leurs sacrifices : ains pour vn effect de leur brutalité & coustume deprauee, quoy que couuerte du nom de charité, ainsi qu'entre les libertins & certains Anabaptistes de nostre téps.

Tiercement, il erre, estimant qu'honorer Dieu soit vne action naturelle des Gentils & Payens. Car tant s'en faut, que Dieu ait esté honoré par leurs actions naturelles, qu'au contraire il en a esté grandement d'eshonoré, d'autant qu'estant destituees de vraie foy, sont esté autant de pechez abominables. Rom. 14. 23. D'auantage, ceux qui ont esté Athees, entant qu'ils estoient egarez de la verité du vrai Dieu, & de sa religion salutaire, n'ont peu l'honorer. Or les Gentils ont esté tels, tandis qu'ils ont croupi en leurs impietez. Rom. 5. 6. Eph. 2. 12. Donques ils n'ont peu honorer Dieu. Ce que S. Paul demonstre clairement Rom. 1. vers. 21. 23. 25. 28. Et 1. Cor. 10. 20.

Quartement, il se trompe quand il met les Images & peintures, faites pour le seruice de Dieu, au rang des choses indifferentes. Car les choses indifferentes sont celles, lesquelles Dieu n'a ni commandees ni defendues. Mais Dieu a defendu les images & les peintures faites pour son seruice. Donc telles images & peintures ne

font point chofes indifferentes. D'auantage, e-
ftant queftion du feruice de Dieu, il y a difference entre les chofes qui font de la fubftance,
& parties de ce feruice-là, & celles qui n'en font
finon des circonftances & des acceffoires. Côme les affemblees Chreftiennes, la predication
de la parole, les prieres publiques, l'adminiftration des Sacremens, ce font chofes qui font
de la fubftance, & parties du feruice de Dieu,
commandees de luy, & qui fe doiuent neceffairement prattiquer en l'Eglife. Mais le temps
le lieu, la forme, l'ordre, pour les prefches,
pour les prieres, pour les leçôs Eccleffaftiques,
pour les ieufnes, & autres tels exercices, ce font
proprement chofes indifferentes, lefquelles
Dieu n'a point commandees en fpecial, & ne
font point proprement parties de fon feruice,
ains des circonftances feruantes à icelui, & ne
lient nullement les confciences : & aduenant
que la prattique d'icelles apporte quelque fcandale, elles doiuent eftre abolies fans aucun fcru-
pule. Ie di donc, qu'encore que les images &
peintures, faites pour le feruice de Dieu, fuffent chofes indifferentes, neantmoins pource
que Dieu en eft deshonoré, qu'elles font aux
fimples & aux infirmes occafion de fuperftitiô
& idolatrie, & font aux Iuifs, aux Turcs & autres Payens matiere de fcandale, & font caufe
qu'ils blafphement contre l'Euangile, elles
doiuent eftre totalement abolies, à l'exemple
du Serpent d'airain, lequel Ezechias rompit & 2. Rois 18. 4
brifa, apres qu'il fut conuerti en occafion d'ido-

V v ij

latrie, combien qu'au parauant il eust esté gardé cherement pour vn memorial du benefice de Dieu enuers les Israëlites au desert.

Le second poinct est, que personne de propre authorité, n'imite rien des Payens, nommément pour introduire en l'Eglise : mais que ce soit du iugement & authorité des Prelats & Pasteurs, comme il a esté dit.

Resp. Nous accordons volontiers ce poinct, non seulement en cela dont il est icy question, mais encore en toutes les autres choses qui côcernent la police de l'Eglise, pourueu que les Prelats ou Pasteurs soient assis en la chaire de Moyse, & parlent de là, n'establissent rien qui soit repugnant aux commandemens de Dieu, & que leurs ordonnances n'obligent point les consciences, & ne soyent point de la matiere & substance du seruice de Dieu, ains seulemét pour l'ordre & pour euiter toute côfusion & scandale. Car il n'est point en la liberté des Pasteurs de l'Eglise, d'introduire en icelle chose quelconque pour le seruice de Dieu, outre ce que luy-mesmes a prescrit & ordonné en sa parole. A raison dequoy S. Augustin a dit, *Ea tantùm esse de cultu Dei, quæ in verbo Deus præcepit, & in verbo præscripta sunt.* i. Que ces choses-là seulement sont du seruice de Dieu, lesquels Dieu a commandees par sa parole, & lesquelles y sont prescriptes.

Aug. de consensu Euangelist. c. 18.

SVR LE CHAP. XXXIIII.

LA premiere raison du Iesuite est refutee.
S'enfuit la seconde, laquelle il tire des choses contraires, disant que si par le deshonneur
des images, les patrons sont deshonorez, par
leur honneur ils sont aussi honorez. Il prouue
l'Antecedent par beaucoup de paroles, suiuant
sa coustume, qui est de prouuer ce qu'on ne
lui debat point, & passer sous silence, ou toucher legerement ce qu'on lui conteste.

1. *Nostre seconde raison (dit-il) pour la veneration
des images, est tirée de la Loi de contrarieté. Par les
images on peut iniurier le patron: Par elles donc on
les peut honorer. L'Antecedent est clair, & n'y a personne qui ne voie, que par l'iniure faite à l'image, celuy qu'elle represente, n'en soit attaqué.*

Resp. Voila son argument sur l'antecedent duquel (comme i'ay dit) il insiste plus qu'il n'est
de besoin, y emploiant les cinq premieres sections. Or il est ici question des images de Dieu
& des Saincts, faites & erigees pour religion &
deuotion, & non point des images des Roys &
des autres hommes de la terre, faites pour la
police, ou pour l'histoire, ou pour l'ornement,
ou pour la distinction des monnoyes, ou pour
quelque autre chose ciuile. Il faut donc que le
Iesuite argumente ainsi.

Si Dieu & les Saincts sont deshonorez, par
le deshonneur qu'on fait à leurs images, ils sont
aussi honorez par l'honneur qu'on leur fait, se-

V v iij

lon la regle des contraires.

Mais Dieu & les Sainɛts sont deshonorez
par le deshonneur qu'on fait à leurs images.

Donc ils sont aussi honorez par l'honneur
qu'on leur fait.

Premierement, ie nie la consequence de la
proposition. Car choses contraires sont a-
lorsdroitement attribuees aux contraires, quãd
la contrarieté des Predicats, ou attributs depend de cela mesme, selon quoy les suiets sont
opposez; & non d'aucune autre chose. Comme
icy le deshonneur fait à Dieu & aux Sainɛts,
s'ensuit bien & depend du deshonneur fait à
leurs images, soyent vrayes ou fausses: veu
que pour deshonorer Dieu ou les Sainɛts, l'intention de les deshonorer suffit. Mais l'honneur
fait à Dieu & aux Sainɛts, ne s'ensuit pas & ne
depend pas de l'honneur fait à leurs images, sinon que ces images & l'honneur d'icelles soient
ordonnez de Dieu. Car pour honorer Dieu &
les Sainɛts, l'intention de les honorer ne suffit
point, ains est requise aussi la forme & le moien
prescrit & ordonné de Dieu.

Secondement, sur l'Assomption ie demande,
que c'est qu'on entend par le deshõneur qu'on
fait aux images de Dieu & des Sainɛts. Si on
entend leur faire quelque trait d'infamie, quelque vilenie ou iniure, comme leur ietter de la
bouë, ou autre ordure, cracher contre elles, les
trainer par terre, les pendre, bref leur faire
quelque ignominie, par desdain & en mespris
des choses qu'elles representent: i'accorde l'as-

fomption. Mais fi on entend fimplement les
ofter, les demolir & abbatre, leur faire perdre
leur vfage, à caufe de la fuperftirion & idolatrie
qui en procede, & par confequent du fcandale
qu'elles donnent; Ie nie ladite Affomption: Car
alors vn tel demoliffement eft neceffaire, pourueu qu'il fe face legitimement par les Magiftrats, qui ont puiffance & authorité de ce faire,
& les demolir ainfi n'eft pas les deshonorer, ni
Dieu & les Sainćts par icelles : Autrement Ezechias auroit deshonoré Iefus Chrift, abbatant
le Serpent d'airain, qui eftoit vne figure & image d'iceluy. Epiphanius auroit auffi deshonoré
Iefus Chrift, ou le Sainćt reprefenté par l'image qu'il defchira a la porte du Temple d'Anablatha. Serenus Euefque de Marfeille, auroit
deshonoré les Sainćts, quand il abbatit leurs
images que le peuple adoroit.

4. En la fećt. 4. à ce que Richeome allegue de
l'iniure des Iuifs faite à vne image, felon qu'efcrit S. Athanafe, ie refpon que cefte hiftoire eft
fauffement attribuee audit Athanafe : comme
nous verrons fur le chap. fuiuant.

Et à ce qu'il cite de Sozomene, ie di en premier lieu, qu'ores que Iulien l'Apoftat ait fait
abbatre vne ftatue de Iefus Chrift, & que la foudre ait rompu la fienne, laquelle il auoit mife
en fa place, il ne s'enfuit pas qu'en l'Eglife Chré-
ftienne on doiue auoir des images de Iefus
Chrift, pour leur deferer aucune adoration religieufe. I'adioufte en fecond lieu, que par ce
que Nicephore efcrit, ou peut iuger que cefte   *Niceph.l.3.*
c. 30.

V v iiij

statuë n'a point esté emploiee en la primitiue
Eglise, pour le seruice diuin. Car (dit-il) elle n'e-
stoit point en aucun temple, ains *sub dio*, à descouuert sous le Ciel. à cause dequoi les pluies lui
auoient tellement effacé sa forme & les lettres
qui y estoient escrites, qu'on ne pouuoit discerner qui elle representoit, ni pourquoy elle
auoit esté mise là.

Quant à ce qu'il dit des Payens, *qui en déri-
sion du Sauueur, firent vne image, au visage & o-
reilles monstrueuses, auec telle inscription, le Dieu
des Chrestiens.* Ie respond, que de là il ne s'ensuit pas qu'en l'Eglise Chrestienne on doiue a-
uoir des images de Iesus Christ, pour les adorer.

5. Disant en la sect. 5, *Que l'image de Iesus
Christ est vn signe plus signifiant & mieux representant le corps de Iesus Christ, que n'est vn morceau de
pain, & par conséquent on peut en icelle plus honorer
ou deshonorer Dieu:* Il blaspheme contre la S.
Cene. Car le pain qui en est vn signe, a esté institué & ordonné par Iesus Christ, pour signifier & representer son sacré corps: Ce qu'on ne
peut dire de l'image, par laquelle on cuide le
representer. Car il ne l'a point instituée ni ordonnee. Et partant le pain de la Cene, represente mieux ce corps de Iesus Christ, que l'image qu'on lui fait. Et par conséquent celui qui
honore ou deshonore ce pain, honore ou deshonore plus Iesus Christ, que qui honore ou
deshonore ladite image.

6. En la 6. section, le Iesuite s'escrie contre

nous, nous appellant sectaires, & nous accusant de cruauté côtre les images de Iesus Christ & des Saincts. *Combien de fois* (dit-il) *les auez vous brisees, trainees, souillees, & fait passer par tous les guichets d'ignominie, dont vostre animosité s'est peu aduiser? laquelle a esté si aueuglee quelquefois, que brisant les images de Iesus Christ & de ses Saincts, vous auez laissé les statues des Diables entieres sans les toucher, &c.*

Resp. Il se donne trop de licence. Nous confessons bien que beaucoup de choses se sont commises en nos guerres ciuiles contre le droit. Mais non pas tout ce qu'il dit. Le nom de paix est doux, ce disoit quelcun, & la guerre quoy que iuste, est suiette à beaucoup d'insolences, & traine apres soi beaucoup de malheurs.

Nulla fides pietasque viris qui castra secuntur, Lucan.l.10
Venalesque manus.

Mais ni la foy des Iuifs, ni la pieté des Chrestiens qui ont esté deuant nous, ne seroit iugee saincté, ni salutaire, si les choses que les vns & les autres ont faites en la chaleur de la guerre, leur estoyent reprochees au desaduantage & interest de la religion, de laquelle ils faisoyent profession. Quand les Latins prindrent Constantinople sous Innocent III. les histoires disent qu'ils ne se contenterent pas despuiser les richesses imperiales, & rauir les despouilles des gras & des petis, mais encore mirent les mains sur les thresors Ecclesiastiques, violerent les sacraires, pillerent les tables d'argent, demolirent les images, les autels, les Croix & les au-

Antoni.hist part. 3. tit. 19.c.2.§.3.

tres ornemens de l'Eglise. Sçauoir mon si cela
fut par l'instructió de ce Pape Innocent? Quand
l'armee de Pompee Columna Cardinal, ayant
pris Rome sous Clement VII. eut s'accagé le
Palais Vatican, & pris tout l'ornement du temple de S. Pierre, cela fut-il conforme à la Religion Catholique? Ains Paul Ioue taschant d'excuser ce fait le mieux qu'il a peu, a dit que les
soldats ne purent estre empeschez par les chefs
de commettre ces excez. Nous en pouuons dire
autant de plusieurs insolences qui sont aduenues pendant les guerres ciuiles, pour la religió,
en ce Royaume. Car elles ne fussent point adue-
nues(ce disent les Historiens) si le commandement de Monseigneur le Prince de Condé, &
des autres chefs principaux eust esté suiui. Mais,
quant aux images, aux Croix, aux Reliques,
nous disons que les nostres n'ont point mal fait
de les abbatre & demolir, s'ils y ont procedé
par l'authorité des chefs : & ceux qui l'ont fait
sans ladite authorité, ils n'ont failli qu'en la cir-
constance , n'ayant point de vocation en cela, &
non point au principal.

*Frau. Gui-
chardi. hist
liu. 17.*

*Paul. Ioui.
de vita põp.
Columnæ.*

*Popelin. hist
Gall. L.8.
Hist. eccl.
des Eglises
Reform. de
la France li.
6.*

SVR LE CHAP. XXXV.

IL couche en ce chapitre les raisons troisieme & quatrieme, pour la confirmation de
la veneration des images. Et prent la troisieme des miracles.

1.   *Dieu (dit-il) a fait plusieurs miracles en confirmation du culte, & veneration des images : C'est*

donc vne chofe fainéte de les honorer. L'vne & l'autre
Partie de cet argument eft inuinciblement forte.
Refp. Toutefois nous les nions toutes deux, &
auec iufte raifon. Premierement donc nous
nions l'antecedent ; c'eft afçauoir, que Dieu ait
fait plufieurs miracles enconfirmation du culte
& veneration des Images. Le Iefuite és fix, premieres fections recite bien beaucoup de miracles. Mais ie di qu'ils font tous faux & controuuez.

2. Car quant au premier, *du Crucifix que les
Iuifs auoyent fi indignement traitté* (ce fut dit-on,
au pays de Syrie, en vne cité nommee Berithe)
*lequel ruiffela du fang en abondance, & duquel fang
furent gueris vn monde de malades, & par ces gueri-
fons plufieurs Iuifs conuertis.* C'eft vne fable. Et le
Iefuite a fongé auec les autres qui font de fon
opinion, qu'Athanafe ait efcrit ce miracle au
long : cottant en la marge le liure de la paffion
de l'image du Seigneur. Car Sigebert a
efcrit que l'an du Seigneur 765. cefte image de
Chrift fut trouuee en Berithe de Syrie, en la
maifon d'vn Iuif, qu'vn Chreftien y auoit laif-
fée ; Et l'hiftoire des Lombards en la Legende
30. dit exprez, que ce qui eft narré de cefte
croix de Berithe, aduint l'an du Seigneur 750.
Fauffemét donc cefte narration eft attribuee à
Athanafe, lequel mourut 400. ans deuant. Et
par confequent, ce liure eft fuppofé fous le nom
d'Athanafe. Voire & le titre feul le rend douteux & fufpeét. Car quelle paffion peut fouffrir
vne image, qui n'a ne vie ne fentiment ? Iefus

Chrift ayant fouffert pendant fa vie & en fa
mort, ne peut plus fouffrir ni mourir : mais fi
fait bien fon image au conte de cefte fable:
Quelle abfurdité ? Quelle inuention diabolique, pour maintenir l'erreur, la fauffe doctrine, l'idolatrie?

Moins faifons nous d'eftat du tefmoignage
du Concile II. de Nice, pour autant qu'il a efté
faux & illegitime, comme nous auons veu cy
deuant plufieurs fois, & nommément fur le ch.
3. fect. 8.

3.4.   Le fecond miracle fait felon le dire du
Iefuite, *à la ftatuë erigee en la ville de Paneade par
la femme hemorroiffe* : Et le troifieme fait, *par
l'image de Iefus Chrift, tiree par lui mefme, & en-
uoyee au Roy Abagarus*, dont on à fait puis a-
pres la Veronique : Ces miracles font auffi fabuleux. Car Eufebe n'eft point vn auteur affez
approuué, ains fon liure eft tenu pour apocryphe & fufpect, felon le Decret mefme, comme
auffi l'epiftre de Iefus à Abagarus.

Dift 15. Ca.
Sancta Eccl
rom.

En outre, nous difons, que quand les trois
miracles fufdits feroyent veritables, ils auroiēt
efté faits pour authorifer l'adoration de Iefus
Chrift crucifié, & non pas l'adoration pretendue de fon image.

5.   Faux eft auffi & imaginaire le miracle qu'il
allegue de la main droite coupee de Damafcene, & apres recouuree, priant deuant l'image
de noftre Dame. Iean Hierofolimitain n'eft
point vn tefmoin fans exception.

6.   Quant au garçon de la Mure pres de Gre-

noble en Dauphiné, le miracle que le Iesuite en
conte, est vn conte fait à plaisir : Ie m'en rapporte à tous ceux du pays. Ie pourroy dire, que
de ce temps là que le Iesuite cotte, c'est asçauoir 1556. i'estoy à Grenoble, & alloy souuent
à la Mure, & de là en nostre maison, mais ni a-
lors, ni onques apres, ie n'ouy parler de ce miracle. Et c'est merueille, que les deux Religieux
qui l'ont escrit à Richeome, aient demeuré quarante ans deuant que d'en faire faire quelque
registre : & que pas vn de ceux qui ont escrit des
miracles, n'en ait fait quelque mention.

Or voila l'occasion pour laquelle i'ay nié
l'antecedent de l'agument du Iesuite, c'est asçauoir, d'autant que les miracles qu'il a recitez,
& autres semblables, sont tous faux & supposez. Et i'adiouste, que combien qu'aucuns puissent auoir esté faits realement & veritablemét,
neantmoins Dieu n'y a pas mis la main pour
confirmer le culte & la veneration des images,
comme dit ledit antecedent. Ains Dieu a fait
son œuure, laschant la bride au Diable, & ont
l'vn & l'autre operé en ces miracles à diuerses
fins : Dieu, non point pour confirmer la venera- *Deut. 13.1*
tion ou adoration des images : car il la defend :
mais pour esprouuer ses fideles, & pour punir *2. Thes. 2.*
les rebelles à sa parole, comme dit l'Escriture.
Le Diable au contraire, non point pour le bien
d'aucun, ni pour aucun effect iuste ; mais pour
confirmer son regne & son seruice contre l'honneur de Dieu, par la veneration & adoration
des images.

En second lieu, ie nie le consequent ; c'est asçauoir que ce soit vne chose saincte d'honorer & adorer les images, encore que Dieu ait fait ou face quelques miracles par icelles : Car Il y a plusieurs autres choses, par lesquelles Dieu a fait des miracles, lesquelles toutesfois on n'adore point. Elizee par les eaux du Iordain a gueri la lepre de Naman : & neantmoins on n'a point ouy dire, qu'aucun ait iamais adoré ces eaux-là. Iesus Christ auec de la terre & du crachat a illuminé l'aueugle né : Tant y a qu'on ne lit point que ledit aueugle gueri, ni autre, ait onc adoré ni la terre ni le crachat. Voire le Seigneur fait des miracles souuent par l'entremise du Diable & des faux Prophetes, & neantmoins nous ne iugeons point ces instrumens dignes d'aucune adoration, ni d'aucun honneur.

7. 8. Pour la quatrieme raison, le Iesuite prend *la qualité de ceux qui ont persecuté les images, leur vie & leur fin, & de ceux qui ont soustenu la veneration d'icelles*. Là-dessus, il met pour les brise-images les Iuifs, les Samaritains, les Sarrasins, les Heretiques, & quatre ou cinq Empereurs de l'Orient : Et dit d'eux qu'ils ont esté meschans, execrables en toutes sortes de vices, & mauuais arbres, dont les fruicts n'ont peu estre que mauuais. Pour les defenseurs des images, il met les gens de vertu, qui ont plusieurs d'entre eux emploié leur vie pour soustenir ceste querelle. De là il conclut, que les images doiuent estre honorees, puis que les gens de bien les ont tousiours honorees, & qu'il n'y a eu que

les meſchans qui les ayent deshonorées. Or il
fait en ſubſtance ces ſyllogiſmes.

Ce que les gens de vertu & de bonne doctrine ont fait iuſques icy, & ont bien fait, nous
le deuons faire encore, & touſiours.

Les gens de vertu & de bonne doctrine ont
iuſques icy honoré & adoré les images, & ont
bien fait.

Donc nous les deuons honorer encore &
adorer touſiours.

Item : Ce que les meſchans & abominables
heretiques & infideles ont fait, & ont mal fait,
en cela nous ne les deuons point imiter.

Les meſchans & abominables heretiques
& infideles ont briſé & deshonoré les images,
& ont mal fait.

Donc en cela nous ne les deuons point imiter.

Reſp. De ces deux ſyllogiſmes nous en nions
les aſſomptions.

Svr le chap. XXXVI.

DEs Idoles & Images il vient à la Croix,
c'eſt aſçauoir à la Croix en laquelle Ieſus
Chriſt mourut, aux images faites à la ſemblance d'icelle Croix, & aux ſignes & geſtes qu'on
fait, quand on eſtend la main en l'air, & qu'on
figure vne Croix, ou qu'on la fait courir de la
teſte iuſques au nombril, & de là au coſté gau-
che & au coſté droit, finiſſant au milieu de la
poitrine : ou qu'ō fait ce meſme geſte du doigt

sur le front.

1.   Or en la premiere section il nomme certaines personnes qu'il dit auoir esté ennemies de la Croix : c'est asçauoir Claude de Turin, qui a esté enuiron l'an 800. Pierre Bruis & ses sectateurs, les Pauliciens & les Bogomiles, enuiron l'an 1130. Vviclef & Caluin, & ceux qui les ont suiuis. Et plus n'en dit.

2.   En la deuxieme section il pretend prouuer par la raison, par l'Escriture, par les Saincts Docteurs, & par les miracles, *que nous deuons honorer tant la Croix, où nostre Seigneur a enduré que tous autres signes de Croix.*

Quant à la raison, il la passe, & se contente de l'auoir seulement nommee.

Touchant l'Escriture, il en parle ainsi : *l'Escriture nous dit que le Sauueur a choisi la Croix de son bon gré & a dessein, comme l'autel où il vouloit estre sacrifié pour nos pechez, comme l'armure par laquelle il deuoit terrasser le Diable & en triompher, comme l'eschelle par laquelle il seroit glorifié, & ses esleus monteroyent au Ciel. De toutes lesquelles choses s'ensuit qu'elle doit estre honoree.*

Resp. Premierement, quelle est ceste consequence, Iesus-Christ a choysi de son bon gré la Croix pour y estre sacrifié : Donc la Croix doit estre adoree ? Il ne s'ensuit pas. Le Iesuite nous doit monstrer plus clairement la liaison de l'antecedent auec le consequent. En outre, si la Croix en laquelle Iesus Christ a souffert la mort n'est plus en nature, c'est en vain qu'on pretend d'en disputer. Ie sçay bien qu'on tient que ceste

Croix

Croix ayant esté cachee en terre, & enseuelie
bien profondement par les ennemis des Chrestiens, afin d'en abolir la memoire, Helene mere de l'Empereur Constantin, fut inspiree de
l'aller cercher en Hierusalem, ce qu'elle fit, &
la trouua. Voila l'inuention de ceste Croix,
qu'on appelle la vraye Croix. Mais où est-elle
maintenant? On dit (& de cela nul de l'Eglise
Romaine n'en doute) qu'elle est encores en
Hierusalem. Et toutefois l'histoire Ecclesiastique asseure qu'Helene en fit deux parties, dont
elle laissa la plus grande en Hierusalem, enfer-
mee en vn estuy d'argent, & la bailla en garde à
l'Euesque dudit lieu. L'autre, elle l'enuoya à
l'Empereur son fils, lequel la mit sur sa statue
esleuee sur vne colomne de porphyre au milieu
du marché de Constantinoble. Par ainsi, ou il
faut arguer l'histoire de mensonge, ou ce qu'on
tient auiourd'huy de la vraye Croix, est vne
opinion vaine & friuole. D'auantage, voyons
vne autre contradiction. Combien dit-on qu'il
y a de pieces par ci par là de ceste vraye Croix?
Ceux qui en ont fait les Inuentaires, disent que
si on en vouloit ramasser tout ce qui s'en trouue, trois cens hommes ne le sçauroyent porter.
Car il n'y a ville, parroisse, Abbaye, où on n'en
monstre. Et neantmoins l'Euangile testifie
que la Croix entiere estoit portee d'vn homme
seul. Or donc si ce qu'on en monstre, est du bois
commun, au lieu du bois de la vraye Croix, à
quel propos voudroit le Iesuite qu'on l'adorast?
Mais ie passe plus outre, posons que ce bois

X x

soit la vraye Croix, ou partie de la vraye Croix.
Donc (ce dit le Iesuite) il doit estre adoré, ou
reueré de l'adoration religieuse. Ie nie la consequence. Helene (ce dit S. Ambroise) ayant trouué la Croix, adora le Roy, & non pas le bois:
d'autant que c'eust esté l'erreur des Payens.

Ambr.de o-
bitu Theo-
dos. tom. 3.

Apres l'Escriture, où il n'a rien profité, il met
en auant les Docteurs & les miracles.

3. Dieu (dit-il) ayant gardé l'espace de 300. ans
des flammes, de l'eau & de la pourriture ceste sienne
Croix, a monstré par cela (dit S. Hierosme) qu'il
vouloit qu'elle fust honorée pour l'amour de son fils, &
pour la consolation des enfans de Dieu. C'est pourquoi
il voulut qu'elle fust trouuee, non du temps des tyrans
Payens, mais du temps de Constantin premier Empereur Chrestien, afin qu'elle fust preseruee de l'iniure des ennemis, & honorée de tous les Chrestiens.

Hieron. ad
Paulin.

Resp. Le Iesuite tranche icy court l'histoire
supposee de ceste Croix : laquelle prise de son
œuf est-elle. La graine d'ont l'arbre est creu,
duquel a esté faite ceste Croix, a esté prise de
l'arbre de vie au paradis terrestre, & a esté plan-
tée en la bouche d'Adam, au lieu, voire au creux
mesmes, où la Croix fut depuis plantee, quand
Iesus Christ y fut crucifié, au mont, pour ceste
cause, appellé le mont de Caluaire, c'est à dire
du test d'Adam. Depuis cet arbre resistant au
deluge, & croissant en toute hautesse, a esté
coupé pour le temple de Salomon. La piece de
charpenterie n'a iamais peu trouuer place, mais
a serui de planche sur le torrent de Cedron : Ce
que recognoissant la Royne de Saba par esprit

Prophetique , n'a point voulu paſſer deſſus ,
ains a pluſtoſt paſſé le torrent en ſe trouſſant au
trauers de l'eau. Finalement ceſte piece a eſté
là giſante en l'eau , iuſques à ce qu'à la haſte les
charpētiers en ont fait la Croix de Ieſus Chriſt.
Et depuis la mort d'iceluy a eſté par les Payens
ennemis des Chreſtiens, cachee & enfoncee en
terre , iuſques à ce qu'Helene mere de l'Empereur Conſtantin venue ſur le lieu, a eſté inſpiree
de la cercher , & la trouuee. Voila l'origine de
ceſte Croix , & ſa legende peinte és parois &
tapiſſeries de la Papauté. Voila ce que veut dire
le Ieſuite , entendant parler du bois preſerué du
feu, de l'eau, & de la pourriture, & emploié finalement à la fabrique de ceſte Croix : Et depuis
ladite Croix enfoncee en terre (comme nous
auons dit) ayant eſté trouuee par Helene , &
recogneue par miracle eſtre la vraie Croix.

Or nous reſpondons que ceſte hiſtoire eſt
feinte & fabuleuſe , & n'eſt qu'vn conte fait à
plaiſir par quelques Eueſques , Moynes , & autres de Grece , qui ont voulu retenir la vanité
taxee en leur nation de tout temps.

Au reſte les miracles dont le Ieſuite fait mention en gros & ſans les ſpecifier , quand ceſte
Croix fut trouuee par Helene, & quand elle fut
recouuree & retiree de la main de Coſroës Roy
de Perſe, par l'Empereur Heraclius , & remiſe
en Hieruſalem : Ces miracles ſont controuuez.
Et quand bien ils ſeroyent vrais, pour cela il ne
s'éſuiuroit pas que ceſte Croix deuſt eſtre adoree, pour la raiſon que nous auons alleguee au

chapitre precedent, section sixieme.

Mais (dit-il) pour l'vn & l'autre temps a esté instituee vne feste, dont escriuent Othon de Frisnigen, Bede, & Adon, au Martyrologe.

Resp. Ceste feste n'a esté qu'vne tresslourde & abominable idolatrie.

Chryf. hom.
Chrift.Deus

Et qui pouuoit auoir en ces saisons-là vne petite piece de ce diuin bois, s'eftimoit bien-heureux dit S. Chryfoftome.

Resp. Cela peut estre, pour la reuerence qu'on portoit à Iesus Christ, & pour memoire de sa mort : toutefois sans idolatrie.

Paulin.epiſt
ad Seuer.
Greg.lib. 7.
epiſt. 126.

Paulin en enuoya à Seuere : & S. Gregoire à Richard Roy des Visigots, comme vn don precieux.

Resp. Cela ne fait rien pour l'adoration de la Croix. Car il n'est pas dit que ceux qui enuoierent ces pieces, les recommandassent pour estre adorees : ni que ceux qui les receurent les adorassent.

Ambr.in
Theodoſ.

S. Ambroise loüe S. Helene mere de Constantin, dequoy elle auoit mis la Croix, c'est à dire, vne partie de la Croix, sur le Chef des Rois, afin qu'elle fust adorée. Il parle du clou qui fut inseré à la salade de l'Empereur.

Resp. Le Iesuite ne parle point ici clairement, *Bellarm. de* ains auec quelque ambiguité. Bellarmin dit *Ima.fanct.l.* que ce n'estoit qu'vn clou qu'Helene mit sur le *2. c. 17.* chef, c'est à dire à la salade de l'Empereur son fils. Et ce qui est adiousté en S. Ambroise, *afin qu'il fust adoré,* il est vray semblable qu'il n'est point de S. Ambroise, ains vne addition à son texte. Car il tesmoigne (comme nous auons veu) qu'*Helene ayant trouué la Croix : adora Iesus Christ, & non le bois.* Comment donc auroit elle mis vn clou d'icelle Croix au heaume de l'Empereur, afin qu'il fust adoré.

S. Augustin honoroit non seulement ce glorieux trophee, mais encor la terre du mont de Caluaire, laquelle transportee en Afrique, faisoit plusieurs miracles.

Resp. Le Iesuite n'allegue nul tesmoignage de cela : & le sien particulier est trop leger pour estre cru. Seroit-il vray-semblable que S. Augustin eust deferé l'adoration religieuse au bois de la Croix, & à la terre du mont de Caluaire, veu qu'il côdamne d'idolatrie abominable tous ceux qui deferent vne telle adoration à la creature, & dit qu'elle ne doit estre deferee qu'à Dieu seul ? Aug. de Trin. l. 1. c. 6.

Quant aux miracles de ladite terre transportee en Aphrique, s'ils sont vrays, ils ont esté faits diuinement, non afin qu'on adorast ladite terre ou le bois de la Croix, ains Iesus Christ Crucifié pour nostre salut, & qu'on le recogneust vray Dieu & vray homme en vne personne.

Et certes si la terre où iadis l'Ange marcha en figure d'homme, fut estimee saincte, & honoree comme saincte : combien plus sainct doit estre estimé le bois, qui a esté la lice où le Fils de Dieu a couru le tournoi où il a combattu, & la couche où mourant, il a fait rendre les derniers abbois à Sathan, au peché, & à la mort.
Ios. 5. 15.
Exod. 3. 2.

Resp. Nous auons veu sur le chap. 22. sect. 2.

X x iiij

pourquoy c'eſt que la terre de la montagne d'Horeb eſt appelee ſaincte. Mais cela ne ſert de rien pour eſtre appliqué à la Croix : Non plus que la terre de Iericho ; quoy qu'auſſi appelee ſaincte. Car il appert que Ioſué defera l'adoration religieuſe, non à la terre, ains à celui qui la nomma ſaincte, aſçauoir à noſtre Seigneur Ieſus Chriſt ; qui luy apparut en forme humaine. Ainſi donc, comme il n'eſt pas dit que laditte terre ait eſté adoree, auſſi n'eſt-il pas dit que la Croix de Ieſus Chriſt ait eſté iamais adoree, ni quelle le doiue eſtre.

4. Il vient à l'imáge de la Croix ; faite a la ſemblance de celle où Ieſus Chriſt mourut. Et dit quelle doit eſtre honoree : *Car c'eſt l'image de noſtre redemption, de l'autel, des armes, & de la victoire du Fils de Dieu.*

Reſp. Ceſte raiſon ne prouue pas que la Croix doiue eſtre adoree. Car pluſieurs autres inſtrumens ont ſerui à Ieſus Chriſt pour noſtre redemption, leſquels neantmoins nous n'adorons point, ni ne deuons adorer. Et encore l'imáge de la Croix, n'eſt pas la Croix meſme.

Ambr.hom. 36.
Minut.Fel. in Octauio.
La Croix (dit-il) *eſt imprimee en toute la nature, comme vn ſigne de ſalut ; dit S. Ambroiſe auec Minutius. Les oyſeaux ne peuuent voler ſans faire le ſigne de la Croix : Les Nauires ne peuuent voguer que leurs mats ne ſoient croiſez : Le laboureur labourer, qu'il ne l'ait au ſoc : Le monde meſme, tirant vne ligne de l'Eſt à l'Oeſt, & du Nord au Sud, demeure diuiſé en Croix.*

Reſp. Le Ieſuite auance icy du ſien. Car Am-

broife & Minutius ne difent pas, que la Croix
foit imprimée en toute la nature, comme vn figne de falut, ains feulement, que *crucis figura eft
etiam naturaliter falutaris*; c'eft à dire, que la figure de la Croix eft auffi naturellement falutaire. Et ainfi l'a exprimé Bellarmin. Or par le mot
falutaris, ou *falutaire*, ils entendent vtile & com- Bell. de Ima
mode, comme il appert par les exemples ad- g. fanct. l. 2.
iouftez. Au refte, quoy pour cela ? On doit c. 27.
donc auoir des images de la Croix, & les adorer ? Ie le nie.

*Les anciens d'Egypte parmi leurs characteres
Hieroglifiques, tenoyent la figure de la Croix comme* Ruff. l. 2. c. 9
*pour vn figne de vie, comme tefmoigne Ruffin. La
Croix donc eft vn figne honorable.*

Refp. Ouy : mais non point pour eftre adoré.
5. Or il adioufte quelques argumens pour la
preuue de fon dire. Le premier eft pris du tefmoignage de Iefus Chrift, lequel appelle la
Croix fon figne, au 24. chap. S. Matthieu. *Ce* Mat. 24. 30
figne (dit le Iefuite)*apparoiftra au Ciel flamboiant,
lors que celui qui a efté iugé en iceluy par les hommes,
viendra tenir fon grand iour pour iuger les hommes,
& faire iuftice en dernier arreft, à la vertu & au peché. C'eft ce que nos Docteurs efcriuent, & noftre
bonne mere chante, ce figne fera au Ciel, quand le
Seigneur viendra pour iuger.*
Refp. Ceux-là s'abufent auec Richeome, qui
rapportent ce figne, dont Iefus Chrift parle, à l'image ou figure de la Croix. Car tout incontinent apres en ce mefme verfet & au fuiuant, eft defcrit quel doit eftre ce figne, c'eft

X x iiij

afçauoir vne Maiefté & gloire tres-grande, laquelle declarera que Iefus Chrift, le Seigneur
du Ciel & de la terre (lequel lors qu'il difoit
ceci, eftoit mefprifé en fa perfonne, & l'eft encore auiourd'huy en fes membres) approche &
arriue pour iuger le monde.

Mais comment s'accordera l'opinion de ceux
qui rapportent ce figne à l'image ou figne de la
Croix, s'il eft ainfi que ce doiue eftre la Croix
inefme, comme Bellarmin l'allegue de Vvaldenfis ? *Vvaldenfis* (ce dit Bellarmin) *non impro-*
babiliter dicit, ipfam veram crucem ligneam, quæ
nunc diuifa eft in multas particulas, tunc reforman-
dam, & colligendam, & apparituram in cœlo. C'eft
à dire, *Vvaldenfis* dit probablement, que la vraye
Croix de bois, laquelle maintenant eft diuifee en beaucoup de parties, fe reformera, & s'affemblera, &
apparoiftra alors au Ciel. Et neantmoins ce figne
(ce difent Abulenfis & Lanfenius, que le méf-
me Bellermin allegue) doit eftre, *Imago crucis*
lucida (difent-ils) *ex aëre vel igne condenfato:* c'eft
à dire, *vne image de la Croix plaine de lumiere, faite*
de l'air ou du feu efpeffi. Là-deffus donc ie di deux
chofes. Premierement, que fi cefte Croix doit
eftre la vraye Croix, en laquelle Iefus Chrift a
efté crucifié, comme difent ceux-ci, ce figne ne
fera pas vne image d'icelle Croix, comme l'entend Richeome. Secondement, qu'encore qu'il
fuft vray que cefte vraye Croix deuft apparoir,
lors que Iefus Chrift apparoiftra à la fin du mõde, il ne s'enfuit pas que les images d'icelle
Croix, qui font en nombre infini en la Papauté,

Bell. de Ima-
g. fanct. l. 2.
c. 28.
Vvald. tom.
3. tit. 20. c.
158.

doiuent estre adorees ou honorees religieuse
ment. Car telle adoration n'appartient qu'à
Dieu seul.

Le second argument est pris du tesmoignage de quelques Conciles, & de quelques Docteurs.

*Les Conciles (dit-il) les Docteurs, & le com-
mun accord de tous siecles l'honorent. Les Synodes
sixieme, septieme, & huictieme ont couché les Decrets de la veneration d'iceluy. S. Iustin Martyr
l'honore par ses escrits. Tertullian la defend contre les
calomnies des Payens murmurans de l'adoration de
la Croix. Le mesme fait Minutius Felix.*

Iust. Apol. 2
Tert. Ap. c.
16.
Minut. in
octauio.

Resp. Quant à ces Conciles ou Synodes, le
sixieme qu'il cotte, a esté conuoqué à Constantinoble : Le septieme à Nice : Le huictieme encore à Constantinoble. Mais Albertus Pighius
les a refutez tous trois tres-pertinemment, &
les a prouuez faussaires & adulterins, quoi que
Franciscus Turrianus Iesuite, se soit efforcé de
les iustifier.

Touchant les Docteurs, Iustin Martyr ne
dit que ceci : *Signa & nota quæ apud nos sunt, huius rei virtutem declarant.* c'est à dire, *Les signes
& marques qui sont chez nous, declarent la vertu de
ceste chose.* Or ce mot *huius rei*, les Iesuites l'entendent estre dit de la Croix. Mais quel aduan-
ge pour l'adoration pretendue?

Tertullian & Minutius Felix, respondent à
l'obiection des Payens touchant ladite adoration de la Croix de bois, mais ils n'approuuent
pas pourtant ladite adoration, ains font cas

seulement de la Croix.

6　Ce que Richeome adiouſte de Conſtantin, de Theodoſe, & de Tybere Empereurs, monſtre bien que ces Princes faiſoyent cas de la Croix, voire auec quelque ſuperſtition, mais toutefois non point qu'ils l'adoraſſent.

Lact. in carmine de cruce.　Lactance neantmoins paſſe outre. Car il parle de l'adoration de la Croix, diſant ainſi:

Flecte genu, lignúmq; crucis venerabile adora.

Que le Ieſuite tourne:

Adore à deux genoux le ſigne venerable.

Voyez ce que nous y auons reſpondu ci-deſſus, ſur le chap. 29, ſect. 1.

Socr. l. 6. c. 8.
Sozo. l. 8. c. 8.　*Sainct Chryſoſtome faiſoit porter des Croix d'argent aux proceſſions, auec des flambeaux ardants, comme teſmoigne Socrates & Sozomene.*

Reſp.　Ceci eſt vne addition en l'hiſtoire de Socrates & de Sozomene: Car s'il eſtoit vray, Chryſoſtome lui meſme l'auroit dit & enregiſtré en quelques lieux de ſes eſcrits: ce qu'il n'a pas fait.

Chryſ. hom. Chriſt. Deus　*Et le meſme Sainct eſcrit que de ſon temps on peignoit la figure de la Croix par tout, aux villes, aux champs, aux maiſons, aux chambres, à la vaiſſelle, aux montaignes.*

Reſp.　Autre choſe eſt peindre ou engrauer la figure de la Croix en quel ſuiet, comme les Roys & les Princes Souuerains le font en leurs monnoyes, & autre choſe adorer ou faire adorer ladite figure.

S. Auguſtin reſiouy & eſmerueillé de l'honneur qu'on faiſoit par tout le monde à la Croix, s'eſcrie &

dit , puis que le Sauueur fait vn si grand honneur à
son supplice , qu'est-ce qu'il doit reseruer à ses fideles
seruiteurs ?

Resp. Le Iesuite deuoit coter le passage de S.
Augustin. Mais Bellarmin la faict. C'est tract.
36. in Ioan. Et in Psal. 36. le texte est tel. *Qui* *Bell. de Ima*
tantum honorem tribuit supplicio suo , quid seruat fi- *g. sanct. l. 2.*
delibus suis? c'est à dire, *celuy qui attribue vn si grād* *c. 28.*
honneur à son supplice , qu'est-ce qu'il garde à ses fide-
les ? Or par le supplice de Iesus Christ, S. Augustin entend la mort & le sacrifice d'iceluy,
dont les fideles ont tousiours creu, & croyent
encore, que leur salut depend. Parquoy S. Augustin a voulu dire, que si Iesus Christ a donné
& fait la grace à ses fideles , de s'arrester à sa
mort, & d'attendre d'elle leur salut, qu'est-ce
de la recompense qu'il leur garde & reserue au
Ciel ? Que si S. Augustin entendoit parler de
l'honneur deu à la Croix de Iesus Christ , en
comparaison de l'honneur que Iesus Christ veut
estre rendu à ses Saincts (car si cela estoit, ce seroit icy vn argument du plus petit au plus grād)
S. Augustin sé seroit mesconté. Car l'honneur
deu à la Croix de Iesus Christ, selon la Theologie Scholastique, est plus grand, que l'honneur
deu aux Saincts. Au demeurant, si le Iesuite
veut prendre autrement ce Supplice de Iesus
Christ, & le rapporter à la Croix d'iceluy, ceste
Croix seroit consideree par S. Augustin, comme instrument de la mort & Sacrifice de Iesus
Christ. Mais neantmoins nulle mention d'a-
doration.

Ruffin escrit qu'en Egypte en ces premieres con-
Ruff. l. 2. c.
29. *uersions des Chrestiens, les Croix furent peintes & erigees par tout, au lieu de l'armure de leur faux Dieu Serapis.*

Ref. Cela peut estre : mais il ne fait rien pour l'adoration de la Croix.

Ie laisse les apparitions miraculeuses de ce signe, faites à Constantin, à Arcadius, & autres Empereurs Chrestiens, mesme du temps de Iulien, & de Leon Iconoclaste. Ie laisse aussi plusieurs miracles faits iadis, & de nostre temps aux mondes nouueaux des Indes & du Iappon.

Resp. Puis qu'il laisse ces apparitions & ces miracles sans les specifier ni descrire, de peur de si morfondre & confondre, nous les laissons aussi.

Ie diray seulement ce que raconte S. Hierosme,
Hieron. in
vita Hilario *que S. Hilarion arresta les flots de la mer desbordee, & desia proche d'abysmer la ville d'Epidaure, auec trois Croix, qu'il fit eriger sur le bord.*

Resp. La fable merite bien d'estre plus viuement representee, que le Iesuite ne la represente. Elle est telle, au moins comme elle est inseree en la vie de S. Hilarion, attribuee à S. Hierosme. La mer vn iour estoit fort esmeuë vers la ville d'Epidaure, de sorte que ladite ville estoit en danger d'estre submergee & de perir. Hilarion peignit trois Croix sur le riuage de la mer. La mer estant montee iusques à ces Croix, commença à s'enfler & monter en haut en forme d'vne muraille, comme fremissant, & indignee qu'elle ne pouuoit passer plus outre.

Finalement cedant à la vertu des Croix, elle reprima ses flots, & les fit rentrer dedans leurs limites. Voila la fable, laquelle le Iesuite estime estre vne vraye histoire. Partant il nous la veut donner pour le prix qu'il la receuë, mais nous la prenons pour ce quelle vaut.

SVR LE CHAP. XXXVII.

1. REste le signe de la Croix, fait auec la main ou autre instrument, en l'air, au front, à la viande, aux habits, & en quelque autre chose que ce soit. Le Iesuite dit, *que ce signe a toûsiours esté honorable entre les Chrestiens, côme l'image ou le signe de la Croix, fait en chose solide & permanente.* Et le prouue premierement par la saincte Escriture.

La ceremonie (dit-il) des posteaux des portes marquez du sang de l'Agneau Paschal, estoit la figure de ce signe, qui doit estre mis au front des Chrestiens, dit S. Augustin. — Exa. 12. Aug. l. de Catec. rud. c. 10

Resp. Richeome ayant pris ceci de Bellarmin, l'a vn peu moderé. Car Bellarmin parlant de ce signe de la Croix, dit qu'il se prouue par les figures du vieil Testament. *Nam (dit-il) sanguis Agni in postibus domorum, de quo Exodi 12. nihil aliud significabat, nisi signum Crucis in frontibus Christianorum, Augustino teste in libro de Catechisandis rudibus cap. 20.* Mais l'vn & l'autre se trompe. Car S. Augustin ne dit pas cela si cruement. Et s'il le disoit, il seroit contraire aux autres Docteurs de l'Eglise, & nomménément à Chry- — Bell. de Ima g. sanct. l. 2. c. 29.

soſtóme, lequel ſur ce paſſage d'Exode dit, que ce ſang de l'Agneau ſignifioit le ſang de Ieſus Chriſt. *Vides (inquit) quòd ſine ſanguine ſalus eſ-ſe non poterat, neque ys qui per id tempus, neque ys qui in nouiſſimis temporibus extiterunt. Nam quem-admodum regiæ ſtatuæ quamuis inanimatæ ſint, eos tamen qui ad ſe confugiunt ſeruare ſolent, non quia ſtatuæ ſunt, ſed quia Regem repræſentant: ſimiliter & Agni ſanguis homines ſaluos faciebat: non quia ſanguis erat, ſed quia ſanguinem Chriſti referebat.*

Le ſigne de Tau en Ezechiel ſignifioit le meſme, comme eſcriuent S. Cyprien & S. Hieroſme. Le Tau c'eſt la derniere lettre de l'Alphabet Hebrieu ayant la forme d'vne Croix, ſelon l'ancienne Eſcriture des Hebrieux.

Reſp. Nous auons refuté ceſte opinion en no-ſtre premier liure des Abus de la Meſſe, ſur l'a-bus XI. Et en la replique au Ieſuite Bordes : où nous auons dit, que quand bien l'ancien Tau Hebrieu auroit eu ceſte forme T, tant y a qu'il ne repreſenteroit point bien la forme de la Croix en laquelle Ieſus Chriſt a eſté crucifié. Car Bellarmin alleguant Irenee l. 2. c. 42. Et S. Auguſtin ep. 120. c. 26. recognoiſt que la Croix de Ieſus Chriſt auoit deux bois, l'vn de long, & l'autre de trauers, & que le bois long paſſoit & ſe monſtroit par deſſus le trauers. La Croix donc eſtoit de ceſte figure †, comme en-core on la repreſente auiourd'huy. Mais le T, pretendu Hebrieu, n'a pas ceſte forme là, non plus que le T Grec ou Latin. Car la branche du deſſus en eſt à dire. Parquoy il y a difference.

(marginal notes:)
Chryſ. in Exo. 12.

Ezech. 9. Cypr. eq ad Demetrian. Hieron. in c. 9. Ezech.

Bell. de Imag. ſanct. l. 2. c. 27.

En outre i'ay dit qu'au passage d'Ezechiel, lequel on prend pour fondement, le Tau n'a point ceste forme T, ni celle de la Croix †. Ains est composé de deux lettres en ceste sorte וה, & qui signifie *Signe*: A quoy les Iesuites respondront s'il leur plaist.

Le signe de la Croix est ce nom, & le signe de Dieu escrit au front des esleus, duquel parle S. Iean en l'Apocalypse, comme enseignoient nos Docteurs Oecumenius, Beda, Anselme, Rupert & autres exposans ledit lieu.

Apoc. 7. 3 & 14. 1.

Resp. Ceux là font semblant de deuiner qui exposent ce passage de l'Apocalypse du signe de la Croix. Car cette marque des esleus & enfans de Dieu, n'est autre, sinon le tesmoignage du S. Esprit engraué en leurs cœurs, & la confession ouuerte du Nom de Dieu.

S. Denis Areopagite dit qu'en tous les Sacremens se fait le signe de la Croix. *Dionis. eccl. Hier. c. 4. 5 & 6.*

Resp. Iesus Christ n'en a point fait, & n'a point commandé d'en faire en la S. Cene, ni quand il a institué & ordonné le Baptesme. Thomas d'Aquin maintient aussi, que le signe de la Croix n'est point necessaire aux Sacremens. Parquoy Denis Areopagite se seroit trompé, s'il auoit dit ce que le Iesuite luy attribue. Mais les liures de la Hierarchie Ecclesiastique ne sont non plus de luy, qu'il est vray qu'à S. Denis en France on en a le corps, dont on fait vne idole. *Thom. 3. p. Summæ qu. 84. art. 4. add. 3.*

S. Augustin escrit le mesme apres luy. S. Iustin Martyr, rendant la raison aux Payens, pourquoy *Aug. tractu Ioan. 118. Iust. q. 118 les Chrestiens prioyent tournez vers l'Orient, & se signoient de la main droite: C'est (dit-il) parce qu'il faut emploier le meilleur pour Dieu.*

Tert. de cor.
mil. 6.

2. *Tertullian escrit en ces termes du signe de la Croix: Soit que nous marchions, que nous nous leuions, que nous entrions, que nous sortions, en nos habits, à nostre chaussure, au lauoir, à la table, à la lumiere, aux chambres, aux chaires, en tout, par tout, nous imprimons le signe de la Croix au front.*

Hier. ad De
metriad.
& ad Eusto
chi.

S. Hierosme escriuant à Demetriade: Ferme la porte de ton cœur, & fais souuent le signe de la Croix à ton front. Et en vn autre lieu: Qu'à tout moment l'on face le signe de la Croix.

Resp. Nous ne nions point que le signe de la Croix ne soit fort ancien, & plus beaucoup que l'image ou figure de la Croix, soit peinte, ou engrauee, ou autrement materielle. Car ceste image ou figure est venue apres l'inuention attribuee à Helene, dont nous auons parlé au chapitre precedent. Et ledit signe a esté deuant. Et en voici la cause. C'est que les Chrestiens qui alors viuoyent parmi les Payens ennemis de Iesus Christ, ont voulu vser de ce signe pour vn tesmoignage d'vne vraye confession & adueu du Christianisme. S. Augustin en rend ceste raison: *Cest (dit-il) afin qu'on ne pense que nous ayons honte du crucifié.* Ils ont donc eu cet egard

Aug. de ver
b. Apost.
serm. 8.

& se sont proposez ceste fin en ceste ceremonie qu'ils ont voulu protester de leur foy, non seulement de bouche, mais aussi de la main, faisant le signe de la Croix, deuant les ennemis de Iesus Christ. Depuis on a emploié ce signe à

d'autres

d'autres chofes, où il y a eu plus de fuperftition
que de religion. Car penferiõs-nous que la pieté & le feruice de Dieu confifte en cefte ceremonie, ou autre telle chofe externe? Nullement:
Toutefois (ce dit Tertullian) *caro fignatur ut a-
nima muniatur*. La chair eft fignee, afinque l'ame
foit munie. Voire, mais l'ame fe doit munir contre Satan, de la foi, & non point du figne de la
Croix. Aucuns des anciens voirement ont penfé fe bien munir contre les dæmõs par ce figne.
Mais cela eft coulé de l'herefie de Montanus.
On allegue là-deffus quelques hiftoires, lefquelles tefmoignent que les Diables ont pris la
fuite, par ce figne: Comme en l'hiftoire de Iulien l'apoftat. Ou il eft dit que ce Iulien cele-
brant ie ne fçay quels facrifices horribles, plufieurs Diables s'affemblerent en ce lieu là deuant luy. Dont luy tout efpouuanté & reuenu
à foy, fe figna du figne de la Croix, comme il
auoit accouftumé eftant Chreftien: & les Diables alors s'enfuirent tout incontinent. Nous
n'ignorons pas que ces chofes & plufieurs autres femblables ne foient contenues en quelques hiftoires. Mais nous-nous deuons fouuenir que le Diable eft merueilleufement fubtil,
fin & rufé; & auec cela menteur & trompeur. Et
partant il feint & fait femblant qu'il craint le
figne de la Croix, afin que les hommes fe con-
fient plus en ce figne exterieur, qu'en Iefus
Chrift crucifié.

Iefus Chrift, S. Paul, S. Iaques, S. Pierre,
parlans du moien de vaincre le Diable, & fur-

Luc 22.46.
Eph. 6. 12.
Iaq. 5. 8.
1. Pier. 5. 8.
Mat. 19.13
Luc 24. 50.

Y y

monter toutes tentations, ne font aucune meñ-
tion de ce signe de la Croix. Iesus Christ encore beniffant les petits enfans, ne leur fit aucune
croifade, ains mit feulement les mains fur eux.
Et quand il voulut fe retirer de la prefence de
fes Apoftres, & monter au Ciel, il fe contenta,
les beniffant, d'esleuer fes mains en haut, & n'v-
fa d'autre ceremonie.

Quant aux Docteurs, leur intention a efté
telle que i'ay dite, où neantmoins ils fe font e-
garez de la fimplicité de la parole de Dieu.
3.   Le Iefuite vient aux obiections des vieux &
modernes fectaires contre la Croix.

Premiere obiection. *Les Bogomiles (dit-il)
difoient, que l'enfant doit detefter le gibet où fon pere a
efté pendu. Le mefme on doit faire de la Croix. Cefte
propofition eft l'efcume d'vne ame ignorante & mali-
cieufe, &c.*

Euthymius parle de ces Bogomiles Orientaux Panopl.part 2.tit.23.

Refp.   Nous n'auons rien de commun auec les
Bogomiles en cefte obiection. Et ceux qui la
font contre l'abus de la Croix, defendent mal
vne bonne caufe, comme les Iefuites en maintiennent mal vne mauuaife. Richeome donc
emploie mal fon temps d'infifter fi longuement
fur la refutation de cefte obiection. Car en ce
qu'il dit, nous fommes auec lui, hors-mis en la
conclufion qu'il pretend faire, de l'adoration
de la Croix.

Et quant au paffage qu'il allegue de S. Paul
aux Galates 6. 14. où l'Apoftre dit, *Ia n'aduienne que ie me glorifie, finon en la Croix de noftre Seigneur Iefus Chrift.* Le Iefuite fe contredit. Car

icy il rapporte ceste sentence à l'image de la
Croix, ou à la Croix mesme : & en la sect. 6.
(comme nous verrons) il la rapportera à Iesus
Christ crucifié, par vne maniere de parler metaphorique. Laquelle exposition est veritable :
Ne voulant S. Paul dire autre chose, sinon qu'il
se glorifie en Iesus Christ, & en l'œuure & sa-
tisfaction du sacrifice d'iceluy, offert par luy à
Dieu son pere sur l'autel de la Croix, pour la redemption eternelle de tous les croians. C'est ce
qu'il a voulu signifier metonymiquement par
le mot de *Croix*.

4. La seconde obiection qu'il refute est, que
quand ils s'escriment ainsi auec la main, faisans
le signe de la Croix, nous disons par moquerie,
qu'ils chassent les mousches. A quoi il respond, *que
nous disons bien sans y penser. Car ils chassent voirement les mousches : mais ces mousches se sont les Diables : veu que des mousches, le Diable est surnommé
Beelzebut, c'est à dire, Dieu des mousches : Lequel
Dieu est aussi appellé par les Payens idolatres, Myi-
odes, mouschard.*

Resp. Nous passons ceste gosserie du chassement des mousches, sans autre instance. Et
quant aux chassement des Diables par la vertu
du signe de la Croix, nous en auons dit ce qui
en est sur la sect. 2.

5. La troisieme obiection est, *que nous disons,
que ceux qui font ainsi le signe de la Croix, sont Magiciens.*

Resp. Nous ne sommes point si mal aduisez,
& si hors de nous, que nous parlions ainsi. Car

Y y ij

il en y a vne infinité en l'Eglife Romaine, qui
font ce figne de la Croix, qui ont en abomination la Magie & forcellerie, comme le Diable
mefme. Mais quant à ce que le Iefuite dit, *que
la magie eft bridee & s'efuanouit par le figne de la
Croix,* ne lui defplaife. Car les Magiciens &
forciers pour mieux iouer leur rolle, vfent quelquefois de cefte ceremonie, & d'autres femblables.

Iodocus Darmundanus efcrit, qu'il y auoit
vne forciere à Bruges en Flandre, qui eftoit reputee Saincte. Car elle gueriffoit vne infinité
de maladies : mais premierement elle gaignoit
ce poinct, qu'il faloit fermement croire qu'elle
pouuoit guerir, Puis elle commandoit qu'on
ieunaft,& qu'on fift fouuét le figne de la Croix,
& qu'on dift certaines fois, *Pater nofter,* ou qu'õ
allaft en voiage à S. Iaques, ou à S. Arnoul. En
fin elle fut conuaincue de plufieurs forceleries,
& punie comme elle meritoit.

*Iodoc. Dar-
mund. in
praxiCrimi.
c. 37.*

Barbedoré (comme recite Bodin) qui fut
bruflee par arreft de la Cour confirmatif de la
fentence du Preuoft Sainct Chriftofle les Sâlis,
le dixneufieme de Iâuier mil cinq cens feptante
fept, confeffa auoir gueri quelques-vns qu'elle
auoit enforcelez, apres auoir fendu vn pigeon,
& mis fur l'eftomach du patient, en difant ces
mots qui font portez par fon proces(& non
fans le figne de la Croix) *Au nom du Pere, du
Fils, & du S. Efprit, de Monfieur S. Anthoine,
& de Monfieur S. Michel l'Ange, tu puiffe guerir du mal :* enioignant de faire vne neufuaine

*Bodin en fa
Dæmonom.
L. 3. c. 5.*

par chacun iour à l'Eglife du village.

Le mefme Bodin efcrit auffi, que des cent cin- *Bod.l.4.c.1*
quâte forciers qui furent accufez par l'aueugle
des quinze vingts, qui fut pendu à Paris, ceux
qui furent executez, confefferent auoir plufieurs fois vfé de l'hoftie confacree en leurs for-
celleries.

6. La quatrieme obiection eft, *que les Papi-*
stes appellent la Croix, leur vnique efperance, &
qu'ainfi ils blafphement. Il refpond, *que c'eft vne*
maniere de parler metaphorique, en laquelle le figne
eft mis pour la chofe fignifiee. Comme quand S. Paul Gal.6.14.
dit, Qu'il fe glorifie en la Croix de Iefus Chrift: c'eft
à dire en Iefus Chrift crucifié. Et quand on dit, cent
cornettes, cent voiles, cent cuiraffes, c'eft à dire,
cent compagnies de cheual, cent nauires, cent hom-
mes d'armes.

Refp. A la mienne volonté que Richeome &
les autres Sophiftes fes compagnons, vouluf-
fent recognoiftre & admettre cefte figure en
l'expofition de ces paroles, *Ceci eft mon corps.*
Nous ferions d'accord auec eux quant au point
de la S. Cene. Mais pour la croix, dont il eft
icy queftion, le Iefuite ne peut excufer leur
blafpheme, quand ils appellent la croix leur
vnique efperance. Car cefte Metonymie n'y
peut auoir lieu. Ce ne font pas là les paroles de
Dieu. Et toutefois il eft enioinct à ceux qui parlent en l'Eglife, de parler comme les paroles de Dieu. 1. Pier. 4.11. Il dit que par la croix,
ils entendent Iefus Chrift crucifié. Si cela eftoit
vrai, leur excufe feroit paffable. Mais ils fe

condamnent par leurs propres paroles en pluſieurs lieux de leur Breuiaire. Nous en auons
cotté deux ſur le quatrieme abus de la Meſſe,
leſquels nous repeterons ici. L'vn eſt,

Perpetua nos quæſu- *mus, Domine, pace cu-* *ſtodi, quos per lignum* *ſanCta crucis redimere* *dignatus es.*	Nous te prions Sei-gneur, garde nous en perpetuelle paix, nous qu'il ta pleu racheter par le bois de la ſain-Cte croix.

Le bois de la ſainCte croix ne nous a point
rachetez, ains Ieſus Chriſt mort en la croix.
        L'autre eſt:

Tuam crucem ado- *ramus, Domine, & re-* *colimus tuam glorioſam* *paſſionem.*	Nous adorons ta croix, Seigneur, & re-duiſons en memoire ta glorieuſe Paſſion.

En ce vers le Ieſuite ne peut pas dire, que
par la croix, laquelle il adore, il entende rela-
tiuement Ieſus Chriſt. Car il diſtingue entre
Ieſus Chriſt & ſa croix, par paroles expreſſes.

SVR LE CHAP. XXXVIII.

Conc. Trid. ſeſſ. 25.
IL retourne aux images, & monſtre quelle
maniere il faut garder en les honorant,
ſelon le Concile de Trente. Qui eſt, *qu'on*
ne doit point croire qu'en içelles il y ait aucune deité ou
vertu, pour laquelle il les faille honorer, ou qu'il leur
faille demander quelque choſe, ou qu'il faille mettre

sa confiance aux images, comme faisoient au temps
passé les Gentils, qui mettoient leur espoir aux idoles:
Mais parce que l'honneur qu'on leur fait, se rapporte aux patrons qu'elles representent. De maniere
que par les images que nous baisons, ausquelles nous
leuons de bonnet, & deuant qui nous fleschissons le ge-
nouïl, nous adorons Iesus Christ, & venerons les
Saincts, desquels elles portent la semblance.

A cela (adiouste-il) se rapportent ces deux ver-
sets recitez par Sabellique.

Nam Deus est quod imago docet, sed non Deus
ipsa:

Hanc recolas, sed mente colas quod cernis in ipsa.

Sabel. l. 8.
Enneade 8.

Tournez ainsi par le Iesuite:

L'image n'est pas Dieu, mais bien de Dieu l'enseigne.

Adore en ton esprit celuy quelle t'enseigne.

Et là dessus il allegue S. Denis, S. Basile, S.
Damascene, Leontius Euesque de Naples en
l'Isle de Cypre, S. Augustin, S. Athanase, Theophanes Euesque de Nice, qui tous s'accordent
auec le Concile de Trente, & disent ouuertement que l'honneur de l'image ressort, ou se
rapporte & passe au patron quelle represente,
comme fait aussi l'iniure. C'est là le sommaire
de tout ce chapitre.

Resp. Nous n'auons donc icy à respondre
sinon à ce poinct, que l'honneur fait à l'image,
est fait à celui qui est figuré par icelle. Or sur
cela ie di trois choses.

La premiere est, Que l'honneur fait à l'image, est voirement fait à l'exemplaire & patron

qu'elle represente, quand l'image est vraiement image, c'est à dire, instituee de celuy qui a puissance de l'instituer: & quand tel honneur est fait à l'image, que l'autheur legitime d'icelle veut & commande lui estre fait. Car la regle de l'honneur n'est pas la volonté de l'homme qui honore, ains de Dieu qui le commande. Or veu que Dieu a défendu l'vn & l'autre: c'est asçauoir de faire des images pour le représenter, ou les Sainćts par deuotion, & de l'honorer par les images faites à sa semblance, ou des Sainćts: il s'ensuit que l'honneur fait aux images contre son commendement, ne passe point à Dieu ni aux Sainćts, c'est à dire, que Dieu & les Sainćts n'en sont point honorez, ains au contraire deshonorez.

La seconde chose est, que le Concile de Trente, disant que l'honneur fait aux images, est fait à leurs prototypes, c'est à dire, à ceux qu'elles representent, il a pris ceste sophisterie ou cauillation en l'eschole des Gentils prophanes, qui disoient cela mesme de leurs idoles ou images : Tesmoins Eusebe, de preparat. lib. 3. Arnobius lib. 6. Et Varro apud Augustinum de ciuit. lib. 7. cap. 5. Mais ni Dieu, ni les Anges, ni les Sainćts, n'ont que faire d'vn tel honneur fait aux images, d'autant qu'il contreuient aux sainćtes Escritures, comme nous auons veu cideuant plusieurs fois.

La troisieme chose est, touchant les authoritez des anciens Docteurs que le Iesuite allegue pour prouuer son dire.

S. Denis dit ; *Qu'il ne faut pas s'arrester aux li-* Dionis. eccl. *neamens exterieurs de la peinture, mais passer outre* Her.c.2.ad *aux patrons, & les honorer*. Il parle (ce dit le Ie-fin. suite) de la peinture des Anges, & le mesme se doit entendre des autres.

Resp. Nous auons dit ci-deuant, que ce liure de la Herarchie Ecclesiastique est supposé sous le nom de S. Denis. Disons en outre qu'on ne peut point tirer des paroles susdites, attribuees à S. Denys, qu'il ait creu que l'adoration religieuse, soit de Latrie ou de Dulie (qui n'est qu'vne) conuenable à Dieu seul, se doiue deferer aux images. Et quand telle auroit esté sa creance, on la doit postposer à la S. Escriture : veu mesme que Denis a eu des opinions, ausquelles d'autres Docteurs n'ont point consenti : pour exemple, il a dit ; Qu'il fut present auec les Apostres, quand la vierge Marie mourant, ils furent transportez a elle par l'air. Ce qu'E-piphanius n'a point creu. Car il a dit, *An igitur* Epiph.in he *mortua sit, ignoramus*. D'auantage, Denis recite res.Antidi-comar. beaucoup de choses, touchant les ordres des Iren.l.2.c. Anges celestes, ausquelles S. Irenee & S. Augu-55. stin n'adioustent point de foi. Car Irenee dit, chir. ad Lau Que nul ne peut faire ces contes, qu'il ne resue. rentium c. Et S. Augustin ; Qu'il ignore les ordres des 58. Anges.

S. Basile ; *L'image du Roy est aussi appellee le* Basil.de Sp. *Roy, estant vne mesme chose sans diuision de puissan-* S.ad Amf. *ce ou de gloire, qui est aussi vne, d'autant que l'hon-* c.18. *neur de l'image se termine au patron.*

Resp. Ceste sentence ne prouue non plus que

l'autre de Denis; l'adoration religieuse deferee aux images en la papauté. Et quand Basile l'auroit voulu approuuer, il se seroit condamné par ceste autre sentence sienne, ou il dit; Qu'il ne veut point estre creu en ce qu'il met en auant sans l'Escriture. *In sermone de fidei confessione. Et In moralib. summa. 72. c. 1. & summa 80. c. 22.* Dont voici sa ratiocination; *Quid est proprium credentis? Nihil audere reprobare, aut insuper addere. Si enim omne quod non est ex fide, peccatum est: fides autem ex auditu est: Auditus autem per verbum Dei: Omne quod est extra scripturam diuinitus inspiratam peccatum est.*

Damasc. L. 3 de fide c. 17 in 7. Syn. act. 4.

Damascene dit le mesme (ce dit le Iesuite) & adiouste: *Tout ainsi que la pourpre, & la soie, & l'habillement qui en est fait, ne sont en soi autre chose qu'vn simple vestement, qui neantmoins estant approprié au Roi, en est rendu honorable. De mesme la matiere dont est faite l'image, n'est pas digne d'honneur de soi: Mais si celui quelle represente est sainct, l'image, à proportion, est digne d'honneur.*

Resp. Encore ces paroles ne font elles rien pour l'adoration religieuse des images. Et d'abondant, Damascene dit ailleurs; Que la science de nostre salut doit estre bornee par les sainctes Escritures. *De fide Orthodoxa l. 1. c. 1. Cuncta (inquit) quæ tradita sunt nobis per legem, & per Prophetas, & Apostolos, & Euangelistas, suscipimus, nihil vltra illa perquirentes.*

Leon. dial. 5. Iud. in 7 Syn. act. 4.

Quant à ce qu'il allegue de Leontius Euesque de Naples en l'Isle de Cypre, il confesse que ça esté l'vn de ceux qui assisterêt en la VII.

Synode, & par consequent Iconolatre. Or ie
di, qu'on ne trouuera point au chapitre trente *Gal.37.33.*
septieme de Genese qu'il cite, *que Iacob ait bai-*
sé (comme il dit) la robe sanglante de Ioseph, ni qu'il
l'ait appliquee a ses yeux. Et quand il l'auroit fait,
on ne pourroit tirer de son exemple aucun argument, pour authoriser l'adoration religieuse
des images. Disons aussi que Leontius s'abuse
en ce qu'il dit dudit Iacob. Car il n'adora point
le bout de son baston, ains appuyé sur son baston, il adora Dieu. Heb. 11. 21.

S. Augustin; *Qui fait & honore le signe diuine-* *Aug.l.3.de*
ment institué (c'est à dire, la Croix) la force & si- *doctr.Chr.c.*
gnification duquel il entend, il n'adore pas ce *9.*
qu'il voit & qui passe, mais bien ce a quoy toutes cho-
ses sont rapportees, c'est à dire Iesus Christ.
Resp. Le Iesuite a mal tourné & mal glosé la
sentence de S. Augustin. Voici ses paroles; *Qui*
veneratur vtile signum diuinitus institutum, cuius
vim significationemq; intelligit, non hoc veneratur
quod videtur & transit, sed illud potius quo talia
*cuncta referenda sunt,*i. Qui venere le signe vtile,
diuinement institué, l'efficace & signification
duquel il entend, il ne venere pas ce qui se voit
& qui passe, ains plustost cela à quoi toutes telles choses se doiuent rapporter. Premierement,
donc ce mot; *Qui faict,* n'y est point, lequel le
Iesuite y a adiousté, comme faisant a propos au
signe de la Croix, qu'on fait auec la main. Secondement, il donne deux sens à ce mot *vene-*
ratur. En l'vn, il le tourne, *honorer,* & en l'autre,
adorer. Tiercement, il glose le mot de *signe,* par

son, *C'est à dire la Croix*. Mais contre la verité·
Car en ce mesme chapitre, S. Augüstin monstre ce qu'il appelle, *Signe vtile & diuinement institué* : c'est aſçauoir, les Sacremens du Bapteſme & de la Cene. Il appert donc qu'il n'y a rien
en ceste ſentence, qui authorise l'adoration religieuſe des images. Ains nous en recueillons
cet argument contraire.

Tous ſignes qui doiuent eſtre venerez, doiuent eſtre inſtituez & ordonnez diuinement,
c'eſt à dire de Dieu.

Les images de la papauté ne ſont point ſignes inſtituez & ordonnez diuinement, c'eſt à
dire de Dieu.

Donc les images de la papauté ne doiuent
point eſtre venerees.

Athanaſe &
Theoſane. Reſtent les ſentences de S. Athanaſe, & de
Theophanes Eueſque deNice; Deſquelles nous
diſons qu'on ne peut inferer l'adoratiõ religieuſe de Latrie ou de Dulie, que l'Egliſe Romaine
defere à ſes images & Croix: veu que la S. Eſcriture la reprouue, enſeignant quelle n'appartient qu'à vn ſeul Dieu. Mat. 4. 10. 1. Theſ. 1. 9.
Et non aux creatures. 1. Cor. 7. 23. Gal. 5. 1.
Eph. 6. 7. Et l'idolatrie ou iconolatrie (qui eſt
tout vn) eſt expreſſement condamnee, 1. Cor.
10. 14. Comme les idoles ou images. 1. Iean
5. 21. qui ſont noms ſynonimes, comme nous
auons prouué & verifié ſur le chapitre deuxieme par tout.

Ie conclu ce chapitre par ceſte inſtance;
Que ſi ſelon la doctrine du Concile de Trente,

& par consequent selon la creance de l'Eglise
Romaine, toutes les figures & images qui representent ce qui doit estre honoré religieusement, doiuent aussi estre honorées religieusement, l'honneur de la figure ou image estant
rapporté à son prototype ou exemplaire quelle
represente : il s'ensuiura qu'il faudra honorer
religieusement & adorer le Soleil, le feu, la lumiere, les seps, les colombes, les iuges, les
bergers, & tout tant qu'il y a de creatures, par
lesquelles Dieu le Pere, ou le Fils, ou le S. Esprit, sont signifiez & representez en l'Escriture.
Voire, il faudra adorer les espines, les cloux,
les verges, & telles choses, qui ont esté instrumens, aussi bien que la Croix, des souffrances
de Iesus Christ. Il faudra adorer les oiseaux,
lesquels volans en Croix (selon le dire du Iesuite, au chapitre trente sixieme, section quatrieme) representent Iesus Christ crucifié. Il
faudra adorer le soc du laboureur, & les nauires,
ou au moins leurs mats croisez, pour cette
mesme representation. Bref il faudra adorer
tout le monde. Car tirant vne ligne de l'Est à
l'Oest, & du Nort au Sud, il demeure diuisé en
Croix, & par consequent, represente Iesus
Christ crucifié. Voila les blasphemes & impietez qu'enfante l'imagination croisee & proto-
typee de ce Iesuite, & de son beau Concile de
Trente. Il y aduisera.

SVR LE CHAP. XXXIX.

1. **I**L applique les tesmoignages susdits à son intention, qui est de monstrer, *qu'on honore les images, à cause de ce qu'elles representent.*

La façon donques (dit-il) consiste à faire honneur à l'image, en contemplation seulement du patron, & non de la matiere ou de la forme de l'image, &c.

Resp.　Cela seroit bien dit, si Dieu prenoit plaisir aux images, & qu'il eust ordonné l'honneur qu'on leur fait en contemplation des patrons qu'elles representent. Mais puis que c'est le contraire, le Iesuite se pert en ceste response, qu'il dit estre sans replique, & en l'exéple qu'il adiouste de l'honneur qu'il fait au crucifix. Et sa conclusion contient deux tesmoignages d'vne ambitieuse & insolente gloire reprouuee de Dieu. Premierement quand il dit; *Autant d'actions faites en ceste image, autant de seruices à celui qu'elle represente, & pour qui ils se font: & autant de merites pour moy qui les fais.* Car en se vantant de ses merites, il est semblable au Pharisien descrit en S. Luc, chap. 18. Au lieu qu'il se doit estimer seruiteur inutile, encore qu'il fist tout ce que Dieu commande. Secondement, quand il adiouste; *Voyez-vous, que combien que nos Docteurs aient dit sagement, que les images sont les liures des simples gens, elles neantmoins font de tres-belles & briefues leçons aux plus doctes.* Car il parle de soy & de son exemple, au seruice & honneur

Luc. 18.
Luc 17. 10.

qu'il fait aux images, & de ce qu'il apprend de leurs leçons; n'ayant point de honte de se mettre au rang des plus doctes; au lieu que par humilité d'esprit, il deuroit taire cette prerogatiue, quand bien elle seroit en lui.

2. *Quant au nom de Dieu & de Iesus* (qu'il appelle) *petite image du Sauueur*, c'est vne repetition vaine de ce qu'il a dit deux fois ci-dessus,& à quoy nous auons respondu. C'a esté sur le ch. 22. sect. 4. & chap. 24. sect. 3.

3.4. A ce qu'il dit és sections 3.& 4. nous auons dit ci-deuant, & le disons encore icy, que tout cela n'est en partie qu'vne pure idolatrie, quand on baise & adore le signe de la Croix, & les autres images:& en partie vne opinion imaginaire & fausse, quand on cuide que ledit signe de la Croix, & le nom de Iesus soient re-formidables aux malins esprits, & les chassent. Car tout ce qui se fait par superstition, & où il y a idolatrie, plaist vniquement au Diable,tant s'en qu'il y prenne desplaisir & s'en recule.Mais il feint faire par force, ce qu'il fait volontairement & de son bon gré, pour mieux deceuoir & tromper les hommes.

5. Ce qu'il repete en la sect. 5. (*Que par les images , les Saincts sont honorez , & Dieu aux Saincts*) nous l'auons refuté plusieurs fois, & nommément sur la fin du chapitre precedent. Et touchant le demeurant qu'il allegue ; *Que si nous les taxons d'idolatrie, il faut que nous en taxions aussi tous les Saincts du vieil Testament, & les Chrestiens du nouueau*, nous y auons respondu aux

lieux mesmes qu'il cotte en la marge: c'est afçauoir chap. 2 2. & 2 3. & chap. 3 1. fect. 6. Dont
la fomme eft, que iamais les vrais fideles n'ont
deferé aux creatures, ni interieurement, ni ex-
terieurement l'adoration religieufe, foit de Latrie ou de Dulie (qui n'eft qu'vne) conuenable
à Dieu feul, & non à elles.

SVR LE CHAP. XL.

Arift. bift.
animal.l. 9.
c. 45.
Plin. Nat.
bift.l.8.c.15

ARiftote & Pline ont efcrit, qu'il y a vn
certain animal en Pœnie, nommé *Bona-*
fus ou *Bonaffus*, lequel a le crin d'vn cheual, &
le refte femblable à vn toreau, mais les cornes
tellement entortillees, qu'elles font du tout inutiles au combat. A caufe dequoy quand il eft
frappé des chaffeurs, il a recours à la fuitte, &
iette fouuent de la fiante fi loin (Ariftote dit
quatre pas, & Pline *trium iugerum longitudine*, la
longueur d'vn arpent & demi de terre)qu'attai-
gnant ceux qui le pourfuiuent, & noinmément
les chiens, elle les brufle, comme fi c'eftoit du
feu. Les Iefuites font femblables à cet animal.
Leurs cornes, c'eft à dire leurs armes, ne peuuent faire aucun effort. Mais en recompenfe ils
iettent leur fiante, c'eft à dire leurs calomnies
& reproches contre nous qui les pourfuiuons, à
fin de nous brufler s'ils peuuent, c'eft à dire,
nous rendre coulpables des crimes & fautes
dont ils font chargez. En voici vn exemple en
Richeome. Car pour fe defendre de l'idolatrie,
dont iuftement nous l'accufons & fes femblables,

bles, il nous reiette leur ordure, & vſant de recrimination, dit que nous meſmes ſommes idolatres, & noſtre doctrine hereſie. Combien in-
iuſtement il ſe verra en l'examen de ſa procedure. Oyons le diſcourir.

I. *Idole eſt tout ce que lon priſe & aime plus que*
Dieu. Idolatre eſt celuy qui attache ſon amour à telle
idole, & l'honore au lieu de Dieu.

Reſp. Il y a à dire en ceſte difinition. Car vne
image ne laiſſe pas d'eſtre idole, ſi on en abuſe
pour religion, encore qu'on ne la priſe & aime
plus que Dieu. Et ceux là auſſi ne laiſſent pas
d'eſtre idolatres, qui adorent ou honorent telles idoles, encore que ce ne ſoit point au lieu
de Dieu. Idole donc en l'Eſcriture ſe prend
pour vne image, qui eſt faite pour deuotion, &
laquelle on tient pour choſe ſaincte & ſacree, &
qu'on adore, ou honore religieuſement. Les
idolatres ſont ceux qui l'adorent ou honorent.
Idolatrie eſt l'adoration laquelle on lui fait, ou
la reuerence qu'on luy porte.

Idole fut le veau d'or, & les Juifs idolatres, qui ou-
blians Dieu, l'adoroyent.

Reſp. Nous l'accordons.

La fine idolatrie eſt cachee dedans l'ame : ſon idole
eſt le peché.

Reſp. L'idolatrie eſt bien cachee au dedans de
l'ame : mais elle fait ſa monſtre au dehors, par
les geſtes exterieurs. Et toute idolatrie eſt bien
peché, mais tout peché n'eſt pas idolatrie. Parquoy, quand le Ieſuite dit, *que ſon idole eſt peché.* Il
ſe trope. Car s'il entend que l'idole de l'idolatrie

Z z

eſt le peché, il ne ſçait ce qu'il dit. S'il entéd que l'idole eſt le peché d'idolatrie, il cófond la cauſe auec l'effect: Cóme il appert par l'exemple qu'il adiouſte pris de S. Paul; *Qui appelle l'auarice, idolatrie: L'or & l'argent ſont ſes idoles: les auaricieux ſont ſes deuots, aimans & honorans plus le metail que Dieu: & partant idolatres.*

Eph. 5.
Col. 3.

Ce qu'il adiouſte *de l'hereſie & du culte plus pernicieux des ſimulacres,* ſelon le dire de S. Auguſtin & de S. Hieroſme, ie l'accorde: mais à la charge que ce qu'il dit de nous, il l'entende & die de ſoy-meſme & de ſes ſemblables idolatres. C'eſt comme Diogenes reſpondit au Sophiſte qui luy vouloit faire accroire par ſes belles concluſions qu'il n'eſtoit ni homme ni creature raiſonnable. Di (luy reſpondit il) & conclu de toy-meſme, ce que tu as voulu dire de moy, & tu diras vray. Car (Dieu merci) nous ne ſommes ni heretiques ni idolatres. Voyons toutefois par quelles raiſons le Ieſuite nous en pretend conuaincre.

Si voſtre doctrine (dit-il) *eſt vne fauſſe opinion & vne hereſie, elle eſt ſans doute vne idole, & des plus iniurieuſes qui puiſſent eſtre nichees ſur l'autel de Baal, contre celuy de Dieu: & vous eſtes idolatres qui la ſuiuez & ſeruez comme religion, & idolatres de meſme alloy, & de meſme poids.*

Reſp. Selon qu'vn antecedent eſt vray ou faux, le conſequent l'eſt auſſi. Or le ſuſdit antecedent dit de nous, eſt faux, & dit du Ieſuite & de ſes complices, eſt vray. Donc le conſequent eſt vray pour leur regard, & faux pour le noſtre.

2. Il prouue que l'antecedent dit de nous eſt vray. *Voſtre doctrine (dit-il) croit & meſcroit, elle vous fait croire & meſcroire, non à la regle de la S. Eſcriture, quelle ſemble ſur tout priſer, mais à la meſure de la fantaſie humaine, quelle ſuit en tout.*

Reſp. Cette propoſition, ſauf correction, eſt fauſſe.

L'Eſcriture dit que Dieu eſt montè au Ciel : vous le croyez. La meſme dit, qu'il eſt deſcendu aux enfers : vous ne le croyez point

Reſp. Sauf voſtre grace. Nous croyons l'vn & l'autre, & auſſi bien la deſcente de Ieſus Chriſt aux enfers, que ſon aſcenſion au ciel. Mais par les enfers nous n'entendōs pas le Lymbe ſuppoſé des Peres, comme font les Sophiſtes, d'autant que la S. Eſcriture n'en fait point de mention.

L'Eſcriture dit par vn ſeul teſmoin en paſſant, que Ioan 2.
Ieſus Chriſt a tournè l'eau en vin : vous l'accordez. Mat. 26. 27
La meſme Eſcriture afferme par quatre teſmoins, a- Marc 14. 22
uec vn grand appareil de ceremonies & de paroles, Luc 22. 19.
qu'il a tournè le pain en ſon corps, le vin en ſon ſang : 1. Cor. 11.
vous ny voulez entendre, & faites icy choix à voſtre 24.
appetit, comme en tous les autres articles de la foy, qui
eſt proprement eſtre heretique, c'eſt à dire, ſectaire,
electif, & choiſiſſant, ſelon que la preſomption du
propre iugement conduit par la ſenſualité, l'enſeigne.

Reſp. L'Eſcriture n'afferme point, & nul des quatre teſmoins alleguez, ne teſmoigne que Ieſus Chriſt en ſa S. Cene, ait tournè le pain en ſon corps, ni le vin en ſon ſang : ains ſeulement qu'il a dit du pain : *Céci eſt mon corps,* & du vin, *Céci eſt mon ſang,* par vne Metonymie ſacramen-

tale : de laquelle le S. Efprit a vfé en tous les facremens, attribuant aux fignes les noms des
chofes fignifiees, à caufe de la conuenance &
fimilitude qui eft entre eux, comme dit S. Auguftin. Au refte il y eut miracle quand Iefus
Chrift conuertit l'eau en vin, lequel fe monftra
vray. Mais en la S. Cene il n'y a nul miracle
touchant cette conuerfion pretendue, comme
nous l'auons difputé amplement, auec le refte
qui fe doit croire de ce S. Sacrement, en l'abus
13. de la Meffe.

Aug. ep. 22 ad Bonif.

Quant au demeurant de ce chapitre, nous
n'y refpondons autre chofe, finon ce que nous
auons defia refpondu; *Richeome dites & concluez
ccla de vous autres Sophiftes, & vous direz, & concluez la verité.*

SVR LE CHAP. XLI.

IL continue de fe curer, & de ietter fa fianté
fur les noftres, & fpecialement fur Caluin,
luy attribuant ce qu'il n'a iamais dit ni penfé. Il
commence ainfi :

1. Cor. 8. 4.

1. *S. Paul parlant des idoles materielles, dit qu'idole n'eft rien, comme nous auons ci-deuant affez amplement declaré.*

Refp.   Nous auons veu fur les chapitres qu'il
cotte 1. & 2. de ce difcours, en quel fens S.
Paul dit qu'idole n'eft rien ; & nommément fur
fur le deuxieme, fection 3.

Cefte idole voftre (il entend parler de noftre
doctrine & Religion, qu'il appelle opinion)

n'eſt auſſi rien, non ſeulement parce quelle eſt vne
opinion & vn fantoſme contre la verité, mais auſſi
parce quelle eſt toute compoſee de priuations, de ne-
gations, & de riens.

Reſp. Et comment?

Elle oſte à Dieu ſon honneur, & aux Sainƈts.
Ains elle oſte à Dieu ſa nature, & aux Sainƈts leur
paradis.

Reſ. C'eſt vne vraye calomnie & pure impoſture. Voyons-en les parties.

Caluin dit que Dieu eſt autheur de peché. Et il a
beau pallier ſon blaſpheme, il ne le peut deſauouer: ſa
langue & ſa plume le condamnent trop clairement.
Faire Dieu autheur de peché, c'eſt luy oſter ſa bonté,
ſa puiſſance & ſageſſe. C'eſt lui oſter ſa nature: Car
le peché prouient de malice & de folie, & Dieu ne
peut eſtre Dieu auec telles qualitez.

Reſp. Il eſt faux que Caluin face Dieu autheur
de peché. Cette calomnie eſt trop impudente.
Le moindre mot ne s'en pourroit verifier par
aucun de ſes eſcrits.

Le meſme tient que les Sainƈts treſpaſſez ne voiët
point Dieu, ni iouyſſent encor de la felicité, mais
qu'ils l'attendent au Ciel apres le iugement general.

Reſp. Cet article eſt de la meſme qualité que
le precedent, c'eſt à dire faux, & tres faux.

Il fait vn ſein d'Abraham au Ciel, qui eſt contre la verité, & contre l'honneur de Ieſus Chriſt, qui
a ouuert les portes du Ciel par ſa glorieuſe victoire: &
n'y a point de Lymbe pour ceux qui ſont Sainƈts en
l'autre monde, mais vn paradis.

Reſp. Caluin voirement a nié le Lymbe pre-

tendu des Peres, & a dit que le fein d'Abraham
n'eſt autre lieu que le Ciel : comme il eſt dit en
l'Euangile ; *Que pluſieurs viendront d'Orient &*
d'Occident, & ſeront aſſis au Royaume des Cieux
auec Abraham , Iſaac & Iacob. Voyez ce que
nous en auons dit ſur le diſcours des Saincts,
chap. 15. ſect. 2. Or combien que Caluin ait
tenu & enſeigné cette doctrine, il n'a rien dit
pourtant contre la verité, ni contre l'honneur
de Ieſus Chriſt. Car il eſt bien vray que Ieſus
Chriſt par ſa bien-heureuſe victoire, & par ſon
aſcenſion, il nous a ouuert les portes du Ciel :
mais tant y a que ce benefice ne doit pas eſtre
reſtraint à l'article du temps de ſon aſcenſion
reelle, ains à l'efficace d'icelle,& de ſon merite,
lequel eſt eternel. Elie & Henoc ſont montez
au Ciel corporellemét auant IeſusChriſt,voire,
mais ç'a eſté par la vertu de l'aſcenſion future
de Ieſus Chriſt. Ainſi auſſi les eſprits bien-heureux des autres peres ſont bien montez au ciel
auant Ieſus Chriſt, mais ç'a eſté par la meſme
vertu de l'aſcenſion d'icelui. Comme il eſt dit
pour le regard de l'efficace & vertu de ſa mort,
qu'il a eſté occis dés la fondation du monde. Item,en
l'Epiſtre aux Hebrieux ; *Que Ieſus Chriſt, qui a*
eſté hier, & auiourd'huy, eſt auſſi le meſme eternel-
lement.

Mat.8.11.

Apoc. 13.8.
Heb. 13. 8

2.   *En outre vous oſteʒ le Purgatoire, les ceremo-*
nies, les ſuffrages des Saincts,les prieres pour les treſ-
paſſeʒ; les miracles, les images, les feſtes, les ieuſnes,
la penitence,la cōfeſſion,la ſatisfaction,les pelerinages,
les bonnes œuures,les Sacremēs,le franc-arbitre, la in-

ſtification, les indulgences, les temples, les autels,
les ſacrifices; en ſomme vous oſtez toutes les voyes de
paradis; le paradis, & Dieu meſme. Par tout vous
dites, ie le nie, il n'y en a point, il n'y en a rien.
Reſp. Nous n'oſtons point de noſtre exercice
Chreſtien les ceremonies eſtablies par Ieſus
Chriſt. Nous n'oſtons point les ieuſnes legitimes, la vraye penitence, la vraye confeſſion,
les bonnes œuures, les Sacremens du Bapteſme
& de la Cene, la iuſtification par la foi, les
temples qui ſeruent pour prier Dieu, & ouyr ſa
parole, les ſacrifices d'action de graces. Non:
nous n'oſtons point ces choſes, ni (comme il
dit) les voyes de Paradis, ni le Paradis, ni Dieu:
& ne diſons point qu'il n'y en a point, comme
fauſſement il conclud. Mais nous oſtons bien
les ceremonies Iudaïques & Payennes, & les autres inuentees par les hommes, & prattiquees
en la Papauté. Nous oſtons les ſuffrages des
Saincts, les prieres pour les treſpaſſez, les miracles feints & ſuppoſez, les images, les feſtes,
les faux ieuſnes, ſuperſtitieux, & non neceſſaires, la fauſſe penitence, la fauſſe confeſſion au-
riculaire, la ſatisfaction enuers Dieu, les pelerinages, les œuures meritoires, les faux Sacremens inſtituez par les Papes, le franc-arbitre, la
iuſtification par les œuures, les indulgences, les
temples & les autels ſeruans aux idoles, les ſacrifices des Meſſes, dis fauſſement propiciatoi-
res, & autres ſemblables. Ce ſont ces choſes
que nous oſtons de noſtre exercice Chreſtien,
& de la Religion, de laquelle nous faiſons pro-

fession. Car ce sont autant de voyes d'Enfer, & non de Paradis. Ce sont autant de faux seruices & d'abominations, que Dieu deteste, tesmoin ce qu'il en a prononcé, Deu. 12. 8. 1. Sam. 15. 22. Isa. 1. 12. & 29. 13. Mat. 15. 9. Col. 2. vers. 8. 16. 22.

3. Quant à l'Enfer, nous ne l'ostons & ne le nions en aucune façon. Mais (n'en desplaise au Iesuite) nous sommes bien asseurez, par la grace de Dieu, que Iesus Christ par sa mort nous en a rachetez & retirez. Et disons qu'il n'est point preparé pour les brebis & agneaux de nostre Seigneur, c'est à dire, pour les esleus & benits de Dieu, qui sont iustifiez & sanctifiez par Iesus Christ, & qui s'addonnent aux œuures de pieté & de charité, selon la parole de Dieu: ains pour les boucs, c'est à dire, pour les reprouuez & maudits de Dieu, qui demeurent en leur polution & souillure, viuent desordonnément, & corrompent la parole de Dieu & son seruice. Tels sont sur tous les autres, les idolatres, lesquels sans doute, sont forclos du Royaume des Cieux, & ont l'Enfer pour leur partage, s'ils ne se repentent. Telle est la sentence que Dieu en a donnee en dernier ressort, 1. Cor. 6. 10. Gal. 5. 20.

4. Mais il est plaisát, quád parce que nous nions leurs abus & fausses doctrines, il nous reproche; *Que nous trauaillons à la promotion du mystere d'iniquité, qu'accomplira cet enfant de perdition, predit par les Escritures, qui sera, Nier, Nier la foi, Nier Iesus Christ, Nier tout, comme nous fai-*

fons. Et là-deffus il met en ieu *S. Hippolite,* qui dit
que le nõ de l'Antechrist fera ἀρνοῦμαι, *arnouma,*
c'eſt à dire, IE NIE, duquel nom les lettres Grecques font le nombre de 666. predit par *S. Iean* en
fon *Apocalypfe,* mettant (dit il) feulement à la fin
ε, *pour* αι,

    α ρ ν ο υ   μ ε . } 666.
    1.100.50. 70. 400.40.5.

Refp. Ie vous prie, ce Iefuite n'eſt il point
habile apres Bellarmin, en ceſte fupputation?
Mais en premier lieu, ce mot ἀρνοῦμαι,
n'eſt point vn nom, ains vn verbe. Et felon A-
rethas, le nom de la Beſte, doit eſtre vn nom,
voire nom propre, & non point commun.

En fecond lieu, fi nous admettons ce qu'il
dit, confeffans auec Hippolite, *Scripturam fi-
gilli Antichriſti futuram* ἀρνοῦμαι, que gagne-
ra-il? Cela feruira à verifier que le Pape, tel
qu'il eſt auiourd'huy, eſt fous Satan le
chef fubalterne de l'Antichriſtianifme, & l'Antechriſt mefme, ayant fuccedé à fes predeceffeurs, qui fucceffiuement les vns apres les autres ont eſté chefs de ce regne tyrannique &
anti-Chreſtien. Car voici les negations de cet
Antechriſt feant à Rome, refpondant à cet
ἀρνοῦμαι.

1. Ie nie que Iefus Chriſt foit feul chef de l'E-
glife.

2. Ie nie qu'on doiue inuoquer d'inuocation
religieufe, Dieu feul, le Pere, le Fils, & le S.

Apo.13.18

Efprit : & qu'on ne doiue point inuoquer les Saincts de Paradis, & les Anges.

3. Ie nie qu'on doiue adorer d'adoration religieufe, Dieu feul : & non les Saincts, & leurs images & reliques.

4. Ie nie que Iefus Chrift feul foit noftre Aduocat enuers Dieu.

5. Ie nie que par la feule grace de Dieu, & par le merite feul de Iefus Chrift, & par la feule foy, les fideles foyent iuftifiez & fauuez, & non par les merites de leurs bonnes œuures.

6. Ie nie que Iefus Chrift ait fatisfait pleinement & parfaitement à la iuftice de Dieu, pour les pechez des fideles.

7. Ie nie que Iefus Chrift ait merité pour les fideles pleine remiffiõ des pechez, pour la coulpe & pour la peine.

8. Ie nie que Iefus Chrift auant fon afcenfion au Ciel, ait ouuert, par fa vertu, le Paradis celefte aux ames de ceux qui font trefpaffez en foy.

9. Ie nie que la nature humaine de Iefus Chrift ne foit ailleurs qu'au Ciel, iufques à la reftauration de toutes chofes.

10. Ie nie qu'il n'y ait autre facrifice propiciatoire, que celuy qui eft fanglant de Iefus Chrift.

11. Ie nie que les ames fideles aillent en Paradis au partir de ce monde, fans aller premierement en Purgatoire, fouffrir quelque peine.

12. Ie nie que Dieu feul ait toute puiffance au ciel & en la terre.

13. Ie nie qu'il n'y ait que Dieu feul, qui ne puiffe errer.

14. Ie nie que les commandemens de Dieu doiuent eftre preferez aux miens.

15. Ie nie que par la parole de Dieu ie doiue eftre fuiet aux puiffances fupericures.

16. Ie nie que ie foy tenu de rendre raifon de mes actions à aucun.

17. Ie nie que l'Eglife fe doiue cognoiftre & iuger par les Efcritures. Et que les Efcritures foyent par deffus l'Eglife.

18 Ie nie que le peché originel demeure aux hommes materiellement apres le Baptefme.

19. Ie nie que tous les pechez meritent la mort eternelle.

20. Ie nie que la fainéte Efcriture fuffife à noftre falut, & qu'elle contienne tous les poincts & articles de la Religion Chreftienne.

21. Ie nie que le Mariage foit la couche fans macule, & qu'il foit licite & permis aux Ecclefiaftiques.

22. Ie nie que Dieu par fon S. Efprit face en l'homme le vouloir & le faire, felon fon plaifir. Car il a fon franc & libre arbitre.

23. Ie nie que la Loy foit impoffible aux fideles.

24. Ie nie que la concupifcence foit peché.

25. Ie nie que la lecture de la fainéte Efcriture foit vtile aux Laics.

26. Ie nie que les hommes doiuent eftre certains & affeurez de la grace de Dieu, & de leur falut.

27. Ie nie qu'il n'y ait que deux Sacremens en l'Eglife Chreftienne.

28.   Ie nie que Dieu foit feul Dieu, & que ie ne foy, עמו אל, *cum ipfo Deus*, Dieu auec lui.
29. Ie nie que les articles de la Foy & Religion Chreftienne aient efté fuffifamment & parfaitement confirmez par les miracles de Iefus-Chrift & de fes Apoftres.
30.   Ie nie que le S. Efprit foit le iuge pour decider des differens fur les fainctes Efcritures.

Si nous voulions pourfuiure & recercher plus exactement les impietez des negations du Pape, nous en trouuerions vne infinité. Mais l'eftude de brieueté nous fait contenter de celles que ie vien de remarquer. Qu'il entre tant qu'il luy plaira, en l'examen de celles qu'il nous voudroit attribuer: Nous fommes affeurez, qu'en ce qui concerne la verité de la parole de Dieu, & de ce que nous deuons croire & faire felon icelle, nous ne nions rien, que le S. Efprit ne nie, & ne nous apprenne & commande de nier. Et qu'en fomme c'eft chez le Pape, feant (comme i'ay dit) à Rome, qu'on doit cercher le cachet de l'Antechrift, & l'efcriture ἀρνοῦμαι.

Mais en troifieme lieu, ie demande, puis qu'il y a plufieurs autres noms Grecs & Hebrieux, defquels les lettres rendent le mefme nombre de 666. côuenable à l'Antechrift, pourquoy ne les a le Iefuite conioincts auec ceftuy ci? Il a craint de fe couper plus auant, & de condamner fon Pape & fon Eglife Romaine, autât euidemmêt qu'il a fait par fon ἀρνοῦμαι.

Arethas a mis entre plufieurs autres noms

cestuy-ci, Κακὸς ὁδηγὸς, *prauus dux*, mauuais chef In 13. Apo
ou mauuais conducteur. A voftre aduis ce nom cal.
conuient il mal au Pape?

Primafe a mis ἄντεμος, *Contrarius*, Contraire.

Irenée a mis λατεῖνος, Latin: pour, λατῖνος. Iren. l. 5. c.
Car les anciens Romains prononçoyent le 30.
long i, comme ei. Voyez Lipfius *de antiqua pro-
nunciatione*, *cap.* δ. comme *Regeina, Ameicus*,
pour *Regina, amicus*.

Vn autre a mis, ἐκκλησία Ἰταλικὰ, *Eglife Ita-
lique*. Et ne faut s'offenser qu'Ἰταλικὰ eft mis
pour Ἰταλικὴ. Car les Ioniens, Doriques, &
Æoliques changent diuerfement η en α, comme en ce mot, ἡμέρα, ἡμέρη.

Le fieur Conftans, Miniftre de l'Eglife de Mô-
tauban, a dit aufsi le mefme nombre fe rencontrer en ces lettres. E. λατινος, ou Π. λατινος: c'eft
à dire, ἐπίσκοπος λατινος, *Euefque Latin*, ou
Πατριάρχης, ou Παππας λατινος. *Patriarche, ou Pape Latin*: Comme le Pape fe nomme en toutes
fes Bulles *Epifcopus*. Et on fçait que c'eft la couftume de tous Euefques en leurs lettres d'exprimer ou reprefenter ce mot par vn E fimple.
E donc, ou le grand Π. capital, valent 5.

E. }
Π. } λ α τ ι ν ο ς, } 666.
5. 30.1.300.10.50.70.200. }

Pour les noms Hebrieux, Dauid Chytræus
a mis רומיית, *Romeijth*, c'eft à dire, *Romaine*,
du genre feminin rapporté à la Befte.

ר ו מ י י ת

400. 10. 10. 40. 6. 200. } 666.

Ledit fieur Conftans a trouué pour le mefme
nôbre, רומיי אפיפיור אבי. *Abi aphippior Ro-*
mey. c'eft à dire, *Le pere Pape de Rome.* Car le
Pape eft appellé des Rabins Hebrieux אפיפיור
Aphippior: comme on le peut voir en leurs éf-
crits, & mefme au dictionaire trilingue de
Munfter. Ou bien ce dit ledit Conftans אבינו
אפיפי הקודשא. *Abinu haccodefcha Aphippi.*
Noftre fainct pere le Pape. En l'vn & en l'autre il
y a 666.

י מ ו ר | א פ י פ י ו ר

10. 10. 40. 6. 200. | 200. 6. 10. 80. 10. 80. 1.

א ב י

10. 2. 1. } 666.

ה ק ו ד ש א | א פ י פ י

100. 5 | 6. 4. 300. | 1. 1. 80. 10. 80. 10.

א ב י נ ו

6. 50. 10. 2. 1. } 666.

Or au lieu de *Sainct*, dire *de faincteté*, eft vne
phrafe commune aux Hebrieux; comme ils difent, *Dieu de verité*, pour *Dieu veritable*.

Voila donc comment le Pape de Rome eft
depeint par fon nombre, & fa Religion figuree
par ce paffage de l'Apocalypfe: au lieu que le
Iefuite penfoit bien nous y faire voir noftre doctrine fleftrie, & noftre Religion reprefentee
à fa confufion. Mais c'eft tout le contraire. Le
lecteur en iugera.

SVR LE CHAP. XLII.

SI vne femme de bien reproche à vne putain effrontee son vice, ceste effrontee criera allarme à l'encontre, & à son dire, il n'y aura pudicité ni chasteté que pour elle ; & la femme de bien sera la putain. Richeome en fait ainsi. Il n'y a idolatrie qu'en son Eglise Romaine : & neantmoins en estant accusé, à son dire le vray & pur seruice de Dieu est chez eux, & en l'Eglise Reformee toute idolatrie.

1. *Tout est au reste idole chez vous*, dit-il. *La saincte Escriture, n'est plus saincte Escriture en vos escoles : c'est vne idole fondue de l'or & de l'argent de la saincte Escriture. Et partant ce que Dieu dit par le Prophete Osee contre les Iuifs idolatres, est dit contre vous, & vous appartient. Ie leur ay (dit-il) multiplié l'argent & l'or, & eux ont fait des œuures de Baal, c'est à dire des idoles.*

Osc. 2. 5.

Resp. Si nous prestions à l'Escriture des sens & des visages diuers, & si nous l'accusions d'imperfection & d'insuffisance, & cerchions aux Traditions humaines les perfections que le S. Esprit n'y a point mises, ains en la seule saincte Escriture, ce que dit icy Richeome seroit vray. Mais si c'est le contraire, & si ce sont les Iesuites & les autres Sophistes de la papauté, qui font cela, Richeome doit changer de note, & attribuer ce qu'il à dit à eux mesmes, & nõ point à nous. Et pour prouuer que cela leur compete, il ne faut sinon le passage d'Osee qu'il cite. Car

il eſt notoire qu'il le corromp en Ieſuite, appli-
quant l'abus de l'or & de l'argent, dont Oſee
parle, à l'abus des Eſcritures : au lieu que le
Prophete entend cela des dons & des biens, dót
Dieu auoit enrichi les Iſraëlites. Or que la reproche que le Seigneur fait aux Iſraëlites s'a-
dreſſe aux papiſtes, il appert. Car il taxe les Iſraëlites d'ingratitude & de deſloyauté, & prononce qu'ils ſont doublement coulpables. Premierement, de ce qu'ils fraudent Dieu de l'honneur qui lui eſt deu, ne recognoiſſant point que
l'argent & l'or, c'eſt à dire les biens, qu'il leur
a donnez en grande abondance, procedent de
luy. Secondement, de ce qu'ils employent ces
biens à leurs idoles. Comme les femmes adulteres, leſquelles ayans receu des ioyaux de leurs
maris, les donnent à leurs ruffiens. Tels ſont
ceux de l'Egliſe Romaine, les vns par ignorance, les autres par malice. Car ils offrent à leurs
idoles, les biens qu'ils ont receu de Dieu : voire non ſeulement leur argent & leur or, ains
encore leurs enfans meſmes, lors qu'ils les con-
ſacrent à l'Egliſe Romaine, les faiſans (comme
ils diſent) gens d'Egliſe, & les dedient aux Con-
uens & Monaſteres, pour le ſeruice du Pape &
de ſes idoles.

　L'Eſcriture que vous alleguez en faueur de voſtre
grande idole, & pour l'eſtabliſſement de voſtre opinion, c'eſt l'or & l'argent de Dieu, changé en œuures
de Baal : & n'eſt plus Eſcriture ſainéte : non plus
que ce qu'allegua le Diable, conſeillant au Sauueur
de ſe precipiter : non plus que ce qu'alleguoyent les Sabelliens

Mat. 4.

belliens, les Bafilidiens, les Nicolaïtes, les Arriens, & tous les vieux heretiques pour leurs herefies. Tous prenoyent la S. Efcriture, mais ce n'eftoit pas faincte Efcriture, ains feulement la matiere. L'Efcriture donc inferee à vos liures & Sermons pour faire voftre fecte, n'eft non plus Efcriture, que ce qui a changé de forme.

Refp. Nous auons dit en vn autre lieu, que le Diable s'eft bien ferui de l'Efcriture tentant Iefus Chrift: mais que cefte Efcriture n'a pas efté rendue moins propre à renuerfer fes deffeins, & defcouurir la fauffeté de fes conclufions & obliques applications. Que les heretiques s'en font auffi iadis feruis pour confirmer leurs herefies: mais que l'Efcriture eft cõmune, & peut eftre alleguee par les vrais & faux Docteurs, comme les Loix par les bons & mauuais Aduocats, & les Aphorifmes & autres liures de la medecine par les medecins rationels & par les Empiriques. Parquoy il ne faut pas s'arrefter à ce qui eft allegué, ains pefer & examiner comment & à quelle fin & propos il eft allegué: En ce faifant on cognoiftra la difference qui eft entre les Docteurs Orthodoxes, & les heretiques.

Les trois fimilitudes qu'il adioufte, ne font aucune force à noftre doctrine, ains à celle de l'Eglife Romaine, laquelle elles culebutent & renuerfent entierement. Ie m'en rapporte au iugement de quiconque voudra fainement & fans preiugé examiner l'vne & l'autre.

2. Il adioufte; *La faincte Efcriture eft toufiours entiere, compofee de fa lettre & de fon efprit, de fon*

A a a

corps & de son ame, de sa matiere & de sa forme. Son esprit, son ame & sa forme, c'est le sens que le S. Esprit y a soufflé & caché.

Resp.   Cela est vray.

C'est l'intelligence qu'il en a donnée à son Eglise & aux Saincts Docteurs, à qui les clefs de science ont esté commises, & non aux heretiques.

Resp.   Cela est encore vray. Mais il faut que l'Eglise & les Docteurs d'icelle, à qui ceste intelligence & science de l'Escriture est cõmuniquée & commise pour l'exposer & dispenser, soyent trouuez fideles, & qu'ils exposent ceste Escriture par elle mesme. Car (a proprement parler)comme le iugement de la foy appartiét au S. Esprit parlant en l'Escriture, aussi fait l'interpretation de la mesme Escriture. Mais à l'Eglise & aux Docteurs d'icelle est commis, en second lieu, le ministere d'exposer l'Escriture, à la charge qu'elle limite ses expositions à l'Escriture mesme.

Cet esprit ioint auec la Bible, fait la saincte Escriture.

Resp.   Ceste sentence est ambigue & obscure. S'il entend que la lettre de la Bible auec le vray sens, font la saincte Escriture, c'est à dire, que la saincte Escriture ne consiste pas seulement en la lettre, mais encore au sens, ie l'accorde. S'il entend que la Bible n'est point la saincte Escriture, sans l'interpretation de l'Eglise & des Saincts Docteurs, ie le nie. Car la Bible, & par consequent la saincte Escriture(qui est tout vn) a son sens d'elle mesme, & la verité d'icelle ne

depend point du sens, ni de l'exposition de l'E-
glise, ni de ses Docteurs, ains du S. Esprit, qui
en est l'autheur.

Vostre sens auec la Bible , fait les idoles. Car si l'Es-
criture n'a son esprit , elle est morte : ou si elle est ani-
mee d'vn autre esprit, elle est metamorphosee , & n'est
plus saincte Escriture : C'est vn centon & ramas de
plusieurs pieces , & vne enchassure de marqueterie,
&c.

Resp. I'accorde que ceux-là font de l'Escriture vne idole, c'est-à-dire en abusent à leur perdition, qui l'exposent selon leur sens, & non point
selon le sens d'elle mesme. C'est ce que dit vn
Canon du Decret; *Qu'est-il plus inique que de te-* c. Quid au-
nir doctrine impie, & ne vouloir croire aux plus sa- tem, 24. 9. 3.
ges & sauans? Or en ceste ignorance tombent tous
ceux qui pour cognoistre la verité sur quelque poinct
obscur, n'ont recours aux paroles des Prophetes, escrits
des Apostres, & authorité des Euangelistes, ains à
leurs propres sens. Et partant ils sont les maistres d'er
reur, parce qu'ils n'ont voulu estre disciples de verité.
Tels ne sommes-nous point graces à Dieu: ains
renonçans à nostre sens, nous suiuons le sens du
S. Esprit, & exposons l'Escriture par elle mesme.
Ce que les Iesuites & leurs semblables Sophistes ne font point. Et partant sont condamnez
par ce Canon, & encore par ceste sentence de
Richeome, laquelle il a escrite sans y penser: faisant son procez auec ce qu'il adiouste de *Proba*
Falconia & d'*Eudocia*, & les passages tronquez
de S. Pierre contre nous, alleguez autant à propos, que Magnificat à Matines.

A a a ij

3.   *La saincte Escriture est la Loy diuine, & a pareil rapport à l'Eglise & à ses Docteurs, qu'a la Loy Ciuile, à la Republique & au Magistrat Ciuil. Or comme la Loy Ciuile est vn Magistrat muet, & le Magistrat est vne Loy parlante: & comme la Loy Ciuile prend l'ame du Magistrat, & le Magistrat prend la matiere de la Loy: De mesme les liures de la Bible sont dés Docteurs muets, & vne saincte Escriture muette: & les Docteurs & le sens de l'Eglise & des Saincts, sont la Bible & l'Escriture parlante.*
Resp.   En ceste similitude il y a deux traits de fausseté. Le premier est en la premiere partie de la similitude. Car il est faux que la Loy Ciuile prenne son ame (c'est à dire son authorité & sa force) du Magistrat, encore que le Megistrat l'execute, & iuge selon icelle. En nulle Republique nul Magistrat né doit estre establi, qui iuge interpretant la Loy à son plaisir. Quel besoin seroit-il alors de Loix? Ains tout Magistrat doit interpreter la Loy par la Loy, & iuger selon icelle. Autrement il seroit iuge inique. Le second trait est en la seconde partie. Car il est faux, & encore vn blaspheme horrible, de dire que les liures de la Bible sont des Docteurs muets, & vne saincte Escriture muette. Et que les Docteurs, & le sens de l'Eglise & des Saincts sont la Bible & l'Escriture parlante. Que di-ie vn blaspheme horrible? S'en sont deux. L'vn est; *Que les liures de la Bible sont des Docteurs muets & vne saincte Escriture muette.* Car combien que la S. Escriture n'ait point de voix ni de parole, comme vn homme, tant y a qu'elle en a, & par-

le comme vne Loy, vn Contract, vn Testament.
Et en l'Escriture Dieu parle, & se fait ouyr clairement. C'est pourquoy ladite Escriture est appellee *Parole de Dieu.* Donc non moins pouuons nous conceuoir & sçauoir la volonté de
Dieu, & le vray sens de ce qu'il veut que nous
croyons & facions par l'Escriture, que si luy-
mesme parloit à nous de viue voix. Celuy qui
lit les lettres de son amy, n'entend il point son
intention, encore que les lettres proprement
ne parlent point, & qu'il n'oye point propremét
la voix de sondit amy? *Les Cieux* (ce dit Dauid) Pse. 19. 1.
racontent la gloire de Dieu, & le Firmament annon-
ce l'ouurage de ses mains. Et toutefois ils ne parlent point. L'Escriture àvne voix beaucoup plus
claire & intelligible.

L'autre blaspheme est; *Que les Docteurs & le*
sens de l'Eglise & des Saincts, sont la Bible & l'Es-
criture parlante. Donc sans les Docteurs & le
sens de l'Eglise, la Bible ne seroit point la Bible, ni l'Escriture saincte, la saincte Escriture.
Quoy? Le tesmoignage des hommes, a-il plus
de poids que celuy de Dieu? Le Parlement qui
reçoit & publie l'Edict du Roy, est-il par dessus
ledit Edict, pour luy donner tel prix & telle
valeur qu'il luy plaira? L'orfeure qui esprouue
l'or, & le trouue fin, & le fait reccuoir pour fin,
a-il tel credit & telle authorité, que sans son approbation l'or laisse d'estre tel qu'il est?

Ne vous flattez point, ne vous vantez point de la
S. Escriture. Car elle n'est point chez vous: & celle
qui est en vos liures, n'est point saincte Escriture,

A a a iij

ains vne idole de Baal fondue de l'or de la saincte Escriture.

Res. Nous ne nous flattons nullemét en cet endroit, & ne nous vantons que de la pure verité. L'Escriture sur laquelle nous appuyons nostre foy, & qui est le fondement de tout ce que nous deuons croire & faire pour le seruice de Dieu, est la saincte Escriture. Mais il n'en est pas ainsi de l'Escriture qui est és Messels, Breuiaires, Rosaires, Legendes, Postilles, & autres tels liures de la papauté. Car ils ne sont point la saincte Escriture, ains vne idole profane & abusiue, fondue non de l'or de la S. Escriture, mais de la bouë & escume du plomb des Papes de Rome.

Pour donner l'art de faire auec facilité à force de telles idoles, vous auez donné liberté de lire & manier la Bible à chacun d'entre vous, petis & grans, hommes & femmes, doctes & ignorans, & à ceste fin la tournez en vulgaire. Cela est contre la Loy de Dieu & de son Eglise. Cela est le vray moyen de tout peruertir & faire autant de dieux, qu'il y aura de gens escerueleZ. Chacun se choisira des passages à sa poste, & s'en seruant comme de materiaux, donnera la forme & l'esprit de sa teste, & se forgera ses idoles, & en ceste façon chacun aura ses petis dieux chez soy à la maniere des anciens Payens & heretiques.

Resp. Ce qui donne le moyen de cognoistre Dieu, & de le seruir selon sa volonté, n'est pas l'art ou le moyen de tout peruertir, & se forger des dieux & des idoles chacun à sa fantasie, à la maniere des anciens Payens & heretiques.

La lecture de la saincte Escriture donne le

moyen de cognoistre Dieu, & de le seruir selon sa volonté.

Donc la lecture de la saincte Escriture n'est pas l'art ou le moyen de tout peruertir, & se forger des dieux & des idoles chacun à sa fantasie, à la maniere des anciens Payens & heretiques.

La proposition n'a point besoin de preuue. Car elle est tiree de la maxime des choses contraires. L'assomption se prouue par ces passages. Iean 5. 39. & 20. 31, Rom. 15. 4. 2. Tim. 3. vers. 14. 15. 16. 17.

Au reste, le Iesuite s'oublie par trop, quand il dit, *que c'est contre la Loy de Dieu & de son Eglise, de donner liberté de lire & manier la Bible à chacun d'entre nous, petis & grans, hommes & femmes, doctes & ignorans : & qu'à ceste fin, elle soit tournee en vulgaire.* Il en deuoit cotter quelques passages. Mais ne l'ayant point fait, ni peu faire, ie luy prouueray le contraire, par quatre ou cinq argumens tirez de l'Escriture saincte.

Le premier argument est tel. Ce que Dieu a commandé à tous, tous le doiuent faire. Dieu a commandé à tous de lire la S. Escriture. Donc tous la doiuent lire.

La proposition ne se peut nier, sinon de ceux qui voudroient reuoquer en doute, s'il faut obeyr à Dieu. L'assomption est toute euidente, par les passages ci-dessus cottez.

Le deuxieme argument est : Les armes par lesquelles tous les Chrestiens doiuent estre munis contre Satan, leur doiuent estre en main &

A a a iiij

familieres.

Les sainctes Escritures sont ces armes-là.

Donc elles doiuent estre en main & familieres à tous les Chrestiens.

L'assomption se prouue par l'exemple de Iesus Christ. Car estant assailli de Satan, trois fois il luy respondit, *Il est escrit*. Et à la troisieme responce il l'abbatit & renuersa. Or il pouuoit bien autrement repousser le Diable & le vaincre, voire sans parler: mais il a voulu se seruir des Escritures, afin de nous donner exemple de faire comme luy en telles ou semblables tentations.

S. Paul aussi pour ce mesme effect, appelle le bouclier par lequel il faut resister au Diable; *Foy. Prenez sur tout* (dit-il) *le bouclier de la Foy, par lequel vous puissiez esteindre tous les dards enflamez du malin.* Or la Foy, dit-il ailleurs, *vient de l'ouye, & l'ouye de la parole de Dieu.* Il appelle encore *Glaiue spirituel,* la mesme parole de Dieu disant, *prenez aussi le glaiue de l'esprit, qui est la parole de Dieu.* Signifiant par ledit bouclier & par ledit glaiue, que les armes des Chrestiens contre le Diable, tant defensiues qu'offensiues, doiuent estre prises de l'arcenac des sainctes Escritures.

Le troisieme argument est: Si le Seigneur veut & commande que son peuple soit entendu & ait cognoissance de la verité pour estre sauués, ce peuple doit lire l'Escriture, s'il a la science de la lire. Car par ce moyen il vient à la cognoissance de la verité. 2. Tim. 3. 15. L'antecedent est vray, tesmoin S. Paul 1. Tim. 2. 4.

Mat. 4.

Eph. 6. 16.
Rom. 10. 17.
Eph. 6. 17.

I'adiouſte là-deſſus : Si le peuple ne peut lire & entendre l'Eſcriture, pour en eſtré edifié à ſon ſalut, qu'elle ne ſoit tournee au langage qui luy eſt familier, il s'enſuit qu'elle y doit eſtre tournee. L'antecedent eſt vray, & ſe prouue par le long diſcours que S. Paul en fait, 1. Cor. 14. Vray donc eſt le conſequent.

Le quatrieme argument : Si la ſainćte Eſcriture n'eſt point prophanee pour eſtre annōcee & preſchee en langage vulgaire, elle ne l'eſt non plus pour y eſtre tournee. L'antecedent eſt vray. Vray donc eſt le conſequent.

Si le Ieſuite reſpond(comme a fait ſon compagnon Bellarmin) que la conſequence n'eſt point bonne, & que de la predication de la parole à l'Eſcriture, l'argument ne s'enſuit pas, d'autant qu'en la predication tout y eſt expliqué au peuple, pour le pouuoir entendre, mais en l'Eſcriture tout y eſt propoſé nuement. Ie replique, que ie confeſſe bien, que la parole preſchee eſt beaucoup mieux entendue, que quand elle eſt ſimplement leuë . Mais tant y-a que la meſme parole que le Paſteur preſche, doit eſtre eſcrite en langage entendu : afin que quand elle eſt propoſee de viue voix par ledit Paſteur, les auditeurs ayent le liure entre leurs mains, & voyent ſi ce qu'on leur propoſe eſt la parole de Dieu ou non:comme S. Luc en recite vn exemple en ceux de Beroé. *Aĉ.17.11*

Le cinquieme argument : Il a eſté loiſible iadis de tourner les Eſcritures en langage vulgaire. Donc il eſt encore loiſible. Car c'eſt vn ſalut

commun à toutes gens & nations. L'antecedent
se prouue parce que la Bible a esté tournee d'He
brieu en Grec, en Latin, & en toutes langues.
S. Hiérosme l'a tournee en lágue Dalmatique.
Chrysostome en langue Armenique. Vn certain Euesque Goth, nommé Vlphilas, en langue Gotthique. Cet Euesque fut present au Synode de Nice. Hardingus a escrit, que les Armeniens, Russiens, Ethyopiens, Dalmatiens,
Moscouites, lisent les sainctes Escritures en
leurs langues vulgaires. Aux histoires d'Angleterre, on lit que par le commandement du
Roy Athelstanus, il y a plus de 900. ans les sainctes Escritures ont esté tournees en langage
Breton. Iean Treuisanus escrit que Beda a tourné l'Euangile selon S. Iean en Anglois. Le mesme Beda dit que les Escritures estoyent tournees de son temps en cinq lágues Bretaniques.
Il y a vne sentence en S. Augustin, laquelle
contient ces cinq articles. 1. Que la S. Escriture a esté premierement mise en lumiere
en vne langue, de laquelle puis apres elle
a peu deriuer commodement aux autres langues. 2. Qu'elle a esté tournee en plusieurs langues. 3. Que par ce moyen elle est venue à e-
stre cognue de tous à salut. 4. Qu'elle a esté
leue des peuples. 5. Qu'elle a esté non seulement leue, mais aussi entendue. Theodoret confirme cela mesme, quand il dit; *Les liures Hebrieux sont tournez non seulement en Grec, mais encore en langue Latine, Egyptienne, Persique, Indi-
que, Armenique, Scytique, & mesme en Sauroma-*

Marginal notes:
Act.3.sect. 38.
Treuisan. l. 5. c. 24. Beda l. 1. c. 1. hist. Aug. l. 2. de doct. Chr. c. 5.
Theod. l. 5. de corrig. Græc. affect.

tique : *Bref (dit-il) en toutes langues defquelles les nations vfent iufques à ce iourd'huy.* Pourquoi dôc ne fera-il loifible en ce temps aux François, aux Efpagnols, aux Allemans, aux Italiens, aux Suiffes, aux Anglois, aux Efcoffois, & en fomme à toutes nations, d'auoir la faincte Bible tournee en leurs langues ? Paffons outre au texte du Iefuite.

4. *S. Paul dit que Dieu a donné à fon Eglife, les* Eph. 4. 11. 1 Cor. 14. 35 *vns pour eftre Prophetes, les autres Predicateurs, les autres Docteurs; & que les graces font diuifees. Vous entreprenez plus que Dieu, faifant autant de Docteurs qu'il y a chez vous de perfonnes. S. Paul dit que la femme ne parle point en l'Eglife : & vous donnez la Bible aux femmes, afin qu'elles interpretent la Bible. Qu'eft-ce, Meffieurs? Qu'eft-ce que voftre opinion, finon vn fantofme qui rend plus que fantofmes les ames.*

Refp. Richeome offenfe icy fa confcience, auançant ce qu'il dit contre nous, contre la verité mefme. Car pour permettre à tous les Chreftiens, & aux femmes mefmes, l'vfage des fainctes Efcritures, ce n'eft pas à dire pourtant que nous eftabliffions tous les hommes Docteurs parmi nous, ni que nous donnions congé aux femmes d'enfeigner publiquement, & d'interpreter la Bible en l'Eglife, ni ailleurs à leur fantafie.

5. Ce qu'il iargonne en la fection cinquieme n'a nul fons, ni rien de folide qui nous puiffe esbranler, combien qu'il fe plaife en fon beau dire. Noftre confequence à laquelle il en veut,

eft ; Que pour fcauoir le chemin de la vie, il nous faut auoir recours à l'Efcriture. Car c'eft elle feule qui nous le monftre & enfeigne. De cefte confequence le Iefuite en tire vne autre, auffi concluante, que qui diroit, Dieu veut fauuer tous les hommes moyennant l'adreffe de fa parole : Donc tous les hommes doiuent eftre Docteurs pour enfeigner en l'Eglife. *Si voftre confequence eft bien filee, dit-Il, nous aurons bien toft vne belle Republique. Nous aurons autant d'Aduocats que de caufes, autant de Medecins que de malades, autant de Cordonniers que de pieds, autant de Docteurs que de Chreftiens, & où tout le monde, fera tout le monde. Et pourquoy ? Car (dit-il) un chacun doit defendre fon droit en iugement, chacun doit auoir foin de fa fanté, chacun doit cercher le moyen de n'aller à pié nud : Il faudra donc felon voftre arreft de confequence, que quiconque aura procez, prenne en main le Digefte & le Code, qu'il s'arme de toutes pieces de Loix, & de Paragraphes, pour en venir efcrimer au barreau : que celui qui aura vne fieure chaude, fe leue & s'aille ietter à trauers les Aphorifmes d'Hypocrates & liures de Galien, afin d'y pefcher des recipez pour fe rafraifchir : Et celuy qui n'aura des fouliers, qu'il leue boutique, & fe face Cordonnier.*

Refp.   Ie vous prie, quelle raifon y a il en cefte confequence ? Le Iefuite ne fe pert il point extrauagant fans propos en ce difcours ? S'il n'y auoit qu'vn Aduocat au monde, qu'vn Medecin, qu'vn Cordonnier, ferions nous mal, fi nous auions à plaider, fi nous eftions malades, fi nous auions befoin de fouliers, de dire qu'il

nous faut auoir recours à cet Aduocat, à ce
Medecin, à ce Cordonnier, & non a aucun autre, d'autant que ce seroit perdre le temps? Or
puis qu'il côste qu'il n'y a qu'vn moyen de nostre salut, qui est celuy que l'Escriture saincte
nous enseigne, c'est asçauoir Iesus Christ: En
quoy excedons nous, disans qu'il nous faut recourir à ce seul moyen là, qui est Iesus Christ,
& par consequent à la saincte Escriture, pour en
auoir cognoissance & addresse, & que si nous
nous adressons ailleurs, comme aux Traditions
humaines, lesquelles nous renuoyent à des autres moyens pour nous perdre, c'est vn temps
mal emploié.

6. Quant au demeurant, estant question de
l'ordre que Dieu a estably pour nostre instruction, qui est le ministere de sa parole, nous
disons auec le Iesuite, que comme ceux qui ont
à plaider, ou sont malades, ou ont besoin de
souliers, recourent aux Aduocats, aux Medecins, aux Cordonniers: Ainsi nous qui auons
besoin d'adresse és mysteres & secrets de nostre
salut, deuons bien recourir aux Docteurs de
l'Eglise, pour les ouyr en obeyssance de foy.
Mais toutefois en examinant leurs expositions
selon l'analogie de la Foy, & à la charge qu'ils
n'interpretent point les Escritures par leur sens
particulier, ains par les Escritures mesmes. Car
si de ce que nous deuons croire & faire, nous
nous en deuons conseiller à nos Pasteurs; nos
Pasteurs, du conseil qu'ils ont à nous donner,
s'en doiuent côseiller eux mesmes à l'Escriture.

SVR LE CHAP. XLIII.

1. S'Enfuit le dernier chapitre de ce difcours auquel le Iefuite continue fa procedure. *Voftre Eglife (dit-il) eft encor vne idole de rien, ne portant que le nom d'Eglife.*

Refp.   Il nous rejette ce que nous leur reprochons de leur Eglife, n'ayant dequoy tenir autrement. Il fe voit clairement par plufieurs traitez & efcrits des noftres, laquelle des deux Eglifes, c'eft afçauoir ou la Reformee, ou la Romaine, eft vne idole.

Et vient bien à propos auffi que vous dites qu'elle eft inuifible.

Refp.   Il fe trompe, confondant l'Eglife Catholique & vniuerfelle auec les particulieres. Car quant aux Eglifes particulieres, nous ne les difons point inuifibles, ains au contraire vifibles, cognuës par leurs vrayes marques & fubftantielles, qui font la pure doctrine de la parole de Dieu, & la legitime adminiftration des Sacremens. Telles font nos Eglifes recueillies en ce Royaume & ailleurs. Touchant l'Eglife Catholique, qui eft (ce dit S. Auguftin) *Le peuple de Dieu par toutes les nations, comprenant tous les Saincts, qui ont efté, qui font, & qui feront.* Ou (comme dit S. Ambroife) *comprenant tous les fideles qui font au Ciel & en la terre.* Cette Eglife nous la difons inuifible: Car nous la croions, & nul ne la iamais veue affemblee en vn, ni tous les membres d'icelle. Elle eft donc inuifible,

Aug. de Catech. rud. 16
Ambr. in c-
pift. ad Eph.
c. 1.

confideree non point feparément en fes membres, ains en fon tout.

Car quand on vous reproche que voftre fecte n'eft au monde que depuis trois ou quatre Biffextes, que Luther l'a mife au monde, vous refpondez quelle a efté dés le commencement, mais quelle eftoit cachee & inuifible, & que Luther l'a fommee de fortir en place marchande, luy promettant qu'il la defendroit.

Refp. Ie ne fçay fi Richeome fçait que c'eft de Secte, & de Biffexte. Tant y a que pour la fecte, il doit bien fçauoir que c'eft : veu que l'Eglife Romaine en eft plaine, & que pour fon comble y eft montee, des plus bas abyfmes, celle de fon ordre des nouueaux Moynes, qui fe difent Iefuites. Pour le Biffexte, il doit fçauoir auffi, que puis qu'il n'arriue que de quatre en quatre ans, l'Eglife de laquelle nous fommes membres, eft plus anciéne quede douze ou feize ans Car c'eft celle qui eftoit du temps de Iefus Chrift & de fes Apoftres, & qui edifiee par eux, a efté maintenue par leurs fucceffeurs legitimes iufques à ce iourd'huy. Parquoy ce n'eft point Luther qui la mife au monde, ains Iefus Chrift. Mais laquelle n'a pas toufiours monftré fa face ni fon luftre. Car comme du temps ancien fous Noé & Abraham, l'Eglife a quelque fois efté cachee, c'eft à dire n'a point efté veue ni cognue de tous; Et qu'Elie s'eft pleint qu'il eftoit feul: ainfi fous le Nouueau Teftament, l'Eglife Primitiue n'a point ofé toufiours paroiftre de iour, à caufe de la perfecution, de forte que les Apoftres fe font affemblez quelque fois de nuict & en fe-

cret. Cela aussi s'est verifié du temps de Luther,
& long temps apres luy.

*Elle a bien fait de se cacher si long temps, & eust
mieux fait encor de demeurer tousiours en tenebres à
la maison de son grand trisayeul, sans venir espouuen-
ter les hommes & les Anges de sa laideur.*

Resp. Il prend laideur pour beauté, les hommes pour les Papistes, les Anges pour les Diables. Car l'Eglise par la monstre de sa beauté à
espouuanté le monde peruers & les Enfers, iufques à ce iourd'huy, & les espouuentera iusques
à la fin du monde.

*L'Eglise de Dieu n'est pas telle: elle s'est tousiours
monstree.*

Resp. L'Eglise de Dieu, est l'Eglise dont nous
parlons, laquelle ne s'est point tousiours monstree, il s'en faut là moitié du temps & plus. Elle a bien esté visible tousiours à Dieu: mais non
aux hommes. Si elle a esté visible aux hommes,
ç'a esté en vne partie, non en son tout: en quelques membres, non en son corps: en quelques
lieux, non par tout: pour quelque temps, tel
qu'il a pleu à Dieu, non tousiours, sous vne mesme forme du Ministere public.

*En la Loy de nature, voire du temps des plus, es-
pesses tenebres, & que toute chair estoit corrompue,
on la voyoit en la famille de Noé.*

Resp. Si le Iesuite entend parler de Noé auant
le Deluge, cela fait pour nous. Car alors toute
l'Eglise ne se voyoit pas par tout, ains en ceste
famille là claire, & encore ailleurs plus obscure.
Noé heraut de Iustice, annonçant non seulement

ment en sa famille, mais aussi ailleurs aux hommes le iugement de Dieu, qui se deuoit exercer par le Deluge : Et preschant cela par l'Esprit de Iesus Christ, non seulement aux dociles,
ains encore aux rebelles, lesquels maintenant
souffrent en enfer la peine de leur incredulité.
S'il entend parler du temps du Deluge, ie confesse qu'alors l'Eglise se pouuoit voir, veu qu'elle estoit reduite au nombre de huict personnes,
à vne seule famille, & laquelle estoit cachee au
monde, comme le monde luy estoit caché, submergé & peri par les eaux. Mais encore, qui la
voyoit alors ? Les peuples abisinez par le Delu-
luge ? Nullement. Elle mesme se voyoit, elle
mesme se contemploit & se discernoit.

En la Loy escrite, elle se faisoit voir en la Iudee.
Resp.   Alors elle estoit recueillie exterieure-
ment en ce lieu-là. Mais neantmoins elle auoit
des membres espars par tout. Et encore se voyoit elle en Iudee en quelques membres seulement, tant du pays que d'ailleurs, qui y mon-
toyent aux festes commandees de Dieu, mais
elle ne se voyoit pas en son tout : Tesmoin la 1 Rois 9. 10
plainte d'Elie, & ce que le Seigneur luy res- Rom. 11. 4.
pondit.

En la Loy de grace plus que iamais. Son chef aus-
si est vn Soleil : de ce Soleil elle est reuestue, & ne
peut estre en tenebres.
Resp.   Non plus a esté & est visible toute l'E-
glise Catholique sous la Loy de grace, qu'au
parauant. Iesus Christ est voirement son chef &
son Soleil, elle en est reuestue, & ne peut estre

Bbb

en tenebres. Mais pourtant qu'elle soit tousiours visible en vn lieu & en vne forme publique & tousiours apparente, il ne s'ensuit pas, &
l'Escriture n'en dit rien.

Ses fondemens sont posez aux plus hautes montai-
Pse. 87. 1. *gnes, d'où chacun la peut voir.*

Resp. Il semble que le Iesuite vueille argumenter ainsi:

Ce qui a son fondement és plus hautes montaignes, d'où chacun le peut voir, est visible par
tout.

L'Eglise Catholique a son fondement és
plus hautes montaignes, d'où chacun la peut
voir.

Donc l'Eglise Catholique est visible par
tout.

Ie nie l'assomption. Car quand Dauid dit,
Sa fondation est és hautes montagnes. Il ne veut dire
autre chose, sinon que comme le Temple sous
la Loy a esté fondé & basti par le Seigneur sur
les montaignes de Hierusalem: ainsi l'Eglise,
qui est le vray Temple spirituel, sous l'Euangile seroit edifiee & bastie par le mesme Seigneur, sur Iesus Christ & sur la verité & fermeté de sa parole. Et Titelman par *ces fondemens*, a
entendu les Apostres. Il n'y a donc rien icy qui
face pour la pretendue visibilité de l'Eglise Catholique.

Et sa voix & sa parole s'est espandue par tout le
Pse. 19. 3. *monde, & de tout le monde s'est faite entendre.*
Rom. 10. 18

Resp. L'argument est tel: Cela dont la voix &
la parole s'est espandue par tout le monde, &

de tout le monde s'est faite entendre, est visible
par tout.

La voix & la parole de l'Eglise Catholique
s'est espanduë par tout le monde, & de tout le
monde s'est faite entendre.

Donc l'Eglise Catholique est visible par
tout.

Ie nie la proposition. Car il y a difference entre se faire ouyr, & se faire voir. La voix & la
parole de Dieu s'espand bien & se fait entendre
par tout le monde, & neantmoins Dieu ne laisse pas d'estre inuisible. On oit bien de dix, quinze & vingt lieuës quelque fois le bruit confus
& impetueus de la mer, & toutefois de là on ne
la voit point.

Quant à l'assomption, si par ce qui est icy allegué & recité de Dauid & de S. Paul, nous entendons les Cieux, le Iesuite se trompe de le
rapporter à l'Eglise : Si nous l'entendons auec
la plus part des Docteurs anciens, de la predication de l'Euangile, encore se trompe-il. Car
ce n'est pas proprement la voix & la parole de
l'Eglise, qui s'est espanduë & faite entendre par
tout le monde, ains la voix de Dieu, par le Ministere de l'Eglise. Et encore l'Eglise s'est faite
ouyr, faisant ouyr la parole de Dieu, non point
toute en vn lieu, mais les membres d'icelle en
plusieurs & diuers lieux, qui deça, qui de là,
selon l'ordre de la discipline. Parquoy en quelque façon que ce soit, l'argument du Iesuite
est fautif.

2. En la seconde section il fait encore cet ar-

gument contre noftre Eglife.

Vne Eglife qui eft fans chef, fans pieds, fans mains, monftrueufe dehors, & vuide dedans, n'eft point vraye Eglife, ains vne idole.

L'Eglife des Reformez eft fans chef, fans pieds, fans mains, monftrueufe dehors, & vuide dedans.

Donc l'Eglife des Reformez n'eft point vraie Eglife, ains vne idole.

Refp. Nous nions l'affomption. Voyons comment il la prouue.

Pour le premier ; Qu'elle eft fans chef; *Vous ne recognoiffez (dit-il) aucun Prelat vifible entre vous; Chacun y eft le maiſtre. Voſtre Eglife donc eſt acephale & fans teſte.*

Refp. L'antecedent eft vray. Mais le confequent eft faux. Car combien que nul d'entre nos Pafteurs ne foit fuperieur des autres, ains que tous foyent egaux, & que chacun deux (comme dit S. Cyprian) poffede & tienne le bafton paftoral *in folidum* : Noftre Eglife pourtât ne laiffe pas d'auoir Iefus Chrift pour chef, fous lequel font & viuent nofdits Pafteurs, & exercent leur Miniftere, fuiuant cefte egalité bien proportionnee, & fans confufion & tyrannie.

Ainfi donc, l'Eglife Chreftienne & Catholique, de laquelle nos Eglifes font membres, eft vn corps myftique bien proportionné, c'eft vn corps, non acephale, ains monocephale, aiant (comme i'ay dit) Iefus Chrift pour feul chef, & n'en pouuant auoir d'autre : d'autant qu'il faut

que celuy là soit son chef, qui est son Sauueur.
Eph. 5. 23. Mais l'Eglise Romaine est vn corps
horrible, monstrueux, & prodigieux, c'est vn
corps polycephale, vn corps à plusieurs testes,
les vnes qui meurent & perissent, les autres qui
pullulent & naissent. Bref c'est le corps de l'Antechrist, qui deuoit estre polycephale, ou à plusieurs testes, les vnes perissantes, les autres
naissantes, Apoc. 13. & 17.

*Dire que Iesus Christ en est le chef, cela ne vous
sauue pas. Car Iesu Christ a tousiours donné vn chef
visible à son Eglise. En la Loy de Nature il y auoit
vn Melchisedec; En la Loy de Moyse, vn Aaron;
En la Loy de grace, vn S. Pierre. Dieu est chef souuerain, & tous ceux-ci leurs vicaires.*

Res. Il ne se peut prouuer ni verifier par l'Escriture que Melchisedec ait iamais esté establi
de Dieu, chef de l'Eglise.

Quant à Aron, il est bien vray qu'il a esté
ordonné souuerain Sacrificateur, & a eu la souueraine administration de l'Eglise: mais ç'à esté
par l'institution expresse de Dieu, laquelle aussi
a eu lieu en ses successeurs. En outre il faut noter qu'alors c'este administration s'exerçoit en
vn seul petit pays, & encore en vne petite ville
de ce pays, voire en vn seul temple de ladite
ville. Tellement qu'vn seul Sacrificateur pouuoit aisément faire ceste charge, de presider és
Sacrifices & autres seruices diuins. Ce qui ne
se pourroit point faire auiourd'huy en l'Eglise
Catholique esparse par tout le monde.

Mais il y a d'auantage, c'est que l'Eglise Iudaïque a efté regie par vn miniftere typique,

Col. 2. 17. ceremonial & figuratif, qui eftoit vne partie des ombres des chofes à venir. Mais l'Eglife Chreftienne ne fe doit point adminiftrer ainfi.

Heb. 8. 4. Car Iefus Chrift eft venu, lequel eft le corps & la vérité de toutes les ombres & figures de la Loy. Or eft-il que le Souuerain Pontife & toute la Monarchie de l'Eglife Iudaïque eftoyent ombres des chofes à venir. Parquoy quiconque conftitue en l'Eglife Chreftienne vn autre fouuerain Pontife que Iefus Chrift, ceftuy-là nie que Iefus Chrift foit venu, ou bien il declare que fans Iefus Chrift feul on peut eftre fauué. I'argumente donc ainfi au contraire, retorquāt au Iefuite fon exemple d'Aaron, & retenant fa propofition.

Comme l'Eglife Iudaïque a efté gouuernee, de mefme doit eftre gouuernee l'Eglife Chreftienne.

Mais l'Eglife Iudaïque a efté gouuernee par vn feul Souuerain Pontife, qui eftoit figure de Iefus Chrift.

Donc l'Eglife Chreftienne doit eftre gouuernee par vn feul Souuerain Pontife, qui eft Iefus Chrift la verité de la figure.

Touchant S. Pierre, il a efté auffi monftré fouuent, & nommément par Caluin en fon Inftitution, que iamais il n'a efté ordonné par Iefus Chrift chef de l'Eglife, & qu'il n'en a iamais exercé la charge. Et de faict, c'eft vn titre ambitieux, quand les hommes l'vfurpent, titre reprouué par Iefus Chrift. Luc 22. 24. Et par S.

Pierre mefme. 1. Pier. 5.1. Et par S. Iean 3.
Iean verf. 9. Et par S. Paul 2. Cor. 1. 24. Bref,
c'eft vn titre que l'Eglife ne peut fouffrir. Car
quand S. Paul dit ; *Que comme le mary eft chef de* Eph. 5.23.
fa femme, ainfi Iefus Chrift eft chef de fon Eglife,
ne monftre-il pas que l'Eglife ne doit point a-
uoir de lieutenant qui tienne le lieu de Iefus
Chrift ? Seroit-il bien conuenable à vne femme
de bien d'auoir vn lieutenant de fon mari ? Le
Iefuite ne fe contente point de cela. Il adioufte.

*Dieu eft le chef de tous les Royaumes, neantmoins
vn Royaume n'eft pas Royaume, s'il n'a vn Prince
vifible fouuerain.*

Refp. Il ne faut point icy imaginer que l'Egli- Iĉã. 18.36.
fe foit vn Royaume terrien. Iefus Chrift a dit
que fon Royaume n'eft point de ce monde. Parquoy il n'a que faire de lieutenance temporelle
ni feculiere. D'auantage, adminiftrer vne Monarchie, c'eft regner : Mais adminiftrer l'Eglife,
s'eft feruir. Or du regne à la feruitude l'argument ne vaut rien. En outre Iefus Chrift a defendu à fes Apoftres la Domination en termes
exprez ; *Les Rois des nations les maiftrifent*, dit-il, Luc 22. 25.
mais il n'eft point ainfi de vous. Surquoy oions S. Bern.de con-
Bernard ; *Cela eft clair*, dit-il. *La domination eft* fiderat. l. 2.
*interdite aux Apoftres. Va donc, toy : & vfurpe, fi
tu ofes, ou l'Apoftolat en dominant, ou la Domination en exerçant l'Apoftolat. Si tu veux auoir l'vn
& l'autre, tu les perdras tous deux. Et ne penfe point
que tu fois exempt du nombre de ceux, defquels Dieu
fe plaint, difant : Ils ont regné, mais non point de par* Ofe.8. 4.
moy: Ils ont efté princes, mais ie ne les ai point cognus.

Bbb iiij

Apres le chef, Richeome vient aux mains &
aux pieds. *Comme voſtre Egliſe* (dit-il) *eſt ſans te-*
ſte, auſſi eſt-elle ſans mains : Car elle ne peut operer
aucunes bonnes œuures. Elle eſt ſans pieds : Car elle ne
peut marcher, ni aux pelerinages, ni aux autres actes
de pieté.

Reſp.	Nous nions que noſtre Egliſe ſoit ſans
bonnes œuures, & qu'elle ne s'adóne aux actes
de pieté, encoré qu'elle ne marche point aux
pelerinages . Car les pelerinages ne doiuent
point eſtre mis au rang des bonnes œuures, &
des actes de pieté, veu que la parole de Dieu ne
les recommande point, ains les reprouue & con-
Col. 2. 23. damne. Et auſſi ſçauons nous que leur vſage à
commancé ſeulement du temps de Conſtantin,
& que bien peu apres il a eſté refuté par vne lon
gue oraiſon de Gregoire de Nice. De laquelle
refutation en voici trois chefs. 1. Que Ieſus
Chriſt au chap. 5. de S. Mat. n'a point mis les
pelerinages entre les œuures qui rendent les
hommes bien-heureux. 2. Qu'il y a beaucoup
de dangers ſpirituels en tels voyages, & principalement pour les femmes. 3. Que nous ne
pouuons rien trouuer en Hieruſalem, que nous
n'ayons en nos regions, veu qu'il y a des Temples & des autels par tout, & que Dieu n'eſt
point plus là, qu'ailleurs : Ce qui appert, parce
que ceux de ce pays-là ne ſont point meilleurs
que les autres, mais peut eſtre pires . Pareillement S. Hieroſme en l'epiſtre à Paulin de l'inſtitution du Moyne, prouue par beaucoup d'argumens, qu'il n'eſt point expedient de faire des

pelerinages aux lieux Saincts : Et amene des exemples de S. Anthoine & d'autres Moynes, lesquels bien qu'ils fussent voisins des lieux Saincts, neantmoins ils ne s'y sont iamais transportez.

Au dedans elle n'a rien aussi : car vous en auez tiré le cœur & les entrailles, qui sont les Sacremens. Vous n'y auez aucun Sacrement entier. Vous auez banni la confirmation, la penitence, l'ordre & l'extreme onction. Il n'y a chez vous, ni ordre en vos actions, ni constance en vertu, ni remission de peché, ni action de grace. Le Sacrement de Mariage, vous l'auez raualé à la condition d'vn contract Ciuil.

Resp. De l'exterieur, il vient à l'interieur. Mais comme il s'est abusé en l'vn, ainsi s'abuse il en l'autre. Ne luy desplaise, les deux vrais Sacremens instituez par Iesus Christ, c'est ascauoir le S. Baptesme & la S. Cene, sont & demeurent entiers & sans aucune corruption en nostre Eglise. Mais les autres Sacremens pretendus de l'Eglise Romaine, ascauoir la confirmation, la penitence, l'ordre, l'extreme onction, & le Mariage (entant, di-ie, que le Mariage est mis pour Sacrement) nostre Eglise ne les reçoit point. La raison est, pource que Iesus Christ ne les a point ordonnez & establis, pour estre prattiquez en l'Eglise en qualité de Sacremens comme nos Docteurs l'ont monstré en plusieurs de leurs escrits.

3. *La virginité est vn des plus beaux ornemens de l'espouse de Iesus Christ, premier Docteur de virginité, vierge, & Fils d'vne vierge. Ceste vertu vous ne* Mat. 19. 12 1. Cor. 7. 8.

la pouuez voir, non pas mesme la continence. Iesus Christ à beau recommander les Eunuques spirituels, & S. Paul à vous inuiter à son exemple: vous n'auez garde d'y mordre. Vostre esprit est en la chair & aux nopces, & n'y a multitude de femmes ou d'annees, qui puisse assouuir les charbons de vostre concupiscence. Estre bigamon & trigamon parmi vous, c'est religion: & de tant plus que s'auance vostre aage, de tant plus vous estes aspres au rut, à la façon des vieux cerfs: Et afin de couurir vos ordures deuant les simples: vous dites en preschant, qu'il vaut mieux se marier que brusler; & que le Seigneur a institué le Mariage. Et faites entendre impudemment la turpitude de vostre hannissement aux plus accords.

Re. Le ciel & la terre tesmoigneront pour nous contre le Iesuite. Toutes gens de bien & de vertu nous iustifieront, & le condamneront. Voire les Prestres & les Moynes de son ordre, & tous les autres de quelque regle qu'ils soyent, se mocqueront & se riront de son propos si impudent, louans en leurs consciences l'honnesteté de nos Mariages, & blasmans la turpitude des paillardises, incestes, & Sodomies, de plusieurs d'entre eux. Au demeurant, pource qu'il condamne le Mariage, soit en premieres, ou secondes, ou tierces nopces, sous ombre de la virginité, recommandee par la doctrine & par l'exemple de Iesus Christ, & de la saincte Vierge sa mere: nous luy respondons, que bien que la virginité soit louable, à qui a le don de continence, le Mariage pourtant n'est point vituperable, à qui ne l'a pas. Et l'vn ne condamne

point l'autre. Le Iesuite n'a pas bien leu ou retenu son Decret. Car il y a vn Canon qui anathe-
matize ceux qui en exaltant la virginité, condamnent le Mariage. Voici ses paroles. *Qui-*   C. *Quicunq;*
conque gardant virginité ou continence, a en horreur   dist. 31.
le Mariage, veu qu'il ne suit la virginité à cause de
ce qu'elle est bonne & saincte, qu'il soit en execration.
Mais le Iesuite dira, qu'il ne condamne point
le Mariage en tous, ains seulement aux Prestres
& Ministres de l'Eglise, qui ont fait vœu de virginité. Ie respon; Premierement, que tel vœu
de s'abstenir du mariage est reproüué par l'Escriture. Gen. 2. 18. Mat. 19. 11. 1. Cor. 7. 2. Secondement, que la mesme Escriture permet à
tous hommes & à toutes femmes de se marier.
1. Cor. 7. 2. Heb. 13. 4. Tiercement, que les
Canons mesmes des Papes consentent à cela.
Entre lesquels il y en a vn qui porte, que les
Mariages apres le vœu ne laissent pas d'estre legitimes, & le Canon est tiré de S. Augustin:
Aucuns disent (ce dit-il) *que ceux qui se marient*   C. *Quidam*
apres le vœu, sont adulteres. Mais moy ie vous di,   dist. 27.
que ceux là pechent grieuement qui separent tels ma-
riez. Il y a vn autre Canon, qui dit que les Pre-
stres mariez peuuent faire oblations : *Si quelcun*   C. i *qui* dist.
(dit-il) *fait distinction du Prestre marié, en s'ab-*   28.
stenant de son oblation, comme s'il ne la pouuoit faire
à cause qu'il est marié, qu'il soit anatheme:
Reuenons à nostre Iesuite. *Le Baptesme* (dit-
il) *est entre vous defiguré & desarmé, bien qu'il soit*
en son essence Baptesme, si vous l'administrez auec sa
deue forme & matiere, selon les Loix & intention

de l'Eglise Catholique, ce que toutefois vous ne faites pas tousiours.

Resp. Ne vous desplaise. Le Baptesme n'est iamais administré en nos Eglises Reformees qu'auec sa deue forme & matiere, & tousiours d'vne mesme façon selon l'ordonnance & institution de Iesus Christ, & selon la prattique de l'Eglise primitiue, sans y rien adiouster ni diminuer, auec eau commune, sans charme, sans huile ou cresme, sans crachat, sans sel, sans chandelles allumees, si c'est de iour, sans exorcismes & adiurations, & sans les autres ceremonies superstitieuses & vaines de la Papauté, lesquelles n'ont nul fondement en la parole de Dieu. Si cela est défigurer & desarmer le Baptesme, Iesus Christ & ses Apostres sont coulpables d'vne telle faute.

Quant est de vostre Cene, c'est vne Scene & vn theatre de risee, vne bribe de pain sans sel, dedans vn panier ou bassin.

Resp. La Cene que nous celebrons, est celle que Iesus Christ a instituee, & rien plus ne moins. Nous la celebrons auec pain commun, comme Iesus Christ la celebra auec pain sans leuain, qui lors pendant sept iours, estoit le pain dont les Iuifs vsoyent. Nous la celebrons sous les deux especes, le peuple prenant le pain & le vin de sa main. Bref, nous la celebrons sans pompe, sans ceremonies superflues, sans excez, & tout ainsi que les Corinthiens l'ont receue de S. Paul, & S. Paul de Iesus Christ.

Au contraire, les Prestres de l'Eglise Romai-

ne celebrent leurs Cenes & leurs Messes auec
mille ceremonies, les vnes Payennes, les autres
Iudaïques, & toutes superstitieuses & ridicules,
comme tout le monde sçait. Qu'on regarde
seulemét comment le Prestre est habillé depuis
la teste iusques aux pieds. Vn beguin sur la teste,
vne chemise de femme sur sa robe, vn mandil
persé à deux queues, par lequel il met & tire la
teste, comme vne tortue hors de sa coquille.
Qu'on regarde ses gestes, ses mines, ses tour-
dions, ses reuerences, ses auancemens & recu-
lemens, ses salutations, ses lauemens de mains,
l'esleuation & abaissement de sa voix, son souf-
flement sur le pain & sur le vin: & sur tout, comment son clerc, tenant d'vne main vne torche al-
lumee, luy leue de l'autre en haut, par derriere
sa robe persee. Que sur cela on iuge laquelle des
deux actions, ou la nostre en la celebration de nostre Cene, ou celle des Prestres en la
celebration de leurs Messes, est vne Scene, vne
farce, & vn theatre de risee.

Voila vostre Eglise visible, s'adiouste le Iesuite: *à la semblance de laquelle sont faits vos temples
materiels. Ce sont des halles, des chais, des granges:
& vos maisons priuees sont cent fois moins laides.*
Resp. Il luy semble que les temples ne sont
point bien ornez, s'ils ne sont remplis d'autels
& d'idoles, & si on n'y offre à force sacrifices visibles & materiels, comme il l'a dit au chapitre
dixhuitieme, section sixieme, où encore il a ac-
comparé nos temples à des ieux de paume &
à des mosquees turquesques. Mais nous luy a-

uons là mesme satisfait, & auons monstré quel
est le vray ornement des temples, lequel ne
manque point aux nostres.

Dieu a monstré en la fabrique du tabernacle fait
par Moyse, & du premier temple qu'il se fit faire par
Salomon, combien il se plaist que sa maison soit ma-
gnifique. Car en l'vn & en l'autre tout estoit or, ar-
gent, bois & pierres precieuses, & l'artifice admira-
ble. Au temple de Salomon furent employez trois cens
millions d'or, qui semble chose incroyable.

Resp. Ie di de ce Iesuite ce que i'ay dit d'vn
autre en quelque lieu. C'est qu'il confond le
seruice corporel, qui se faisoit sous la Loy, auec
le seruice spirituel, qui se doit faire sous l'Euangile. Et applique mal à propos l'ornement du
Tabernacle & du Temple faits par Moyse & par
Salomon, à la matiere & ornement des Temples de la Papauté. Caietan sur le 35. chapitre
d'Exode, monstrant pourquoi le Seigneur a requis de son peuple sous la Loy de l'or, & de l'ar-
Caiet. in cap gēt, & encore d'autres choses precieuses: *C'a esté*
35. Exo. *(dit-il) afin de luy oster toute occasiō d'orgueil & d'ex-*
cez, & lui apprēdre de preferer sō seruice à toutes les ri-
chesses du mōde. Et Origene sur le mesme lieu dit;
Orig. Ibidē. *Que ce que le Seigneur a requis les susdites choses cor-*
porelles, ç'a esté pour la Loy ceremoniale. Mais que
la Loy spirituelle requiert choses spirituelles. Parquoy
(adiouste-il) si tu crois en ton cœur, ton cœur &
ton sens c'est de l'or. Donc tu as offert de l'or au Taber-
nacle, c'est à dire, la foi de ton cœur. Et si tu confesses de
bouche, tu as offert de l'argent, c'est à dire, des paro-
les de ta confession.

Au reste, voici vn Canon du Decret formel
à ce propos: *L'Eglise a de l'or, dit-il: mais pour* 11. q. sic.
distribuer & subuenir aux necessitez. Qu'est il be- Aurum.
*soin de garder ce qui n'ayde de rien? Ignorons-nous
combien d'or & d'argent les Assyriens ont emporté du
du temple? Le Prestre ne fait il pas mieux s'il fournit
la nourriture des poures, bien que quelques choses luy
manquent, que si l'ennemi sacrilege les souille & les
emporte? Le Seigneur ne demandera-il point, pourquoy il a souffert tant de pauures mourir de faim? Car
tu auois de l'or pour en administrer à leur nourriture.
Pourquoy tant de captifs menez en captiuité, & n'e-
stans point rachetez, ont esté occis par l'ennemy? Il
eust esté meilleur de garder les vaisseaux viuans, que
de mettail. Tu ne peux rien respondre à cela. Car que
diras tu? I'ay craint que le Temple n'eust faute d'ornemens. Les Sacremens ne demandent point d'or, &
les choses qui s'achettent point par or, ne se dele-
ctent point d'or.*

Vn Poëte Satyrique a bien veu cela, quand il
s'est escrié.

Dicite Pontifices; in sacris quid facit aurum? Persius Sa-
Nempe hoc quod Veneri donata à virgine puppa. ty. 2.

*Les Temples magnifiques qui sont encor en l'Euro-
pe, monstrent assez ce que iadis ont fait en cet endroit
les enfans de Dieu: Et ceux que vous auez demolis, sans iamais en auoir basti vn en leur place qui
vaille, tesmoignent quel est vostre esprit.*

Resp. Ces Temples & les autels & idoles qui
y sont, sont autant de tesmoignages de la grande & generale reuolte de l'Eglise Romaine, &
rien plus. Quant à nous, nous nous seruons de

ces temples là, s'il nous est permis, les idoles chassees. Comme il se voit à Geneue, en Suisse, en Angleterre, en la meilleure partie d'Allemaigne, Suede, Dannemarc, Poloigne, & en plusieurs villes & Eglises de ce Roiaume. Et si ces temples nous sont deniez, & ne sont point en nostre puissance, nous en bastissons d'autres ou grans ou petis, selon nos facultez & moyens, lesquels sont autant agreables à Dieu, & valent autant pour nostre exercice Chrestien, que les plus somptueux & magnifiques.

4   Apres nos temples, le Iesuite se prend à nos actions de pieté, lesquelles il appelle *mechaniques, ridicules, & sans aucun honneste appareil* : Et en nomme trois, *l'administration de nostre Cene, nos habillemens quand nous preschons, & nostre chant des pseaumes*. Et quoy ? Ces actions se font en nos Eglises en toute rondeur & simplicité, selon la prattique de l'ancienne & primitiue Eglise, sans pompe, sans superfluité, sans excez, sans superstition, sans idolatrie : Donc elles sont mechaniques, ridicules, & sans aucun honneste appareil ? Ceste consequence est fausse. Il faut dire cela des actions religieuses de l'Eglise Romaine. Car elles sont toutes contre la parole de Dieu, & contre la theorique & pratique de l'Eglise primitiue : & où il n'y a que pompe, superfluité, excez, superstition & idolatrie.

5   Il poursuit, & nous reproche, *Que reiettans les ceremonies, nous monstrons que nous sommes ignorans de la Loy de Dieu, & de la Loy de Nature. Car* (dit-il) *auec des ceremonies Dieu donna la Loi: auec*
                                                    ceremonies

ceremonies il l'a conseruee, & rien ne se faisoit au téple sans ceremonie. La Loy de grace aussi a ses ceremonies, partie laissees par Iesus Christ, partie par ses
Apostres & Vicaires, selon qu'il leur en a donné la
puissance.

6   En outre (adiouste-il) c'est vne chose naturelle que d'vser de ceremonies. Les sacres des Rois, la
creation des Magistrats, l'administration de la Iustice, se fait auec des ceremonies, d'habits, de paroles, & d'actions, &c.

Resp.   Comme les Loix Ciuiles sont distinguees d'auec les Loix Ecclesiastiques, aussi sont
distinguees leurs ceremonies. Quant aux céré-
monies Ciuiles, nous ne les condamnons point,
pourueu qu'on ne leur face point outrepasser
la ligne de leurs bornes. Les Ecclesiastiques
sont, ou Iudaiques, ou Chrestiennes. Les Iudaiques, c'est à dire, celles qui ont esté pratiquees sous la Loy par le commandement de
Dieu, le Iesuite confesse qu'elles ont cessé. Car
ce n'estoyent qu'ombres des choses à venir, dôt ^{Col. 2. 17.}
Iesus Christ en est le corps & la verité. Mais les
ceremonies Chrestiennes, c'est à dire, celles
que Iesus Christ a establies, ou ses Apostres &
Vicaires, elles doiuent auoir lieu sous l'Euangile, ce dit le Iesuite. Ie respon que les ceremonies ordonnees & commandees par Iesus Christ
& par ses Apostres, dont nous auons tesmoignage en l'Escriture, doiuent necessairement
estre obseruees & pratiquees en l'Eglise. Quant
à celles que les Pasteurs ont ordonnees ou ordonnent, qu'on peut appeller indifferentes, si

C c c

elles ne lient point les consciences, & sont sans
superstition & idolatrie, sans excez & superfluité, & seulement pour l'ordre & la police de
l'Eglise, elles doiuent aussi estre obseruees. Si
elles sont autres, comme il en y a vne infinité
en l'Eglise Romaine, elles doiuent estre reiettees, & reputees pour autant de pollutions &
ordures meslees indiscretement & irreligieuse-
ment au seruice de Dieu.

IL ne nous reste plus a voir autre chose en ces
trois discours, sinon la conclusion, en laquelle le Iesuite nous exhorte de rentrer en l'Eglise
Romaine, d'où nous sommes sortis, à l'exemple
d'aucuns qui se sont reuoltez de nostre religion
Reformee, & sont retournez à leur premier vo-
missement.

Entre ceux qu'il nomme, Theodore de Beze
n'y deuoit point estre compris. Car tant s'en
faut qu'il soit mort reuolté de nostre religion
(comme impudemment & fausement les Iesuites en ont semé le bruit, par leurs escrits & par
leurs predications, par tout ou ils espandent
leur venin) qu'il est encore en pleine vie & bonne santé par la grace de Dieu, & continue sa
charge à Geneue heureusement, autant que son
aage d'enuiron quatre vingts ans le peut permettre. L'Epitre qu'il a escrite sur ce bruit, depuis peu de iours, & l'escrit que les autres Pasteurs & Docteurs dudit lieu en ont publié, le
iustifient assez à la confusion des Iesuites, sans
que nous nous en meslions d'auantage.

Des autres, nous en deplorons la condition, & sommes tres-dolens & tres-marris de leur cheute. Et voudrions bien leur tendre la main pour les releuer, s'il nous estoit possible. Car quel est ce saut qu'ils ont fait de Dieu aux idoles? Quel eschange du tout au rien, & du souuerain bien à l'extreme malheur? I'espere neantmoins que ceux qui appartiennent à l'election eternelle de Dieu, reuiendront à luy, se souuenans que toute leur grandeur vient de luy & par luy. Que sans luy ils ne peuuent estre rien, que rien & toute vanité. Que sans luy il n'y a plus de ressource à leur salut.

C'est vne maxime indubitable, que de la grace de Dieu procede toute benediction, comme de son ire toute malediction. Tellement que sans l'vne, rien n'est benit, & auec l'autre tout est maudit. Or ceux qui se sont retirez de Dieu, & luy ont fait banque-route, s'exemptans de son vray seruice & de son obeyssance, ne peuuent estre asseurez de sa grace, tandis qu'ils demeurent en ce miserable estat.

Quant à l'exhortation que le Iesuite nous fait de rentrer en l'Eglise Romaine, de laquelle nous nous sommes separez: c'est la voix d'une Syrene pour nous enchanter, afin de faire naufrage de nos ames, & quitter la voye qui mene à salut. Car ceste voie ne se trouue ailleurs qu'en la vraye Eglise Catholique, de laquelle nous ne nous sommes nullement departis. Nous auons bien quitté la peste de la ville, mais non la ville: les idoles du Temple, non le Temple:

C c c ij

Bref, l'Eglife Romaine, non l'Eglife Catholique
& vniuerfelle : Car quand bien l'Eglife Romaine feroit pure, le titre pourtant de Catholique
ou vniuerfelle ne luy peut conuenir. C'eft comme qui diroit particuliere & vniuerfelle. Termes incompatibles quand ils font rapportez à
vn mefme fuiet, & pour vn mefme regard. Combien que la Glofe d'vn Canõ du Decret les veille

Glofa in Ca-
vltim. dift.
99

apparier, difant que *Ecclefia Romana eft vniuerfa-
lis, licet fit de vniuerfitate* : c'eft à dire, l'Eglife Romaine eft vniuerfelle, combien qu'elle foit con-
tenue fous l'vniuerfité : chofes contradictoires.

Or par ce departement de l'Eglife Romaine,
nous auons declaré l'obeyffance que nous deuons à Dieu, qui nous a cõmandé de faire ainfi,
difant, *Sortez de Babylone mon peuple, afin que ne*

Apo. 18. 3.

*foyez participans de fes pechez ; & que ne receuiez de
fes plaies.* Et auons creu le confeil de S. Ambroife, qui dit : *S'il y a quelque Eglife qui reiette la foy,*

Amb. l. 6. c.
9. in Lucam

*& ne garde les fondemens de la predication Apoftoli-
que, il la faut laiffer, de peur qu'elle n'apporte infe-
ction d'erreur & infidelité.*

Pour la fin, ie prie Richeome, de lire ce que

Apoc. 3.
verf. 17. 18.

le Seigneur dit de lui & de fes femblables, au
ch. 3. de l'Apocalypfe : *Tu dis, ie fuis riche, & fuis
enrichi, & n'ay que faire de rien : & tu ne cognois
point que tu és malheureux, & miferable, & poure, &
aueugle, & nud. Ie te confeille que tu achetes de moi de
l'or efprouué par le feu, afin que tu fois riche : & des
veftemens blancs, afin que tu en fois veftu, & que la
vergongne de ta nudité n'apparoiffe point : & que tu
oignes tes yeux d'vn collyre, afin que tu voyes.*

FIN.